CLARA LANGENBACH

WEGE DES SCHICKSALS

DIE SENFBLÜTENSAGA 2

Roman

FISCHER Taschenbuch

Triggerwarnung:
In diesem Roman wird an einzelnen Stellen sexualisierte Gewalt geschildert. Physische Gewalt und posttraumatische Belastungsstörungen kommen u. a. im Zusammenhang mit dem Ersten Weltkrieg vor. Im historischen Kontext werden zudem Diskriminierung und diskriminierender Sprachgebrauch sichtbar. Dies betrifft die Themen Ableismus und Antisemitismus.

3. Auflage: Januar 2023

Originalausgabe
Erschienen bei FISCHER Taschenbuch
Frankfurt am Main, November 2021

© 2021 S. Fischer Verlag GmbH,
Hedderichstr. 114, D-60596 Frankfurt am Main

Redaktion: Ulla Mothes

Satz: Pinkuin Satz und Datentechnik, Berlin
Druck und Bindung: GGP Media GmbH, Pößneck
Printed in Germany
ISBN 978-3-596-70084-4

TEIL EINS

Straßburg, 1914

EMMA

GUTGELAUNTE STUDENTEN STRÖMTEN an ihr vorbei, lautes Lachen und ungezwungenes Plaudern tönten von überallher. Mit weit geöffneten Türen empfing die Universität ihre Gäste und Absolventen. Emma legte den Kopf in den Nacken und blickte hoch zu den Statuen der Gelehrten, die das Dach der Kaiser-Wilhelms-Universität zierten. Sie hatte es geschafft! Sie hatte es tatsächlich geschafft, allen Unkenrufen zum Trotz. Dennoch erfüllte der Gedanke sie mit Schwermut, die vertraute Schwelle zu überschreiten. Während ihre Kommilitonen einander feierlich gratulierten, nahm niemand Notiz von ihr. Als wäre sie unsichtbar.

Töricht, sich darüber Gedanken zu machen. Sie hatte so viel erreicht! Dennoch stand sie abseits da und fühlte sich schrecklich unwohl in der allgemeinen Heiterkeit.

»Beabsichtigt das gnädige Fräulein, Wurzeln zu schlagen?«, erklang eine neckische Stimme hinter ihr. »Wenn ja, so sei ihm gesagt, dass dies eine denkbar schlechte Stelle für ein solches Vorhaben ist.«

Emma fuhr herum. »Henri!« Erleichtert darüber, ein vertrautes Gesicht zu sehen, fiel sie ihm um den Hals.

»Sachte, sachte! Du erwürgst mich ja fast.« Er drückte sie brüderlich an sich.

»So schlecht ist es um unser Militär bestellt? Dass tapfere Offiziere Angst haben, von einem Frauenzimmer außer Gefecht gesetzt zu werden?«

»Die Erfahrung hat mich früh gelehrt, dass in deiner Nähe durchaus Gefahr für Leib und Seele besteht.«

Sie lachte so laut auf, dass sich ein paar Umherstehende nach ihr umdrehten. »Der gnädige Herr übertreibt ja maßlos!«

»Ach so?«, zog er sie auf. »Wie weit sind die nächsten Gewässer entfernt? Ich möchte heute ungern baden gehen. Und im Schlucken von Verlobungsringen konnte ich auch noch nicht ausreichend Übung erlangen. Meine Sorgen sind durchaus berechtigt, nicht wahr?«

»Was ist der gnädige Herr aber nachtragend. Dass dies zu seinen größten Qualifikationen gehört, hätte ich niemals vermutet!« Ein bisschen rot war sie dennoch geworden.

Er zwinkerte ihr zu. »In den Genuss meiner wahren Qualifikationen dürfen nur ganz erlesene Personen kommen. Das gnädige Fräulein gehört leider nicht zu ihnen.«

Sie lachte noch lauter und erntete hier und da ein Kopfschütteln. Unmöglich, dass eine Frau sich in der Öffentlichkeit so gehen ließ! Aber an Henris Seite fiel es ihr leicht, den gesellschaftlichen Konventionen zu trotzen. Seine imposante Erscheinung war wie ein Schutzschild vor allen Blicken und Lästereien. Die Offiziersuniform umspannte seine breiten Schultern. Die roten Ärmelaufschläge setzten zusammen mit den goldenen Knöpfen feine Akzente zum dunkelblauen Waffenrock, während die Schirmmütze und die schneeweißen Handschuhe seine feierliche Aufmachung vervollständigten. Kaum eine Dame, die an der Seite ihres Begleiters zum Eingang der Universität defilierte, konnte es sich verkneifen, ihm einen sehnsüchtigen Blick zuzuwerfen. Nur interessierten ihn diese Blicke noch weniger als die Kieselsteine unter seinen Schuhsohlen. Sein Herz war seit Jahren vergeben – an einen jungen Mann namens Pierre Lefèvre. Der vermutlich zu den erlesenen Personen gehörte, die in den Genuss aller Qualifikationen Henris kommen durfte.

»Isch bin auch 'ier«, ertönte es hinter dem imposanten Offizier. Emmas Herz machte beinahe einen Salto.

»Émile!« Fest drückte sie ihn an sich. Sein feines silbergraues Haar kitzelte ihre Wange, und ein kaum wahrnehmbarer Geruch nach alten Büchern und Kamillentee stieg ihr in die Nase. Seine Nähe und sein Duft reichten aus, um alle Sorgen fortzuwischen. Wenn er bei ihr war, fühlte sich die Welt wie ein Zuhause an. Ganz egal, ob sie in seiner kleinen, gemütlichen Buchhandlung stand oder vor den Stufen einer riesigen Universität.

»Na, was ist denn los, *ma chère*?« Er schob sie ein Stück von sich und betrachtete sie voller Stolz. »Bereit für deinen großen Tag?«

Sie nickte entschlossen, dass ihr Hut beinahe verrutschte. »Jetzt schon. Außer, du hast Gusti mitgebracht. Dann muss ich natürlich vorher noch mit ihr schmusen.«

»Gusti ist sisch zu fein für solsche Ausflüge.« Er deutete auf den Eingang. »Wollen wir?«

»Wo ist Carl?« Henri sah sich um. »Sollen wir auf deinen Verlobten warten, oder muss er selbst sehen, wie er zurechtkommt?«

»Heute schaffe ich es ohne ihn.« Lachend stupste Emma ihn in die Seite. »Carl ist im Saarland. Wenn alles gut läuft, können wir unseren Senf an die Kantinen der Bergbauleute ausliefern. Das wäre ein bedeutender Erfolg für die Fabrik. Auch wenn es in Lothringen und im Elsass wunderbar läuft, brauchen wir dringend weitere Verträge, um die Zukunft des Betriebs dauerhaft zu sichern … Was ist?«, meinte sie, als sie Henris hochgezogene Augenbrauen bemerkte.

»Bei dem Elan, mit dem du darüber sprichst, wundert es

mich, dass du in Straßburg bist, und nicht bei Carl im Saarland.«

»Heute ist meine Anwesenheit hier erforderlich. Wenn Carl zurück ist, werden wir meinen Abschluss feiern. Und hoffentlich auch die erfolgreichen Verhandlungen in Saarland.« Sie zwang sich zu einem siegreichen Lächeln. Obwohl es so sehr weh tat an Carls Abwesenheit erinnert zu werden. Sechs Monate hatten sie sich nicht gesehen. Seine Briefe – schon immer recht kurz – waren in der letzten Zeit noch knapper geworden. Doch zweifeln durfte sie nicht. Sie beide verband so viel! »Jetzt aber los!« Sie straffte die Schultern. »Auch wenn meine Anwesenheit hier unabdingbar ist, werden die Herrschaften nicht auf mich warten.« Mit hocherhobenem Kopf schritt Emma dem Eingang entgegen.

Die Abschlussfeierlichkeiten fanden in der großen Aula statt, die von einer beeindruckenden zweistöckigen Arkade gesäumt wurde. Weiches Tageslicht fiel durch das milchige Glas, das über ihren Köpfen das Dach ersetzte. Ganz vorn war ein Podest mit einem Pult aufgebaut worden, wie immer, wenn es um Ankündigungen und bedeutsame Reden ging. Davor standen in einem Halbkreis unzählige Stühle. Die meisten Anwesenden bemühten sich vergeblich, sich Ungeduld und Aufregung nicht ansehen zu lassen. Unsicher strich Emma ihren Rock glatt. Sie hatte sich für schlichte Stoffe und unauffällige Farben entschieden. Nur ein kleiner Strang aus Barockperlen, die Carl ihr geschenkt hatte, lag um ihren Hals. Nichts sollte davon ablenken, dass sie eine erfolgreiche Absolventin des Wirtschaftsstudiums war – und keine weitere Zierde für den festlichen Saal.

»Geh schon.« Väterlich tätschelte er ihr den Rücken. »Wir kommen zurescht.« Er sprach ganz leise, wie immer, wenn viele fremde Menschen um ihn herum waren, als würde er sich für seinen starken französischen Akzent schämen. Sanft schob er sie vorwärts. »Mach dir keine Sorgen um uns. Genieße deinen großen Tag.«

Emma nickte widerwillig. Wo war ihr ganzer Mut geblieben? Hatte das Studium sie nicht gelehrt, sich zu behaupten? Das zu nehmen, was ihr zustand? Noch immer kostete es sie eine Überwindung, sich bei offiziellen Anlässen zu ihren Kommilitonen zu gesellen. In ihren Ohren stieg sogleich das Gegröle ihrer Mitstudenten auf, das sie zu gern »Lied« schimpften:

> *O junge Mädchenherrlichkeit*
> *Welch neue Schwulitäten!*
> *Bezieht ihr alle weit und breit*
> *Die Universitäten!*
> *Vergebens spähe ich umher,*
> *Ich finde keine Hausfrau mehr!*

Was immer noch besser war als Pfiffe und das verächtliche Füßescharren zur Begrüßung, wenn sie einen Vorlesesaal betrat. Nicht zu vergessen den einen oder anderen schmerzhaften Kniff in den Arm, wenn einer der feinen Herren der Meinung war, sie würde ihm seinen Platz wegnehmen. Sie straffte die Schultern und steuerte die ersten Reihen an, wo sich die Absolventen des Jahres niedergelassen hatten. Heute grölte niemand und scharrte auch nicht mit den Füßen. Wenigstens etwas. Ihr Blick glitt über die jungen Männer, die aufgeregt miteinander tuschelten. Ein letzter freier Platz wartete auf sie. Emma beschleunigte den Schritt.

»Die Gäste nehmen bitte hinten Platz, mein liebes Fräulein.« Ein hagerer Mann sprang ihr in den Weg – die Hände hochgehoben. Hier sitzen …«

»Ich weiß, wer hier sitzt«, unterbrach Emma kühl seine Predigt. Manchmal reichte eine selbstbewusste Haltung, um das Gegenüber von unnötigen Diskussionen abzuhalten. Doch der Mann plusterte sich noch mehr auf, was bei seiner schmalen Gestalt einem Wunder glich. »Gnädiges Fräulein, bitte verzeihen Sie mir, aber mit einem der Absolventen herumplänkeln können Sie auch nach der Zeremonie. Ich muss Sie jetzt auf einen der hinteren Plätze verweisen.«

»Keine Sorge.« Emma lächelte charmant. »Während meiner Studienzeit habe ich genug mit meinen Kommilitonen geplänkelt. Wenn Sie erlauben – ich muss mein Zeugnis entgegennehmen.« Sie huschte an ihm vorbei zu ihrem Platz, während er mit ausgebreiteten Armen dastand und ihre Worte verdaute. Verärgert stieß sie die Luft aus und ließ sich auf den Stuhl nieder. Nichts hatte sich seit ihrem ersten Tag an dieser Universität verändert. Rein gar nichts! Aber irgendwann würde sich die Gesellschaft eingestehen müssen, dass Veränderungen unaufhaltsam waren.

Die plötzlich eingebrochene Stille lenkte ihre Gedanken ab. Der Rektor, August Sartorius von Waltershausen, stieg gemächlich auf das Podest und breitete auf dem Pult die Blätter seiner Rede aus. Elend lange raschelte es, bis er sich geschäftig räusperte. »Meine Damen und Herren. Feierlich begrüße ich Sie an diesem herrlichen Tag zu einem der bedeutendsten Ereignisse des Jahres. Heute wollen wir unsere Absolventen ehren, die unzählige Hindernisse überwunden haben, um in diesem Saal zu sitzen. Sicherlich können sie kaum erwarten, endlich ihre Zeugnisse in den Händen zu halten. Doch bevor wir zur Zeremonie übergehen, erlaube ich mir …«

Ungeduldig hörte Emma der Rede des Rektors zu, der es offensichtlich nicht für nötig hielt, in der nahen Zukunft zum Ende zu kommen. Langsam wurden auch ihre Kommilitonen unruhig, offensichtlich war sie nicht die Einzige, die vor lauter Nervosität kaum still sitzen konnte. Gustav neben ihr zupfte immer wieder an seinem Stehkragen. Eine Angewohnheit, der er besonders vor wichtigen Prüfungen frönte. Bernd, drei Stühle weiter, wippte ungeduldig mit dem Fuß.

Endlich beendete der Rektor seine Laudatio auf seine geliebte Universität und trat zurück. Ein anderer Mann stieg auf das Podest, um sich mit den Zeugnissen in der Hand hinter dem Pult aufzubauen. Emmas Herz setzte aus: Paul Laband!

Ausgerechnet Paul Laband, der sie damals seiner Vorlesung verwiesen hatte. Als sein Blick sie streifte, glaubte Emma, seine Stimme zu hören: »Ich fürchte, ich muss demnächst einen Pedell aufstellen, damit er mir die Weibsbilder vom Hals hält.« Was würde er heute über sie denken? Offensichtlich nichts, denn er beachtete sie nicht weiter.

Die Jahre hatten ihn fülliger werden lassen. Seine Tränensäcke wirkten wie schlecht aufgefüllte Lavendelkissen, die Carls Mutter zwischen ihren Kleidern aufzuhängen pflegte. Dennoch strahlte sein Ausdruck dieselbe Entschlossenheit und Überlegenheit aus wie damals. Dieser Mann wusste, wie bedeutend er war: ein gefeierter Wissenschaftler und Politiker, der vom Kaiser persönlich in die erste Kammer des Landtags berufen worden war. Trotz aller Verpflichtungen fühlte er sich der Universität in Straßburg so verbunden, dass er seine wertvolle Zeit für die Ausgabe der Zeugnisse opferte. Emma spürte, wie sich Genugtuung in ihr ausbreitete. Heute würde er nicht umhinkommen, ihre Leistung anzuerkennen.

Sie hörte seiner Einführungsrede zu, in der er die Bedeutung der Wissenschaft für das Kaiserreich anpries. Damals wie heute strotzte er vor purer Leidenschaft, mit der er seine Zuhörer in den Bann zog. Schließlich begann er, die ersten

Namen in der alphabetischen Reihenfolge aufzurufen. Gustav Abderhalden war der Erste, der sich erheben und dem Podest entgegenschreiten durfte. Ein großer, junger Mann, der selbstbewusst die drei Stufen hochstieg. Von Nervosität keine Spur mehr.

»Herzlichen Glückwunsch«, begrüßte Laband ihn feierlich und schüttelte kräftig seine Hand. Applaus brandete durch den Saal und entlockte Gustav ein freudiges Strahlen, als er stolz zu seinem Platz zurückkehrte. Nach und nach wurden weitere Namen ausgerufen, und Emmas Herz schlug immer schneller, je weiter die Aufzählung fortschritt: Averbeck, Beckenhaub … Böttner? Sie hielt inne. War die alphabetische Ordnung durcheinandergeraten? Haffner, Jablonski … Sie hielt es nicht mehr aus.

»Bergmann!« Sie sprang auf. Ihre Stimme schrillte durch die Halle. »Emma Bergmann!«

Labands Blick schnellte zu ihr. Im Saal wurde es ganz still. Niemand wagte auch nur einen Atemzug zu machen.

»Gnädiges Fräulein«, erwiderte Laband süffisant, »kein Grund, hysterisch zu werden. Ich habe alles im Griff.«

»Nach Beckenhaub kommt Bergmann, oder nicht?« Verzweifelt sah sie sich um. Obwohl sie wusste, dass sie keine Hilfe zu erwarten hatte.

»Wann Sie drankommen, entscheide immer noch ich, meine Liebe. Setzen Sie sich.« Er schaute auf das nächste Zeugnis. »Alfred Laue!«

Alfred erhob sich und schritt zum Podest. Emmas Blick wich er aus, als wäre es ihm unangenehm, sich mit ihr in einem Raum zu befinden.

Sie ballte die Hände und zwang sich zurück auf den Stuhl. In ihren Augen brannten Tränen, während tief in ihr so eine Wut loderte, wie sie diese noch nie empfunden hatte. Ein schreckliches Gefühl, vor Hilflosigkeit und Zorn vollkommen ausgezehrt zu werden.

… Leopold Wanke …

… Paul Ziegler …

Paul Ziegler war der Letzte, der nach vorn gehen durfte. Und jetzt?

»Nun zu unserem Fräulein, das der Meinung war, mich in Sachen Alphabet unterrichten zu müssen. Emma Bergmann«, tönte es gönnerhaft vom Podest.

Vereinzelte Gluckser tönten. Emma schluckte. Mit schweißfeuchten Händen fuhr sie sich über ihren Rock, um das Zittern ihrer Finger zu kaschieren.

»Gnädiges Fräulein, wo bleibt denn Ihr Elan von vorhin?«, stichelte Paul Laband. »Wir haben nicht den ganzen Tag Zeit.«

Sie stand auf, obwohl ihre Beine drohten, ihr den Dienst zu verweigern. Schritt für Schritt näherte sie sich dem Podest. Auf den Stufen verhedderte sie sich in ihrem Rock und wäre fast hingefallen. Blut schoss ihr in die Wangen. Nur noch die letzte Stufe erklimmen, dann stand sie ganz oben.

Laband schnaubte und versperrte ihr den Weg, bevor sie es ganz auf die Empore geschafft hatte. Unschlüssig blieb sie eine Stufe unter ihm stehen, streckte ihm ihre Hand entgegen, in Erwartung, er würde sie wie bei den männlichen Absolventen schütteln. Stattdessen drückte er ihr das Diplomzeugnis in die Finger.

»Gratuliere«, presste er durch die Zähne hervor. »Wie man sieht, ist diese hervorragende Universität in der Lage, auch einem Frauenzimmer etwas beizubringen.«

Er drehte ihr den Rücken.

Niemand applaudierte.

Dann tönte ein vereinzeltes Klatschen wie das Platschen

von Regentropfen, die sofort versiegten, als Laband das Wort wieder dem Rektor übergab. Auf leisen Sohlen kehrte Emma zu ihrem Platz zurück. Die Tränen brannten noch immer in ihren Augen, doch die Wut machte tiefster Scham Platz.

Die Reden waren verhallt. Die Gäste – gegangen. Und sie saß immer noch auf ihrem Stuhl. Irgendwo im Saal warteten Henri und Émile auf sie. Zum Glück ohne sie zu bedrängen oder trösten zu wollen.

Erst nach einer Weile wischte sie sich über die nassen Wangen, dann stand sie auf und steuerte den Ausgang an, den Blick zum Marmormosaik des Bodens gerichtet.

Wie zum Hohn erstreckte sich über Straßburg der blaue Himmel. Doch die warmen Sonnenstrahlen vermochten keineswegs, die Gewitterwolken über Emmas Gemüt zu vertreiben. Sie lief geradeaus, immer weiter, das Zeugnis in der verkrampften Hand zusammengedrückt. Ein Stück Papier, das nichts, absolut nichts veränderte.

Irgendwann blieb sie dennoch stehen. Émile und Henri traten an ihre Seite.

»Wo'in jetzt, *ma chère*?«

Sie schloss kurz die Augen und hob ihr Gesicht der Sonne entgegen. »Nach Hause. Einfach nur nach Hause.«

So lange hatte sie gekämpft, um zu beweisen, dass sie nicht weniger vermochte als ihre männlichen Mitstreiter. So viel hatte sie gegeben, um die Anerkennung zu bekommen, die sie verdiente.

Und nun? Wie sollte es weitergehen, in einer Welt voller Labands? Sie starrte auf das Zeugnis in ihren Händen und spürte nichts als Leere.

Zu dritt machten sie sich auf den Weg zum Bahnhof. Henri kümmerte sich um die Fahrkarten, während Émile bei ihr blieb. Der Fahrplan machte die Hoffnung zunichte, bald zu

Hause zu sein – auf den richtigen Zug würden sie mehrere Stunden warten müssen. Am liebsten wäre Emma auf einer der Wartebänke zusammengesackt, aber Émile bestand auf seinem Kamillentee, den er in einem der nahe liegenden Cafés zu sich zu nehmen gedachte.

»Es ist eine Sache, sisch das Wissen anzueignen«, philosophierte der Buchhändler, während seine Finger über den filigranen Henkel seiner Porzellantasse fuhren. »Eine andere – das Wissen einzusetzen. Du 'ast noch so viel vor dir.«

»Wer braucht schon mein Wissen?«, murmelte Emma, denn der sonst so wohltuende Kamillenduft verfehlte heute seine Wirkung.

»Du weißt, wer«, unterbrach Émile sie resolut. »'eute ist Saarland dran. Danach Luxemburg und Schweiz und Österreisch.«

»Frankreich, Italien, Belgien«, fuhr Henri fort und beugte sich zu ihr. »Was Eroberungsstrategien angeht, kannst du dich vertrauensvoll an mich wenden.«

Irgendwie schaffte er es immer, ihr ein Lächeln zu entlocken. »Sie haben auch schon so viel erobert, Herr Wolff. Fast das gesamte Frankreich. Oh, nein, warten Sie: Doch bloß einen gewissen Monsieur Lefèvre?«

»Mir reicht es aus.« Verwegen grinste Henri über den Rand seiner Kaffeetasse hinweg.

»Aber, aber. Kinder!«, grummelte Émile Perrin in seinen Kamillentee und sah sich verstohlen um. Emma seufzte. Natürlich hatte er recht. Wenn sie unter sich waren, vergaß sie zu schnell die Vorsicht. Dabei konnte es nicht nur Henris Karriere, sondern sein gesamtes Leben zerstören, würden seine Herzensangelegenheiten an die Öffentlichkeit gelangen.

Immerhin half die Plauderei, die Trübsal beiseitezuschieben. Feierlich hob Emma die Tasse. »Auf den großen

17

Tag. Auf dieses verfluchte Zeugnis, das ich so sehr haben wollte.«

»Auf die Zukunft«, bekräftigte Émile Perrin. Und wie damals in der Buchhandlung bei der Feier ihrer bestandenen Prüfung stießen sie mit den Teetassen an.

Erst in der Dämmerung erreichten sie Metz. Der riesige Bahnhof empfing die kleine Reisegesellschaft mit der gewohnten Wuseligkeit. Unzählige Menschen eilten an ihnen vorbei, die emsigen Gepäckträger huschten hin und her, und irgendwo rief ein Zeitungsverkäufer heiser etwas in die Menge, um die letzten Tagesausgaben loszuwerden.

Émile Perrin kramte ein paar Pfennige heraus und kaufte eine Ausgabe der Metzer Zeitung. Rasch blätterte er sie durch, bis er zufrieden vor sich hin grinste. »Wusste ich doch, auf dem Weg nach Straßburg was gesehen zu 'aben. Schau, *ma chère*!«

Er hielt das Blatt Emma unter die Nase. Sie trat einen Schritt zurück – und hielt den Atem an. Fast über die ganze Seite prangte eine Anzeige, die wortreich über die baldige Hochzeit von Carl Seidel und Emma Bergmann informierte. Ungläubig starrte Emma auf all die abgedruckten Blumen und Täubchen und Schleifen, die jeden freien Platz ausfüllten. Es war … überwältigend. Und ein wenig beängstigend. In den letzten Monaten hatte sie sich derart in den Abschluss ihres Studiums vertieft, dass sie kaum noch an etwas anderes gedacht hatte. Der Tag, an dem aus Fräulein Bergmann Frau Seidel werden sollte, schien unendlich weit weg zu sein. Nun prangte das Datum schwarz auf weiß auf der Seite einer Zeitung.

Émile Perrin forschte beunruhigt in ihrem Gesicht. »Freust du disch gar nischt?«

»Doch, natürlich«, stammelte sie kaum hörbar. Selbstverständlich freute sie sich. Freute sich so sehr! Mit Carl für immer vereint zu sein, war alles, was ihr Herz je gewollt hatte. Gleichzeitig spürte sie beim Anblick der prächtigen Anzeige ein Unwohlsein. Würde sie all dem gerecht werden, was die Seidels von ihr erwarteten? Konnte sie vor der feinen Gesellschaft bestehen, wenn unzählige Blicke auf sie gerichtet wurden? Was bedeutete es wirklich, Carls Namen zu tragen?

Plötzlich riss Henri dem Buchhändler die Zeitung aus der Hand. Mit gerunzelter Stirn starrte er auf die Überschrift, die auf der ersten Seite prangte.

Die Bluttat von Sarajevo:
Attentat auf Erzherzog Franz Ferdinand und
seine Gemahlin Herzogin von Hohenberg.

Emma schluckte.
Ein Attentat auch noch.
Was für ein schrecklicher Tag.

* * *

Sie hatte gehofft, nach Metz zurückzukommen, würde bedeuten, endlich zu Hause zu sein. Bei Menschen, die ihr so viel bedeuteten. Stattdessen spürte sie überall eine merkwürdige Anspannung und war froh, dass sie sich in Émiles Buchhandlung verkriechen konnte. Diese Anspannung schien sich über die Dächer der Stadt zu legen, die Fühler auszustrecken und Unsicherheit zu säen.

Vergeblich versuchte sie, das Gefühl abzustreifen, aber es hielt sie fest in seinen Fängen. War Carl aus dem Saarland zurück? Laut seinem Brief müsste er seit gestern in der Stadt sein. Sie sehnte sich nach seiner Nähe, seinen Umarmungen, seinen Küssen. Gleichzeitig war ihr ein wenig bange. Würden sie einfach dort weitermachen können, wo sie vor vier Jahren aufgehört hatten? Wo standen sie heute? Was sah die Zukunft für sie beide vor? Die Gründung einer Familie, schon klar. Doch »Familie« war ein Wort, das für sie nur aus einem beklemmenden Schweigen, dem kalten Blick ihrer Mutter und der Unberechenbarkeit ihres Vaters bestand.

»Ach, was bist du nur so melancholisch?«, klagte der alte Buchhändler von seinem Sessel aus, und Emma ertappte sich dabei, wie sie schon wieder ins Nichts starrte und grübelte.

»Alles in bester Ordnung.« Wie schön, dass Gusti ihre Lüge gespürt zu haben schien und zu ihr kam, um es sich auf ihrem Schoß gemütlich zu machen. Die Wärme der Katze, das vibrierende Schnurren, das vom Körper des Tiers ausging, trösteten ungemein.

»Isch sehe doch, dass disch etwas beschäftigt.« Bekümmert schüttelte Émile den Kopf. Am liebsten wäre Emma zu ihm gegangen und hätte die Sorgenfalten auf seiner Stirn glatt gestrichen. Ihm Sorgen zu bereiten, war das Letzte, was sie wollte.

»Es ist nichts. Nur …« Sie vergrub die Finger im dichten Katzenfell. War es seltsam, sich zu wünschen, seine Tochter zu sein? Plötzlich fiel ihr auf, dass sie nie gefragt hatte, ob er eigene Kinder hatte. »Hast du … Familie?«

Er zögerte. »Natürlich.«

»Hier in Metz?«

»Wo sonst?« Er lächelte ihr zu. »Du und Gusti sind ja 'ier.« Sein Gesicht strahlte so viel Zuneigung aus, dass Emma sie geradezu körperlich spürte. Eine warme Welle, die ihr Inneres zu umarmen schien, um die Sorgen von ihr fernzuhalten.

»Ich meine, deine *richtige* Familie.«

Belustigt hob er die Brauen. »Was ist denn an eusch zwei falsch?«

»Du weißt doch, wie ich es meine«, schalt sie ihn. »Hast du Verwandte?«

Er seufzte tief und lehnte sich in seinem Sessel zurück. Mit einer unsicheren Hand, wie Emma es vorkam, nahm er seine Brille ab und legte sie auf den Tisch. Sein Blick schweifte zum Fenster. »Isch und die liebe Verwandtschaft. Was soll isch nur sagen? Irgendwo in Marseille sind bestimmt ein paar Cousins und Cousinen zu finden. Und meinen Bruder natürlisch, den gibt es bestimmt auch noch.«

»Du hast einen Bruder?«, hauchte Emma überrascht. Wie wenig sie über ihn wusste!

Émile winkte bloß ab. »Ach, komm mir bloß nischt mit meinem Bruder!«

Emma kaute auf der Lippe. Viel Kontakt schienen sie nicht zu haben.

»Und deine Eltern?« Sofort bedauerte sie es, ihn gefragt zu haben. Die drei unschuldigen Worte hatten es geschafft, etwas Wundes in ihm aufzureißen. Sein Gesicht verzog sich zu einer schmerzhaften Grimasse. »Meine Mutter ist gestorben, kurz bevor isch zum Studium nach Straßburg gegangen bin. Mein Vater …« Er schluckte hart. Seine Finger bebten leicht, während er sich über den Nasenrücken strich. »Mein Vater ist sischerlisch auch unter der Erde. Er war damals schon nischt der Jüngste.«

Es tat weh, ihm zusehen zu müssen, wie viel Überwindung es ihn kostete, darüber zu sprechen. Hätte sie bloß nicht gefragt! Die Katze sprang von Emmas Schoß und rieb sich an Émiles Bein. Sichtlich dankbar für die Unterbrechung, nahm der alte Mann das Tier auf die Arme. Gusti streckte sich auf seiner Brust aus und rieb den Kopf an seiner Schulter. So verharrten die beide eine Weile.

Es war so still, dass man jeden Passanten hören konnte,

der draußen an der Buchhandlung entlangspazierte. Und doch war diese Stille nicht von der Beklommenheit erfüllt, die in Emmas Elternhaus geherrscht hatte, sie trug nichts Bedrohliches in sich.

»Du hast in Straßburg studiert?«, wechselte Emma das Thema.

»Schien mir weit genug weg von der Vergangen'eit zu sein.« Er drückte seine faltige Wange an Gusti. »Isch bin glücklisch, 'ier zu sein.«

»Dass du hier bist, macht mich auch glücklich«, flüsterte sie ihm zu und wandte den Blick ab. Anscheinend waren Familien überall so schrecklich kompliziert. Nun war sie im Begriff, ihre eigene zu gründen. Mit nichts als der Hoffnung, es besser machen zu können.

Das Glöckchen an der Tür bimmelte.

»Carl!« Sie fuhr hoch. Doch es war nicht Carl.

Entschuldigend breitete Henri seine Arme aus. »Bedauere. Bloß meine Wenigkeit.«

Emma stürmte dennoch auf ihn zu. »Du bist doch immer willkommen.«

Lachend umfing er sie und hob sie an wie seine kleine Schwester. Misstrauisch betrachtete Emma sein breites Grinsen. »Führst du da etwas im Schilde?«

»Niemals!« Empört riss Henri die Augen auf. »Ich wollte dir bloß ein kleines Geschenk zur bevorstehenden Hochzeit vorbeibringen!«

»Ein Geschenk?« Skeptisch hob Emma eine Augenbraue. »Ist es nicht ein wenig verfrüht?«

»Geschenke sind nie verfrüht!« Er überreichte ihr ein Päckchen: Der Form nach zu urteilen ein Buch, das er in Packpapier gewickelt und mit einer schiefen Schleife versehen hatte. Ein großer Verpackungskünstler war er wohl nicht.

Mit gerunzelter Stirn machte Emma die Schleife auf und zog das Präsent heraus. »*Die eheliche Pflicht*«, las sie. »Von Dr. Karl Weißbrodt. Ernsthaft?«

Émile gluckste in seinem Sessel. Noch mehr Heiterkeit schien Henri zu versprühen, der mit gewölbter Brust in der kleinen Buchhandlung hin und her stolzierte. »Nun. Zwar gebe ich dir gern Ratschläge in allen Lebenssituationen, aber in diesen Belangen kann ich leider nicht mit meinem Wissen glänzen. Daher dachte ich, eine passende Lektüre wäre nicht verkehrt.«

Der Buchhändler prustete los. Empört blickte Emma auf, doch der alte Mann hob unschuldig die Hände. »Schau nischt misch an. Er 'at es nischt bei mir gekauft.«

»Man schrieb darüber«, belehrend streckte Henri seinen Zeigefinger in die Luft, »*Ein Büchlein, das in sehr dezenter Weise und in durchaus christlichem Sinne von Dingen redet, die sonst für fast unnahbar gelten und in der Tat auch sehr behutsam behandelt sein wollen.* Du kannst es bestimmt gebrauchen.«

»Ich zeige dir, wie gut ich es gebrauchen kann!« Sie lachte und warf das Büchlein Henri entgegen. Am liebsten hätte sie seinen Kopf getroffen, doch geschickt, wie er war, fing er es auf.

»Doch nicht deine Lektüre?« Er legte das Buch beiseite.

»Werde mir nicht zu frech«, mahnte Emma. »Sonst lade ich deinen Pierre von meiner Hochzeit aus und hetze dir dafür jede auf dem Fest anwesende Jungfer an den Hals. Mal sehen, wie vergnüglich der Tag für dich sein wird!«

»Bekomme ich wenigstens eine Tasse Tee, wenn ich verspreche, ab jetzt ganz brav zu sein?«

»Ich schaue gerne nach, was sich da machen lässt.«

Rasch machte sie sich davon, auch wenn sie sich fragte,

wann es an der richtigen Zeit war, Henri beizubringen, sich selbst um den Tee zu kümmern. In der Buchhandlung fühlte er sich doch auch sonst längst wie zu Hause.

Eine kurze Zeit später saßen sie am Tisch. Nachdenklich nippte Emma an der heißen Flüssigkeit und schielte ab und zu zum Büchlein, das neben ihr lag. Wusste sie wirklich genug über die eheliche Pflicht? Ihre Mutter hatte nie von solchen Dingen gesprochen, weder dezent noch behutsam, und die Gedanken daran machten Emma ganz konfus.

Während sie über die Nützlichkeit des Ratgebers sinnierte, kam das Gespräch der Männer auf das Attentat. Mit Sorge sprach Henri vom österreichisch-serbischen Konflikt, von den möglichen Folgen, sollte die Lage sich weiter zuspitzen, von den Spannungen, die in der letzten Zeit immer spürbarer geworden waren.

»Krieg?« Ungläubig betrachtete Emma sein ernstes Gesicht und Perrins Sorgenfalte zwischen den Augenbrauen. »Wir leben im zwanzigsten Jahrhundert! Man wird wohl andere Wege finden können, um Konflikte zu lösen, als den Krieg!«

Der Buchhändler hob beruhigend die Hand. »Abwarten. Wir sollten den Teufel nicht gleich an die Wand malen.«

Schon unterhielten sich die beiden über Literatur, besprachen die Brisanz einer im letzten Jahr erschienenen Novelle, *Der Tod in Venedig* von Thomas Mann, stritten sich über die Allegorien, Symbolik und Décadence-Motive, während Emmas Gedanken nur um das eine kreisten.

Scheußlich, dieses Attentat. Absolut scheußlich. Aber ein Krieg? Konnte es wirklich so weit kommen? Sie wusste es nicht.

Anfang Juli hatte das Kaiserreich seinem Verbündeten Österreich die volle Unterstützung bei militärischen Konflikten zugesichert. »Blankoscheck« nannte Henri es. Damals nur eine leere Worthülse. Heute – eine Bedrohung? Andererseits: Würde der Kaiser in solch unsicheren Zeiten dann zu seiner üblichen Nordlandreise aufbrechen? So schlimm konnte es kaum sein. Émile hatte recht. Sie sollten abwarten.

Dennoch schlief sie schlecht in dieser Nacht. Die Sorgen waren geblieben und woben ein dichtes Netz um sie herum. Unaufhörlich wälzte sie sich herum, das Bett knarzte – ihre Unruhe verscheuchte sogar Gusti von ihrem Kopfkissen. Sicherlich hielt sie auch Émile mit ihrer Schlaflosigkeit wach, in seiner winzigen Wohnung oberhalb der Buchhandlung gab es nicht viel Platz.

Noch vor Sonnenaufgang stand Emma auf. Zum Glück wartete im Laden genug Arbeit und lenkte sie ab. Rechnungen prüfen, Bücher einsortieren, Kunden bedienen. Dennoch kam sie nicht umhin, sich immer wieder zu fragen, ob sie heute Carl sehen würde. Oder ging er ihr aus dem Weg? Ausgerechnet jetzt, nachdem sie vier Jahre der Trennung überstanden hatten?

Das Glöckchen klingelte.

»Ich bin gleich für Sie da!«, rief Emma zwischen den Regalen hervor, steckte die Bücher, die sie im Arm hielt, in ein Fach und hastete zurück. Am Eingang stand Wilhelmine im sonnenblumengelben Musselinkleid, auf ihrer aufwändigen Hochsteckfrisur thronte ein kleiner beigefarbener Hut, der ihrer wohlgenährten Erscheinung dennoch etwas Filigranes verlieh. Emmas Herz stolperte. Die ganze Zeit half sie Émile in der Buchhandlung aus – dabei warteten Hochzeitsvorbereitungen auf sie! Das Donnerwetter konnte sie schon nahen hören. Eine stechende Stimme, die sich tiefer und tiefer in ihren Verstand bohrte: *Was bist du nur für ein Taugenichts!* Erst nach ein paar Augenblicken fiel Emma auf, dass die Stimme ihrer Mutter gehörte, die da in ihrem Kopf schimpfte. Wilhelmine dagegen ließ sich ausgiebig von Gusti beschnuppern, bevor sie Emma in die Arme schloss.

Auch nach all den Jahren hatte Carls Mutter nichts von ihrem sonnigen Gemüt eingebüßt. Der warme, vertraute Geruch nach Veilchen hieß Emma willkommen. Trotzdem fühlte sie sich schrecklich befangen in Wilhelmines Umarmung: So viel Körperkontakt war sie nicht gewohnt. Hatte ihre Mutter sie doch nur angefasst, wenn es sich nicht vermeiden ließ.

Endlich ließ Wilhelmine sie los und strich Emma behutsam über die Schulter, während in ihren Augen ähnlich heitere Funken stoben wie im Blick ihres Sohnes. »Wie schön, dass du endlich wieder in Metz bist. Wir freuen uns alle sehr.«

»Danke«, flüsterte Emma. Das Schuldgefühl, die Hochzeitsvorbereitungen verdrängt zu haben, nagte an ihr. »Geht es allen gut? Du siehst so wunderbar aus!«

Es war keine Floskel. Wilhelmine schien zu den Frauen zu gehören, die nie alterten. Natürlich gesellte sich das eine oder andere Fältchen dazu, auch ihr Haar war eine Spur grauer geworden. Was ihr einen besonders edlen Ausdruck verlieh.

»Danke, uns geht es gut. Ich sehe, dass du beschäftigt bist, möchte auch nicht lange stören ...«

»Nein, nein! Ich freue mich wirklich, dich zu sehen.« Nervös knetete Emma ihre Finger. Die vernarbte Haut auf ihren Armen spannte.

»Ich wollte nur ein paar Sachen mit dir bereden. Habe schon ein ganz schlechtes Gewissen, weil Louise und ich so vieles ohne Rücksprache mit dir entschieden haben. Aber die Zeit drängt. Bald ist es so weit!«

»Du brauchst doch kein schlechtes Gewissen zu haben«, versicherte Emma. Schon gar nicht dafür, dass die Seidels ihr so viel abgenommen hatten. »Möchtest du dich hinsetzen?

Hier, bitte.« Emma deutete zum Tisch, auf dem es sich Gusti bereits gemütlich gemacht hatte und die Unterhaltung mit ihren goldenen Augen verfolgte. »Darf ich dir vielleicht etwas Kamillentee anbieten?«, redete Emma weiter und ertappte sich schon wieder dabei, wie sie an ihren Fingern zupfte. »Ich fürchte, andere Getränke hat dieser Laden nicht zu bieten.«

»Ein Tee ist ganz wunderbar!« Wilhelmine legte ihr Täschchen beiseite und setzte sich.

Geschäftig nahm Emma die Buchhandlungskatze vom Tisch, fegte ein paar Katzenhaare beiseite und bereitete den Tee zu. Sie setzte sich gerade hin, da fiel ihr Blick auf *Die eheliche Pflicht*, das Büchlein, das sie nicht weggeräumt hatte. Sofort lief Emma rot an, ihre Wangen brannten. Was würde nur Carls Mutter darüber denken? Amüsiert schien Wilhelmine die Lektüre zu betrachten. Dann beugte sich die Frau vor und schaute ernst auf. »Du weißt, dass du mit mir über alles reden kannst, oder? Ganz besonders, wenn es um Fragen geht, die … nun ja … von Frau zu Frau geklärt werden sollten.«

»Da, da gibt es nichts zu klären.« Hastig packte Emma das Büchlein weg. Dieser verfluchte Henri!

Wilhelmine senkte die Wimpern. »Entschuldige. Ich wollte nicht aufdringlich sein.«

»D-das bist du nicht. Wirklich nicht«, stotterte Emma. Zur Stärkung nahm sie einen großen Schluck Kamillentee. Vielleicht war es doch nicht verkehrt, das eine oder andere in Erfahrung zu bringen. »Carl … hat er vor mir schon andere Frauen gehabt?«

Wilhelmine schmunzelte. »Ganz unerfahren ist er nicht.«

»Und …« Emma spürte, wie die Hitze in ihr Gesicht stieg. »Was macht man … um … nun ja … ihm Vergnügen zu bereiten?«

»Das ist natürlich nichts, worüber er mit seiner Mutter reden würde.« Wilhelmine legte eine Hand auf ihre Schulter. Die Berührung wirkte so leicht, kaum merkbar – und doch überkam Emma plötzlich das Gefühl, mit all ihren Fragen und Sorgen nicht allein zu sein. »Aber du brauchst keine Angst zu haben, glaube mir. Es ist unsere Pflicht, die Bedürfnisse unserer Männer zu erfüllen. Aber diese Pflicht kann auch viel Vergnügen bereiten. Carl ist jemand, dem das Glück der Frau sehr am Herzen liegt. Vertraue ihm. Er wird schon wissen, was zu tun ist.«

Emma wusste, dass ihr Gesicht gerade feuerrot leuchten musste. Genauso fühlte es sich nämlich an. Warum hatte sie nur dieses Thema angefangen? Am liebsten wäre sie im Boden versunken. Um ihre Verlegenheit zu überspielen, trank sie noch einen Schluck Tee. Kamille war ja bekannt für ihren beruhigenden Effekt.

»Dein Hochzeitskleid ist endlich da«, verkündete Wilhelmine und überspielte gekonnt die peinliche Stille. »Wir müssen sehen, dass wir bald bei der Schneiderin vorbeikommen, um Anpassungen vorzunehmen.«

»Ich kann es kaum erwarten.« Deutlich vorsichtiger nippte Emma an ihrer Tasse. Sie wusste noch, wie Wilhelmine sie in Straßburg besucht hatte, um die Kleiderfrage zu klären. Aber sie war so sehr in ihren Prüfungsstoff vertieft gewesen, dass sie sich kaum daran erinnerte, worauf sie sich letztendlich geeignet hatten.

»Du wirst bezaubernd darin aussehen!«, versicherte Wilhelmine. »Es ist aus dem Modehaus Christoph Drecoll, aus schwarzer Seide und Spitze gefertigt. Ich weiß, neuerdings heiratet man in Weiß, aber Schwarz steht für Tradition. Ich finde, die Familie Seidel sollte nicht den flüchtigen Modeerscheinungen nachlaufen.«

Emma senkte den Blick in die gelbe Teeflüssigkeit. Von Seide und Spitze verstand sie nicht viel – schon schweiften ihre Gedanken ab. Ob Carl erfolgreich im Saarland gewesen war? Welche Konditionen hatte er für den Vertrag aushandeln können?

»Es ist fantastisch! Du wirst die schönste Braut sein, die Metz dieses Jahr zu sehen bekommt!« Aus ihrem Täschchen zog Wilhelmine ein Blatt Papier, das mit ihrer geschwungenen Handschrift beidseitig beschrieben worden war. »Ich habe es mir erlaubt, für dich festzuhalten, was als Nächstes ansteht und wo deine Anwesenheit benötigt wird. Lass uns zuerst die Ereignisse am Hochzeitstag durchgehen. Am Freitagnachmittag wird es die Trauung im Standesamt geben. Danach geht es zum Polterabend, den wir in der Villa veranstalten werden.« Sie schmunzelte. »Die Kinder der Nachbarschaft sammeln schon eifrig das alte Geschirr und stellen es uns vor die Tür. Bald weiß ich gar nicht mehr, wohin mit all den Tontöpfen! Am Samstag findet die kirchliche Hochzeit mit einer anschließenden Feier statt, ebenfalls in der Villa. Auf Hochzeitsreise geht es am Montag – Carl kann es kaum erwarten, dir Dijon zu zeigen und dich mit den Senfblüten auf den Feldern von Burgund bekannt zu machen. Ach, ein bisschen beneide ich euch zwei.« Ihr Blick verklärte sich. »Als ich meinen Ehrhard geheiratet habe, da konnten wir nirgendwohin fahren. So viel Geld hatten wir nicht. Aber er hat mich in den Botanischen Garten gebracht und so getan, als wären wir weit weg in fremden Ländern. Umgeben von den exotischsten Gewächsen. Bis dahin hatte ich nicht einmal geahnt, dass er wusste, wie viel mir Pflanzen bedeuteten.«

Ganz still betrachtete Emma das Gesicht, das vor bedingungsloser Liebe strahlte. Hoffentlich würde sie genauso aussehen, wenn sie in vielen, vielen Jahren an Carl denken würde. An den Moment, an dem sie mit ihm in Dijon die Senfpflanzen sehen würde, die seiner Fabrik die wertvolle Saat lieferten.

Dijon war alles für ihn. Er war so häufig hingereist, dass diese Stadt ihr wie eine heilige Stätte vorkam. Nun würde sie selbst ihre Geheimnisse erkunden.

»Emma?« Wilhelmines Stimme riss sie aus den Gedanken. Noch war sie nicht in Dijon. Erst galt es, die Hochzeit des Jahres erfolgreich über die Metzer Bühne zu bringen.

»Entschuldige, was hast du gesagt?«

Behutsam stellte Wilhelmine ihre Tasse ab und räusperte sich. »Ich weiß, es ist ein heikles Thema für dich. Aber deine Eltern haben nicht auf die Hochzeitseinladung geantwortet. Meinst du, sie werden kommen?«

»Sie … sie haben nichts geantwortet?« Ein Gefühl, wie ins Bodenlose zu stürzen. Unbewusst klammerte Emma sich an die Tischkante. »Gar nichts?«

Traurig schüttelte Wilhelmine den Kopf. »Tut mir leid. Ich habe nichts von ihnen gehört.«

Emma blinzelte. Die Gedanken an ihre Eltern fraßen ein tiefes Loch in ihre Magengrube. Wie konnte es sein, dass sie nicht einmal auf die Hochzeitseinladung geantwortet hatten?

Nicht einmal auf die.

Dabei hatte sie so sehr gehofft, diese Vermählung würde die Kluft zwischen ihnen schließen. Immerhin war es das, was sie sich immer gewünscht hatten: ihre Tochter endlich unter die Haube zu bringen. An einen angesehenen Mann übergeben, der ihrer aller Zukunft sichern würde.

Vielleicht … vielleicht sollte sie sich langsam mit der Tatsache abfinden, dass ihre Eltern sie längst begraben hatten, wie die kleine Elsa damals. Nur dass Emmas Herz noch schlug. Und so weh tat Im Gegensatz zu dem ihrer Schwester, die in ihrem winzigen Grab tief unter der Erde nichts mehr fühlte.

Plötzlich spürte sie Wilhelmines warme Hand auf ihrem Arm. Eine zaghafte Berührung, die trotzdem Zuversicht spendete. »Wir sind für dich da, Emma. Wir werden immer für dich da sein.«

»Ich weiß.« Sie schluckte. Die Worte kamen nur schwer über ihre Lippen.

Wilhelmine lächelte traurig. »Nein. Weißt du nicht. Noch nicht. Aber das ist in Ordnung. Es braucht seine Zeit. Ich schicke einen Burschen zu deinen Eltern und werde ihn anweisen, nicht wegzugehen, bevor er eine Antwort bekommt. Dann haben wir Gewissheit.«

»Nein, nein. Ich mache das selbst. Ich gehe hin.« Ihre Stimme bebte. War sie wirklich bereit, ihren Eltern unter die Augen zu treten? Andererseits: Wann, wenn nicht jetzt?

* * *

Am späten Nachmittag ging Emma zu ihrem alten Mietshaus. Im Hof musste sie sich sammeln, bevor sie ins Treppenhaus eintauchte. Die Stufen unter ihren Sohlen knarzten vertraut. Jedes Geräusch weckte die vielfältigsten Erinnerungen. Wie sie hier angekommen waren, als ihr Vater nach Metz versetzt worden war und die knarzenden Stufen ihr Angst eingejagt hatten. Wie sie glücklich die Treppe herunterlief, in der Hoffnung, Carl wiederzusehen.

Endlich stand sie vor der Tür. Emma klopfte, wartete, doch auch nach einer ganzen Weile kam niemand, um zu öffnen. Vielleicht war ihre Mutter einkaufen? Scheeles Brot, das der Vater so gern mochte und jeden Abend auf dem Tisch sehen wollte.

Wer sicherlich mehr wusste, war die alte Rosenberger ein Stockwerk weiter unten. Was auch immer in diesem Haus vor sich ging, die Nachbarin erfuhr es als Erste. Mit etwas Glück würde sie gleich eine Auskunft bekommen, ob es sich lohnte, länger zu warten.

Die Tür öffnete sich sofort. Der altbekannte Geruch nach gebratenen Zwiebeln wehte Emma entgegen.

»Sieh an, sieh an«, knarzte die Nachbarin mit einem verkniffenen Gesicht.

Emma presste die Lippen zusammen. Es kostete sie Überwindung, die Rosenberger freundlich anzuschauen. »Ich wollte zu meinen Eltern, um …«

»Ach. Nach all den Jahren? Sie sind nicht da.«

»Wissen Sie, wann sie nach Hause kommen?«

»Niemals. Sie wohnen hier nicht mehr.«

Emma schluckte. »Und wo sind sie hin?«

»Zurück ins Rheinland vielleicht, was weiß ich! Die Schande ihrer Tochter konnten sie wohl nicht länger ertragen. Kann man ihnen das verübeln?« Die Nachbarin warf einen letzten missbilligenden Blick durch den Spalt und schlug die Tür zu.

Emma taumelte zurück, stieg auf unsicheren Beinen die Treppe hinunter, trat nach draußen. Sofort schlug ihr die sommerliche Wärme entgegen, doch in ihrem Innern blieb alles kalt.

Ihre Eltern waren weg.

Sie hatte keine Familie mehr.

Gar keine.

Metz, 1914

CARL

ER HÄTTE SCHON VOR TAGEN wieder in Metz sein sollen, doch die Verhandlungen waren zäh und langwierig gewesen. Mit fadenscheinigen Entschuldigungen hatte man ihn immer wieder auf später vertröstet, bis er ein Gerücht von einem Gegenangebot aufgeschnappt hatte.

Nun saß er im Zug nach Hause – mit leeren Händen.

Ich hoffe, du wirst den heutigen Tag gut in Erinnerung behalten, geisterten die Worte von Richard Weber in seinem Kopf herum. So hatte er also die Quittung bekommen, das Angebot seines alten Lehrherrn ausgeschlagen zu haben – der Sohn des Stollenbetreibers war mit Webers Schwager befreundet. Obwohl Carl mit allen Mitteln gekämpft und die Konditionen so sehr nach unten geschraubt hatte, wie es ging, würden die Bergleute demnächst den Weber'schen Mostrich in den Kantinen aufgetischt bekommen und nicht den ersten lothringischen Senf.

Bitterkeit erfüllte seine Seele. Enttäuschung über sich selbst, den sicheren Erfolg verspielt zu haben. Vielleicht wäre alles anders gelaufen, wenn er das Spiel hinter seinem Rücken früher durchschaut hätte. Wenn er energischer, kompromissloser, härter um den Vertrag gekämpft hätte. Richard Weber wusste viel schmutzige Wäsche vor fremden Augen zu verstecken. Wenn Carl sein Wissen bloß ausgespielt hätte, wenn er sich dafür nur nicht zu schade gewesen wäre – dann hätte er womöglich den Zuschlag erhalten.

Die vielen Wenns schwirrten in seinem Kopf wie Schmeiß-fliegen, bis er kaum noch klar denken konnte, ohne sich selbst zu verfluchen. Endlich kam der Zug am Hauptbahnhof in Metz an. Carls Laune hatte sich während der langen Reise allerdings kaum gebessert. Das bunte Treiben in der Halle bescherte ihm Kopfschmerzen. Er war froh, das riesige Gebäude hinter sich zu lassen und an die frische Luft zu treten.

Carl ignorierte die Kraftdroschken und ihre Fahrer, die um die Passagiere buhlten, und machte sich auf den Weg zur Fabrik. Der Spaziergang würde ihm guttun. Genug mit dem Trübsalblasen. Er musste sich entscheiden, wie es weitergehen sollte. Und wie er sein Versagen Emma beibringen konnte.

Ihr Gesicht tauchte vor seinem inneren Auge auf, und die Sehnsucht nach ihr breitete sich in seinem ganzen Körper aus. Sie war schon seit einigen Tagen wieder in Metz. Er müsste nur in die Buchhandlung gehen, um sie in die Arme zu schließen und ihr persönlich zum Zeugnis zu gratulieren. Oft fragte er sich, womit er diese großartige Frau eigentlich verdient hatte. Umso schwerer lastete die Vorstellung davon auf seiner Seele, ihr den Fehlschlag im Saarland erklären zu müssen. Denn natürlich würde sie sofort danach fragen.

Der Anblick des Fabrikgebäudes erfüllte ihn mit Zuversicht. Er blieb stehen. Sein Blick glitt die Fassade hoch zu den verheißungsvollen Buchstaben, die ihn daran erinnerten, wie viel er erreicht hatte:

Erste Lothringische Senffabrik C. Seidel.
Gegründet 1909

Der Betrieb schrieb schwarze Zahlen. Sein Senf erfreute sich immer größerer Beliebtheit. Inzwischen überzeugte der erlesene Geschmack sogar den Gaumen des einen oder anderen Gourmets in Feinkostläden. Lächelnd hob Carl sein Gesicht den Sonnenstrahlen entgegen. Verdammt, ja – dafür lohnte es sich zu kämpfen, allen Widrigkeiten zum Trotz.

Aus dem Hof tönte eine laute Stimme und riss Carl aus den Gedanken. Albert? Der Mann war einer der Ersten, die in der Fabrik angefangen hatten, und hatte sich schon bald als einer der zuverlässigsten und engagiertesten Angestellten des Betriebs entpuppt. Es hatte nicht lange gedauert, bis Albert zum Vorarbeiter und Carls rechter Hand avanciert war.

Alberts Stimme wurde stechender, wie immer, wenn er der Meinung war, sein Gegenüber hätte etwas missverstanden. Dann erinnerte der Tonfall an das Quietschen eines rostigen Tors. Man könnte meinen, dieser Mann stecke immer noch im Stimmbruch.

Als Carl durchs Hoftor trat, erblickte er den jungen Boten, der gerade schuldbewusst das Gesicht verzog und sich auf das Rad schwang. Kleinere Auslieferungen innerhalb der Stadt erledigte der Junge mit einem Lastenfahrrad. Erst für große Mengen und weite Strecken wurde das Seidel'sche Fuhrgeschäft eingesetzt.

Mit voller Kraft trat der Bursche in die Pedale.

»Guten Tag, Herr Seidel«, keuchte er. Auf seinem roten Gesicht glänzten Schweißperlen. Doch er hatte keine Möglichkeit, sie abzuwischen, so sehr musste er sich anstrengen, um das Fahrrad auf die Straße zu manövrieren.

»Albert?« Carl winkte den Vorarbeiter zu sich. »Ich möchte nicht, dass Ivos Rad so schwer beladen wird. Er kam gerade kaum von der Stelle.«

»Ach, der Bub schafft das schon.« Albert sah ihm verkniffen hinterher. Auf seiner Stirn pochte eine Ader. Vor Unsicherheit quietschte seine Stimme noch mehr. »Es trainiert die Muskeln! Wie dürr der war, als er bei uns angefangen hat, und nun: Sehen Sie ihn sich an. Ein prachtvoller Bursche ist aus ihm geworden. Und alles wegen der Arbeit an der frischen Luft.«

Carl zog die Augenbrauen zusammen. »Wir werden in ein weiteres Lastenfahrrad investieren und einen zweiten Jungen anstellen. Bis dahin passen Sie auf, dass seine Fahrten mindestens um ein Drittel des Gewichts reduziert werden.«

»Wie der Herr wünscht«, murmelte Albert. Mit Kritik – auch indirekter – konnte der Mann noch nie gut umgehen. »Es gibt noch etwas, worüber ich mit Ihnen reden möchte. Unter vier Augen, wenn es möglich ist.«

»Natürlich.« Carl klopfte Albert auf die Schulter und deutete zum Eingang der Fabrik. Obwohl er zuerst in Ruhe ankommen und sich einen Überblick über das aktuelle Geschehen hatte verschaffen wollen – für die Belegschaft hatte er immer ein offenes Ohr. Er ging voran. Die Arbeiter grüßten höflich, ohne ihre Tätigkeit an den Maschinen zu unterbrechen. Die Geräusche und Gerüche bescherten Carl endgültig das Gefühl, zu Hause angekommen zu sein.

Im Kontor schloss er hinter Albert die Tür. Das Schloss zickte und schnappte nicht richtig zu, so dass die Tür einen Spaltbreit offen stehen blieb. Er drückte noch einmal zu, dieses Mal hielt das Schloss. Der Mechanismus sollte demnächst ausgetauscht werden.

Albert setzte sich auf Kante des Besucherstuhls. Seine knochigen Finger tippten unruhig auf dem Oberschenkel.

»Worum geht es?«, half Carl.

Albert schielte zur Tür. Als er sich vergewissert hatte, dass diese tatsächlich zu war, presste er unwillig hervor: »Hans Neuböck.«

Abermals schaute er zur Tür.

»Ich versichere, alles, was Sie sagen, bleibt unter uns.« Carl bedeutete dem Mann weiterzusprechen. Auch wenn ihm klar war, worauf das hinauslaufen würde. Seit dem ersten Tag hatte es sich Hans zur Aufgabe gemacht, Albert wegen seiner Quietschestimme vor anderen Arbeitern bloßzustellen. Inzwischen ertönte Gelächter, sobald Albert auch nur den Mund aufmachte. Der Vorarbeiter revanchierte sich, indem er Hans jeden Fehler unter die Nase rieb. Dabei gab Hans bei der Arbeit sein Bestes und lieferte manchmal das Doppelte von dem, was man von ihm verlangte.

»Jetzt reden Sie schon.« Carl seufzte. »Wir finden bestimmt eine Lösung.«

Albert sah zu Boden. »Ich möchte niemanden anschwärzen. Aber so kann es mit Hans nicht weitergehen. In Ihrer Abwesenheit ist er des Öfteren betrunken zur Arbeit erschienen. Dabei weiß ich, wie wichtig es Ihnen ist, dass die Maschinen nur nüchtern zu bedienen sind. Außerdem ist mir zu Ohren gekommen, er würde andere beklauen. Ich habe ihn gestern darauf angesprochen, und da ist er vollkommen ausgerastet.« Albert neigte den Kopf und zeigte auf einen Bluterguss am Wangenknochen. »Ich kann froh sein, dass er mir dabei nicht den Schädel eingeschlagen hat.«

Carl lehnte sich gegen den Tisch. Nüchternheit war ihm wichtig, weshalb sich viele beschwerten. »Ich bin doch kein Pferd, dass ich Wasser saufen soll«, hatte er mal jemanden zetern hören. Doch nachdem er zwei Arbeitern wegen Trunkenheit gekündigt hatte, wagte niemand mehr, seine Geduld in der Alkoholfrage auf die Probe zu stellen.

»Das sind schwere Anschuldigungen«, murmelte Carl schließlich.

Albert zuckte die Schultern. »Ich dachte, Sie sollten es wissen. Dieser Mann ist unberechenbar.«

»In Ordnung.« Carl richtete sich auf. »Ich gehe dem nach.«

Albert erhob sich. »Noch eine Frage. Stimmt es, dass Ihre Verlobte hier bald alles übernehmen wird? Man munkelt …«

Carl schmunzelte. »Sicherlich nicht alles. Sie können jetzt zurück an die Arbeit, Albert.«

»Selbstverständlich.« Unsicher trat der Mann von einem Fuß auf den anderen. »Das war unangebracht von mir. Bitte verzeihen Sie.«

»Alles gut.« Tatsächlich wusste er selbst noch nicht, ob und wie viel Emma in die etablierten Strukturen der Fabrik eingreifen würde. So richtig hatten sie beide darüber nicht gesprochen. Sicherlich war Emma in der nächsten Zeit sowieso mit der Hochzeit und weniger mit den Abläufen im Betrieb beschäftigt. Doch etwas in ihm freute sich bereits auf den frischen Wind, den Emma in das Unternehmen bringen würde. Auch wenn er dann zusehen musste, nicht allzu alt neben ihr auszusehen. Hoffentlich gelang es ihm vorher, den Rückschlag im Saarland auszubügeln.

Etwas vor sich hin murmelnd, verließ Albert den Raum. Carl setzte sich an seinen Tisch. Die Sache mit Hans Neuböck beschäftigte ihn. Dieser Mann war kein einfacher Mensch. Das konnte man kaum leugnen. Er eckte gern an, sagte unverblümt seine Meinung und wurde schnell unbeherrscht, wenn er das Gefühl hatte, er würde ungerecht behandelt. Andererseits zeichnete er sich durch seinen Fleiß aus und hatte in kürzester Zeit die Abläufe in der Fabrik gelernt. Außerdem erwartete seine Frau ihr viertes Kind. Kein Wunder also, wenn seine Nerven ab und zu versagten.

Carl rieb sich nachdenklich die Stirn. Die Angelegenheit würde er im Auge behalten müssen. Jetzt erforderten Papiere seine Aufmerksamkeit, die sich in seiner Abwesenheit angesammelt hatten. Als der Arbeitstag sich dem Ende zuneigte, schickte er nach Hans. Vielleicht würde sich eine Lösung finden, wenn er mit dem Mann in Ruhe redete und sich seine Sichtweise anhörte. Sicherlich war es nicht leicht, sich in eine Gemeinschaft einzufügen, in der sich die meisten schon seit Jahren kannten.

Hans Neuböck bequemte sich erst nach einer ganzen Weile dazu, zu ihm zu kommen. Mit seiner kräftigen Statur füllte er fast den ganzen Türrahmen aus. Er war groß und breitschultrig – ein Berg von einem Mann, der ohne einen Schweißtropfen Säcke mit der Saat herumschleppte oder mit den schweren Fässern, in dem der Senf reifte, hantierte.

»Der gnädige Herr wollte mich sehen? Was gibt es?«, murrte er ohne besondere Freundlichkeit, aber auch nicht mit auffälligem Zorn.

Carl deutete auf den Besucherstuhl. »Bitte, setzen Sie sich.«

»Ach was. Ich kann stehen.« Seine tiefe Stimme klang etwas gedehnt, und Carl rätselte, ob es dem Alkoholeinfluss geschuldet war. Um dies zu beurteilen, müsste er dem Mann deutlich näher sein.

Carl trat hinter dem Tisch hervor. »Es wäre vielleicht besser, wenn Sie zumindest reinkommen. Machen Sie die Tür zu.«

Bereitwillig zog der Mann die Tür hinter sich zu, kam herein und stützte sich mit beiden Händen auf der Lehne des Besucherstuhls ab. Nun standen sie nahe genug beieinander, dass Carl tatsächlich eine Spur von Alkohol wahrnehmen konnte, die offenbar von Salbei überdeckt werden sollte. Das Kraut hatte den Ruf, unangenehme Mundgerüche zu kaschieren. Aber Carls Nase, die die feinsten Nuancen der neuen Senfkreationen und Gewürze wahrnehmen konnte, entging es nicht.

»Ich habe von gewissen Spannungen zwischen Ihnen und anderen Mitarbeitern gehört«, begann Carl.

Der Mann schnalzte mit der Zunge. »Von wem?«

»Das tut nichts zur Sache. Ich habe Sie eingeladen, um mir Ihre Seite anzuhören.«

»Da gibt es nichts, was angehört werden muss. Ich mache meine Arbeit. Und ich mache sie gut! Die anderen können mir den Buckel runterrutschen.«

Carl beäugte den Mann von Kopf bis Fuß. Der Kerl überragte ihn mindestens um zwei Köpfe und mied sichtlich jeden Blickkontakt. »Sie wissen schon, dass Sie zu mir kommen können, wenn es Konflikte gibt?«

»Die gibt es nicht. Kann ich jetzt gehen?«, brummte der Mann. »Die Arbeit erledigt sich nicht von alleine.«

Carl seufzte. Es war schwer, jemandem zu helfen, der sich nicht helfen lassen wollte. »Ja. Sie können gehen. Zögern Sie aber nicht, sich an mich zu wenden, sollte Ihnen etwas auf der Seele liegen.«

Hans grunzte etwas Unverständliches und machte sich auf den Weg zur Tür. Carl beobachtete seine Bewegungen. Sie deuteten nicht darauf hin, dass er viel über den Durst getrunken hatte, so dass er seine Aufgaben in der Fabrik nicht erledigen konnte. Dennoch sollte er den Mann eine Weile beobachten. Das Arbeitsklima in der Fabrik war ihm wichtig. Vorschnell wollte er aber nicht urteilen.

Kaum hatte er die Papiere auf dem Tisch einsortiert und weggeräumt, erscholl von irgendwoher Lärm. Es polterte, dazu mischten sich aufgeregte Stimmen, die sogar durch die geschlossene Tür und den Krach der Maschinen drangen, dann Schreie und Rufe. Carl stürzte hinaus. Hoffentlich gab es keinen Unfall, der einen der Arbeiter verletzt hatte! Der Tumult kam aus dem Raum, in dem sich die Mitarbeiter umzogen, um ihre Arbeitskleidung anzulegen. Carl riss die Tür auf. Zwei Körper wälzten sich auf dem Boden in einem schieren Durcheinander aus Armen und Beinen. Ein paar andere Mitarbeiter drückten sich an die Wände, der eine oder andere feuerte die Schlägerei an, verstummte aber, sobald Carl eintrat.

»Aufhören! Was ist hier los?«, brüllte er in das Gemenge. Doch die Streithähne schienen nichts zu bemerken, bis ein paar andere Mitarbeiter sie mit vereinten Kräften auseinanderzogen. Erst da realisierte Carl, dass es sich um Albert und Hans handelte. »Was geht hier vor sich?«

Albert wischte sich mit einem Ärmel seine blutende Nase ab und schickte Hans einen verächtlichen Blick. »Der ist auf mich losgegangen«, keuchte er. »Einfach so.«

Carl blickte zu den Außenstehenden. Doch niemand gab auch nur einen Mucks von sich. Vielleicht aus Angst, in den Genuss von Hans' Fäusten zu kommen.

»Einfach so?« Hans spuckte Albert vor die Füße. »Angeschwärzt hast du mich!« Dann schickte er einen finsteren Blick in die Runde. »Na, war es allein seine Idee, oder wollt ihr mich alle hier loswerden? Ihr Feiglinge.«

»Schluss jetzt!«, donnerte Carl und stellte sich vor Hans. »Kommen Sie mit.«

»Ach, jetzt bin ich der Böse?« Der Mann verzerrte das Gesicht und ballte seine riesigen Hände. »War ja klar. Hauptsache, dem Chefliebling passiert nichts.«

»Beruhigen Sie sich bitte«, redete Carl auf ihn ein, während er fieberhaft überlegte, wie er die Situation entschärfen sollte. »Ich bin mir sicher, wir können den Vorfall klären. Jetzt kommen Sie erst einmal mit.«

»Ach, und der da bleibt?« Der Mann deutete zu Albert.

Der Vorarbeiter kniff die Augen zusammen. »*Der da* wird dir noch zeigen, wo dein Platz ist.«

Carl spürte, wie die Situation ihm entglitt.

»Mal sehen, ob du auch mit einer zerschlagenen Fresse so große Reden schwingen kannst«, knurrte Hans Neuböck.

Carl hob beschwichtigend die Arme. Doch Hans stieß ihn beiseite. Hart prallte Carl mit dem Rücken gegen eine Wand. Zum Glück drängte ein ganzer Pulk aus Mitarbeitern Hans von Albert weg. Sie redeten ihm gut zu.

Langsam richtete sich Carl auf. Er konnte einiges verzeihen. Aber wenn dieser Mann seine Autorität untergrub, hatte er in seiner Fabrik nichts zu suchen.

»Ich fürchte, ich kann Sie nicht länger in meiner Fabrik beschäftigen«, presste er durch die zusammengepressten Zähne hervor.

Hans' Nasenflügel flatterten. »Ach. Der feine Herr kann das nicht?«

»Gehen Sie. Jetzt.« Entschlossen wies Carl auf die Tür. In seinem Innern brodelte die Wut. Umso mehr wunderte es ihn, wie kühl seine Fassade blieb. »Oder ich werfe Sie raus.«

»Du? Mich?«

Zwei Mitarbeiter stellten sich ihm in den Weg. Darunter Joseph, Hans' Vetter, der so eifrig für ihn gebürgt hatte, als dieser sich um die freie Stelle in der Fabrik beworben hatte.

»Hans, gib doch endlich Ruhe.« Unbeholfen kratzte er sich seinen blonden Schopf. »Du machst es nur schlimmer.«

Genug.

»Gehen Sie«, stieß Carl mit Nachdruck hervor. »Oder ich schicke nach der Polizei.«

Hans schnaubte. »Das wird euch allen noch leidtun!«, zischte er. Doch angesichts der anderen Männer wich er zurück. »Denkt an meine Worte! Ich zeig euch, was passiert, wenn man es sich mit Hans Neuböck verscherzt!«

Dann schnappte er sich sein Bündel und stampfte davon. Eine Weile war es ganz still im Raum. Carl spürte die Blicke, die auf ihn gerichtet waren. Dennoch brauchte er einen Moment, um wieder zu sich zurückzufinden. Wie konnte die Situation nur so entsetzlich aus dem Ruder laufen? War es sein Fehler gewesen? Mal wieder?

Er seufzte. »Albert? Brauchen Sie einen Arzt?«

»Geht schon.« Der Mann zupfte seine Kleidung zurecht.

»Nehmen Sie sich morgen frei. Ihren Lohn bekommen Sie trotzdem. Alle anderen …« Er nickte ihnen dankbar zu. »Gut, dass Sie eingeschritten sind.«

Die Männer raunten etwas Undefinierbares und gingen davon.

Auch Carl verließ den Raum. Draußen lockerte er seinen Stehkragen. Seine Finger zitterten leicht. Vorher hatte er sich kaum Gedanken darüber gemacht, aber war die Fabrik wirklich der richtige Ort für eine Frau? Für seine Emma? Was, wenn sie in eine ähnliche Situation geraten würde?

Er wollte tief durchatmen, doch seine Brust war wie zusammengedrückt. Erst jetzt merkte er, wie ausgelaugt er war. Zeit, nach Hause zu gehen.

Metz, 1914

EMMA

SIE HATTE NOCH IMMER NICHTS von Carl gehört. Wie viel in der Fabrik zu tun war, konnte sie sich gut ausmalen. Sorgen machte sie sich dennoch. Nein, nicht einmal wirklich Sorgen, denn es gab keinen Grund dafür, sagte sie sich. Aber etwas nagte an ihr, obwohl sie alles tat, um die Zweifel von sich zu weisen.

Carl würde sich melden, sobald er konnte.

Sie sollte brav sein und sich gefälligst um ihre eigenen Sachen kümmern. So viel musste noch für die Hochzeit geregelt und organisiert werden! Gleichzeitig ärgerte es sie, dass ihre innere Stimme so sehr nach ihrer Mutter klang.

Am späten Nachmittag machte sie sich doch noch auf den Weg zur Fabrik. Der sommerliche Tag lud buchstäblich zu einem Spaziergang ein. Der Himmel war mit zarten Schäfchenwolken übersät, das vergnügliche Zwitschern der Singvögel tönte aus den Baumkronen. Es war nicht so heiß, wie es im Hochsommer oft der Fall war, wofür Emma im Stillen dankte. Sie hatte sich für ihre beste Bluse aus Häkelspitze mit einem Stehkragen entschieden, dazu trug sie einen dunkelblauen Rock. Beides etwas zu warm für diese Jahreszeit, aber viel Auswahl an eleganten Kleidungsstücken hatte sie nicht. Ein kurzer Strang aus Barockperlen vervollständigte ihr Erscheinungsbild. Auch wenn Carl nicht viel Wert auf die Garderobenfragen legte, wollte sie in der Fabrik einen respektablen Eindruck hinterlassen.

Immer wieder glitt ihr Blick über die hübschen Fassaden der Stadthäuser, und alles ringsherum erfüllte sie mit Freude. Wie sehr sie Metz vermisst hatte, war ihr in Straßburg gar nicht bewusst gewesen. Bis sie endgültig hierher zurückgekehrt war. Zu Carl.

Doch je näher sie der Fabrik kam, desto nervöser wurde sie. Trotz aller Euphorie legte sich eine Schwere auf ihr Gemüt, die der Ungewissheit der letzten Tage geschuldet sein musste. Dabei gab es keinen Grund, beunruhigt zu sein. Es war Carl, den sie bald sehen würde.

Ihr Carl.

Trotzdem nistete sich ein ungutes Gefühl in ihr ein. Als würde jemand sie beobachten, gar verfolgen … Sie schaute sich um. Nichts Verdächtiges zu sehen. Wer sollte sie schon beobachten? Unsinn. Entschlossen setzte sie ihren Weg fort, obwohl ihre innere Unruhe sie ganz fahrig machte und immer wieder dazu zwang, sich umzudrehen.

Endlich stand sie vor der Fabrik. *Erste Lothringische Senffabrik C. Seidel. Gegründet 1909*, prangte die Inschrift von der Fassade. Die Außenwände erstrahlten neu verputzt. Jedes Fenster glänzte. Durch das Mauerwerk glaubte sie die Maschinen arbeiten zu hören, als würde darin ein riesengroßes mechanisches Herz schlagen und Senf wie Lebenssaft durch einen Körper jagen.

Verzweifelt suchte Emma nach dem Gefühl von damals, als sie Carl vom Seidel'schen Fest entführt hatte. Nach dieser zarten Freude auf die verheißungsvolle Zukunft. Nach der vertrauten Zweisamkeit. Nach der Hoffnung, etwas Bedeutsames bewirken zu können.

Aber nichts davon war da.

Das Gebäude wirkte fremd. Imposant, großartig, aber absolut fremd. Sie hatte so viel bei der Entstehung und Entwicklung der Fabrik verpasst. Brauchte Carl sie hier wirklich? Oder machte sie sich etwas vor?

Hinter ihr hupte es.

Emma zuckte zusammen und schritt beiseite. An ihr vorbei ratterte ein Laster mit einem dröhnenden Motor. *Fuhrunternehmen E. Seidel* stand auf seiner Seite – bei den Auslieferungen seines Senfes über weitere Strecken setzte Carl auf das Familiengeschäft. Der Laster parkte weiter hinten auf dem Hof. Sofort traten zwei Männer heraus, um das Automobil auszuladen.

Wie schön, dass die Senffabrik Carls Familie doch noch vereint hatte. Auch wenn Emma dieser Frieden so schrecklich zerbrechlich vorkam. Ein unbedachtes Wort, ein flüchtiger Blick – und schon könnten sich Risse darin bilden. Risse, die nicht so leicht zu kitten waren. Sie spürte es jedes Mal. Besonders bei den Begegnungen mit Louise und Antoine, denen sie seit dem Brand nichts als Misstrauen entgegenbrachte. In deren Nähe sie sich so unglaublich unwohl fühlte.

Aber darüber sollte sie lieber nicht nachdenken. Weder Carls Schwester noch ihr Mann waren hier. Nichts würde heute ihre Freude trüben, Carl wiederzusehen.

Sie durchquerte den Hof. *Graines de moutarde de Bourgogne* stand auf den Säcken gedruckt, die aus dem Laster in den Keller befördert wurden. Dort sollte die Senfsaat gesiebt und durchgerüttelt werden, um die kostbaren Körner von möglichen Verunreinigungen zu befreien. Emma schmunzelte, als sie daran dachte, wie sie zusammen mit Carl auf eine der Lieferungen gewartet hatte. Wie Carl seine Finger in die Saat getaucht hatte, pures Glück auf seinem Gesicht. Er hatte die Kügelchen wie eine seltene Kostbarkeit in ihre Hand rieseln lassen.

»Spürst du es?«, hatte er ihr zugewispert, und seine Aufregung war sofort auf sie übergesprungen. »Nur ein Atemzug, und schon sind die Luft und die Sonne von Burgund bei dir, die in diesen Körnern konserviert sind. Schließe deine Augen! Kannst du es dir vorstellen, wie sie ihren besonderen Duft im Senf entfalten? Ihm diese eine Note geben, die den Dijon-Senf von allen anderen unterscheidet? Diese Note hat hier, in der Saat, ihren Ursprung. Als würde man ein Stück Frankreich auf dem Gaumen haben!«

Sie hielt die Augen geschlossen und wagte kaum noch, sich zu rühren. Frankreich konnte sie sich nicht vorstellen, wie auch? Burgund – das war nichts als ein Name. Aber Carls Timbre durchdrang in ihrer Erinnerung ihr ganzes Wesen, füllte sie mit seiner Leidenschaft bis zum entferntesten Winkel ihrer Seele aus.

»Gnädiges Fräulein?«

Emma fuhr herum. Wenn sie in Tagträumereien verfiel, vergaß sie schnell alles um sich herum. In einigem Abstand zu ihr stand ein Mann. Noch nie hatte sie einen kräftigeren Kerl gesehen. Er erweckte den Eindruck, den gerade angekommenen Laster mit einer Hand hochheben zu können. Rasch zog er seine Mütze vom Kopf und knetete sie in seinen wulstigen Fingern, drückte den Stoff immer wieder zusammen, dass sich die Knöchel und Sehnen deutlich abzeichneten.

»Gnädiges Fräulein? Es tut mir so leid, dass ich Sie so anspreche. Aber Sie sind die Verlobte des Fabrikherrn, nicht wahr? Emma Bergmann?«

»So ist es.« Der erste Schreck war abgeklungen. Emma betrachtete ihn genauer. Irgendetwas schien ihn zu beschäftigen. Gleichzeitig hatte sie den Eindruck, es wäre ihm unangenehm, mit ihr zu sprechen.

Verstohlen deutete er in ihre Richtung. »Hübsche Kette.«

Etwas überrumpelt fuhr sie mit den Fingern über die Barockperlen. Jede ein Unikat. Weit von jeglicher Perfektion entfernt, und doch unglaublich kostbar. Carl machte ihr nicht viele Geschenke. Und doch zeigte jedes umso eindringlicher, wie gut er sie kannte. Emma schmunzelte. »Danke sehr. Möchten Sie mir von Ihrem Anliegen erzählen?«

Unbeholfen trat er von einem Bein aufs andere. »Könnten Sie für mich ein gutes Wort einlegen? Ich brauche diese Stelle wirklich! Meine Frau ist schwanger. Ich weiß nicht, wie ich meine Familie über die Runden bringen soll!«

Emma hob eine Hand, um ihn zu beruhigen, bevor er sich in Rage redete. »Welche Stelle?«

Er verzog seine Miene. »Ich habe einen Fehler gemacht. Das ist alles. Aber ich kann mich bessern, ich schwöre es!«

»Wieso reden Sie darüber nicht mit Herrn Seidel?«

Ärger zuckte durch sein Gesicht. »Ich glaube nicht, dass er mit mir reden will.«

»Ich kenne keinen anderen Menschen, der so offen für Belange anderer wäre wie Carl Seidel.«

Der Mann schnaubte. »Na, bei Ihren Teekränzchen ist die Welt ja auch eine ganz andere. Wie es hier zugeht, davon haben Sie keine Ahnung.«

Natürlich. Emma seufzte. Sie hatte einen langen Weg vor sich, wenn sie die Männer überzeugen wollte, dass ihre Kompetenzen über Teekränzchen hinausgingen. »Ich kann Ihnen nur raten, ein Gespräch mit Herrn Seidel zu suchen.« Sie wandte sich zum Gehen.

»Warten Sie!« Er streckte eine Hand nach ihr aus. Einen Augenblick glaubte sie, er würde sie packen. Erschrocken wich sie zurück, wandte sich ab und floh in die Fabrik. Die Tür fiel hinter ihr zu. Um ihre Selbstbeherrschung zurückzugewinnen, strich sie ihren Rock glatt und zupfte ihre Bluse zurecht, tastete nach ihrer Perlenkette. Sie wartete, bis ihr Herz nicht mehr so hektisch klopfte, bevor sie in die Produktionshalle hineintrat. Der Duft von frisch angemischtem Senf hatte sich tief im Gemäuer festgesetzt. Bei jedem Atemzug prickelte es in ihrer Nase. Sie liebte diese Düfte. Nie hätte sie sich vorstellen können, dass die Gerüche einer Fabrik ihr so besonders, so edel vorkommen würden. Der Lärm der Maschinen erinnerte sie an ein seltsames musikalisches Stück. Nicht unangenehm, sondern vertraut und lockend. Den Ehrenplatz in der Fabrik nahm die große Mühle ein, die Carl auf den Namen Gundula getauft hatte. Gundula war ein Prachtstück mit ihrer Größe, den riesigen Basaltlavasteinen und all den Riemen, die sie am Laufen hielten. Carl legte viel Wert auf Fortschritt und moderne Maschinen. Den elektrischen Generatorenbetrieb versorgte eine zwanzig PS starke Gasturbine. Der Großteil der Ausstattung stammte aus Frankreich. Darauf war er besonders stolz, dass sein *Extra feiner Tafelsenf nach Art Dijon* mittels Maschinen hergestellt wurde, die nur in Dijon zu finden waren.

Tief atmete Emma die Luft der Fabrik ein. Vielleicht hatte sie bei der Entstehung dieses Betriebes nicht so mitgewirkt, wie sie gewollt hatte. Aber die Zukunft lag wie ein unbeschriebenes Blatt vor ihr. Sie würde Carl mit ihrem Wissen unterstützen, ihm helfen, wo sie nur konnte.

Die Tür zum Kontor stand einen Spaltbreit offen, dennoch klopfte sie an.

»Herein.«

Plötzlich fühlte sie sich schrecklich befangen. War es richtig, hier so reinzuplatzen? Ihn bei der Arbeit zu stören? Auf unsicheren Beinen trat sie über die Schwelle.

»Emma!« Rasch sammelte er die Papiere ein, die vor ihm ausgebreitet lagen, und steckte sie in eine Mappe. Müde sah er aus und noch eine ganze Spur blasser als sonst. Sogar die Sommersprossen wirkten matt und ein wenig verwaschen. Am liebsten hätte Emma sein Gesicht in ihre Handflächen geschlossen und jedes Pünktchen auf seiner Haut geküsst, um ihn lachen zu hören.

Er kam um den Tisch herum und blieb in einem Abstand vor ihr stehen. »Emma … Was … was machst du hier?«

Sie hob ihm ihr Gesicht entgegen. »Ich habe dich so schrecklich vermisst.«

In der Stille glaubte sie, sein Herz schlagen zu hören. Für jeden anderen eine Selbstverständlichkeit. Doch seins konnte damit jederzeit einfach aufhören.

»Ich habe dich auch vermisst.« Er trat näher an sie heran. Vorsichtig glitt seine Hand um ihre Taille, strich ihr über den Rücken. Eine Berührung, so behutsam, dass sie Gänsehaut bekam. So lange hatte sie seine Umarmungen nicht gespürt. Ihr Körper sehnte sich danach, ihm nahe zu sein.

Plötzlich zog Carl sie an sich heran und drückte sie fest an sich. »Es tut mir leid. Es tut mir so leid. Es gibt keine Entschuldigung, warum ich nicht sofort zu dir gegangen bin, als ich endlich in Metz war. Ich … ich wollte …« Er stockte und vergrub sein Gesicht an ihrem Hals. »Ach, ich weiß selbst nicht, was ich wollte. Ich … ich bin nach wie vor einfach nur ein riesiger Esel.«

Sie schmiegte sich an ihn und tauchte ihre Finger in seine rotblonden Locken. Tief saugte sie seinen Duft ein. Diesen würzigen Geruch nach Kräutern, der heute eine feine Honignote trug – ob er schon wieder mit neuen Senfsorten experimentierte? Mit ihrem ganzen Wesen spürte sie das Pochen seines Herzens. Ihr eigenes schlug ihm entgegen.

»Jetzt bin ich ja hier«, flüsterte sie.

»Ja. Jetzt bist du hier.«

So verharrten sie, innig verschlungen. Emma und Carl. Carl und Emma. Selig schweifte ihr Blick über die Bilanz- und Inventurbücher, über ordentlich aufgestapelte Mappen und Fächer mit einzelnen Aufträgen. Die Aufregung strömte wie eine elektrisierende Welle durch ihren Körper. Am liebsten hätte sie sich sogleich in die Arbeit gestürzt, sich einen Überblick über die Lage verschafft und das Wissen, das sie sich so mühsam angeeignet hatte, endlich angewendet.

Sie löste sich aus seiner Umarmung und griff nach einem der Inventurbücher. »Bewertest du die Lagerbestände immer noch nach dem alten Prinzip?«

Er lächelte ihr zu, nahm das Buch aus ihren Händen und stellte es zurück. »Natürlich. Gerade bei Lebensmitteln ist es doch sinnvoll, die Ware, die zuerst eingelagert wurde, auch zuerst zu verbrauchen. Oder nicht?« Neckisch hob er die Augenbrauen.

»Das denkst du!«, rief sie euphorisch aus. »Bereits seit einiger Zeit ist eine gewisse Teuerung zu beobachten. Wenn wir in der Buchhaltung die Methode anwenden, nach der die Ware, die zuletzt eingelagert wurde, zuerst verbraucht wird, können wir durchaus Steuern sparen.«

Zweifelnd runzelte er die Stirn. »Aha. Ich glaube nicht, dass …«

Sie lachte und drückte ihm einen Kuss auf die Lippen. »Erkläre ich dir später. Darüber brauchst du dir keine Gedanken zu machen. Wenn ich mich erst einmal mit den Büchern vertraut gemacht habe, kann ich das in Angriff nehmen. Warst du erfolgreich im Saarland?«

Sein Blick huschte zum Tisch, wo die Mappe mit den unordentlich hineingestopften Papieren lag. »Natürlich.«

»Wir haben den Auftrag?«, hauchte sie. Was für ein Durchbruch für die Fabrik! Zwar schrieb der Betrieb schwarze

Zahlen, aber der Erfolg war brüchig. Die Lieferungen an den Bergbau würden die Zukunft des Unternehmens festigen, den Wirkungskreis über die Auslieferungen an Geschäfte, Restaurants und die eine oder andere Betriebskantine erweitern. »Das ist ja fantastisch! Carl! Was für wunderbare Neuigkeiten!« Euphorisch betrachtete sie sein Gesicht, suchte nach den Funken in seinen Augen, die sie so liebte, nach den Grübchen in seinen Wangen, die sie oft zu necken schienen. Doch nichts davon war da. Sie hielt inne. »Und die Konditionen?«

Plötzlich zog Carl sie an sich heran. Sie spürte seinen muskulösen Körper, der sich an sie drückte, seine Hände, die fest ihre Taille umschlossen hielten. Die Freude über den Auftrag kribbelte noch immer durch ihre Adern, aber jetzt mischte sich noch etwas anderes dazu. Etwas, das ihr den Atem raubte und sie ganz schwindelig machte. Küss mich, schoss es durch ihre Gedanken, und sie keuchte, als er seine Lippen fest an ihren Mund drückte. Ihr Kopf war wie leergefegt. Keine Gedanken mehr an das Saarland oder Vertragsklauseln und Konditionen. Sie schlang ihre Arme um seinen Hals, schob ihm ihr Becken entgegen. Das Verlangen nach ihm zehrte sie aus. Sie wollte mehr von ihm, so viel mehr! Jetzt gleich. In diesem Raum. Zusammen mit ihm würde sie über alle Grenzen hinweggehen und in alle Abgründe hinabstürzen, die da auf sie warteten.

Es klopfte.

Verdammt!

Unwillig stöhnte er auf, ohne sie loszulassen. Doch sie wand sich aus seiner Umarmung, trat rasch ein paar Schritte beiseite und richtete ihre Kleidung.

»Ja bitte?«

Auf der Schwelle erschien der Mann von vorhin. Der riesige Kerl, der Emma im Hof angesprochen hatte. Offensichtlich hatte er seinen Mut zusammengenommen, um Carl unter die Augen zu treten. Auch wenn er dafür einen denkbar unpassenden Moment gewählt hatte.

»Also ... Herr Seidel ...« Nervös knetete er seine Mütze in den kräftigen Händen. »Ich wollte sagen, dass es mir wirklich leidtut, was da vorgefallen ist. Das wollte ich nicht. Keine Ahnung, was in mich gefahren war.«

»Etwas Alkohol womöglich?«, erwiderte Carl trocken. Unwillkürlich hob Emma eine Hand, um ihn zu beschwichtigen. Sollte er nicht erst einmal zuhören, was der Mann zu sagen hatte? Ihm eine Gelegenheit geben, sich zu erklären? Doch Carl beachtete sie nicht. »Für Entschuldigungen ist es zu spät«, fuhr er schneidend fort. »Und jetzt verlassen Sie bitte meine Fabrik.«

»Bitte! Ich brauche die Stelle! Was muss ich tun, um Ihnen zu zeigen, dass ich mich ändern kann? Dass ich mich ändern *werde*! Soll ich mich bei Albert entschuldigen? Ich mach's! Ganz ehrlich, wenn Sie es sich wünschen, mache ich das!«

»Es ist zu spät. Ich kann nichts für Sie tun.«

»Sie wollen es nicht einmal!« Der Mann schnaubte. Blanker Zorn verzerrte seine Gesichtszüge. »Sie können es, aber Sie wollen es nicht! Ihnen ist es wohl egal, wenn meine Kinder vor Hunger verrecken!«

»Gehen Sie.« Carl wies zur Tür.

Nur mühsam rang der Mann seine Gefühle hinunter. Sein rastloser Blick traf Emma, blieb an ihr hängen. »Bitte, gnädiges Fräulein! Helfen Sie mir. Ich weiß nicht, wie ich meine Familie über die Runden bringen soll!«

Was sollte sie tun? Nach einer Möglichkeit suchen für ein vernünftiges Gespräch? In Erfahrung bringen, was passiert war und irgendwie zwischen den beiden vermitteln?

»Hören Sie auf, meine Verlobte zu belästigen«, donnerte Carl, trat einen Schritt vor und stellte sich schützend vor sie, wie es Emma vorkam.

»Gnädiges Fräulein!«, versuchte der Mann erneut, sein Blick suchte verzweifelt nach ihr – doch was konnte sie tun? Carl schien seine Entscheidung getroffen zu haben.

»Sie haben Herrn Seidel gehört.«

Plötzlich schmetterte der Mann seine Faust gegen eine Wand. Emma zuckte zusammen. Ungläubig starrte sie den blutigen Abdruck an, der am Putz zurückblieb.

»Raus hier«, zischte Carl, das Gesicht wutverzerrt. Kurz glaubte Emma, die Männer würden aufeinander losgehen. Dann stampfte der Kerl hinaus. Bange lauschte Emma dem Klang seiner Schritte im Flur, und erst als sie verklungen waren, wagte sie aufzuatmen.

»Alles in Ordnung bei dir?« Wie aus der Ferne holte Carls Stimme sie ein.

Ihre Hände zitterten. Sie grub die Finger in den Stoff ihres Rockes, um dieses Beben zu unterdrücken, das auf ihren ganzen Körper überzuspringen drohte. »Er ist weg. Das ist das Wichtigste.«

»So ist es.« Er umarmte sie. »Am besten bringe ich dich persönlich nach Hause. Damit ich mir sicher sein kann, dass du wohlbehalten ankommst.«

Sie schmunzelte. »Du willst mich schon loswerden?«

»Natürlich nicht.« Endlich war sein Grübchenlächeln wieder da. »Bald sehen wir uns wieder. Meine Eltern freuen sich sehr auf das Abendessen, das deine Rückkehr feiern soll.«

Sie lehnte sich mit der Wange an seine Brust. Bei ihm fühlte sie sich geliebt und geborgen. Alles wirkte so friedlich. Auch wenn die Vorstellung davon, im Kreis seiner Familie, dazu noch mit Antoine und Louise zu speisen, sie nervös machte. »Ich freue mich auch«, murmelte sie. »Auf alles, was kommen mag.«

Zusammen würden sie alles überstehen. Egal, ob es Unruhen in der Fabrik waren oder das Abendessen mit seinen Eltern.

* * *

Die Zeit war wie im Flug vergangen. So rasch, dass sie sich kaum dafür rüsten konnte, seine Familie zu sehen. Hoffentlich meisterte sie dieses Abendessen gut! Obwohl es keinen Grund dafür gab, fühlte sie sich ganz nervös.

Widerstrebend schaute Emma zum Wagen, der auf sie wartete: ein weißer Mercedes mit schwarzen Reifen und Sitzen. Die Karosserie glänzte im Licht der untergehenden Sonne, die sich über den Dächern von Metz verabschiedete. Der Chauffeur – ein adretter junger Mann in Uniform – hielt einladend die Tür auf.

Carl stieg aus, nahm seinen Hut ab, und die abendliche Sommerbrise zupfte an seinen Locken, die stets eine Spur zu lang waren. Der nächste Windhauch entblößte die Narbe an seiner Schläfe. Eilig zog er ein paar Haarsträhnen über die Stelle. Manchmal erloschen dabei jegliche Funken in seinen Augen, als würde die Leere zwischen seinen Erinnerungen ihn zu verschlingen drohen.

Emma stand auf dem Bürgersteig und knetete ihre Finger, um ihre Anspannung zu lösen. Carl betrachtete sie kurz, dann deutete er zum Automobil. »Das Wetter ist so schön. Was meinst du, schicken wir das Auto zurück und machen einen Spaziergang?«

Emma musste die Finger noch fester ineinanderflechten, um dem Drang zu widerstehen, ihn in die Arme zu schließen.

Unter dem wachsamen Blick des Chauffeurs durfte es keine Umarmungen geben. So nickte sie stumm, hakte sich bei Carl unter und zog ihn an sich heran, bis sie seinen warmen Duft wahrnehmen konnte. Ob er ahnte, dass sie während des Studiums jedes Mal ein Hemd von ihm hatte mitgehen lassen, um in den einsamen Nächten wenigstens seinen Geruch bei sich in Straßburg zu haben?

An seiner Seite schritt sie die Straße entlang. Die Gedanken an das bevorstehende Abendessen im Kreis seiner Familie, die Vorstellung, Louise und Antoine gegenüberzutreten, bescherten ihr Beklommenheit. Natürlich war sie während ihres Studiums mehrfach in der Villa gewesen. Zu Weihnachten, wenn das Haus sich mit den nahen und entfernten Verwandten füllte, war es leicht, Louise und Antoine aus dem Weg zu gehen. Aber heute wollte Carls Familie ihr Diplom und ihre Rückkehr nach Metz feiern. Heute würde sie den beiden vollkommen ausgeliefert sein.

Carl verlangsamte den Schritt, bis er gänzlich stehen blieb. »Du musst es nicht tun. Wenn du willst, gehen wir zurück.«

Eine verlockende Vorstellung. Einfach kehrtzumachen. Nichts und niemandem etwas vorspielen zu müssen. Ihr Hals fühlte sich wie zugeschnürt an. »Und was sagen wir deinen Eltern?«

Er zuckte die Schultern. »Uns fällt schon etwas ein.«

Unwillkürlich schloss sie die Augen und schmiegte sich mit der Wange an seine Brust. Am liebsten würde sie ewig so bei ihm verharren, geborgen im Hier und Jetzt.

»Was meinst du?«, flüsterte er ihr zu, so nah an ihrem Ohr, dass sein Atem ihr Gänsehaut bescherte.

Sie gab sich einen Ruck und schaute zu ihm auf. »Wir sind doch fast da.«

»Das täuscht bestimmt.« Sein Grübchenlächeln neckte

sie, und Emma konnte nicht anders, als ihm ebenfalls zu-
zulächeln.

»Ich habe einen guten Orientierungssinn.« Mit einer Fin-
gerkuppe fuhr sie die Linien seines Gesichts nach, und ein
warmes Kribbeln breitete sich in ihr aus. Wie immer konnte
sie sich nicht an ihm sattsehen, nicht genug von ihm kriegen.
Ob sein Anblick ihr immer so kostbar erscheinen würde? Ob
sie sich auch nach Jahren des Zusammenlebens so sehr danach sehen würde, ihn zu berühren?

Aus dem Augenwinkel bemerkte sie eine Bewegung. Einen
Schatten, der rasch um die Ecke huschte. Ihr Herz stockte.
War es etwa ihr vermeintlicher Verfolger von neulich? Nein,
nein. Sicherlich nur andere Spaziergänger, die den som-
merlichen Abend auf den Straßen der Stadt genießen und die
Sorgen des Tages vergessen wollten.

»Was ist?« Seine Umarmung wurde eine Spur fester.
Und blieb gleichzeitig so sanft, als wäre Emma etwas Zer-
brechliches, das in einem unvorsichtigen Griff kaputtgehen
könnte. Das tat gut. Nur an seiner Seite traute sie sich, diese
Zerbrechlichkeit zuzulassen.

Noch einmal spähte sie in die Richtung, in der sie etwas zu
sehen geglaubt hatte.

»Da ist nichts«, murmelte sie mehr zu sich selbst als zu ihm.
Entschlossen löste sie sich aus seiner Umarmung. »Komm.
Wir wollen deine Eltern nicht zu lange auf uns warten lassen.«

Die Tür öffnete Anni. In den letzten Jahren war sie zu
einer hübschen jungen Frau herangewachsen. Groß und
schlank, mit einem ernsten, ein wenig traurigen Gesicht. Sie
tippelte nicht mehr vor Aufregung, wenn sie Gäste hereinbat,
sondern meisterte schweigsam und souverän ihre Aufgabe.
Dennoch floss eine zarte Röte über ihr Gesicht, als sie Carl
die Sachen abnahm und sich ihre Hände zufällig berührten.

So gänzlich hatte sie ihre frühere Schwärmerei für ihn wohl nicht abgelegt.

Carl schickte Emma einen entschuldigenden Blick. Sie hob in gespielter Strenge eine Braue, und der Ausdruck in seinen Augen wurde beinahe hilflos. Fast hätte sie losgeprustet und ihn in die Seite gezwickt. Was dachte er, wie sie die letzten vier Jahre überstanden hatte? Ohne von den Gedanken an all die Frauen, denen er begegnete, zerfressen zu werden?

»Wenn die Herrschaften mir folgen mögen.« Annis Stimme klang genauso piepsig wie früher. Als würde ein verschreckter Spatz in der Nähe tschilpen.

Stumm bot Carl Emma seinen Arm. Ihr Herz flatterte, als sie ihre Hand in seine Ellenbeuge schob. So selbstbewusst wie möglich trat sie in den Salon, in dem sich die gesamte Familie Seidel versammelt hatte. Dennoch wurden ihre Handflächen feucht, als sie die Schwelle überschritt und sich alle Köpfe zu ihr wandten.

Von Kissen gestützt, hatte es sich der alte Seidel in einem riesigen Sessel am Kamin gemütlich gemacht und sein krankes Bein auf einem Hocker ausgestreckt. Obwohl deutlich gealtert, ließen seine Gesichtszüge dennoch den tapferen Soldaten erkennen, der vor vielen Jahrzehnten für sein Vaterland gekämpft hatte. Ans Kaminsims gelehnt, stand Antoine neben ihm und nippte an einem Glas Wasser. Emma wusste, dass er keinen Alkohol mehr anrührte, seit er das Fuhrunternehmen leitete. Wie immer sah er beiseite, sobald sich ihre Blicke trafen. Obwohl Emma sich dagegen wehrte, versetzte seine Anwesenheit alles in ihr in Alarmbereitschaft. So wandte auch sie schnell ihren Blick von ihm ab – der sich mit dem von Louise kreuzte. Die junge Frau saß etwas abseits mit ihrem Sohn auf dem Schoß, kaum imstande, das quirlige Kind in den Armen zu halten. Die rabenschwarzen

Haare, die unfassbar blauen Augen – der kleine Frederick sah seinem Vater so ähnlich, dass Emma glaubte, in Antoines kindliches Gesicht zu schauen.

Sie schluckte.

Schon jetzt fragte sie sich, wie sie diesen Abend überstehen sollte. Dabei war noch gar nichts passiert. Wie ein böses Omen schien die Vergangenheit in diesem Raum zu schweben und legte sich bleiern auf das Gemüt jedes Einzelnen von ihnen. Abgesehen vom kleinen Frederick.

»Onkel Caj! Onkel Caj!« Wie ein kleiner Wirbelwind stürmte der Junge auf Carl zu und sprang ihm in die ausgebreiteten Arme. Und plötzlich war die Trübsal wie weggeblasen. Emma konnte nicht anders, als zu lächeln, während sie zusah, wie Carl seinen Neffen durch die Luft wirbelte und ihn dann über die Schulter legte und durchkitzelte. Beide lachten so laut, als gäbe es nichts und niemanden um sie herum. Der Junge gluckste vergnügt und zappelte, was den gesamten Salon mit purem Leben erfüllte. Selten sah Emma Carl so glücklich wie in diesem Augenblick, als er mit dem Kind herumalberte und es an sich drückte.

»Nun lass doch deinen Onkel Luft holen«, tadelte Wilhelmine und eilte herbei, um Carl den Jungen abzunehmen.

Beinahe widerstrebend ließ dieser den kleinen Mann los, der immer noch versuchte, nach ihm zu greifen.

»Ach, er muss sowieso ins Bett«, wandte Louise ein. Schwerfällig erhob sie sich von ihrem Stuhl. Die zusätzlichen Pfunde nach der Schwangerschaft war sie nicht mehr losgeworden, und so glich sie ihrer Mutter heute mehr denn je. Doch im Gegensatz zu Wilhelmine strahlte ihr Gesicht nicht vor Fröhlichkeit, sondern schien wie von einem unsichtbaren Schleier verhüllt zu sein. Was in ihr wohl vorging?

»Bin nicht müde!«, versicherte Frederick.

Antoine löste sich vom Kamin. »Ich bringe ihn in sein Zimmer.« Noch immer sah er nicht in Emmas Richtung, als würde er zu einer Salzsäule erstarren, sollte sein Blick sie noch einmal treffen.

Frederick beruhigte sich sofort und schlang seine Ärmchen um den Hals seines Vaters. »Bin nicht müde«, wiederholte er, doch dieses Mal klang es, als würde er den Widerstand aufgeben. Sein Körper erschlaffte, als er sich mit einer Wange an Antoines Schulter schmiegte.

»Natürlich nicht«, flüsterte Antoine seinem Sohn zu und streichelte ihm zärtlich über den Rücken. »Deshalb lese ich dir noch ein bisschen aus *Tony sans-soin* vor. Weißt du noch, wo wir gestern aufgehört haben?«

Der Junge nickte schläfrig.

Selig schloss Antoine die Augen und drückte das Kind fester an sich. Zum ersten Mal sah Emma Liebe im Ausdruck dieses Mannes. Eine tiefe, bedingungslose Liebe.

»Dafür haben wir doch ein Kindermädchen«, erwiderte Louise spitz, als wäre sie eifersüchtig auf die Zweisamkeit zwischen Vater und Sohn, die keinen Platz für sie ließ.

»Das macht mir nichts aus. Zum Essen bin ich wieder da.« Stolz schaute er auf Frederick, der in seinen Armen schon fast eingeschlafen war. »Außerdem will ich doch wissen, wie es mit Tony in der Geschichte weitergeht.«

Louise verdrehte die Augen. Das Buch hatte Antoine bei Émile gekauft, da war sein Sohn noch gar nicht auf der Welt gewesen. Bis dahin hatte Emma nicht gewusst, dass Honoré de Balzac auch Kindergeschichten geschrieben hatte. Antoine beachtete seine Ehefrau nicht weiter und trug Frederick aus dem Salon. Als er gegangen war, breitete sich Schweigen aus. Erneut fühlte sich Emma im Mittelpunkt der ganzen Aufmerksamkeit, den Blicken vollkommen ausgeliefert.

»Nun hat Metz dich wieder ganz für sich«, ergriff Wilhelmine das Wort.

»So sieht es aus«, stammelte Emma. »Ich freue mich sehr, wieder hier zu sein.«

»Dann steht der Hochzeit also nichts mehr im Weg«, murmelte Ehrhard.

»Natürlich nicht, Vater«, mischte sich Carl ein und legte seinen Arm fest um Emmas Taille. »Nächsten Monat werde ich diese bezaubernde Frau zum Altar zu führen. Dessen kannst du dir gewiss sein.«

Er drehte sein Gesicht zu ihr. »Emma Seidel«, formten seine Lippen.

»Hoffentlich bleibt es auch bei dem Nichts«, brummte Ehrhard Seidel von seinem Sessel aus.

Wilhelmine verdrehte die Augen. »Was redest du schon wieder?«

Er deutete auf eine Zeitung, die neben ihm auf einem kleinen Beistelltisch lag. Die Kolumne *Das Neuste vom Tage* berichtete vom kürzlichen Besuch des österreich-ungarischen Diplomaten Alexander von Hoyos, der in Berlin um Unterstützung im Falle eines militärischen Konfliktes geworben hatte. »Ich sage es euch: Europa ist ein Pulverfass.«

»Papperlapapp!«, fiel Wilhelmine ihm ins Wort. »Wenn unser Kaiser in dieser unsicheren Zeit Urlaub macht, kann die Lage nicht so schlimm sein.«

Das hoffte Emma auch. Vielmehr betete sie zu allen Schutzheiligen, dass das Schlimmste, was Henri und nun auch Ehrhard Seidel prophezeiten, nicht eintreten möge.

»Wir hätten diese Hochzeit schon vor vier Jahren feiern sollen«, brummte der alte Seidel und schaute mürrisch auf das Zeitungsblatt.

Wilhelmine entfuhr ein tiefer Seufzer. Den sie sogleich mit

einem strahlenden Lächeln zu überspielen versuchte, wie es ihre Art war.

Emma wusste, dass Carls Eltern ihrem Streben nach Wissen nichts abgewinnen konnten. Zwar sprach Wilhelmine es nie laut aus, doch das Studium schien für sie nur ein merkwürdiger Spleen gewesen zu sein, um die Hochzeit in die Ferne zu schieben.

»Schluss mit dem Trübsalblasen!«, durchbrach Wilhelmine die gedrückte Stimmung. »Heute will ich nichts über Krisen wissen. Im August feiern wir eine prächtige Hochzeit, und nur darüber werden wir heute reden. Ach, was freue ich mich! So lange mussten wir darauf warten. Und kaum versieht man sich, habe ich schon Enkel um mich herumtoben. Wusstest du, dass Carl sich schon immer ganz viele Kinder gewünscht hat?«

»Mutter«, unterbrach Carl sie streng. »Meinst du nicht, dass es noch ein bisschen zu früh ist, darüber zu sprechen?«

»Ach, es ist niemals zu früh, über Kinder zu sprechen! Oder siehst du das anders, Emma?«

Emma wurde leicht schwindelig. Hilfesuchend wandte sie sich zu Carl um. War er enttäuscht, dass sie nicht voller Begeisterung den Faden über die Kinder aufnahm? Seine Kinder … Das Bild, wie glücklich er aussah, als er seinen Neffen in den Armen halten konnte, war in ihre Gedanken eingebrannt.

Louise räusperte sich. »Ich glaube, Emma und ich sollten noch ein bisschen spazieren gehen, bevor der Tisch gedeckt ist. Wir haben uns so viel zu erzählen! Ich hoffe, ihr habt nichts dagegen? Emma?«

Emma nickte stumm, aber auf eine Bestätigung hatte Louise gar nicht gewartet, als sie ihre frühere Freundin aus dem Salon führte.

Schweigend gingen sie nebeneinander den Flur entlang.

Erst draußen auf der Terrasse wurde Emma bewusst, dass sie mit Louise allein war.

Dass diese Frau sie aus einer verzwickten Situation herausgeholt hatte. Wofür sie ihr dankbar sein sollte.

Doch die Vergangenheit hatte sie gelehrt, dass man dieser Freundlichkeit nicht trauen durfte.

Immerhin kühlte die Brise ihr erhitztes Gesicht.

»Du hast da drin ausgesehen, als hätte man dir ein Todesurteil verkündet.«

Fest verhakte Emma die Finger ineinander, bis die Knöchel schmerzten. Ob Carl es bemerkt hatte? Wie sie auf die Kinderfrage reagiert hatte?

»Meine Mutter kann sehr anstrengend sein.« Louise machte ein paar Schritte zur Brüstung. Mit einer Hand strich sie darüber. Ganz still lag der Park um das Haus herum da. Die tiefstehende Sonne tauchte die Baumkronen in goldenes Licht.

Aus dem Augenwinkel beobachtete Emma Carls Schwester, die mit regungsloser Miene in die Ferne starrte.

»Bist du glücklich?«, platzte Emma heraus, und schon im nächsten Moment wünschte sie die Worte zurück.

Überrascht wandte sich Louise herum. Eine Weile schien sie nachzudenken. »Ich bin glücklich, Frederick zu haben. Glücklich darüber, dass es uns allen gut geht. Ich habe alles, was ich je gewollt habe. Und was ist mit dir?«

Emma schwieg.

Louise nickte wissend und ging zur Treppe, die in den Park führte. Geschmeidig stieg sie die Stufen hinunter. Fast hätte Emma meinen können, sie würde über dem Boden schweben, so fließend schien ihr Gang.

Emma zögerte, dann schloss sie zu ihr auf. War es falsch, noch mehr zu wollen als das, was sie bereits hatte? Nach mehr zu streben? Die Frage brannte in ihr, doch sie zu stellen, traute sie sich nicht.

»Du machst meinen Bruder glücklich.« Louise warf Emma einen merkwürdigen, melancholischen Blick über die Schulter zu. »Ich habe noch nie einen Menschen gesehen, der so ein tiefes Glücksgefühl in sich trägt wie er.«

In der Nähe raschelte es, und Emma fuhr erschrocken herum. Schon wieder erfasste sie das Gefühl, beobachtet zu werden.

»So schreckhaft?« Ein kühles Lächeln zuckte in Louises Mundwinkeln.

»Carl hat sehr lange darauf gewartet, dass du endlich zurück nach Metz kommst. Gib ihm das, wonach er sich sehnt.«

Noch einmal drehte sich Emma um, als sie ein Rascheln im Rücken hörte. Erst dann fiel ihr auf, wie Louise sie beobachtete.

»Und das wäre?«, fragte Emma ganz unschuldig, um den Faden wieder aufzunehmen.

Louises Blick wurde eindringlich. »Du bist doch die Frau, die ihm seine Träume erfüllt.« Sie machte eine Pause. »Du weißt genau, was er sich wünscht.«

Schon wieder stieg vor Emmas innerem Auge das Bild von Carl und dem kleinen Frederick in seinen Armen auf.

»Denk darüber nach«, raunte Louise ihr zu. Sie klang zufrieden, als sie sich zur Villa wandte. »Kommst du?«

»Ja. Gleich.« Emma rührte sich nicht. Konnte es nicht. Als würden Louises Worte sie an Ort und Stelle fesseln.

»Gut. Bleib nicht so lange draußen. Dieser Abend ist zu deinen Ehren.«

Emma sah zu, wie Louise mit gemächlichen Schritten davonging. Ob Wilhelmine ihre Tochter gebeten hatte, dieses Gespräch zu führen? Emma seufzte. Es war ja nicht so, dass sie keine Kinder wollte. Nur … nächsten Monat die Hochzeit, einen Monat darauf – schwanger? Alles in ihr sträubte sich gegen diese Vorstellung. Sie wollte sich doch erst einmal an Carls Seite in die Betriebsführung einarbeiten. Würden die Seidels es akzeptieren, länger auf die Enkel zu warten? Würde Carl es verstehen?

Irgendwo quietschte ein Tor. Emma horchte auf. War doch jemand auf dem Grundstück gewesen? Unsicher schaute sie zur Villa. Sollte sie nachsehen, ob alles in Ordnung war? Ein verlockender Gedanke, noch etwas Aufschub zu bekommen, bevor sie sich Carls Familie wieder stellen musste.

Sie ging die Allee entlang. Tatsächlich stand das Tor einen Spalt offen. Irgendwo in der Nähe ertönten Stimmen. Vielleicht war es jemand aus der Dienerschaft, der zu einem heimlichen Rendezvous davongeschlichen war? Geräuschlos schlüpfte sie durch den Spalt und spähte auf die stille Straße. Unweit vom Tor entdeckte sie drei Männer, die halblaut miteinander diskutierten. Der eine trug einen ausgebeulten Hut und ein schlechtsitzendes Jackett, das an ihm wie an einem stummen Diener schlabberte. Die anderen beiden hatten fleckige Hemden an, die unordentlich in den Hosenbund gestopft waren. Auch auf die Entfernung hin sah Emma Schweißflecken im schmuddeligen Stoff. Je mehr die Kerle tuschelten, desto aufgeregter wurde die Unterhaltung. Ab und zu flogen ein paar Wortfetzen zu ihr herüber. »… so nicht abgemacht … dauert zu lange … mehr Geld …«

Was auch immer sie zu bereden hatten, sie sollte hier weg. Das ungute Gefühl ließ sich nicht abstreifen, es drängte sie, schnellstmöglich zur Villa zu laufen. Mit Carl über ihren vermeintlichen Verfolger zu reden. Egal wie dämlich sie sich dabei vorkam. Und wenn ihr Verdacht sich als unbegründet herausstellte, hätte sie wenigstens Gewissheit.

Geräuschlos drehte sich Emma zum Eingang, wollte durch den Spalt wieder auf das Grundstück schlüpfen, doch das Tor quietschte. Der Ton fuhr wie ein Messer durch ihre Brust.

Rasch warf sie einen Blick über die Schulter. Der Kerl im schlechtsitzenden Jackett zuckte zusammen, als Emma ihn anschaute. Sein Hut saß zu tief, als dass sie sein Gesicht hätte sehen können. Obendrein führte er eine Hand an die Krempe, um es noch mehr zu verdecken – und lief schnellen Schrittes davon.

Die anderen beiden wirkten verunsichert. Sie tuschelten nicht mehr, sondern wechselten nur Blicke miteinander.

Bloß weg hier. Sie wollte sich wieder zum Tor wenden, als ein kräftiger Stoß sie taumeln ließ. Noch einer, und sie hatte Mühe, auf den Beinen zu bleiben. Irgendwie schaffte sie es dennoch, sich zu fangen und herumzufahren. Hinter ihr lauerte ein weiterer Mann. Groß und voller Kraft, wie seine muskulöse Statur bescheinigte. Sein Gesicht konnte sie nicht sehen, weil er im Gegenlicht stand.

»Vielleicht können wir die Sache schon hier und jetzt beenden? Was denkt ihr, Jungs?«, knurrte er.

»Was wollen Sie?« Emma schielte zum Tor, doch der Mann versperrte ihr den Weg. Das Herz klopfte ihr bis zum Hals, während sie sich um eine sichere, selbstbewusste Stimme bemühte.

»Zuerst deinen Schmuck, meine Hübsche.« In seiner Hand blitzte ein Messer. »Dann sehen wir weiter.«

Erschrocken schnappte Emma nach Luft. »Ich habe nichts«, stotterte sie.

»Hältst mich wohl für dumm. Was ist denn das da an deinem Hals?«

Mit unsicheren Fingern tastete Emma nach dem kurzen Strang aus unregelmäßig geformten Barockperlen. Ein Schauer lief ihren Rücken hinab. War das ein Raubüberfall?

»Na, wird's bald?«

»In Ordnung. Nehmen Sie, was Sie wollen, lassen Sie mich nur gehen.« Ihre Hände zitterten, als sie den Verschluss öffnete und dem Mann die Kette hinhielt. Grob riss er den Strang aus ihrem Griff, dass die Schnur beinahe zerriss.

»Hier.« Um ihn nicht noch mehr zu reizen, streifte sie auch das silberne Armband von ihrem Gelenk. Den Reif hatte Wilhelmine ihr zur Verlobung geschenkt – die Ranken auf seiner Oberfläche erinnerten an Senfblüten.

»Den Ring auch!«

Unwillkürlich zuckte ihre Hand zur Brust. Ihr Blick fiel auf die Messingzweige, die sich um ihren geschundenen Finger schmiegten. »Nein ... nicht den Ring ... Er ist doch nichts wert!«

»Dann kannst du ihn mir ja geben.«

Sie taumelte ein paar Schritte zurück. Jemand packte sie von hinten. Tief bohrten sich Finger in ihre Schultern. »Hör lieber, was Hans dir sagt.«

Hans? Emma roch Schweiß, vielleicht ihren eigenen, und spürte, wie sie noch fester an einen männlichen Körper gedrückt wurde, der dem Anschein nach mehr wollte als nur ein bisschen Schmuck. Voller Panik trat sie dem Kerl, der sie hielt, auf den Fuß. Auch wenn sie die Absätze ihrer steifen Schuhe nicht besonders mochte, war sie froh, sie heute zu tragen. Der Mann keuchte, sein Griff lockerte sich. Emma riss sich von ihm los. Das Tor war so greifbar nah! Wenn sie es zur Villa schaffte und um Hilfe rief, würde jemand sie hören. Das Haus war voll von Dienerschaft, die Kerle würden sich nicht trauen, ihr auf das Grundstück zu folgen.

Da wurde sie am Arm gepackt und herumgerissen. Ein heftiger Schmerz fuhr durch ihre Schulter. Sie wurde gestoßen, merkte, wie sie strauchelte und fiel. Seitlich prallte sie auf etwas Hartes. Ein neuer Schmerz explodierte in ihrem Innern, ließ den in der Schulter vergessen, als hätte ein Messer sie aufgeschlitzt. Nein, Dutzende von Messern. Sie konnte nicht atmen, nicht schreien. Nicht einmal ein Wimmern kam über ihre Lippen, während sie sich auf dem Boden krümmte. Wie ein Fisch auf dem Trockenen machte sie den Mund immer auf und zu.

Neben ihrem Gesicht nahm sie ausgelatschte Schuhe wahr, Stimmen erklangen über ihr und schienen von irgendwo weit weg zu kommen. Sie stöhnte. Dann versank alles in Dunkelheit.

Metz, 1914

ANTOINE

BEHUTSAM FUHR ER SEINEM SOHN durchs Haar. Der Junge hatte sich im Bett an ihn angekuschelt und sein Gesichtchen an ihn gedrückt. Sein Atem ging ruhig und regelmäßig. Mit leicht geöffnetem Mund sabberte der Kleine ihm auf das Hemd. Doch Antoine rührte sich nicht. Am liebsten würde er die ganze Nacht so bleiben und seinem Jungen beim Schlafen zusehen. Wenn die letzte Seite umgeblättert und Frederick weggedämmert war, spürte Antoine einen solchen Frieden, dass er sich fragte, ob er noch immer er selbst war. War seine kaputte Seele wirklich in der Lage, so etwas zu fühlen? So viel Liebe zu empfangen und sie auch zu schenken?

Allzu lange durfte er hier aber nicht verweilen. Seine Mutter klagte oft genug, er würde ihren Enkel verweichlichen. Frederick bräuchte eine strenge Hand, hieß es, wenn aus dem Kind kein Nichtsnutz werden sollte.

Verweichlichen. Eine strenge Hand. Jeder Laut aus ihrem Mund wirkte so schwach, aber genauso vernichtend wie die Gürtelschläge seines Vaters früher.

Nein. Frederick würde nie, nie so etwas erfahren müssen. Behutsam strich er seinem Jungen über den Kopf. Trotzdem fühlte er tief in sich die Dunkelheit, die am Abgrund auf ihn lauerte. Wie dem auch sei. Bald musste er in den Salon zurückkehren. Um den Schein zu wahren, dass es ihm gut ging. Dass er alles im Griff hatte.

Widerwillig schlüpfte er aus dem Bett, darauf bedacht,

Frederick nicht aufzuwecken. Auf Zehenspitzen trat er aus dem Zimmer und machte vorsichtig die Tür hinter sich zu. Er konnte beinahe spüren, wie sich die Maske der Gleichgültigkeit über ihn senkte. Um die Welt, die auf ihn wartete, nicht zu sehr an sich heranzulassen.

»Ist er gut eingeschlafen?« Louises Stimme ließ ihn auf der Stelle verharren. In den meisten Fällen schaffte er es, ihr aus dem Weg zu gehen, und das war auch gut so. Sie waren wie zwei Planeten, die um ihren kleinen Sonnenschein namens Frederick kreisten, ohne dass sie sich zu häufig begegneten.

»Natürlich ist er gut eingeschlafen.«

Louise trat näher heran. Fragend erwiderte er ihren Blick. Was auch immer sie wollte, er sollte es schnell hinter sich bringen.

Sie musterte sein Gesicht. Worauf sie auch hoffte – bei ihm würde sie es nicht finden. Das schien sie zu spüren. Rasch senkte sie ihre Wimpern. »Ich würde ihm gerne einen Gutenachtkuss geben.«

Vorsichtig drückte er die Klinke herunter und öffnete ihr die Tür einen Spaltbreit. »Aber pass auf, dass du ihn nicht aufweckst. Es war ein langer Tag für ihn.«

Er beobachtete, wie sie zum Bett schlich und sich zu Frederick beugte. Ja, sie beide liebten dieses Kind abgöttisch. Aber diese Liebe war auch das Einzige, was sie beide miteinander verband.

Er lächelte in sich hinein, bitter und ohne Freude, dachte an diesen Moment, als sie ihm offenbart hatte, sie sei schwanger. Er wollte es nicht glauben. Verzweifelt stammelte sie seinen Namen, immer wieder, fragte ihn, was sie jetzt tun sollte. Als wüsste er das! Bis sie vor seinen Füßen zusammengebrochen war. Beinahe tonlos hatte sie ihm zugeflüstert, sie könne so nicht weiterleben. Dass sie sich etwas antun würde. Sich selbst und dem ungeborenen Kind.

In diesem Moment war seine Entscheidung gefallen.

Das kleine Wesen in ihr war ein Teil von ihm. Und er wollte nicht wie sein Vater sein, der alles kaputt gemacht hatte, was er angefasst hatte. Vielleicht … vielleicht könnte er wenigstens versuchen, ein besserer Mensch zu sein. Eine richtige Familie zu haben. Also sagte er: »Wir werden heiraten, Louise.«

War er ein besserer Mensch geworden? Jetzt, wo er eine Familie hatte? Einsam fühlte er sich nach wie vor.

Louise trat aus dem Zimmer. Antoine blinzelte, um zurück in die Realität zu finden. Nun standen sie da. Ganz nah beieinander. Mit jedem Atemzug nahm er die frische Note ihres Jasminparfums wahr. Sie sah ihn an, schien wieder etwas von ihm zu erwarten, was zu geben er nicht imstande war.

»Wir sollten zurück in den Salon«, murmelte er.

»Warte!« Ihre Hand legte sich auf seinen Arm. »Ich muss mit dir reden!«

»Worüber?«

Ihr verzweifelter Blick huschte über sein Gesicht. »Über Frederick!«

»Was ist mit Frederick?« Sorgen stiegen in ihm hoch. Erst vor Kurzem hatte Louise erwähnt, seine Mutter hätte dem Kleinen heimlich etwas zugesteckt. Leider wusste man bei dieser Frau nie, ob es eine harmlose Süßigkeit war. Oder etwas, womit sie sich zudröhnte, um der Welt zu entkommen.

Statt zu antworten, ging Louise ins Nebenzimmer. Ihm blieb nichts anderes übrig, als ihr zu folgen. »Was wolltest du mir über Frederick sagen?«

Ganz langsam drehte sie sich zu ihm.

Ein Blick.

Ein Innehalten.

Plötzlich umfasste sie seine Arme, tastete sich zu seinen Schultern, um dann mit den Handflächen seine Brust herabzufahren. Dann vergrub sie die Hände in seinem Haar, zog ihn an sich heran und drückte ihre Lippen an die seinen.

Barsch schob er sie von sich weg. »Louise!« Sie schwankte, doch er hielt sie fest. »Du wolltest reden? Dann rede doch!«

»Es ist alles gut mit Frederick.« Ihr Blick schien ihn zu verschlingen, seinen Körper vollkommen aufzuzehren. »Aber vielleicht ... vielleicht wäre es an der Zeit, über ein Geschwisterchen für ihn nachzudenken?« In ihrer Stimme schwang eine Lust, die seinen Verstand zu übermannen drohte. Sie schmiegte sich an ihn, öffnete den Mund. Ihre Lippen waren sinnlich, weich und leuchtend rosa, ganz ohne einen Lippenstift. Jeder Mann hätte sich danach gesehnt, von diesen Lippen geküsst zu werden. Diese Frau auf der Stelle aus ihren Kleidern zu schälen. Sich zu nehmen, was sie ihm so bereitwillig darbot.

Er wollte es nicht.

Etwas in ihm wollte das alles nicht. Weil sie nicht die Frau war, die er liebte.

Als würden seine Zweifel sie umso mehr antreiben, umarmte sie ihn, küsste ihn – fordernd und unablässig. Er wollte sie beiseiteschieben – und konnte es nicht. Ihre Berührungen entfachten eine fast animalische Leidenschaft in ihm, fütterten seine Triebe, die er im Zaum zu halten glaubte. Es fühlte sich falsch an. Aber sein Verlangen ließ den Widerwillen verstummen. Mit jedem weiteren Kuss, mit jeder weiteren Berührung bröckelte seine Gegenwehr. Er ließ es zu, dass sie ihn anfasste, seine Lust mehr und mehr befeuerte.

Denn die Frau, die er wirklich liebte, würde er niemals bekommen. Sie war die Verlobte seines besten Freundes, unerreichbar für ihn. Wie seltsam, dass er zuerst alles verlieren musste – auch sie, ihre Zuneigung, ihre Freundschaft –, um zu verstehen, was Liebe tatsächlich bedeutete.

Also musste er seinen Verstand ersticken, um nicht mehr an die Frau zu denken, die er niemals bekommen würde. Und was gab es Besseres, als sich in Louises Küssen zu vergessen? Dem flüchtigen Moment der Erleichterung hinzugeben?

Plötzlich hielt er sich nicht mehr zurück. Er erwiderte ihre Küsse, vergrub die Hände in ihrem Haar, zerwühlte ihre Frisur. Louise schmiegte sich an ihn, dann zerrte sie ihn mit sich. Wie eine Naturgewalt drängte sie ihn zum Bett, während er versuchte, sie aus ihrer Kleidung zu schälen. Aber die Knöpfe am Rücken waren tückisch. Er knurrte. Am liebsten hätte er ihr den Stoff vom Leib gerissen. Zum Glück half sie ihm, ließ die Hüllen fallen. Ohne sich noch zurückhalten zu können, packte er sie und warf sie auf das Bett. Sie keuchte. Aber Zeit gab er ihr nicht, seine Hose war bereits auf – und schon fiel er über sie her. Sein Mund saugte an ihrem Hals, biss an ihrer Schulter, arbeitete sich Stück für Stück herunter. Sie stöhnte unter ihm, bog sich ihm entgegen, um mehr von dem zu bekommen, was er ihr zu geben bereit war. Er saugte an ihrer Brustwarze, zupfte daran – er wusste, wie sehr sie es mochte. Wie zum Beweis wimmerte sie unter ihm – aber das war ihm nicht genug. Seine Zähne packten die empfindliche Stelle.

»Antoine!«, schrie sie ihm voller Lust entgegen.

»Sei leise!« Fest drückte er seine Handfläche auf ihren Mund. Er wollte sich fallenlassen. Alles vergessen. Und irgendwann tatsächlich glauben, sie wäre eine andere.

Kräftig und ohne Vorwarnung stieß er in sie hinein. Schneller und immer schneller bewegte sich sein Glied in ihr. Sie schlang ihre Beine um ihn, krallte sich in seine Haare, passte sich seinen Bewegungen an.

Das Bett quietschte und knarzte. Entschieden protestierte es gegen diesen Akt, in dem es kein Fünkchen Liebe gab. Nur einen bodenlosen Abgrund, in den sie beide allzu bereitwillig stürzten. Sein Körper fühlte sich wie elektrisiert an. Schneller, noch etwas schneller. Er stöhnte, packte ihre Schultern, drückte sie in die Kissen. Als gehörte sie ihm. Als würde er sie besitzen. Stoß für Stoß für Stoß.

Das Bett protestierte noch lauter.

Schweiß trat auf seine Stirn. Ihr erhitzter Körper fühlte sich feucht und glühend unter seinen Fingern an. Wieder saugte er an ihrem Hals. Sein Mund, seine Zähne an ihrer Haut – zufrieden bemerkte er, wie sie zu beben begann. Wie sie seinen Namen keuchte, ohne ihn wirklich auszusprechen. Dann spannte sich jede Faser ihres Körpers an – und ihre ganze Lust entlud sich in heftigen Zuckungen ihres Unterleibs. Er sah ihren Mund, in einem stummen Schrei geöffnet, ihre weitaufgerissenen Augen, ihr entrücktes, beinahe verstelltes Gesicht. Sie schien kaum noch etwas wahrzunehmen. Schon gar nicht seine verbissenen, rhythmischen, harten Stöße. Erschöpft und schlaff lag sie unter ihm. Doch er brauchte die Erlösung, er brauchte sie so sehr. Also machte er weiter. Eine kleine Ewigkeit lang machte er einfach weiter. Bis sich alles in ihm verkrampfte und die Welle der Erleichterung über ihn hinwegspülte.

Vorbei.

Es war vorbei.

Er fühlte sich leer. Sein Körper war wie eine Hülle, die er sich übergestülpt hatte. Keine Gedanken in seinem Kopf. Keine Gefühle.

War es das wert gewesen? Hatte er bekommen, was er wollte? Er glitt aus ihr heraus, wälzte sich auf die Seite und starrte verbittert an die Decke.

Es raschelte. »Antoine?«

Ruckartig richtete er sich auf, wandte sich von ihr ab und setzte sich auf die Bettkante. Trotzdem konnte er spüren, wie Louises Blick über seine Narben wanderte. Zumindest die, die jeder sehen konnte. Seine Muskeln spannten sich an. In diesen Momenten war er sich selbst zuwider. Er stemmte sich hoch, zog seine Hose an. Hastig nestelte er an den Knöpfen und steckte den Saum des Hemdes in den Bund.

»Bleib hier«, bat sie verzweifelt. »Antoine? Bleib hier, bei mir!«

»Wozu?« Rasch sammelte er sein Gilet und das Jackett vom Boden.

»Antoine! Wo willst du hin?« Ihre Stimme klang kratzig und belegt.

Weg. Einfach nur weg von hier. Von dir.

»Ich gehe in den Park rauchen.« Er schluckte. »Wir sehen uns im Salon.«

Er ließ die Tür hinter sich zufallen. Ein trockenes Klacken, das ihm durch und durch ging. Wie der Schuss, der ihn vor Jahren hätte töten sollen. Manchmal fragte er sich, wie sehr Gott ihn verachtete, um ihn am Leben zu lassen.

Draußen zündete er sich eine Zigarette an. Der Tabak schmeckte schal. Trotzdem zog er in hastigen Zügen an dem Stängel, während seine Beine ihn wie von selbst davontrugen. Die abendliche Luft kühlte sein Gesicht. Die langen Schatten der Bäume umgaben ihn wie Vertraute. Er wünschte sich, darin zu versinken. Sich vollständig aufzulösen.

Da hörte er etwas. Draußen, hinter dem Tor auf der Straße: männliche Stimmen und … Emmas Schrei. Kurz glaubte er, seine Sinne würden ihm einen Streich spielen. Dann stürmte er auf die Straße. Rasch erfasste sein Verstand die Situation. Drei Männer. Und Emma, die leblos auf dem Boden lag. Sein

Puls ging so heftig, dass ihm zum ersten Mal seit einer sehr langen Zeit bewusst wurde: Es war wohl doch noch nicht gänzlich gebrochen, sein Herz, das gegen seinen Brustkorb trommelte.

»Lasst die Finger von ihr«, knurrte er.

Der bullige Kerl neben Emma sah ihn überrascht an, doch da landete Antoines Faust schon mitten in seinem Gesicht. Schlag für Schlag für Schlag drosch er auf den Typen ein.

»Scheiße, weg hier!«, rief einer der anderen.

Er holte wieder aus, doch sein Gegner duckte sich unter dem nächsten Schlag weg, dann schnellte sein rechter Arm vor. In seiner Hand blitzte ein Messer. Die Klinke schnitt durch Antoines Kleidung. Aber er spürte keinen Schmerz. Nur am Rande seiner Wahrnehmung bemerkte er, wie etwas Warmes den Stoff tränkte. In seinen Ohren rauschte es. Antoine stürmte auf den Mann zu. Wenn niemand ihn davon abhalten würde, jetzt, sofort, würde er diesen Kerl umbringen.

Der Typ fluchte, drehte sich um und lief weg.

Schwer atmend sah Antoine ihm hinterher. Nach und nach ebbte seine Wut ab. Erst dann realisierte er, was passiert war. Beinahe kraftlos fiel er vor Emma auf die Knie, tastete nach ihrem Puls. Was hatten die Männer ihr angetan? Was war hier passiert? Sie sollte doch sicher im Salon sein!

Ihre Lider flackerten. Benommen schaute sie zu ihm auf.

Noch nie da gewesene Erleichterung breitete sich in ihm aus. Sie lebte!

»Alles wird gut, alles wird gut.« Behutsam hob er sie auf die Arme. Ihr Geruch stieg ihm in die Nase, der süße Duft nach frisch gepflückten Äpfeln an einem sommerwarmen Tag. In seiner Magengrube zog sich alles zusammen. Wie sehr hatte er gehofft, er müsste nur auf Abstand gehen, um ihre Rückkehr nach Metz und die bevorstehende Hochzeit mit Carl zu verkraften. Nun lag sie in seinen Armen. Und es kam ihm vor, als würde alles in ihm in tausend Teile zerspringen.

Am liebsten würde er ewig in diesem Augenblick verharren. Aber sie brauchte Hilfe. Also trug er sie zum Haus zurück. »Schnell! Ruf einen Arzt!«, blaffte er Anni an, sobald er über die Schwelle trat.

Dann stürmte er in den Salon.

Metz, 1914

EMMA

SIE WACHTE AUF. Von irgendwoher ertönten gedämpfte Stimmen, die sich in ihrem Kopf wie das leise Prasseln des Regens anfühlten. Etwas darin machte sie friedlich und ganz entspannt, vermittelte ihr das Gefühl der Sicherheit. Am liebsten wäre sie zurück in den Schlaf geglitten, getragen von den Wogen der Stimmen. Sie atmete tief durch – und wurde mit einem stechenden Schmerz bestraft, der durch ihre Mitte fuhr. Sie biss sich auf die Lippe, um nicht aufzustöhnen. Ihr Körper verkrampfte sich noch mehr. Sie wimmerte, ohne es zu wollen.

Sofort öffnete sich die Tür, und ein Dienstmädchen schlüpfte hinein. »Oh, Sie sind wach. Warten Sie, ich helfe Ihnen, gleich wird es besser.« Sie fummelte am Beistellschränkchen, holte ein Fläschchen, tröpfelte eine dunkle Flüssigkeit auf einen Löffel und reichte Emma ein Glas Wasser. »Hier ist Ihre Medizin.«

Es schmeckte furchtbar bitter. Mit zittrigen Fingern griff sie nach dem Glas, um sich den Mund auszuspülen. Doch es entglitt ihrer Hand und fiel dumpf auf den Boden. Na wunderbar. Sie fühlte sich so hilflos! So unglaublich nutzlos.

»Keine Sorge«, stammelte das Dienstmädchen, dabei war es doch nicht seine Schuld gewesen! »Ich bringe sofort ein neues.«

»Bloß keine Umstände«, flüsterte Emma und erschrak selbst, wie matt ihre Stimme klang.

Doch die junge Frau verschwand schon aus dem Zimmer.

Vorsichtig lehnte sich Emma zurück in die Kissen und ließ ihren Blick durch das Zimmer streifen. Die frühlingsgrüne Stofftapete mit goldenen Blumenranken wirkte beruhigend. An den Fenstern hingen moosfarbene Samtgardinen, von goldenen Kordeln umschlungen. Auf einer Marmorsäule neben dem Bett stand eine Vase mit frischen Gartenblumen und Kräutern. Vermutlich von Wilhelmine höchstpersönlich gepflückt – ihren Beeten durfte sich kein Gärtner nähern. Der feine Duft von Melisse und Pfefferminze kitzelte Emmas Nase.

Sie lächelte zaghaft. So fühlte es sich also an, bei den Seidels willkommen zu sein.

Von draußen näherten sich Schritte. Hoffentlich war es das Dienstmädchen mit dem Wasser. Ihr Mund fühlte sich ganz ausgetrocknet an. Und der bittere Belag auf ihrer Zunge verursachte ihr Übelkeit.

Es klopfte.

»Herein«, murmelte sie.

Die Klinke wurde hinuntergedrückt – und Antoine trat ein. Ausgerechnet er! Alles in ihr erstarrte zu Eis. Kurz dachte sie daran, die Augen zu schließen, sich schlafend zu stellen. Die diffuse Angst wegzuschieben, die hinter den Schmerzen lauerte und an ihrer Seele nagte. Aber es war zu spät.

Schemenhafte Bilder vom Überfall stiegen in ihrem Kopf auf. Die Männer, das Messer, der Stoß, der sie zu Boden geworfen hatte. Dann war Antoines Stimme da, die ihren Namen rief. Ihr vernebelter Verstand erinnerte sie daran, wie er sie hochgehoben hatte. So oft hatte sie gedacht, sie würde sich übergeben, sollte er sie je wieder anfassen. Aber als er da gewesen war … hatte sie Erleichterung gespürt. Dankbarkeit.

Fest krallte sie ihre Finger in das Laken. Warum musste ausgerechnet er sie finden? Diese Verbundenheit, die sie in ihrem verwirrten Zustand gespürt hatte, hätte niemals ihm gelten dürfen!

Sie starrte ihn an. Er starrte zurück.

Und jetzt? Was kam jetzt? Was sollte sie tun?

Sie fühlte sich ihm vollkommen ausgeliefert.

»Darf ich?« Zaghaft deutete er auf einen Stuhl neben ihrem Bett.

Nein, schrie alles in ihr. Doch kein Ton entwich ihren Lippen. Wie gebrochen er aussah! Wie unglaublich kaputt. Seine Züge waren kantiger geworden. Scharf traten seine Wangenknochen hervor. Die Augen lagen im Schatten und schienen jeglichen Glanz verloren zu haben. Wie lange schon?

Er hob das Glas in seiner Hand wie ein Friedensangebot. »Habe es einem der Dienstmädchen abgenommen. Wilhelmine kann zu einem wahren Drachen werden, wenn es darum geht, Kranke und Verletzte zu bewachen, die sie unter ihre Fittiche genommen hat. Ich weiß noch, wie Carl damals in Düsseldorf zusammengebrochen war und sie ihn endlich nach Hause bringen konnte …«

»Was willst du?«, presste sie hervor. In ihrem Kopf drehte sich alles.

Er setzte sich zu ihr ans Bett und reichte ihr das Glas. »Ich wollte sehen, wie es dir geht.«

»Hervorragend.« Ihre Hand zitterte, als sie das Wasser an ihre Lippen führte. In kleinen, vorsichtigen Schlückchen trank sie das kühle Nass.

»Ich habe mir Sorgen um dich gemacht.«

Sie schnaubte. Sofort meldete sich ihre Mitte mit Schmerzen, die ihren Kopf erneut mit den Bildern vom Überfall fluteten. Einen Moment lang versank alles im Nebel. Sie blinzelte. Warum war er da gewesen? In dieser Welt gab es vieles, aber edle Ritter, die zur richtigen Zeit am richtigen Ort auftauchten, gehörten nicht dazu. Schon gar nicht, wenn sie Antoines Gesichtszüge trugen. Hatte er etwas mit dem Überfall zu tun? Hatte sie sich deswegen in der letzten Zeit so beobachtet gefühlt?

»Emma?« Er beugte sich zu ihr. »Emma, was ist los? Hast du Schmerzen?«

»Fass mich nicht an!«

Er zuckte zusammen, als hätte sie ihn geohrfeigt.

»Geh. Bitte geh einfach«, presste sie verzweifelt hervor, und in ihre Augen stiegen Tränen. Rasch wandte sie ihren Kopf von ihm weg.

Doch er ging nicht. »Emma …« Sie merkte, wie er nach Worten suchte. Und wie schwer es ihm fiel, diese auszusprechen. »Seit dem Tag, als du das Gut verlassen hast, als du …« Er schluckte hart. »Wir haben seitdem nie wirklich miteinander geredet. Ist dir das bewusst?«

»Ich habe auch absolut kein Bedürfnis dazu.« Sie schloss die Augen. »Du etwa?«

»Durchaus«, hörte sie seine rauchige Stimme. Dieselbe Stimme, die ihr damals *ma petite Carmen* zugeflüstert hatte. Und wie im Wahn: *Ich liebe dich, Emma!* und *Du gehörst mir.*

Übelkeit stieg in ihr hoch.

»Was willst du von mir?« Sie nippte wieder an ihrem Glas, doch ihre Hand zitterte zu sehr. Vorsichtig beugte sie sich zur Seite, um das Wasser wegzustellen. Die Schmerzen ließen sie augenblicklich verharren.

»Es ist so viel Zeit vergangen«, sagte er leise. Behutsam nahm er ihr das Glas aus den Fingern. »Meinst du nicht, wir sollten das Missverständnis zwischen uns klären?«

»So nennst du das? Ein Missverständnis?«, keuchte sie.

Er zögerte. »Ich bin ein anderer Mensch geworden. Ich bitte dich … ich bitte dich, mir zu verzeihen.«

»Wie könnte ich?«, flüsterte sie, zwang sich, ihn anzusehen, und der Abscheu vor ihm wallte wieder über sie hinweg.

Er nickte langsam. »Das verstehe ich.«

»Sehr gut.« Ganz langsam lehnte sie sich zurück. Sie fühlte sich müde. So unendlich müde! Kurz dachte sie daran, die Augen wieder zuzumachen. In die Leere zu flüchten, die ihr half, die Realität auszublenden.

»Ich sehe es immer wieder vor mir«, sagte er langsam, ganz bedacht, und seine Stimme bescherte ihr Gänsehaut. »Wie ich dich angefasst habe. Wie ich nur daran dachte, dich zu küssen. Wie alles, was du gesagt oder getan hast, mein Verlangen nach dir nur noch befeuert hat. Auch dein Nein. Ich weiß, wie oft du es zu mir gesagt hast. Vier Mal. Ganze vier Mal. Dieses Verlangen – ich spüre es immer noch, wenn ich daran denke. Ich hasse mich dafür. Und trotzdem hoffe ich, dass du mir irgendwann verzeihst.«

Sie wagte es kaum zu atmen. »Das verzeihe ich dir. Aber alles andere nicht.«

Carl. Das Kontor. Der Brand.

Ihr Hals wurde ganz eng. Sie hatte das Gefühl, wie damals am Rauch zu ersticken, der ihre Kehle wund kratzte. Verzweifelt rieb sie sich über die Hände. Die Haut schmerzte, als hätte sie gerade eben versucht, das Feuer mit einem Stück Stoff zu ersticken, ohne zu merken, wie die Flammen um ihre Arme züngelten. »Ich weiß, dass du es warst.«

Stille. Du warst es, wiederholte sie in sich hinein. Antoine. Antoine. Antoine. Sein Name pochte in ihren Schläfen, jedes Mal, wenn sie an den Brand in der Fabrik dachte.

»Ich war – was?«, brachte er langsam hervor.

Sie schluckte. Vielleicht bekam sie endlich die Klarheit, die sie brauchte. Vielleicht war er hier, um zu gestehen. »Sag mir, was am Abend des Brandes passiert ist.«

»Darum geht es dir?«, brachte er mühsam hervor. »Du denkst, dass ich es war?«

Seine Stimme klang verletzt. Wenn sie genau in die Stille zwischen den Worten hineinhörte, waren da unzählige Risse, Bruchstücke seiner selbst, wie es schien.

»Hast du dieses Regal umgestoßen? Sag es mir! Warst du es?«

Seine Züge verhärteten sich. »Ich habe viele Fehler gemacht, Emma. Aber meinen besten Freund in Lebensgefahr zu bringen, gehört nicht dazu.«

»Auch nicht, als du betrunken warst? Als du Geld von ihm wolltest? Geld, das er dir nicht geben konnte?«

»Ich hätte ihm nie, nie etwas angetan!«, rief er und ballte die Hände. Mit einem Mal bekam Emma Angst. Es war leichtsinnig, ihn damit zu konfrontieren. Ihm zu zeigen, dass sie immer noch drauf und dran war, an die Wahrheit heranzukommen.

Ein Geräusch an der Tür ließ sie beide aufschrecken. Antoines Kopf ruckte herum. Emmas Atem stockte, als sie Wilhelmine sah. Wie lange stand sie schon da? Wie viel hatte sie mitbekommen?

Wilhelmine runzelte die Stirn. Ihr wachsamer Blick glitt von Emma zu Antoine und wieder zurück. Emmas Herz stockte kurz. Was dachte Carls Mutter wohl, wenn sie ihren Schwiegersohn am Bett ihrer künftigen Schwiegertochter sah?

Antoines Bewegungen wirkten steif, als er sich erhob. »Ich wollte nach Emma sehen. Habe ihr ein Glas Wasser gebracht.«

»Und jetzt wolltest du gehen.« Mit einem Kopfnicken wies Emma zur Tür, erleichtert darüber, mit ihm nicht mehr in einem Raum sein zu müssen.

Er presste die Zähne aufeinander. »Sieht ganz danach aus«, gab er kühl zurück.

Schon drängte er sich an Wilhelmine vorbei und war weg. Aber etwas von seiner Präsenz war geblieben und schwebte unsichtbar in der Luft, so dass Emma unwillkürlich fröstelte.

Wilhelmine kam näher. »Wie geht es dir? Ach, wie blass du bist! Brauchst du noch ein paar Kissen? Vielleicht etwas zu essen? Soll ich dir eine Suppe bringen? Monsieur Perrin haben wir Bescheid gegeben, dass du eine Weile bei uns bleibst. Sicherlich kommt er dich besuchen, sobald es dir etwas besser geht. Mit Rippenprellungen ist nicht zu spaßen, aber immerhin ist nichts gebrochen.«

»Wo ist Carl?«, flüsterte Emma. Die Bilder des gestrigen Abends verschwammen vor ihren Augen. Sie erinnerte sich an seine Stimme, an seine Nähe, spürte, wie er ihre Hand in der seinen gehalten hatte. Alles andere versank in einem dichten Nebel, der sich über ihre Gedanken legte. Die Nacht hatte sie in einem unruhigen Dämmerschlaf verbracht.

»Er war die ganze Zeit bei dir, das kannst du mir glauben.« Wilhelmine zögerte. Emma entging nicht, wie Sorgen sich einem Schatten gleich auf das Gesicht dieser Frau legten. »Irgendwann im Morgengrauen hast du einen Namen erwähnt. Dann war er nicht mehr zurückzuhalten. Er sagte, er musste dem nachgehen und … ist gegangen.«

Emma runzelte die Stirn. »Welchen Namen?« Nicht einmal daran konnte sie sich erinnern.

»Hans. Sagt dir das was?«

»Hans Neuböck?« Sie sah seine massive Statur, wie er im Türrahmen des Kontors gestanden hatte. Aber auf der Straße, bei dem Überfall – war es wirklich er gewesen? Je mehr sie sich anstrengte, desto verworrener wirkten ihre Erinnerungen.

»Alles wird gut. Versuche, noch ein bisschen zu schlafen.«
Liebevoll tätschelte Wilhelmine Emmas Hand. »Was auch
immer Carl vorhat – mach dir keinen Kopf darum. Du musst
erst einmal zu Kräften kommen.«

Emma schluckte mühsam. »Das werde ich. Danke dir.«

Wilhelmines herzliches Lächeln konnte sie beinahe körperlich spüren. »Ich habe doch gar nichts gemacht.«

Sie hörte, wie Carls Mutter das Zimmer verließ. Doch an
Ruhe war nicht zu denken. Immer wieder kehrten ihre Gedanken zum Überfall zurück. Hans Neuböck? Steckte er dahinter? Und was hatte Carl vor? Die Angst um ihn war wieder
da. Diese schreckliche Angst, ihm könnte etwas passieren.
Denn Hans Neuböck war unberechenbar.

Metz, 1914

CARL

Es hatte etwas Beruhigendes an sich, durch die Stadt zu gehen, die gerade dabei war zu erwachen. Die morgendliche Luft einzuatmen, die noch nicht von der Hitze des Tages gezeichnet war. Auch wenn die Ruhe über den Häusern, die sonst so filigran und wohltuend auf ihn wirkte, ihm heute fremd war. Bis zum Äußersten angespannt, schritt er über die Straßen.

Seit er denken konnte, war ihm stets präsent gewesen, dass sein krankes Herz ihn jederzeit im Stich lassen konnte. Dass er niemals so alt werden würde, um seine Enkelkinder toben zu sehen oder Emma durch ihren Lebensabend zu begleiten. Alles, was er hatte, war das Jetzt, von dem er jeden Moment zu genießen versuchte.

Gestern war ihm bewusst geworden, dass es Schlimmeres gab als einen frühen Tod, der ihn aus der Welt reißen konnte. Denn sein Tod war nichts im Vergleich zur Vorstellung, Emma zu verlieren. Noch immer wurde ihm schlecht, wenn er daran dachte, wie Antoine ihren beinahe leblosen Körper in den Salon getragen hatte. Diese bangen Sekunden, in denen er geglaubt hatte, sie würde nie wieder die Augen aufschlagen. Während sein Herz wie zum Hohn umso kräftiger gegen seine Rippen trommelte.

Es hatte ihn wahnsinnig gemacht, nichts tun zu können, während der Arzt sie versorgte und jemand von der Polizei Antoine befragte. Emma war kaum in der Lage, das Geschehene zu schildern. Die Opiumtinktur gegen die Schmerzen half ihr schnell, in einen Schlaf wegzugleiten. Er saß an ihrem Bett, hielt ihre Hand und hatte sich noch nie so hilflos gefühlt.

Jetzt aber konnte er etwas tun. Denn jetzt hatte er einen Namen.

Siedend heiß hatte die Erkenntnis durch sein Inneres geschnitten, als ihm klar geworden war, dass der Überfall kein schrecklicher Zufall gewesen war.

Hans. Hans Neuböck. *Das wird euch allen noch leidtun*, dröhnte die Stimme des Mannes durch seinen Verstand, während Carl immer mehr seine Schritte beschleunigte.

Er hatte den Kerl unterschätzt. Seine Drohungen nicht ernst genommen. Dass Emma verletzt worden war, war allein seine Schuld. Also lag es an ihm, diesen Fehler wiedergutzumachen und dafür zu sorgen, dass Hans Neuböck niemandem mehr etwas antun konnte.

Viel zu schnell stand er vor der Fabrik, die gerade dabei war, sich auf einen neuen Arbeitstag vorzubereiten. Einer von Antoines Lastern wurde beladen, um Ware ins Elsass zu transportieren. Auch Ivo mit seinem Fahrrad machte sich bereits auf den Weg, um die Feinkostgeschäfte zu beliefern. Normalerweise würde Carl einen Rundgang durch den Betrieb machen, die Abläufe überprüfen und sich schließlich der unliebsamen Büroarbeit widmen, die keinen Aufschub duldete. Doch heute lag sein Ziel ein Stück hinter der Fabrik. Auf dem Gelände hatte er eine Baracke für die Angestellten und ihre Familien errichten lassen, die sich entweder keine andere Unterkunft leisten konnten oder noch nichts Passenderes gefunden hatten. Er nahm nur so viel Miete ein, um die laufenden Kosten zu decken. Im Winter sorgte er für Briketts für die Öfen. Auch wenn sich nicht alle das leisten konnten – hier musste niemand frieren.

Die Baracke war in vier kleine Räumlichkeiten unterteilt. Der Wohnplatz war knapp, und besonders größere Familien wie die von Hans mussten zusammengedrängt leben. Mit dem Geld aus dem Saarland-Vertrag hatte Carl komfortablere Wohnungen errichten und die Baracke erweitern wollen, um noch mehr Familien ein Dach über dem Kopf zu bieten. Jetzt konnte er das Projekt vergessen und nur dafür sorgen, dass besagtes Dach dicht blieb.

Er überquerte den Fabrikhof, um zur Pforte zu gelangen, die nach hinten führte. Grüßte die Arbeiter, die den Laster abfertigten.

»Herr Seidel!«, holte eine enthusiastische Stimme ihn aus seinen Gedanken. Albert kam auf ihn zugelaufen. »So früh habe ich mit Ihnen gar nicht gerechnet. Aber schön, dass Sie hier sind.« Er hob eine Hand und wedelte mit Papieren, die er fest umklammerte. »Die neuen Lieferscheine. Alles ist vorbereitet und sortiert zu Ihrer Prüfung.«

Carl schmunzelte. Der Vorarbeiter war stets der Erste, der in der Fabrik auftauchte, um alles für den neuen Produktionstag vorzubereiten. Besonders dankbar war Carl ihm für seinen Elan, sich mit Lieferscheinen und sonstigem Papierkram zu beschäftigen, der meistens unglaublich viel Zeit fraß und wenig inspirierend war. Allerdings verfiel Albert dabei oft in den Zustand einer nicht mehr gesunden Emsigkeit, wirkte hektisch und gehetzt.

Carl klopfte dem Mann auf die Schulter, damit dieser sich wenigstens etwas entspannte. »Ich bin mir sicher, dass alles seine Richtigkeit hat. Wie immer bis jetzt. Heften Sie die Sachen doch einfach entsprechend ab. Ich vertraue darauf, dass Sie alles geprüft haben.«

Albert lächelte breit. Das Lob tat ihm sichtlich gut. Er wölbte die Brust, wodurch er sogar ein Stück größer wirkte.

»Vielen Dank. Es freut mich, dass Sie mit meiner Arbeit zufrieden sind.«

»Aber natürlich. An Ihren Leistungen habe ich noch nie Zweifel gehegt.«

»Ich dachte nur … Wenn Ihre Verlobte demnächst die Buchführung übernehmen wird, sollte alles seine Richtigkeit haben.«

Carl spürte einen Stich im Herzen. Zurzeit lag Emma im Bett. Blass und so unglaublich zerbrechlich wirkte sie in den vielen Kissen, die ihren Oberkörper halb aufgerichtet hielten, damit sie besser atmen konnte. Ja, sie sollte die Bücher übernehmen. Doch inzwischen bereitete der Gedanke ihm Unbehagen. Sie würde von Männern umgeben sein, unter die jederzeit ein weiterer Hans Neuböck kommen konnte. »Ich fürchte, so schnell wird Fräulein Bergmann hier nichts übernehmen«, murmelte er, und es gelang ihm nicht, das ungute Gefühl wegzuschieben, das ihn beim Gedanken an Emma unter den Arbeitern beschlich. Er würde nicht permanent da sein können, um für ihre Sicherheit zu garantieren. Verflucht, nicht einmal im Kontor, von Angesicht zu Angesicht mit Hans, war er eine große Hilfe gewesen.

Von all den Befürchtungen hatte Albert natürlich keine Ahnung. Der Mann runzelte die Stirn. Dadurch wirkten seine Augen unter den buschigen Brauen noch etwas kleiner. »Warum denn nicht?«

Carl wandte das Gesicht ab. Was sollte er auch sagen? Weil er es nicht geschafft hatte, sie zu beschützen? Weil er nicht da war, als sie ihn brauchte?

»Sie wurde gestern überfallen und verletzt.« Er merkte selbst, wie brüchig und belegt seine Stimme klang. »Jetzt muss sie erst einmal gesund werden. Dann sehen wir weiter.«

»Das ist ja schrecklich!«, hauchte Albert und seine Tonlage schraubte sich in die Höhe. Die Nachricht ließ auch ihn wohl nicht kalt. »Konnten die Täter gefasst werden?«

»Noch nicht.« Carl zögerte. Vielleicht war es auch ein Glücksfall, dass er Albert traf. »Eigentlich bin ich hier, um einem Hinweis nachzugehen. Sie kennen die Arbeiter sehr gut. Können Sie sich vorstellen, dass Hans Neuböck damit etwas zu tun hat?«

Alberts Blick wurde ernst, beinahe schneidend. Er presste die Zähne fest aufeinander. Überrascht schien er nicht zu sein. »Zuzutrauen wäre es ihm definitiv. Jeder hat gehört, wie er Ihnen gedroht hat. Aber eine unschuldige Frau zu überfallen … Ich weiß nicht. Ich habe gesehen, wie er seine Renate behandelt. Zu Frauen ist er nie grob gewesen.«

Nachdenklich kaute Carl sich auf der Lippe. Hatte er zu schnell einen Mann verurteilt? Aber er war hier, um genau das zu klären – statt Neuböck gleich die Polizei auf den Hals zu hetzen. Vielleicht hatte Hans gestern den Abend bei seiner Renate und den Kindern verbracht. Dann wäre die Angelegenheit geklärt.

»Sie wollen Ihn zu Rede stellen?« Unsicher trat Albert von einem Bein aufs andere. »Soll ich ein paar Männer zur Verstärkung holen?«

»Ich will nur mit ihm reden. Wir sollten die Sache nicht an die große Glocke hängen.«

»Dann lassen Sie mich wenigstens mitkommen.«

»Das wäre keine gute Idee. Hans ist nicht gerade gut auf Sie zu sprechen.«

»Ich weiß, ich habe mich sehr unprofessionell verhalten.« Albert sah betreten zu Boden. »Grund genug, mich bei ihm zu entschuldigen. Dann würde auch Ihr Besuch nicht gleich den Eindruck erwecken, als würden Sie ihn verdächtigen.

Wir schauen einfach, wie sich das Gespräch entwickelt und ob wir ihn auf den Überfall ansprechen können.« Er hob die Hand mit den Papieren. »Ich bringe das nur schnell ins Büro.«

Carl sah zu, wie Albert in der Fabrik verschwand, während das ungute Gefühl sich in ihm noch weiter ausbreitete. Natürlich hatte der Mann recht. Es wäre der perfekte Vorwand, um mit Hans zu sprechen. Aber der Mann war unberechenbar, und Albert möglicherweise in Gefahr zu bringen, behagte ihm wenig.

Doch sein Vorarbeiter nahm ihm die Entscheidung ab. Er kam zurück, hatte den Arbeitskittel abgelegt. In der schlabberigen Hose und dem weiten Hemd mit hochgekrempelten Ärmeln wirkte er nicht gerade wie eine ernst zu nehmende Unterstützung, sollte Hans die Beherrschung verlieren.

»Gehen wir«, sagte er. Carl zögerte nicht lange.

Seite an Seite betraten sie die Baracke. Zu dieser frühen Stunde erstreckte sich der Flur dunkel vor ihnen. Carl dachte an Frederick, der sich manchmal vor unheimlichen Korridoren mit wenig Beleuchtung fürchtete. Wie es wohl den Arbeiterkindern damit ging? Huschten sie auch ganz schnell durch den Flur, um der Dunkelheit zu entkommen, die an ihren Fersen zupfte? Kurz überlegte er, ob es möglich war, die elektrische Beleuchtung der Fabrik auch hierher zu verlängern.

Aus einer der Türen, die nach rechts und links gingen, trat eine Gestalt hervor. Carl erkannte nicht sofort, dass es sich um Hervé handelte, einen lothringischen Arbeiter. Am Anfang hatte der Mann nur gebrochen Deutsch mit einem so starken Dialekt gesprochen, dass ihn kaum einer verstand. Vielleicht auch deshalb blieb er eher für sich und pflegte wenig Kontakt zu den anderen. Es überraschte Carl, dass Hervé sofort zu reden begann – er war kein Typ von vielen Worten, jetzt sprudelten diese ununterbrochen aus ihm. Anscheinend ging es um die Entzündung seines Auges, die er sich kürzlich zugezogen hatte. Fieberhaft versicherte Hervé, er könne bestimmt bald arbeiten.

Carl machte eine beschwichtigende Geste. »Konnte der Arzt helfen, den ich zu Ihnen geschickt habe?« Im dunklen Flur war es schwierig, den Zustand des Auges zu begutachten. Angeschwollen war es definitiv.

»Ja«, versicherte Hervé und nickte mehrfach. Dann stammelte er ein Danke und fing schon wieder damit an, dass er bald zur Arbeit gehen würde.

»Kurieren Sie erst einmal Ihr Auge aus«, schlug Carl vor. »Und machen Sie sich über die Arbeit keine Sorgen. Sie erhalten weiterhin Ihren Lohn, und wenn Sie wieder gesund sind, kommen Sie in die Fabrik.«

Der Mann stieß erleichtert ein weiteres Danke hervor. Carl verabschiedete sich und hörte sicherlich noch fünf weitere Danke hinterher. Dabei war das absolut unnötig. Von Anfang an hatte er beschlossen, die Arbeiter in schweren Zeiten zu unterstützen, wenn er konnte – damit sie vielleicht auch der Fabrik treu blieben, sollte es mal nicht so gut laufen.

Carl war bewusst, wie schwer das Leben dieser Menschen war. Wie privilegiert er sich schätzen durfte, wohlbehütet aufgewachsen zu sein und sich seine Träume erfüllen zu können. Umso mehr ärgerte ihn der verpatzte Saarland-Vertrag. Denn davon hing nicht nur seine Zukunft ab, sondern das Wohlergehen dieser Menschen, für die er sich verantwortlich fühlte.

Im Rücken hörte Carl, wie Albert ebenfalls ein paar Worte mit Hervé wechselte. Er selbst ging zur Tür am Ende des Flurs, hinter der Hans mit seiner Familie hauste, und klopfte an.

Aus dem Spalt lugte ihm ein schmales Frauengesicht entgegen. Er musste nichts sagen.

»Herr Seidel!« Hastig riss sie die Tür weiter auf.

»Darf ich reinkommen?«

»Aber natürlich.«

Er trat über die Schwelle. Das Zimmer war nicht groß. Für sechs Menschen – er warf einen Blick auf den kugelrunden Bauch –, bald sieben, war es schon fast eine Zumutung. Dazu noch musste die Familie eine Gemeinschaftsküche mit den anderen Bewohnern der Baracke teilen und einen Abtritt draußen im Hof nutzen. Aber das Zimmer war sauber und schimmelfrei. Hans' Frau wusste gut, den winzigen Raum zu nutzen. Die Strohmatratzen, auf denen sie schliefen, waren an der Wand gestapelt. Ein kleiner Tisch, mit einem bunten Tuch verziert, vermittelte einen Hauch von Gemütlichkeit. Auf den Regalbrettern stapelte sich ordentlich das Geschirr. Die Kinder drängten sich im entferntesten Winkel des Zimmers zusammen, das Kleinste – kaum zwei Jahre alt – klammerte sich an den Rock seiner Mutter.

Hans war nicht da.

Carl lehnte die Tür hinter sich an – Albert würde im Flur warten müssen, denn allein durch seine eigene Anwesenheit machte es die Enge schwer, sich auch nur umzudrehen, ohne gegen etwas zu stoßen.

Neuböcks Frau legte vorsichtig ihre dürren Hände um ihren riesigen Bauch und suchte verängstigt Carls Blick. Beunruhigt betrachtete er ihre zerbrechliche Statur, die den Bauch kaum zu tragen vermochte. Sie war hübsch, aber vollkommen ausgemergelt.

»Haben Sie genug zu essen?«, fragte er.

Die Frau lächelte unsicher. »Seit Hans bei Ihnen arbeiten kann, müssen wir keine Angst mehr haben zu verhungern.

Sie glauben gar nicht, wie dankbar wir Ihnen für all das sind.«
Sie deutete herum.

Carl spürte eine Schwere, die sich ihm um die Brust legte.
Das alles war nicht viel. Höchstens das Nötigste. Vielleicht
nicht einmal das. Noch beklemmender wurde das Gefühl,
als ihm dämmerte, dass Hans seiner Familie noch nichts
über den Vorfall in der Fabrik und die Konsequenzen erzählt
hatte.

Carl biss sich auf die Lippe. Es war so leicht gewesen, den
Mann aus der Fabrik zu jagen. Etwas anderes war es, in das
Gesicht dieser Frau zu blicken und die Kinder vor sich zu
sehen, die bald kein Dach über dem Kopf und nichts zu essen
haben würden, sollte Hans keine neue Arbeit finden.

»Können Sie mir sagen, wo Ihr Mann ist?«

»Oh. Ich weiß, seine Schicht beginnt gleich. Er wird pünktlich sein, das verspreche ich Ihnen! Die Nacht war so unruhig
mit der Kleinen.« Sie strich dem Kind über den Kopf, das
sich hinter sie schob und seine kleinen Finger noch mehr in
den mütterlichen Rock krallte. »Hans verspätet sich nicht.
Ich verspreche, er verspätet sich nicht!«

Carl musterte ihr Gesicht, das unter seinem Blick immer
verzweifelter wurde. »Können Sie mir sagen, wo er gestern
Abend war? So gegen sieben?«

»Hier. Bei mir. Ist etwas passiert?« Sie verzog das Gesicht
und presste eine Hand auf ihren Bauch. Einen Augenblick
lang verharrte sie in einer fast verdrehten Position. Ihr Gesicht wurde eine Spur blasser. Dann richtete sie sich wieder
auf.

»Ist alles gut?«, fragte Carl besorgt. »Setzen Sie sich doch
lieber.«

»Nein, nein. Alles gut. Manchmal zieht und zwickt es. Bald
geht es wohl los.« Sie schnaufte durch und blickte zu ihm auf.

»Sagen Sie mir bitte ehrlich, ist etwas passiert? Müssen wir uns Sorgen machen?«

Er zögerte. Dann drückte er ihre Hand, die sie ausgestreckt hielt, als würde sie sich an einem unsichtbaren Möbelstück abstützen. »Nein. Müssen Sie nicht. Egal, was passiert – Sie werden hierbleiben.« Er schaute ihr in die Augen. »Ich sorge dafür, dass niemand hier hungern muss und Sie Ihr Kind in Ruhe zur Welt bringen können.«

Ein Lächeln zuckte in ihren Mundwinkeln. »Gott segne Sie, Herr Seidel. Dass Hans bei Ihnen arbeiten darf – das ist das Beste, was uns passieren konnte. Ich habe schon befürchtet, er würde nirgends mehr eine Anstellung bekommen. Wir waren schon am Verzweifeln. Und dann hat Gott uns Sie geschickt.«

Carl nickte. War Hans wirklich bei seiner Familie gewesen? Waren seine Ermittlungen hier zu Ende? Die Frau stöhnte und drückte sich wieder eine Hand an die Seite. Carl stützte sie. »Sind sie sich sicher, dass alles in Ordnung ist? Soll ich nach einer Hebamme schicken?«

»Nein, nein.« Liebevoll streichelte sie sich über die Kugel. »Ein bisschen muss ich diesen Bauch noch mit mir herumtragen.«

»Dann störe ich nicht weiter. Passen Sie auf sich auf.« Er trat in den Flur. Draußen wartete Albert.

Fragend hob der Mann die Augenbrauen. »Etwas in Erfahrung gebracht?«

»Gestern Abend war Hans bei seiner Frau.«

Albert schnaubte. »Behauptet sie!« Er senkte die Stimme. »Ich habe andere hier befragt – niemand hat Hans gesehen. Mal ehrlich, sie würde doch alles tun, um ihren Mann zu decken. Was soll sie denn ganz allein machen, sollte er dingfest gemacht werden?«

»Nun. Beweise haben wir keine. Also glaube ich ihr vorerst.«

Albert schüttelte den Kopf. »Sie sollten der Polizei von Ihrem Verdacht erzählen.«

Hinter der Tür erklang ein unterdrücktes Stöhnen. Unruhe packte Carl. Ging es doch schon los mit der Geburt? Bei dem riesigen Bauchumfang wäre das kein Wunder. Er eilte zurück und sah Neuböcks Frau sich am Tisch abstützen. Gut ging es ihr auf keinen Fall. »Hören Sie, so kann ich Sie doch nicht zurücklassen«, stammelte er, und allein bei dem Gedanken an die Niederkunft, die sich da möglicherweise anbahnte, traten ihm Schweißperlen auf die Stirn. »Was sagen Sie dazu, wenn wir …«

Aber die Frau lachte nur. »Machen Sie sich keine Sorgen. Alles ist in bester Ordnung. Das Kleine ist heute nur besonders lebhaft.«

Aus dem Flur ertönte Tumult. Durch die ganze Baracke dröhnte Hans' Stimme: »Was lungerst du hier herum? Hast du mir nicht genug eingebrockt?« Seine Frau zuckte zusammen, spähte bange zur Tür. Daraufhin quietschte Alberts Stimme, so hoch, dass man die Worte nicht auseinanderhalten konnte.

Carl lief hinaus. Genau im richtigen Moment, um zu sehen, wie Hans Albert am Hemd packte und ihn mit voller Wucht gegen die Wand drückte. Albert wehrte sich nicht einmal – dieser blanken Wut und geballten Kraft hatte er nichts entgegenzusetzen.

»Hans! Hören Sie auf!«, rief Carl, damit der Mann von Albert abließ.

Tatsächlich ruckte Hans irritiert den Kopf und senkte die Faust, die auf das Gesicht des Vorarbeiters zielte. »Herr Seidel …«

»Lassen Sie Albert los! Sofort!« Er kam auf Hans zu.

Hans verzerrte den Mund. »Diese kleine Ratte will mir doch schon wieder eins auswischen! Entschuldigen will sie sich … dass ich nicht lache!«

Carl schob sich dazwischen. »Jetzt beruhigen Sie sich.«

»Beruhigen soll ich mich? Jetzt sehen sie nur, wie der Mistkerl mich angrinst! So lasse ich mich nicht behandeln!« Carl spürte, wie Hans ihn packte, vermutlich, um ihn beiseitezuschieben, während jemand versuchte, den Mann zurückzudrängen. Neuböcks Frau schrie etwas.

Auch Albert war da, zerrte an Hans' Jacke. »Bist du denn von allen guten Geistern verlassen? Lass Herrn Seidel in Ruhe. Du hast dir schon genug eingebrockt!«

»Was soll ich denn gemacht haben? Was?«, brüllte Hans, immerhin lockerte sich sein Griff. Albert und die anderen zerrten ihn weiter zurück. Seine Tasche riss. Etwas Silbernes fiel auf den Boden und kullerte den Flur entlang. Es blieb vor den Füßen seiner Frau liegen, die mit weitaufgerissenen Augen das kleine Ding anstarrte. Ein silbernes Armband. Eins, wie Emma es gestern getragen hatte.

Die Zeit schien stehenzubleiben. Langsam drehte sich Carl um und hob das Armband hoch. Ungläubig betrachtete er es von allen Seiten. »Wo haben Sie das her?«

Hans schluckte. Auch er konnte seinen Blick nicht vom Schmuckstück lösen. Was aber noch viel schlimmer war: Der Mann schwieg.

Carl zwang sich, Hans ins Gesicht zu sehen. »Noch einmal: Wo haben Sie es her?«

»Mir gehört es nicht«, krächzte Hans.

»Ich weiß. Es gehört meiner Verlobten. Gestern beim Überfall wurde ihr dieses Armband gestohlen!«

Seine Frau schluchzte. Ein Häufchen Elend mit einem

97

schmerzverzerrten, angstvollen und tränenüberströmten Gesicht.

Plötzlich riss sich Hans los, strampelte sich frei aus den Griffen, die ihn noch hielten. Hektisch blickte er umher – dann stürmte er davon.

»Haltet ihn auf!«, schrie Albert, doch der Mann verschwand schon nach draußen.

Carl senkte die Hand.

Zeit, die Polizei zu rufen.

Metz, 1914

EMMA

WANN AUCH IMMER JEMAND das Zimmer betrat, lautete die erste Frage, wie es ihr denn ginge. Meistens wurde ihr dabei etwas Essbares ans Bett gestellt: eine Schokoladencrème, ein Schokoladenpudding, eine Schokoladensuppe. Irgendwann betete sie zu allen höheren Mächten, diesem Haushalt möge die Kochschokolade ausgehen. In unregelmäßigen Abständen hopsten die Dienstmädchen wie emsige Eichhörnchen ins Zimmer herein und versuchten, Emma jeden Wunsch von den Lippen abzulesen, auch wenn sie gar keine Wünsche hatte. So langsam verstand sie, was Carl meinte, dass diese Familie einem mit ihrer Fürsorge die Luft zum Atmen nahm. Auch wenn jeder Anflug von diesem Gedanken ihr ein schlechtes Gewissen bescherte. Sie kannte es nicht, umsorgt zu werden. Und es fiel ihr schwer, sich unnütz und hilflos zu fühlen.

Der einzige Lichtblick war Émile Perrin, der am Nachmittag vorbeigekommen war. In einer Tragetasche hatte er Gusti mitgebracht, die vorsichtig über das Bett tapste und sich an den neuen Gerüchen kaum sattschnuppern konnte. Bis sie sich schließlich auf der Bettdecke neben Emma zusammenrollte. Sanft streichelte Emma Gusti über den Kopf. Das Schnurren vibrierte durch die verletzten Rippen und schien sogar die Schmerzen noch besser als die Tinktur zu mildern.

»Was machst du nur für Sachen!« Émile legte ein paar Bücher auf den Nachttisch, ließ sich auf die Kante des Stuhls nieder und schüttelte besorgt den Kopf. Seine Brille wackelte dadurch gefährlich auf der Nase. »Ach Emma! Isch bin vor Sorge fast umgekommen, als isch davon geört 'abe. Ein Überfall!« In seinen Augen lag so viel Sorge, dass Emma ihn am liebsten umarmt hätte, um ihm ein wenig von seinem Kummer zu nehmen. Entschlossen zeigte sie auf das oberste Buch, das er mitgebracht hatte – vielleicht würde eine Ablenkung ihnen beiden guttun. »Magst du Gusti und mir vielleicht ein bisschen vorlesen?«

»Natürlisch.« Émile richtete seine Brille und schlug das Buch auf. Es war eine Märchensammlung mit *Cendrillon ou la petite pantoufle de verre*, die der Stubentiger so sehr mochte. Früher dachte Emma, dass es eine Geschichte um ein Mädchen war, das brav darauf wartete, bis das Glück einem in den Schoß fällt. Bis ihr auffiel, dass durchaus viel Mut dazugehörte, allein zum Ball zu fahren und unter unzähligen strengen Blicken den Prinzen kennenzulernen. Und war Émile nicht auch in ihrem Leben ein bisschen wie die gute Fee? Emma freute sich, Émiles sanfter Stimme zuzuhören, die französische Wörter noch schöner erklingen ließ.

Doch statt zu lesen, blickte der Buchhändler auf. »Versprisch mir, dass du besser auf disch aufpasst. Versprisch es mir! Bitte.«

In diesem Augenblick flatterte schon wieder eines der Dienstmädchen herein, um eine Schüssel mit Schokoladenpudding ans Bett zu stellen. Emma schob die Schüssel Émile entgegen. »Ich verspreche alles, wenn du den Pudding aufisst. Du kannst ihn besser gebrauchen als ich.«

»So dünn bin isch auch wieder nischt«, echauffierte sich Émile, zum Pudding sagte er erstaunlicherweise nicht nein.

Kaum hatte er die Schüssel geholt, klopfte es. Kurz verzog Emma das Gesicht. Kam dieses Mal Mousse au Chocolat?

Die Tür öffnete sich.

»Carl!« Sie ruckte hoch, und der Schmerz explodierte in ihrem Leib.

Carl war sofort bei ihr. »Brauchst du deine Medizin?« Schon tröpfelte er etwas von der Tinktur auf einen Löffel und schob es ihr vor den Mund. Tapfer schluckte sie die bittere Flüssigkeit hinunter. »Hast du sehr starke Schmerzen?«, setzte er sofort nach. »Soll ich den Arzt rufen?«

»Isch 'ole Frau Seidel.« Émile sprang auf, fast hätte er auch noch den Pudding auf sie gekippt.

»Mir geht es gut!« Mit einer Geste versuchte Emma, die beiden Männer zu beschwichtigen und gleichzeitig zu Atem zu kommen. Da dies nicht klappte, tastete sie nach *Cendrillon*, das Émile auf der Bettdecke abgelegt hatte, und drückte das Buch Carl in die Hände. Vielleicht lenkte das Märchen die beiden Männer etwas ab. »Wir waren gerade beim Vorlesen. Gusti ist vernarrt in diese Geschichte – du weißt ja, was für eine große Romantikerin sie ist!«

»Oh ja, ihr Sinn für Romantik ist unvergesslich.« Carl grinste, und auf seinen Wangen erschienen die neckischen Grübchen, die Emma schon so sehr vermisst hatte. Er schlug das Buch auf, wo zwischen den Seiten ein dünnes Bändchen steckte. Eine Weile starrte er auf die Seite, während Emma nach einer Position suchte, die so wenig Qualen wie möglich bereitete.

»*Ill arriwa khö lö fills du Reu* …«, begann er, langsam und stockend vorzulesen, worauf Gusti den Kopf hob und ihn sichtlich irritiert anschaute.

»*Il arriva que le fils du Roi* …«, korrigierte Émile und dirigierte mit dem Löffel die Betonung seiner Worte, während Emma fest die Lippen zusammenpresste, um nicht loszulachen.

»Ich gelobe Besserung.« Carl holte tief Luft, lehnte sich zurück und ahmte Émiles Löffelbewegungen mit dem Zeigefinger nach. »... *donna önn ball e quill enn pria tutte les personnes dö kwalite.*«

»... *donna un bal et qu'il ...*«, mischte sich Émile wieder ein.

Emma lächelte. Auch wenn Carls Französisch nicht auf der Höhe war, zumindest was seine Aussprache anging, lauschte sie unheimlich gern seiner Stimme. Und es gefiel ihr, dass er sich selbst nicht so ernst nahm und sogar zu solchen Albernheiten bereit war, um ihr gute Laune zu bereiten.

»Mach ruhig weiter«, ermunterte sie ihn.

Er schickte ihr einen skeptischen Blick über die Buchseite hinweg. »Du willst mich leiden sehen? *Noss döös Damoiselles enn furent oossi prieh, car ells fa...*« Er stockte. »*Fe... faiso... faisorient ...*«

Émile verschluckte sich glatt an seinem Pudding. Spätestens da wurde es auch Gusti offensichtlich zu bunt. Sie erhob sich mit majestätischer Eleganz, streckte sich ausgiebig, tapste von Carl weg und legte sich wieder hin, indem sie ihm ihr Hinterteil entgegenhielt.

Carl verzog das Gesicht und schlug das Buch zu. »Ich fürchte, ich habe mich doch ziemlich übernommen mit meiner Hilfsbereitschaft, bei Gusti für etwas Unterhaltung zu sorgen.«

»Oh, unter'altsam war es definitiv!«, krächzte Émile, als sein Hustenanfall verebbt war. Er stellte die Schüssel beiseite. »Aber isch denke, auf eine Zugabe sollten wir lieber verzischten.«

»Bleib noch ein bisschen«, bat Emma ihn, doch er gab ihr nur einen väterlichen Kuss auf den Kopf. »Isch muss los, *ma chère*. Aber du wirst ja 'ier gut versorgt. Na ja.« Er zwinkerte ihr zu. »Von déinen Ohren mal abgesehen. Aber isch komme morgen wieder«, versprach er sanft, packte Gusti ein und verdrückte sich.

Sobald er weg war, breitete sich Stille aus, als hätte er ein Stück der Ausgelassenheit, die zwischen ihnen geherrscht hatte, mitgenommen. Auch für Carl war der Moment der Zerstreuung wohl vorbei. Nachdenklich starrte er auf das Buch in seinen Händen, während sich zwischen seinen Brauen eine verräterische Falte immer tiefer in seine Haut grub.

»Ist alles in Ordnung?«, fragte sie. Wie gern wüsste sie, was in ihm vorging. Seit sie aus Straßburg zurück war, hatte sie das Gefühl, ihn neu kennenlernen zu müssen. Immer wieder kreisten sie umeinander, ohne wirklich zueinanderzufinden.

Er schüttelte den Kopf. »Du bist verletzt und fragst mich, ob bei mir alles in Ordnung ist. Natürlich ist bei mir alles in Ordnung. Was sollte schon mit mir sein?«

Genau das wusste sie nicht. Sie wünschte sich, er würde es ihr einfach erzählen. Geradeheraus. Wie früher. Alles mit ihr teilen, was ihm auf der Seele lag.

»Etwas beschäftigt dich«, versuchte sie es erneut.

»Mich beschäftigt, dass ich nicht in der Lage war, auf dich aufzupassen. Dich zu beschützen. Dass ich die Gefahr, die von Neuböck ausging, auf die leichte Schulter genommen habe.«

»Es war nicht deine Schuld.«

»Doch. Ich habe einen Fehler gemacht. Und du bist verletzt worden.« Leicht abwesend drückte er ihre Hand. »Aber jetzt musst du dir keine Gedanken mehr darüber machen. Hans Neuböck wird nie mehr irgendjemandem etwas antun können.«

»Hans Neuböck?« Sie legte sich eine Hand auf den Bauch. Als könnte sie sich dadurch schützen.

Ganz vorsichtig ließ sie die Bilder des Überfalls an sich heran. Aber ihre Erinnerungen blieben verwaschen. Sie dachte an die Männer, die auf sie losgegangen waren. Spürte die Hände, die sie gehalten hatten. Und spürte die Panik, die ihr die Kehle zuschnürte. »Hans Neuböck? Er war es?«

Sie versuchte, sich die Gesichter der Männer vorzustellen, doch es waren nur verwaschene Züge.

»Du brauchst keine Angst zu haben.« Schon wieder ergriff er ihre Hand. Als suche er selbst etwas Halt.

»Bist du dir sicher?«

Er nickte ernst. »Heute wurde bei ihm das silberne Armband gefunden, das dir gestohlen wurde. Ich war dabei, ich habe es mit den eigenen Augen gesehen, wie es ihm aus der Tasche gefallen ist. Er hat sofort versucht zu fliehen. Aber die Polizei hat ihn ein paar Stunden später gefasst.«

»Und seine Komplizen?«

»Die Polizei kennt sicherlich Mittel und Wege, um an die Namen heranzukommen. Es ist vorbei. Vertraue mir.« Er küsste ihre Fingerspitzen.

»Hat er die Tat zugegeben?«

Seine Gesichtszüge verhärteten sich. Sogar seine Lippen an ihren Fingern fühlten sich angespannt an. »Natürlich streitet er alles ab. Aber die Beweise sind eindeutig. Außerdem hast du ihn erkannt.«

Hatte sie das? In ihrem Kopf drehte sich alles. Hans. Hans Neuböck. Der Name. Seine massive Statur. Hatte sie ihn gesehen? Oder bildete sie es sich nur ein? Frustriert hob sie den Blick zur Decke. Erstaunlich, wie schnell ihr Gedächtnis sie im Stich ließ.

»Du hast nichts mehr zu befürchten«, holte Carls Stimme sie in die Realität zurück. »Ruh dich aus.«

Sie nickte. »Wie läuft es mit den Vorbereitungen fürs Saarland? Sicherlich musst du …«

»Scht. Mach dir keine Gedanken.« Zärtlich strich Carl

ihr ein paar Strähnen aus dem Gesicht. »Ich habe alles im Griff.«

Sie schluckte. Tatsächlich, er hatte alles im Griff. Wie in den letzten Jahren, in denen er sein Unternehmen aufgebaut hatte. Ihr blieb wohl nichts anderes übrig, als sich zurückzulehnen und die Wände anzustarren.

»Bleib bei mir«, bat sie. *Ich brauche dich. Auch wenn du mich nicht brauchst.*

Emma und Carl. Carl und Emma. Sie wollte es fühlen. Das, was sie hatten, diese Verbindung, die zwischen ihnen bestand.

»Ich bin da.« Wieder strich er ihr über das Gesicht, und sie genoss die Berührung. Am liebsten hätte sie sich mit der Wange in seine Handfläche eingekuschelt und wäre so eingeschlafen. »Und bleibe so lange, wie du mich hierhaben willst. Außer, meine Mutter jagt mich davon, denn gegen sie komme ich nicht an.«

»Niemand kommt gegen Wilhelmine Seidel an«, murmelte Emma und schloss die Lider. Warum war sie plötzlich so erschöpft? Ihre Gedanken rückten in die Ferne. Sie spürte Carls Hand auf ihrer, lauschte seinem Atem und merkte gar nicht, wie sie friedlich einschlummerte. Sie träumte von Senfblüten, die vom strahlend blauen Himmel auf sie herabrieselten, leuchtend gelb und ganz zart. Die Blätter fielen auf ihr Gesicht, als wären es Küsse. Unzählige Küsse. Süß und herb zugleich, ganz im Einklang mit dem melodischen Klang von Carls Stimme, die sie in Geborgenheit wiegte. Ein Traum, von dem Emma sich wünschte, er würde nie enden.

Doch er endete viel zu früh. Als Emma die Augen wieder öffnete, fand sie neben dem Bett einen leeren Stuhl vor.

Carl war nicht mehr da.

* * *

Es war schwer, im Zimmer bleiben zu müssen, untätig herumzuliegen, immer die gleichen Fragen nach ihrem Gesundheitszustand zu beantworten und sich bedienen zu lassen. Auch wenn sich ihr Körper langsam erholte, so dass die Bewegungen nicht mehr mit höllischen Schmerzen bestraft wurden, fühlte sich ihr Geist immer träger. Zwar brachte Émile fleißig Bücher mit bei jedem seiner Besuche, doch diese boten nur oberflächliche Zerstreuung. Und wenn sie Carl nach der Fabrik und dem Saarland-Vertrag fragte, erwiderte er stets, alles liefe gut und sie solle sich schonen, um schnell gesund zu werden. Ihren Vorschlag, sie könne doch auch im Bett etwas vom Papierkram erledigen, beachtete er nicht einmal.

Mit dem Herumliegen musste Schluss sein!

Tatsächlich schaffte sie ohne fremde Hilfe aus dem Bett. Ihre Bewegungen waren träge und mühsam, jede unvorsichtige Drehung schnitt wie ein Messer zwischen ihre Rippen, doch sie zwang sich, in den Morgenmantel zu schlüpfen. Eines der Dienstmädchen fiel beinahe in Ohnmacht, als es das sah. Natürlich lief es sofort davon, um Wilhelmine zu holen. Kaum eine Minute später stand Carls Mutter im Zimmer und schlug die Hände vor die Brust. »Emma! Was machst du denn da?«

»Alles ist in Ordnung.« Sie lächelte der Frau zu, die um sie herumwirbelte, anscheinend ohne zu wissen, ob sie Emma stützen oder zurück ins Bett verfrachten sollte. »Ich muss mir die Beine vertreten. Zumindest bis zum Esszimmer, um mit euch zu frühstücken.«

Wilhelmine stöhnte auf, hielt dagegen, solche Ausflüge wären verfrüht. Doch Emma ließ nicht mit sich reden. Fest entschlossen, endlich in Schwung zu kommen, hakte sie sich bei Wilhelmine ein. »Wenn es mir schlecht wird, gehe ich sofort ins Bett«, versprach sie hoch und heilig.

»Du und Carl passt perfekt zusammen.« Wilhelmine war hilflos. »Ihr beide seid dickköpfig wie eh und je und gönnt euch einfach keine Ruhe.«

Ganz langsam machten sie sich auf den Weg, der Emma beinahe unendlich vorkam. Zwischendurch befürchtete sie sogar, sich übernommen zu haben – bei so vielen Pausen, die sie machen musste. Mit einer merkwürdigen Sehnsucht dachte sie an die Tinktur, die sie in ihrem Zimmer gelassen hatte. Andererseits machte die Medizin sie so schrecklich müde.

Am Tisch wartete Ehrhard. Kaum war Emma über die Schwelle getreten, mühte er sich hoch, um ihr einen Stuhl zurechtzurücken. Auf ihre Proteste reagierte er genauso wenig wie Wilhelmine, die versuchte, Emma jeden Handgriff abzunehmen – sogar das Ei wurde von ihr eigenhändig geschält, als wäre dies eine Herkulesaufgabe. Das Gespräch drehte sich nur um ihre geprellten Rippen.

»Vielleicht sollten wir die Zeit nutzen, um die Hochzeitsvorbereitungen zu besprechen?«, schlug Emma vor, um nicht schon wieder versichern zu müssen, dass es ihr gut ginge. »Wann ist die Anprobe des Kleides?«

»Ach, mach dir deswegen keine Gedanken. Du solltest dich doch ausruhen!«

»Das tu ich auch. Ich kann vollkommen ausgeruht etwas Sinnvolles tun, statt im Bett die Wände anzustarren.«

»Ehrhard!«, versuchte Wilhelmine, Unterstützung bei ihrem Gatten zu finden.

Ehrhard räusperte sich und blätterte geräuschvoll in der Zeitung um. »Aus Frauenangelegenheiten halte ich mich grundsätzlich raus. Das weißt du doch, mein Löwenmäulchen.«

Emma lächelte in sich hinein. Dass der alte Veteran, dessen Haltung immer etwas Hartes und Unbiegsames anhaftete, seine Frau nach einer Blume benannte, fand sie überraschend süß. Würden Carl und sie auch irgendwann Kosenamen füreinander haben? Nur schwer gelang es ihr, ein Glucksen zu unterdrücken, bei der Vorstellung daran, wie sie ihn zärtlich mein Senfkörnchen nannte.

Wilhelmine setzte gerade zu einer Erwiderung an – gespannt wartete Emma darauf, womöglich zu erfahren, wie Carls Mutter ihren Ehrhard nannte – da eilte Hedda, die Hausdame der Seidels, ins Esszimmer.

»Österreich-Ungarn hat Serbien gestern ein Ultimatum gestellt!«, verkündete sie. »Eins der Dienstmädchen hat davon gehört, und ich habe sofort einen Laufburschen zu den Depeschen geschickt. Es stimmt.« Genauso gefasst berichtete sie von einem großen Andrang vor der Metzer Zeitung. Dann versiegten ihre Worte.

Geräuschvoll holte Emma Atem. Noch immer wollte sich die Tragweite der Mitteilung nicht in ihrem Kopf festsetzen. »Ein Ultimatum? Wegen der Erschießung des Thronfolgerpaars?« Die Zeit stand still. Sogar die winzigen Staubpartikel in der Luft schienen regungslos in der Luft zu hängen.

Raschelnd faltete Ehrhard die Zeitung zusammen, die mit einem Mal nutzlos geworden war, und legte sie auf den Tisch. »Was fordert Österreich?«

»Gerechtigkeit, versteht sich. Umfassende Untersuchungen. Sanktionen.« Hedda machte eine Pause. »Die Serben haben zwei Tage Zeit, um darauf zu antworten.«

Zwei Tage Zeit. Eher anderthalb. Emma wurde schwarz vor Augen. Als wäre die Welt gerade dabei, mit schwindelerregender Geschwindigkeit auf einen Abgrund zuzurasen.

»Wie viele Sorgen müssen wir uns machen?«, fragte sie, als Hedda gegangen war, und erschrak, wie krächzend ihre Stimme klang.

»Abwarten.« Ehrhard tippte mit einem Zeigefinger auf der Zeitung. »Ich denke, es hängt von den Russen ab.«

»Was haben denn die Russen damit zu schaffen?«, fragte Emma und schämte sich, wie wenig sie über die politischen Zustände wusste.

»Wenn die Russen den Serben helfen, wird Frankreich sofort einsteigen.« Mit vor Schreck weißem Gesicht starrte Wilhelmine vor sich hin. »Und dann haben wir einen Krieg vor der Tür.«

Ehrhard räusperte sich und rieb sich über den Oberschenkel. Ob seine Kriegsverletzung ihn gerade umso eindringlicher daran erinnerte, was auf dem Spiel stand? »Die russische Armee ist zwar groß, aber schwerfällig. Schlecht organisiert und ungenügend versorgt. Die Chancen stehen gut, dass sie sich raushalten«, überlegte er. »England bleibt neutral. Und Frankreich allein – ach, mal schauen.«

»Frankreich wartet doch nur darauf, sich das Elsass und Lothringen wieder unter den Nagel zu reißen«, wandte Wilhelmine ein. »Diese Gelegenheit würden sie sich nicht entgehen lassen.«

Ehrhard stemmte sich an der Tischplatte hoch. »Spekulationen bringen uns nicht weiter.« Eine Weile verharrte er so, dann drehte er sich um und humpelte davon. Seine Schritte hörten sich scharrend an, als kostete es ihn unglaublich viel Kraft, sich davonzuschleppen.

Emmas Blick folgte ihm, dann wandte sie sich wieder Wilhelmine zu. Carls Mutter brauchte nicht einmal eine Frage, um zu wissen, was Emma auf der Seele brannte.

»Noch gibt es Hoffnung. Hier, so nah an der Grenze, ist es, als würde man auf einem Pulverfass sitzen und zusehen, wie jemand neben der Lunte mit dem Feuer spielt. Manchmal wünsche ich mir, unser Kaiser würde hier residieren. Damit er sieht, wie es den Menschen hier geht. Damit er sich ein bisschen mehr …« Wilhelmine legte sich eine Hand auf die Lippen und senkte den Blick. »Was rede ich da nur.«

»Der Kaiser wird einen Krieg nicht zulassen.« Emma merkte selbst, wie naiv es klang. Wen wollte sie damit beruhigen? Wilhelmine, die Frau eines Kriegsveteranen, die mehr Durchblick hatte als vermutlich die meisten Frauen im Kaiserreich?

Einatmen, befahl sie sich. Ausatmen.

Vor ihren Augen sah sie die Säcke, prallgefüllt mit der kostbaren, so sorgfältig ausgewählten Senfsaat. *Graines de moutarde de Bourgogne.* Die Inschrift schien zu leuchten wie eine Warnung.

Der Krieg bedeutete das Aus für die *Bourgogne.*

Ans Essen war gar nicht mehr zu denken. Nicht einmal einen Schluck Tee konnte sie noch hinunterbekommen. »Ich glaube, ich sollte mich wieder hinlegen«, flüsterte Emma. Sie versuchte aufzustehen und merkte, wie schwach sich ihre Beine anfühlten.

»Ich bringe dich auf dein Zimmer.« Wilhelmine half ihr hoch. Dankbar lehnte sich Emma an Carls Mutter. Schritt für Schritt schaffte sie es zurück. Die Tinktur betäubte die Schmerzen, aber auch ihren Verstand, was bei der aktuellen Lage vielleicht nicht die schlechteste Wirkung war. Am liebsten würde sie sich unter der Decke verkriechen und die Welt da draußen einfach ausblenden. Sie wartete auf Carl. Doch er kam nicht.

Als Emma am nächsten Tag aufgewachte, fühlte sie sich wie gerädert, obwohl es auf den Mittag zuging. In diesem Zimmer schien die Zeit losgelöst von der Realität zu sein, unterbrochen nur durch den Sonnenauf- und -untergang. Verlockend, der Gedanke, einfach im Bett liegen zu bleiben und an nichts zu denken. Doch wie lange konnte sie sich hier verkriechen, ihre Sorgen im Zaum halten, die Augen vor allem verschließen?

Vielleicht gab es bereits Neuigkeiten aus Serbien, und sie hatte keine Ahnung?

Es kostete sie Überwindung, aufzustehen und sich anzuziehen. Jede Bewegung fühlte sich steif an. Sie musste Pausen einlegen, sich an einem Bettpfosten abstützen, bevor sie es geschafft hatte, das Morgenkleid überzuwerfen. Sobald ihr Kreislauf etwas mehr in Schwung kam, stand sie deutlich sicherer auf den Beinen als gestern. Vorsichtig, um sich nicht zu überanstrengen, verließ sie das Zimmer. Stufe um Stufe bewältigte sie die Treppe. Zu ihrer Überraschung kam ihr Louise mit Frederick entgegen. Der Junge sprang die Stufen hoch und wieder runter und fragte immer wieder, wann sie heute im Park picknicken würden. Louise hatte sichtlich Mühe, mit dem kleinen Wirbelwind mitzuhalten und ihn zur Geduld zu mahnen. Immer wieder versuchte sie, seine Hand zu packen, was ihn noch mehr zu einem Spiel anstachelte, ihrem Griff zu entwischen.

Auf diese Begegnung war Emma alles andere als vorbereitet gewesen. Kurz überlegte sie, zurück aufs Zimmer zu gehen. Doch Louise hatte sie bereits entdeckt. »Oh, du bist schon auf den Beinen? Es geht dir besser, wie ich sehe?«, plapperte sie los. Frederick entwand sich ihr endgültig und huschte in den Salon zu seiner Großmutter.

»Ein wenig. Ich musste einfach raus aus dem Bett. Wenn man nur die Wände anstarrt, kriegt man kaum etwas mit. Wusste gar nicht, dass ihr heute zu Besuch kommen wolltet.« Emma hielt inne. Wer war sie schon, um darüber informiert zu werden, wann Louise ihre Eltern zu besuchen gedachte. »Ein Picknick hört sich aber sehr schön an«, schob sie schnell hinterher.

»Frederick wollte seine Großeltern sehen.« Louise warf einen liebevollen Blick auf ihren Sohn. Egal wie genervt diese Frau auch zu sein schien – wenn es um ihr Kind ging, leuchteten ihre Augen auf.

»Und Antoine?« Emma merkte, wie sich ihr Körper noch mehr anspannte. Nicht gut. Jede Verkrampfung rüttelte an den Schmerzen, die in ihr lauerten.

Louises Mundwinkel zuckten. »Antoine hat schon lange keine Großeltern mehr.«

»Ich meine: Ist er auch da?« Allein die Vorstellung schnürte ihr die Kehle zu.

»Ich weiß schon, was du meinst. Seit wann bist du so bitterernst?« Louise winkte ab. »Antoine ist nie da. Außer, er will Frederick ins Bett bringen oder mit Frederick einen Ausflug machen oder Frederick etwas vorlesen. Frederick oder das Fuhrunternehmen. Alles andere muss um seine Aufmerksamkeit buhlen.« Kurz verzog Louise den Mund. »Aber Cécile mussten wir mitnehmen, sie kann man ja nicht allein lassen.«

»Ihr bleibt länger?«, hauchte Emma.

»Für ein paar Tage.« Louises Blick glitt über die Wände. Nachdenklich fuhr sie mit den Fingerspitzen über das Geländer der Treppe. »Hier scheint die Welt noch in Ordnung zu sein. Aber die ganze Anspannung in der Stadt – es ist kaum auszuhalten.« Sie schluckte. »Aber vielleicht hat es auch was Gutes. Wenn hier alles so brodelt, schickt Antoine Cécile bestimmt nach Frankreich. Sie hat eine Schwester, die geheiratet hat und jetzt irgendwo in der Bretagne wohnt. Das ist weit genug weg.«

Wie seltsam, sich Louise plötzlich so nahe zu fühlen. Ihre Ängste und Sorgen so unmittelbar mitzubekommen.

»Geht es dir gut?«, fragte Emma und mahnte sich zur Vorsicht. Louises Nähe war gefährlich. Unberechenbar.

Louise antwortete nichts. Als müsste sie über die Frage nachdenken. Oder sie totschweigen. Im nächsten Moment kam Frederick zurück und kugelte dabei fast die Treppe herunter. Louise eilte zu ihm, um mit ihm zu schimpfen.

Emma begab sich in den Salon zu Ehrhard und Wilhelmine. Beide ganz stumm. Es wirkte bedrohlich, weil das Schweigen so gar nicht zu dieser Familie passte, in der nie still war. Bange wartete das gesamte Haus auf die Neuigkeiten, die einfach nicht kommen wollten.

»Werden die Serben die Bedingungen des Ultimatums erfüllen?« Emmas Worte klangen wie erstickt.

»Wir werden sehen«, brummte Ehrhard. »Die Bedingungen für einen souveränen Staat sind kaum zu erfüllen.«

»Aber sie möchten doch bestimmt keinen Krieg mit Österreich riskieren!«, protestierte Emma, während die Verzweiflung tiefer und tiefer in ihre Seele sickerte.

Carls Mutter zog sie an sich heran. Emma spürte, wie sie sich bei dieser Zärtlichkeit anspannte, es fiel ihr immer noch sehr schwer, sich daran zu gewöhnen. Dann lehnte sie den Kopf an Wilhelmines Schulter. So war die Stille tatsächlich viel erträglicher.

Am späteren Nachmittag kam endlich Carl. Emma hatte seine Schritte erkannt, noch bevor sie ihn sehen konnte. Vorsichtig drehte sie sich um, auch seine Eltern wandten die Gesichter ihm zu. Er schüttelte den Kopf. Also noch nichts aus Serbien. Emma stützte sich an der Sofalehne ab, doch Wilhelmine und sogar Ehrhard waren schneller auf den Beinen. »Dann lassen wir euch allein.« Seite an Seite verließen die beiden den Salon. Trotz schwerer Zeiten erfüllte es Emma stets mit Zuversicht, die Eheleute Seidel miteinander zu sehen und ihre Liebe in jeder kleinen Geste zu spüren.

Carl kam auf sie zu und ließ sich vor ihr nieder, fast so wie in diesem Gasthof, in dem er zu ersten Mal versucht hatte, ihr einen Heiratsantrag zu machen. Seine bloße Anwesenheit schenkte ihren ruhelosen Gedanken etwas Frieden.

Er blickte zu ihr auf. »Wie geht es dir?«

Liebevoll strich sie ihm durch die Strähnen. »Gut.«

»Und wie geht es dir wirklich?«

Was sollte sie nur darauf sagen? Dass sich in ihr alles zerrissen anfühlte? Dass ihr Inneres einfach nur weh tat und das gar nicht so sehr wegen der malträtierten Rippen, sondern vor Sorge um ihn, um die Fabrik und darum, was auf sie zurollte.

»Warst du in der Fabrik?« Offensichtlich reichten ein paar mit Louise gewechselte Sätze, um zu lernen, wie man nicht ganz so elegant Themen wechselte.

»Natürlich.« Obwohl er direkt vor ihr war, beschlich sie das Gefühl, ihm ganz fern zu sein. Ein einfaches Wort – und doch klang darin so viel mehr. Und gleichzeitig nichts. Nichts von Emma und Carl. Carl und Emma.

Vielleicht lag es an ihr. Weil sie sich so leer fühlte. Als wäre ihr Leben zum Stillstand gekommen. Die letzten Tage fühlten sich an wie ein undefinierbares Gemisch aus Schlaf und Wachsein. »Mit welchen Problemen ist in der Fabrik zu rechnen, wenn es zum Krieg kommt?«

Ein Schatten huschte über sein Gesicht. »Noch ist es nicht so weit.«

»Du beziehst die gesamte Senfsaat aus Burgund. Sollte es zu Kampfhandlungen kommen …«

»Ich weiß. Ich bin dran.«

Sie wartete, dass er noch etwas sagte. Ihr erzählte, welche Alternativen für ihn infrage kamen, vielleicht ein paar Möglichkeiten mit ihr durchspielte. So wie früher. Aber er schwieg, als wäre alles gesagt worden.

»Was ist mit den Maschinen?«, setzte sie erneut an. »Du hast mir erzählt, es wären spezielle Anfertigungen aus Frankreich. Hier würden wir keine Ersatzteile bekommen. Wie zuverlässig …«

»Emma!«

Die Schärfe in seinem Ton ließ sie zusammenzucken. Sogleich bäumte sich der Schmerz in ihr auf. Sie presste die Zähne zusammen und bemerkte aus dem Augenwinkel seinen verzweifelten Blick.

Er angelte nach ihrer Hand. Mit dem Daumen drehte er den Ring an ihrem Finger hin und her. »Es tut mir leid«, flüsterte er völlig zerknirscht. »Ich wollte nur nicht, dass du dir Sorgen machst. Emma …« Der Klang seiner Stimme trieb ihr Tränen in die Augen. Darin war so viel Zärtlichkeit verborgen, dass sie sich sogleich schuldig fühlte. Wie konnte sie nur so undankbar sein, so wenig schätzen, was er ihr gab? »Emma, es passiert gerade so viel, dass man glauben könnte, die Welt würde jeden Moment auseinanderbrechen. Ich weiß nicht, was da gerade auf uns zukommt. Es macht mir Angst. Aber ich habe gelernt, dass man jeden Augenblick genießen sollte, den man hat. Du und ich. Das ist alles, was mich glücklich macht. Lass uns heute die Fabrik vergessen. Lass uns heute miteinander einfach nur glücklich sein.« Noch immer hielt er ihre Hand. »Meinst du, du schaffst einen kleinen Ausflug?«

»Hängt davon ab, wohin.«

Er half ihr hoch. »Das ist eine Überraschung.«

Sie kam sich vor wie eine Greisin, während sie sich an ihm abstützen musste und mit kleinen Schritten vorwärtsbewegte. Nach einer Weile standen sie in der Küche. Keine Küchenmagd zu sehen, keine Köchin. Dabei war hier doch sonst immer etwas los.

Carl führte sie zur Bank, damit sie sich an den langen Tisch setzen konnte, der sich mitten im Raum erstreckte. Voller Neugier beobachtete sie, wie er einen Mörser brachte, eine Waage aufstellte, eine Schüssel und einen Holzlöffel vor ihr ordnete. Zuletzt schob er zwei Schüsseln mit gelber und brauner Senfsaat an sie heran. Verdutzt blickte sie zu ihm hoch. Er nahm ein paar Kügelchen heraus, dunkle wie helle, und ließ sie in ihre Handfläche rieseln.

»Im Moment sind es nur Körner. Bist du bereit, mehr daraus zu machen?«

In ihrem Bauch begann es ganz fürchterlich zu kribbeln. Nur Körner. Aus denen etwas entstanden war, was ihrer beider Zukunft besiegelt hatte.

Manchmal waren es nur Körner. Manchmal – eine ganze Welt voller würziger Düfte, die ihre Sinne kitzelten.

Er stand dicht neben ihr. Seine Hand ruhte auf ihrer Schulter. Emma spürte, wie er sich leicht zu ihr beugte. »Du weißt, ich bin nicht so gut darin, über Gefühle zu reden. Liebesbriefe zu schreiben. Oder dir zu zeigen, wie viel du mir bedeutest.« Er hielt inne. Seine Hand fuhr ihren Arm entlang hinunter und schloss die Finger um die winzigen Körnchen. »Ich möchte dir das Grundrezept zeigen.«

Sie blinzelte, um die Tränen zurückzuhalten, die ganz plötzlich in ihre Augen traten. Noch fester umfasste sie die Senfkörner, schloss die Lider und spürte mit all ihrem Wesen seine Nähe, seine Wärme, seine Leidenschaft, die auch ihre Sinne erfasste. Die Aufregung ließ ihr Herz höherschlagen. Sie würde etwas erschaffen, was er so sehr liebte. Spüren, was er spürte, wenn er vom Senf sprach.

Ihr Inneres bebte leicht. Und auch wenn tief in ihr die Schmerzen widerhallten, war es ihr egal. »Und … wie mache ich das?«

Er beugte sich noch etwas tiefer zu ihr. »Zuerst die Senf-saat abwiegen. Je mehr helle Körner du nimmst, desto milder wird das Endprodukt. Du entscheidest, wie scharf es werden soll.«

Unwillkürlich breitete sich Gänsehaut über ihren Körper aus. Am liebsten hätte sie alles beiseitegeschoben und ihn einfach nur geküsst.

Unter seiner Anleitung mischte sie die Körner und gab sie in den Mörser. Mit einem Stößel begann sie, die Kügelchen zu zerquetschen, doch jede Anstrengung tat weh. Carl legte eine Hand auf ihre Faust, die den Stößel umklammerte. »Wie fein willst du es haben?«, flüsterte er in ihr Ohr.

Sie dachte daran, wie sie seine Senfkreationen probierte. In allen Mahlstufen von ganz fein, so dass sie kaum merkte, wie die Paste auf ihrer Zunge zerging, bis grobkörnig, dass sie die einzelnen Kügelchen zwischen den Zähnen noch weiter aufplatzen lassen konnte.

Sie lehnte sich zurück und spürte seinen Körper, die Bewegungen seiner Muskeln, während er ihr half, die Saat feiner zu mahlen. Der würzige Geruch schien sie beide zu vereinen, noch mehr aneinander zu binden, so wie die hellen und dunklen Körnchen sich im Mörser vermischten, um etwas ganz Neues zu ergeben. Nach einer gefühlten Ewigkeit bedeutete sie ihm, den Stößel beiseitezulegen.

Er brachte ein Kännchen mit Wasser und eins mit Essig her. Zeigte ihr die Abmessungen. »Jetzt alles in die Schüssel da drüben geben und vermischen. So entsteht die Maische.«

Der scharfe, säuerliche Geruch stieg zu ihr hoch, während sie die Mischung umrührte. Immer intensiver zupfte er an ihrer Nase, die zu kribbeln begann. »Ist es gut so?«

»Du entscheidest. Nicht ich.«

Sie machte weiter, bis die Flüssigkeit sich gleichmäßig

verteilt hatte und eine homogene Masse daraus entstand. Schließlich kamen Zucker und Salz dazu.

»Und jetzt?« Sie schaute zu Carl hoch.

Er ließ sich zu ihr auf die Bank nieder und strich ihr mit einem Zeigefinger über das Kinn. »Jetzt kannst du alles hinzufügen, worauf du Lust hast.«

»Absolut alles?«

»Der Senfgeschmack kennt keine Grenzen.« Seine Stimme klang tief und ein bisschen rau. Stachelte das Kribbeln in ihrem Bauch noch mehr an. Sie musste sich zügeln, um nicht zu deutlich zu zeigen, dass sie gerade auf viel mehr Lust hatte als nur auf den Senf. Ihn zu küssen zum Beispiel. Das wäre ein Anfang gewesen. Um dann auszukundschaften, was noch alles keine Grenzen kannte.

»Was ist?« Carl lehnte sich noch etwas mehr zu ihr.

Sie neigte sich ihm entgegen, zwiegespalten, wie viel sie riskieren sollte. Da erklangen draußen schnelle Schritte. Eilig klapperten die Absätze über den Boden – und auf der Schwelle erschien Louise. »Da seid ihr ja.« Ihre Brust hob und senkte sich hektisch in ihrem Dekolleté.

Carl seufzte und schob sich ein Stück von Emma weg. »Was auch immer es ist, es kann warten, Schwesterherz.«

Sie schien ihn gar nicht gehört zu haben. Ihr Blick flog von ihm zu Emma und wieder zurück, ruhelos, rastlos. »Serbien wählt Krieg!«

***

Kein Sonnenlicht – Kanonenschüsse weckten Emma auf. Sie fuhr hoch und bereute es sofort. Vor Schmerz hielt sie die Luft an und wartete, bis er abgeklungen war. Der Schreck allerdings blieb.

Sie lauschte. Konnte es sein, dass der Krieg, der gestern noch eine vage Vorstellung im fernen Serbien gewesen war, heute schon vor der Tür stand? Hatte sie nichtsahnend verschlafen, dass Metz belagert wurde? Die Angst schnürte ihr den Atem ab. Irgendwo erklangen schnelle Schritte. Gedämpfte, aufgeregte Stimmen – offensichtlich hatten die Schüsse nicht nur sie aus dem Schlaf gerissen. Die gesamte Villa erwachte zum Leben. Die Unruhe durchdrang alle Wände. Ganz still saß Emma da, halb aufgerichtet, und versuchte, mit flachen Atemzügen ihr Herz zu beruhigen, das ihr aus der Brust zu springen drohte.

Der Krieg.

Es ist nicht wahr, es ist nicht wahr, dröhnte es in ihrem Kopf. Am liebsten hätte sie es herausgeschrien. Es durfte einfach nicht wahr sein!

Erst nach einer Weile hatte sie sich so weit gesammelt, dass sie aus dem Bett steigen konnte. Es war töricht, sich vor der Realität verstecken zu wollen. Egal, wie grausam diese auch sein mochte.

Mit einem unguten Gefühl im Bauch trat sie über die Schwelle. Am Ende des Flurs wurde sie von Kindergeschrei eingeholt, sah Louise, die vergeblich versuchte, Frederick zu halten. Das Kind tat alles, um sich aus ihrem Griff herauszuwinden, und schrie: »Will nicht! Will nicht!« In einer der Türen stand Cécile – in einem weißen, bodenlangen Nachtgewand aus Spitze und Tüll. Wobei sie kaum stand, sondern sich vielmehr gegen den Türrahmen lehnte und ihre Hand an die Stirn hielt. »*Il faudrait que cet enfant insupportable se calme enfin!*«, flüsterte sie, als wäre sie am Rande ihrer Kräfte. Dabei bedachte sie Louise mit spitzen Blicken, die alles ausdrückten, was sie wohl über dieses »unerträgliche Kind« und sein Geschrei dachte.

Emma schaute zu Frederick, plötzlich von ihren eigenen Erinnerungen überrollt, wie sich ihre eigene Mutter ähnlich fest in ihren Arm gekrallt hatte, um sie durch einen Bahnhof voller fremder Menschen zu zerren. Die Verzweiflung, die Frederick gerade spüren musste, traf sie wie ein Stoß. Ohne weiter darüber nachzudenken, eilte sie hin, zog ihn aus Louises Griff, hockte sich vor das Kind und sah in sein verweintes Gesicht. »Was ist denn los?«

Er schluchzte, wischte sich über die triefende Nase und rannte davon. Während Louise sich vollkommen verzweifelt gegen eine Wand lehnte und über das Gesicht wischte. »Françine«, flüsterte sie matt.

Emma erhob sich. »Das Kindermädchen? Was ist mit ihr?«

»Sie hat gekündigt. Sie will nach Frankreich gehen, zu ihrer Familie, solange das noch möglich ist.«

Emma schluckte. Doch es kam ihr vor, als würde etwas in ihrem Hals stecken bleiben. Ein dicker Kloß, der sich weder vor noch zurück bewegte.

»Es ist zwar noch früh am Morgen, aber sie ist nicht die Erste. Mamas Köchin, Camille, ist schon gestern gegangen. Ich fürchte, auf ihr vorzügliches *Coq au vin* werden wir eine sehr lange Zeit verzichten müssen. Die Lage in der Stadt ist verzweifelt. Eines der Dienstmädchen ist gerade zurückgekommen und hat erzählt, es gleicht schon jetzt einem Exodus. Wer kann, will nach Frankreich übersiedeln. Je weiter weg von der Grenze, desto besser.«

Der Kloß in Emmas Hals wuchs an, pulsierte und drohte, sie zu ersticken. Die Menschen verließen Metz? Sie fühlte sich wie auf einem sinkenden Schiff. Kurz blitzte der Gedanke auf, ob sie nicht nach Speyer zu ihrem Onkel gehen könnte. Nur so lange, bis sich alles beruhigt hatte. Aber wo sollte Carl hin? Was wäre mit der Fabrik?

Sie schüttelte den Kopf. Natürlich musste sie bleiben! Egal was passierte, egal wie viel Angst sie hatte.

Louise löste sich von der Wand. »Ich muss nach Frederick schauen.«

»*Je vais m'en occuper*«, tönte es von Céciles Tür. »*Il ne t'écoute pas toi.*« Mit einem selbstzufriedenen Lächeln über diese als Angebot getarnte Spitze ging Antoines Mutter davon. Wobei es in ihrem bodenlangen Hemd wirkte, als würde sie durch die Gänge schweben.

»Natürlich.« Louise schnaubte. Ihr hasserfüllter Blick folgte der Gestalt, bis diese um die Ecke verschwunden war. »Diese Frau lässt keine Gelegenheit aus, um mir zu zeigen, was für eine unfähige Mutter ich bin. Wenn ich mich um Frederick kümmere – verwöhne ich ihn. Wenn ich ihn beim Kindermädchen lasse – vernachlässige ich ihn.«

Emma legte eine Hand auf Louises Schulter. »Komm mit. Du musst durchatmen. Sind die anderen schon am Frühstücken?«

Louise zögerte, dann entzog sie sich der Berührung und nickte resigniert. »Lass uns gehen.«

Seite an Seite stiegen sie die Treppe hinunter und betraten das Speisezimmer. Licht durchflutete den großen Raum mit seiner riesigen Fensterfront und den holzvertäfelten Wänden. Auch heute versprach der Tag sonnig und klar zu werden, was beinahe wie Hohn wirkte, in Anbetracht dessen, was in der Welt gerade vor sich ging. Aber die Sonne und der blaue Himmel kümmerten sich nicht um die Belange der Menschen, die da über die Erde wanderten. Vor den geöffneten Fenstern ertönte das fröhliche Gezwitscher der Vögel, die im Seidel'schen Park nisteten. Ansonsten hörte man bloß das Geklapper des Bestecks. Emma verharrte, als sie nicht nur Wilhelmine, Ehrhard und Carl erblickte, sondern auch Antoine. Was machte er hier? Wann war er gekommen?

Sie bemühte sich, ihre Verunsicherung nicht zu zeigen, und setzte sich neben Carl. »Guten Morgen.«

Aus Gedanken gerissen, schaute er sie überrascht an. »Emma … Hast du gut geschlafen? Wie geht es dir?«

Die üblichen Fragen, mit denen sie umsorgt worden war, drückten heute umso mehr auf ihr Gemüt. Die Welt ging zugrunde, da war ihr Befinden doch eine Nebensache.

Louise wartete, bis Antoine sich erhob und ihr den Stuhl zurechtrückte. Betont aufrecht, beinahe majestätisch ließ sie sich nieder. Erst dann wandte sie ihr strahlendes Gesicht zu ihm, um eine Konversation zu starten, doch er schaute demonstrativ weg.

Ein Dienstmädchen servierte Tee.

»Woher kamen die Kanonenschüsse?« Emma schaute in die Runde. Wilhelmines Lächeln war matt und ausgelaugt. Carls Vater schien ganz in sich gekehrt zu sein. Ab und zu zuckte es in seinem Gesicht – vielleicht machte ihm sein Bein zu schaffen. Vielleicht die Erinnerungen an einen ganz anderen Krieg.

»Ehrhard?« Emma sah ihn mit Nachdruck an. »Weißt du etwas über die Kanonenschüsse?« Es kostete sie immer eine kleine Überwindung, ihn mit dem Vornamen anzusprechen. Im Gegensatz zum Umgang mit Wilhelmine wusste sie immer noch nicht, ob es ihr zustand, so vertraulich mit ihm umzugehen.

»Die Schüsse kamen von den Forts«, antwortete Carl an seiner Stelle. Heute ähnelte sein Gesicht so sehr dem seiner Eltern, dass es erschreckend war: Bleich, fahl, ein wenig gespenstisch. »Die Soldaten dürfen die Stadt nicht mehr verlassen.«

»Sind wir im Krieg?« Sie suchte seinen Blick und erschrak, wie leer seine Augen wirkten. Ohne zu blinzeln, starrte er durch sie hindurch, in Gedanken genauso weit weg wie sein Vater.

»Noch nicht«, antwortete Antoine. Seine Stimme bescherte ihr Gänsehaut. Doch sie klammerte sich an seine Worte: Noch nicht.

»Also gibt es Hoffnung?«

Antoine hob die Augenbrauen. Sein intensiver Blick schien ihre Seele zu durchspießen. »Hoffnung? Für einige sicherlich etwas mehr als für andere.«

Mit einem Mal erinnerte er sie an einen Antoine, der sich mit Hohn und Spott gegen die Welt wehrte. Der gerade eher Cognac statt Kaffee trinken würde, um seine Verbitterung wegzuspülen.

»Und was passiert jetzt?«, wisperte Emma. Sie musste einfach mehr wissen. Mehr begreifen. Was bedeutete der »Blankoscheck« nun, über den Émile und Henri gesprochen hatten? Gab es noch eine Möglichkeit, den Krieg abzuwenden?

»Jetzt frühstücken wir ganz in Ruhe«, bestimmte Louise.

Doch von jeglicher Ruhe war Emma meilenweit entfernt. Beinahe flehentlich blickte sie zu Carl. Bitte! Sag doch etwas! Was steht uns bevor? Worauf müssen wir die Fabrik vorbereiten?

Er versuchte zu lächeln, aber seine Augen blieben leer und ausdruckslos. Keine Spur von den Funken in seinem Blick und von den Grübchen auf den Wangen, die ihr sonst alle Sorgen nahmen. »Noch wissen wir nichts Genaueres.«

Geräuschvoll verlagerte Ehrhard sein Gewicht auf dem Stuhl. »Wenn Russland die serbische Armee unterstützt, kommen wir nicht umhin einzugreifen. Das steht fest.«

»Unklar ist, wie England sich entscheidet«, sagte Wilhelmine. »Sie lassen sich nicht so leicht in die Karten blicken. Und Italien. Kriegsbereit sind sie nicht wirklich, sie werden bestimmt versuchen, es hinauszuzögern.«

»Hört auf!« Louise stöhnte genervt, auch wenn sie damit bloß ihre Angst zu überspielen versuchte. »Ich möchte doch nur in Ruhe mein Frühstücksei essen. Ist das zu viel verlangt?«

Auch Emma hatte Angst. Doch die Unwissenheit war schlimmer. Also hörte sie aufmerksam zu, dankbar dafür, das eine oder andere aufschnappen zu können.

»Die Engländer werden nicht den kleinsten Finger rühren.« Nachdenklich nippte Ehrhard an seinem Kaffee, ohne zu bemerken, wie er politische Diskurse in der Damengesellschaft führte. »Wozu denn? Auf ihrer Insel können sie das Ganze vergnügt beobachten, während sich auf dem Festland alle gegenseitig umbringen. Italien? Schwierig. Wenn – dann würden sie nur das absolut Nötigste tun. Was die Franzmänner angeht – die scharren sicherlich schon mit den Füßen und warten nur darauf, hier einzufallen. Die Franzen sind eben so. Das liegt ihnen im Blut. Die hinterlistige Brut.«

Ruckartig stellte Antoine seine Kaffeetasse ab. Ganz laut klackte sie auf den Unterteller.

»Papa!«, rief Louise entsetzt aus. Sogar Carl warf seinem Freund einen entschuldigenden Blick zu, sagte aber nichts.

Antoines Anspannung spürte Emma beinahe körperlich. Zu gut wusste sie, wie seine Stimmung umschlagen konnte. Früher hätte bei Weitem weniger gereicht, um ihn zur Weißglut zu treiben. Dieses Mal konnte sie ihn aber verstehen. Was dachte er über die aktuelle Situation? Wie französisch fühlte er sich? Im Gegensatz zu Émile oder vielen Elsass-Lothringern, die nur das Nötigste Deutsch sprachen, merkte man ihm seine Wurzeln nicht an.

»Du machst den jungen Damen Angst«, versuchte Wilhelmine, die Anspannung zu mildern.

Wie aufgerüttelt riss Ehrhard den Kopf hoch und schlug mit einer flachen Hand auf die Tischplatte. »Natürlich haben wir nichts zu befürchten!«, rief er feierlich, was hilflos und absolut fehl am Platz wirkte. »Das wird schneller vorbei sein, als du ›Fahr zur Hölle‹ sagen kannst, mein Löwenmäulchen! Denen haben wir schon einmal gezeigt, was von unseren tapferen Männern zu erwarten ist: nichts als Prügel!« Er holte tief Luft, und plötzlich schmetterte das kriegerische Lied aus den alten Zeiten:

> »So führe uns, du bist bewährt;
> In Gottvertrau'n greif' zu dem Schwert,
> Hoch Wilhelm! Nieder mit der Brut!
> Und tilg die Schmach mit Feindesblut!«

Louise schien den Tränen nah zu sein. Ganz verzweifelt schaute sie zu Antoine, der seine Hände zu Fäusten geballt hielt, als würde in ihm jeden Moment alles zerspringen.

»Jetzt reicht es aber!«, fiel Wilhelmine in den Gesang ihres Gatten ein. »Genug. Genug von alldem!« Ihr Atem ging schneller. Kurz massierte sie sich die Schläfen. »Du bist nach wie vor nicht mit großem Gesangstalent gesegnet, also verschone bitte unsere sensiblen Damenohren mit deinen Kriegsliedern.«

Ehrhard reckte das Kinn. Ganz ein tapferer Soldat, den nichts zum Rückzug zwingen würde. »Mit Gesangstalent vielleicht nicht. Aber mit Standhaftigkeit und Treue zum Vaterland! Ach, wenn nur nicht diese blöde Verletzung wäre, würde ich mich als Erster melden, das sage ich dir!« Mit einer Hand rieb er wie verbissen seinen Oberschenkel. »Oh ja, das würde ich! Den Grünschnäbeln zeigen, was einen richtigen Soldaten ausmacht. Wie man den feigen Franzen die Beine macht. Wie wir damals in Metz ...«

Antoine warf seine Serviette auf den Tisch. »Bitte entschuldigt mich.« Ruckartig stand er auf. Sein Gesicht verzog sich, als würden ihm seine Züge entgleisen, als hätte er kaum noch Kontrolle darüber. Dann drehte er sich auf dem Absatz um und ging heraus.

Wieder breitete sich die Stille aus, die sich zäh wie flüssiger Honig anfühlte.

Louise sprang auf. »Ich sehe nach, wo Frederick und Cécile bleiben.«

»Louise!«, rief Wilhelmine ihr hinterher, dann warf sie einen verzweifelten Blick zu ihrem Mann, der sich bereits in sein Schneckenhaus zurückgezogen hatte und finster in seine Kaffeetasse starrte.

Emma schwieg betreten. Das gesamte Haus wirkte mit einem Mal so furchtbar verstimmt. Wie ein Mechanismus, in dem die Teile nicht mehr zusammenpassten. Vielleicht sollte sie sich schnell daran gewöhnen, dass nichts mehr so sein würde wie früher. Dass die Fassaden bröckelten. Und dass die Balken, die alles zu tragen schienen, nachgaben.

Es kostete Emma Mühe, ihren Tee hinunterzuwürgen und ein paar Bissen zu sich zu nehmen. Ehrhard Seidel beendete das Frühstück, um sich zurückzuziehen und etwas Ruhe zu haben. Humpelnd verließ er den Speisesaal.

»Dann schauen wir mal, was dieser Tag uns bringt«, sagte Carl. Einen Moment lang zögerte er, dann stand er auf und streckte seine Hand Emma entgegen. Zwar lächelte er weiterhin nicht, aber zumindest strahlten seine Augen wieder Wärme aus, die nur ihr zu gelten schien. »Was hältst du davon, wenn wir einen Ausflug machen? Irgendwohin, wo dieser ganze Irrsinn uns nicht einholt? Oder möchtest du dich lieber ausruhen?«

Sie ergriff seine Hand. »Ich würde gern in die Stadt gehen.«

»Nein.« Energisch schüttelte er den Kopf. »Auf keinen Fall! So weit bist du noch nicht.«

»Doch!« Die Schmerzen straften sie Lügen, doch sie beachtete es nicht. »Ich muss mit eigenen Augen sehen, was los ist. Ob es neue Depeschen gibt. Was die Menschen sagen.«

»Nein«, wiederholte er mit Nachdruck.

Frustriert darüber, dass er tatsächlich glaubte, sie in diesen Wänden einsperren zu können, ließ sie seine Hand los. »Hier halte ich es nicht länger aus.«

Sie drehte sich zur Tür.

»In Ordnung«, holte seine resignierte Stimme sie ein. »Lass uns gehen. Ich muss mich nur umziehen.«

»Ich mich auch.« Dankbar schaute sie zu ihm auf. Er erwiderte ihren Blick. Und da spürte sie wieder diese Verbundenheit, die sie beide hatten. Die Nähe, in der alles klar war, ohne ausgesprochen zu werden.

»Seid vorsichtig!«, rief Wilhelmine ihnen hinterher. »Seid um alles in der Welt vorsichtig!«

* * *

In ihrem Zimmer nahm Emma die Medizin, gerade so viel, um die Schmerzen im Zaum zu halten, aber noch einen klaren Kopf zu bewahren. Kurz überlegte sie, was sie anziehen sollte. Wilhelmine hatte ihre Sachen aus dem Buchladen geholt. Skeptisch beäugte sie ihre Garderobe. Die Auswahl war mehr als mager. Sie entschied sich für einen weiten Rock und eine cremefarbene Bluse, die recht locker saß. Die einzigen Verzierungen waren die gestickten Blumenmuster an der Brust und den Manschetten, die nicht zu sehr auffielen und dennoch schöne Details bildeten. Fein genug, aber nichts Auffälliges.

Als sie endlich fertig war, ging sie zur Eingangshalle. Auf der Treppe verharrte sie. Carl hatte ihr den Rücken zugedreht und saß mit seinem kleinen Neffen auf der untersten Stufe. Mit einem rhythmischen Singsang klatschten sie sich gegenseitig in die Hände:

> *In Zwehren hat's gebrannt,*
> *Da bin ich hingerannt.*
> *Da kam ich an ein'n Zaun.*
> *Und wollte Äpfel klau'n.«*

Frederick lachte sich scheckig, jedes Mal, wenn Carl sich verhaspelte. Selten hatte Emma gesehen, dass ein erwachsener Mann so einen Spaß daran hatte, ein Klatschspiel zu spielen. Wie würde es sein, wenn es sein Sohn wäre? Emma spürte ein Ziehen in der Magengrube. Dabei war die Vorstellung doch so schön, einen Mann an ihrer Seite zu haben, der seine Kinder nicht mit Schweigen strafen, der niemals eine Hand gegen sie heben würde. Aber wäre sie eine auch nur annähernd so gute Mutter wie er – ganz offensichtlich – ein guter Vater wäre? War sie dazu fähig, all das einem Kind zu geben, was ihr verwehrt geblieben war? Immerhin lag Carl das im Blut. Er war bei Wilhelmine und Ehrhard aufgewachsen, die ihm die elterliche Liebe vererbt hatten. Und was hatte sie von ihren Eltern geerbt?

> *»Da kam der Schutzmann Klaus,*
> *Und zog mich wieder raus.*
> *Steckte mich ins Loch,*
> *Äpfel klau ich doch!«*

»Carl ist der geborene Vater.« Louise trat an ihre Seite. Voller Entzücken beobachtete sie Frederick. Sein helles Lachen brachte sie zum Strahlen.

»Das ist er.« Emma fühlte ein Loch in sich, in dem sie wie im Treibsand versank. Wenn sie Carl beobachtete, wenn sie Louise zusah, wurde ihr immer bewusster, wie fern sie von dieser Idylle war.

Carl drehte sich und blickte hoch. Ganz langsam stand er auf und wartete auf sie am Fuß der Treppe. Emma legte eine Hand auf das Geländer. Stufe um Stufe kam sie zu ihm hinunter. Wie umwerfend er in seinem leichten Sommeranzug aussah! Wie glücklich er sie ansah. Aber war sie wirklich die richtige Frau für ihn, wenn sie so sehr mit der Vorstellung von ihrem Mutterdasein haderte?

Carl und Emma. Emma und Carl, rief sie sich in Erinnerung. Nichts würde sie auseinanderbringen. Vor allem keine Zweifel.

»Das Auto steht bereit«, sagte er.

Eine gute Idee.

»Genießt den Tag!«, flötete Louise von der Treppe.

»Aber selbstverständlich!« Carl zwinkerte seiner Schwester zu und setzte sich den Hut auf. Dann bot er Emma seinen Arm.

Der Wagen – blank poliert und tadellos – wartete vor dem Eingang der Villa. Der adrette junge Chauffeur öffnete die Autotür – da wehte die sommerliche Brise den Geruch türkischen Tabaks zu ihr. Emma schaute sich um. An einem weißen Sommerpavillon, der ganz in der Nähe im Park stand, lehnte Antoine und rauchte. Er hatte den Kopf in den Nacken gelegt und stieß den Rauch in langsamen Zügen dem Himmel entgegen.

»Steig schon ein«, flüsterte Carl Emma zu. »Ich bin gleich wieder da.« Er wandte sich ab und ging auf Antoine zu.

Sofort spürte Emma, wie Unbehagen in ihr aufstieg. Die Fabrik. Der Brand. War er es gewesen? Die Frage zog wie eine Gewitterwolke in ihrem Kopf auf.

Ich hätte ihm nie, nie etwas angetan, durchdrang Antoines raue Stimme ihre Gedanken. War er imstande, ihr so voller Inbrunst ins Gesicht zu lügen?

Würde sie je die Wahrheit herausfinden? Oder sich immer und immer fragen, ob er seine Finger im Spiel hatte und worin er sonst noch verwickelt war?

Loszulassen gehörte offensichtlich nicht zu ihren Stärken. Sie trat näher.

Carl stand neben Antoine, so dicht, dass er nach jedem Zigarettenzug von einer Wolke Rauch umhüllt wurde. »Ich möchte mich für meinen Vater entschuldigen. Er kann unglaublich anstrengend sein. Ich glaube, er hat gar nicht realisiert, dass du …«

Antoine schnaubte. »Dass ich was? Nicht mit Taubheit gesegnet bin?«

»Er wollte es nicht gegen dich richten.«

»Das macht es nicht besser, Carl. Noch vorgestern war meine Abstammung nicht von Belang. Jetzt sind aller Augen nur darauf gerichtet. Wie kaisertreu verhalten sich die Lothringer? Mit wem sympathisieren sie? Und es wird schlimmer, glaub mir. Dieser Krieg wird uns alle auseinanderreißen.«

»Oder uns noch mehr zusammenschweißen. Du gehörst zu dieser Familie. Und diese Familie lässt niemanden im Stich.«

»Wir werden sehen.« Antoine schnippte den Zigarettenstummel auf den Boden und trat ihn mit der Schuhspitze aus. »Mach, dass du zu deinem Ausflug kommst.« Er warf einen Seitenblick auf Emma. »Deine Verlobte kann es kaum erwarten, wie ich sehe.«

Der Kies knirschte, als er mit schnellen Schritten an ihr vorbei zum Eingang der Villa lief. Emma sah ihm nach. Es waren diese kurzen Momente, in denen sie keine Abscheu für ihn in ihrem Herzen hatte. In denen sie bewunderte, wie sehr er sich verändert hatte, obwohl er nach wie vor eine Last mit sich trug, die einen anderen vielleicht schon längst gebrochen hätte.

»Wir sollten wirklich fahren«, wandte sich Carl ihr zu. »Bevor die Stadt noch gänzlich im Chaos versinkt.«

Da hatte er recht. Auch der Chauffeur wirkte schon ganz ungeduldig, konnte es wohl kaum erwarten, den schicken Wagen durch die Straßen von Metz zu kutschieren. Emma ließ sich auf die Rückbank helfen. Einen Augenblick später setzte sich das Automobil in Bewegung. Nervös beäugte Emma die so bekannten Straßen. Die Gegend, die an ihr vorbeizog, wirkte ganz ruhig und völlig normal. Waren die Gerüchte über den Krieg nur eine böse Mär? Doch schon bald veränderte sich das vertraute Bild. Plötzlich war sie in einer fremden, beängstigenden Welt. So viele Menschen, die da auf den Straßen waren, hatte sie noch nie draußen gesehen. Und überall das Militär, wohin das Auge reichte. Felduniformen und Helme. Grau, grau, grau. Wie die Zukunft, die auf sie alle wartete.

Der Chauffeur parkte den Wagen und öffnete die Tür. Unruhig blickte er herum bei so vielen Menschen, die da vorbeiströmten.

Mit einem Mal fühlte sich Emma ganz unwohl. Ein Glück, dass Carl bei ihr war. Ganz allein hätte sie vermutlich nicht den Mut gefunden auszusteigen.

»Wo willst du zuerst hingehen?« Carl drückte ihre Hand, die in seiner Armbeuge lag. Erst jetzt fiel Emma auf, wie sehr sie sich an ihn schmiegte.

»Zur Metzer Zeitung«, sagte sie, so sicher, wie es ihr nur möglich war. »Zu den Depeschen. Vielleicht gibt es etwas Neues.«

Er nickte und manövrierte sie geschickt durch das rege Treiben, das überall herrschte. Immer wieder sah sich Emma um. Zum ersten Mal nach dem Überfall war sie draußen auf der Straße. Ob irgendwo Hans' Komplizen auf sie lauerten? Unwillkürlich drückte sie sich noch mehr an Carl.

»Sollen wir umkehren?«, fragte er besorgt.

Sie schüttelte den Kopf. Auf keinen Fall. Sie durfte der Angst nicht nachgeben. Sie musste weiter, sich selbst beweisen, dass nichts auf der Welt sie in die Knie zwingen würde.

Vor den Depeschen hatten sich unzählige Menschen versammelt. So viele, dass ein Durchkommen unmöglich war. Von allen Seiten tönten aufgeregte Stimmen. Gedränge. Ein korpulenter Mann versuchte trotz allen Widerstands, sich weiter nach vorn zu schieben, um etwas zu lesen. »Wie ist die Lage? Wie ist verdammt noch mal die Lage?«, rief er immer wieder.

»Noch nichts von den Russen, Gott sei Dank!«, erwiderte eine Frau. Um sie herum entflammte sogleich eine Debatte: War es ein gutes Zeichen? Würde Russland neutral bleiben? Konnten die beiden Herrscher, die sich gegenseitig mit »Lieber Willi« und »Lieber Nikki« anredeten, diesen Krieg womöglich verhindern?

Emmas Herz klopfte hoffnungsvoll. Doch andere Gespräche traten jeden guten Funken aus. Ein alter Mann begann von der letzten Belagerung der Stadt zu erzählen, die 1870 ganze zwei Monate angedauert hatte. »Ratten haben wir gegessen!«, verkündete er, und seine braunen Augen gierten nach der Aufmerksamkeit, die ihm zuteilgeworden war. »Wer sich keine fangen konnte, musste sich welche kaufen. Auch Mäuse gingen wie nichts weg. Und ich sage euch«, er machte eine verschwörerische Pause, »keine Ahnung, woraus damals Brot gemacht wurde – aus Getreide sicherlich nicht! Wer klug ist, deckt sich schon jetzt mit Vorräten ein.«

Emma spürte, wie Carls Griff um ihren Arm fester wurde. »Komm. Hier gibt es nichts, außer dummem Gerede.«

Doch weit kamen sie nicht. Ihnen entgegen strömte ein Pulk junger Burschen in Schuluniformen. Sie lachten und johlten, als sie sich den Weg nach vorn bahnten und keine Rücksicht auf die Umherstehenden machten. »Der Krieg! Wir ziehen in den Krieg!«, sangen sie mit so einer Inbrunst, dass es Emma schauderte. Ungläubig blickte sie in die jungen, rotbackigen Gesichter.

»Ich hoffe, mich nehmen die auch!«, rief eine hohe Stimme etwas abseits. Emma schaute sich um. Da! Ein bekanntes Gesicht: Aaron, der jüdische Zeitungsjunge, den sie vor vielen Jahren einst nach Hause ins Armenviertel begleitet hatte. Jemand von den Oberprimas klopfte ihm auf die Schulter. »Irgendwann bestimmt.« Und Aaron wölbte vor Stolz die Brust. In der jubelnden Menge war er endlich einer von ihnen, brauchte keine Beleidigungen mehr zu befürchten und keine Angriffe. Zumindest heute, da alle einen gemeinsamen Feind zu haben schienen. Emma wollte zu ihm gehen, ihm etwas zurufen, doch jemand schob sich davor – und schon hatte sie den schmächtigen Jungen aus den Augen verloren. An seiner Stelle referierte jemand darüber, wie er gegen den Feind ins Feld ziehen, wie er das französische Pack zurückschlagen würde.

Emma fröstelte. Mit jeder Minute, die sie hier verbrachte, schien der Hass gegen die Franzosen sich noch mehr anzuheizen.

Émile! Was war mit Émile? Bei dem Gedanken wurde ihr ganz übel. Sie musste nach ihm sehen, sich vergewissern, dass bei ihm alles in Ordnung war! Sie bekam kaum noch Luft vor Sorge.

Carl stützte sie. »Wir sollten hier raus.«

»Ja. Das sollten wir.« Ihre eigenen Worte kamen ihr ganz dumpf vor, während sich vor ihren Augen alles drehte.

Er versuchte, sich den Weg aus der Menge zu bahnen. In den Menschenmassen hatte Emma längst die Orientierung verloren. Um sie herum waren nur noch unzählige Gesichter, die sie verschwommen vor sich sah. Fremde Körper, die sie von Carl wegzureißen drohten. Schmerzen – kaum noch erträglich. Und überall das Gerede vom Krieg, das in ihren Ohren zu einem Getöse anschwoll.

»Herr Seidel!« Ein Mann winkte ihr und Carl zu, versuchte, sich zwischen den Herumstehenden hindurchzuzwängen. Wenn es nötig war, schob er den einen oder anderen resolut von sich, erntete wüste Beschimpfungen, doch es schien ihm egal zu sein. Kurz darauf stand er bei ihnen.

»Herr Seidel und … Fräulein Bergmann, nehme ich an? Was für ein Gedränge!«

Carl nickte ihm knapp zu. »Bitte verzeihen Sie, Albert. Aber wir müssen hier weg.«

»Ja, ja. Natürlich. Tut mir leid, ich wollte Sie nicht aufhalten.«

Jemand stieß gegen Emma. Ihr wurde schwarz vor Augen. Verzweifelt klammerte sie sich an Carl, um nicht hinzufallen. Am Boden wäre sie hier im Nu zu Tode getrampelt worden.

Albert machte sich dran, die Menschen um Emma herum beiseitezuschieben. Mit einem kühlen Kopf und einer unglaublichen Verbissenheit machte er den Weg frei. Mit vereinten Kräften gelang es ihnen endlich, aus dem Pulk herauszukommen. Abseits der Menge atmete sich gleich viel freier.

»Vielen Dank«, flüsterte Emma. »Vielen Dank … ähm … Albert …« Sie erinnerte sich daran, wie Carl den Namen schon einige Male in den Gesprächen über die Fabrik erwähnt hatte. Wie sehr er es schätzte, dass dieser Mann ihm immer und überall zur Hand ging. Nun verstand sie, warum der Vorarbeiter so viel Vertrauen genoss.

Neugierig fixierte Albert sie mit seinen kleinen Augen. »Keine Ursache, Fräulein Bergmann. Ich bin froh, wenn ich behilflich sein konnte. Ich wünsche Ihnen einen geruhsamen und angenehmen Tag. Sofern das unter den gegebenen Umständen überhaupt möglich ist.« Er verneigte sich. »Wir sehen uns in der Fabrik.« Gerade die letzten Wörter klangen so, als würden sie sich auch an Emma richten, als bezweifelte er keinesfalls, dass sie bald einen Teil der Geschäfte übernahm.

»Gut, dass er da war.« Carl nahm den Hut ab und wischte sich über die Stirn. »Die Menschen scheinen hier langsam den Verstand zu verlieren. Wir sollten zurück zu meinen Eltern fahren. In der Stadt ist es nicht sicher.«

»Nein!« Emma packte ihn an den Armen. So heftig, dass er zusammenzuckte. »Ich muss zu Émile. Ich muss mich vergewissern, dass es ihm gut geht. Du sagst es selbst: Die Menschen scheinen hier den Verstand zu verlieren.«

»Bist du dir sicher? Du bist so blass, dass ich Angst habe, du kippst jeden Moment um.«

Sicher war sie sich nicht. Aber das wollte sie ihm lieber nicht sagen. »So schnell kippe ich nicht um.« Emma lächelte ihm sanft zu. Bevor er es sich anders überlegen konnte, ging sie durch das Menschendurcheinander in die Richtung, in der die Buchhandlung lag. Mit Wehmut dachte Emma daran, wie hier noch vor wenigen Tagen Passanten flanierten, in Ruhe die Schaufenster begutachteten und den einen oder anderen Plausch mit Bekannten hielten. Jetzt rotteten sich aufgeregte Metzer zusammen, um auch nur den kleinsten Fetzen an neuen Informationen in sich aufzusaugen.

Emma versuchte, die Sorgen auszublenden. Auch wenn es ihr hier, auf der Straße, unglaublich schwerfiel. Hoffentlich ging es Émile gut. Dann würde sie sich in der Buchhandlung ausruhen, eine Tasse Tee zu sich nehmen und gestärkt in die Villa zurückkehren. Sie freute sich schon jetzt auf die vertrauten Gerüche und Gustis Schnurren.

Endlich tauchte die Buchhandlung in ihrem Sichtfeld auf, zusammen mit ihr allerdings ein ungutes Gefühl. Die Alarmglöckchen in ihr läuteten unüberhörbar. Irgendetwas stimmte nicht.

Dann sah sie es.

Der Laden war verwüstet. Ungläubig starrte sie auf eine ausgehebelte Tür, auf die Glassplitter auf dem Gehweg, die Fensterrahmen, die schief hingen. Man könnte glauben, der Krieg wäre schon mitten in Metz, und eine verirrte Granate hätte den Laden zerstört. Doch die Menschen eilten einfach vorbei, und niemand, absolut niemand nahm Notiz davon.

»Was ist hier los?« Sie hörte ihre eigene Stimme, ohne dass ihr bewusst war, laut gesprochen zu haben. »Émile!«, schrie sie aus Leibeskräften und stürzte auf den Eingang zu.

Carl versuchte, sie zurückzuhalten, doch sie schlug seinen Arm weg und stolperte auf die halb herausgerissene Tür zu. »Émile!«, rief sie immer wieder seinen Namen, ungeachtet der bestürzten Blicke der Umhergehenden.

Ihr Atem rasselte, als ihr Blick die Worte erfasste, die in Rot von einer Wand prangten: *Abschaum Europas – raus aus unserem Metz!* Und darunter: *Französischer Dreck.*

Sie presste sich eine Hand an den Mund, um das Würgen und Schluchzen zu ersticken, die ihre Kehle emporkrochen.

»Emma, warte!« Carl war bei ihr, um sie zurückzuziehen. »Lass uns die Polizei rufen. Sie wird wissen, was zu tun ist.«

»Die Polizei?« Sie wand sich aus seinem Griff. »Die sich damit zufriedengibt, Hans Neuböck zu verhaften, ohne in der Lage zu sein, seine Komplizen zu ergreifen?«

Ihr Blick flog über die umgekippten Regale und den zerbrochenen Tisch, an dem sie früher so lange gelernt hatte. Perrins Sessel war aufgeschlitzt. Der Luftzug jagte die Knäuel der Polsterung über die Bücher, die auf dem Boden verstreut lagen. Überall zerrissene Seiten, einige angekokelt. Wer auch immer für diesen Vandalismus verantwortlich war, hatte offensichtlich versucht, französische Bücher anzuzünden. Doch die Flammen waren ausgegangen. Was die Täter wohl dazu veranlasst hatte, *Tod den Erbfeinden* auf den Boden zu pinseln.

Tod den Erbfeinden. Die Worte schnitten in ihre Brust, noch heftiger als die Schmerzen, die an ihr zerrten.

»Émile!«, schrie sie wieder und merkte, wie heiser sich ihre Stimme anhörte. Die Angst um den alten Buchhändler machte sie ganz schwindelig. Sie stolperte durch den Raum, sah in jede Ecke, doch er blieb unauffindbar. Zum Glück, redete sie auf sich ein. Solange sie ihn nicht fand, schlummerte in ihr die Hoffnung, dass ihm nichts passiert war.

Schnell stieg sie zur kleinen Wohnung hinauf, um dort nachzusehen. Niemand da. Was, wenn die Täter ihn mitgenommen hatten? Um irgendwo … Sie schwankte und musste sich an einem Stuhl festhalten.

Vielleicht war er weggegangen. Nein, womöglich gar weggefahren. Nach Frankreich, wie so viele andere, um den Unruhen in der Stadt zu entkommen. Jetzt war er in Sicherheit, und sie würde schon bald eine Karte bekommen, in der er ihr schrieb, dass es ihm gut ging.

Es klang nach einer vernünftigen Erklärung.

Auch wenn sie tief in ihrem Innern wusste, dass er niemals nach Frankreich gehen würde, ohne sich von ihr zu verabschieden. Er war ja nicht ihr Vater, der einfach so aus ihrem Leben verschwand.

»Emma?« Carl trat auf sie zu und strich ihr über den Rücken. Sie merkte, wie sie schluchzte und die Tränen immer mehr ihren Blick verschleierten. Dann drehte sie sich um, fiel Carl um den Hals und vergrub ihr tränennasses Gesicht an seiner Schulter.

»Emma, lass uns die Polizei rufen«, redete er sanft auf sie ein. »Wir können hier nichts mehr ausrichten.«

Sie nickte nur. Ja, die Polizei. Langsam sollten sie wirklich die Polizei rufen.

Dann hörte sie Schritte. Und eine bekannte Stimme, die nach Gusti rief.

Emma fuhr herum. Tatsächlich! Er war da. Émile. Ihm war nichts passiert! Wie von Sinnen stürzte sie auf den alten Mann zu, drückte ihn an sich, drückte ihn fest.

Sanft schob er sie von sich. »Was ist 'ier passiert? Wo ist Gusti?«, stammelte er.

»Ich weiß es nicht.« Hastig wischte sich Emma die Tränen aus dem Gesicht. »Als wir hergekommen sind, fanden wir das hier vor.« Sie machte eine hilflose Geste. »Geht es dir gut?«

»Ja, ja.« Verstört blickte er herum. »Wo ist Gusti?«

»Ich weiß es nicht. Warst du nicht hier, als ...«

»Nein«, unterbrach er sie. »Isch musste raus aus der Stadt, 'ier war es nischt mehr auszu'alten.« Mit beiden Armen rieb er sich übers Gesicht. »Wo ist Gusti? Sie muss schreckliche Angst 'aben!«

Plötzlich schwankte er, und Emma musste ihn stützen, damit er nicht hinfiel. Er hielt sich an ihr fest und weinte.

Wie sie vorhin in Carls Armen. Krampfhaft zuckte sein Körper, der ganz ausgelaugt und schmächtig wirkte. Emma drückte ihn an sich, bis er sich einigermaßen beruhigt hatte. Irgendwann ebbten die Zuckungen seines Körpers ab und das Schluchzen verstummte.

Sie hielt ihn nach wie vor fest. »Wir werden Gusti finden. Sie hat sicherlich einen Schreck bekommen, als die Buchhandlung ... überfallen wurde. Vermutlich hat sie sich irgendwo versteckt.«

Fieberhaft überlegte sie, wo die Katze sein könnte. Gusti ging gern raus, um ihr Revier um den kleinen Laden herum zu prüfen. Ihr Wirkungskreis war nie groß gewesen.

Sie hörte ein Rascheln, als Carl über die zerrissenen Seiten an sie beide herantrat. »Ich suche nach ihr.«

Sie schaute zu ihm auf. Wie konnte ein Mann nur so wunderbar sein?

Danke, formten ihre Lippen tonlos.

Carl nickte ihr zu und verließ den Laden.

Emma schaute sich um. Keine Sitzmöglichkeit mehr. Nur zerschlagene Möbel und geschundene Bücher. Also ließ sie sich zusammen mit Émile direkt auf dem Boden neben einem umgekippten Regal nieder. Ein Tee wäre sicherlich nicht verkehrt. Aber dafür würde sie den Mann allein lassen müssen. Völlig in sich zusammengesunken, kauerte er neben ihr und starrte ins Leere.

»Mach dir um Gusti keine Sorgen«, redete sie auf ihn ein. »Weit kann sie nicht sein. Carl wird sie finden.«

Und dann? Was heute im Laden passiert war, konnte jederzeit wieder geschehen. Hier war er nicht mehr sicher. Die Angst um ihn war wie eine kalte Hand, die sich an ihre Kehle legte. »Meinst du ... meinst du nicht, es wäre vielleicht besser, wenn du ... wenn du die Stadt verlässt?«

Er hob den Kopf. Die Augen gerötet vom Weinen. Das Gesicht war ganz blass und faltig wie zusammengeknülltes Papier. »Und wo soll isch 'in?«

»Nach Frankreich.« Ihre Stimme war nicht mehr als ein Flüstern. Weil alles in ihr schrie: Bleib bei mir! Ich brauche dich! Aber noch mehr brauchte sie die Gewissheit, ihn in Sicherheit zu haben.

»Was soll isch in Frankreisch?«

Emma wandte ihren Blick ab. Unruhig strich sie immer wieder den Rock glatt. Weil das, was sie ihm zu sagen hatte, ihr so unglaublich schwerfiel. »Du hast mir erzählt, dass du dort Familie hast. Deinen Bruder. In Marseille, nicht wahr?« Sie schluckte. Vorsichtig legte sie einen Arm um ihn. »Egal was zwischen euch vorgefallen ist. Angesichts der Situation wird das sicherlich keine Bedeutung haben. Eine Familie ist da, um in schweren Zeiten aufeinander aufzupassen. Einander zu unterstützen. Und diese Unterstützung brauchst du jetzt mehr denn je.«

Bestürzt sah er zu ihr auf. »*Du* bist meine Familie! Du und Gusti«, presste er hervor. »Isch gehe nirgendwo'in!«

Schon wieder spürte sie die Tränen in sich aufsteigen. »Und das werden wir immer bleiben. Aber in Frankreich bist du sicher. Fahr hin, so lange du noch über die Grenze kannst.«

»Niemals!« Er zog die Augenbrauen zusammen.

»Aber warum nicht?« Verzweiflung stieg in ihr auf. Würde sie es noch einmal aushalten, hierherzukommen und den Laden verwüstet vorzufinden? »Du musst zu deiner Familie nach Frankreich! Es ist die einzige Lösung!«

Erschöpft senkte er die Hände in seinen Schoß. »Meine Familie will mich nicht haben. Für sie bin ich tot.«

»Was? Warum?«

Er schwieg einen Moment lang. »Weil isch wie Henri bin.«

Emma runzelte die Stirn. »Wie Henri? Ein Offizier?«

Ganz langsam drehte er sein Gesicht zu ihr. Und plötzlich prustete er los. »Nein. Anders wie Henri.« Er lachte so lange, bis er sich die Tränen aus den Augen wischen musste. »Und weil isch wie er bin, 'at meine Verwandtschaft misch verstoßen.«

Die Erkenntnis traf Emma wie ein Blitz. Ihre Wangen glühten heiß wie Kaminkohle. Wie einfältig musste man sein, um den Hinweis so schrecklich misszuverstehen?

»Du bist wie Henri«, wiederholte sie ganz langsam. »Aber du hast es mir nie gesagt!«

»Bis jetzt gab es keinen Grund dazu.« Er zuckte die Schultern. Zögerte. »Oder ändert sich etwas für disch?«

»Nein. Natürlich nicht. Ich bin nur …« Überrascht? Verwirrt? Vor den Kopf gestoßen? Andererseits konnte sie zu gut seine Angst nachvollziehen. Wer schon einmal verstoßen worden war, wollte sicherlich kein zweites Mal dieses Risiko eingehen. »Ich weiß einfach nicht, was ich sagen soll«, murmelte sie resigniert. Wie gerne hätte sie etwas Tröstendes von sich gegeben. Aber ihr Kopf war wie leer gefegt, und alle Worte hörten sich hohl an.

»Du musst nischts sagen.«

»Aber …« Sie zupfte an ihren Fingern. »Auch wenn du nicht zu deiner Familie ziehen kannst – nach Frankreich kannst doch trotzdem gehen.«

»Frankreisch ist für misch Vergangen'eit. Isch werde disch nicht verlassen.«

Obwohl sie gehofft hatte, er würde diesem unsicheren Land, das ihn offensichtlich nicht haben wollte, den Rücken kehren, atmete sie erleichtert auf und kuschelte sich an ihn. Am liebsten hätte sie ihn nie wieder losgelassen. Diesen wunderbaren Menschen, der immer für sie da war.

Und so saßen sie da, fest umschlungen, bis Carl zurückkam. In den Armen trug er Gusti, die sich aus seinem Griff herauszuwinden versuchte. Sichtlich erleichtert übergab er die Katze dem alten Mann, die offenbar ebenfalls froh war, in einer vertrauten Umarmung Trost zu finden. Sofort schmiegte sich der Stubentiger an die Schulter des Buchhändlers und hörte auf zu zappeln.

Carl ließ sich neben Emma auf den Boden nieder. »Hier kann Émile nicht bleiben.«

»Nein«, flüsterte Emma und schielte zum alten Mann, der gedankenverloren seine Katze kraulte. »Aber wo sollen die beiden hin?«

»Zu mir«, antwortete Carl, ohne zu zögern. »Meine Wohnung ist groß genug, um einen Mann und seine Katze zu beherbergen.«

»Danke.« Emma lächelte in sich hinein und lehnte ihren Kopf an seine Schulter.

Wie sehr sie diesen Mann liebte!

Mit ihrem ganzen Herzen, bis in den entferntesten Winkel ihrer Seele. Und es gab keine Worte, um es auszudrücken.

* * *

Elsass-Lothringen im Kriegszustand.

Noch vor Kurzem waren hier und da Funken der Hoffnung zu spüren gewesen. Nun vibrierte die Luft in der Stadt vom Alarmblasen, vom Lärmen der Militärfahrzeuge, von marschierenden Soldaten und ihren Kriegsliedern. In den Läden explodierten die Preise, nichtsdestotrotz kaufte jedermann die Regale leer. Wer es sich leisten konnte, verließ die Stadt, – nur weg von der Grenze. Erst gestern hatte Antoine die Gelegenheit genutzt, um Cécile zu ihrer Schwester nach Frankreich zu schicken. Er musste seine Mutter regelrecht dazu zwingen, in den Wagen zu steigen, der sie über die Grenze bringen sollte. Niemals würde Emma vergessen, wie diese sonst so schwache Frau einem Berserker gleich versuchte, aus dem Automobil herauszukommen. Sie brüllte Antoine an, überschüttete ihn mit Vorwürfen, und als nichts half, zischte sie ihm ins Gesicht: »Warum bringst du mich nicht einfach um wie deinen Vater?«

Wie von einem Geschoss getroffen, war er stehen geblieben und starrte mit schmerzerfülltem Gesicht in die Richtung, in die der Wagen gefahren war.

Mit etwas Abstand blieb Emma eine Weile bei ihm. Ungläubig wälzte sie die Worte, die Cécile ihm an den Kopf geworfen hatte, in ihren Gedanken herum. Wie konnte es sein, dass ausgerechnet Eltern, die ihre Kinder beschützen sollten, einem so unglaublich weh taten? Sie fragte sich nicht einmal, ob es stimmte, was Cécile da gesagt hatte. Jetzt, in diesem Augenblick, schien es keine Rolle zu spielen. Sie sah nicht Antoine, sondern nur einen Menschen, bei dem seine eigene Mutter es geschafft hatte, ihn noch ein Stück mehr zu brechen.

Aber das Leben ging weiter. Nach und nach trudelten Briefe mit Absagen der Hochzeitsgesellschaft ein. Mit schwerem Herzen beobachtete Emma, wie Wilhelmine beinahe mechanisch die Umschläge aufschlitzte und die darinliegenden Karten herausnahm. Hilflos lugte Ehrhard hinter seiner Zeitung hervor und schickte besorgte Blicke zu seiner Frau. »Es ist nun einmal nicht die beste Zeit, um zu feiern«, versuchte er zu trösten.

Emma warf einen schnellen Blick auf die Karten. Überall das Gleiche: viel Bedauern, aber die gegenwärtigen Umstände würden eine Reise in die unsichere Stadt an der Grenze verhindern. Zwischen die Absagen hatte sich aber eine offizielle Benachrichtigung der Militärbehörde verirrt, die darüber informierte, dass in der Villa zwei Offiziere einquartiert werden sollten: Leutnant Obermeyer und Hauptmann Dasbach. Wegen der knappen Plätze in den Kasernen wurde entschieden, Privatunterkünfte zu nutzen.

Na wunderbar.

»Dabei sollte es ein ganz besonderer Tag für euch werden«, klagte Wilhelmine. »Der schönste Tag überhaupt. Für dich und Carl. Und jetzt …« Vollkommen entkräftet stützte sich Wilhelmine auf der Lehne ihres Sessels. »Was sollen wir nur tun?«

»Es könnte immer noch ein schöner Tag werden«, hielt Emma dagegen. »Bloß mit wenigen Gästen.«

Nur die Tatsache, dass Henri inzwischen fort war, machte ihr Gemüt schwer. Ansonsten freute sie sich darauf, endlich mit Carl vereint zu werden. Und den Tag mit Émile, Gusti und den Seidels zu verbringen. Mehr brauchte sie nicht.

»Vielleicht sollten wir die Hochzeit absagen?« Völlig niedergeschlagen suchte Wilhelmine Emmas Blick. »Sie verschieben, bis sich die Lage beruhigt hat?«

Im Raum schwebte eine Resignation, die in der Seele weh tat. Auch wenn Emma keinen Wert auf eine große Feier legte, hatte Wilhelmine umso mehr dafür getan, die Hochzeit zu einem beeindruckenden Ereignis zu machen. Ihr ganzes Herzblut hatte diese Frau in die Organisation gesteckt – um jetzt zusehen zu müssen, wie sich ihre Träume in Luft auflösten.

»Was auch immer du für richtig hältst«, versicherte Emma, auch wenn sie dabei einen Stich in der Brust spürte. »Ich bin mir sicher, Carl weiß, wie wichtig dir diese Feier ist.«

Wilhelmine seufzte auf. »Ich werde mit ihm reden.«

Da eilte ein völlig aufgelöstes Dienstmädchen herein und

plapperte drauflos, jemand vom Militär würde das Automobil beschlagnahmen wollen.

»Das werden wir ja sehen!« Wilhelmine schoss in die Höhe und eilte heraus. Ehrhard schaffte es kaum, ihr hinterherzukommen.

Unwillkürlich sackten Emmas Schultern nach vorn, als hätte man etwas in ihr geknickt. Sie versuchte so sehr, optimistisch in die Zukunft zu blicken, daran zu glauben, dass alles noch irgendwie gut werden könnte. Doch im Augenblick legte sich bloß eine tiefe Trostlosigkeit auf ihre Seele. Nur gut, dass Wilhelmine mit Carl über die Hochzeitsverschiebung reden wollte. Allein hätte Emma es kaum übers Herz gebracht. Er hatte so lange auf sie gewartet! Es war schrecklich, ihm noch mehr zuzumuten.

Sie rieb sich über die Stirn. Hinter ihrer Schädeldecke nisteten sich drückende Kopfschmerzen ein. Immerhin taten ihre geprellten Rippen bei Weitem nicht mehr so weh wie nach dem Überfall. Sie musste immer noch aufpassen und durfte keine hektischen Bewegungen machen. Ab und zu schaffte sie es sogar, sich mehr oder minder schmerzfrei durch den Tag zu manövrieren. Heute aber schienen sogar die Wände auf ihren Brustkorb zu drücken. Vielleicht würde es ihr an der frischen Luft besser gehen.

Emma holte sich die Zeitung, die Ehrhard dagelassen hatte, und ging nach draußen. Vor irgendwoher ertönten Stimmen – vermutlich verhandelte Wilhelmine gerade über die Beschlagnahme des Seidel'schen Automobils. Diese Frau war die Einzige, der Emma zutraute, sogar das Militär in die Flucht zu schlagen.

Der Pavillon lockte mit Ruhe und einem schattigen Plätzchen. Jeden Sommer wurde unter dem Dach eine große Schaukel angebracht und mit weichem Polster ausgelegt.

Emma ließ sich darauf nieder und schlug die Zeitung auf. Sofort bereute sie es – allein von den Überschriften wurde ihr mulmig zumute. Doch lieber informiert als gar keine Ahnung, sagte sie sich bestimmt.

Man schrieb über die Mobilmachung, dementierte vehement die Gerüchte darüber, dass Italien neutral bleiben wolle, und schimpfte auf die Russen, die ohne eine ordentliche Kriegserklärung angeblich bereits in Ostpreußen eingedrungen waren, Ortschaften plünderten und die Zivilbevölkerung mordeten.

Emma ließ die Zeitung in den Schoß sinken. Was hatte sie auch anderes erwartet? Wenigstens schien immer noch die Sonne, und die Vögel zwitscherten vergnügt in den Bäumen. Wenn sie sich zurücklehnte und nicht in die Zeitung schaute, könnte sie sich vorgaukeln, die Welt wäre noch in Ordnung. Ein herrlicher Sommertag auf einer gemütlichen Schaukel.

Aus dem Augenwinkel bemerkte sie eine Bewegung. Emma drehte den Kopf und betrachtete die Frau, die auf den Eingang der Villa zusteuerte. Trotz ihrer zierlichen Gestalt wirkte ihr Gang schwerfällig, als koste es sie viel Mühe, sich vorwärtszuschieben. Erst beim zweiten Blick fiel Emma auf, dass die Frau hochschwanger war. Mit Mühe stieg diese die Stufen hinauf, machte eine Pause an einer der Säulen, die das Vordach stützten, und betätigte die Hausglocke.

Emma trat aus dem Pavillon heraus, verwundert über den ungewöhnlichen Besuch. Soweit sie wusste, erwarteten die Seidels heute keine Gäste, und die Dienstboten benutzten den hinteren Eingang. Andererseits hatten sie auch niemanden vom Militär erwartet, der sich das Automobil unter den Nagel reißen wollte.

Die Tür öffnete sich. Auch auf die Entfernung hin konnte Emma spüren, mit wie viel Verzweiflung die Schwangere um

Einlass bat, woraufhin nur Annis unterkühlte, knappe Abweisung folgte. Emma hatte schon häufiger gemerkt, dass das Dienstmädchen sich an der Kleidung der Person orientierte, ob es sich überhaupt die Mühe machen sollte, die Herrschaften zu stören. Zumindest wenn der Bittsteller ohne jeglichen Termin auftauchte. Und die Aufmachung der Frau konnte vor Annis prüfendem Blick kaum bestehen: ein schlichter brauner Rock, am Saum abgewetzt und mehrfach gestopft. Eine dunkle Bluse, die bestimmt schon bessere Tage gesehen hatte.

Die Tür wurde rasch zugeschlagen. Die Frau wandte sich ab, schaffte es, ein paar Stufen hinunter zu nehmen, dann ließ sie sich mit einem Stöhnen auf der Treppe nieder.

Emma beschleunigte die Schritte. Bei ihrem Bauchumfang konnte die Geburt doch jeden Moment einsetzen, schoss ihr durch den Kopf.

»Ist alles in Ordnung bei Ihnen?« Endlich war sie da und beugte sich zu der Frau. »Kann ich Ihnen helfen?«

Die Schwangere schüttelte schwach den Kopf und wischte sich hastig über die Augen. »Glaube nicht. Ich … ich bin auch gleich wieder weg. Versprochen.«

»Zu wem wollten Sie denn? Ich fürchte, heute geht es hier drunter und drüber.«

»Ich habe gehofft, Herrn Seidel zu sprechen. Er war immer so gut zu uns! Vielleicht …« Sie keuchte und veränderte die Position. Alarmiert blickte Emma auf den Bauch. Doch die Frau machte nur eine beschwichtigende Geste. »Es ist noch nicht so weit. Herr Seidel hat sich auch so viele Sorgen gemacht …« Sie stockte. »Ach, was belästige ich Sie mit meinem Geschwätz. Ich weiß einfach nicht, was ich machen soll.«

»Welchen Herrn Seidel meinen Sie denn?«

»Den jungen Inhaber der Senffabrik, für den mein Mann

arbeitet.« Sie schluckte. Ihr Kinn begann zu zittern, als würde sie jeden Moment in Tränen ausbrechen.

Emma setzte sich zu ihr auf die Stufen. »Was ist denn los? Ist etwas in der Fabrik? Carl Seidel ist gerade nicht hier, aber vielleicht kann ich Ihnen helfen? Ich bin seine Verlobte.«

Die Frau zuckte zusammen. Mit weitaufgerissenen Augen starrte sie Emma an. »Sie sind es?« Plötzlich vergrub sie ihr Gesicht in den Händen. Ihre Schultern bebten. »Dass Sie sich noch mit mir abgeben! Ach, es tut mir leid. Es tut mir alles so schrecklich leid!«

»Beruhigen Sie sich.« Emma legte ihr eine Hand auf den Rücken. »Wie heißen Sie?«

»Renate Neuböck. Mein Mann wird des Raubüberfalls auf Sie beschuldigt. Aber er ist es nicht gewesen! Ich schwöre es Ihnen bei allen Heiligen!«

Emma spürte, wie sich ihr Magen verkrampfte. Diffuse Bilder des Überfalls geisterten durch ihren Kopf. Die Panik drückte ihr die Kehle zu.

Du hast nichts zu befürchten, redete sie auf sich ein. Hans Neuböck kann dir nichts mehr tun. Trotzdem wünschte sie sich, Carl wäre jetzt da und würde ihr beistehen. Auch wenn sie vor einer Schwangeren sicherlich keine Angst haben musste.

Sie brauchte ein paar Augenblicke, um ihr rasendes Herz zu beruhigen. Sofort spürte sie wieder diese Zweifel, die in ihre Seele aufkeimten. Was, wenn tatsächlich ein Unschuldiger für die Tat verhaftet wurde? Carl war zu diesem Mann nur deswegen gegangen, weil sie seinen Namen erwähnt hatte. Dabei konnte sie sich nicht einmal genau an alles erinnern. Andererseits: Würde ein Unschuldiger ein gestohlenes Armband bei sich führen? Sie wusste nicht, was sie glauben sollte.

Die Frau ächzte und wollte auf die Beine kommen, doch Emma hielt sie zurück. »Erzählen Sie mir doch bitte mehr. Warum glauben Sie, dass Ihr Mann unschuldig ist?«

Renate ließ sich zurück auf die Stufen plumpsen. »Weil er am Abend des Überfalls bei mir gewesen ist. Die ganze Zeit! Es ging mir nicht gut. Er hat sich um die Kinder gekümmert und mich umsorgt. Auf mich aufgepasst. Wie soll er gleichzeitig Sie überfallen haben?«

Nachdenklich kaute Emma auf der Lippe. »Wirklich die ganze Zeit?«

»Ich schwöre es Ihnen!«

»Wie ist dann das Armband zu ihm gekommen?«

Die Frau presste sich eine Hand auf den Mund und schluchzte. »Wenn ich das wüsste! Auch ich zerbreche mir die ganze Zeit darüber den Kopf. Mein Hans ist kein einfacher Mensch. Aber er würde keiner Fliege was tun!«

Emma wandte den Kopf ab. Keiner Fliege was tun? Zu gut erinnerte sie sich, wie der Mann seine Faust in die Wand gerammt hatte. Da hätte durchaus eine Fliege dazwischen sein können. Aber reichte das, um seine Schuld zu beweisen?

»Er will doch nur das Beste für mich und seine Kinder. Hat seine Arbeit immer gewissenhaft erledigt. Und an dem Abend ist er bei mir gewesen! Bei mir! Warum glaubt mir nur niemand?« Sie stützte sich mit den Ellbogen an den Oberschenkeln ab und beugte sich nach vorn, zumindest so weit, wie ihr Bauch es ihr erlaubte.

Tröstend legte Emma eine Hand auf den gekrümmten Rücken der Frau. Wenn sie nur etwas für die Arme tun könnte! Ihr Herz ertrug es kaum, Renate in diesem aufgelösten Zustand zu sehen. So hilflos hatte sich Emma schon lange nicht mehr gefühlt. In den Augen der Gesellschaft war Neuböck längst schuldig, das wusste sie. Niemand würde für ihn oder seine Familie auch nur einen Finger rühren. Für die meisten war das Leid dieser Menschen völlig bedeutungslos.

Das Armband! Wenn nur nicht dieses Armband gewesen wäre!

Ein Gedanke blitzte durch ihren Kopf. »Was ist, wenn der Täter versucht hat, Ihrem Mann die Schuld zuzuschieben?« Sie überlegte. »Haben Sie vielleicht jemand Verdächtigen gesehen? Einen Fremden, der Ihnen aufgefallen ist? Einen Bekannten oder einen Arbeitskollegen, der sich merkwürdig verhalten hat?«

Renate horchte auf. Wie erstarrt blickte sie Emma an. »Ein Fremder?«, stammelte sie. »Aber … aber natürlich!«

Emma fühlte sich wie elektrisiert. Die Polizei war so auf Hans Neuböck fixiert, dass niemand anderen Spuren nachging. Schon gar nicht, wenn sie recht vage wirkten und nur auf bloßen Eventualitäten basierten. Aber sie war nicht die Polizei! »Können Sie denjenigen beschreiben? Groß oder klein? Wie war er angezogen? Welche Haarfarbe hatte er? Dick oder dünn?«

»Eher groß. Denke ich. Weder dick noch dünn. Ganz normal eigentlich.« Renate schluchzte. »Ich weiß es nicht. Ich weiß es einfach nicht! Ich fürchte, ich bin keine gute Hilfe für meinen Hans.«

»Doch! Definitiv. Ich glaube Ihnen. Ich glaube Ihnen wirklich!« Emma packte Renates Hände. »Denken Sie nach: Muttermale? Narben? Waren seine Augen dunkel oder hell?«

»Hell vielleicht? Ach, das hat doch gar keinen Sinn!«

»Doch, hat es! Geben Sie nicht auf!« Sie verstummte. Helle Augen. Eher groß. Weder dick noch dünn. Schon wieder war da dieses ungute Gefühl, diese Zweifel, dieser schreckliche Verdacht … Antoine?

Wie aus dem Nichts erklang seine rauchige Stimme in ihrem Kopf: *Ich liebe dich, Emma! Du gehörst mir.* Sie fröstelte trotz der Sommerhitze. Wie weit würde er gehen, um das zu bekommen, was er wollte? Wäre ... wäre er wirklich dazu imstande, einen Überfall zu inszenieren, um sich als Retter ihre Gunst zu erschleichen? Womöglich gar, um die Hochzeit zu verhindern? Wären ihre Rippen gebrochen und nicht geprellt gewesen, hätte man die Trauung sofort abgesagt.

Emma holte tief Luft. Was hatte sie schon zu verlieren? Sie musste die Wahrheit herausfinden! »Versuchen wir es weiter.« Sie zögerte. »Dunkles Haar, blaue Augen? Ein Grübchen am Kinn? Sehr fein angezogen?«

Die Frau warf den Kopf hoch. Jeder Muskel schien bis zum äußersten angespannt. Die Augen geweitet. »Woher ... woher wissen Sie das?«, stieß sie ungläubig hervor.

Mit so viel Zuversicht wie möglich drückte Emma Renates Hände. »Noch ist nichts verloren. Haben Sie keine Angst. Wenn es der Mann war, können Sie es mir sagen.«

»Ja. Ja, ich glaube schon«, stammelte die Arme.

»Würden Sie den Mann wiedererkennen, wenn Sie ihn sehen?« Emmas Herz schlug noch heftiger. Sie könnte Antoine Renate zeigen. Ganz unauffällig. Nur um den Verdacht zu festigen. Um nicht mit losen Vermutungen zu jonglieren.

Renate zuckte zusammen. Hastig riss sie die Hände aus Emmas Griff. »Nein. Nein, lassen wir das. Es ... es war eine dumme Idee!« Erstaunlich flink kam sie auf die Beine.

Auch Emma erhob sich. »Hören Sie, es waren sehr wichtige Informationen. Und ich verstehe absolut, dass Sie Angst haben. Aber vielleicht ...«

»Nein!«, fiel Renate ihr ins Wort. »Vergessen Sie, dass ich hier war.« Schon ging sie in ihrem wackeligen Gang davon.

»Warten Sie!« Doch die Frau drehte sich nicht um.

Resigniert ließ sich Emma auf die Stufen nieder. Kein Wunder, dass Renate einen Rückzieher machte. Wer sollte ihr auch glauben, würde sie behaupten, ein feiner Herr würde ihrem Mann etwas anhängen wollen? Für Menschen wie Neuböcks triumphierte die Gerechtigkeit nur selten. Niemand interessierte sich für sie. Und das bedeutete: Hans Neuböck würde unverschuldet ins Gefängnis wandern. Während jemand wie Antoine mal wieder ungeschoren davonkam.

Emma dachte an das Schmuckkästchen, das sie nach dem Brand auf seinem Gut entdeckt hatte. Die Barockperlenkette fehlte immer noch. Offensichtlich behielt Antoine gern Andenken an seine Verbrechen.

Sie holte tief Luft. Ihre Gedanken wirbelten durcheinander. Immer wieder kreisten dieselben Fragen durch ihren Kopf: Wie weit würdest du gehen, um einem Unschuldigen zu helfen? Was würdest du dafür riskieren wollen?

Wer bist du, Emma?

Bist du eine, die wegguckt? Oder alles versucht, damit die Wahrheit ans Licht kommt?

Metz, 1914

CARL

DIE LAGE IN DER STADT spannte sich mit jedem Tag mehr an. »Mobil! Wir machen endlich mobil!«, tönte es durch die Straßen. Dazwischen verängstigte, fast verstörte Gesichter von Männern und Frauen der alteingesessenen lothringischen Familien. Inzwischen mied Carl es, aus den Fenstern seiner Wohnung zu blicken. Die Menschenmassen zu sehen, die durch die Stadt zogen. Die Welt zu beobachten, die direkt vor seinen Augen aus den Fugen geriet. Wie sollte er Emma beschützen? Ihr ein sicheres Zuhause bieten? In einer Zeit, in der nichts sicher war.

»Hoch Deutschland! Nieder mit Frankreich!«, hallte es von der Straße. Carl ballte die Hände.

»Ein Schluck Kamillentee?« Émile trat an ihn heran und hielt ihm eine dampfende Tasse vor die Nase. Allein der Duft beruhigte Carls Gemüt und ließ sein Herz langsamer schlagen.

»Besser zwei oder drei.« Er nippte an dem heißen Getränk. Trotz Hochsommer mochte er die Wärme, die sich in ihm bei jedem Schluck ausbreitete.

Gusti sprang auf die Fensterbank und spähte neugierig nach draußen. Carl zögerte, streichelte sie dann hinter den Ohren. Anfangs war die neue Umgebung der Katze nicht geheuer. Immer wieder hatte sie mit einer stummen Frage zu Émile aufgeblickt: Ist das jetzt etwa meins? Inzwischen hatten Gusti und ihre Haare die Wohnung vollkommen erobert.

Ein Mannschaftswagen raste durch die Straße und hupte ohrenbetäubend, als ein paar Menschen nicht so schnell zur Seite sprangen. Wie ein Blitz huschte Gusti unter das Sofa. Auch Émile zuckte zusammen und hätte beinahe seinen Tee ausgekippt. Beruhigend legte Carl ihm eine Hand auf den Rücken, nahm sie aber sogleich zurück. Zu schwer konnte er abschätzen, ob diese Vertraulichkeit Émile angenehm war. Auch wenn sie längst über ihre Vergangenheit gesprochen hatten, bedeutete dies nicht, dass sie diese überwunden hatten. Und jetzt schien sich alles so rasant zu verändern – um sie herum, in ihnen drin –, dass Carl das Gefühl hatte, kaum mitzukommen. Sicherlich ging es dem alten Mann ähnlich.

Carl trank seinen Tee aus. »Heute muss ich weg. Ich hoffe, es dauert nicht lange. Höchstens ein, zwei Stunden.«

Émile lächelte, doch der Blick, den er auf die Straße warf, blieb traurig. »Gusti und isch kommen zuurescht. Du brauchst keine Rücksischt auf uns zu nehmen. 'ast genug in der Fabrik zu tun.«

Wenn es ging, war er in den letzten Tagen bei Émile geblieben, um ihm die Eingewöhnung zu erleichtern. Meistens nahm er die Fabrikunterlagen einfach mit nach Hause und arbeitete hier weiter.

»Tatsächlich geht es dabei um die Fabrik.« Er spürte den Drang, es zu erklären, hatte beinahe ein schlechtes Gewissen, Émile allein zu lassen. »Es kann sein, dass ich demnächst sogar für eine paar Tage wegfahren müsste. Aber du brauchst dir keine Sorgen zu machen. Ich …«

»Mach dir um uns keine Gedanken.« Émile lehnte sich gegen die Fensterbank. Sein Tee erkaltete, ohne dass der alte Mann einen Schluck davon genommen hatte. »Weiß Emma das schon?«

Carl senkte seinen Blick. Schon in der Schule hatte Émile es geschafft, ihm Fragen zu stellen, vor denen er sich am liebsten gedrückt hätte. »Ich muss noch einige Vorbereitungen treffen. Vielleicht wird erst heute etwas Konkretes daraus. Die Saatlieferungen müssen jedenfalls sichergestellt werden, damit die Produktion nicht zum Stillstand kommt. Dafür zu sorgen, ist meine Aufgabe.« Der Lärm hinter den Fenstern lenkte schon wieder seinen Blick auf die Straße. Dieses Mal marschierte eine Soldateneinheit vorbei und grölte ein Kriegslied.

Bis zuletzt hatte Carl gehofft, das Schlimmste könne noch abgewehrt werden. Aber Emma hatte recht behalten: Der Krieg brachte das Aus für die Körner aus Burgund. Jegliche Geschäftsverbindungen zu den verfeindeten Ländern wurden bereits unter hohe Strafen gestellt.

»Wo soll es bei der Reise 'ingehen?«, erkundigte sich Émile.

»Ins Rheinland. Es häufen sich die Berichte, dass die französische Armee bereits bis Lothringen vorgedrungen ist. Ich brauche einen Bauern weiter im Landesinneren.«

Unruhig begannen seine Finger, an der Tassenwand zu tippen. »'eißt es nischt, die Deutschen würden spätestens zu Weihnachten in Paris sein?«

»Ich muss auf alle Eventualitäten vorbereitet sein.« Er sah zu Émile. »Wie schlimm ist dieser Krieg für dich? Wie … wie fühlst du dich?«

Der alte Mann schnaubte. »Du willst wissen, wie französisch isch bin?«

»Nein. Ich will wissen, wie es dir geht.«

Émile schloss die Augen. Schwieg. Gusti traute sich unter dem Sofa hervor, sprang auf die Fensterbank und schmiegte ihren Kopf in die Hand des alten Mannes.

»Es gab einen Grund, warum ich Frankreisch den Rücken gekehrt 'abe. Warum isch nie zurückkehren wollte. Dieser Krieg spaltet ganze Nationen, aber misch – misch berührt er kaum. Isch bin schon lange nischt mehr französisch genug, um im Herzen die Tricolore zu tragen. Und werde wohl nie so deutsch sein, um dem Kaiser die ewige Treue zu schwören.« Gedankenverloren kraulte er seinen Stubentieger. »Es geht mir gut. Mach dir keine Sorgen.« Er hielt inne. »Sorge lieber dafür, dass du Emma in deine Pläne einweihst.«

Ihr Name verursachte ein schmerzhaftes Ziehen in seiner Brust. Tief durchatmen, mahnte er sich.

»Emma muss zuerst vollständig gesund werden!« Sein Ton kam ihm selbst zu scharf vor. Dabei war sein Ärger vollkommen unsinnig. Er wusste selbst nicht einmal, woher das Gefühl so plötzlich über ihn gekommen war.

»Verstehe.« Émile seufzte. Bedächtig strich er Gusti über den Kopf. »Aber es geht nicht darum, nischt wahr?«

Carl knirschte mit den Zähnen. Es gab keinen Grund, sich zu rechtfertigen. »Ich glaube, ich muss jetzt zu meinem Termin gehen.« Er trat vom Fenster weg, zog sein Jackett an und holte einen Hut. »Bleib am besten in der Wohnung und pass auf dich auf. Und auf Gusti.« Im Flur hielt er inne. »Wenn es dir so wichtig ist, kannst du Emma von meiner möglichen Reise ins Rheinland erzählen. Aber da gibt es wirklich noch nichts Konkretes.«

»Isch denke, das müsst ihr untereinander klären.«

Carl seufzte. »Gut. Wir sehen uns nachher. Und … da gibt es wirklich nichts zu klären.«

Er trat heraus. Hoffentlich war Émile vernünftig genug, zu Hause zu bleiben. Draußen würde ihn nur Feindseligkeit erwarten, sollte jemand seinen Akzent hören – ganz egal, wie wenig französisch Émile sich fühlte. Erst gestern hatte

Carl ein Gespräch aufgeschnappt, wie ausländische Spione versucht hätten, Metzer Trinkwasser mit Typhusbakterien zu verunreinigen. Und ein alteingesessener Lothringer sollte angeblich probiert haben, das Mehl in der Stadtmühle zu vergiften. Es hieß, dass die Verdächtigen noch am gleichen Abend erschossen worden seien. Womöglich waren die Anschläge nur Märchen, die man einander erzählte. Aber dass viele Metzer lothringischer Herkunft wegen Spionagegefahr verhaftet worden waren, stimmte durchaus. Was würde dann erst einem Franzosen wie Émile passieren?

Rasch lief er die Treppe hinunter. Im Erdgeschoss traf er seine Vermieterin. Schluchzend drückte sie ihren Sohn an sich – einen strammen Burschen in der grauen Felduniform.

»Ach Mutter«, brummte er gutmütig. »Was heulst du denn, das ist doch peinlich. Froh musst du sein, dass dein Sohn den Sieg nach Hause bringen wird.«

Carl grüßte. Doch keiner der beiden bekam davon etwas mit.

Draußen tauchte er in das Chaos aus vorbeieilenden Menschen, Soldaten und Fahrzeugen ein. Und über alldem strahlte der Sommerhimmel, als würde die Sonne die Menschen verspotten, die da gerade dabei waren, in den Krieg zu ziehen. Carl beschleunigte den Schritt. Um die Reise ins Rheinland würde er nicht herumkommen. Und da die Züge aktuell nur noch das Militär beförderten, setzte er seine Hoffnungen in Antoine. Mit etwas Glück konnte sein Freund ihm einen fahrbaren Untersatz leihen, auch wenn das Fuhrunternehmen derzeit sicherlich gut zu tun hatte.

Den Fuhrhof seines Vaters zu betreten, erfüllte ihn stets mit einer gewissen Melancholie. Nach der Hochzeit mit Louise leitete Antoine den Betrieb. Erstaunlich, dass diese überstürzte Heirat zu so einem Glücksfall für sie alle werden konnte. Louise bekam den Mann, den sie liebte. Antoine blühte als Leiter des Unternehmens auf. Ehrhard Seidel konnte in Ruhe seinen Lebensabend genießen. Und Carl musste nicht mehr befürchten, immer wieder mit dem leidigen Thema konfrontiert zu werden, was wohl gewesen wäre, hätte er den Betrieb seines Vaters übernommen.

Die Unruhen des angebrochenen Krieges hatten auch vor dem Fuhrhof keinen Halt gemacht. Schon von weitem bemerkte Carl eine versammelte Menge. Aufgeregt drängten sich die Angestellten zu Grüppchen zusammen und diskutierten hitzig miteinander. In der Luft lag viel Anspannung, Zukunftssorgen, die Nervosität im Stimmengewirr schien die gesamte Umgebung zu elektrisieren.

Aus dem Gebäude trat Antoine auf den Hof und kletterte auf einen rostigen Laster, der an der Mauer stand. Carl schmunzelte. Eins änderte sich nie: Sein Freund liebte große Auftritte.

»Ich weiß, dass gerade viel Unsicherheit herrscht.« Bereits nach seinen ersten Worten verstummte die Menge. »Heute haben wir einen herben Rückschlag erlebt, aber noch gibt es keinen Grund zur Sorge. Nach wir vor bekommen wir unzählige Anfragen für Aufträge. Es wird sicherlich einige Zeit dauern, bis wir uns umgestellt haben. Aber ich versichere Ihnen, dass aktuell niemand um seine Anstellung bangen muss. Dieser Betrieb hat schon immer auf gegenseitiges Vertrauen und Unterstützung gesetzt. Daran wird sich nichts ändern.«

Ein Raunen ging durch die Menge. Antoine hob eine Hand und ließ die Menschen verstummen. »Wer sich Sorgen um seine persönliche Situation macht, kann sich vertrauensvoll an mich oder Felix wenden.« Er deutet auf einen jungen Mann, der neben dem Laster stand. »Ansonsten gilt: Wer eine Aufgabe zugeteilt bekommen hat, kümmert sich bitte um die

Erledigung. Die anderen nehmen sich heute einen freien Tag. Morgen sehen wir weiter.«

Er sprang hinunter. Sofort strömten ein paar Arbeiter auf ihn zu, bombardierten ihn mit Fragen, während andere respektvoll Abstand hielten, aber aufmerksam zuhörten. Geduldig beantwortete er die Anliegen seiner Angestellten, dann fiel sein Blick auf Carl. Er nickte, verwies die Umstehenden auf Felix und schlüpfte aus der Menschentraube.

»Kein guter Tag?« Carl grüßte. »Was ist denn bei euch los?«

Antoine deutete zur Seite. Sie traten einige Schritte von der Menge weg. »Erinnerst du dich an die Motorisierung des Unternehmens, die ich vorangetrieben habe? Die meisten Wagen habe ich als Subventionslaster erstanden. Damals noch eine gute Idee bei dem Zuschuss von viertausend Mark und einem weiteren Beitrag von tausend Mark jährlich. Der Haken an der Sache: Bei einer militärischen Auseinandersetzung müssen diese Laster der Armee zur Verfügung gestellt werden. Was gerade passiert ist.« Er deutete auf den Wagen neben der Mauer, von dem er gerade eben noch seine Rede gehalten hatte. »Mit anderen Worten: Abgesehen von drei Rostlauben, die sowieso niemand haben will, besitzen wir keine Fahrzeuge mehr.«

»Und was wirst du jetzt machen? Weiß mein Vater das?«

Antoine stemmte die Hände in die Hüften. »Dein Vater vertraut mir.«

»Entschuldige. Ich wollte nicht andeuten, dass ...«

»Schon gut. Für kürzere Strecken setzen wir Pferde ein, der Stall muss nur neu aufgestockt werden. Außerdem werden Felix und ich die Rostlauben flottkriegen. Unzählige Betriebe werden gerade geschlossen, die Chancen stehen gut, Ersatzteile günstig zu erwerben. Zum Glück haben wir reichlich

Aufträge, um uns erst einmal über Wasser zu halten. Aber genug davon.« Antoine hob die Augenbrauen und boxte Carl spielerisch in die Schulter. »Du bist doch nicht gekommen, weil du dir Sorgen um die Firma machst, die du nicht haben wolltest?«

Carl grinste. »Die Spitze habe ich wohl verdient. Aber unter den gegebenen Umständen sollte ich mit meinem Anliegen lieber abwarten. Du hast genug um die Ohren.«

»Jetzt bist du aber schon da. Was gibt's?«

»Ich will ins Rheinland, um dort einen Bauern zu besuchen. Ich hoffe sehr, ihn als Lieferanten zu gewinnen.«

Kaspar Burgstein. Er *musste* ihn für sich gewinnen. Ob die dunkle oder helle Sorte – nahm man eine Handvoll davon, staunte man über die perfekt geformten, aromatischen Körnchen. Es gab nur eins, was Carl wurmte: Der Name Burgstein war unzertrennlich mit dem Namen Richard Weber verbunden, dem Namen seines Lehrherrn, dem er abgeschlagen hatte, seine Firma als Schwiegersohn weiterzuführen. Aber davon wollte sich Carl nicht einschüchtern lassen. Damals hatte er Burgstein einen großen Vertrauensvorschuss gewährt und ihm den Auftrag im Weber'schen Namen erteilt. Es war an der Zeit, den Mann daran zu erinnern. Auch wenn seitdem viele Jahre vergangen waren.

»Und für den Ausflug ins Rheinland brauchst du ein Fahrzeug, nehme ich an«, riss Antoines Stimme Carl aus den Gedanken.

»So ist es. Aber davon hast du selbst kaum noch welche.«

Nachdenklich rieb sich Antoine über das Kinn. »Vielleicht gäbe es eine Möglichkeit.« Er deutete auf die Rostlaube. »Furznickel ist zwar nicht das hübscheste Pferd im Stall und an seiner Zuverlässigkeit müssen wir auch noch arbeiten, aber die Fahrt würde er schaffen.«

Zweifelnd hob Carl die Augenbrauen. »Und das an einem Stück, ohne unterwegs auseinanderzufallen?«

»Vertraue mir. Ich würde sogar mitkommen. Hier an der Grenze zahlt man für jeden Gaul aktuell das Vierfache. Im Rheinland lässt sich bestimmt was Besseres finden.«

»Das wäre perfekt! Zu zweit wäre die Reise sicherer.«

»Wunderbar.« Sein Freund holte einen Schlüsselbund hervor. »Dann lass uns gleich die Einzelheiten besprechen. Ich muss nur ein paar Sachen mit Felix klären, dann bin ich bei dir. Fühl dich wie zu Hause.« Antoine zwinkerte ihm zu. »Es war ja auch mal deins, da findest du dich schon zurecht.«

»Den Rest zeigt mir bestimmt eure Haushälterin.« Carl fing den Schlüsselbund auf, den Antoine ihm zugeworfen hatte.

»Darauf würde ich nicht zählen. Sie ist in Lyon.«

Das erklärte zumindest, warum Louise auf unbestimmte Zeit in die Villa gezogen war. Beschwingt steuerte er das Appartement an. Wie lange war er hier nicht mehr gewesen? In den letzten Jahren war er in der Fabrik so angespannt gewesen, dass er Louise und ihre Familie nur bei Feierlichkeiten in der Villa gesehen hatte. Jetzt erkannte er kaum noch etwas wieder. Durch die Modernisierung des Geschäfts hatte Antoine viel umgebaut. Und Louise hatte der Eingangspforte ihren eigenen Stempel aufgedrückt, indem sie Mutters Pflanzen weggeschafft und den Bereich mit antiken Skulpturen geschmückt hatte. Ob ihr Herz immer noch für die Kunst schlug? Was er früher für einen Spleen gehalten hatte, schien ihr mehr zu bedeuten, als er dachte.

Carl trat auf die Tür zu, um sie aufzusperren, musste aber feststellen, dass sie nur angelehnt war. Alarmglöckchen schrillten in ihm auf. Die Unruhen in der Stadt waren ein Nährboden für zwielichtige Gestalten. Die Zahl der Einbrüche stieg mit jedem Tag an.

Er schritt über die Schwelle. Lauschte. Aus einem der Zimmer am Ende hörte er es rascheln. Dann das Klappern der Schubladen. Ein rascher Blick umher machte seine Hoffnung zunichte, sich mit einem Gegenstand zu bewaffnen, mit dem er sich im Fall der Fälle verteidigen konnte. Aber direkt neben ihm an der Wand hing ein Gemälde in einem massiven vergoldeten Rahmen. Irgendetwas Kreatives mit Farben und Formen. Könnte was von Frederick sein. Oder von diesem Boccioni, dessen Futurismus Louise letztes Jahr so ins Schwärmen gebracht hatte.

Geräuschlos hängte er das Bild ab. Kunst hin oder her – die protzige Einfassung sah stabil genug aus, um dem Einbrecher damit den Kopf einzuschlagen. Auf leisen Sohlen schlich er den Geräuschen entgegen. Kurz musste er sich sammeln, dann lugte er um die Ecke in Antoines Büro.

Fast fiel ihm das Bild aus den Händen. »Emma!«

Sie hockte vor Antoines Schreibtisch und machte sich gerade daran, eine Schublade zu durchwühlen. Von seinem Ausruf ruckte ihr Kopf herum. Mit weitaufgerissenen Augen starrte sie ihn an. »Carl! Was …« Sie runzelte die Stirn. »Was willst du mit dem Bild?«

Noch immer hielt die Anspannung seinen Körper gefangen, zog seine Nerven weiter auf. »Was willst du in Antoines Büro?«

Langsam kam sie auf die Beine. Er konnte sehen, wie sie fieberhaft nach einer Antwort suchte. »Es ist kompliziert.«

Kompliziert? Er stellte das Gemälde am Boden ab. Die Anspannung wich zurück und machte Ärger Platz. »Das ist bei dir doch alles. Du bist die komplizierteste Frau, die ich kenne. Na dann: Spanne mich nicht länger auf die Folter. Ich brenne drauf, die Erklärung zu erfahren.«

»Gut.« Sie verschränkte die Arme vor der Brust. »Ich suche nach Beweisen.«

»Nach Beweisen wofür?«

»Wer wirklich hinter dem Überfall auf mich steckt.«

Es traf ihn wie eine Ohrfeige. »Hans Neuböck war es! Dafür sitzt er auch im Zuchthaus.«

»Denkst du!«, warf sie ihm herausfordernd entgegen.

Er schnaubte. »Ich denke es nicht, ich weiß es! Ich war nämlich dabei, als bei ihm dein Armband gefunden wurde.«

Emma schwieg. Eine Weile glaubte er, sie würden ewig so stehen und einander anstarren. Dann lockerte sich ihre Haltung. »Es tut mir leid. Bitte lass mich versuchen, es dir zu erklären. Neuböcks Frau war bei mir. Die Arme ist völlig verzweifelt. Sie schwört, dass Hans während des Überfalls bei ihr war. Aber niemand glaubt ihr!«

»Vielleicht, weil sie ihren Mann decken will?« Nur schwer widerstand er dem Drang, die Augen zu verdrehen. Doch Emma spürte es. Wie immer. Sie las ihn wie ein offenes Buch.

Ihre Züge verhärteten sich. »Das Armband konnte man ihm doch ganz einfach unterjubeln. Er ist der perfekte Sündenbock! Sie hat einen Fremden gesehen, der …«

»Ein Fremder! Wer soll das gewesen sein? Antoine? Weil … ja, warum eigentlich?«

Genervt stieß sie die angehaltene Luft aus. »Du wirst es nicht verstehen.«

»Wie deine Inventur-Bewertungsmethoden? Klar. Bin ja so schwer von Begriff.«

»Was hat das denn damit zu tun?«

»Keine Ahnung. Sag du es mir!«

»Gut. Dann sage ich es dir: Weil Antoine mehr Dreck am Stecken hat, als du denkst!« Ihre Augen funkelten kämpferisch, als sie einen Schritt auf ihn zutrat. »Wusstest du, dass er seinen Vater umgebracht hat? Dass es kein Unfall war?«

»Verdammt, Emma!« Der Ärger in seiner Brust brodelte noch mehr auf. »Er ist mein bester Freund! Natürlich weiß ich das! Und willst du was hören? Es fehlte nicht viel, da hätte sein Vater ihn erschossen. Oder zu Tode geprügelt. Es war Notwehr! Wir alle haben geholfen, es zu vertuschen. Ich habe sogar ausgesagt, dabei gewesen zu sein, als der Unfall passiert ist!«

Sie blieb stehen, als wäre sie gegen eine unsichtbare Wand gelaufen. »War es auch eine Notwehr, ein Regal auf dich zu kippen und die Fabrik in Brand zu setzen?«

Panik stieg in ihm hoch. Nein. Alles, nur nicht das. Bilder wirbelten in seinem Geist durcheinander. Bilder, von denen er geschworen hatte, sie für immer zu vergessen. »Hör auf.« Seine Stimme hörte sich tonlos an.

»Ich habe das Schmuckkästchen bei ihm gefunden. Ich …«

»Hör auf damit!« Er spürte, wie ihm das Blut aus dem Gesicht wich. Wie rasend schnell sein Herz pochte. »Schluss jetzt. Ich will kein Wort davon hören.«

Sie schwieg bestürzt. In ihrem Blick stiegen Enttäuschung auf und eine tiefe Verletzlichkeit. »Sagte ich doch. Du wirst es mir nicht glauben. Carl … ich will doch nur …« Sie streckte eine Hand nach ihm aus, doch er wich zurück.

Plötzlich wurde ihm schwindelig. Für einen Schreckmoment glaubte er, den Boden unter den Füßen zu verlieren. Dann war er wieder im Hier und Jetzt, klammerte sich an den Türrahmen und versuchte, mit langsamen, tiefen Atemzügen zu sich zu kommen.

»Carl? Was ist los?«, holte ihre panische Stimme ihn ein.

»Mir geht es gut.« Er wollte nicht, dass sie sah, wie schwach er sich fühlte. Wie dünn das Eis war, auf dem er wandelte.

»Vielleicht ist das alles nur ein wenig zu viel gerade. Der Überfall auf dich, der Krieg, die Hochzeit …«

»Die Hochzeit?« Ihre Stimme klang verbittert. »Die Hochzeit wird abgesagt.«

Einen Schlag setzte sein Herz tatsächlich aus. »Aha. Wird sie das?« Er fuhr auf dem Absatz herum.

»Carl! Warte doch!«

»Ich glaube, ich brauche gerade ein bisschen Zeit für mich allein«, warf er ihr über die Schulter zu.

Ihm entgegen kam Antoine, runzelte fragend die Stirn.

»Schlechter Zeitpunkt«, knurrte Carl ihn an.

»Das sehe ich. Willst du darüber reden?«

Wortlos stürmte Carl an ihm vorbei. Geredet war heute mehr als genug worden.

Metz, 1914

EMMA

SIE FÜHLTE SICH VERLOREN. Wie konnte alles nur so schrecklich schieflaufen? Noch vor kurzem war sie erfüllt von Glück. Und nun hatte sie nichts als Scherben.

Natürlich war ihr Plan sehr riskant gewesen. Das Leben eines Unschuldigen steht auf dem Spiel, hatte sie sich immer wieder gesagt, als sie in Louises Zimmer geschlichen war, um die Schlüssel vom Appartement zu nehmen. Dann brauchte sie nur eine günstige Gelegenheit abzupassen. Doch im Büro war nichts. Absolut nichts. Hatte sie Antoine zu Unrecht verdächtigt? Die Zweifel zerrten immer mehr an ihr. Und dann war sie auch noch von Carl überrascht worden.

Schlimmer hätte die ganze Angelegenheit kaum laufen können. Immer wieder tauchte Antoines selbstgefälliges Grinsen vor ihrem inneren Auge auf, wie er sich an den Türrahmen gelehnt hatte, nachdem Carl herausgestürmt war. »Und? Kann ich dir etwas zu trinken anbieten?«, hatte er gespottet.

»Es mag dich verwundern, aber Alkohol ist nicht immer eine Lösung«, hatte sie gekontert.

Woraufhin er nur gelacht hatte. »Wie gut, dass es in diesem Haus nur Limonade gibt. Du siehst aus, als könntest du ein Gläschen vertragen.«

Sie seufzte. Auch wenn ihr eher nach Heulen zumute war. Was sollte sie jetzt tun? Sie konnte Hans Neuböck nicht helfen. Sie hatte es nicht einmal geschafft, die Sache Carl zu erklären. Er glaubte ihr nicht.

Carl und Emma. Emma und Carl.

Anscheinend hatte sie sich zu sehr daran gewöhnt, dass er immer auf ihrer Seite stand. Die Rechnung hatte sie ohne Antoine gemacht. Tatsächlich war ihr nie bewusst gewesen, was Antoine Carl bedeutete und wie weit Carl für seinen besten Freund gehen würde. Dass er Antoine immer beschützen würde. Auch vor ihr. Tief in ihrem Herzen liebte sie ihn dafür sogar noch ein Stück mehr. Das war so *Carl*! Durch und durch gut und absolut loyal zu den Menschen, die ihm wichtig waren.

Gleichzeitig dachte Emma an Antoines Grinsen, mit dem er sie im Büro bedacht hatte, und Gänsehaut breitete sich über ihren Körper aus. Was, wenn Carl dem Falschen vertraute? Wenn dieser Mann gerissen genug war, mit jedem Verbrechen durchzukommen? Wenn Antoines Heimtücke sich wie möglicherweise bei dem Brand gegen Carl richten würde? Und es ihr nicht gelingen würde, ihren Verlobten davor zu bewahren?

Sie senkte den Blick auf das Buch in ihrem Schoß. Töricht, sich mit einem Roman ablenken zu wollen. Aber solange sie keinen Plan hatte, wie sie die Situation retten konnte, wusste sie einfach nicht, was sie anderes machen sollte.

Vielleicht hatte Carl recht, sie beide brauchten ein bisschen Zeit, um sich zu beruhigen und die Gedanken neu zu ordnen. Und das Gespräch mit etwas Abstand neu anzugehen. Sie hatte Fehler gemacht. Definitiv. Und das tat ihr unendlich leid.

Aus dem Flur ertönten Schritte und das Rascheln eines Rockes. Wilhelmine. »Da bist du ja! Emma. Was ist denn los? Seit Tagen scheinst du kaum noch du selbst zu sein.«

Alles ist gut, lag ihr auf der Zunge. Aber Wilhelmines Gespür war nicht mit ein paar haltlosen Floskeln zu täuschen. Carls Mutter setzte sich ihr gegenüber. »Was bedrückt dich?«

Langsam strich sie mit den Fingerkuppen über das aufgeschlagene Buch. Wie lange starrte sie schon auf ein und dieselbe Seite? »Carl und ich haben uns gestritten. Und jetzt braucht er Zeit für sich allein.«

»Euer erster Streit?«

Emma nickte. »Vorher hatten wir nie einen Grund dazu. Und vermutlich auch nicht die Gelegenheit. Wir haben uns so selten gesehen, dass die Zeit zu zweit zu kostbar war, um sich zu streiten. Und jetzt …« Jetzt hatte sie keine Ahnung, was sie tun sollte. Ihm noch mehr Zeit geben? Zu ihm gehen und darüber reden?

»Und jetzt müsst ihr beide einen Weg finden, wie ihr mit den Konflikten umgeht, die zwischen euch entstehen. Das Fundament der Beziehung wird nicht in den schönen Tagen geprüft. Sondern ob es auch in Krisenzeiten alles zusammenhält. Die schönste Liebeserklärung ist es, in einem Streit respektvoll miteinander umzugehen.«

Aus dem Flur hallten Stimmen. »Was denken Sie denn, wird der Krieg in ein paar Monaten vorbei sein?« An der offenen Tür zur Bibliothek kam Ehrhard vorbei, an der Seite von Leutnant Obermeyer, einem der beiden einquartierten Offiziere. Jeden Morgen erinnerte seine Uniform Emma gleich beim Frühstück daran, dass der Krieg überall lauerte.

»Drei Wochen, mein Herr. In drei Wochen sind wir in Paris, das ist so klar wie Hühnerbrühe. Graf von Haeseler, *le Diable de Metz*, hat es höchstpersönlich versprochen!«

Wilhelmine verdrehte die Augen. »Und da sind wir auch schon bei der Krise. Ach Liebes, ich verstehe so gut, wie schwer es für dich ist in diesen turbulenten Zeiten. Deine Rückkehr nach Metz hast du dir sicherlich ganz anders vorgestellt. Und jetzt müssen wir auch noch die Hochzeit absagen. Ich muss endlich mit Carl darüber reden.«

Emma fuhr hoch. »Du hast noch nicht mit Carl darüber gesprochen?«

»Tut mir leid. Manchmal weiß ich nicht, wo mir der Kopf steht.«

»Oh nein.« Zumindest erklärte dies Carls überstürzte Reaktion, als sie die Sache mit der Hochzeit erwähnt hatte. Er wusste nichts davon! Mit einem Mal schlug ihr Herz so schnell, dass sie kaum Luft bekam. Nur schwer widerstand sie dem Impuls, aufzuspringen und zu ihm zu laufen. Es war Abend. Nicht die sicherste Zeit für solche Ausflüge. Wohl oder übel würde sie es auf morgen verschieben müssen.

Doch die angespannte Lage in der Stadt machte ihr einen Strich durch die Rechnung. Auf den Straßen sei es gefährlich, hieß es. Nicht nur Wilhelmine weigerte sich, sie aus der Villa zu lassen. Auch Leutnant Obermeyer beteuerte, dass es nicht die beste Idee war, als Frau nach draußen zu gehen. Vielleicht hätte sie auf die beiden gar nicht gehört, wenn Ehrhard es nicht ebenfalls versichert hätte, unterstützt von Hauptmann Dasbach. Dasbach war ein stiller, zurückhaltender Mann, von dem man – im Gegensatz zu Obermeyer, der zu jeder Konversation seine Meinung abgeben musste – nicht viel mitbekam.

Sie alle behielten recht. Die Dienstboten berichteten von neuen Soldatentruppen, die in Metz haltmachen mussten. Grölend und ungehalten wegen der Verzögerung hatten sie in der Stadt randaliert. Sogar ein paar Schaufenster waren zu Bruch gegangen, hieß es.

In der Nacht glaubte Emma, Kanonenschüsse aus der Ferne zu hören. Mit wild pochendem Herzen schreckte sie auf. Bange horchte sie in die Dunkelheit und hoffte, sie hätte sich verhört. Doch da erklang es wieder, keine Warnschüsse von den Forts, sondern bitterer Ernst. Sie schlüpfte aus dem Bett, warf sich mit zitternden Händen einen Morgenmantel über und lief in den Flur. Was war da draußen los? Wie nah waren die Franzosen? Wie stand es um Metz?

Sie sah kaum noch etwas vor sich und stolperte in die starken Arme, die wie aus dem Nichts kamen. Fahrige Finger strichen das Nachthäubchen von ihrem Kopf und verhedderten sich in ihren Strähnen. »Scht«, zischte Obermeyers Stimme an ihrem Ohr. »Ist ja gut, alles ist gut.«

Sie wollte schreien. Um sich schlagen. Zum Glück hörte sie schon Dienstboten, Wilhelmine lief herbei – die Kanonenschüsse hatten wohl nicht nur Emma aus dem Bett gescheucht.

Sofort wurde sie losgelassen. »Wilhelmine?« Ein Schluchzen verengte ihre Kehle. »Was ist hier los?«

»Kein Grund zur Panik, meine Damen«, hallte Obermeyers tiefer Bariton durch den Flur. »Wir sind in Sicherheit. Die Gefechte sind weit weg. Nur der Wind steht heute ungünstig.«

Irgendwo hinter ihnen erklang Ehrhards humpelnder Gang. »Jetzt lasst uns alle einen kühlen Kopf bewahren«, donnerte er durch das ganze Haus mit seiner militärerprobten Souveränität. »Es gibt nichts zu befürchten. Zurück in die Betten!«

»Drei Wochen!«, verkündete Obermeyer feierlich, lässig an die Wand gelehnt und die Arme vor der Brust verschränkt. »Drei Wochen, dann sind wir in Paris, denken Sie daran!«

Zurück in ihrem Zimmer konnte Emma lange nicht einschlafen. Auch wenn sie sich einredete, die Schlacht wäre ganz weit weg, ließen die Kanonenschüsse sie jedes Mal zusammenzucken. In den nächsten Tagen ging es in Metz hoch her. Die Zeitung berichtete über Siege der deutschen Truppen und von gewonnenen Schlachten. Auch im sonst ruhigen Villenviertel tönten Hurra-Rufe durch die Gärten. Eine fast trunkene, aber gefährliche Freude erfüllte die Straßen. Gleichzeitig hörte Emma Anni mit anderen Dienstmädchen tuscheln. Die Lothringer sehnten sich insgeheim nach Tricoloren, empörte sich das Mädchen, könnten es kaum erwarten, den Deutschen in den Rücken zu fallen. Zum Glück fackelten die Kriegsgerichte nicht lange. Es gebe bereits die ersten Erschießungen wegen Spionageverdacht.

Je länger Emma zuhörte, desto übler wurde es. Wie konnten diese Frauen sich nur so darüber freuen, dass Menschen zu Tode kamen? Erschießungen. Das Wort ließ ihr Inneres gefrieren. Wie sicher war Émile noch in dieser Stadt? Und Carl, der ihn bei sich wohnen ließ? Reichte es, um wegen Hochverrats angeklagt zu werden? Emma konnte an nichts anderes mehr denken. Nicht in dieser Villa sollte sie sein, sondern bei Carl! Was, wenn es einen anderen Grund gab, warum sie nichts von ihm hörte? Wenn ihm etwas Furchtbares zugestoßen war?

Wilhelmine strich ihr tröstend über den Rücken. »Carl wird kommen, sobald er kann, ganz bestimmt. Es ist unser Los als Frau, auf unsere Männer zu warten.«

Emma wartete. Sie wartete und wartete. Und irgendwann konnte sie es einfach nicht mehr, herumsitzen und nichts tun.

An einem Nachmittag nutzte sie die Gunst der Stunde, um unbemerkt durch den Dienstboteneingang zu entwischen. Die Straßen, über die sie lief, wirkten fremd. Die Angst, die Anspannung, das Misstrauen der Menschen zueinander pressten das Leben wie in ein Korsett.

Trotzdem tat die frische Luft gut. Wie sehr sie sich eingesperrt gefühlt hatte, merkte sie erst jetzt. Jeder Schritt bestärkte sie ein Stückchen mehr. Sie legte sich die Worte zurecht, die sie Carl sagen würde. Eine Entschuldigung und eine Erklärung. Auch dafür, wie schwer es ihr fiel, sich zurückzuhalten. Wie sehr sie den Menschen helfen wollte, die sich selbst nicht zu helfen wussten und um die sich niemand sonst kümmerte. Er würde doch auch kaum tatenlos zuzusehen, wie jemand verurteilt wurde, der nicht einmal eine Chance hätte, sich gegen die Ungerechtigkeit zu wehren.

Endlich stand Emma vor der Fabrik. Durchatmen, Schultern straffen – hineingehen. Er würde es verstehen! Mit hocherhobenem Kopf betrat sie die Produktionshalle. Auch hier hatte der Krieg Veränderungen gebracht. Überall blickte sie in ernste Gesichter. Die drei Lothringer, die noch für Carl arbeiteten, hielten sich abseits. Emma konnte beinahe körperlich den Argwohn spüren, mit dem die anderen die drei bedachten. Die drückende Stimmung hinterließ einen bitteren Geschmack.

Vor dem Kontor hielt sie inne. Auch wenn ihr bange war, wie Carl auf ihr Erscheinen reagieren würde, prickelte ihr Inneres vor Freude, ihn endlich zu sehen. Wie sehr sie ihn vermisst hatte! Im Streit auseinanderzugehen, hatte ihr mehr zugesetzt, als sie gedacht hatte.

Emma klopfte an die Tür. Keine Antwort. Prüfend drückte sie auf die Klinke. Abgesperrt. Er war nicht da? Unvorstellbar, dass er in diesen unruhigen Zeiten die Fabrik unbeaufsichtigt ließ.

Hinter sich hörte sie schnelle Schritte.

»Fräulein Bergmann!« Albert eilte auf sie zu. »Ich habe Sie gesehen, aber Sie waren so schnell weg, da bin ich kaum hinterhergekommen. Sie möchten sicherlich zu Herrn Seidel? Er ist auf einer Geschäftsreise im Rheinland.«

»Tatsächlich? Was will er denn im Rheinland?«

»Wissen Sie es nicht?« Unsicher trat Albert von einem

Bein aufs andere. »Er will dort einen Bauern für die Saatlieferungen gewinnen. Kaspar Burgstein. Wir alle hoffen, dass es gut klappt. Für die nächsten Zeit sind wir noch versorgt, aber allzu lange reicht der Vorrat nicht.«

Natürlich. Die Saatlieferungen mussten ganz hoch auf seiner Prioritätsliste stehen. Aber ... warum hatte er ihr nichts gesagt? Hatte der Streit so einen großen Keil zwischen ihnen getrieben, dass Carl weggefahren war, ohne sich zu verabschieden?

»Fräulein Bergmann? Geht es Ihnen nicht gut? Kann ich irgendwie helfen?«, hallte Alberts besorgte Stimme in ihre Gedanken.

»Nein, nein.« Sie lächelte flüchtig. »Es ist alles in Ordnung. Ich nehme an, Sie haben den Betrieb in der Abwesenheit des Fabrikherrn im Griff?«

Hoffentlich merkte er nicht, wie hilflos sie sich vorkam, während sie vor der verschlossenen Kontortür stand.

»Es läuft alles wunderbar.« Albert zögerte. »Herr Seidel hat erzählt, dass Sie die Buchführung übernehmen werden, sobald Sie gesund sind. Wollen Sie ... wollen Sie die heutigen Lieferscheine überprüfen? Die letzten Rechnungen durchsehen?« Er wirkte beinahe verzweifelt, so sehr wollte er behilflich sein.

»Ich bin mir sicher, es ist alles in Ordnung«, versicherte sie.

»Natürlich ist alles in Ordnung.« Albert schmunzelte und holte aus der Tasche seines Kittels einen Schlüsselbund. »Aber Sie wollen sicherlich die Zeit nutzen, um sich einen ersten Überblick zu verschaffen, oder?« Bevor sie protestieren konnte, sperrte er die Tür schon auf und erklärte ihr knapp, wo sich alles befand. »Wenn Sie Fragen haben, rufen Sie nach mir.«

»Vielen Dank.« Unschlüssig glitt ihr Blick über die Regale. Die Euphorie, durch ihr Studium endlich nützlich für die Fabrik zu sein, kribbelte schon wieder in ihrem Bauch. Doch die Gedanken an Carl machten ihr Gemüt schwer. Sie hätte niemals mit ihren Inventur-Bewertungsmethoden so vorpreschen dürfen. Ihn damit regelrecht überfallen.

Sie seufzte. Zwar hatte sie ihr Studium erfolgreich abgeschlossen. Aber sie musste noch unglaublich viel lernen.

Vor allem von Carl und seinem Feinsinn.

»Fräulein Bergmann? Geht es Ihnen gut?«

Sie blinzelte. »Ja. Ja, natürlich. Warum denn nicht?«

»Ich bedauere zutiefst, was Ihnen zugestoßen ist.« Albert stockte und rang sichtlich um Worte. »Niemand in der Fabrik hätte auch nur ahnen können, dass Hans diesen Überfall geplant hat. Wir sind hier wie eine Familie! Das können Sie mir glauben.« Wenn er die Schultern hängen ließ, wirkte er beinahe schmächtig. Und geradezu geknickt.

Erst jetzt merkte Emma, wie sehr sie ihre Finger ineinander verhakt hatte. Wie angespannt jede Sehne, jeder Muskel war. »Neuböcks Frau beteuert seine Unschuld.« Die Bilder, wie Renate auf den Stufen vor der Villa gehockt hatte, stiegen in ihr auf. Es fühlte sich an, als hätte sie diese Frau im Stich gelassen. Wer sollte ihr noch helfen?

»Diese arme Seele!« Albert sah zu Boden. »Dass sie versucht hat, alle mit ihren Lügen in die Irre zu führen, ist schrecklich. Verstehen kann ich es dennoch.«

»Mit ihren Lügen?« Unmut zupfte an ihrer Seele. »Wieso glaubt ihr niemand?«, stieß sie ärgerlich hervor.

Albert wiegte den Kopf. »Weil sie es selbst zugegeben hat.« Er schwieg kurz, dann setzte er neu an: »Wissen Sie, bevor Herr Seidel ins Rheinland abgereist ist, ist er noch einmal zu ihr gegangen. Er meinte, es gäbe neue Hinweise. Renate hätte einen Fremden gesehen, der sich verdächtig verhalten habe. Also wollte er mit der Frau in Ruhe reden. Sie ist in Tränen ausgebrochen und hat es gestanden. Dass sie alles erfunden hat, weil sie ihrem Mann nicht anders zu helfen wusste.« Seine Stimme war leiser und leiser geworden. Bis sie gänzlich verstummte.

Kurz wurde Emma schwindelig. Carl hatte ihr geglaubt! Trotz allem hatte er ihr geglaubt und war zu Renate gegangen, um sich die Sache anzuhören. Und nun stellte sich heraus, dass … dass … »Es war gelogen?«, flüsterte sie schwach.

Albert nickte traurig. »Aber nun herrscht endlich Gewissheit, und Sie brauchen sich keine Sorgen mehr zu machen.« Er räusperte sich verlegen. »Ich wollte Sie damit gar nicht so lange aufhalten. Sagen Sie mir bitte Bescheid, wenn Sie fertig sind. Dann schließe ich das Kontor ab.«

Emma stand da wie versteinert. Konnte es wirklich sein? Sie ließ das Gespräch mit der Frau Revue passieren. Erst jetzt fiel ihr auf, dass nicht Renate es war, die von einem Fremden zu sprechen begonnen hatte. Und beschreiben konnte die Frau das Phantom auch nicht. Natürlich nicht. Es war nichts als ein Strohhalm, an den sie sich geklammert hatte, um ihren Mann zu retten.

Wie betäubt taumelte Emma zurück und lehnte sich gegen eine Wand. Wie dumm war sie nur gewesen! Wie viel hatte sie riskiert! Und alles nur, um einem vermeintlich Unschuldigen zu helfen. Der gar nicht unschuldig war.

Gewissensbisse fraßen sich immer tiefer in ihre Seele. Nichts von alldem wäre passiert, wenn sie nach der Begegnung mit Renate zu Carl gegangen wäre. Mit ihm gesprochen hätte! Zusammen wären sie der Frau auf die Schliche gekommen. Aber sie musste wieder einmal auf eigene Faust handeln.

Tränen traten in ihre Augen. Rasch wischte Emma sich über die Lider. Sie hatte es sich eingebrockt. Sie musste es auch in Ordnung bringen. Und zwar sofort.

Sie musste mit Carl reden, ihm erklären, wie schrecklich sie sich verrannt hatte. Und sich bei Antoine entschuldigen. Denn egal, worin Antoine auch sonst verwickelt sein mochte – mit dieser Sache hatte er offensichtlich nichts zu tun. Mit ihrem Drang, die Wahrheit herauszufinden, hatte sie sämtliche Grenzen überschritten.

»Albert!« Sie lief dem Mann hinterher. Zum Glück war er nicht allzu weit gekommen. »Albert, warten Sie! Ich muss ins Rheinland zu Herrn Seidel. Haben Sie … haben Sie vielleicht eine Adresse für mich und eine Idee, wie ich am besten hinkomme?«

Unsicher zupfte Albert an seiner Nasenspitze. »Sie wollen ins Rheinland? Ist es nicht ein bisschen zu gefährlich für eine … eine …«

»Für eine Frau?«

Er hob die Schultern. »Ähm. Ja? Irgendwie schon.«

»Es ist wichtig. Bitte helfen sie mir!«

Albert wirkte zwar ziemlich überrumpelt, schien aber nachzudenken.

»Es duldet leider keinen Aufschub«, setzte sie nach.

»Also.« Er legte seine Stirn in Falten. »Die Adresse ist kein Problem. Selbstverständlich ist sie mir bekannt. Die Fahrt zu organisieren, könnte um einiges schwieriger sein. Aber ich kenne da jemanden, der Sie womöglich hinbringen würde.«

»Ach wirklich?«

»Der Mann ist absolut zuverlässig, vertrauen Sie mir! Wenn Sie wollen, können Sie in wenigen Tagen los.«

»Je schneller, desto besser.« Sie musterte sein Gesicht. Es wirkte absolut offen. Nur in seinen Augen blitzte etwas, das sie schwer zuordnen konnte. »Und dieser jemand, der mich hinbringen würde …«

»Sie haben nichts zu befürchten«, versicherte Albert. »Aber wenn Sie Zweifel haben, kann ich es natürlich verstehen. Sie kennen mich ja nicht.«

Wohl war ihr bei dem Gedanken nicht. Aber wie schnell würde sie sonst jemanden finden, der sie hinbringen würde?

»Doch, doch, Albert. Es ist eine gute Idee. Lassen Sie es mich wissen, wenn alles organisiert ist. Es soll Ihr Nachteil nicht sein.«

Ihre Entscheidung war gefallen.

Sie musste zu Carl. Ihm ihre Fehler eingestehen. Ihm zeigen, wie wichtig er ihr war. Und hoffen, dass sie noch zueinanderfinden konnten.

Rheinland, 1914

CARL

FRUSTRIERT PFEFFERTE CARL seine Tasche in die Ecke des Zimmers. Eine Woche hatte er schon im Rheinland verbracht. Seinem Ziel war er kein Stück näher gekommen. Offensichtlich war es sein Los, immer und überall zu versagen. Woran lag es? Fehlte ihm das notwendige Verhandlungsgeschick? Eine gewisse Härte, um die Gespräche mit dem notwendigen Druck zu führen? Oder einfach nur ein Quäntchen Glück?

Die kargen Wände des kleinen Gasthofzimmers, in dem er übernachtete, lieferten jedenfalls keine Antwort. Emmas Gestalt tauchte vor seinem inneren Auge auf. Ihr verbittertes Gesicht. *Die Hochzeit wird abgesagt.* Früher hätte er Berge versetzen können, nur beim Gedanken an sie. Jetzt kam es ihm vor, als würde er auf einer dünnen Eisschicht stehen und jeden Augenblick befürchten müssen einzubrechen. Dass sie es ihm einfach so ins Gesicht geworfen hatte, brachte ihn schon wieder zur Weißglut. Wann genau hatten sie das miteinander besprochen? Wieso stellte sie ihn schon wieder vor vollendete Tatsachen? Wie konnten sie sich nur auf dem Weg zueinander so schrecklich verlieren?

Gleichzeitig vermisste er sie so sehr. Gott, wie sehr er sie vermisste! Ihre Stimme, ihre Nähe, die Ruhe und Zuversicht, die sie ihm gab. Er wünschte sich, die frühere Emma wäre bei ihm, die ihm stets zugehört und mit einem klugen Rat geholfen hatte. Aber Emma, die er so sehr brauchte, war nicht da. Stattdessen dachte er an Emma, die einfach so das Büro seines besten Freundes durchsuchte.

Genug davon. Jetzt musste er sich auf den Bauern konzentrieren, denn aufgeben war keine Option. Er brauchte die Saat, nein, noch mehr: Er brauchte Burgsteins Saat. Denn die Qualität der Erzeugnisse hatte in all den Jahren keineswegs gelitten. Dieser Mann bestellte seine Felder genauso sorgfältig wie früher, in jedem sonnengereiften Korn konnte man seine Liebe zu den Senfpflanzen spüren, riechen und schmecken. Die perfekte Grundlage für die würzige Paste, die alle Sinne ansprechen sollte.

Gleich am ersten Tag im Rheinland hatte er den Bauernhof besucht, unangekündigt, um die wahren Verhältnisse dort zu sehen. Aber es gab nichts zu meckern. Kaspar Burgstein hatte sich sofort an ihn erinnert, Carl durch seine Anlagen geführt und ihn sogar zu einem Mahl mit seiner Familie eingeladen. Beim Essen redeten sie über die alten Zeiten, an die Anfänge ihrer damaligen Zusammenarbeit. Waren seit damals wirklich so viele Jahre vergangen? Es kam ihm vor wie gestern: Burgstein, der gerade seinen Hof vom Vater übernommen hatte. Und Carl, der alles daransetzte, sich vor seinem Lehrherrn zu beweisen. Wie bei ihrer ersten Begegnung kam die Rede schnell auf die Saat, hatte sie beide doch die gleiche Leidenschaft für die Körner verbunden. Je länger sie sich unterhielten, desto mehr spürte Carl, dass sich das Gespräch nicht zu seinen Gunsten entwickelte. Burgstein versicherte, er würde sehr gern die lothringische Fabrik beliefern, doch der Umfang überstieg seine verfügbaren Kapazitäten. Je weiter sie redeten, desto wortkarger wurde der Mann. Carl hatte sein Angebot noch nicht einmal in Worte gefasst, da hatte der Bauer eine Hand auf seinen Arm gelegt und ihn zum Schweigen gebracht.

»Ich verdanke Ihnen viel, Herr Seidel. Das weiß ich. Mein Vater hatte den Hof heruntergewirtschaftet, es lag an mir, den Betrieb aus der Misere zu führen. Sie haben an mich geglaubt. Sie haben mir die größte Chance meines Lebens gegeben. Einen so großen Kunden wie Richard Weber zu beliefern, hätte ich mir damals nicht einmal in meinen kühnsten Träumen vorstellen können. Ich bin Ihnen zum Dank verpflichtet und mehr als stolz, dass Sie auch bei Ihrer eigenen Fabrik an mich gedacht haben. Aber meine Kapazitäten reichen nicht aus, um Richard Weber und Sie gleichzeitig zu beliefern. Ich fürchte, ich kann nichts für Sie tun.«

»Ich bin mir sicher, das können Sie, wenn Sie sich mein Angebot anhören. Würden Sie von einem Vertrag mit Richard Weber zurücktreten, würde er es kaum bemerken. Selbstverständlich werde ich für die Strafzahlungen aufkommen. Bei Weber sind Sie ein kleines Licht, auf das er zu jeder Zeit verzichten kann. Bei mir wären Sie einer der Hauptlieferanten.«

Burgstein schwieg. Seine großen, wulstigen Hände lagen auf der Tischplatte. Nur am Zucken des Zeigefingers merkte Carl, dass der Mann nachdachte. Im Raum hing noch der deftige Essensgeruch nach geschmortem Kohl. Seine Frau brachte selbst gebrannten Schnaps, um das Treffen zu begießen. Mit ihren Bewegungen erinnerte sie Carl an eine Birke im Wind: biegsam, fließend. Im Nu war sie wieder verschwunden. Nur kurz konnte er einen Blick auf die Kinder erhaschen – drei Töchter mit dunkelbraunem, langem Haar und Augen, die an schwarze Oliven erinnerten. Unweigerlich spürte Carl einen Stich im Herzen – Burgstein war nur zwei Jahre älter, hatte aber schon so eine große Familie. Während er selbst offensichtlich nicht einmal in der Lage war, Emma zu heiraten.

»Ich fühle mich geehrt«, sagte Burgstein. Kräftig prostete er mit dem Schnaps zu. »Aber Richard Weber beliefere ich seit vielen Jahren. Ich kann mich nicht von ihm abwenden. Ihn nicht im Stich lassen.«

»Und wenn ich Ihnen ein besseres Angebot mache?« Carl deutete herum. »Sie haben eine Familie. Ihre Bedürfnisse wachsen. Während Richard Weber – wie ich ihn kenne – sicherlich nicht gewillt ist, Sie besser für Ihre Arbeit zu entlohnen.«

»Das stimmt. Sie kennen Ihren alten Fabrikherrn wirklich gut. Aber ich bin fest davon überzeugt, dass Loyalität einen weiterbringt als Geldgier. Er ist ein Sicherheitsgarant.«

»Und ich bin es nicht?«

»Doch.« Geräuschvoll stellte der Mann das Schnapsglas auf dem Tisch ab. »Aber Ihre Stadt nicht. Machen wir uns nichts vor, die Frontlinie muss sich nur verschieben, und schon werden Geschosse Metz erreichen. Oder eine verirrte Bombe zerstört die Fabrik bei einem Fliegerangriff. Wen soll ich dann beliefern? Wie meine Familie durch die schweren Zeiten bringen?« Nachdenklich schaute der Mann zur Tür, hinter der seine Frau verschwunden war.

Carl konnte ihn verstehen. Die Bedenken waren nicht von der Hand zu weisen.

»Man sagt, der Krieg wäre bald vorbei«, versuchte er es dennoch. Seine eigenen Worte kamen ihm leer vor. Sein Herz machte da nicht mit, es schmerzte, schmerzte so sehr, weil dieser Mann recht hatte. Auch wenn man hier, im Rheinland, so fern von der Front, beinahe vergaß, dass überall auf der Welt gekämpft wurde.

»Noch ist der Krieg in vollem Gange«, gab Burgstein zu bedenken. »Es tut mir wirklich sehr leid. Aber unter den gegebenen Umständen kann ich nichts für Sie tun.«

… nichts für Sie tun …

Die Worte des Bauers hallten in ihm nach, während Carl durch das Zimmer des Gasthofes tigerte. Langsam gingen ihm die Optionen aus, mit denen er den Bauern doch noch überzeugen konnte. Vielleicht sollte er sich ein Gläschen Bier genehmigen, um den Frust zumindest kurzzeitig zu mildern. Auch wenn er kein großer Freund von solchem Zeitvertreib war.

Die Schenke war klein, wie alles an diesem Gasthof. Aber er schätzte die Sauberkeit und die Freundlichkeit, mit der man ihm hier begegnete. Die Wirtin persönlich kam vorbei, um sich nach Carls Bestellung zu erkundigen. Sie war eine große Frau mit einem kantigen Gesicht, die immer für einen kleinen Plausch dablieb, wenn man es brauchte. Heute schien sie zu spüren, dass Carl nicht zum Reden aufgelegt war, und brachte flink die Bestellung.

Er wählte einen Platz am Fenster, auch wenn ihn die sommerliche Landschaftsidylle draußen wenig zu erfreuen vermochte. Ein Mädchen wischte die Tische mit einem Lappen ab und rückte die Stühle und Bänke zurecht. Ihr sandfarbenes Haar trug sie in einem festen Knoten zusammengebunden, was ihr ein strenges, unnahbares Aussehen verlieh. An einer Wand saß ein älterer Mann, der über seinem Glas döste. Eine verirrte Fliege drehte ihre Runden durch den Raum, mehr Gesellschaft hatte Carl nicht.

Wo Antoine sich wohl herumtrieb? In den letzten drei Tagen hatte er sich auffällig selten im Gasthof gezeigt. Ab und zu hatte Carl ihn mit der einen oder anderen Frau schäkern gesehen und fragte sich, ob Antoine noch wusste, dass an seinem Finger ein Ring glänzte, der ihn an Louise band. Dieser Umstand schien ihn wenig zu beschäftigen. Hoffentlich verfiel er nicht in seine alten Muster.

Carl nippte an seinem Bier. Es schmeckte bitter, aber irgendwie musste er seine Sorgen vergessen. Die untergehende Sonne hinter dem Fenster warf ihr goldenes Licht auf die Felder in der Ferne. Wie friedlich hier alles wirkte! So fern jeden Schreckens.

Eher am Rande bekam er mit, wie jemand den Schankraum betrat. Der Mann an der Wand wachte auf und grunzte etwas zur Begrüßung. Das Mädchen mit dem Putzlappen lächelte verschmitzt. Da legte sich auch schon eine Hand auf Carls Schulter. »Wir müssen reden.«

Argwöhnisch blickte Carl zu seinem Freund auf, der sich vor ihm aufgebaut hatte wie Siegfried höchstpersönlich, der gerade einen Drachen erlegt hatte.

»Wo bist du gewesen?«, brummte Carl. Die Frage, ob Antoine betrunken war, verkniff er sich. In Metz hatte er schon seit Ewigkeiten keinen Alkohol angerührt. Aber hier im Rheinland wirkte er wie ausgewechselt.

»Sage ich dir gleich. Am besten oben im Zimmer.«

»Was ist denn los?« Carl griff nach seinem Bier, doch Antoine nahm ihm das Glas aus der Hand und stellte es beiseite. »Genug. Ich brauche dich bei klarem Verstand.«

»Es ist nur ein Bier«, protestierte Carl.

»Wie wenig du verträgst, wissen wir beide. Gehen wir.«

»Ich bin kein Kind.« Der Ärger schwappte in ihm hoch, brannte in seiner Seele. Gefühle, die er in dieser Intensität nicht kannte, die er nicht einmal an sich mochte – und wie beim Gespräch mit Emma nicht in sich niederringen konnte.

»Es duldet keinen Aufschub.« Die Einwände beachtete Antoine kaum und ging aus dem Schankraum, ohne sich umzudrehen.

Unschlüssig stand Carl da. Folgen? Oder weiter an dem Bier nippen, das ihm nicht schmeckte? Die Wirtin schaute ihn fragend an. Es ärgerte ihn, so vor Fremden bloßgestellt zu werden. Aber in der letzten Zeit ärgerte ihn grundsätzlich vieles. Wenigstens das Mädchen schien ihn nicht zu beachten. Verträumt seufzte es Antoine nach. Nur ein Zwinkern, und die Kleine würde hinterherlaufen.

Unwillig folgte Carl Antoine in den Flur, wo dieser auf ihn wartete, aber auch da war sein Freund nicht gewillt, den Grund für das ganze Theater zu erläutern. Schweigend stiegen sie die Treppe hoch, und Antoine schlüpfte hinter ihm in sein Zimmer. Sein prüfender Blick flog herum. Carl überlegte, ob er vorschlagen sollte, auch unter dem Bett nachzuschauen. Selbstverständlich war hier niemand außer ihnen beiden.

Endlich gab sich Antoine zufrieden und deutete auf die Tasche, die Carl vorhin in die Ecke gefeuert hatte. »Ich nehme an, du warst auch heute nicht erfolgreich bei deinem Bauern?«

»Er ist mit Sicherheit nicht mein Bauer.« Carl konnte sich gerade noch so davon abhalten, mit den Zähnen zu knirschen. Musste Antoine ihm die Unfähigkeit so unter die Nase reiben?

»Setzen wir uns.«

»Oh. Ein ernstes Gespräch?« Jetzt kam er nicht umhin, innerlich die Augen zu verdrehen. Sein Freund hatte schon immer einen Hang zu Dramatik gehabt.

Dieser goss sich Wasser aus einer Karaffe in ein Glas und schenkte auch Carl etwas ein. »Ich habe da etwas in Erfahrung gebracht, was dir vielleicht helfen könnte.«

»Inwiefern?«

Bedächtig trank Antoine ein paar Schlucke und besah die Wände, während er über seine Worte genau nachzudenken schien. »Ich glaube, ich kenne einen Weg, um den Bauern doch noch zu überzeugen, dir die Saat zu liefern. In den Mengen, die du brauchst. Zu Konditionen, die du willst.«

»Braucht man dafür eine gute Fee, oder muss man seine Seele dem Teufel verkaufen?«

»Nichts dergleichen.« Antoine genehmigte sich einen weiteren Schluck Wasser. Er zelebrierte das Trinken, wie er früher den Genuss des teuersten Cognacs zelebriert hatte. »Du hast bestimmt bemerkt, dass ich mich mit ein paar Einheimischen angefreundet habe.«

»Das war kaum zu übersehen.« Eine gewisse Bitterkeit konnte Carl sich nicht verkneifen. Vor allem nicht, weil er dabei unweigerlich an seine Schwester denken musste. Wenn Antoine seine Erfolge beim *Anfreunden* wenigstens nicht so offensichtlich gezeigt hätte! Damit man zumindest eine Chance hätte, über sein Treiben hinwegzusehen.

Lässig schwenkte Antoine sein Glas herum. »Ich wollte mehr über diesen Burgstein herausfinden. Zuerst, um zu schauen, ob er wirklich so vertrauenswürdig ist, wie du glaubst. Man weiß ja nie …«

»Ich schon«, unterbrach Carl ihn bestimmt. Immerhin hatte er seine Hausaufgaben gut gemacht und Burgstein auf Herz und Nieren geprüft. Der Mann war über jeden Zweifel erhaben.

Beschwichtigend hob Antoine seine freie Hand. »Schon gut, schon gut. Darum geht es nicht.«

»Dann komm endlich zum Punkt!«

»Du hast recht.« Antoine stellte das Glas ab. »Die kleine Blonde, die im Wirtshaus am ersten Tag ausgeholfen hat, als wir angekommen waren – erinnerst du dich an sie?«

»Natürlich. Die dir gleich gesagt hat, dass du dich trollen sollst. Und auch sehr genau erklärt hat, wohin.« Carl schmunzelte. Das Mädchen war sehr deutlich gewesen. Und beeindruckend resistent gegen Antoines Charme, mit dem er die Herzen der weiblichen Welt eroberte. »Was hat sie mit der Sache zu tun? Oder ist dein Ego so angekratzt, dass du sie nicht vergessen kannst?«

»Mein Ego hat das besser überstanden, als du glaubst. Die Kleine heißt Agatha. Und es kursiert ein Gerücht, sie hätte ein Techtelmechtel mit einem gewissen Burgstein.« Antoine hob bedeutungsschwer die Augenbrauen.

Carl runzelte die Stirn. »Der Bauer betrügt seine Frau? Willst du mir das sagen?« Zwar ging ihn das nichts an. Aber das hätte er nie von dem Mann gedacht.

»Oh nein. Es geht um einen gewissen Simon Burgstein. Den jüngeren Bruder deines Bauers. Auf diese pikante Information wäre ich niemals gekommen, hätte ich mich nicht mit den Einheimischen angefreundet. Und wäre ich nicht auf die Großmutter dieser Agatha gestoßen, die gern trinkt und eine etwas zu lose Zunge hat, wenn sie Spaß hat.«

Carl schnappte nach Luft. »Du hast die Großmutter ...«

Antoine verzog das Gesicht. »Gott, nein! Was denkst du denn über mich?«

»Offensichtlich alles Mögliche.« Verlegen biss sich Carl auf die Lippe. Bei Antoine lag es nahe, alle möglichen Vorurteile zu pflegen. Sogleich dachte er daran, wie er Emma im Appartement ertappt hatte. Wie empört er über ihren Verdacht gewesen war, sein Freund hätte etwas mit dem Überfall zu tun. Dabei fiel es ihm selbst so leicht, ihm alles Mögliche zu unterstellen. »Verzeih mir. Was ist jetzt mit Agatha? Warum ist die Information über ihr Techtelmechtel mit dem Bruder des Bauers so pikant?«

»Weil der gute Simon von der Militärbehörde gesucht wird. Er soll fahnenflüchtig sein.«

»Aha.« Manchmal war es unglaublich schwierig, mit Antoine zu reden. Vor allem, wenn dieser jedem Satz wie bei einer Lagerfeuergeschichte eine besondere Spannung verlieh.

»Ich verstehe nach wie vor nicht, was das uns angeht.«

»Das erkläre ich dir sehr gern. Agatha soll laut ihrer Groß-mutter nach wie vor ein Verhältnis mit dem guten Simon haben. Was für mich ein Hinweis darauf war, dass er sich in der Nähe aufhalten muss. Diesem Hinweis bin ich nachgegangen. Und wie es aussieht, versteckt sich der Fahnenflüchtige auf dem Hof seines Bruders.«

»Das heißt …« Carl beendete den Satz nicht. Er wusste genau, warum diese Information nicht nur pikant, sondern auch nützlich war.

»Wenn du willst, hast du den Bauern in der Hand. Egal, wie stark seine Loyalität gegenüber deinem alten Lehrherrn ist, Burgsteins Loyalität zu seinem einzigen Bruder ist sicherlich größer.«

Carls Bauch protestierte vernehmlich gegen den Gedanken, aus der heiklen Situation einen persönlichen Vorteil zu schlagen. Konnte er der Familie wirklich so niederträchtig begegnen, um das zu bekommen, was er wollte?

»Das wäre eine Erpressung«, sprach er das Offensichtliche aus.

»Das, oder der nötige Anreiz, auf dein großzügiges Angebot einzugehen.«

Frustriert rieb sich Carl die Nasenwurzel. Antoine hatte recht. Verdammt, er hatte recht. Diese Information war Gold wert. Doch alles in ihm sträubte sich gegen die Vorstellung.

Stille legte sich über das kleine Zimmer. Das Einzige, was Carl hörte, war das Schlagen seines eigenen Herzens. Was willst du machen, pochte es in seinen Schläfen. Rauschte durch seine Adern.

Er hatte keine Wahl.

Warum sollte er Burgstein eine lassen?

Antoine trat auf ihn zu. »Du kannst es nicht, oder?«

»Natürlich kann ich das!«, schnaubte Carl. Er musste es können. Tief holte er Luft, doch seine Brust fühlte sich an wie eingequetscht.

Behutsam legte sein Freund ihm eine Hand auf die Schulter. »Hör zu …«

»Alles ist gut.« Carl nahm seine Hand weg. »Ich kriege das hin.«

»Bestimmt. Aber lass uns nichts überstürzen. Wir bleiben noch ein paar Tage, vielleicht finde ich etwas heraus, womit wir … nun ja … nicht gerade das Leben seines Bruders auf das Spiel setzen würden.«

Carl stützte sich an der Lehne eines Stuhls ab und starrte gen Boden. »Schon gut. Du hast genug für mich getan.« Er schluckte. »Mehr als ich seinerzeit für dich.«

Sie hatten nie darüber geredet. Über die Zeit, in der Antoine seine Hilfe benötigt hatte, um *Le Clos de l'Adret* zu retten, das Weingut seiner Familie. Es war so leicht, eine Decke des Schweigens darüberzubreiten. Dankbar und erleichtert zu sein, dass sein Freund es nie zur Sprache gebracht hatte. Jetzt hoffte er, Antoine würde etwas sagen, ihm diese Last abnehmen, die seit jeher auf seiner Seele lag.

Carl suchte Antoines Blick. Die Augen seines Freundes wirkten erschreckend leer und verloren. »Antoine?«

Dieser griff wieder nach seinem Glas und füllte es auf. »Das Gut war schon am Ende, als ich es geerbt habe. Ich wollte es einfach nicht wahrhaben.« Er trank das Wasser auf ex. »Vielleicht musste ich es verlieren – um irgendwie mich selbst zu finden. Zumindest das, was von mir noch übrig geblieben ist. Mach dir also keine Gedanken deswegen. Es war besser so.«

»War es denn wirklich besser so? Denn besonders glücklich wirkst du nicht.«

»Glück wurde einfach nicht für jemanden wie mich erschaffen.«

»Das darfst du nicht sagen.« Doch seine Worte klangen leer und fehl am Platz. Worte änderten nichts. Trotzdem versuchte er es weiter. »Du hast viel durchgemacht. Und trotzdem bist du für mich da. Lässt alles stehen und liegen, um mich zu begleiten.« Er tippte an Antoines Brust. »In deinem Innern bist du besser, als du glaubst.«

»Lass es.« Antoines Gesicht war starr wie eine Totenmaske, und als Carl ihm in die Augen blickte, hatte er das Gefühl, in eine Schlucht zu stürzen. Da war nichts. Kein Grund, kein Boden. Nur eine endlose Leere.

Carl senkte die Hand. Egal, was er tat – es schien unmöglich, Antoine zu erreichen. Ihm begreiflich zu machen, dass nichts auf dieser Welt verloren war. »Vielleicht solltest du endlich damit aufhören, dich selbst zu verteufeln! Denn das hast du definitiv nicht verdient.«

Antoine schnaubte. »Du hast keine Ahnung, was ich verdient habe.«

»Womöglich doch!«

»Ach so?« Betont lässig verschränkte Antoine die Arme vor der Brust. »Dann los. Erzähle mir, wie mein Vater gestorben ist. Kläre mich auf, wie ich – ganz das Unschuldslamm – deine Schwester geschwängert habe. Oder warte: Vielleicht erinnerst du dich an meinen glorreichen Auftritt vor dem Brand in deiner Fabrik? Tust du es?«

»Hör auf.« Unwillkürlich zupfte an den Strähnen, die über seiner Narbe an der Schläfe lagen. Was sollte er darauf sagen? Die Wahrheit? Manches war besser ohne die Wahrheit.

»Siehst du.« Antoine senkte die Arme. »Du hast keine

Ahnung. Absolut keine Ahnung, was ich verdient habe. Aber lassen wir das. Sag mir lieber, was wir jetzt machen sollen.«

Zu einer Antwort kam Carl nicht. Es klopfte an der Tür. Er blinzelte, um das merkwürdige Gefühl der Taubheit zu verjagen. Um sich zu sammeln und die Gedanken zu ordnen. Denn er musste eine Entscheidung treffen.

Es klopfte eindringlicher.

Antoine stöhnte auf. »Ich gehe schon.« Leise vor sich hin fluchend, durchquerte er das Zimmer und drückte auf die Klinke. Die Tür knarzte. »Wir brauchen nichts … Emma? Emma, um Himmels willen, was machst du denn hier?«

Rheinland, 1914

EMMA

Auf Albert war Verlass. Wie versprochen, wartete im Morgengrauen vor dem Tor der Villa ihre Mitfahrgelegenheit. Sie kletterte in die Fahrerkabine des klapprigen Lastwagens. Der ältere, zottelige Mann am Steuer hatte auf ihre Begrüßung nur ein Brummen übrig, das sie beschloss, unter »Guten Morgen« abzubuchen. Auch sonst redete er nicht viel, was Emma nur gelegen kam.

Sie nutzte die Zeit, um ihre Gedanken zu ordnen. Der Weg machte ihr Angst. Das Militär, die Bürgerwehrpatrouillen – es konnte unglaublich viel schiefgehen. Doch am meisten fürchtete sie sich vor ihrem Ziel. Was würde sie vorfinden? Wie würde Carl auf ihr Kommen reagieren?

Es war ein Leichtes herauszufinden, in welchem Gasthof Carl abgestiegen war. Allzu viele Möglichkeiten hatte die Ortschaft nicht zu bieten. Kurz überlegte sie, sich ein Zimmer zu nehmen und Carl erst am morgigen Tag aufzusuchen. Doch sie wusste: In der Nacht würde sie keine Minute Ruhe finden. Sie sollte tun, weswegen sie hierhergekommen war, um endlich die Klarheit zu haben, wie es um sie beide stand.

Die freundliche Wirtin hinter dem Tresen, die etwas Mütterliches an sich hatte, nannte ihr bereitwillig das Zimmer. Auf müden Beinen, die sich nach der langen Fahrt ganz steif anfühlten, stieg sie die Treppe hinauf. Hinter der Tür hörte sie Stimmen. Carl. Ihr Herz flatterte, wollte zu ihm – umso größer war die Angst, er würde sie abweisen. Sie gab sich einen Ruck und klopfte an. Wartete. Klopfte noch einmal. Bange lauschte sie den Schritten, die sich näherten, dann wurde die Tür einen Spaltbreit aufgemacht.

»Wir brauchen nichts … Emma? Emma, um Himmels willen, was machst du denn hier?« Sie schaute in Antoines bestürztes Gesicht. Unschlüssig trat er einen Schritt beiseite. Also schlüpfte sie an ihm vorbei ins Zimmer.

Carl stand neben einem Fenster, blass und wie zu einer Säule erstarrt. Sie fragte sich, was in ihm vorging. Was er gerade dachte. Aber anders als sonst wirkte alles an ihm verschlossen und unzugänglich. So schauten sie einander an. Ohne auch nur ein Wort herauszubringen. Emma und Carl. Carl und Emma. Und ganze Welten trennten sie voneinander.

Nach einiger Zeit der Stille, die jedes Geräusch zu ersticken schien, räusperte sich Antoine. »Ich denke, ich gehe jetzt lieber.«

Die Tür fiel hinter ihm ins Schloss. Auf einmal fühlte sich Emma so einsam wie noch nie in ihrem Leben. Carls Blick wirkte dunkel. Keine Funken in den Augen, die früher ihre Seele zum Flattern gebracht hatten. Ein Sturm braute sich darin zusammen. Noch nie hatte sie gesehen, dass er um Beherrschung ringen musste. Ihr ruhiger, bodenständiger Carl, den nichts zu erschüttern vermochte.

»Carl …«, murmelte sie und trat auf ihn zu. Es war, als ließe der flehende Klang ihrer Stimme ihn innerlich zusammenzucken. Als müsste er sich noch mehr gegen sie rüsten.

»Was machst du hier?« Etwas in seinem Ton ließ Emma auf der Stelle verharren.

Auf einmal wusste sie nicht mehr, was sie sagen sollte. Alle Worte waren wie ausgelöscht. Die Stille dehnte sich ins Unendliche aus, wie ein Abgrund, der sich zwischen ihnen auftat. Sie raubte ihr die Luft, drückte ihre Brust zusammen und machte ihre Glieder schwer.

»Wir sollten miteinander reden.« Bange trommelte ihr Herz gegen ihre Rippen.

»Und es ließ sich nicht aufschieben, bis ich wieder da bin?« Sein Blick wanderte über ihre Gestalt, streifte nur kurz ihr Gesicht, ohne die Augen zu erreichen. Dann stieß er die angehaltene Luft aus. »Du siehst müde aus. Wie wäre es, wenn du dich ausruhst und wir morgen darüber reden?«

Es kam ihr vor, als würde jeder Laut den Abgrund zwischen ihnen noch tiefer und breiter aushebeln.

»Ich muss mich nicht ausruhen.« Sie würde nicht aufgeben. Sie würde der Stille nicht erlauben, sie beide zu verschlingen. Sie musste kämpfen, wie sie schon immer gekämpft hatte für das, was ihr wichtig war. »Es darf keine Ausflüchte mehr geben. Ich denke, wir hatten genug Zeit gehabt, jeder für sich allein. Jetzt müssen wir miteinander sprechen.« Mit fahrigen Fingern, die sich einfach nicht beruhigen wollten, zupfte sie an den Falten ihres Rockes. »Es tut mir leid. Was ich getan habe, war falsch.«

Er knurrte leise und wandte sich von ihr ab. »Mir musst du das nicht sagen. Antoine ist derjenige, bei dem du dich entschuldigen musst!«

»Ich weiß.«

»Natürlich. Du weißt alles. Es war dumm von mir anzunehmen, dir neue Erkenntnisse bieten zu können.«

Sie schluckte. Seine Verbitterung konnte sie spüren wie ihre eigene. Alles in ihr sträubte sich vor seinem Vorwurf, der unsichtbar in der Luft schwebte. Aber einzuschnappen, würde sie noch mehr auseinanderbringen.

»Bitte sag so etwas nicht. Ich wollte dir nie das Gefühl geben …«

»Ein Versager zu sein?«

Ungläubig starrte sie ihn an. »Das denkst du?«

»Was soll ich denn anderes denken?« Er vergrub beide Hände in seinem Haar. »Dabei habe ich nie etwas anderes gewollt, als dass du glücklich bist! Dass du dir um nichts Sorgen machen musst! Aber das genügt dir nicht. *Ich* genüge dir nicht.«

Erst jetzt merkte sie, wie verletzt er war. Wie unendlich weh ihm die Worte taten, die er selbst gerade ausgesprochen hatte.

»Carl!« Entschlossen machte sie einen Schritt auf ihn zu und merkte, wie er ein Stück zurückwich.

»Was denn?« Beinahe erschöpft senkte er die Hände. »Wann hast du dich mir das letzte Mal anvertraut, wenn dich etwas bedrückt hat? Wann hast du nach meiner Meinung gefragt? Du sprichst nicht mit mir! Du bestimmst.«

»Aber ich will ja mit dir sprechen! Mich entschuldigen. Dir alles erklären!«

Er schnaubte. »Was willst du mir erklären? Wann du beschlossen hast, die Hochzeit abzusagen?«

»Das mit der Hochzeit war ein Missverständnis.« Sie wollte zu ihm gehen, doch er taumelte zurück. Wenn sie weiter diesen merkwürdigen Tanz ausführten, würde er irgendwann in der Ecke landen, wo das Bett stand. Sie atmete tief durch, sammelte sich. »Deine Mutter wollte mir dir darüber reden. Ich bin davon ausgegangen, sie hätte es getan!«

»Meine Mutter? Aber es geht um uns! Bei dieser Hochzeit geht es um uns, verflucht noch mal! Du hinterfragst nichts, du machst es einfach, ohne Rücksicht auf Verluste! Dieser Einbruch bei Antoine, die Hochzeit, deine Inventur-Bewertungsmethoden ... für dich ist alles richtig! Und das nur aus einem Grund: Weil du es bist, die es beschließt!«

»Die Inventur-Bewertungsmethoden sind aber sinnvoll! Dafür habe ich studiert!« Der Zorn trieb sie voran, auf ihn zu. Am liebsten hätte sie ihn gepackt und durchgeschüttelt.

»Und das ist der Grund, in die Fabrik reinzuplatzen und alles umwerfen zu wollen?« Er machte noch einen Schritt rückwärts. Seine Beine stießen gegen die Bettkante.

»Nein! Der Grund ist die gegenwärtige Inflation!« Sie ging auf ihn zu. Zumindest konnte er nicht weiter vor ihr zurückweichen. »Und damit können wir die Steuern senken, indem wir die Gewinne mindern und einen niedrigeren Jahresüberschluss melden! Verstehst du das nicht?«

»Darum geht es doch gar nicht!«, rief er völlig aufgelöst aus. Plötzlich packte er sie an den Armen. Schmerzhaft bohrten sich seine Finger in ihre Haut, drückten zu.

Sie keuchte.

Seine Hände umklammerten sie so fest, dass es weh tat. Dann zuckte ein verzweifelter Ausdruck durch seine Züge. Beinahe erschrocken sah er ihr in die Augen und ließ sie los.

»Was ist nur aus uns geworden«, flüsterte er und ließ sich auf das Bett sinken. »Wir streiten uns über die Inventur-Bewertungsmethoden!« Er beugte sich vor und vergrub sein Gesicht in den Handflächen.

Sie schluckte. Er war ihr Fels in der Brandung gewesen. Und nun bekam der Fels Risse. Ihn so gebrochen zu sehen, hatte sie nie gewollt.

»Gibt es denn noch ein ›uns‹?« Sie setzte sich zu ihm.

»Ich weiß es nicht.« Er fuhr sich durchs Haar, dass seine rötlichen Strähnen wild abstanden.

Emma und Carl. Carl und Emma. Sie dachte, es würde reichen. Um zusammen zu sein, um zusammenzuleben und alles miteinander zu teilen. Und irgendwie hatten sie dabei das Wir verloren.

Er hatte recht. Sie machte das, was ihr in den Sinn kam und was sie für richtig hielt. Sie wollte so sehr helfen, so sehr nützlich sein und etwas bewirken, dass sie irgendwann nur noch ihre Ziele verfolgte, ohne nach den seinen zu fragen.

Es war, als würde die Stille den Abgrund zwischen ihnen verbreitern. Noch ein bisschen, und dieses Schweigen würde unüberwindbar sein. »Weißt du noch, wie du mir einmal gesagt hast, dass du eine starke Frau an deiner Seite brauchst? Das stimmt nicht. Du hast deine Fabrik aufgebaut. Du hast sie in die schwarzen Zahlen geführt. Du hast Mitarbeiter, auf die du dich verlassen kannst.« Sie hielt inne. Dann streifte sie vorsichtig den Messingring von ihrem Finger und hielt das Kleinod in die Höhe. Betrachtete die miteinander dicht verwobenen Zweige. »Das Einzige, was du und ich brauchen, ist einander.« Sie nahm seine Hand, fuhr mit seinen Fingern über den Reif, damit er die verschlungenen Messingstränge fühlen konnte. »Und wir müssen lernen, was es heißt, sich aufeinander verlassen zu können. Etwas von der Last abzugeben, die wir tragen.«

»Kannst du es denn? Mir deine Last abgeben?«

»Ich muss es versuchen.« Sie stockte. Es war schwerer, als sie gedacht hatte, sich selbst all ihre Ängste und Zweifel einzugestehen. Ihren Kummer Carl anzuvertrauen. »In den letzten vier Jahren habe ich gelernt, dass ich zehnmal besser als alle anderen sein muss, um auch nur die Hälfte zu erreichen. Was auch immer ich tat, es musste perfekt sein. Ich war auf mich allein gestellt. Ich habe gesehen, dass mir niemand aufhelfen wird, wenn ich falle. Dass ich mich selbst durchbeißen muss. Bitte hab noch ein bisschen Geduld mit mir. Denn ich muss lernen, anderen zu vertrauen.« Sie schaute zu ihm auf. »Und dir – dir vertraue ich bedingungslos. Egal, was passiert.«

Seine Finger bebten, während er den Ring drehte. »Egal, was passiert? Auch dann, wenn du erfährst, dass ich dich angelogen habe?«

»Du hast mich noch nie angelogen.«

»Oh doch. Denn es gibt keinen Vertrag mit dem Saarland.«

Sie riss die Augen auf. »Was ist passiert? Warum?« Nur schwer gelang es ihr, sich zu zügeln. Die weiteren Fragen zurückzuhalten. Ihm die Gelegenheit zu geben, alles selbst zu erklären.

Schuldbewusst senkte er den Kopf. Eine Weile schien er nach Worten zu suchen. »Als ich im Saarland war, stellte sich heraus, dass der Einfluss meines alten Lehrherrn Richard Weber bis dorthin reichte«, begann er langsam. »Ich wurde hingehalten und vertröstet, bis er mir den Auftrag vor der Nase weggeschnappt hat. Plötzlich musste ich an seine Worte denken, dass ich irgendwann am Boden liegen und bedauern würde, seinem Angebot nicht zugesagt zu haben. Ich hatte Angst, dass er recht behalten würde. Dass ich es nicht schaffe, die Fabrik am Laufen zu halten. Dass ich nach und nach alles verlieren würde – und irgendwann auch dich, sobald du bemerkst, dass ich dir nichts zu bieten habe. Es tut mir leid. Ich hätte es dir sagen sollen.«

»Du kannst mir alles sagen.« Sie nahm den Ring aus seinen Händen und hielt ihn hoch. »Und du hast mir bereits mehr gegeben, als ich es für möglich gehalten habe. Also frage ich dich: Willst du mich als deine Ehefrau haben? Die ständig ihre Nase in die Sachen steckt, die sie nichts angehen? Die Grenzen überschreitet, ohne es zu merken? Die noch so viel zu lernen hat?«

Er lachte auf, so hell und innerlich erlöst. »Kommen wir je über die Phase des Antragstellens hinweg? Aber Ja. Ich kann mir keine andere Ehefrau an meiner Seite vorstellen. Und ich glaube, viel lernen müssen wir beide. Miteinander. Voneinander. Immer wieder aufs Neue.« Behutsam schob er den Ring zurück auf ihren Finger.

Plötzlich flog die Tür auf.

»Es tut mir leid, wenn ich störe.« Antoines Blick fiel auf ihre verschlungenen Finger. »Bei was auch immer. Aber es gibt Schwierigkeiten.«

Carl runzelte die Stirn. »Was ist passiert?«

Antoine fuhr sich mit einer Hand übers Gesicht. »Ich fürchte, ich habe Mist gebaut. Es geht um Burgstein.«

»Burgstein weigert sich, die Fabrik mit der Senfsaat zu beliefern«, beeilte sich Carl zu erklären. »Antoine hat herausgefunden, dass er anscheinend seinen fahnenflüchtigen Bruder auf dem Hof versteckt. Es läge nahe, diese Information gegen ihn zu benutzen, um die Saatlieferungen doch noch zu bekommen.« Er wirkte entschlossen. Zu allem bereit für seine Fabrik. Doch in seinen Augen las Emma, wie viel Widerwillen es ihn kostete, daran auch nur zu denken. Es war nicht seine Art, Geschäfte auf diese Weise zu führen.

»Eventuell steht das gar nicht mehr zur Debatte«, mischte sich Antoine ein. »Offensichtlich war ich bei meinen Nachforschungen nicht ganz so diskret, wie ich gedacht habe. Es kann sein, dass ein paar Gerüchte nach draußen gedrungen sind. Noch weiß niemand etwas Genaueres. Aber anscheinend sammelt sich gerade ein Mob, der den Hof nach dem *Verräter am deutschen Kaiserreich*, wie es heißt, durchsuchen will.«

Carl schloss die Augen. »Der arme Mann. Was ist, wenn sie wirklich seinen Bruder bei ihm finden?«

Antoine seufzte. »So, wie die Stimmung gerade ist, werden sie den Verräter am nächstbesten Baum aufknüpfen. Und zusammen mit ihm die ganze Familie.«

Stille breitete sich aus.

Ruckartig stand Emma auf. »Dann müssen wir etwas dagegen tun!«

Rheinland, 1914

CARL

Als er sich erhob, stellte sich Emma direkt neben ihn. Wie sehr er diesen Rückhalt vermisst hatte! Und wie gut es sich anfühlte, sie wieder bei sich zu haben. Auch wenn sie beide noch lange an sich arbeiten müssten, um die Beziehung so zu gestalten, wie sie diese wirklich brauchten.

»Was machen wir jetzt?«, fragte Antoine. »Ich möchte nicht drängeln, aber viel Zeit haben wir nicht.«

»Wir dürfen nicht zulassen, dass jemand zu Schaden kommt«, hauchte Emma. Carl fing ihren Blick auf und nickte nur. Es war klar, dass er handeln musste. Immerhin befand sich Burgstein seinetwegen in Gefahr. »Wir fahren hin und verschaffen uns erst einmal einen Überblick. Eventuell können wir Burgstein warnen.«

Antoine verzog den Mund. »Es ist eine Sache, die Informationen, ja beinahe schon *Gerüchte*, nicht an die Militärbehörde weiterzuleiten. Aber eine andere – einen Flüchtigen zu warnen. Ihm womöglich zu helfen.«

»Was schlägst du vor?«, protestierte Emma. »Einfach wegzusehen? Ein Mensch ist in Gefahr!«

»Einer, der womöglich seine Kameraden und sein Land verraten hat!«, stieß Antoine hervor.

»Mag sein, dass sein Bruder etwas verbrochen hat, aber Burgstein ist unschuldig! Du hast selbst gesagt, dass der Mob nicht davor zurückschrecken würde, auch ihn und seine Familie zu lynchen!«

Emmas Augen funkelten wütend. Vorsorglich stellte sich Carl zwischen sie und Antoine. »Jetzt atmen wir kurz durch und denken nach.«

Ihr Eifer bereitete Carl Bauchschmerzen. Ja, sie war eine starke, mutige Frau. Doch einem wütenden Mob entgegenzutreten, war gefährlich. »Ich werde zum Hof fahren und mich umsehen. Ihr beide …«

»Ich komme mit!«, verkündeten beide unisono. Fast hätte er aufgelacht. Diese zwei waren sich selten in irgendetwas einig. Außer, es ging darum, ein Kindermädchen für ihn zu spielen.

»Ihr bleibt am besten hier.« Carl sah, wie beide zu einem Protest ansetzten, und hob rasch eine Hand. »Je weniger Aufsehen wir erregen, desto besser. Mich hat man des Öfteren bei Burgstein gesehen. Das wird nicht auffallen. Wie wollen wir es erklären, wenn wir zu dritt dort auftauchen?«

»Aber …«, begann Emma. Er drehte sich zu ihr und ergriff ihre Hände. Wie konnte er ihr nur erklären, dass er wahnsinnig vor Sorge werden würde, wenn sie mitkäme? Dass er dann an nichts mehr anderes denken würde, außer dass ihr etwas passieren könnte? Er sah auf ihre zierliche Hand, die in der seinen lag. Auf die Finger, die mit seinen verschlungen waren. Auf die vernarbte Haut. Diese Hände hatten schon so viel für ihn getan. Ihn gerettet. Noch mehr konnte er ihnen einfach nicht zumuten.

»Ich schaffe das«, versicherte er.

Sie schaute ihm in die Augen. Ihr Blick sank tief in seine Seele, berührte sein Herz, das ruhiger und zuversichtlicher zu schlagen begann.

»Das weiß ich doch«, flüsterte sie.

»Du vertraust mir also?«

»Natürlich.« Ein Lächeln umspielte ihre Züge. »Immer. Ich

muss nur lernen loszulassen.« Sie zog die Hand aus seinem Griff und legte sie ihm auf die Brust. »Ich bleibe hier. Und du … Pass nur auf dein Herz auf. Pass auf dich auf. Und komm so schnell wie möglich zurück.«

Mit den Fingerkuppen strich er ihr über den Handrücken, ertastete den Verlobungsring, den sie trug. Zwei ineinander verschlungene Zweige. »Mein Herz wird bei dir bleiben. Es kann ihm also überhaupt nichts passieren.«

Sie nickte zaghaft. »Sei vorsichtig.«

»Immer.« Etwas in seinem Innern wusste, dass alles gut gehen würde. Dass er endlich zeigen konnte, was in ihm steckte. Dass er alles in Ordnung bringen würde.

»Ich halte das Ganze für einen Fehler. Ich sollte mitkommen«, murrte Antoine. »Und jetzt erzähl mir nicht, dass dein Herz bei mir bleiben wird. Dein Herz brauche ich nicht.«

»Entspann dich. Geh eine rauchen. Ich bin zurück, bevor du deine Zigarette ausgedrückt hast.« Bevor die beiden es sich noch anders überlegen konnten, ging er hinaus. Furznickel wartete auf ihn im Hinterhof. Der Motor hustete und keuchte, sprang dann aber an, was bei diesem Wagen oft eine Glückssache war.

Die schlecht befestigte Straße schlängelte sich zwischen den Feldern und dem einen oder anderen Wäldchen entlang. Die untergehende Sonne zupfte an den Baumkronen. Ein herrlicher Tag verabschiedete von dieser Welt, um Platz für einen nicht weniger herrlichen Abend zu machen.

Doch dann sah Carl in der Ferne eine große Gruppe Menschen. In fünf bis zehn Minuten würde der Mob Burgsteins Hof erreichen. Und dann würden sie kaum einen Stein auf dem anderen lassen, bevor sie den Fahnenflüchtigen gefunden hatten.

Carl wendete den Wagen. Wenn er unbemerkt auf den

Bauernhof gelangen wollte, musste er die Zufahrt nehmen, die hinten auf den Hof führte. Es war ein Umweg, aber wenn er aufs Gas drückte, würde er noch vor der Menge dort ankommen. Es war eher ein Pfad zwischen den Feldern als eine passierbare Straße. Carl fühlte sich ordentlich durchgerüttelt, als er endlich auf den Hof brauste. Er stellte den Wagen ab und sprang heraus. Noch rechtzeitig. In der Ferne glaubte er aufgebrachte Stimmen zu hören.

Mit einer Faust trommelte er gegen die Tür. »Burgstein? Aufmachen! Machen Sie auf! Schnell!«

Tatsächlich klapperte schon das Schloss. Im Spalt erschien das schmale Gesicht seiner Frau. »Herr Seidel. Was ist denn los?«

»Ist Ihr Mann da?«

Noch bevor sie antworten konnte, trat der Bauer vor. »Ich mag Sie wirklich. Aber auch wenn es um Leben und Tod geht: Ich kann Ihnen die Saat nicht liefern.«

»Um die Saat geht es nicht. Aber um Leben und Tod. Ich weiß von Ihrem Bruder. Simon, nicht wahr?« Carl deutete nach hinten. »Da sind jede Menge Menschen im Anmarsch, die einen Fahnenflüchtigen zu gern aufknüpfen würden, wenn sie ihn nur in die Finger bekommen.«

Burgstein zog die Brauen zusammen. Sein Gesicht wirkte verschlossen. Zornig. »Haben Sie etwas über den Durst getrunken? Ich habe keine Ahnung, wovon Sie reden.«

»Sie verstecken Ihren Bruder auf dem Hof.«

»Wie kommen Sie darauf? Ich verstecke niemanden!«

»Schluss jetzt!«, rief Carl aus. »Ich kann Ihnen helfen. Oder Sie schicken mich zum Teufel, aber dann sind Sie und Ihre Familie auf sich allein gestellt. Entscheiden Sie sich schnell. Wollen Sie es wirklich riskieren, dass ein Mob Ihren Bruder in die Finger bekommt?«

Der Bauer biss die Zähne zusammen, sein Kiefer mahlte. »In Ordnung«, presste er hervor. »Was schlagen Sie vor?«

Carl schaute über die Schulter. Die Menschenmenge war fast da. Er hörte deutlich wütende Rufe, das Grummeln, die Empörung, die in der Luft zu vibrieren schien. Wenn der Bruder des Bauern jetzt zum Automobil laufen würde, um sich unter der Abdeckung auf der Ladefläche zu verstecken, könnte der eine oder andere ihn entdecken. Zu riskant.

»Er soll sich in einem Sack verstecken. Wir laden einige Saatsäcke in den Lieferwagen. Und bringen auch ihn so rein.« Er sah herum. »Langsam wird es dunkler. Hoffentlich schöpft keiner Verdacht.«

»Hoffentlich«, brummte Burgstein.

»Haben Sie eine bessere Idee?«

Der Mann schüttelte den Kopf. »Packen wir es an.«

Sie hatten gerade einen Saatsack in den Wagen geladen, als die grölende Menschenmenge in den Hof einfiel. Ein Tuch eng um die Schultern geschlungen, trat Burgsteins Frau aus dem Haus, um die Menschen zu beschwichtigen. Ängstlich lugten die Kinder aus der Tür. Carl spürte einen Stich in der Brust. Egal, wie falsch es von diesem Simon auch sein mochte, sich vor dem Dienst an der Front zu drücken – dass diese Kinder einer solchen Wut ausgesetzt worden waren, konnte nicht richtig sein. Denn die Menge verlangte lauthals, den Verräter herauszugeben, sonst würden sie sich die Bewohner des Hofes vorknöpfen, einen nach dem anderen.

Burgstein versuchte nach Kräften, die Menschen zu beruhigen. Was bloß mehr Öl ins Feuer zu gießen schien. Die Anspannung vibrierte in der Luft und drohte, jeden Moment in Gewalt umzuschlagen. Länger konnte Carl dem nicht zusehen.

Er schritt auf die Menge zu. »Was ist hier los? Warum werde ich aufgehalten?«

Die Ersten machten ihm verunsichert Platz. Carl wünschte sich, er hätte auch bei dem Konflikt mit Neuböck so viel Gelassenheit bewiesen. Nun hing wirklich alles davon ab, ob es ihm gelingen würde, die Autorität zu wahren und die Männer einzuschüchtern.

Die Menge grummelte. »Burgstein versteckt seinen Bruder hier ... Die feige Sau ... Vaterlandsverräter ... Hängen soll er ...«

»Aha«, sagte Carl. »Sollte das nicht die Militärbehörde klären?«

Jemand rief: »Was willst du hier? Verschwinde, es ist die Angelegenheit des Dorfes!«

Carl fuhr auf dem Absatz herum. Sofort machte er den Schreihals aus, einen kräftigen, aber recht kleinen Mann, der anscheinend das Sagen hatte. »Die Angelegenheit des Dorfes kann geregelt werden, sobald ich meine Angelegenheit geklärt habe«, verkündete er mit fester Stimme. »Ich bin hier, um eine Saatlieferung für meine Fabrik abzuholen. Alles andere interessiert mich nicht.«

Der Mann trat aus der Menge hervor. »Lieferungen? So, so.«

Carl sah ihm fest in die Augen. »Wenn Sie über die Angelegenheiten des Dorfes wirklich gut informiert sind, dann wissen Sie, dass ich den langen Weg aus Metz hierher gemacht habe, um die Senfsaat für meine Fabrik zu holen.« Er schaute zur Menge. »Möchte jemand etwas dazuverdienen und mir helfen, die Säcke auf den Laster zu laden?« Aus dem Augenwinkel bemerkte er Burgsteins alarmierten Blick, beachtete es aber nicht, sondern winkte den Bauern zu sich. »Ich will hier so schnell wie möglich weg. Helfen Sie mir. Was diese Herren hier machen, ist mir egal. Ich will meine Saat.« Er drehte sich um und ging davon.

Burgstein eilte hinter ihm her. »Es ist zu gefährlich«, flüsterte er halb erstickt. »Es ist viel zu gefährlich!«

»Noch gefährlicher wird es, wenn die Männer Ihren Bruder finden! Also ziehen wir es durch und hoffen das Beste.«

Zusammen packten sie die nächste Ladung – ohne menschlichen Inhalt. Carl hoffte, nach ein paar Säcken richtiger Fracht auch Simon in den Laster schaffen zu können. Ohne dabei seine Kräfte überzustrapazieren. Schweres Schleppen war er nicht gewohnt. Schon jetzt trat ihm der Schweiß aus allen Poren. Sein Hemd klebte ihm auf der Haut. Seine Brust schmerzte bei jedem Atemzug.

»Und Sie glauben, die da hinten würden nichts merken?«, keuchte Burgstein. Auch ihm setzte die Schlepperei zu.

»Nicht beim fünften oder zehnten Sack.« Sicher war er sich nicht, aber er wollte den Mann nicht unnötig beunruhigen. Als sie beim Laster ankamen, waren die ersten Männer schon beim Geräteschuppen neben dem Haus, in dem sie anscheinend den Fahnenflüchtigen vermuteten.

»Halt!«, rief der Anführer. Genau in dem Moment, in dem Carl und der Bauer den Sack auf die Ladefläche hieven wollten. »Ich will nachsehen, was drin ist.«

Carl ließ den Sack fallen. »Im Ernst jetzt?«

Der Typ grinste beinahe verschmitzt. »Ich bin mir sicher, Sie haben nichts dagegen.«

Er rammte ein Messer in den Stoff und schlitzte die ganze Seite auf. Senfkörner rieselten auf den Boden. Enttäuscht sah der Mann den Kügelchen zu. Dann wandte er sich um und kommandierte seine Kumpane, wo sie weitersuchen sollten.

Viel Zeit blieb nicht.

»Der Sack wird nicht berechnet«, herrschte Carl Burgstein an. Und als der Anführer außer Hörweite war, flüsterte er: »Nichts für ungut. Machen wir am besten weiter.«

Die nächsten Säcke wurden zwar nicht aufgeschlitzt, aber misstrauisch betrachtet. Doch schon bald interessierten sich die Männer erfreulich wenig dafür. Sie mussten es riskieren. Viele Gelegenheiten würde es nicht geben.

Der Sack fühlte sich anders an. Sah anders aus. Trug sich nicht so leicht wie die mit der Senfsaat. Doch inzwischen war die Dämmerung angebrochen. Alles wirkte diffuser, undeutlicher. Und Burgsteins Frau sorgte für zusätzliche Ablenkung, indem sie schrie: »Nein, nicht dorthin!«, als die Männer einen Schuppen durchsuchen wollten. Schon strebte die Menge zum Bau. Die Frau wurde grob beiseitegestoßen, ein Tumult brach aus, während Burgstein und Carl den Sack auf den Lastwagen verfrachteten. Dann lief der Bauer zu seiner Frau und half ihr auf. Engumschlungen standen sie da und beobachteten, wie die Männer im Schuppen randalierten.

Carl kletterte in die Fahrerkabine und startete den Motor. Dann holperte das Auto davon. Kein gutes Gefühl, Burgstein allein mit dem Mob zurückzulassen. Aber mit etwas Glück zogen die Menschen ab, wenn sie nicht das fanden, weswegen sie hergekommen waren. Er hatte getan, was er konnte. Alles andere lag nicht in seiner Hand.

Nach einer Weile bog Carl auf einen Waldweg ein, fuhr, bis die Straße außer Sicht war, und stieg aus. Erst jetzt fiel die Anspannung von ihm ab. Er ging nach hinten und befreite Simon aus dem Sack. Der junge Mann kletterte von der Ladefläche. Seine Bewegungen wirkten steif, fast ruckartig. Womöglich von der unbequemen Lage und der Fahrt durch viele Schlaglöcher. Eine Weile betrachteten sie sich gegenseitig. Carl wunderte sich, wie wenig Simon seinem kräftigen Bruder ähnelte. Schlaksige Arme, knochige Schultern, die sogar durch das Hemd hervorstachen. Nur das dunkle Haar, das ihm in Strähnen ins Gesicht hing, deutete auf Familienbande.

Und jetzt? In den Gasthof konnte er nicht. Wenn jemand Simon bemerkte, könnte sich die Lage schnell wieder hochschaukeln.

»Wir warten hier, dann bringe ich Sie zurück auf den Hof«, beschloss Carl. Er setzte sich ins Gras, lehnte sich gegen die Karosserie des Wagens und schloss kurz die Augen. Das Rascheln der Blätter im Nachtwind wirkte beruhigend auf ihn. In tiefen, langsamen Zügen saugte er die kühle Luft ein. Nach und nach klang das schmerzhafte Ziehen in seiner Brust ab.

Irgendwann erklangen vorsichtige Schritte neben ihm. »Dürfte ... dürfte ich mich dazusetzen?«

»Natürlich.« Wie ruhig, wie friedlich es hier war! Carl hätte ewig an dieser Stelle verweilen und die Ruhe in sich aufnehmen können.

»Sie ... Sie fragen sich bestimmt, warum ich das getan habe.« Die Stimme des Jungen war kaum hörbar.

»Das geht mich nichts an«, antwortete Carl.

»Ich ... ich wollte meinen Bruder nicht in Gefahr bringen. Ich dachte, niemand würde etwas merken.«

»Aber man hat es gemerkt. Ich fürchte, Sie können dort nicht länger bleiben.«

»Aber wo soll ich nur hin?«

Carl schwieg. Was sollte er schon sagen? Für einen Fahnenflüchtigen war es nirgends sicher.

Nach einer Weile stiegen sie wieder ins Auto und traten den Weg zum Bauernhof zurück an. Die Menschenmenge war weg. Der Hof wirkte, als wäre ein Sturm durchgefegt. Offensichtlich hatten die Männer jeden Stein umgedreht.

Kaum blieb der Lastwagen stehen, sprang Simon heraus. »Kaspar? Mimi?« Er stürmte auf das Haus zu. Auf der Schwelle erschien der Bauer. Simon stürmte ihm direkt in die Arme. »Alles gut? Alles gut bei euch?«

»Ja. Es ist nichts passiert.« Über Simons Schulter hinweg schaute Burgstein zu Carl. »Kommen Sie einen Moment rein?«

Carl stieg aus dem Wagen und trat hinter den beiden Brüdern ins Hausinnere. Burgsteins Frau hatte offensichtlich notdürftig aufgeräumt, trotzdem haftete diesen Wänden etwas Fremdes an. Als hätte man diesen Ort mit Gewalt entweiht. Nichts erinnerte mehr an die schöne, friedliche Atmosphäre, in der Carl seine fruchtlosen Verhandlungen geführt hatte.

»Geht es Ihnen und Ihren Töchtern gut?«, erkundigte er sich bei der Frau, die an ihm vorbeigehen wollte, um irgendwelche Scherben wegzubringen. An ihrer Wange prangten Schrammen.

»Ja. Alles gut.« Sie hastete weiter.

Burgstein deutete auf den Tisch. »Setzen Sie sich. Uns fehlt nichts. Nur ein paar Sachen sind kaputtgegangen, die Leute waren nicht zimperlich. Aber das alles ist ersetzbar.«

Schon wieder fiel Simon ihm um den Hals, drückte sein Gesicht in die Schulter des Bauern. »Es tut mir leid. Es tut mir so unendlich leid.«

»Ich weiß.« Mit seiner breiten, von der vielen Arbeit wulstigen Hand tätschelte der Ältere Simons Rücken. »Es wird schon. Mach dich etwas frisch, dann komm wieder her.«

Der Junge nickte und huschte aus dem Raum. Burgsteins Frau brachte Brot und Käse, schenkte etwas Schnaps ein und verschwand wieder.

»Ich danke Ihnen für die Hilfe, Herr Seidel.« Burgstein hob sein Schnapsglas. »Ich weiß nicht, was passiert wäre, hätten die Männer …«, er machte eine undeutliche Kopfbewegung, »Simon hier entdeckt.«

Carl glaubte, der Mann wusste genau, was dann passiert wäre. Die Schreckensbilder schienen durch den Kopf des Bauers zu geistern, das Gesicht war aschfahl.

»Es ist alles gut gegangen«, sagte Carl, so beruhigend wie möglich. Zumindest dieses Mal, fügte er in Gedanken hinzu.

Burgstein schaute über die Schulter, dann senkte die Stimme. »Er ist kein Verräter, das müssen Sie mir glauben. Er liebt sein Land, er hat sich sogar freiwillig gemeldet. Ich musste ihm eine Erlaubnis ausstellen, da er noch nicht einundzwanzig ist. Er wollte unbedingt das Vaterland beschützen, komme, was wolle.« Burgstein kippte den Schnaps in sich, räusperte sich, nahm ein Stück Käse. »Aus der Kaserne schrieb er uns sogar eine Karte, da war die Welt noch in Ordnung. Natürlich war der Drill hart, die Rekruten wurden an ihre Grenzen getrieben. Aber mein kleiner Bruder war bereit, alles zu geben. Und dann …« Burgstein warf noch einen Blick über die Schulter. Seine Stimme klang inzwischen so leise, dass sie kaum noch zu hören war. »Ein Gruppe Kameraden hatte ihn in der Nacht überfallen. Sie haben ihn geknebelt, ans Bett gefesselt und … nun ja … ihm Dinge angetan … die … die kann ich nicht aussprechen.« Er fuhr sich durchs Haar. Verdeckte mit seiner riesigen Hand sein Gesicht. Vermutlich, damit Carl die aufsteigenden Tränen nicht sah, die er so deutlich in jedem Laut hörte. »Seine eigenen Kameraden! Menschen, auf die man sich in einer Schlacht doch verlassen sollte!« Es dauerte lange, bis der Mann sich wieder gefangen hatte und weitersprechen konnte. »Ich habe ihn im Lazarett besucht. Er war nicht mehr derselbe. Wie konnte ich ihn dortlassen?« Er schluckte. »Es war meine Idee. Ich habe ihn da rausgeschmuggelt.«

Allein von der Vorstellung davon, was Simon zugestoßen war, wurde Carl übel. Doch er rang das Unwohlsein hinunter. »Hier kann er aber nicht bleiben. Auf kurz oder lang würde es zum Schlimmsten kommen. Und dann ist niemand hier sicher.«

»Ich weiß.«

Carl fuhr sich durch das Haar. Was sollte er tun? Diese Menschen ihrem eigenen Schicksal überlassen? Unmöglich. »Was halten Sie davon, wenn wir Simon nach Metz mitnehmen?«

Überrascht sah Burgstein zum ihm herüber.

»Ich weiß, Sie halten nicht viel von einer Stadt, die so nah an der Grenze liegt«, fuhr Carl fort. »Aber hier kann er nicht bleiben.«

War es eine gute Idee? Hätte er zuerst mit Emma darüber sprechen sollen? Immerhin hatten sie versprochen, alles miteinander zu teilen, und Entscheidungen, die sie beide betrafen, gemeinsam zu treffen.

Burgsteins Blick haftete an seinem leeren Glas.

»Er kann in meiner Fabrik arbeiten, ich habe sowieso eine frei gewordene Stelle zu besetzen. Ein Zimmer, in dem er bleiben könnte, ließe sich ebenfalls organisieren.«

Der Bauer schob das Glas von sich weg. Ganz langsam sah er auf, forschte in Carls Gesicht. »Ich nehme an, dafür wollen Sie die Saatlieferungen haben?«

»Zu den Konditionen, die ich Ihnen zuletzt unterbreitet habe. Ich werde alles vergüten und auch Ihren Bruder bezahlen wie jeden anderen, der diese Stelle innehätte.«

»Meinen Sie das ernst?«

»Sonst würde ich es Ihnen nicht anbieten.«

»Ja«, krächzte der Mann, und seine Schultern sackten nach vorn. »Ach du meine Güte, natürlich! Ich weiß nicht, wie ich Ihnen danken kann!«

»Sie müssen mir nicht danken. Sie müssen mich nur pünktlich beliefern.« Carl lächelte und merkte selbst, wie schief es wirkte. Was nicht weiter verwunderlich war in Anbetracht dessen, was an diesem Tag schon alles passiert war.

Kurz lächelte Burgstein zurück. »Sie … Sie passen doch auf Simon auf, oder nicht?«

»Ich werde mein Bestes tun, ja.«

Burgstein nickte. »Dann ist es abgemacht. Mimi packt euch was für unterwegs ein. Ich sage Simon, dass er seine Sachen holen soll. Seien Sie vorsichtig.«

Carl erhob sich. »Ich warte im Auto.«

Rheinland, 1914

EMMA

UNRUHIG GING EMMA im kleinen Zimmer hin und her. Dabei waren nur ein paar Minuten vergangen, seit Carl gegangen war. Antoine stand da, die Hände in die Hosentaschen gesteckt und nahm mit seiner Präsenz den ganzen Raum ein. Daran hatte sich auch nach Jahren nichts geändert.

»Er wird schon zurückkommen«, hörte sie ihn sagen.

»Ich weiß. Er hat es mir versprochen.«

»Dann kann ja nichts schiefgehen.« Antoine goss sich Wasser ins Glas und drehte sich dem Fenster zu. Emma betrachtete sein Profil. Die scharfgeschnittenen Züge, die geschwungenen Augenbrauen, den intensiven Blick, den er in die Ferne gerichtet hatte. Wie konnte es sein, dass jemand, der so eine geschundene Seele wie Antoine hatte, so perfekt aussah? Dass niemand, der ihn so betrachtete, auch nur ahnen würde, wie kaputt und düster sein Inneres war? Wie viel Kraft es ihn wohl kostete, an dem Wasser zu nippen, statt sich Hochprozentiges einzuschenken? Auch wenn seine Seele vermutlich nie vollständig heilen würde, so hatte er doch geschafft, einen Schritt vom Abgrund zurückzutreten, statt hineinzuspringen.

»Ich möchte mich bei dir entschuldigen«, hörte sie sich sagen, denn es war längst fällig, und eine bessere Gelegenheit würde sie kaum bekommen.

Er machte ein Geräusch zwischen einem Glucksen und Husten und sah über den Glasrand zu ihr herüber. »Du willst dich bei *mir* entschuldigen?«

»Es war absolut nicht in Ordnung, dein Büro zu durchsuchen. Ich habe jegliche Grenzen des Anstands überschritten.«

»Mh«, raunte er ihr zu, und sein intensiver Blick erinnerte sie mit einem Mal an den einer Raubkatze. »Eigentlich gefällt es mir, wenn Frauen die Grenzen des Anstands überschreiten.«

Unwillkürlich wich sie einen Schritt zurück. Warum musste alles aus seinem Mund so unglaublich obszön klingen?

»Jedenfalls tut es mir wirklich leid.« Sie bemühte sich um einen festen Ton. »Ich hoffe, du weißt, dass ich es absolut aufrichtig meine.«

Herausfordernd hob er die Augenbrauen. »Konntest du dich wenigstens an den unzüchtigen Fotografien aus dem Geheimfach in der dritten Schublade links erfreuen? Oder hat Carl dir den ganzen Spaß verdorben? Manchmal kann er ein richtiger Spießer sein.«

»Antoine!«, keuchte sie empört. Blut schoss ihr in die Wangen. Tatsächlich hatte sie die Fotografien entdeckt, die Frauen und Männer in eindeutigen, sinnlichen Posen darstellten. Daran, was für eine verbotene Erregung die Abbildungen in ihr ausgelöst hatten, wollte sie lieber nicht denken.

»Was denn?« Er kam auf sie zu. Es kostete sie eine große Überwindung, nicht zurückzuweichen, als er sich zu ihr beugte und der Geruch nach Tabak und seinem Parfum sie ein bisschen schwindelig machte. »Ich empfehle ganz besonders die Bilder mit den Titeln *Im Separee* und *Der süße Backfisch.*«

»Oh, gar nicht *Faschingsliebe*?«, stichelte sie.

»Zu ordinär.« Er rümpfte die Nase. »Wo bleibt da der Raum für die Fantasie? Erzähl mir doch: Wo führt dich deine hin?«

»Zum Punkt, an dem du meine Entschuldigung annimmst.«

Er schwenkte das Glas. »Wenn es das Einzige ist, was dir auf der Seele brennt: Betrachte es als erledigt.« Er ging ein paar Schritte von ihr weg. Blieb stehen, ohne sich zu ihr umzudrehen. »Wie geht es dir?« Keine Spur von Anzüglichkeit mehr.

Wie schnell seine Stimmung doch umschlagen konnte, dachte Emma. Die Tatsache, wie ernst er diese Frage meinte, jagte einen Schauer über ihren Körper. Lag ihm ihr Befinden tatsächlich so sehr am Herzen? Und sollte sie ihn lieber mit einer Floskel abspeisen? Sie verschränkte die Arme vor der Brust. »Nicht gut.«

Er verharrte. »Willst du darüber reden?«

Nein! Doch nicht mit ihm! Oder: Gerade mit ihm? Wer sonst konnte verstehen, wozu man manchmal imstande war? Wie sehr man sich selbst manchmal verabscheuen konnte?

»Ich bin entsetzt von mir selbst, was ich getan habe. Wie richtig es sich anfühlte, in das Appartement einzubrechen. Dein Büro zu durchwühlen. Ich war mir so sicher, es tun zu *müssen*. Jetzt schäme ich mich vor mir selbst.«

»Warum hast du es denn getan?«, fragte er leise. Seine tiefe, zaghafte Stimme berührte etwas Wundes in ihr. Sie blinzelte. In ihrer Nase begann es zu kribbeln.

»Weil ich einer armen Frau helfen wollte, die Unschuld ihres Mannes zu beweisen. Weil ich dachte, niemand sonst würde ihr glauben. Zu Recht, wie es sich herausstellte. Sie hat gelogen.« Sie schlug die Hände vors Gesicht. »Ich bin so unfassbar naiv!« Sie hielt inne. »Oder?«

Sie hörte, wie er tief seufzte. »Natürlich ist das naiv. Aber Emma, das muss nichts Schlechtes bedeuten. Du glaubst an das Gute im Menschen. Du willst die Schwachen beschützen.

Für die einstehen, die es am meisten brauchen. Auch wenn nicht alle von ihnen es wert sind: Bewahre es in dir auf. Diese Naivität. Die dich dazu drängt, anderen zu helfen.«

Sie senkte die Arme. »Du meinst, ich soll noch einmal in dein Büro einbrechen, weil ich an das Gute in Menschen glaube?«

Antoine drehte sich um und zwinkerte ihr zu. »Das vielleicht nicht. Außer, du bist erpicht auf *In schwelgender Erinnerung* und *Ein strammes Mädel*. Er räusperte sich und kramte eine Zigarettenpackung aus der Hosentasche, die er ihr entgegenstreckte. »Ich gehe mal eine rauchen. Willst du auch?«

»Lieber nicht.«

Er zuckte die Schultern. »Wie du meinst.« Leise fiel die Tür hinter ihm zu.

Emma tigerte im Zimmer hin und her. Dieses Mal trieben sie nicht nur die Sorgen um Carl voran, sondern auch Antoines Worte. Wie sehr sollte sie an das Gute in Menschen glauben? Wie weit durfte sie gehen, um die Schwachen zu beschützen? Richtig und falsch – manchmal verschwammen die Grenzen und machten die Entscheidungen umso schwerer. Dass Antoine ihr verzieh, machte ihr Gewissen nicht leichter. Denn in solchen Momenten fragte sie sich, wie viel Gutes wohl noch in ihm steckte und was sie tun sollte, um ihm zu helfen.

Es war weit nach Mitternacht, als sie Schritte draußen im Flur hörte. Sie riss die Tür auf und prallte gegen Antoine.

»Du warst aber lange rauchen!«, entfuhr es ihr.

»Carl ist zurück. Wir müssen schnell weg – hilf mal.« Er warf ihr eine Tasche zu, begann, die Sachen einzupacken.

»Was ist passiert? Wo ist er?« Ihre Stimme überschlug sich beinahe. Mit unsicheren Händen stopfte sie die Kleidung in die Tasche.

»Nicht so laut, du weckst noch den ganzen Gasthof auf. Carl wartet unten. Erklärungen unterwegs.«

Sie fragte nicht nach, sondern packte weiter alles ein, was sie sah. Zum Glück war es nicht viel, im Nu waren sie fertig.

»Das Zimmer ist im Voraus bezahlt. Nichts wie weg hier.« Er legte die Schlüssel auf den Tisch, bevor er die Taschen nach draußen trug. Emma eilte ihm hinterher.

Der Lastwagen wartete direkt vor dem Eingang. Antoine warf die Taschen auf die Ladefläche und kletterte selbst hinein. Dann machte er die Plane herunter. Emma schlüpfte in die Kabine. Sofort startete Carl den Motor, und das Auto fuhr los. Niemand folgte ihnen. Das winzige Örtchen schien tief und fest zu schlafen. Dennoch atmete sie erst auf, als die Häuser nicht mehr zu sehen waren.

»Was ist passiert?« Zaghaft schaute sie zu Carl, der konzentriert auf den Weg starrte.

Knapp schilderte er ihr seine Übereinkunft mit dem Bauern. »In der Fabrik wird Simon sicher sein. Und wir haben unsere Saat. Ich denke, es ist eine Lösung, die für alle Parteien von Vorteil ist.«

»Aber was ist, wenn jemand Wind davon bekommt? Nicht nur Simon wäre dann in großer Gefahr, sondern auch du und die Fabrik. Einen Fahnenflüchtigen zu beherbergen ist keine Lappalie.«

»Ich weiß. Deshalb müssen wir dafür Sorge tragen, dass niemand etwas davon erfährt. Wenn wir in der Stadt sind, bekommt er neue Papiere.«

»Neue Papiere? Du kennst solche Leute?« Offensichtlich gab es einiges, was sie noch nicht über Carl wusste.

»Ich nicht. Aber Albert vielleicht. Er kennt immer jemanden, der jemanden kennt, der … nun ja. Du weißt schon.« Er lächelte ihr aufmunternd zu, bevor er seine Aufmerksamkeit wieder der Straße widmete. »Du kannst ihm vertrauen. Er ist ein guter Mensch, der mir schon des Öfteren geholfen hat.«

»Ich weiß.« Schließlich hätte sie es ohne seine Hilfe niemals ins Rheinland geschafft. Manchmal war es gar nicht verkehrt, einen Albert zu haben, der für jedes Problem eine Lösung hatte. »Auf Albert ist Verlass.«

Carl sah zu ihr. Seine Augen funkelten sie in der Dunkelheit an. »Wir kriegen das hin, Emma.« Er schwieg einen Moment lang, ohne seinen Blick von ihr abzuwenden. »Hast du Hunger? Die Burgsteins haben einiges an Proviant für den Weg eingepackt. Damit könnte man glatt ein *Diner* ausrichten. Sogar eine Weinflasche ist dabei.«

»Ist das nicht eine zu große Versuchung für Antoine?« Besorgt schaute sie über die Schulter, aber natürlich konnte sie ihn nicht durch die Wand der Kabine und die Plane sehen.

»Er hat sich verändert. Er versucht wirklich, ein anderer Mensch zu sein.«

»Ich weiß.« Ihr Blick schweifte aus dem Fenster. In der Dunkelheit konnte sie kaum etwas erkennen. Für einen Moment fühlte sie sich verloren in dieser Finsternis, die nur darauf wartete, sie zu verschlingen. Mit Haut und Haar und all ihren Zweifeln und Sorgen. Dann spürte sie Carls Blick auf sich und die Wärme, die sich dabei in ihr ausbreitete, sie vollkommen einnahm und ihr Zuversicht schenkte.

Zusammen würden sie es schaffen. Solange sie einander hatten, war nichts zu befürchten.

Der Lastwagen holperte die schlecht befestigte Straße entlang. In der Nacht wirkte alles monoton, nur der Weg vor ihnen wurde von den Scheinwerfern beleuchtet. Umsichtig manövrierte Carl den Wagen durch die Schlaglöcher – eine Panne konnten sie sich nicht leisten. Das unregelmäßige

Schaukeln des Automobils wiegte Emma in den Schlaf. Wie müde sie war, stellte sie erst jetzt fest. Ihre Augen wollten kaum noch offen bleiben. Ihre Glieder fühlten sich schwer an. Auch wenn sie sich noch so sehr bemühte, wach zu bleiben, nickte sie ein. Die Geräusche des Motors verfolgten sie durch einen unruhigen Traum. Immer wieder schreckte sie hoch, um verschlafen in die Landschaft zu blinzeln. Eine Weile später döste sie wieder ein. Das nächste Mal, als sie die Augen aufgemacht hatte, stellte sie fest, dass es langsam dämmerte.

»Bald sind wir da«, sagte Carl. Nur schwer unterdrückte er ein Gähnen. Emma räkelte sich, doch ihr steifer Körper wollte ihr nicht gehorchen. Als müssten ihre Glieder neu zusammengesetzt werden, um zu funktionieren.

Der Wagen fuhr auf eine Brücke. In der Ferne konnte sie bereits die Umrisse der Stadt erspähen. Emma sehnte sich nach einem Bad, wenn nicht – wenigstens nach etwas Wasser, womit sie die Strapazen der Reise hinunterwaschen konnte. Und endlich, endlich ins Bett zu fallen und weiterzuschlafen. Ein tröstlicher Gedanke.

Plötzlich bremste Carl.

Drei Männer traten ihnen in den Weg, riefen etwas und fuchtelten mit den Armen. Zwei blieben vor dem Laster stehen, damit dieser nicht weiterfuhr. Der dritte schlenderte zur Fahrerseite. Mit einem Schrecken erblickte Emma die Gewehre, die die Männer über der Schulter trugen. Keine Uniform. Vom Militär waren sie nicht. Wieso versperrten diese Leute die Brücke? Auf dem Weg ins Rheinland hatte es keine Komplikationen gegeben. Abgesehen von Militärfahrzeugen, die ihnen ab und zu entgegengekommen waren, war die Fahrt ganz friedlich verlaufen. Nun begrüßten Bewaffnete ihre Rückkehr nach Metz.

Carl warf ihr einen beruhigenden Blick zu. »Alles wird gut«, formte er stumm mit den Lippen.

Hoffentlich! Sie waren doch so weit gekommen.

Der Mann blieb eine Armlänge vor der Fahrertür entfernt stehen und deutete mit der Mündung seines Gewehrs auf den Lastwagen. »Wir sind von der Bürgerwehr. »Was transportieren Sie?«

»Senfsaat«, antwortete Carl knapp.

Der Typ lugte an Carl vorbei ins Wageninnere. Sein Blick streifte Emma, verweilte auf ihrer Brust, glitt langsam die Rundungen ihres Körpers entlang. Unwillkürlich stieg Ekel in ihr auf. »Was macht die Frau bei Ihnen?«

»Sie ist meine Verlobte. Was soll diese Befragung?« Trotz Müdigkeit und einer langen Zeit am Steuer klang Carls Stimme fest und versprühte eine erstaunliche Autorität.

Der Mann schnalzte mit der Zunge. »Sie nehmen Ihre Verlobte mit, um die Senfsaat zu transportieren?« Er wusste von seiner Macht und genoss es, sie auszuüben.

»Die langen Stunden hinter dem Steuer werden in einer weiblichen Gesellschaft doch gleich viel vergnüglicher.« Carl holte seine Papiere und hielt sie dem Kerl mit ausgestrecktem Arm unter die Nase. »Sehen Sie? Wir sind aus Metz. Es gibt überhaupt nichts Verdächtiges.«

»Ob es was Verdächtiges gibt oder nicht, entscheide immer noch ich.« Es gefiel ihm, seine Überlegenheit zu zeigen, die Brust zu wölben und wie nebenbei mit den Händen am Gewehr zu spielen. »Bestimmt haben Sie nichts dagegen, wenn wir einen Blick in den Lastwagen werfen. Heutzutage muss man höllisch aufpassen. Es gibt Gerüchte, der Kaiser höchstpersönlich würde unserer Stadt bald einen Besuch abstatten. Auch hoch dotierte Generäle werden erwartet. Schon morgen soll uns Graf von Haeseler mit seinem Besuch auf dem Theobaldsplatz ehren. Kein Wunder also, dass Spione nur darauf brennen, nach Metz zu gelangen. Da muss man eben genauer hinsehen, wer alles reinwill.« Er richtete das Gewehr auf Carl und machte seinen Kumpanen einen Wink. »Es dauert nicht lange.«

Ganz ruhig lagen Carls Hände auf dem Lenkrad. Während sich in Emma alles überschlug vor lauter Panik. Als hätte ein eiskalter Griff ihre Eigenweide gepackt und zugedrückt.

»Was machen wir jetzt?«, flüsterte sie, so leise wie möglich, damit der Mann sie nicht hörte.

Carl starrte vor sich hin, ohne jegliche Regung. »Ich glaube nicht, dass wir etwas machen können.«

»Sie werden Antoine und Simon entdecken.« Fieberhaft überlegte sie, was das bedeuten würde. Antoine hatte Papiere. Aber sobald die Männer den französischen Namen gelesen hatten, könnten sie in ihrem Spionagewahn vollkommen durchdrehen. Menschen wurden schon für weniger erschossen, das wusste sie bereits. Und Simon? Egal, wie man es drehte und wendete – sie versuchten tatsächlich, einen Verdächtigen in die Stadt zu schmuggeln. Dass er kein Spion war, spielte keine Rolle. »Können wir einfach losfahren?«

Kaum merklich schüttelte Carl den Kopf. Den Motor starten, den Lastwagen in Bewegung bringen – bis sie auch nur vom Fleck gekommen waren, würden die Gewehrkugeln sie durchsieben.

»Aber irgendetwas müssen wir doch tun«, wisperte sie. Irgendwas. Außer beten und auf einen Wunder hoffen.

»Ich denke nach, Emma. Ich denke nach.«

Die Männer, die den Laster durchsuchen sollten, traten nach hinten. Plötzlich brach ein Tumult aus, dann sah Emma Antoine, der um den Laster heurmtorkelte und mit einer

Weinflasche in der Hand fuchtelte. »Wassissslos?«, lallte er lauthals.

Einer der Männer richtete seine Waffe auf ihn, was Antoine nicht weiter zu beeindrucken schien. Mit der Weinflasche stieß er den Lauf des Gewehrs an, krähte »Prost!« heraus und kippte den Wein in sich heinein.

»Was macht er?« Völlig perplex starrte Emma Antoine an, der nach vorn schwankte und mit ausgebreiteten Armen schrie: »Sind wir schon daaaaaa? Hee! Wo sind wir denn?«

»Wer ist das?«, knurrte der Mann, der auf die Fahrerkabine zielte.

»Mein Schwager.« Carl verzog beinahe verächtlich das Gesicht. »Wie man sieht, trinkt er gerne einen über den Durst.«

»Sie nehmen Ihre Verlobte und ihren Schwager mit? Ist es ein Familienausflug oder was?«

»Er sollte fahren. Aber wenn der Chef ihn schon wieder betrunken erwischt, gibt es Ärger. Also sprang ich für ihn ein, in Ordnung?«

Plötzlich brachte Antoine im Gelächter aus. »Du kannssssst ja gar nich fahren! Lass mich das machen.« Er stolperte auf die Fahrertür zu. Als sein Gesicht im Fenster auftauchte, zwinkerte er Emma zu. Jetzt begriff sie. Er wollte die Männer ablenken. Zumindest war es ihm bereits gelungen, die drei gehörig aus dem Konzept zu bringen. Nur … was dann?

»Ey! Stehen bleiben!«

Antoine drehte sich schwungvoll herum, wobei er fast umfiel, und nippte wieder am Wein. »Verdammt. Ist mir schlecht.« Im ersten Moment dachte Emma, er würde dem Kerl direkt vor die Füße kotzen. Aber nein. Mehr als ein Rülpser kam nicht.

»Bleib verdammt noch einmal stehen!« Entnervt richtete der Typ seine Waffe auf Antoine. Der ihm vollkommen unbeeindruckt die Weinflasche gegen die Brust drückte.

»Kann nicht. Muss pissen.« Antoine torkelte weiter die Brücke entlang, während er sich mit einer Hand an der Brüstung festhielt.

»Stopp, habe ich gesagt!«, brüllte einer der Männer.

»Schon gut, schon gut.« Er winkte, blieb breitbeinig vor dem Geländer stehen und begann, an seiner Hose zu fummeln. »Bin gleich fertig.« Er taumelte noch ein Stück nach vorn, lehnte sich über die Brücke. »Oh. Isss das hoch hier.« Antoine beugte sich noch weiter vor, und plötzlich kippte er über das Geländer.

Emma schrie.

Ihre Gedanken überschlugen sich, als die Männer zur Stelle liefen, an der noch vor wenigen Augenblicken Antoine gestanden hatte. Schon brüllte der Motor des Lastwagens auf, und Carl trat auf das Gaspedal. Das Automobil machte einen Ruck nach vorn und holperte über die Brücke. Die Männer brüllten etwas hinterher. Schüsse hallten. Doch der Wagen raste weiter.

Erst nach einer ganzen Weile brachte Carl den Wagen zum Stehen. »Alles in Ordnung bei dir?«

Emma konnte nur noch nicken. Das Geschehene zu realisieren, fiel ihr schwer. Sobald sie die Augen schloss, sah sie Antoine, der sich über die Brüstung lehnte und vornüberfiel. Hatte er es mit Absicht getan? Oder tatsächlich den Halt verloren? Was sollten sie jetzt tun?

»Lass uns nach Simon schauen«, sagte Carl matt.

Sie stiegen aus und gingen nach hinten. Carl schlug die Plane zurück und lugte hinein. Zuerst konnte Emma niemanden entdecken. Dann bewegte sich etwas ganz hinten auf der Ladefläche, und Simon kroch zwischen den Säcken hervor. Benommen setzte sich an den Rand. An seiner Stirn prangte eine Platzwunde, anscheinend hatte er sich bei der holprigen Flucht gestoßen. Ansonsten sah er in Ordnung aus, abgesehen davon, dass geronnenes Blut sein halbes Gesicht verdeckte.

»Bleibt hier«, beschloss Carl. »Ich suche nach Antoine.«

Emma sah umher. Tatsächlich war ihr gar nicht aufgefallen, dass bei all den Abzweigungen, die der Laster genommen hatte, Carl den Wagen zurück in die Nähe der Brücke gesteuert hatte.

»Sei vorsichtig. Die Bürgerwehr sucht bestimmt auch nach ihm.« Emma riss ein Stück Stoff von ihrem Unterrock ab und versuchte, Simons Wunde notdürftig zu verbinden. Ihr Atem stockte kurz, als sie Löcher in der Abdeckplane entdeckte. Ein paar Kugeln hatten den Lastwagen erwischt, und sie konnten von Glück sagen, dass sie so glimpflich davongekommen waren. Hätte Antoine die Bürgerwehr nicht abgelenkt, wäre die Sache sicherlich ganz anders ausgegangen. Hoffentlich war ihm beim Sturz nichts passiert.

Carl kam zurück, als die Sonne bereits über den Kronen der Bäume an der Uferböschung stand. Auf Emmas stumme Frage schüttelte er nur den Kopf und kletterte in die Kabine.

»Was machen wir jetzt?« Sie betrachtete Carls Profil. Die leicht zusammengezogenen Augenbrauen. Die harte Linie seiner Lippen. Hoffentlich hatte er einen Plan. Denn sie hatte keinen.

»Ich glaube nicht, dass wir viel tun können. Auf der Brücke ist alles voller Aufruhr. Offensichtlich wurde Verstärkung geholt. Die Männer der Bürgerwehr suchen die Gegend ab. Wo Antoine ist, weiß ich nicht.« Geräuschvoll holte er Luft. »Ich habe nicht einmal eine Ahnung, ob er schwimmen kann.

Verdammt! Was hat er sich nur dabei gedacht?« Verzweifelt schlug er gegen das Lenkrad.

»Er kann schwimmen«, flüsterte Emma. Zumindest da konnte sie ihn beruhigen. Zu gut wusste sie noch, wie er sie einmal aus dem Moselkanal gefischt hatte. Auch wenn der kurze Tauchgang sicherlich nicht mit dem Sturz von einer Brücke zu vergleichen war. »Er wird das schon schaffen«, versicherte sie.

»Ja. Er wird es schaffen.« Carl startete den Motor. »Jetzt müssen wir hier weg. Wenn die Bürgerwehr uns entdeckt, werden sie schneller schießen als fragen.«

»Der eine Kerl hat deine Papiere gesehen. Meinst du, es könnte noch Schwierigkeiten geben?«

»Sie haben Waffen. Aber keine wirkliche Befehlsgewalt. Wenn wir hier heil herauskommen, haben wir nichts zu befürchten, denke ich.« Er biss die Zähne zusammen und lenkte den Wagen auf die Straße. Emma sah, wie viel Überwindung es ihn kostete, auf das Gaspedal zu drücken. Immer wieder schaute er umher. Als hoffte er, Antoine doch noch zu entdecken.

Den Rest der Fahrt verbrachten sie schweigend. Müde betrachtete Emma die Häuser der Stadt, die an ihr vorbeizogen. Wie das Grollen eines aufziehenden Gewitters donnerten Kanonenschüsse in der Ferne. Die Gefechte fanden wohl beängstigend nahe statt. Willkommen in Metz, dachte sie bitter und sehnte sich zurück in das friedliche Rheinland.

Als sie am Hauptbahnhof vorbeifuhren, drosselte Carl das Tempo. Erschrocken sah Emma, wie die Straße entlang unzählige Totenbahren getragen wurden. Anscheinend war in den frühen Morgenstunden ein Gefallenentransport angekommen. Ihre Ankunft zu Hause begrüßte die Stadt nicht nur mit Kanonenfeuer, sondern auch mit Leichen. Erst nach mehreren Minuten konnten sie die Fahrt ungehindert fortsetzen. Doch das Bild der Tragen hatten sich tief in Emmas Kopf eingebrannt.

Als Erstes brachten sie Simon zur Baracke, in der die Arbeiter wohnten. Niemand stellte Fragen, als Carl den von der langen Fahrt erschöpften jungen Mann bei einer kleinen Familie provisorisch einquartierte. Später würden sie eine bessere Lösung finden. Schließlich fuhren sie zur Villa.

Je mehr sie sich dem Viertel näherten, desto unruhiger wurde Emma. Wie würden Wilhelmine und Ehrhard auf ihr Zurückkommen reagieren? Sie hatte ihnen bloß einen Brief hinterlassen, in dem sie knapp erklärte, Carl nachreisen zu wollen. Wie sehr hatte sie die Güte dieser Frau wohl dieses Mal überstrapaziert?

Der Laster hielt direkt vor dem Eingang. Carl kam herum, öffnete die Tür und streckte Emma seine Hand entgegen. »Es wird schon nicht so schlimm sein.«

Sie war ihm dankbar, dass er versuchte, ihr Mut zuzusprechen. Dass er zu wissen schien, was in ihr vorging.

Anni öffnete die Tür. »Herr Seidel!«, hauchte sie, und ihre Wangen entflammten in einer unübersehbaren Röte. »Wir haben uns solche Sorgen gemacht! Geht es Ihnen gut?«

»Wie man sieht, waren die Sorgen unberechtigt«, antwortete er kühl. »Sagen Sie bitte meinen Eltern Bescheid.«

Auf der Treppe erschien Louise. Ihr Blick schweifte herum, vergeblich nach Antoine suchend. »Wo ist Antoine? Wo ist er? Antoine!« Sie raffte ihren Rock, rauschte die Treppe hinunter und stürzte nach draußen. Dort blieb sie wie angewurzelt stehen.

Wilhelmine trat in die Eingangshalle. Auf unsicheren Beinen kam Emma auf die Frau zu, öffnete den Mund. Doch Wilhelmine ließ sie nicht zu Wort kommen. Von einer entschiedenen Handbewegung begleitet, sagte sie: »Ich werde ein Dienstmädchen anweisen, eine Wanne für dich einzulassen. In der Küche findet sich bestimmt etwas zur Stärkung. Dann solltest du ins Bett.« Schon ging sie auf Carl zu und blieb wenige Zentimeter vor ihm stehen. »Ein Bad wird dir auch nicht schaden, wenn du mich fragst.« Sie rümpfte leicht die Nase.

Emma fing Carls Blick auf, runzelte verunsichert die Stirn. Etwas machte es ihr erstaunlich schwer, Wilhelmines Stimmung einzuschätzen. Er lächelte ihr schief zu.

Das Bad tat ihr wirklich gut. Es war herrlich, das Haar zu waschen und den Schweiß von der Haut wegzuspülen. Als sie sich mithilfe eines Dienstmädchens in saubere Wäsche schlüpfte, fühlte sie sich wie im Himmel. »Ich sollte …«, begann Emma, doch das Mädchen unterbrach sie mit einer resoluten Geste, die glatt mit der von Carls Mutter hätte konkurrieren können.

»Ins Bett sollten Sie, gnädiges Fräulein! Ins Bett. Sonst reißt mir die Hausherrin den Kopf ab.«

Emma protestierte nicht. Ausgeschlafen würde es ihr bestimmt leichter fallen, mit Wilhelmine zu reden. Ihr diesen überstürzten Ausflug zu erklären. Und auf Verständnis zu hoffen.

Sie schlüpfte unter die Decke und drehte sich auf die Seite. Überrascht stellte sie fest, dass auf dem Nachttisch ein Schokoladenpudding auf sie wartete. Doch zum Essen war sie zu müde. Kaum hatte sie die Augen geschlossen, da war sie auch schon eingeschlafen und träumte von einer nie endenden Schlange aus Bahren, auf denen Tote lagen. Unbedeckt. Und alle mit Antoines Gesicht.

* * *

Erst am späteren Nachmittag wachte Emma auf. Ihr Körper fühlte sich an wie von den Rädern einer Droschke platt gefahren. Der Kopf war schwer, und sie hatte Mühe, die Augen offen zu halten. Doch es half nichts – sie musste aus dem Bett, um ihren Kreislauf in Gang zu bringen. Sie zog sich an und sah zu, dass sie etwas Wasser ins Gesicht bekam. Das kalte Nass erfrischte und drängte die Müdigkeit zurück. Sie verließ ihr Zimmer und machte sich auf die Suche nach Wilhelmine. Aber Carls Mutter schien ihr aus dem Weg zu gehen. Erst abends bekam Emma sie zu Gesicht – im Musikzimmer, das von einem Klavier geziert wurde, ohne dass Emma je einen der Seidels daran sitzen gesehen hatte. Jetzt kauerte Louise auf dem Hocker und drückte ihren Kopf gegen Wilhelmine, die neben ihr stand und ihrer Tochter über den Rücken strich. Ihre Liebe, ihre Fürsorge füllten den ganzen Raum aus. Emma verharrte an der Tür und hatte das Gefühl, auch sie könnte in diese Geborgenheit eintauchen, würde sie nur einen weiteren Schritt auf die beiden zu machen.

»Ich weiß einfach nicht, was ich ohne ihn tun soll!« Louise schluchzte. Ihre Schultern zuckten heftig.

»Für dein Kind da sein. Ihm die Sicherheit geben, die es braucht, wenn … wenn Antoine tatsächlich etwas zugestoßen ist.«

»Mein Kind will nichts von mir wissen! Es fragt ständig nach seinem Vater, wann er denn zurückkommt. Was soll ich bloß machen?«

»Stark sein. Du kannst mehr, als du denkst.« Wilhelmine griff auf das Klavier und nahm ein kleines Gipsrelief herunter. Emma erinnerte sich vage, dass es einen Baum zeigte. Es musste aus Louises Anfangszeiten ihrer Bildhauerei stammen, die sie vor ihrer Ehe mit Leidenschaft betrieben hatte.

»Du hast es mir geschenkt«, fuhr Wilhelmine fort. »Erinnerst du dich noch daran? Du hast gesagt, ich bin wie ein Baum, in dessen Schatten du dich immer ausruhen kannst.«

Behutsam fuhr Louise mit den Fingerspitzen über das Relief, als würden sie sich und damit all ihre Sinne wieder an den Moment erinnern, an dem sie diese Gipskunst erschaffen hatte. Dann zuckte ihre Hand zurück. »Ich bin kein Baum. Zumindest keiner, in dessen Schatten sich Frederick ausruhen will.«

»Mag sein, dass Frederick keinen Schatten braucht. Aber vielleicht will er über die Äste emporklettern? Hoch hinaus?« Wilhelmine legte die Gipsdarstellung auf Louises Schoß. »Ich bin mir sicher, du kannst ihm mehr geben, als du glaubst. Du musst nur verstehen, was er benötigt. Nur Mut!«

Louise richtete sich auf. Sie packte den Baum aus Gips und drückte sich das Gebilde an die Brust. »Jetzt benötigt er jedenfalls sein Bett und eine Gutenachtgeschichte.«

»Geh nur.« Liebevoll strich Wilhelmine ihrer Tochter eine Haarsträhne hinter das Ohr. »Und denk daran: Egal, was passiert – du bist nicht allein. Wir sind immer für dich da.«

Schnell trat Emma zurück. Sie hätte nicht lauschen sollen! Und doch konnte sie nicht anders. Wenigstens am Rande etwas von der Zweisamkeit zwischen Mutter und Tochter mitzubekommen – es heilte ihre Seele.

Louise lief aus dem Zimmer und eilte den Flur entlang in die andere Richtung. Die kleinen Absätze trommelten energisch auf das Parkett. Emma wartete, dass auch Wilhelmine ging – jetzt Carls Mutter unter die Augen zu treten, brachte sie nicht übers Herz. Was, wenn da nichts als Abweisung käme? Wenn sie mit ihrem Alleingang endgültig alles verlieren würde? Dabei hatte Wilhelmine sie immer willkommen geheißen.

»Ich weiß, dass du deine Gründe hattest«, erklang Wilhelmines besonnene Stimme aus dem Musiksalon. »Ich wünschte nur, du würdest uns mehr vertrauen. Dich mehr öffnen. Uns an dich heranlassen.«

Es kostete Emma eine große Überwindung, sich von der Wand zu lösen und auf die Schwelle zu treten. Carls Mutter saß auf dem Klavierhocker, der Tür halb zugewandt. Emma holte tief Luft für eine Entschuldigung, doch Wilhelmine hob eine Hand. »Du musst nichts sagen. Ich weiß, dass es dir leidtut.«

Ganz ohne Vorwarnung stiegen Emma Tränen in die Augen. Sie fühlte sich schäbig, diese Frau so sehr vor den Kopf gestoßen zu haben.

»Irgendwann wirst du Carl heiraten. Da bin ich mir sicher. Egal was für Widrigkeiten euch das Schicksal in den Weg legt – ihr beide gehört zusammen. Aber du musst nicht auch seine Familie zu deiner machen, das ist mir klar geworden.«

Aber das will ich, wollte Emma protestieren, brachte jedoch keinen einzigen Ton zustande. Warum fiel es ihr so schwer, Wilhelmine zu sagen, wie viel diese Familie ihr bedeutete? Wie sehr sie diese Güte und Herzlichkeit zu schätzen wusste? Weil das Nichts-Sagen leichter war, als diese Menschen an sich heranzulassen. Ihnen zu vertrauen. Weil Gefühle sie schon immer unglaublich durcheinanderbrachten, so dass sie nicht wusste, wohin damit.

Wilhelmine kam auf sie zu. »Wenn du uns brauchst – wir sind für dich da. Immer und jederzeit. Das musst du wissen.«

Dann ging die Frau davon. Nur ihr Rock raschelte leise im Flur, dann war es still.

An diesem Abend gingen sie alle sehr spät zu Bett. Das ganze Haus schien auf Antoines Ankunft zu warten. Doch sie warteten vergeblich.

Emma kauerte sich in ihrem Bett zusammen und starrte

in die Dunkelheit. Der Schlaf wollte sich einfach nicht einstellen. Was, wenn Antoine niemals zurückkommen würde? Wenn die letzte Erinnerung an ihn diese Bild auf der Brücke sein würde, wie er über die Brüstung kippte? Sie schlüpfte aus dem Bett und zog ihren Morgenmantel über. Es fiel ihr schwer, das Zimmer zu verlassen. Sich selbst einzugestehen, dass sie zu schwach war, um mit ihren Sorgen allein in der Dunkelheit auszuharren. Ein Glück, dass Carl heute in der Villa geblieben war. Auch wenn sie sich albern vorkam, ihn wegen ihres flatterhaften Frauengemüts aus dem Schlaf zu reißen. Dennoch klopfte sie an seine Tür.

Er öffnete sofort.

»Ich kann nicht schlafen«, gestand sie hilflos.

»Müsste er nicht längst hier sein, wenn ihm nichts zugestoßen ist?« Unentwegt drückte sie an ihren Fingern herum. »Was sollen wir tun?«

»Jetzt, mitten in der Nacht, können wir gar nichts tun. Und morgen – ich habe keine Ahnung.« Unsicher strich er durch ihre Haarsträhnen. Er schluckte. »Bleibst du ein bisschen bei mir?«

Die Hitze stieg ihr ins Gesicht. Sollte sie? Sollte sie nicht? Andererseits brauchte sie ihn genauso wie er sie. Mit unsicheren Handgriffen streifte sie ihren Morgenmantel ab, schmiegte sich an Carl und lehnte ihren Kopf an seine Brust. Engumschlungen gelangten sie ans Bett, das sich mit einem protestierenden Knarren beschwerte, als sie beide sich darauf niederlegten. Emma drehte sich auf die Seite, schloss die Augen und lauschte seinem Atem. Es kam ihr vor, als würde ihr eigener sich daran anpassen. Wie Wellen, die regelmäßig an den Strand spülten. Seine Finger strichen über ihren Arm. Es war so schön, seine Berührung zu spüren. Ihn bei sich zu wissen. Ihm vollkommen zu vertrauen.

»Was hältst du davon, wenn wir heiraten?«, stieß sie plötzlich hervor.

Sie hörte buchstäblich, wie er schmunzelte. »Das ist doch
nach wie vor der Plan, oder nicht?«

»Ich meine: morgen.«

»Wie – morgen?«

Jetzt war sie es, die schmunzelte. »Kalte Füße bekommen,
Herr Seidel?«

»Meine Füße sind wirklich etwas kalt.« Er schob seine eisi-
gen Zehen an ihre Waden, »aber daran liegt es nicht.«

Sie drehte sich zu ihm, um sein Gesicht zu sehen. Auch
wenn sie in der Dunkelheit die geliebten Züge nur erahnen
konnte. »Nach dem Recht der Kriegstrauung könnten wir
schon morgen Abend zu dieser Zeit ein Ehepaar sein. Glaube
ich zumindest.«

Er küsste sanft ihre Nasenspitze. »Gerne. Aber bei dieser
Hochzeit geht es doch nicht bloß um uns. Ich glaube, meine
Mutter hat die Hochzeiten von mir und Louise bereits geplant, da konnten wir noch nicht einmal laufen. Das kann ich
ihr nicht nehmen.«

»Ich verstehe.« Sie drehte sich wieder um. So ganz gelang
es ihr nicht, ihre Enttäuschung zu verbergen. Er kuschelte
sich an sie. Selten hatte sie sich so geborgen gefühlt. Vom
stillen Glück erfüllt, das in ihr leise zu pochen schien. Sie ließ
die Gedanken fortziehen.

Ein- und ausatmen.

Ein. Und aus.

Bis sie in Carls Umarmung in einen traumlosen Schlaf
glitt.

Als sie hochschreckte, wusste sie zuerst nicht, wo sie sich
befand. Das Zimmer wirkte fremd, und nur Carls Geruch in

der Bettwäsche beruhigte ihre Sinne. Was hatte sie geweckt? Emma fuhr herum. Carl saß auf der Bettkante und knöpfte sein Hemd zu, das er sich anscheinend hastig übergeworfen hatte.

»Scht«, sagte er. »Schlaf ruhig weiter. Ich sehe nach.«

»Was ist denn los?« Sie rieb sich die Augen und richtete sich auf. Horchte. Irgendwo in den Tiefen der Villa hallten aufgeregte Stimmen zu ihr herüber.

»Die Hausglocke hat geklingelt.«

»So spät?«

»Vermutlich nur der Alarm für die Offiziere. Sie müssen wohl ausrücken.« Er ging zur Tür.

Schlafen? Nein, auf keinen Fall konnte sie noch schlafen. Sie schlüpfte aus dem Bett, zog hastig ihren Morgenmantel an und trat an Carls Seite. Auch wenn ihr bewusst war, wie es aussehen würde, sollte jemand sie beide gemeinsam aus einem Zimmer heraustreten sehen. Doch im Flur war niemand. Hand in Hand eilten sie in die Eingangshalle, wo bereits das halbe Haus sich zusammengefunden hatte: Wilhelmine, ein paar Dienstmädchen und sogar einer der einquartierten Offiziere – Dasbach. Und an der Tür, offensichtlich gerade hereingetreten, stand Antoine. Seine Kleidung sah genauso ramponiert aus wie er selbst, während er sich kaum noch auf den Beinen zu halten schien. Sein Blick glitt über die Versammelten. »Na, das nenne ich aber einen herzlichen Empfang. Ich sollte wohl häufiger verschollen sein.«

Louise eilte ihm entgegen. »Antoine! Oh mein Gott. Du bist da! Du bist tatsächlich da.« Fahrig tastete sie über sein Gesicht, seine Schultern und Arme.

»So sieht es aus.« Er schob sie beiseite. »Ich bin ganz offensichtlich da. Und müde.« Ohne sie weiter zu beachten, ging er auf die Treppe zu. Verloren sah Louise ihm hinterher.

Emmas Herz trommelte, je näher er kam. Noch immer fragte sie sich, ob sie vielleicht träumte, so grotesk und konfus wirkte die Szenerie.

Carl trat Antoine in den Weg. »Wo warst du? Wir haben ...«

»Schwimmen.« Ein lässiges Schulterzucken folgte. »Hast du doch gesehen.«

»Und du dachtest wohl, du schwimmst dann gleich bis ins Mittelmeer?«

»Die Gegend dort soll wunderschön sein.« Antoine klopfte Carl auf den Rücken. »Immer einen Besuch wert.«

»Wir haben uns wirklich Sorgen gemacht.« Kurz musste Emma mit sich ringen. Sie hatten alle in Gefahr geschwebt. Dass Antoine seine tollkühne Aktion auf die leichte Schulter nahm, machte ihr Angst. »Gut, dass du wieder da bist«, fügte sie leise hinzu.

»Ach Emma. Ich bin wie Unkraut – nicht auszurotten.«

Dann ging er weiter.

* * *

Am frühen Morgen war Carl zur Fabrik aufgebrochen. Im Halbschlaf hatte Emma mitbekommen, wie er in ihr Zimmer geschlüpft war, einen Kuss auf ihre Schläfe gehaucht und gemeint hatte, er müsse sich um Simon kümmern und in der Fabrik nach dem Rechten sehen. Kurz hatte sich Emma gefragt, wie die Seidels solche Besuche bewerten würden, sollten sie je davon erfahren. Doch dann war Carl auch schon weggewesen und sie wieder eingedöst.

Sie wachte spät auf, und auch bei der Morgentoilette hatte sie wohl zu lange getrödelt. Im Esszimmer waren nur Louise und Frederick. Louises Gesicht wirkte eingefallen und schlaff.

Unter ihren Augen lagen dunkle Schatten – viel Erholung hatte sie in der Nacht offenbar nicht gehabt. Dabei war Antoine doch zurückgekommen! Emma betrachtete sie genauer. Wann war die Leichtigkeit aus den Bewegungen dieser Frau verschwunden? Wie lange hingen ihre Schultern, als könnten sie die Last nicht mehr tragen? Wie oft starrte sie mit diesem leeren Blick vor sich hin?

»Was ist?«, holte Louises matte Stimme sie ein.

»Ach, nichts.« Im ersten Moment war Emma bestrebt wegzusehen. Doch dann widerstand sie dem ersten Impuls, Louise immer und überall auszuweichen. Wollte sie sich nicht mehr öffnen? Die Menschen kennenlernen, die irgendwann zu ihrer Familie werden würden, statt sie bloß zu akzeptieren. »Macht ihr euch heute einen schönen Tag, du und Antoine?«, wagte sie ein Gespräch. »Einen schönen Schrecken hat er uns allen eingejagt.«

Frederick horchte auf. Seine teilnahmslose Miene, mit der er sein Frühstück kaute, erstrahlte. »Papa spielt mit mir?« »Mir« sprach er dabei eher wie »mij« oder »mi-e« aus. Manche deutschen Wörter gingen ihm deutlich schwerer von den Lippen, während die französischen meistens nur so sprudelten.

Beinahe abwesend strich Louise dem Kind durch das Haar. »Nein, mein Engel. Papa musste in die Firma. Arbeiten.«

Emma stutzte. »Aber er ist doch gerade erst nach Hause gekommen.«

»Nun«, erwiderte Louise steif, »er muss Vaters Betrieb vor dem Ruin retten. Nachdem die Militärbehörde die meisten Fahrzeuge beschlagnahmt hat, ist das nicht gerade einfach. Aber das wird er schaffen.« Sie wandte sich ab und lächelte ihrem Sohn zu. »Aber wir zwei – wir machen uns heute einen schönen Tag. Versprochen. Worauf hättest du Lust?«

Sichtlich enttäuscht schob der Kleine seinen leeren Teller von sich.

»Meine Damen«, erscholl es fröhlich von der Tür her, und Emma zuckte unwillkürlich zusammen. Auf der Schwelle stand Leutnant Obermeyer. Sofort stieg Widerwille in ihr auf. Er war laut, zu sehr von sich eingenommen und erinnerte sie unangenehm an ihre früheren Kommilitonen, die ihr Erscheinen für das Beste hielten, was Emma je passieren könnte. Beinahe erleichtert erblickte sie hinter ihm Herrn Dasbach. Der deutlich ruhigere Offizier sorgte meistens für einen Ausgleich, und ab und zu wies er den Mann sogar in die Schranken.

Obermeyer marschierte zum Tisch. »Sie erlauben?« Er zog einen Stuhl direkt neben Emma hervor und setzte sich, ohne ihre Erlaubnis abzuwarten. Dasbach nahm Platz auf Louises Seite. Allerdings war er höflich genug, ihr nicht so sehr auf den Leib zu rücken, sondern ließ einen Stuhl zwischen ihnen frei.

»Was für eine entzückende Gesellschaft!« Obermeyer feixte Emma an. »Vielleicht mögen Sie uns heute von Ihren Abenteuern erzählen? Wir sind alle mehr als gespannt. Sie waren so plötzlich abgereist! Wir haben uns schreckliche Sorgen gemacht. Nicht wahr?« Sein Blick wanderte zu Louise. Klebte buchstäblich an ihr. Vor allem an ihrem Dekolleté, wie es Emma vorkam.

»Es gibt nicht viel zu berichten«, erwiderte sie rasch, um seine Aufmerksamkeit auf sich zu lenken. Es war ihr unangenehm, wie der Mann Louise taxierte. Man könnte glauben, sie wäre kein Mensch, sondern ein saftiges, scharf angebratenes Kotelett, mit dem man vor seiner Nase wedelte. »Aber wenn Sie es unbedingt hören wollen: Ich bin ins Rheinland zu meinem Verlobten gefahren. Gestern sind wir zurückgekommen. Das war es auch schon.«

Obermeyers schallendes Gelächter fuhr ihr bis ins Mark.

»Wunderbar! Ich fühle mich, als wäre ich dabei gewesen.«

»Es tut mir leid, wenn meine Erzählkünste Sie enttäuschen.«

»Das können Sie laut sagen, meine Gnädigste. Wie kann ich dann meine Neugier stillen?«, rief er in gespielter Empörung aus.

»Versuchen Sie es mit Kamillentee.« Sie lächelte ihm schmal zu.

Stille breitete sich aus. War sie zu weit gegangen? Doch dann schallte abermals Obermeyers Lachen durch den Speisesaal. »Sie sind mir aber eine! Ich werde echt nicht schlau aus Ihnen!«

»Das rätselhafte weibliche Gemüt, mein Lieber«, mischte sich Dasbach ein und zügelte damit den Konversationseifer seines Kameraden. »Ich hoffe, wir stören nicht«, wandte er sich im gleichen Atemzug an Louise. »So eine Einquartierung fremder Menschen kann viel Unruhe ins Haus bringen.«

»Gäste sind in diesem Haus immer willkommen«, versicherte Louise.

»Schön, wenn Sie Gäste in uns sehen. Obwohl man fast glauben könnte, graue Heuschrecken wären in diese wunderschöne Stadt eingefallen.«

Louise lächelte zaghaft. »Nichts läge mir ferner, als die tapferen Männer der kaiserlichen Armee mit Ungeziefer zu vergleichen.« Sie hob den Kopf, und ihr Blick kreuzte den von Dasbach. Eine zarte Röte brachte etwas Farbe in ihr blasses Gesicht. Auch Dasbach wurde plötzlich ganz und gar verlegen und wechselte rasch das Thema: »Einen wunderbaren Jungen haben Sie da.« Er deutete auf Frederick, der mit gesenktem Kopf auf seinem viel zu großen Stuhl saß. »Ich glaube, er kommt ganz nach Ihnen.«

Obermeyer grunzte, ganz und gar unmanierlich. »Ich fürchte, mein Kamerad hat Tomaten auf den Augen. Der Bub sieht bedauerlicherweise aus wie sein französischer Vater.«

»Antoine ist Lothringer!«, entfuhr es Emma.

»Das ist das Gleiche. Aber solange solche wie er uns nicht in den Rücken fallen, drücke ich gern ein Auge zu.«

»Mag sein, dass er aussieht wie sein französischer Vater«, versuchte Dasbach, die Situation zu retten. »Aber die deutsche Seele voller Mut hat er von Ihnen, nicht wahr?«

Sein Blick huschte zu Louise und schien sich in ihren Augen vollkommen zu verlieren. Louise errötete nur noch mehr. Wann hatte diese Frau zuletzt ein Kompliment bekommen? Emma kam es vor, als hätte Louise beinahe verlernt, etwas Schönes zu hören. Auch wenn es bemüht und ungelenk wirkte wie bei Dasbach.

»Oh ja.« Seltsam scheu strich Louise ihrem Sohn durch das Haar. »Erzähl doch, wie gern du mit deinem Holzgewehr spielst, das dein Großvater dir geschenkt hat. Bald wirst du dein Vaterland verteidigen können wie unsere tapferen Herren Offiziere hier.«

»*Pas envie*«, murrte der Kleine, die Augenbrauen trotzig zusammengezogen.

Emma bemerkte, wie Louise die eben gewonnene Farbe aus dem Gesicht wich. »Der Deutsche sagt: Keine Lust«, belehrte sie ihn. »Und auch das möchte ich nicht von dir in diesem Ton hören. So redest du nicht mit mir. Entschuldige dich.«

Der Kleine schwieg beharrlich.

»Entschuldige dich«, wiederholte sie mit Nachdruck.

»*Je suis désolé*!«, warf der Kleine ihr ins Gesicht. Dieses »Es tut mir leid« klang beinahe triumphierend. Noch ein bisschen, und er würde ihr die Zunge herausstrecken.

Am Tisch breitete sich eine angespannte Stille aus. Eine Stille, die einem Angst einjagte. Emma wusste, wie heikel die Situation war. Draußen reichte ein unbedachtes *Adieu*, um angefeindet zu werden. Anzeigen und Plakate mit den Appellen ans Volk hatten schon vor dem Kriegsausbruch zum Alltag gehört: *Der Deutsche grüßt: Grüß Gott! Guten Tag! Lebe wohl! Auf Wiedersehen! Fort mit dem französischen Adieu!*

In Anwesenheit der beiden Offiziere war ein solcher Affront mehr als heikel. Auch wenn er von der unbedachten Bockigkeit eines Kindes herrührte.

»Ich wünschte mir, so sprachbegabt zu sein«, wandte Emma ein, um die Situation irgendwie zu retten.

»Wohl wahr, wohl wahr«, murmelte Dasbach, während Obermeyers Miene verschlossen wie ein Fort mit Schießscharten wirkte. »Ich hoffe doch, dass Sie genug darauf achten, dem Jungen neben den Sprachfertigkeiten auch Nationalstolz beizubringen«, knurrte er.

Louise schluckte. Sie wollte sichtlich etwas erwidern, brachte jedoch keinen Ton über die Lippen.

»Der Nationalstolz wird in dieser Familie großgeschrieben«, versicherte Emma. »Heute wollten wir zum Theobaldsplatz gehen. Ich habe gehört, Graf von Haeseler höchstpersönlich wird dort erwartet. Wir – und besonders Frederick – können es kaum erwarten, den deutschen Helden zu sehen. Nicht wahr, Louise?« Zuversichtlich lächelte Emma ihr zu, selbst überrascht von der Verbundenheit zu dieser Frau, die sie gerade fühlte.

»Oh. Ja. Natürlich.« Dankbarkeit und Erleichterung huschten über Louises Gesicht.

»In der Stadt wird es Gedränge geben«, meinte Dasbach.

»Geh doch mit«, schlug Obermeyer sofort vor. »Heute hast du frei.«

Emma stockte. Lag diesem Mann wirklich nur die Sicherheit zweier Frauen und eines Kindes am Herzen? Oder führte er etwas im Schilde?

Dasbach lächelte verlegen und schaute zu Louise. »Wenn Sie erlauben, komme ich natürlich gern mit.« Schon wieder kreuzten sich ihre Blicke.

»Aber selbstverständlich.« Erleichtert atmete die junge Frau auf. »Das wäre wunderbar.«

Emma entspannte sich ein wenig. Einen der Offiziere am Nachmittag etwas bei Laune zu halten, war sicherlich nicht verkehrt. Zusammen würden sie es schon schaffen, das kleine Desaster am Frühstückstisch vergessen zu machen.

Die Zeit bis zum Ausflug verflog schnell. Emma entschied sich für eine himmelblaue Bluse mit Stickerei und Perlmuttknöpfen zu einem dunkelblauen Rock, der ihre Hüften umspielte und Akzente aus Spitze als Blickfang bot.

In der Eingangshalle warteten Louise und Dasbach auf sie. Zwischen ihnen – Frederick. Herausgeputzt im feinen Kostüm ähnelte er einer Puppe. Einer sehr unglücklichen Puppe, die böse dreinblickte.

»Da bin ich.« Emma beugte sich zu dem Jungen. Irgendwie hatte sie das Bedürfnis, seine mangelnde Begeisterung erklären, nein, irgendwie herunterspielen zu müssen, damit Dasbach es nicht falsch interpretierte. »Ich weiß, du musstest lange warten. Aber jetzt geht es los!«

In der Stadt war es voll. Der Besuch von *le Diable de Metz* hatte die Menschen nach draußen getrieben, obwohl der Tag heiß und schwül war. Die Luft schwirrte vor aufgeregten Stimmen. Man könnte glauben, der Krieg wäre zu Ende und die Bewohner stürmten die Straßen, um ihrer unbändigen Freude Ausdruck zu verleihen. Louise und Dasbach gingen voran, Frederick – unwillig zwischen ihnen. Emma beschloss, sich nicht zu sehr aufzudrängen, und hielt Abstand.

»Sie sind ja ganz still«, sagte Dasbach irgendwann und bedachte Louise schon wieder mit seinem warmen Blick, der sie sofort erröten ließ. »Ich hoffe, Sie haben nicht das Gefühl, dass ich mich Ihnen aufgedrängt habe.«

»Oh nein. Selbstverständlich nicht!«

»Erzählen Sie mir doch etwas über sich.«

»Was kann ich schon erzählen.« Louise winkte rasch ab. Mit der anderen Hand umklammerte sie noch fester Fredericks Finger. Jemand stupste sie an, und sie taumelte gegen den Offizier. »Verzeihung.«

Galant bot er ihr seinen Arm, den sie dankbar annahm. »Oh, ich bin mir sicher, Sie haben viel zu erzählen! Bitte. Ich würde gerne etwas über Sie erfahren. Sie haben eine so wundervolle Stimme. Singen Sie vielleicht?«

»Ich? Nein. Sie schmeicheln mir doch nur.«

»Absolut nicht. Nun gut. Wenn Sie nicht singen – was tun Sie dann, um Ihr Gemüt zu zerstreuen? Oh nein, lassen Sie mich raten. Sie … spielen Klavier?«

»Ich glaube nicht, dass ein bisschen Tastengeklimper als Spielen durchgeht, gnädiger Herr.« Louise kicherte.

»Sie malen?« Dasbach wandte sein Gesicht zu Louise, und Emma konnte sehen, wie er der jungen Frau zuzwinkerte.

Verschwörerisch hob Louise die Augenbrauen. »Mitnichten. Los, versuchen Sie es weiter!«

»Sie sticken! Jetzt bin ich mir sicher, dass Sie sticken! In meinem Zimmer habe ich wundervolle Kissenbezüge gesehen, mit Täubchen und Rosen und …«

»Wenn Sie es keiner Menschenseele verraten: Die ganzen Täubchen und Rosen sind von meinem Vater.«

»Niemals!« Dasbach stolperte fast über die eigenen Beine.

So viel zu einem tapferen Offizier der kaiserlichen Armee, den nichts zu Fall brachte. »Sie nehmen mich doch auf den Arm!«

»Würde ich nie tun. Aber Sie müssen schweigen wie ein Grab. Das wäre ihm furchtbar peinlich, wenn davon jemand außerhalb der Familie erführe! Tatsächlich stickt er gerne – manchmal legt seine Kriegsverletzung ihn derart lahm, dass er nichts anderes tun kann. Sein Bein und seine Hüfte machen ihm schwer zu schaffen. Aber seine Hände sind ruhig wie in der Jugend und die Augen scharf.«

»Wer hätte es gedacht.« Dasbach lachte. Es war ein angenehmes, melodisches Lachen. »Aber genug über Ihren Vater. Verraten Sie mir Ihr Geheimnis! Was machen Sie?«

»Ich mache Kunst aus Gips.« Sofort stockte sie. Stammelte beinahe verzweifelt: »Ich meine, ich habe das früher mal gemacht. Heute ist meine ganze Aufmerksamkeit selbstverständlich meinem Sohn gewidmet.«

»Gips!« Seine Augen weiteten sich überrascht. »Darauf wäre ich nie gekommen.«

»Ach, nur eine Albernheit aus früherer Zeit.«

»Gips!« Er blieb stehen und nahm ihre Hand in die seine. »Ich wusste einfach, dass Sie eine Frau voller Überraschungen sind!«

Verlegen senkte Louise den Blick. Doch ihre Hand blieb in seinem Griff. So standen die zwei da – und Emma hatte das Gefühl, unglaublich fehl am Platz zu sein.

»Da!«, rief Frederick plötzlich aus. »Mama, komm! Da!«

Wie ertappt zog Louise ihre Hand zurück und ließ sich von ihrem Sohn voranziehen. Am Straßenrand hatte sich eine dichte Menge versammelt. Das Weiterkommen war beinahe unmöglich. Dennoch zog Frederick seine Mutter beharrlich davon. Hauptmann Dasbach eilte den beiden nach, schob sich nach vorn und machte den Weg frei. Ein Offizier schien genug Respekt einzuflößen, damit die Menschen eine schmale Gasse bildeten. Noch ein gutes Stück mussten sie sich vorankämpfen, um den Platz besser zu sehen – da ging bereits ein Raunen durch die Wartenden.

Jemand rief: »Hurra! Hurra! Lang lebe der Held von Metz!« – und das Gebrüll wurde von unzähligen Kehlen aufgenommen, um in die angrenzenden Straßen getragen zu werden.

Dasbach packte Frederick und setzte ihn auf seine Schultern. Der Junge reckte den Kopf.

»Kommen Sie näher!«, feuerte der Hauptmann Emma an, sah sich nach Louise um, die bereits neben ihm stand, sich beinahe an ihn lehnte – in der Masse der Leiber war kaum Platz, um Atem zu holen. »Diesen Mann müssen Sie sehen! So eine Gelegenheit bietet sich einem nicht jeden Tag! Da! Da ist er!« Er selbst war beinahe wie ein Kind, so viel ehrliche Freude strahlte sein Gesicht aus.

Emma reckte den Hals, stellte sich auf die Zehenspitzen, spähte zwischen die Schaulustigen. Endlich erblickte sie den sagenumwobenen Mann.

Da war er also, der große Graf von Haeseler, der ihnen allen Paris in drei Wochen versprochen hatte. Ungläubig starrte Emma ihn an. Wie konnte dieser alte Mann nur irgendetwas versprechen? Hatte er wirklich das Sagen? Bekam er überhaupt etwas mit? Von der kreischenden Menge – wohl kaum. Er nahm nicht die kleinste Notiz von den Jubelnden, sondern stieg in den Wagen, der auf ihn wartete, dann brauste das Automobil auf die Menge zu. In letzter Sekunde stoben die Menschen zur Seite, um Platz zu machen, jubelten jedoch weiterhin: »Hurra! Hurra! Hurra!«

Das war es also? Deshalb waren sie hierhergekommen?

Um einen alten Mann beim Einstieg in einen Wagen zu beobachten?

Strahlend wandte sich Dasbach zu Louise. »Ist er nicht großartig? In seiner Nähe – da hat man doch das Gefühl, ein bisschen von seinem Glanz abzubekommen, oder nicht?«

»Oh ja!«, hauchte Louise. Die Wangen erhitzt. Ob von der Menge, dem heißen Sommertag oder durch die Aufmerksamkeit des Offiziers, konnte Emma nicht sagen. Frederick dagegen wand sich auf den Schultern des Mannes umso mehr und quengelte. Offensichtlich hatte der Graf auch ihn nicht sonderlich beeindrucken können.

»Ach, was ist nur mit dem Kind?«, schimpfte Louise und nahm den Kleinen hinunter. »War das nicht schön? Sag danke zum Herrn Hauptmann. Das war doch ungemein nett von ihm, dich hochzuheben, nicht wahr?«

Der Junge schwieg. Genauso beharrlich wie heute am Frühstückstisch.

»Bedanke dich!«, verlangte Louise, sichtlich mit der Geduld am Ende. »Sei höflich. Es war doch ein so wunderbares Erlebnis. Nur für dich!«

»*Merci*«, presste Frederick hervor. Als wäre in dem Wort etwas Giftiges, Gehässiges, das er Dasbach am liebsten ins Gesicht gespuckt hätte. Dieser schien es gar nicht wahrgenommen zu haben, seine ganze Aufmerksamkeit galt Louise. Er sah sie an, als könnte er nie wieder seinen Blick von ihr abwenden. Als müsste er sich jedes kleinste Detail ihres Gesichts einprägen.

Doch die Worte des Kleinen blieben nicht vollkommen ungehört. Ein Soldat in der Nähe drehte sich um. Voller Verachtung schaute er das Kind an. Dann spuckte er dem Kleinen direkt ins Gesicht. Zäh kroch die Spucke die kleine Wange herab. Frederick begann zu schluchzen. Tumult erhob sich.

»Was fällt Ihnen ein!«, fauchte Louise. Wie eine Furie baute sie sich vor dem Soldaten auf.

»Alles Franzen in diesem verdammten Land«, zischte der Mann ihr ins Gesicht. »Was glotzt du so, du französische Hure?«

Wo war nur Dasbach? Warum ließ er es zu? Emma kämpfte sich nach vorn. »Jetzt passen Sie mal auf ...«

»Bist du auch so eine, die für den Erbfeind die Beine breit macht? Halt den Mund, sonst kannst du was erleben!«

»Soldat!«, donnerte Dasbach. Endlich! Endlich war er da! Im Durcheinander war er wohl von ihnen getrennt worden. Noch nie war Emma so erleichtert und dankbar, einen starken Mann an ihrer Seite zu wissen. »Entschuldigen Sie sich sofort bei der Dame!«

Die Menge raunte. Wut und Verachtung lagen in der Luft. Verzweifelt versuchte Emma, Louise vor der Menge abzuschirmen, während diese neben dem schluchzenden Frederick kniete und ihm mit ihrem Ärmel übers Gesicht rubbelte.

»Soldat!«, wiederholte Dasbach. »Ich werde es nicht noch einmal sagen! Sie entschuldigen sich sofort für Ihr Verhalten!« Sein Rang, seine Uniform zeigten offensichtlich Wirkung.

»Verzeihung«, zischte der Mann, hob verächtlich die Mundwinkel und stampfte davon. Die Menge grummelte immer noch. Aber die Wut schien sich zu legen. Ein Glück! Wäre Dasbach nicht da gewesen ... Emma vollendete den Gedanken lieber nicht. Erst jetzt bemerkte sie, wie sehr sie zitterte. Am liebsten wäre sie neben Louise auf den Boden gesunken. Doch sie zwang sich, aufrecht zu bleiben.

»Alles wird gut«, stammelte Louise wie im Wahn und versuchte noch immer, die Spucke abzuwischen, die gar nicht mehr da war. »Das erzählst du nicht weiter, oder? Es ist nichts passiert, überhaupt nichts.«

»Mama«, wimmerte Frederick hilflos.

Sie packte ihn an den Schultern. »Du wirst kein Wort darüber verlieren. Zu niemandem. Hast du mich verstanden?«

Keine Reaktion.

»Ob du mich verstanden hast, habe ich gefragt!« Ihr Griff wurde fester.

Dasbach kniete sich zu ihr, legte beruhigend eine Hand auf ihren Rücken. »Machen Sie sich keine Sorgen. Dem Jungen ist ja nichts passiert. War nur ein Schreck, mehr nicht.«

Louise nickte. Zu sprechen schien sie nicht mehr imstande zu sein.

»Kommen Sie, lassen Sie uns ein wenig zur Ruhe kommen«, redete der Hauptmann weiterhin auf sie ein. »Heute war es aufregend genug. Da hinten habe ich ein schönes Café gesehen. Haben Sie Lust?« Er ging voran.

Auf wackeligen Beinen stemmte sie sich in die Höhe. Emma trat an Louises Seite, stützte sie. Louise drehte ihr bleiches Gesicht zu ihr. »Kein Wort darüber! Wir werden es einfach vergessen, in Ordnung?«

Am liebsten hätte sie Louise umarmt. Um selbst irgendwie Halt zu finden. »Alles ist gut«, flüsterte sie. Aber was sollte denn gut werden? In einer Stadt, in der Kinder von erwachsenen Männern angespuckt wurden.

»Nein.« Louises Stimme überschlug sich beinahe. »Nichts wird gut, wenn Antoine es erfährt. Dass ich seinen Sohn in Gefahr gebracht habe.«

»Das hast du doch gar nicht. Es ist nicht deine Schuld.«

»Doch. Das habe ich.« Ihre Stimme – nur noch ein Flüstern. »Er wird mich umbringen. Wenn er es erfährt, bringt er mich um!«

Metz, 1914

ANTOINE

DIE SACHE MIT DEM RHEINLAND saß ihm noch immer in den Knochen. Immer wieder fragte er sich, was für ein Mensch er eigentlich war. Was ist dir wichtig? Was ist dir in deinem Leben wirklich wichtig?

Hätte man ihn das noch vor wenigen Tagen gefragt, hätte er eine Antwort gewusst: Frederick. Sein Sohn war sein Ein und Alles. Das einzige Wesen, das ihm Tag für Tag half, das eigene verkorkste Leben zu ertragen. Aber als er von der Brücke gesprungen war, ohne zu wissen, wie tief das Wasser unter ihm war, hatte er an Emma gedacht. Daran, dass es dieses Mal nicht so leicht sein würde hochzukommen. Und wie erschreckend leicht es eigentlich war, einfach in die Tiefe zu sinken.

Aber er war hochgekommen. »Scheiße schwimmt halt immer oben«, kamen ihm die Worte seines Vaters in den Sinn, als dieser ihn bei den ersten stolzen Schwimmversuchen beobachtet hatte. Er fühlte sich dreckiger denn je. Zuerst hatte er gedacht, es reichte, wenn er aus den ramponierten Kleidern kam und sich im heißen Bad sauber schrubbte. Aber als er mitten in der Nacht aus dem Schlaf hochfuhr, verstand er, dass Seife und frisches Wasser überhaupt nichts ausrichten würden.

Im Rheinland war er nicht er selbst gewesen. Zuerst hatte er es genossen, das eine oder andere Mädchen um den Finger zu wickeln. Es fühlte sich an, als hätte er einen alten Antoine aus einer Mottenkiste herausgekramt, ihn sich übergezogen wie ein Jackett, das zwickte und spannte, aber im Großen und Ganzen noch ganz ansehnlich war. Er sagte sich, er tue, was er tun müsse, um für Carl an die notwendigen Informationen zu kommen. Auch mit Agathas Mutter zu schlafen und ihre Großmutter abzufüllen. Hauptsache, er bekam etwas gegen den Bauern in die Hand. Doch als er die Hülle des alten Antoine wieder abgelegt hatte und mit Emma allein im Raum zurückgeblieben war, ekelte er sich vor sich selbst. Zumal da plötzlich eine zarte Vertrautheit zwischen ihnen beiden lag, die er für immer verloren geglaubt hatte. Eine Zuwendung, die er definitiv nicht verdiente.

Als der Morgen endlich kam, war er ins Fuhrgeschäft aufgebrochen. Weder Louise noch Emma konnte er in die Augen sehen. Und so verging die Zeit, in der sein schlechtes Gewissen ins Unermessliche stieg. Wie lange konnte er sich noch verstecken? Seinen Sohn nahezu ignorieren? Alle auf Distanz halten, damit niemand merkte, wie viel Schmutz seine Seele beherbergte?

Er lehnte sich in seinem Stuhl zurück, stützte sein Kinn mit einer Hand ab und schaute aus dem Fenster. Die Hitze der letzten Tage war vergangen. Dennoch deutete nichts auf den nahenden Herbst hin. Die Sonne strahlte vom blauen Himmel mit ihrer ganzen Kraft, nur ab und zu schob sich eine verirrte Wolke davor.

»Was soll ich nur tun?« Die Frau auf der anderen Seite des Tisches schluchzte und drückte sich ein Taschentuch an die Augen. »Bitte helfen Sie mir!«

In den Gedanken versunken, hatte er ganz vergessen, dass er nicht allein im Büro war. Frau Grimm senkte das Taschentuch und rutschte ein Stück auf der Kante des Stuhls vor. Sie war klein, mollig, trug ein braunes Kleid aus einfacher

Baumwolle, das an ihrem Bauch Falten schlug und irgendwie schief wirkte. Unruhig zupfte sie an den Strähnen, die sich aus dem Knoten in ihrem Nacken gelöst hatten. »Ich brauche das Geld. Sonst weiß ich nicht, was ich machen soll.«

»In Ordnung«, hörte er sich sagen, und es kam ihm vor, als würde an seiner Stelle ein fremder Mensch sprechen, während eine andere Stimme ihn auslachte. Glaubte er wirklich, eine gute Tat könnte ihn reinwaschen? Natürlich nicht. Aber es fühlte sich gut an, der armen Frau zu helfen. Er öffnete den Tresor, zählte die Summe ab und reichte den Umschlag mit dem Geld Frau Grimm.

Ihre Finger zitterten, bevor sie den Umschlag packte und ihn sich an die Brust drückte. »Danke! Ich danke Ihnen! Gott segne Sie!«

Er verdrehte die Augen. Gott hatte ihn doch schon längst aufgegeben. »Gehen Sie jetzt.«

Frau Grimm huschte zur Tür hinaus, ohne das Geld nachzuzählen. Antoine wartete eine Weile, dann schloss er das Büro ab und ging in den Hof. Ziemlich in der Mitte stand der Laster, den er Frau Grimm gerade abgekauft hatte. Wobei die Bezeichnung Wrack dazu deutlich besser gepasst hätte. Im Grunde war es ihm ein Rätsel, wie es der Frau gelungen war, diesen Haufen Altmetall bis hierher zu schaffen. Bereits der erste Blick, den er darauf geworfen hatte, sagte ihm, dass er sein Geld nicht wert war. Der zweite bestätigte den Eindruck. Aber die Frau hatte ihm leidgetan. Ihre beiden Söhne hatten sich für den Krieg gemeldet – beide Studenten, die ihr Land nicht im Stich lassen wollten. Der Ältere war gleich in der ersten Schlacht gefallen, der zweite lag schwer verwundet im Lazarett, das er nur als Krüppel verlassen würde. Ihr Mann hatte ein kleines Fuhrunternehmen betrieben, doch wie bei Antoine hatte die Militärbehörde alles beschlagnahmt, was auf vier Rädern stand und vorwärtskam. Abgesehen von diesem Schrott natürlich, der jetzt seinen Hof versperrte.

Hinter ihm ertönten Schritte. Er musste sich nicht umdrehen, um zu wissen, dass es Felix war. Der junge Mann blieb neben ihm stehen – klein und gedrungen, reichte er Antoine nur bis zur Schulter. Doch seine Kraft war nicht zu unterschätzen.

Seit Antoine das Fuhrunternehmen übernommen hatte, waren nicht viele mit der Modernisierung zurechtgekommen. Von einem Pferd auf mehrere Pferdestärken umzusteigen – das machte nicht jeder mit. Doch Felix war geblieben. Er lernte schnell fahren und sogar an dem einen oder anderen Wagen herumwerkeln.

Felix nahm sich seine speckige Mütze vom Kopf und drückte sie sich gegen die Brust. »Sie haben es also getan.«

»Ich denke, das Ding kann uns mehr geben, als wir glauben.«

Felix legte den Kopf schief und besah skeptisch den Schrott. »Nun, wenn Sie es sagen – bestimmt.«

»Ich bin davon überzeugt!« Antoine hatte zwar seine guten Laster an den Krieg verloren. Doch aufgeben kam für ihn nicht infrage. Vom ersten Tag an hatten die Lastfahrzeuge eine unglaubliche Faszination auf ihn ausgeübt. Er wollte alles über sie wissen. Ihr Innerstes auswendig lernen. Die Technik verstehen. Inzwischen konnte er jedes Automobil auseinandernehmen und es wieder zusammenzubauen – und es fuhr, es fuhr besser als je zuvor!

»Na, du bist ja ein richtiges Naturtalent«, lobte ihn Ehrhard oft. Es war ein merkwürdiges Gefühl, von jemandem aufrichtig gelobt zu werden. Eine Anerkennung zu bekommen. Und zu begreifen, dass er, der unnütze Sohn eines Weingutbesitzers, ein Studienabbrecher, doch tatsächlich ein Talent besaß. Eins, das er niemals bei sich vermutet hätte.

Inzwischen schaute er überall nach alten Fahrzeugen, an denen etwas repariert werden musste, um sie fahrtauglich zu machen. Er scheute sich nicht, sich die Hände schmutzig zu machen, um seinen Fuhrpark aufzustocken. Der Wagen, mit dem er Carl ins Rheinland gefahren hatte, war sein erster Erfolg. Weitere würden folgen, daran zweifelte er nicht. Das Ding von Frau Grimm konnte sicherlich nicht mehr flottgemacht werden, aber wenn man es ausschlachtete, würde er viele Ersatzteile für andere Automobile bekommen, um sie zum Fahren zu bringen.

Felix schnalzte mit der Zunge. »Und, wie nennen wir das gute Stück?«

Antoine grinste. Als Carl ihm einst von seiner Mühle namens Gundula vorgeschwärmt hatte, etablierte sich die Tradition, den Fahrzeugen ebenfalls Namen zu geben. Allerdings je ulkiger, desto besser.

Der Wagen für die Fahrt ins Rheinland hieß Furznickel, weil er beim Anlassen öfter komische Geräusche machte, die nach Fürzen klangen. Das Schätzchen vor ihm schien dagegen Öl zu verlieren. »Eckenpisser«, schlug Antoine vor.

Felix nickte. »Dann hole ich mal ein paar von den Jungs, und wir versuchen, den kleinen Eckenpisser in die Halle zu schaffen. Machen wir uns heute noch dran?« Bei Reparaturen aller Art ging Felix ihm häufiger zur Hand. Inzwischen kannte er sich mit den Automobilen genauso gut aus wie Antoine.

»Heute nicht.« Er klopfte dem jungen Mann auf die Schulter. Beinahe enttäuscht verzog Felix das Gesicht, so dass Antoine rasch hinterherschob: »Aber in den nächsten Tagen bestimmt. Heute sollte ich früher nach Hause. Mein Sohn vermisst mich, in letzter Zeit hat er mich kaum zu Gesicht bekommen. Machen Sie nicht so lange, Ihre Familie wartet bestimmt auch auf Sie.«

»Danke. Dann wünsche ich Ihnen noch einen schönen Tag.«

»Ihnen auch, Felix, Ihnen auch. Wir sehen uns morgen.«

Antoine stieg in den Furznickel und startete den Motor. Der Wagen furzte fröhlich zur Begrüßung, ruckte und holperte vom Hof. Während der Fahrt dachte Antoine nach. Einerseits wollte er sich am liebsten wieder zurückziehen, sich in den Abgründen seiner Seele verstecken, um niemandem nahezukommen. Andererseits freute er sich, etwas Zeit mit Frederick zu verbringen.

Mit ihm zu reden.

Was auch immer dem Kleinen gerade auf der Seele lastete.

Obwohl wenn er nicht oft zu Hause gewesen war, fiel ihm auf, dass seit ein paar Tagen etwas nicht stimmte. So schweigsam war sein Sohn eigentlich nie. Meistens plapperte er wie ein Wasserfall.

Er parkte den Wagen etwas abseits und lief das letzte Stück zu Fuß. An der frischen Luft, weg von anderen Menschen, fühlte er sich grundsätzlich besser. Was schon merkwürdig war, da der frühere Antoine gern andere um sich gehabt hatte, vor allem solche, die ihn bewunderten. Im Rheinland hatte es ihm gefallen. Jetzt fühlte sich sogar der Gedanke daran unangenehm an. Er hatte dabei etwas ans Licht gezerrt, was er niemals hätte hervorholen sollen. Nun verfolgte es ihn wie ein bedrohlicher Schatten seiner selbst.

Antoine betätigte die Hausglocke und wartete, bis Anni ihm aufgemacht hatte. Sie schien überrascht, ihn so früh zu sehen, knickste brav und nahm ihm seine Sachen ab. »Das Abendessen gibt es erst in einer Stunde«, stammelte sie. »Aber wenn Sie möchten …«

Antoine schmunzelte. Ihm war es gar nicht aufgefallen, dass er immer gleich nach etwas Essbarem verlangte, wenn er hier auftauchte. »Zuerst möchte ich zu meinem Sohn. Wo ist er?«

»In seinem Zimmer, gnädiger Herr. Netty ist bei ihm.« Das neue Kindermädchen. Er hatte darauf bestanden, eine lothringische Frau einzustellen, auch wenn Louise sich dagegen gewehrt hatte, meinte, Natalie könne kaum deutsch sprechen. Aber Deutsch hatte sein Sohn genug um sich herum. »Und Louise?«, fragte Antoine fast mechanisch, um ihr nicht zufällig über den Weg zu laufen.

»Ich weiß es nicht. Die gnädige Frau bat, nicht gestört zu werden.«

Wunderbar. Dann störten sie sich nicht gegenseitig. Das war mehr, als er sich erhofft hatte.

Er fand Frederick in seinem Zimmer. Der Kleine lag auf dem Boden und malte – seine Lieblingsbeschäftigung. Bereits in seinem Alter brachte er nicht bloß Strichmännchen auf das Papier, sondern erschuf etwas mit seinen Farben, was Antoine zutiefst berührte. Natürlich, er war ja auch sein stolzer Vater. Aber die Farbzusammensetzung, die Gebilde, die Silhouetten, die er in den kleinen Kunstwerken zu erkennen glaubte, übten so eine Kraft auf ihn aus, dass er sich kaum entziehen konnte.

Der Junge hob den Kopf. Er strahlte. »Papa!«

Schon war die Malerei vergessen. Er sprang auf und stürzte Antoine in die Arme. »Papa, Papa!«

Netty, die auf dem Stuhl am Fenster saß, legte ihr Buch beiseite und erhob sich. »*Bonsoir, mon bon Monsieur!*«

»*Vous pouvez partir. Je m'occupe de mon fils*«, entließ er sie. Um seinen Sohn würde er sich jetzt lieber selbst kümmern.

»*Bien, Monsieur.*« Sie knickste und huschte aus dem Zimmer.

Antoine hob seinen Sohn auf die Arme. »Na, was hast du heute gemacht?«

Schweigend schmiegte sich der Junge an ihn. Antoine setzte sich und lehnte seine Wange an Fredericks Kopf. Der Geruch nach Honigmelone stieg ihm in die Nase. Das weiche Haar kitzelte seine Haut. »Ich sehe, du hast gemalt.«

Ein Nicken folgte.

Antoine schaute auf das Bild. Die Farben waren dunkel. Schwarz, blau, lila. In der Mitte eine graue Gestalt, zu deren Füßen etwas Kleines kauerte. Je länger er das Bild anschaute, desto mehr drückte es auf sein Gemüt. Vielleicht weil sich darin seine eigene Dunkelheit widerspiegelte. Wie gern hätte er jetzt etwas Buntes, Farbenfrohes betrachtet. Etwas, was ihm Hoffnung machte.

»Ist es ein Himmel?«, versuchte Antoine zu raten.

Ein Kopfschütteln.

»Ein Meer?«

Wieder ein Kopfschütteln. Was war nur los mit diesem Kind? Früher hatte es so gern über seine Bilder geplappert.

»Hm. Dann gebe ich auf.« Weil er »Meine Seele?« nicht fragen konnte, dabei passte es so gut.

»Böser Mann«, murmelte Frederick, so leise, dass Antoine die Worte im ersten Moment kaum verstand.

»Was für ein böser Mann?«, fragte er nach.

Der Junge machte sich klein. Wie ein Igel rollte er sich in Antoines Armen zusammen.

»Hat der Mann dir etwas angetan?« Unruhe stieg in ihm auf. Angst, dass da etwas kommen würde, was er nicht ertragen konnte.

Ein Nicken.

Sein Herz pochte wie wild. Eine fremde Hand schien seine Kehle zuzudrücken, ihm die Luft abzuschnüren. Er hob Frederick an, versuchte, seinen Blick einzufangen. Und fürchtete sich selbst vor den Fragen, die er stellen musste. »Was hat der Mann getan? Keine Angst. Du kannst mir alles erzählen.«

»Gespuckt.« Der Kleine fuhr sich über die Wange, als wollte er etwas wegwischen.

Sein Magen drehte sich ihm um. »Er hat dich angespuckt? Wann? Wer war das?«

»Mama sagt, ich darf das nicht verraten.«

Jetzt pochte nicht nur sein Herz. Alles in ihm bebte. Erschüttert wie bei einem Erbeben, das die Worte eines Kindes in ihm ausgelöst hatten. Erst als Frederick plötzlich zu weinen begann, merkte er, wie sehr er sich an seinen Sohn klammerte.

»Scht, scht. Du hast nichts falsch gemacht. Alles ist gut. Hörst du?« Normalerweise gelang es ihm im Nu, seinen Sohn zu beruhigen. Dieses Mal aber nicht. Frederick weinte, bis Krämpfe seinen kleinen Körper schüttelten, bis er kaum noch Luft bekam. Antoine sprang hoch, wiegte ihn, trat ans Fenster und riss es auf, damit die Frische von draußen das Kind wieder ins Hier und Jetzt holte. Aber es half nichts. Eine kleine Ewigkeit half absolut nichts. Erst völlig entkräftet und immer wieder von heftigen Schluchzern erschüttert verstummte der Kleine in seinen Armen.

Antoine wandte sich vom Fenster ab. Auf der Schwelle zum Zimmer stand Emma und schaute ihn verstört an. Ärger stieg in ihm auf. Was dachte sie sich wohl gerade? Dass er Frederick misshandelte? Wie der Vater, so der Sohn?

Schon im nächsten Augenblick tat ihm die Boshaftigkeit seiner Gedanken leid. Den Schmerz, der seine Seele gerade in Stücke riss, auf sie zu projizieren, war einfach nicht richtig. Behutsam legte er Frederick ins Bett und deckte ihn zu. Der Junge kauerte sich zusammen, mied seinen Blick. »Ich bin gleich wieder da«, versprach er und ging auf Emma zu.

»Was ist passiert?«, hauchte sie ihm entgegen, machte Platz, damit er vorbeikam.

»Bleib bitte bei Frederick. Er sollte nicht allein sein.«

»Und wo willst du hin?«

»Ich muss mit Louise reden.«

War es wirklich eine gute Idee, das ausgerechnet jetzt zu tun? Wenn die Wut ihn zu zerreißen drohte? Wenn der Hass auf sie seinen Verstand flutete?

»Antoine, warte!«, rief Emma ihm hinterher.

Doch er lief bereits davon. Er schaute in ihrem Zimmer nach und im Musiksalon, lief durch die Flure und stürmte auf die Terrasse. »Louise!«, brüllte er in den Park. Nichts.

Er ballte die Fäuste. Er würde sie finden! Egal wo sie sich vor ihm versteckte – er würde sie finden! Wie von Sinnen lief er zurück in die Villa, durchquerte den orientalisch dekorierten Raum, der wie eine lächerliche Kulisse wirkte, stieg zwei Etagen höher. Wenn es notwendig war, würde er das gesamte Haus auf den Kopf stellen.

Im Flur blieb er stehen. Lauschte. War da ein Geräusch? Früher hatte sich hier Louises *Atelier* befunden. Inzwischen standen die Räumlichkeiten leer. Was sollte sie hier?

Dann hörte er es erneut. Etwas, was er schlecht einordnen konnte. Ein Stöhnen. Beinahe ein Wimmern.

Er riss die nächstbeste Tür auf.

Zuerst sah er nichts. Fenster, Parkett, eine vergessene Staffelei an der Wand gegenüber. Dann entdeckte er zwei innig verschlungene Gestalten in einer Ecke. Die so sehr mit sich beschäftigt waren, dass sie nichts um sich herum bemerkten.

Louise presste sich mit dem Rücken gegen die Wand hinter ihr. Einer der Offiziere schmiegte sich an sie. Er saugte an ihrem Hals, zerrte an ihren Kleidern, bis ihre Brust entblößt war und er diese in seine Pranke bekam, um sie zu drücken und zu kneten. Louise wimmerte erneut, dann riss sie die Augen auf. Keuchte. Versuchte, sich aus den Händen des Offiziers herauszuwinden, der ihre Haut mit schmatzenden Küssen übersäte.

Antoine stürzte auf die beiden zu, riss den Mann von seiner Frau weg, und hämmerte dem Dreckskerl seine Faust mitten ins Gesicht. Seine ganze Wut brach aus ihm heraus, zwang ihn, immer und immer wieder zuzuschlagen.

Louise kreischte. Tumult brach aus. Jemand schrie seinen Namen, doch er nahm kaum noch etwas war. Das Einzige, was er wollte, war, dieses Gesicht vor ihm zu Brei zu schlagen. Doch das konnte er nicht, weil jemand ihn von dem Typen wegriss.

Metz, 1914

EMMA

SIE KONNTE NICHT FASSEN, was passiert war. Gerade erst war Netty zu Frederick ins Zimmer getreten und hatte einen Baukasten hervorgeholt, um mit ihm zu spielen. Da flüsterte eine innere Stimme Emma bereits zu, sie solle nach Antoine sehen. Etwas an ihm hatte ihr Sorgen gemacht, wie er aus dem Zimmer gestürmt war.

Plötzlich hörte sie Louise kreischen und dann ein Poltern. Emma lief eine Etage höher, dahin, wo die meisten Zimmer leer standen. Auf halber Treppe wurde sie von Carl eingeholt. Er packte sie am Arm, zog sie zurück. »Warte hier. Ich sehe nach«, wisperte er atemlos.

Sie lockerte seinen Griff. »Wir sehen zusammen nach.«

Er verstand. Auch wenn sie merkte, wie widerwillig er nachgab.

Eine der Türen stand sperrangelweit offen. Emma brauchte ein paar Sekunden, um die Situation zu realisieren. Antoine und Dasbach, miteinander ringend. In einer Ecke kauerte Louise. Sie kreischte nicht mehr, sondern schluchzte, vollkommen in sich zusammengesunken.

Carl reagierte sofort. Er stürzte sich auf Antoine und zog ihn von Dasbach weg. Zumindest versuchte er es, denn Antoine schien nichts mehr wahrzunehmen und trat um sich. Mit einem Ellbogen erwischte er Carl im Bauch. Und als Carls Griff sich lockerte, ging er wieder auf Dasbach los. Doch der Offizier hatte sich die Pause genutzt, um sich zu sammeln. Seine Faust erwischte Antoine am Wangenknochen, dann packte er seinen Gegner und schleuderte ihn gegen die Wand, um sofort wieder auf ihn loszugehen.

An Emma vorbei lief Obermeyer, woher auch immer er so plötzlich gekommen war. Er zerrte seinen Kameraden ein Stück weg. Antoine wollte nachsetzen, doch Carl war inzwischen wieder zu Atem gekommen. Mit seinem ganzen Körper drückte er Antoine gegen die Wand, und zumindest jetzt schien der realisiert zu haben, dass es sein bester Freund war, der sich zwischen ihn und Dasbach warf.

Schwer atmend und voller Hass sahen Antoine und Dasbach sich an. Der Offizier schob Obermeyer beiseite, wischte sich die blutende Nase ab und zog seine Kleidung zurecht. »Ihr Francs seid solche Feiglinge. Einem Mann in den Rücken zu fallen – das sieht euch ähnlich. Aber du hast dich mit dem Falschen angelegt.«

»Ich denke, durchaus mit dem Richtigen«, zischte Antoine. »Oder hat jemand anderer gerade meine Frau begrapscht?«

Dasbach schnaubte. »Sie hat es so gewollt! Deine Frau hat mich darum angefleht.« Er warf einen Blick auf Louise, die noch immer in der Ecke kauerte. »Offensichtlich bist du nicht in der Lage, sie zu befriedigen.«

Antoine zuckte, wollte schon wieder auf den Mann losgehen, doch Carl hielt ihn zurück. »Genug.« Über die Schulter blickte er zum Offizier. »Ich denke, es ist besser, wenn Sie gehen.«

Dasbach grinste. »Oh ja. Ich gehe. Aber wenn das Militär den Franzen abführt und vors Kriegsgericht zerrt, werde ich da sein.« Er schaute Antoine fest in die Augen. »Du hast einen preußischen Offizier angegriffen, du Froschfresser.«

»Schluss jetzt.« Obermeyer packte seinen Kameraden an

den Schultern. »Gehen wir.« Tatsächlich gelang es ihm, Dasbach aus dem Raum zu führen.

Antoine blickte in die Ecke. Er sagte nichts. Er sah nur hin. Schwerfällig hob Louise den Kopf und schaute ihm entgegen. Ihr Gesicht wirkte von den Tränen aufgequollen.

»Was ist?« Das Schluchzen machte ihre Worte stockend. »Sag es doch. Sag, was du denkst! Dass deine Frau eine Hure ist!«

Antoine schnaufte. »So etwas würde ich niemals über die Mutter meines Sohnes sagen.« Er wandte sich ab. Mit festem Schritt verließ er den Raum.

Kraftlos sank ihr Kopf auf die Brust.

Noch nie hatte sich Emma so hilflos gefühlt. Sie wünschte sich, Wilhelmine wäre hier – die Frau hätte gewusst, was zu tun war. Kurz blitzte der Gedanke in ihr auf, sie sollte Louises Mutter suchen gehen. Andererseits war es unvorstellbar, Louise in diesem Zustand allein zu lassen. Also ging sie hin und setzte sich neben der jungen Frau auf den Boden. Sie wusste nicht, was sie sagen sollte. Vor ihrem inneren Auge blitzten die Bilder vom Ausflug zum Theobaldsplatz auf. Die heimlichen Blicke, die Louise mit dem Offizier ausgetauscht hatte. Die sanften Berührungen.

Deine Frau hat mich darum angefleht.

Etwas Giftiges setzte sich in ihrer Seele fest. Louise hatte es tatsächlich nicht anderes gewollt! Im nächsten Moment war sie selbst erschrocken über die Bereitschaft, dieser Frau die Schuld an allem zu geben. Gehörten nicht zwei dazu? Wer war sie, um Louise zu verurteilen?

Vorsichtig drehte sie den Kopf und schaute die junge Frau an. Diese hatte ihre Beine an sich herangezogen, die Arme darumgelegt und ihre Stirn in die Knie gedrückt.

»Magst du mir sagen, was passiert ist?«, fragte sie zaghaft.

Louise schluckte. »Du hast doch gesehen, was passiert ist.«

»Ich würde es gern von dir hören.«

»Spielt das eine Rolle?«

»Vielleicht kann ich dir helfen. Hat dich dieser Offizier …«

Louise wandte sich ab. »Du hast es doch gehört.« Mit zittrigen Fingern wischte sie sich die Haarsträhnen aus der Stirn und rückte ihr eingerissenes Mieder zurecht. »Ich habe es so gewollt.«

»Louise! Wenn er …«

»Es geht mir gut!«, blaffte sie, so dass Emma zusammenzuckte. Einen Moment lang war es still. »Was wird jetzt passieren? Werden sie Antoine wirklich vors Kriegsgericht bringen?«

Emma schluckte. »Ich weiß es nicht.«

»Wir müssen etwas dagegen tun!« Louise schluchzte wieder, wischte sich mit Handflächen über die tränennassen Wangen.

»Uns wird schon etwas einfallen. Bestimmt.«

Nur was? Es war ein Albtraum. Ein einziger Albtraum, aus dem niemand von ihnen aufwachen konnte.

»Ach du meine Güte!« In den Raum trat Wilhelmine. Schon war sie bei ihrer Tochter und warf ihr etwas über, was nach einer Pelerine aussah. »Emma? Hilf mir. Wir müssen sie ins Bett bringen.«

Das Auftauchen ihrer Mutter schien bei Louise einen Damm gebrochen zu haben. Sie begann zu weinen, so heftig, dass sie sich kaum auf den Beinen hielt. Zusammen mit Wilhelmine führte Emma die junge Frau durch die Flure. Es musste sich bereits herumgesprochen haben, was passiert war. Die Dienstboten warfen einander verlegene Blicke zu. Besonders die Mädchen mieden es, Louise anzuschauen, und wenn doch – war da nur Abscheu in ihren Gesichtern. Auch wenn sie alles darauf zu setzen schienen, ihre Gefühle im Zaum zu halten.

In Louises Zimmer holte Wilhelmine einen bequemen Morgenmantel heraus. Emma half, die junge Frau aus der zerrissenen Kleidung zu befreien und ins Bett zu legen. Irgendwann hörte Louise auf zu weinen. Zitterte dafür aber am ganzen Leib.

»Danke, Emma.« Wilhelmine schaute auf. Ihr Gesicht war blass vor Sorge, die Augen – glanzlos. Vorsichtig strich sie ihrer Tochter über den Kopf. »Du kannst jetzt gehen. Ich bleibe bei ihr.«

Emma nickte. Kaum war sie in den Flur getreten, entdeckte sie Carl. Er lehnte sich mit einer Schulter an eine Wand und schien auf sie zu warten.

»Wie geht es Antoine?« Sie dachte an die aufgeplatzte Wunde an seinem Wangenknochen, an das Blut, über die Haut verschmiert. Doch um die Verletzungen, die sie sehen konnte, machte sie sich bei weitem weniger Sorgen.

»Nicht so gut. Ich glaube, er hat eine Heidenangst, dass sie ihn holen.«

Das Militär. Ein leichtes Spiel bei einem Lothringer. Bereits in den ersten Tagen waren über vierhundert Menschen verhaftet worden, munkelte man. Wie viele es inzwischen waren, sprach niemand mehr.

»Wie geht es meiner Schwester?«

»Sie ist … Sie ist vollkommen verstört.« Emma blieb stehen. »Wenn Dasbach Louise bedrängt hat und Antoine nur seine Ehefrau beschützen wollte, dann … dann muss das doch etwas zählen, oder?«

»Dasbach würde etwas anderes sagen. Hat er ja schon.«

»Was ist, wenn er lügt?«

»Wem würde man mehr glauben: einem preußischen Offizier oder einem Lothringer? Von Louise ganz zu schweigen. In den Augen der anderen hat sie es nicht anders gewollt.« Carl verzog den Mund.

»Und was glaubst du?«

»Sie ist meine Schwester. Natürlich stehe ich zu ihr. Egal was passiert ist.«

Emma musterte sein strenges Gesicht – wie lange hatte sie bei ihm schon kein Grübchenlächeln gesehen. Aber im Krieg war wohl kein Platz für Grübchen. Stattdessen grub sich eine tiefe Falte zwischen seine Augenbrauen.

»Henri. Vielleicht weiß er einen Rat«, überlegte sie laut, auch wenn ihr klar war, dass sie sich an einen Strohhalm klammerte. Henri war höchstwahrscheinlich an irgendeiner Front. Vielleicht auf dem Weg nach Paris. »Auf keinen Fall dürfen wir warten, bis man Antoine holt!«

»Zum Teufel!«, donnerte Ehrhards Stimme hinter ihr. Der alte Veteran lehnte sich schwerfällig gegen eine Wand. Offensichtlich war heute kein guter Tag für ihn, dennoch hielt er sich aufrecht. »Antoine gehört zur Familie. Noch habe ich Beziehungen. Ein paar alte Bekanntschaften. Niemand wird hier geholt, das schwöre ich bei meiner Ehre!«

Carl nickte. »Wir lassen ihn nicht im Stich.«

Unwillkürlich griff Emma nach seiner Hand. Egal wie aussichtslos die Situation schien. Sie mussten Antoine retten!

Gleich am nächsten Tag erkundigte sie sich bei den Wolffs nach einer Möglichkeit, Henri zu kontaktieren, und schickte ein Telegramm. Viel erhoffte sie sich nicht davon. Aber vielleicht kannte er die Vorgänge hinter den Kulissen und wusste, was zu tun war.

Die Tage des Wartens fühlten sich an wie von einem Nebel umhüllt. Immerhin wurden die beiden Offiziere abkommandiert, vermutlich direkt an die Front. Sonst hätte Emma nicht gewusst, wie sie Dasbachs Anwesenheit ertragen sollte. Antoine hatte die Villa verlassen und war ins Appartement am Fuhrhof gezogen. Angeblich wollte er nicht, dass sein Sohn mitbekam, wie sein Vater abgeführt werden würde.

Louise verließ kaum ihr Zimmer.

Und Frederick hatte aufgehört zu sprechen. Niemand bekam auch nur ein Wort aus ihm heraus, weder ein deutsches noch ein französisches.

An einem späten Nachmittag sah Emma aus ihrem Zimmerfenster, wie ein Automobil die Allee entlangfuhr. Sie wusste sofort, dass es kein Besuch für ein Teekränzchen war. Wie erstarrt beobachtete sie, wie ein Offizier ausstieg und eine Tür hinten öffnete – für einen weiteren Insassen. War es so weit? Suchten sie Antoine?

Der Klang der Hausglocke kam ihr wie ein Todesgong vor. Sie lief aus dem Zimmer. Am liebsten hätte sie Anni zugerufen, sie möge die Tür nicht aufmachen. Auch wenn ihr klar war, dass sie damit das Unvermeidliche nicht aufhalten konnte. Anni öffnete – und Emma verschlug es die Sprache.

Auf der Schwelle stand Henri.

Sie raffte ihre Röcke und lief wie von Sinnen die Treppe hinunter, um ihm sogleich um den Hals zu fallen. Unter den verstörten Blicken von Anni und des anderen Offiziers, der hinter ihnen wartete.

»Obacht, Obacht.« Henri klopfte ihr zur Begrüßung auf den Rücken. Wie immer ganz brüderlich, und am liebsten hätte sie ihn dafür noch fester an sich gedrückt. »Wie ich sehe, sind die Gerüchte keineswegs übertrieben, dass man in diesem Hause gerne handgreiflich gegenüber preußischen Offizieren wird.«

Fast hätte sie ihn in die Seite geknufft. Aber vor dem Blick des fremden Offiziers traute sie sich doch nicht, zu frech zu sein. »Du – hier?«, stammelte sie stattdessen. »Wie ist das möglich?« Sie hatte das Gefühl, ihn seit einer Ewigkeit nicht gesehen zu haben. Dabei lag ihre Diplomverleihung in Straßburg nicht allzu so weit zurück. Und trotzdem war so viel passiert, dass es ein ganzes Leben füllen könnte. Aber das Gute an der Freundschaft war: Egal wie sehr sie sich auch veränderten – etwas verband sie noch immer miteinander.

»Ich bleibe nicht lange«, sagte er und zog seine Kleidung zurecht, die sie mit ihrer ungestümen Begrüßung durcheinandergebracht hatte.

»Kann ich dir wenigstens eine Tasse Tee anbieten?« Aus dem Augenwinkel entdeckte Emma Wilhelmine auf der Treppe. Sie schaute kurz hoch und bedeutete mit einem Nicken, dass sie alles im Griff hatte.

»Nur wenn es Kamillentee ist.« Etwas zuckte in seinen Mundwinkeln. Vielleicht das, was früher ein Lächeln war, denn anscheinend hatte er es verlernt zu lächeln.

»Natürlich. Denn ein Kamillentee ist die richtige Wahl in allen Lebenslagen.« Ihr entging nicht, wie dem anderen Offizier leicht die Gesichtszüge entgleisten, und schob rasch hinterher: »Einen Kaffee haben wir natürlich auch.«

Ein Dienstmädchen deckte im Salon, brachte Tee, Kaffee und Gebäck. Henri ignorierte Süßes, während sein Begleiter reichlich zulangte. Besonders das Spritzgebäck hatte es ihm angetan.

»Mein lieber Campen hat einen beachtlichen Appetit«, kommentierte Henri. Er hatte den Mann als seinen Adjutanten vorgestellt. Auch wenn Emma sich nicht in Rangordnungen auskannte, war ihr klar, dass Henri offensichtlich nicht zum Fußvolk des Militärs zählte, wenn er über einen Gehilfen verfügte. Sie betrachtete ihn eine Spur aufmerksamer. Als er nach der Teetasse griff, blitzte ein Ehering an seiner Hand auf.

»Du hast geheiratet?«, entfuhr es Emma. Die Vorstellung zog ihr den Boden unter den Füßen weg. Ein Glück, dass sie auf dem Sofa saß.

Seine Hand verharrte. Er ließ sie hinunter, als wollte er den Ring verstecken. »So sieht es aus.«

»Und wer ist die …« Sie schluckte das Wort »Glückliche« hinunter. Dass nichts an dieser Ehe glücklich sein konnte, war ihr klar.

»Sie ist die Tochter eines Generalmajors. Wir kannten uns schon länger, auch wenn bis dahin nur flüchtig.«

»Aha.« Sie musterte sein Gesicht, das mit einem Mal ganz verschlossen wirkte. Offensichtlich hatte sich in der letzten Zeit mehr verändert, als sie es für möglich gehalten hatte.

Er schaute zu seinem Adjutanten. »Ich glaube, ich habe meine Tasche im Auto liegen gelassen. Würden Sie sie bitte holen?«

»Selbstverständlich.« Der Mann schluckte rasch einen Keks hinunter und eilte aus dem Raum wie ein Hund, dem man ein Stöckchen hingeworfen hatte.

»Ich habe die Hochzeit geheim gehalten. Ich wollte nicht, dass allzu viele Zeugen dieser Farce werden«, erklärte Henri, sobald sie allein waren. Auf seiner hohen Stirn hatten sich verräterische Falten eingegraben, die nicht gerade von fröhlichen Stunden zeugten. »Vor allem nicht du.«

»Aber ich bin doch deine Freundin. Ich hätte dir gern Beistand geleistet!«

»Musstest du nicht. Es ist ein gutes Arrangement. Sehr förderlich für die Karriere. Ich kann wirklich nicht klagen.«

»Und … und wie geht es dir damit?«

Henri senkte den Blick und drehte an dem Ring, als wäre er unschlüssig, ob er ihn sich am liebsten vom Finger reißen oder drauflassen sollte. »Es bietet mir eine gewisse Sicherheit,

Emma. Du hast keine Ahnung, welcher Angst jemand wie ich tagtäglich ausgesetzt ist. Ich bin, wie ich bin. Und das kann unsere Gesellschaft nicht ertragen. Daher …« Er schüttelte den Kopf. »Ach, ich weiß nicht. Du fragst mich, wie es mir geht? Manchmal ist es, als würde ich keine Luft mehr bekommen. Aber das kannst du dir nicht vorstellen.«

Nein, konnte sie nicht. Sie versuchte es nicht einmal.

»Natürlich hätte ich viel lieber dich geheiratet, aber du hast mir ja bei dem Vorschlag auf den Fuß getreten.« Er zuckte mit den Augenbrauen. Doch der Witz wirkte müde und vermochte die bedrückte Stimmung nicht zu lockern.

Sie schaute zur Tür. Noch immer kein Adjutant zu sehen. »Und was ist mit Pierre? Hast du etwas von ihm gehört?«

»Nur dass wir auf unterschiedlichen Seiten kämpfen und schon morgen einander erschießen könnten.«

»Das ist furchtbar!« Aber was hatte sie erwartet? Für Henri gab es kein »Glücklich bis ans Ende aller Tage«, in keinem Märchen dieser Welt.

»Es gibt keinen Grund, sich zu beschweren.« Er schluckte trocken. »Außerdem hat das besagte Arrangement kürzlich geholfen, einen gewissen Lothringer aus dem Mist zu ziehen, in den er sich hineingeritten hat. Ich würde sagen: So falsch kann das gar nicht gewesen sein.«

Emma schnappte nach Luft. »Du hast Antoine gerettet?«

Er lehnte sich zurück und rieb sich über das Nasenbein. Mit der Hand, auf der sein Ehering blitzte. »Ich konnte etwas für ihn tun, ja. Aber es ist unmöglich, die Angelegenheit gänzlich unter den Teppich zu kehren. Die Sache ist vom Tisch, wenn er sich zum Dienst an der Front meldet.«

Etwas Kaltes breitete sich in ihrem Innern aus. Als hätte sie einen Eiswürfel verschluckt.

Er bemerkte ihre Unsicherheit. »Emma, glaub mir, es ist

besser als ein Kriegsgericht. Über kurz oder lang würde es ihn so oder so treffen. Zuerst wurden die Reservisten eingezogen, dann die Freiwilligen und irgendwann diejenigen, die es nicht wollen, aber müssen.«

»Was heißt hier über kurz oder lang?« Ihre Stimme kippte. »Ich dachte, der Krieg wäre bald vorbei! In ein paar Wochen in Paris oder so. Spätestens zu Weihnachten nach Hause!«

»Bitte. Beruhige dich.«

»Weißt du mehr als die Zeitungen? Oder wozu braucht ihr Antoine? Das ergibt doch überhaupt keinen Sinn!«

»Emma!«

Sie verstummte. In seinem Blick lag eine befremdliche Härte. Und es dauerte, bis sie sich an diesen Ausdruck gewöhnt hatte.

»Emma«, sagte er milder. »Denk nach. Die Front oder das Kriegsgericht. Was glaubst du, wo hätte er bessere Chancen?«

Sie musste nichts sagen. Die Antwort war sonnenklar.

* * *

Der Herbst wartete mit Regen und Stürmen auf. Kaum vorstellbar, dass noch vor kurzem der Hochsommer die Metzer zum Schwitzen gebracht hatte. Jetzt mochte man kaum nach draußen gehen. Und wenn schon – dann in einen Mantel eingemummelt und darauf bedacht, dass der Wind einem nicht durch und durch ging. Emma mochte sich kaum vorstellen, wie die Soldaten bei dem Wetter in den Schützengräben ausharrten. Noch weniger, dass einer von ihnen bald Antoine sein würde.

Er hatte gesagt, er wolle nicht, dass sie alle ihn am Bahnhof verabschiedeten. Wenn es so weit sei, würde er vorbeikommen. Emma hoffte sehr, dass er Wort hielt.

Inzwischen reimte sich der Krieg. Überall waren Postkarten mit Strophen zu finden, die in Emma auch beim flüchtigen Anblick kaltes Grauen hervorriefen:

Jeder Schuss – ein Russ, jeder Stoß – ein Franzos, jeder
Tritt – ein Britt, jeder Klaps – ein Japs.
Nur nicht drängeln, nur keine Eile – jeder von euch kriegt
seine Keile.

Die Zeitungen überschlugen sich in Lobeshymnen auf die Siege der deutschen Armee. Dem Gegner weit überlegen, standen die deutschen Soldaten bereits an der Marne vor Paris. Nach der letzten Schlacht würden die Männer siegreich nach Hause zurückkehren, hieß es. Jeden Abend rief die Mutte, die große Kathedralglocke im Südturm, die Metzer zum Rathaus, wo der Bürgermeister Dr. Roger Joseph Foret die Erfolge der deutschen Soldaten verkündete. Dem Rechtsanwalt aus einer alteingesessenen lothringischen Familie brachten viele Deutsche Skepsis entgegen. Munkelte man doch, er wünschte sich insgeheim den Sieg der Franzosen, um endlich die Tricolore zu hissen. Aber sobald er auf den Balkon trat, jubelte die Menge ihm zu, wenn er davon erzählte, wie viele Gefangene man an einem einzigen Tag genommen hatte. An dem Abend, bevor Antoine wegmusste, waren es zehntausend Franzosen und sechzigtausend Russen. Die Zahlen hatten sich fest in Emmas Kopf eingebrannt.

»Vielleicht ist es schneller vorbei, als wir denken«, sagte Carl. »Bis er mit der Ausbildung fertig ist und wirklich an die Front muss, kann der Krieg schon zu Ende sein.« Er umarmte sie fest. Zuerst wollte sie widersprechen. Sie hatte kein gutes Gefühl, sobald sie an Antoines Rekrutierung dachte. Doch dann verstand sie, dass Carl nicht nur sie zu trösten versuchte. Sondern auch sich selbst. Dass es ihm wichtig war, ihr Zuversicht zu geben, um selbst Ruhe zu finden.

Sie legte die Arme um seinen Nacken. »Bestimmt. Und sobald er zurück ist, feiern wir die Hochzeit. Er ist dein Trauzeuge, und nichts wird das ändern.«

Stumm lehnte er seine Wange an ihre Schulter. Und so verharrten sie beide eng umschlungen. Irgendwann kam Wilhelmine in die Eingangshalle. An ihrer Seite – Ehrhard, den sie sichtlich stützen musste. Heute war kein guter Tag. Vor Schmerzen hielt er sich kaum auf den Beinen. Netty brachte Frederick in einem feinen Anzug. Darin sah er viel älter aus, herausgeputzt, blass, das Gesicht ganz starr. Der kleine Junge tat Emma unglaublich leid. Und doch wusste sie nicht, was sie sagen oder tun konnte, um ihm den Augenblick irgendwie zu erleichtern.

»Wo ist Louise?«, fragte Wilhelmine.

Emma löste sich von Carl. »Ich schaue mal nach ihr.« Egal wie schwer es war – wenn Louise zuließ, dass Antoine ging, ohne sich von ihr verabschiedet zu haben, würde sie es sich vielleicht irgendwann nicht verzeihen.

Die Tür zu Louises Zimmer war zu. Sie klopfte. Niemand antwortete. Dennoch drückte sie auf die Klinke und schlüpfte hinein.

Der Raum lag im Halbdunkel. Schwere Gardinen sperrten das graue Tageslicht aus. Der Regen trommelte gegen die Fensterscheiben. Louise saß in einem Sessel und hielt das Gipsgebilde im Schoß, das einen Baum zeigte. Wie in Trance fuhren ihre Finger über die Äste hinauf und hinunter. Doch welcher Tag heute war, hatte Louise wohl nicht verdrängt. Sie hatte eine festliche Robe angezogen, als müsste sie sich gleich zu einem prächtigen Empfang aufmachen. Das Kleid war aus dunkler lilafarbener Seide geschneidert und mit Blumenornamenten aus Goldbrokat verziert. Goldlamé bespielte die halblangen Ärmel.

Sie sah schön aus. Schön und zerbrechlich zugleich.

»Louise? Alle warten unten auf dich.«

Die Finger verharrten am Baumstamm. Plötzlich wünschte sich Emma, nichts gesagt zu haben. Denn sie merkte, wie Tränen über Louises Wangen liefen und auf die Seide des Kleides tropften. Ob sie Wilhelmine rufen sollte? Im Trösten war sie nicht besonders gut.

»Geh schon«, flüsterte Louise. »Ich bin gleich da.«

»Ich ... ich möchte dich nicht allein lassen.«

»Ich komme zurecht.«

»Vielleicht.« Emma trat näher. »Aber du musst das nicht allein tun.«

Ruckartig warf Louise den Kopf hoch. »Warum denn nicht? Ich habe es doch so prächtig bis hierher geschafft! Schau dich um! Wie wunderbar alles ist! Mein Sohn redet kein Wort. Mein Mann geht in den Tod.«

Emma zögerte. Dann setzte sie sich auf einen Hocker neben sie. »Ich glaube nicht, dass es deine Schuld ist.«

Louise schnaubte. »Dann bist du eine der wenigen, die das glauben.«

»Magst du mir sagen, was da wirklich passiert ist?«

Louise senkte den Kopf. »Meine Mutter ist stark wie ein Baum. Kein Schlag kann sie brechen, kein Sturm sie entwurzeln. Unter ihren Fittichen findet man immer den Schutz, den man braucht. Du willst wissen, was passiert ist? Ich war nicht stark genug, das ist passiert.«

»Hat dich Dasbach verführt? Dich genötigt?«

Louise knurrte. Ein Geräusch wie bei einem verletzten Tier, das sich schützen will und nicht kann. »Er hat gesagt, dass ich ihm was schuldig bin. Dass er mich und mein französisches Balg beschützt hat. Dass ich ein bisschen Dankbarkeit zeigen muss. Ich … ich habe mich gewehrt. Aber dann habe ich einfach aufgegeben. Keine Ahnung, was geschehen wäre, wenn Antoine nicht aufgetaucht wäre.«

»Aber das bedeutet …«

»Das bedeutet, dass du unrecht hast. Es ist meine Schuld. Das alles ist meine Schuld.« Sie senkte das Gesicht in ihre Hände. »Vielleicht musste es so kommen. Damit ich Buße tun kann.«

»Rede keinen Unsinn! Was für eine Buße!«

»Du hast keine Ahnung, Emma. Du hast nicht die geringste Ahnung.«

»Vielleicht.« Sie sprang auf. »Aber wovon ich Ahnung habe, ist, dass die Seidels einander nicht im Stich lassen, oder? Dass dein Sohn dich braucht. Jetzt ganz besonders.«

»Ich bin einfach nicht stark genug dafür.«

»Dann schleife ich dich hin, das schwöre ich!«

Zweifelnd schaute Louise auf. »Du bist die wunderlichste Frau, die ich kenne, Emma. Dass du überhaupt hier stehst und mit mir redest, hätte ich nie für möglich gehalten.«

Emma zögerte. »Ich glaube, ich versuche, mich zu ändern. Irgendwie offener für andere Menschen zu sein.« Auch wenn es ihr schwerfiel. Und bei Louise noch schwerer als bei den anderen.

»Vielleicht sollte ich auch versuchen, mich zu ändern. Endlich das Richtige tun.« Schwerfällig stand die junge Frau auf.

Als sie nach unten kamen, war Antoine bereits da – kaum zu erkennen in der Uniform. Das Grau stand ihm nicht. Es machte ihn unscheinbar, beinahe gesichtslos. Er trug es wie eine Rüstung, die ihn zusammenhielt. Ihn zusammenhalten musste.

Emmas Kehle wurde ganz eng, als sie sah, wie Antoine in die Hocke ging und seine Arme ausstreckte. Wie Frederick auf ihn zustürmte und ihm um den Hals fiel. »Versprich mir, dass du mich nie vergisst. Egal was passiert, vergiss mich bitte nicht.«

Stumme Tränen liefen über das Gesicht des Kindes. Niemand rührte sich.

»Hey, kleiner Mann, nicht traurig sein«, Vorsichtig wischte Antoine dem Kleinen über die Wange. »Schau mal: Netty hat bestimmt ein paar Süßigkeiten für dich. Ausnahmsweise.«

Netty war auch schon da und nahm das Kind an die Hand. Antoine erhob sich. Wartete, bis Frederick nicht mehr zu sehen war.

»Ich muss dann mal. Lange Abschiede sind nicht meins.« Er nickte Wilhelmine und Ehrhard zu, dann trat er an Carl heran und drückte ihn an sich. »Pass auf dein Herz auf.«

Carl schnaubte. »Pass du lieber auf alles an dir auf!«

»Na klar! Was würde die Welt sonst ohne mein hübsches Gesicht machen.« Sie lösten sich voneinander. Antoines Blick schweifte hoch, streifte Louise, blieb einen Sekundenbruchteil auf Emma ruhen. Dann wandte er sich ab und ging zur Tür.

Ganz steif kam Louise die Treppe hinunter. Emma ging ihr hinterher. Falls die junge Frau einen Halt brauchte.

Wie in Trance folgte Louise ihrem Mann vor die Tür, wo die Windböen ihr Regen ins Gesicht schleuderten. »Antoine?«

Er drehte sich um – eine Hand an die Tür des klapprigen Lasters gelegt.

»Antoine, es tut mir leid. Es tut mir so furchtbar leid!«

»Ja, mir tut es auch leid«, antwortete er. Bereits vollkommen durchnässt. »Dass ich so dumm war ...«

»Bitte, Antoine!« Louise stolperte noch einen Schritt auf ihn zu. »Ich liebe dich! Ich habe dich immer geliebt!«

»Dann hör damit auf.«

»Antoine!«, presste sie voller Schmerz hervor. »Sag so etwas nicht. Ich bin …«

»Du bist die Mutter meines Sohnes. Das ist alles. Ich bin fertig mit dir.« Er drehte sich um und riss die Tür des Wagens auf. »Fahren wir, Felix.«

Louise taumelte. Taumelte wie ein Baum, der angesägt wurde. Der dem Sturm und dem peitschenden Regen nichts mehr entgegensetzen konnte.

TEIL ZWEI

Metz, 1917

EMMA

ALBERT STRECKTE SEINEN KOPF durch den Türspalt. Sein Haar wirkte heute besonders strubbelig. Mit wilden Frisierunfällen versuchte er schon seit zwei Jahren, seine Geheimratsecken zu kaschieren. »Die Herren Generäle werden bald ihre Führung durch die Fabrik beendet haben.«

Emma nickte. Es waren zwar keine Generäle, aber das tat nichts zur Sache. Sie hatte gelernt, dass es produktiver war, Albert nicht zu korrigieren – er nahm sich jede Kleinigkeit zu sehr zu Herzen. »Dann bringen Sie die Herrschaften zu mir, sobald sie fertig sind.«

»Natürlich«, beteuerte er eifrig und verschwand. Er mochte es gern, wenn man ihn mit wichtigen Aufgaben beauftragte, und bemühte sich stets, diese besonders gut zu erledigen. Darauf war Verlass. Im Grunde war er eine wunderbare Hilfe im Unternehmen, wenn man im Umgang mit ihm ein gewisses Fingerspitzengefühl bewies. Etwas, was einem nur selten während des Studiums beigebracht wurde, in der Praxis dagegen umso wichtiger war.

Inzwischen kannte Emma die Belegschaft gut. Die Menschen vertrauten ihr, und sie vertraute darauf, dass alles reibungslos funktionierte. Sie waren wie die Mannschaft eines Schiffes, das durch stürmische Zeiten navigierte. Zumindest alle bis auf Simon, der sich nie so richtig in das Kollektiv eingefügt hatte. Emma konnte spüren, dass er niemandem vertraute, jegliche Nähe mied und von den anderen bis heute

277

als sonderbar wahrgenommen wurde. Ein Glück, dass Albert ihn von Anfang an unter seine Fittiche genommen hatte und sich um den jungen Mann kümmerte, ob dieser wollte oder nicht.

Draußen ertönten Schritte. Emmas Blick flog zur Uhr. Wo blieb Carl? Es behagte ihr nicht, die Gespräche ohne ihn zu beginnen. Aber noch länger würde sie die Versorgungsoffiziere nicht hinhalten können, ohne ihren Unmut hervorzurufen.

Schon wurde die Tür aufgemacht. »Bitte sehr, die Herren.« Alberts Stimme klang besonders piepsig, wie immer, wenn er aufgeregt war.

Emma erhob sich. Zwei Männer betraten das Büro. Beide groß, muskulös, mit kräftigen Schultern und kantigen Gesichtszügen. Fast könnte man denken, es handele sich um Brüder, dachte sie, aber es lag wohl eher an der gleichen Uniform.

»Meine Herren? Guten Tag.« Betont aufrecht kam Emma auf die beiden zu und gab ihnen die Hand. Die selbstbewusste Haltung war unabdinglich, um sich in der Männerwelt zu behaupten. Meistens entwaffnete sie die Skeptiker mit ihrem Elan. Während diese noch überlegten, wie damit umzugehen war, verwickelte Emma sie geschickt in eine geschäftliche Unterhaltung, und ehe sie sich besannen, steckten sie schon in den Verhandlungen.

»Bitte sehr, nehmen Sie Platz.« Sie zeigte auf die Stühle vor dem Tisch und setzte sich zuerst, da sie wusste, die beiden würden stehen bleiben, wenn eine Dame sich noch nicht niedergelassen hatte, was zu einer angespannten Atmosphäre führen konnte. »Ich hoffe, der Rundgang durch die Fabrik hat Ihnen gefallen. Wie Sie sehen, werden in der Ersten lothringischen Senffabrik Carl Seidel nur die fortschrittlichsten

Gerätschaften eingesetzt. Vor drei Jahren gelang uns die vollständige Modernisierung des Betriebs, so dass sich alles auf dem neuesten Stand der Technik befindet. Allerdings legen wir großen Wert auf die Tradition des Handwerks. Die perfekte Balance zwischen den Überlieferungen des jahrhundertealten Wissens und der Moderne ist im Endprodukt deutlich herauszuschmecken, finden Sie nicht auch?«

Die Männer wechselten Blicke.

»Nun«, setzte der eine zum Reden an. Ungeduldig zwirbelte er an seinem Schnurrbart. »Das ist alles schön und gut, aber wir möchten gern Herrn Seidel sprechen. Unsere Zeit ist streng limitiert, und wir wollen sie nicht länger mit leerem Gerede vergeuden.«

»Selbstverständlich. Dann gehen wir gleich zum Geschäftlichen über. Wie Sie sehen, werden wir den Heereslieferungsvertrag mühelos erfüllen können, damit unsere tapferen Soldaten an der Front in den Genuss der Würze aus der Heimat kommen können. Mir ist bekannt, dass die Versorgung der Front am besten über die Heereslieferungsgesellschaften erfolgt. Aber unsere Konditionen werden Sie zweifelsohne überzeugen.« Sie reichte den beiden die Unterlagen. Sie konnten diese nicht ablehnen, also nahm einer der Männer die Papiere an sich, schaute hinein, auch wenn Emma merkte, dass dies mehr aus Höflichkeit geschah als aus wirklichem Interesse.

»Wir haben erwartet, Herrn Seidel zu sprechen. Frau …«

»Fräulein Bergmann. Selbstverständlich werden Sie auch den Fabrikherrn sprechen, aber wie Sie selbst sagten, ist Ihre Zeit streng limitiert. Deshalb sollten wir die vertraglichen Grundlagen schon einmal durchgehen.«

Es überraschte sie nicht, dass die beiden sich nicht an sie erinnerten, obwohl sie bei jedem Treffen dabei gewesen war.

Die Aufmerksamkeit der Geschäftspartner konzentrierte sich hauptsächlich auf Carl, während ihre Anwesenheit meistens als nettes Beiwerk wahrgenommen wurde. Sie hoffte inständig, er würde rechtzeitig erscheinen – was auch immer ihn aufgehalten haben könnte. Hier ging es nicht nur um einen lukrativen Vertrag, der die Fabrik in den Kriegszeiten absichern würde. Sondern auch um Carls Zukunft. Obwohl er wegen seines Herzfehlers früh ausgemustert wurde, fehlte dem Kaiserreich inzwischen der Nachschub an Soldaten. Und sollte es Carl treffen, würde er nicht zurückkommen. Das wusste sie. Sein kaputtes Herz würde die Grausamkeit an der Front nicht aushalten. Deshalb zuckte sie innerlich jedes Mal zusammen, wenn sie irgendwo Tuscheln darüber hörte, ob Carls Leiden nicht nur ein erfundener Grund war, um sich vor der Pflicht zu drücken. Erst vor kurzem hatte sie Eleonore Scheele getroffen, die Ehefrau des besten Bäckers der Stadt, die voller Stolz verkündete, ihr ältester Sohn sei endlich beim Militär angenommen worden. Im Gegensatz zu manchen *Drückebergern*, betonte sie spitz in Emmas Richtung. Zwar wurden damit seit dem letzten Jahr immer wieder jüdische Bürger betitelt – vollkommen ohne Grund, wie Emma fand. Doch Eleonore machte das Wort wohl eine besondere Freude.

Mit diesem Vertrag würde das Bestehen von Carls Fabrik an Gewicht gewinnen. Und er als ihr Besitzer wäre sicher aus der Schusslinie heraus – im wahrsten Sinne des Wortes –, wenn er seinen Beitrag für das Vaterland zu Hause leisten konnte.

»Wie Sie sehen, sind die beim letzten Treffen besprochenen Konditionen bereits in den Vertrag eingearbeitet«, fuhr Emma fort, nachdem die Offiziere die Dokumente durchgesehen hatten. »Wenn Sie zur Seite fünf blättern würden ...«

In diesem Augenblick öffnete sich die Tür, und Carl trat herein.

Die beiden Versorgungsoffiziere atmeten sichtlich erleichtert auf. Mit einer Frau derartige Unterhaltungen zu führen, waren sie eindeutig nicht gewohnt.

»Ich bitte um Entschuldigung, meine Herren«, sagte Carl, und auf seinen Wangen erschienen die Grübchen, die Emma sich den ganzen Tag lang ansehen könnte. Trotz schwieriger Zeiten, in denen es wenig Grund zur Freude gab, schenkte er ihr wenigstens einmal pro Tag dieses Lächeln. Wofür sie ihm unendlich dankbar war – denn es lag gerade an solchen Kleinigkeiten, die trübe Gegenwart etwas erträglicher zu machen. »Ich habe gehofft, den vorherigen Termin etwas schneller erledigen zu können. Aber ich sehe, mein Verlobte hat alles im Griff.«

»Ja. Nun«, murmelte einer der Offiziere und zwirbelte wieder an seinem Schnurrbart. Vielleicht musste er sich vergewissern, dass alles noch da war. »Wie schön, dass Sie hier sind, dann können wir uns endlich dem Geschäft widmen.«

»Nein, nein.« Carl deutete mit Nachdruck in Emmas Richtung. »Fräulein Bergmann sollte die Verhandlungen zu Ende führen, war das Ganze doch von ihr schon von langer Hand geplant.«

Emma lächelte ihm dankbar zu. Allein die Tatsache, dass er ihre Mitwirkung so betonte, bedeutete ihr viel. Die Zügel aus der Hand zu geben, war für sie beide nicht leicht. Aber die letzten Jahre hatten sie noch mehr zusammengeschweißt. So dass vieles möglich war, wovon Emma früher nur hatte träumen können.

Den stutzigen Blick der Offiziere spürte sie dennoch mehr als deutlich.

»Aber sie ist eine Frau!«

Jetzt zwirbelten beide an ihren Schnurrbärten – sie mussten einfach Brüder sein, dachte Emma vergnügt bei sich.

»Das ist mir durchaus aufgefallen, danke«, konterte Carl. »Aber ihre Kompetenz brauchen Sie nicht anzuzweifeln, sie hat ihr Wirtschaftsstudium an der Kaiser-Wilhelms-Universität abgeschlossen.«

Die Männer machten »Oh« und »Ah«, allerdings wenig begeistert. Aber auch das war Emma inzwischen gewohnt. In manchen Situationen zählte ihr Studium bei weitem weniger als Carls Unterstützung.

»Mit Bestnoten«, fuhr Carl fort. »Das kann ich leider nicht von mir behaupten. Aber wenn Sie sich eine Verkostung unseres Produktes wünschen, bin ich selbstverständlich der richtige Ansprechpartner dafür. Die Herstellung ist allein mein Metier, und von Aromen und ätherischen Ölen könnte ich Ihnen stundenlang vorschwärmen.«

Die Offiziere sahen sich an. Das Stirnrunzeln konnte Emma deutlich in ihren Gesichtern sehen. »Wir haben noch nie davon gehört, dass ein so wichtiges Geschäft mit dem Handschlag einer Frau besiegelt wurde«, sagte er eine. Der andere grunzte dazu. Allein die Vorstellung fand er offenbar urkomisch.

»Kein Problem. Für Handschläge stehe ich Ihnen selbstverständlich zur Verfügung.« Carl ging um den Schreibtisch und stellte sich hinter Emma. Aus dem Augenwinkel konnte sie sehen, wie er sich lässig an die Wand lehnte. Da niemand im Raum ein Wort sagte, räusperte er sich und fügte rasch hinzu: »Fahren Sie bitte fort und beachten Sie mich am besten nicht weiter.«

Die Offiziere tauschten erneut die Blicke. »Also, ich weiß gar nicht, was ich davon halten soll«, murmelte der eine und erntete ein bestätigendes Nicken seines Kameraden.

»Und genau dafür haben ich den vorliegenden Vertrag aufgesetzt.« Emma deutete auf die Papiere in seiner Hand. »Wenn Sie zur Seite fünf blättern, sehen Sie nun, dass wir Ihnen auch in der Logistikfrage entgegenkommen. Unser hauseigener Fuhrpark ist auf die Bedürfnisse unserer Fabrik ausgelegt und arbeitet mit der bestmöglichen Effizienz. Sie werden keine eigenen Fahrzeuge abziehen müssen, um den Senf zu den nächsten Etappenstädten zu transportieren.«

Immer, wenn sie über den Fuhrpark sprach, legte sich eine Schwere auf ihre Seele. Es war mehr eine Notlösung als eine Notwendigkeit, um die kläglichen Überreste des Fuhrunternehmens irgendwie zu integrieren. Seit Antoine an der Front war, konnte niemand den Betrieb weiterführen. Und so wurde beschlossen, die wenigen Fahrzeuge für die Senfauslieferungen zu nutzen. Gerade jetzt erwies es sich als eine grandiose Idee. Sonst hätte sie keine Möglichkeit gehabt, dem Vertrag das Logistikangebot als Sahnehäubchen hinzuzufügen.

»Das klingt in der Tat bemerkenswert.«

»Hier von Metz aus haben wir auch einen kurzen Weg, um die Westfront mit dem Senf zu beliefern und durch den würzigen Geschmack für mehr Kampfgeist bei den tapferen Männern in den Schützengräben zu sorgen.«

»Werden Sie denn in der Lage sein, die geforderten Mengen zu produzieren?«

»Sie haben unsere Produktionshalle besichtigen können. Wir werden mit Doppelschichten arbeiten und die Maschinen effektiv auslasten. Die Aufstellungen dazu haben Sie gesehen – alles liegt im Bereich des Möglichen.«

»Das klingt nach einem bemerkenswerten Plan.« Einer der Männer schaute noch einmal in die Papiere, dann legte er die Blätter zusammen. »Und da Ihre Fabrik uns wärmstens empfohlen wurde, sehen wir keinen Grund, nicht auf diese Geschäftsbeziehung einzugehen.«

»Das freut mich außerordentlich.« Natürlich wusste sie, woher die Empfehlung kam. Als ihr die Idee gekommen war, den Senf an die Front zu liefern, hatte sie Henri davon geschrieben. Er war seit längerem als Verwaltungsoffizier von Briey eingesetzt. Die Antwort kam nicht direkt von ihm, sondern von seinem Adjutanten – der sich noch immer an die leckeren Kekse erinnerte. Dazu ein paar Kontaktdaten zu den Offizieren der Heeresversorgung. Sie würde beiden noch einmal kräftig danken müssen.

»Schauen Sie den letzten Vertragsentwurf in Ruhe an. Ich bin mir sicher, dass es keine Beanstandungen Ihrerseits geben wird.«

»Es sieht ganz danach aus, ja«, murmelte einer der Offiziere und tauschte noch einen Blick mit seinem Kollegen, der zustimmend nickte.

»Großartig«, meinte Carl und kam auf die beiden zu. »Dann kommt hier auch der versprochene Handschlag.« Ein Lachen ertönte. Eine Musik für Emmas Herz, das wie immer nach gelungenen Geschäftsgesprächen eine Spur schneller zu trommeln begann. Es war nach wie vor keine alltägliche Sache für sie.

Zusammen mit Carl begleitete Emma die Männer nach draußen. Bei der Verabschiedung war die allseitige Zufriedenheit deutlich spürbar, während Carl noch den einen oder anderen Scherz machte, bevor sich die Herrschaften in ihr Automobil gesetzt hatten. Kaum war der Wagen vom Hof gefahren, atmete Emma geräuschvoll durch.

»Was war das denn für ein Termin, der so viel von deiner kostbaren Zeit beansprucht hat?«

Neckisch hob er die Augenbrauen. »Du weißt es nicht

mehr? Die Entscheidung über die Hochzeitstorte musste heute getroffen werden, wenn das Ganze pünktlich fertig werden soll.«

Natürlich! Wie konnte sie es nur vergessen? In letzter Zeit hatte sie sich ganz auf die Versorgungsoffiziere konzentriert. Jetzt beschlich sie ein schlechtes Gewissen.

Die Hochzeit!

Inzwischen hatte auch Wilhelmine eingesehen, dass es keinen Sinn hatte, das Ereignis immer weiter zu verschieben. Der Krieg war nicht zu Weihnachten 1914 zu Ende. Auch nicht 1915, im Jahr, das von den Zeitungen so sehr gefeiert wurde, als die deutsche Armee die Russen aus Ostpreußen vertrieben hatte. Ganz zu schweigen von 1916, in dem jedes Blatt die großen und vor allem schnellen Erfolge in Verdun versprochen hatte. Inzwischen glaubte Emma den Zeitungen nichts mehr. Niemand wusste, wie lange dieser Krieg noch dauern würde. Ein Jahr? Dreißig Jahre? Womöglich gar hundert?

»Danke!«, stieß Emma hervor. Wilhelmine hatte schon seit einer Weile auf sie eingeredet, dass der Konditor endlich eine Entscheidung brauchte.

Carl schmunzelte. »Dachte ich mir schon, dass du es vergisst. Und so gesehen: Da ich sowieso von uns beiden einen besseren Geschmack habe, war es nur sinnvoll, dass ich die Tortenangelegenheit übernehme, während du den Vertrag mit dem Militär vorantreibst.«

Spätestens jetzt musste Emma herzhaft lachen. »Einen besseren Geschmack? So, so. Muss ich befürchten, dass unsere Torte nach Senf schmecken wird?«

Er zog sie an sich heran. »Lass dich überraschen. Eigentlich bin ich nur hier, um dich an die Kleideranprobe zu erinnern, die du in einer Stunde hast. Diesen Termin kann ich leider nicht für dich übernehmen.«

In diesem Augenblick stürzte Albert auf den Hof. »Herr Seidel! Herr Seidel! Ich fürchte, die eine Siebmaschine macht schon wieder merkwürdige Geräusche!« Dabei versuchte er, die Geräusche so gut es ging wiederzugeben, um die Dringlichkeit des Ereignisses zu untermauern, was nach einer Mischung aus Fiepen, Husten und Würgen klang.

Emma verdrehte die Augen. Sicherlich ging es um Primadonna. Die Maschine zickte schon seit einer ganzen Weile. Dabei war sie unerlässlich im Herstellungsprozess nach Dijon-Art. Immer wieder versuchte Carl, sie auf Vordermann zu bringen, was sich von Mal zu Mal schwieriger gestaltete. Hoffentlich hielt sie durch. Während des Krieges war es unmöglich, Ersatzteile zu beschaffen oder ein neues Aggregat zu kaufen. Die Regierung verbot jegliche geschäftliche Verbindungen mit dem Feind, und die Maschine war ein französisches Produkt.

»Staffelübergabe!«, verkündete Emma und tippte an Carls Schulter. »Ich gehe zur Kleideranprobe, und du schaust, ob du Primadonna bei Laune halten kannst.«

»So machen wir das.« Er gab ihr einen Kuss auf die Nase.

Am liebsten hätte Emma ihre Hände in seinem Haar vergraben, ihren Mund an seine Lippen gedrückt und ihn richtig geküsst. Hier, im Hof, ohne daran zu denken, wer sie beide dabei beobachten könnte. Aber sie ließ zu, dass er sich von ihr löste und den Fabrikeingang ansteuerte. Noch im Gehen zog er sein Jackett aus, und Emma beobachtete, wie unter seinem Hemd die Muskeln spielten. Schon wieder erfüllte sie die Sehnsucht daran, ihn zu berühren und seine nackte Haut unter ihren Fingern zu spüren. Je näher die Hochzeit kam, desto schwerer fiel ihr, sich zu zügeln.

Bevor sie weiter über seinen – in ihren Fantasien immer nackten – Körper nachdachte, schnappte sie sich lieber ihr

Fahrrad. Es war ein Brennabor, das eines Tages auf sie gewartet hatte, an die Wand des Fabrikgebäudes gelehnt. Mit einer Senfblüte am Lenkrad und einem Zettel: *Fahren Sie damit bitte niemanden um, Fräulein Bergmann. Hoffnungsvoll, Carl Seidel.* Eine so wundervolle Erinnerung an ihr zweites Treffen!

Sie steuerte auf die Straße, fuhr immer schneller. Überall in Metz hatte der Krieg inzwischen seine Spuren hinterlassen: an den Fassaden der Stadt, in den ausgemergelten Gesichtern der Menschen. Die Hungersnot setzte der Bevölkerung sehr zu. Wer besser situiert war wie die Seidels, hatte Mittel und Wege, um an Nahrung zu kommen. Die anderen waren auf die Lebensmittelkarten angewiesen. Um etwas Essbares dafür zu bekommen, mussten die Menschen häufig in langen Schlangen anstehen. Bei jedem Wetter, ob Frost oder Sturm. Ein Anblick, der kaum zu ertragen war.

Im letzten Winter hatte Emma angeordnet, aus einem Teil der Senfsaat Öl zu pressen, und hatte es unter den Arbeitern verteilt, damit sie und ihre Familien zumindest ein paar zusätzliche Kalorien bekamen. Eine Idee, die von der Belegschaft mit einer solchen Begeisterung aufgenommen worden war, dass Emma nach weiteren Möglichkeiten Ausschau gehalten hatte, den Menschen, die für den Betrieb so viel leisteten, zu helfen. Zusammen mit Carl hatte sie einen Plan ausgetüftelt. Carl als Fabrikbesitzer konnte viel leichter an Nahrungsmittel kommen als Normalsterbliche. Also kaufte er viel für die Belegschaft ein. Das Erworbene bot er den Arbeitern zum Einkaufspreis an, damit sie den Mangel an Lebensmitteln etwas ausgleichen konnten.

In den Sommermonaten waren die Menschen besser dran. Viele fuhren aufs Land, um bei Bauern Lebensmittel zu hamstern. Eine Vorgehensweise, die verboten war – wer erwischt wurde, durfte mit empfindlichen Strafen rechnen. Doch den meisten ging es ums blanke Überleben. Und nun endete ein weiterer Sommer, und Emma konnte deutlich die Angst vor dem nächsten Winter in den Gesichtern der Menschen lesen.

Vor dem Geschäft der Schneiderin lehnte Emma das Fahrrad an die Hauswand. Obwohl sie sich nicht so viel daraus machte, freute sie sich dennoch, das wunderschöne Kleid anzuziehen. Es war dieselbe Robe, die Wilhelmine vor dem Krieg für sie bestellt hatte. Aus schwarzer Seide und Spitze gefertigt und mit Stickereien verziert, stellte es ein richtiges Kunstwerk dar. Die unzähligen Glasstifte und Strasssteine im Brustbereich funkelten im Licht, und Emma glaubte, in das schwarze Firmament der Nacht zu blicken und darin Myriaden von Sternen zu entdecken.

»Ah! Wie schön, wie schön«, begrüßte die Schneiderin sie. »Wir haben schon gewettet, ob wir umsonst warten würden.«

»Ich würde um nichts auf der Welt diesen Termin verpassen, Waltraud«, versicherte Emma. Auch wenn ihr definitiv zu viel im Kopf herumschwirrte.

»Noch höher sind die Wetten, ob der Hochzeitstermin dieses Mal gehalten wird«, stichelte die Schneiderin.

»Das wird er.« Emma unterdrückte den Wunsch in sich, die Augen zu verdrehen. Zusammen mit der Frau und den Helferinnen ging sie nach hinten, um das Kleid anzuziehen. Voller Ehrfurcht blickte sie zum Spiegel. Ganz unaufdringlich betonte der Schnitt ihre Vorzüge. Trotz der glänzenden Seide und der funkelnden Stifte übertönte es nicht ihr Strahlen, während sie sich von allen Seiten betrachtete. Das Schwarz betonte perfekt ihren Teint. In einem weißen Kleid würde sie vermutlich schrecklich blass aussehen. Manchmal lohnte es sich durchaus, auf die altbewährte Tradition zu vertrauen.

»Also keine kalten Füße?«, erkundigte sich Waltraud, als sie einen weißen, meterlangen Schleier an ihrem Kopf befestigte.

»Kalte Füße? Weswegen denn?«

»Na, wegen der Hochzeitsnacht natürlich! Da hast du sicherlich Angst, stimmt's?«, plauderte Waltraud los. Irgendwann waren sie zum vertraulichen Du übergegangen – diese energische Dame hatte wohl einen Drang dazu, zur besten Freundin ihrer Kundinnen werden zu wollen. »Dabei ist es kein Hexenwerk, wenn man nur die Regeln befolgt. Du brauchst überhaupt keine Angst zu haben, meine Liebe!«

»Ich habe keine Angst«, entgegnete Emma. Vielleicht etwas zu schnippisch, denn die Schneiderin tätschelte beruhigend ihren Arm.

»Ich war damals unglaublich nervös, das kannst du mir glauben. Dabei hat meine Mutter mich vor der Hochzeitsnacht aufgeklärt.« Die Schneiderin seufzte traurig. »Deine wird nicht einmal dabei sein.«

»Ich denke, Carl und ich kriegen das schon hin«, entgegnete Emma. Mit seiner Erfahrung wusste er sicherlich, was wohin gehörte. Sie musste nur Vertrauen in seine Fähigkeiten haben, jawohl! »Ich glaube nicht, dass man dabei so viel falsch machen kann.«

»Wenn du dich da nicht irrst!«, schnaubte die Schneiderin, und vor Empörung fielen ihr fast all ihre Nadeln auf den Boden. »Ich kann dir sehr das Buch *Die eheliche Pflicht* von Dr. Weißbrodt ans Herz legen. Er beschreibt sehr genau, was ein christliches Weib über den Beischlaf wissen muss.«

»Zum Beispiel?« Emma stutzte. Kaum vorstellbar, dass irgendein Weißbrodt besser Bescheid über ihren Beischlaf mit Carl wusste als Carl und sie gemeinsam. War das nicht das Buch, dass Henri ihr einmal geschenkt hatte? Sie hatte es verschämt in die hinterste Ecke ihres Kleiderschrankes verbannt.

»Allein die Beschaffenheit des Ehelagers ist enorm wichtig«, referierte die Schneiderin mit einem erhobenen Finger, während ihre Helferinnen taten, als würden sie nichts von der Unterhaltung mitbekommen, und das Kleid richteten. »Auf keinen Fall Federbetten! Nur elastische, feste Matratzen sind zu empfehlen, am besten aus Pferdehaar. Und weg mit den Kopfkissen!«

»Keine Kopfkissen?« Emma schnaubte. Sie liebte ihre Kopfkissen! Zumindest das erklärte, warum so viele Unbehagen vor der Hochzeitsnacht empfanden.

»Keine Kopfkissen«, wiederholte Waltraud vehement. »Du willst doch nicht einen stumpfen Winkel bilden und deinen Ehemann unnötig erschöpfen!«

Emma blinzelte. Dass die unschuldigen Kopfkissen Carl in der Hochzeitsnacht erschöpfen würden, hätte sie sich nicht einmal in ihren wildesten Albträumen vorstellen können.

»Es gibt nur eine Möglichkeit des Beischlafs, meine Teuerste. Die einzig richtige. Alles andere würde deinen Ehemann einer außerordentlichen Gefahr aussetzen. Dann drohen Nervenschwäche, Hypochondrie, männliches Unvermögen und vorzeitiges Altern. In einigen Fällen sogar die Verhärtung der Hoden und Geistesschwäche!«

Eine der Helferinnen prustete und erntete prompt einen erbosten Blick von Waltraud. »Was denn? Wer soll denn das arme Kind sonst aufklären?«

Emma wollte darauf etwas Schlagfertiges erwidern, doch anders als sonst fiel ihr dazu absolut nichts ein. Verhärtung der Hoden? Geistesschwäche? Von der falschen Art des Beischlafs?

»Lies das Buch, meine Liebe. Lies dieses Buch«, zwitscherte die Schneiderin unentwegt und huschte um das Kleid herum.

Etwas verstört machte sich Emma nach der Anprobe auf den Weg zur Villa. Die Angelegenheit mit den verhärteten Hoden wollte ihr einfach nicht aus dem Kopf gehen, und nicht einmal der Fahrtwind vermochte dabei ihre erhitzten Wangen zu kühlen. Nun schien die Lektüre des Buches, das sie all die Jahre kein einziges Mal aufgeschlagen hatte, doch nicht ganz so unbedeutend zu sein. Vielleicht lohnte es sich, einen genaueren Blick hineinzuwerfen.

Vor dem Schlafengehen kramte sie den Ratgeber aus den Untiefen ihres Schrankes hervor. Verlegen drehte sie das Büchlein in der Hand. Dann schlug sie es auf.

Wie von Gottes Hand genau an der richtigen Stelle:

Das Verhalten der Frau sei Folgendes: Auf dem Rücken liegend, entferne sie die Oberschenkel voneinander und ziehe dieselben gegen den Unterleib hinauf. Der Mann nähert sich dem so geöffneten Schoße mit seinem Glied und dringt mit diesem in die Scheide ein …

Das klang nicht gerade nach dem, was ihr Körper so sehnlichst wünschte, wenn sie Carl umarmte, ihn küsste und den Duft seiner Haut einatmete. Konnte es sein, dass sie mit ihren Gefühlen, ihren Instinkten, ihrer Wahrnehmung so falschlag?

… während die Nichtbeachtung dieser natürlichen Regel die Befruchtung verhindern und all diejenigen oft bedenklichen Nachteile herbeiführen kann, welche mit einem unvollkommenen Beischlafe für Frau und Mann verbunden sind …

Die verhärteten Hoden anscheinend, von denen die Schneiderin so ungeniert gesprochen hatte. Das vorzeitige Altern nicht zu vergessen und die Geistesschwäche.

Sie las weiter. Vielleicht war die Lektüre durchaus anregend, erregend war sie keineswegs. Nach wenigen weiteren Ausführungen über die Wichtigkeit des vollkommenen Beischlafes war Emma auch schon eingeschlafen.

Sie träumte von einer viel zu weichen Matratze und von Kissen, die sich unter ihren Kopf drängten. Die bösen Kissen hatten nur ein Ziel: Carl in den Irrsinn zu treiben, was offensichtlich sofort gelang. Denn in ihrem Traum lachte er, von allen guten Geistern verlassen, und verwechselte offensichtlich ihren geöffneten Schoß mit einem Senftöpfchen, in das er genüsslich ein Würstchen tunkte.

Schweißgebadet wachte Emma auf. An Schlaf war nicht mehr zu denken, und spätestens jetzt hatte sie tatsächlich eine regelrechte Panik vor ihrer Hochzeitsnacht.

Russland, 1917

ANTOINE

DIE LUFT DRÖHNTE von den Geschossen. Maschinenge-
wehrfeuer zerriss den Abend, der sich ganz langsam, beinahe
zaghaft über das Land legte. Der ohrenbetäubende Lärm der
feindlichen Artillerie war allgegenwärtig. Und doch hörte
Antoine seinen eigenen Atem, das Hämmern seines Herzens,
als würde all das den Beschuss mit Leichtigkeit übertönen.
Nie hätte er geglaubt, dass er einmal das Leben in sich selbst
so eindringlich, so *laut* wahrnehmen würde. Als würde das
Schlagen seines Herzens die Realität zurückdrängen. Die
Krater, die von der russischen Munition gesprengt wurden,
an den Rand seiner Wahrnehmung drängen. Den Geruch
nach Schießpulver, dem Blut seiner Kameraden, nach Erde,
in die er in seinem Schützengrabenloch sein Gesicht drückte,
aus seinem Verstand auslöschen.

Stattdessen roch er etwas anderes. Als würde er vor einem
vollen Korb frisch gepflückter, sonnenwarmer Äpfel stehen.
Ein süßer Duft mit einer ganz leicht herben Note. Warm und
lockend. Und gleichzeitig frisch wie neu gefallener Schnee.
Er wusste gar nicht, wie es sein konnte, dass dieser Duft so
präsent war, während um ihn herum alles explodierte. Als
die Hölle diese Gegend zu verschlingen drohte. Als Geschosse die Erde umpflügten und Bäume herausrissen.

Irgendjemand schrie. Was – das konnte er nicht verstehen,
egal wie er sich anstrengte. Vielleicht ein Befehl. Vielleicht
nur Schmerzenslaute eines Verletzten. In dem ganzen Chaos

ging alles unter. Man verstand nicht einmal die eigenen Gedanken. Nur das Rasseln des Atems und das Wummern des Herzens, was immerhin zeigte, dass man noch lebte.

Wie lange der Beschuss schon währte, vermochte er nicht zu sagen. In den Schützengräbern existierte keine Zeit. Das hatte er früh gelernt. Als sein Bataillon der Kavalleriedivision zugeteilt wurde, um die Russen anzugreifen, war früher Nachmittag. Sie rückten aus, ein kurzer Marsch, dann ging es auch schon los. Der Feind in Überzahl; man musste kein Stratege sein, um die Aussichtslosigkeit des ganzen Unternehmens zu merken. Aber es hieß: die Stellung halten. Man wollte die Russen in die Zange nehmen, sie zurückdrängen. Nun senkte sich der Abend über das Schlachtfeld, und von der Zange war nichts zu spüren. Vielleicht gab es gar keine Zange.

Als es für einen halben Herzschlag still war, schaffte es Antoine, einen Überblick über die Lage zu bekommen. Vielleicht hätte er es lieber nicht tun sollen, denn von der Kavallerie war nichts zu sehen. Was dageblieben war, lebte nicht mehr. Weder Tier noch Mensch. Bloß Kadaver mit abgetrennten Gliedmaßen und nach außen gekehrten Innereien. Ein Anblick, der ihn kaum berührte. Wenn man das hier überleben wollte, musste man alles von sich abprallen lassen.

»Rückzug, Rückzug«, keuchte es neben ihm.

Aus dem Augenwinkel bemerkte er Falk. Siebzehn Jahre alt. Dem sein sechzigjähriger Vater bereitwillig die Erlaubnis erteilt hatte, an die Front zu gehen, um für das deutsche Volk zu kämpfen. Offensichtlich hatte er genug andere Söhne gehabt, die wichtiger waren.

»Die Kavallerie ist schon ausgerissen. Wir müssen weg hier!« Die Haut des Jungen war schmutzverkrustet. Aus einer Schramme an der Stirn war ihm Blut über das halbe Gesicht geflossen. Jetzt war es mit Dreck angetrocknet. Darunter Pusteln von den Bissen des Ungeziefers und von Mückenstichen. Diese Mücken! Eine wahre Plage hierzulande.

Antoine betrachtete das runde Gesicht des Jungen, die leeren Augen, die ihn anstarrten. Armes Kind, dachte er. Normalerweise interessierte er sich nicht für die Lebensgeschichten seiner Kameraden. Recht früh begriff er, dass es besser war, nicht zu viel über sie zu wissen – dann würde ihr Tod ihn weniger berühren. Den Fehler würde er nicht noch einmal machen. Während der raschen Ausbildung hatte er sich mit einigen Soldaten seiner Einheit angefreundet und die Hälfte von ihnen gleich im ersten Kampf sterben sehen. Aber vor Falks Geschichte konnte er sich nicht in seine übliche Gleichgültigkeit entziehen. Der Junge hatte ihn um eine Zigarette angeschnorrt und dann sein halbes Leben zwischen den hastigen Zügen ausgebreitet.

Das Donnern der Kanonen unterbrach seine Gedanken. Der Lärm der Gewehre machte im Nu seinen Kopf leer und sein Inneres stumpf. Der Atem. Er hörte seinem Atem zu. Zählte seine Herzschläge. Schloss die Augen. Seine Wahrnehmung konzentrierte sich auf den Geruch, der ihm vorhin durch den Sinn gegangen war. Sommerwarme, reife Äpfel, der süß-säuerliche Duft. Und gleichzeitig diese Frische, Reinheit – nein, nicht wie Schnee. Eher wie eine Wiese voller Morgentau. Der Geruch brachte Frieden mit sich. Den unendlichen Frieden, der sein Herz zwang, etwas ruhiger zu schlagen, den Atem etwas langsamer fließen zu lassen. So dass Antoine nicht mehr das Gefühl hatte zu ersticken.

Als er den Kopf drehte, war Falk weg. Rückzug? Bei den Verlusten war es nicht möglich, die Stellung zu halten. Aber den Posten unter Beschuss zu verlassen – genauso wenig. Also harrte er weiterhin in seinem Loch aus. Schob die Realität weg. Die Empfindungen. Die Gedanken. Hier hatte all das nichts zu suchen. Nur den beruhigenden Duft, der seine Sinne belebte, ließ er an sich heran.

Nach einer Weile verlagerte sich der Beschuss ein Stück weiter nach Westen. Eine bessere Gelegenheit würde es nicht geben. In der Dämmerung standen die Chancen gut, unbemerkt aus dem Loch zu kriechen und das Ganze vielleicht zu überleben. Also befahl er seinem Körper zu arbeiten, sich durch den Dreck zu wühlen, um fortzukommen. Auf dem Bauch, ganz flach auf der Erde, so dass bei jedem Atemzug feine Partikel seinen Mund und seine Nase mit einer feinen Schicht belegten. Er schmeckte Staub, der auf seinen Zähnen knirschte, während er weiterkroch. Eine Bewegung irgendwo links von ihm. Falk? Er drehte den Kopf. Nein, nicht Falk. Ein Soldat aus seinem Bataillon, aber wie der hieß – sich das zu merken, hatte sich Antoine nicht die Mühe gemacht. Der Mann hatte etwas von einer ausgedörrten Pflaume. Platt drückte er sich auf den Boden, zappelte ganz hektisch, um so schnell wie möglich aus der Schusslinie zu kommen. Ruckartige Bewegungen, die ihn stoßweise vorwärtsbrachten. Dann schlug eine Granate ein. Die Erschütterung fuhr durch Antoines Leib. So heftig, dass es ihm den Atem verschlug. Er sah noch, wie der Mann in die Luft flog, und als der Körper wieder auf dem Boden aufschlug, war da nichts als Matsch. Nichts zappelte. Kein Rucken. Kein Mensch, wo noch vor wenigen Sekunden einer gewesen war.

Antoine biss die Zähne zusammen, kroch weiter. Noch ein paar Meter, da würde er in einen Wald gelangen. Oder was auch immer davon übrig geblieben war. Die Bäume würden ihm mehr Sicherheit bieten. Also weiter, immer weiter. So flach wie möglich gen Boden drücken und hoffen, dass die nächste Granate keinen Matsch aus ihm machte. Er schaute nicht mehr umher, er hatte nur noch ein Ziel vor Augen. Und nach einer gefühlten Ewigkeit hatte er den Wald erreicht, erhob sich aber noch nicht, sondern kroch weiter hinein, so weit wie möglich. Erst nach einer Weile kam er auf die Beine. Seine Knie zitterten. Kurz war ihm schwindelig, und er musste sich an einem Stamm festhalten. Aber zu lange durfte er hier nicht verweilen, also stieß er sich ab und stapfte davon. Weg vom Kanonendonner. Weg von Körperteilen, die den Boden übersäten.

Langsam wurde es dunkel. Wenn er nicht durch die Nacht stolpern wollte, sollte er sich beeilen. Doch der Untergrund machte es ihm schwer. Unter seinen Schuhsohlen schmatzte es bei jedem Schritt. Wasser und Schlamm sickerten in seine zerschlissenen Stiefel und durchtränkten die Fetzen, mit denen er seine blasengeplagten Füße umwickelt hatte. Der Boden wurde sumpfiger. Umkehren? Einen anderen Weg suchen? Die Vorstellung davon, den Russen in die Arme zu laufen, trieb ihn voran. Sein Gefühl sagte ihm, dass die Richtung stimmte. Irgendwann würde er auf die eigene Truppe stoßen. Und noch war etwas Sonnenlicht da, an dem er sich orientieren konnte. Inzwischen versank er fast bis zu den Knien im kalten Wasser und Matsch. Hoffentlich schaffte er es, aus dem Sumpf herauszukommen, ohne darin unterzugehen. Irgendwie musste es schon gehen. Denn hinter ihm war der sichere Tod.

Nach einer Weile machte er eine Pause, um zu verschnaufen. Das Vorankommen wurde immer schwieriger. Wie sollte er das schaffen, wenn es dunkel wurde? Und keine Möglichkeit, einen Unterschlupf für eine Übernachtung zu suchen. Außerdem – in der Gegend wimmelte es wohl von den Russen, und ob eine Gefangenschaft irgendwo in Sibirien besser war als der Tod, wagte er zu bezweifeln.

Ein Geräusch.

Er brachte sein Gewehr in Anschlag und horchte.

Was war da? Hatte er es sich nur eingebildet?

Nein. Jemand atmete.

»Raus oder ich schieße!«, knurrte er. Wenn es Russen waren, verstanden sie ihn vermutlich nicht.

Etwas bewegte sich. Eine Gestalt.

»Toni?«, krächzte sie.

»Falk?« Er schulterte die Waffe. Der Junge hatte überlebt. Immerhin. »Haben es noch welche aus unserer Einheit geschafft? Ein Offizier?«

Die Gestalt schüttelte den Kopf. »Habe niemanden gesehen. Toni! Gott sei Dank. Ich dachte …«

»Schon gut.« Hoffentlich fing der Knabe nicht an zu heulen. Wobei er es ihm nicht verübeln konnte. Aber ein wimmerndes Häufchen Elend durch den Sumpf im Schlepptau zu haben, war nichts, worauf er brannte. »Reiß dich zusammen. Wir haben einen langen Weg vor uns.«

»Wir müssen umkehren. Das Wasser wird immer tiefer.«

»Wenn wir umkehren, sind wir tot.«

»Aber …«

Antoine ging weiter. Nicht zu schnell. Er hatte kaum ein paar Schritte gemacht, da hörte er, wie Falk ihm folgte.

»Bist du dir sicher, dass wir in die richtige Richtung gehen?«

»Ja.« Sicher war er sich nicht. Aber das musste der Kleine nicht wissen.

»Meinst du, noch jemand hat es überlebt?«

»Sei still, wenn du nicht willst, dass die Russen uns schnappen.«

Schweigend gingen sie weiter. Leider musste Antoine zugeben, dass Falk recht hatte. Das Wasser wurde immer tiefer.

Inzwischen reichte es ihm bis in die Hüften. Wie weit erstreckte sich der Sumpf? Wie tief konnte es noch werden? Sie mussten sich beeilen. In der Nacht würden sie hier ertrinken. Also beschleunigte er den Schritt, so gut es ihm möglich war. Irgendwo neben ihm keuchte Falk vor Anstrengung. Vielleicht hätte er den Jungen fragen sollen, ob er verletzt war. Zu spät. Jetzt könnte er sowieso nichts mehr unternehmen. Sie mussten aus diesem verdammten Sumpf raus.

Plötzlich schrie Falk auf, dann schmatzte und gluckerte es – der Junge war verschwunden. Antoine fuhr herum. Verdammt! Er musste wohl irgendwo eingesackt sein. Und offensichtlich kam der Knabe nicht aus eigener Kraft heraus.

Er holte tief Luft. Tauchte ins eisige Wasser, tastete nach einem Körper. Nichts. Ihm ging die Luft aus. Etwas hämmerte in seinen Schläfen. Noch einmal streckte er die Hände aus, griff ins Leere. Dann kam er hoch, atmete durch. Das Wasser schmeckte abgestanden, faulig. Er holte erneut Luft und tauchte unter. Da. Etwas Zappeliges kam unter seine Finger. Er griff danach, erwischte etwas Stoff, zerrte und zerrte, dann bekam er einen Arm zu fassen. Noch einmal zerren und rütteln. Keine Luft. Aber er wollte Falk nicht loslassen, also zerrte er noch einmal. Endlich. Zusammen kamen sie an die Oberfläche. Falk hing in seinen Armen. Keuchte und hustete.

»Hab dich«, redete Antoine auf ihn ein. »Alles gut. Atme.«

Erst nach einer Weile kam Falk einigermaßen zu sich. Zitterte, hing schlaff an Antoines Seite.

»L-lass mich n-nicht hier.« Seine Zähne klapperten aufeinander.

»Keine Sorge. Wir schaffen das.«

»L-lass mich n-nicht hier. B-bitte.«

Antoine sagte nichts weiter. Er legte sich Falks Arm um den Nacken, packte den Jungen und zog ihn weiter. Hoffentlich waren keine Wasserlöcher mehr auf ihrem Weg. Wenn sie beide einsacken würden, würden sie vermutlich nicht mehr hochkommen.

Metz, 1917

EMMA

DIE TÜRGLOCKE LÄUTETE. In den letzten Tagen läutete sie beinahe ununterbrochen. So hektisch war es in diesem Haus zuletzt zugegangen, als die beiden Offiziere in der Villa logiert hatten und ständig Laufburschen mit Anweisungen aus und ein gingen. Eine Zeit, an die sich Emma nur ungern erinnerte. Bei jedem Läuten zuckte sie innerlich zusammen und überlegte, was sie schon wieder vergessen hatte oder wo sie jetzt dringlicher sein sollte. Während das letzte Mal Wilhelmine die Vorbereitungen dirigiert hatte, hatte Emma nun darauf bestanden, die Planung zu koordinieren. Ein Fehler. Sie konnte mit dem Militär verhandeln und die Kontorbücher führen, aber diese Hochzeit schien ihre Fähigkeiten auf eine harte Probe zu stellen. Dabei sollte die Feier dieses Mal eher bescheiden ausfallen: Standesamt, ein Polterabend und die kirchliche Trauung am nächsten Tag mit der Feier für die Fabrikbelegschaft. Auf Letztere freute sich Emma ganz besonders – eine großartige Möglichkeit, den Menschen, die die Produktion am Laufen hielten, etwas zurückgeben zu können.

Noch hoffte Emma, dass die Türglocke dieses Mal nicht für sie geläutet hatte. Da trat Anni in die Bibliothek. »Gnädiges Fräulein? Da ist ein Laufbursche des Fotografen. Es geht um den Besprechungstermin für den Hintergrund der Hochzeitsfotos.«

»Gnädiges Fräulein? Was soll ich dem Laufburschen ausrichten?«

Emma legte ihre Lektüre beiseite, obwohl sie am liebsten noch länger geschmökert hätte. Die Ausführungen aus der Wirtschaftszeitung der Zentralmächte sagten ihr mehr zu als das Gerede über irgendwelche Hintergründe von Hochzeitsfotos. Um die sich eigentlich Louise kümmern wollte, die nicht müde wurde zu betonen, es sei eine wahre Kunst, die Menschen auf einem Foto so abzubilden, dass sie nicht wie leblose Statuen wirkten. Da konnte Emma ihr nur recht geben. Sie mochte keine Bilder, auf denen Carl und sie mit versteinerten Gesichtern in die Kamera blicken würden. Leider betrachteten die meisten Fotografen die Session als eine sehr ernste Angelegenheit und waren unwillig, vom üblichen Konzept abzuweichen.

»Sagen Sie dem Laufburschen, dass wir heute Nachmittag vorbeikommen werden.«

»Jawohl, gnädiges Fräulein.« Anni knickste und eilte davon, offensichtlich erleichtert, mit Emma keine weitere Konversation führen zu müssen. Zwar legte das Dienstmädchen ein betont professionelles Verhalten an den Tag. Doch in Emmas Gegenwart wirkte die junge Frau deutlich unterkühlt.

Emma seufzte. Am liebsten hätte sie wieder nach der Zeitung gegriffen und die Sache mit dem Fotografen verdrängt. Aber es half nichts. Sie musste mit Louise über den Stand der Besprechungen reden. Wehmütig sagte sie in Gedanken den spannenden Wirtschaftsartikeln Lebewohl und machte sich auf die Suche nach Carls Schwester. Doch sie konnte Louise nirgends entdecken. Stattdessen fand sie in einem Salon Wilhelmine und Frederick. Die beiden verbrachten oft und gern Zeit miteinander. In den letzten Jahren war aus einem trotzigen Kleinkind ein nachdenklicher, hübscher Junge geworden, der nicht viel redete, dafür aber kaum ohne seine Malstifte anzutreffen war. Emma verstand nie, was genau er da zeichnete. Man könne meinen, sein Kopf wäre voll von merkwürdigen Gebilden und kräftigen Farben. Meistens versank er vollkommen in seiner Tätigkeit und nahm kaum etwas um sich herum wahr. Je kräftiger die Farben waren, umso mehr ergriff Emma eine merkwürdige Traurigkeit, wenn sie die Bilder betrachtete. Das Gefühl war so intensiv, dass sie oft Angst davor bekam. So wie jetzt. Er malte etwas in kräftigem Orange, Rot und Gelb – und Emma kam es vor, die Silhouetten würden nach ihrer Seele greifen und alles darin zu Asche verbrennen.

Sie schüttelte den Gedanken ab. Deshalb war sie nicht hier. »Wilhelmine? Weißt du, wo Louise ist?«

Carls Mutter hob den Kopf und dachte kurz nach. »Ich glaube, sie wollte im Lazarett aushelfen.«

Verdammt! Emma biss sich auf die Lippe – fast wäre ihr der Fluch tatsächlich herausgerutscht. Bis zum Abendbrot würde Louise vermutlich nicht zurückkommen. Kurz überlegte Emma, auf gut Glück allein zum Fotografen zu gehen. Aber Louise hatte bereits so viel Zeit und Mühe in die Angelegenheit investiert, dass Emma nicht ohne sie entscheiden wollte. Zumal Carls Schwester tatsächlich einen wunderbaren Blick auf Kompositionen aller Art hatte und sicherlich gute Ratschläge bei der Wahl geben würde.

Emma ließ Wilhelmine und Frederick zurück.

Ohne Zeit zu verlieren, machte sie sich auf den Weg zu Louise. In Metz gab es unzählige Lazarette, inzwischen gehörten sie fest zum Bild der Stadt. Doch Louise half nur in einem aus. Bereits 1915 hatten die Seidels den alten Fuhrhof und alle Räumlichkeiten, die dazugehörten, dem Roten Kreuz zur Verfügung gestellt. Ein-, zweimal die Woche ging Louise hin, um den Schwestern unter die Arme zu greifen – meistens bei ganz einfachen Tätigkeiten wie Kochen, Essen austeilen oder Putzen. Es wunderte Emma sehr, dass Louise sich dabei so wenig genierte. Aber seit Antoine an der Front war, hatte sich die junge Frau sehr verändert. Zuerst schien sie noch gehofft zu haben, er würde zu ihr zurückkommen. Doch nach seinem Heimaturlaub, in dem er ihr Frederick abnahm, um mit seinem Sohn Zeit zu verbringen, sie dagegen aber völlig ignorierte, wurde ihr offensichtlich klar, dass es keinen Weg zurück gab. Zuerst igelte sie sich vollkommen ein, bis sie anfing, ihre Zeit dem Lazarett zu widmen. Inzwischen schienen die Tage dort ein fester Teil ihres Lebens zu sein.

Beherzt trat Emma in die Pedale. Der Tag war trüb, die tiefen Wolken, die über den Dächern der Stadt hingen, versprachen Regen. Trotz des kühlen Windes war ihr heiß. Sie liebte das Gefühl der Freiheit, das sie mit ihrem Fahrrad immer und überall ausleben konnte. Mobil und unabhängig zu sein. Auch wenn Frauen noch immer nicht gern auf Fahrrädern gesehen wurden – die Welt hatte ganz andere Probleme, als sich darüber zu mokieren.

Vor dem ehemaligen Fuhrhof stieg sie ab und gab sich eine Minute Zeit, um durchzuschnaufen. Erstaunlich, wie sehr Metz zu ihrer Stadt geworden war. Früher verband sie recht wenig damit, jetzt steckten hinter jeder Ecke Erinnerungen. Sie schmunzelte, als sie das Fahrrad auf den Hof schob und an ihre Begegnung mit Carl dachte. Noch immer war es ein ganz besonderer Augenblick: ein wenig peinlich und doch so unendlich kostbar.

Wüsste sie nicht die Adresse, hätte sie diesen Ort allerdings kaum erkannt. Bereits nach ein paar Schritten tauchte sie in einen regen Betrieb ein. Ein Laster hatte gerade Verwundete gebracht. Offensichtlich direkt vom Bahnhof. Obwohl Emma sich nicht näher herantraute, konnte sie Blut und Eiter riechen, dass sich in ihr beinahe der Magen umdrehte.

Aber das Stöhnen, Weinen, nein, beinahe schon Schreien dieser Menschen war noch unerträglicher. Emma wartete, bis sich der Tumult gelegt hatte, bevor sie eine vorbeieilende Schwester nach Louise fragte.

»Vermutlich auf dem Dachboden«, lautete die knappe Antwort.

Auf dem Dachboden? Emma stutzte. Was sollte Louise auf dem Dachboden? Sie überlegte, noch jemanden zu fragen, doch niemand schien sie zu beachten.

Dann also ab zum Dachboden.

Es dauerte, bis sie im allgemeinen Chaos den Weg gefunden hatte, und war froh, das Klagen der Verwundeten hinter sich gelassen zu haben. Die Frauen, die hier diese Männer versorgten, erschienen ihr wie wahre Heldinnen. Immer auf Abruf bereit, schufteten sie unermüdlich, um den Verwundeten das Leid etwas erträglicher zu machen. Emma bezweifelte, dass sie den Anblick dieses Elends Tag für Tag ertragen könnte. Von der harten Arbeit ganz zu schweigen.

Eine Stiege führte hoch zu einer Luke – dort befand sich vermutlich der Dachboden. Sie schlüpfte durch die Öffnung in einen großen Raum, in dem kaum etwas stand, abgesehen von ein paar vergessenen Kisten. In einer Ecke entdeckte sie ein kaputtes Schaukelpferd – traurig starrte das Spielzeug sie mit einem abgekratzten Auge an. Von irgendwo erklangen Grammophonklänge. Eine leichte, lebendige, schnelle Musik, die so ganz und gar nicht an diesen Ort zu passen schien.

Vorsichtig durchquerte Emma den Raum. Die schiefen Dielen bescherten ihr Unbehagen, wer wusste schon, ob die Bretter ihr Gewicht trugen. Am Ende des Raumes führten ein paar Stufen zu einer kleinen Tür – die Musik kam von dort. Die Melodie neckte ihre Seele, was in einem schrecklichen Kontrast dazu stand, was Emma unten gesehen hatte.

Langsam drückte sie gegen die Tür. Ein Haken von der anderen Seite versperrte den Zugang, doch zwischen der Türkante und dem Rahmen tat sich ein schmaler Spalt auf und gewährte einen Blick in den Raum dahinter. Emma spähte hinein.

Zuerst dachte sie an eine Sinnestäuschung. An einen Streich, den ihr ihre eigenen Augen spielten.

Dahinter kauerte Louise, den Kopf sinnlich in den Nacken gelegt, das lange blonde Haar umspielte ihren Rücken, die Hände hielt sie im Schoß gesenkt. Emma sah die aufgerichteten Brustwarzen, die Gänsehaut, spürte selbst welche – denn Louise war …

… nackt.

Nackt! Die Erkenntnis fuhr in ihren Verstand, pochte unter der Schädeldecke – erschrocken wich Emma zurück und fiel mit großem Gepolter die wenigen Stufen hinunter. So schnell wie möglich versuchte sie, sich aufzurappeln – verhedderte sich aber im eigenen Rock. Da öffnete sich knarzend die Tür, und über ihr erschien Louise. Immerhin nicht mehr nackt – sie hatte sich einen seidenen Morgenmantel übergeworfen und thronte über Emma wie eine heidnische Göttin, wunderschön in ihrer Erhabenheit und mit zerzausten Haaren.

Die Musik verklang.

Es war still. Nicht einmal die Schreie und das Stöhnen der Verwundeten drangen hier hoch. Die ganze Welt – verstummt wie das Grammophon.

»Emma.« Louise zögerte. Dann streckte sie Emma eine Hand entgegen.

Unbeholfen griff Emma danach und kam auf die Beine. Ein Pech aber auch, dass die Dielen nicht einbrachen, dass es ihr nicht gelang, der Situation wie durch Zauberhand zu entkommen. Denn ihr Verstand schaffte es immer noch nicht, das Bild der nackten Louise zu verarbeiten.

»Emma, was machst du hier?« Louise runzelte die Stirn. Anscheinend war sie sich selbst noch nicht gänzlich der Situation bewusst. Dass sie tatsächlich von Angesicht zu Angesicht dastanden und einander bestürzt anschauten.

»Was machst *du* hier?«, konterte Emma. Voll und ganz davon überzeugt, dass ihre Frage durchaus berechtigter war.

Louise schwieg. Dann wandte sich ab und winkte Emma heran. »Komm mit, du brauchst keine Angst zu haben. Ich kann das erklären.« Sie seufzte und warf einen kurzen Blick zurück. »Nun. Ich könnte es zumindest versuchen.«

Diese Erklärung dürfte interessant ausfallen. Nichts, was Emma sich auch nur ansatzweise vorstellen könnte, erklärte in irgendeiner Weise die seltsame Begebenheit.

»Komm schon«, rief Louise noch einmal. »Es ist nichts ...«

»... Unanständiges?«, wisperte Emma mit einer verengten Kehle.

»... Schlimmes«, führte Louise den Satz zu Ende.

Auf unsicheren Beinen machte Emma ein paar Schritte in den Raum. Er war erstaunlich hell – mehrere Gauben ließen auch an diesem trüben Tag genügend Licht herein. An einer schrägen Wand stand ein Tisch mit Instrumenten. Das eine oder andere erkannte Emma sofort – von Louises kleiner Führung durch ihr Atelier vor Jahren. Auch wenn die genauen Bezeichnungen ihr nicht mehr einfallen wollten. Um den Tisch herum und an den Wänden lehnten unzählige Gipsabbildungen: Handabdrücke, Fußspuren, eine Büste ohne den Kopf, nur mit einem Teil des Halses und den Brüsten. Sogar eine fast vollständige Silhouette vom Bauch und einem Ansatz der Hüften. Im ersten Augenblick verstörend, und dann doch seltsam inspirierend, denn alle Werke waren so wundervoll unperfekt. Die Brüste – leicht unterschiedlich, eine ein wenig kleiner als die andere, etwas hängend und doch fest. Sicherlich nichts, was dem Ideal antiker Statuen entsprach. Als Erstes fielen große Vorhöfe ins Auge, dann aufgerichtete Brustwarzen, die mit so viel Sinnlichkeit lockten, dass Emma beschämt den Blick abwandte. Die Gipssilhouette zeigte Fettpölsterchen an der Taille, zu viel Haut am Bauch, der faltig und verformt wirkte, und einen Bauchnabel, der sich darin verlor. Die Abbildung war auf einem kleinen Podest aufgestellt und in einen Gipsrahmen mit Ranken eingefasst. Ein Körper, der viel durchgemacht hatte, der mit jedem Makel zeigte, wozu er imstande war.

Ganz langsam drehte sich Emma um.

»Bevor du fragst: Ja, das bin ich«, sagte Louise, obwohl Emma noch gar nicht fähig war, irgendetwas zu fragen. »Überall hier: Das. Bin. Ich.«

»Ähm«, machte Emma, weil die Worte sich noch immer nicht in ihrem Kopf zurechtlegen wollten. Ihr Blick schweifte zur Staffelei in der Mitte. Das Kunstwerk darauf zeigte eine Blume, zumindest glaubte sie, eine Blume vor sich zu sehen – ganz sicher war sie sich nicht. Es könnte auch ein Schmetterling sein oder ein wundersames Insekt, das seine Schönheit offenbarte.

»Eine Rubinlippen-Cattleya ist schon ein faszinierendes Wunder der Natur, nicht wahr?«, unterbrach Louise abermals Emmas Gedanken.

»Eine Lippen... was?«

»Eine Orchideenart.«

»Ah.« Sonderlich gescheit war ihr Beitrag zu dieser Konversation nicht. Aber eine hübsche Pflanze wirkte bei weitem weniger intim als die Abbildungen von Louises Brüsten und Bauchnabel. Zumal die Darstellung wunderschön und unglaublich präzise war und die einzige in Farbe. Zwei ausladende Blütenblätter an den Seiten schienen sich dem Betrachter zu öffnen und waren pastellrosa, fast weiß angemalt. Deren Mitte entwuchs ein kelchförmiges Blatt, das in der Öffnung weiter wurde, mit gewellten, beinahe schon angeschwollenen Rändern. An der Kelchöffnung, ebenfalls in Pastell, veränderte sich der Ton zu Puterrot mit einer feinen Maserung, die an hervortretende Äderchen erinnerte. Zwei schmalere Blätter rechts und links schienen die Mitte zu umarmen, beinahe vorsichtig zu halten.

Emma trat näher, vollkommen beeindruckt von den Details, die das Kunstwerk so lebendig, so blühend machten. Mit den Fingerspitzen berührte sie den Rand, spürte die raue Oberfläche, die sich gleichzeitig beinahe weich anfühlte. »Es ist ...« Sie räusperte sich. Beeindruckend. Einfach nur beeindruckend.

»Meine Weiblichkeit. Es ist meine Weiblichkeit«, erklärte Louise hilfsbereit.

Rasch zog Emma die Hand zurück. Ihr Gesicht lief heiß an. Nie hätte sie es für möglich gehalten, innerlich so verglühen zu können.

»Es ist ... was?«

Louise machte eine ausladende Geste mit einem Arm. »Ich habe ja gesagt: Das alles hier bin ich. Ich versuche, mich selbst zu entdecken. Mich wiederzufinden. Denn ich fürchte, ich habe mich gnadenlos verloren.«

»Du kommst also nicht hierher, um im Lazarett auszuhelfen?«, fragte Emma und kam sich selbst ganz dümmlich vor.

»Ich kann verstehen, dass du enttäuscht bist.«

»Irritiert.« Womöglich ein wenig verstört. Und gleichzeitig auf eine seltsame Weise fasziniert.

Louise atmete tief ein. Wie vor einem Sprung ins Wasser.

»Kennst du das Gefühl, vollkommen leer zu sein? Als würde man neben sich stehen und eine leblose Hülle betrachten? So ging es mir, als Antoine sich von mir abgewandt hat. Als er gegangen war, um nie wieder zu mir zurückzukommen. Dabei dachte ich, ich könnte ihm ein schönes Zuhause bieten, das er nie hatte. In dem er zur Ruhe kommen würde. In dem er sich sicher und geliebt fühlen könnte. Für diesen Traum habe ich alles gegeben, absolut alles. Und wenn man alles gibt – was bleibt dann von einem übrig? Nichts. Da war nichts mehr.«

Emma schluckte. Liebte sie Carl auch so sehr, dass nichts von ihr übrig bliebe, sollte er nicht mehr da sein? War ihre Liebe so groß, dass sie nichts ohne ihn war?

Louise trat zu einer Kiste, öffnete den Deckel und holte die Gipsabbildung eines Baumes heraus. Nur dunkel erinnerte sich Emma daran, das Relief schon einmal gesehen zu haben. Damals, als Antoine einen ganzen Tag verschwunden geblieben war und niemand gewusst hatte, ob er je wieder da sein würde. Der Baum sollte Wilhelmine darstellen – die ausladende Krone spendete jedem einen wohltuenden Schatten.

»Ich bin kein Baum«, sagte Louise, und ihre Stimme zitterte fast wie damals, als Emma einem Gespräch zwischen Mutter und Tochter gelauscht hatte. »Das ist mir klargeworden. Deshalb musste ich herausfinden, wer ich bin.« Sie sah sich um. »Und so langsam glaube ich, es zu verstehen. Und da Antoine mich niemals lieben wird, muss ich lernen, mich selbst zu lieben. Weißt du, was ich meine, Emma?« Sie deutete zum Gipsrahmen mit den Ranken. »Ich muss diesen Körper lieben mit all seinen Macken und zusätzlichen Pfunden. Sie alle gehören zu mir. Und ich bin gut, wie ich bin.« Ihr Blick verharrte auf dem Bauchnabel inmitten der überflüssigen Haut, dann wanderte er zur Orchidee. »Ich muss mich selbst begehren und meine Sinnlichkeit entdecken. Und irgendwann schaffe ich es vielleicht, meine Seele zu heilen.«

Emma schwieg, obwohl sich ihr so viele Fragen aufdrängten. War es richtig, sich selbst zu lieben? Wenn eine Frau doch zurückhaltend und bescheiden sein sollte, um in die Gesellschaft zu passen? Ach, zum Teufel mit der Gesellschaft!

»Hast du deine Sinnlichkeit entdeckt?«, stieß Emma hervor. Ihr Mund fühlte sich ganz trocken an, und ihr Gesicht brannte schon wieder. Dabei hatte sie so oft gedacht, mutig und aufgeschlossen zu sein. Allen Konventionen zum Trotz. Und dann war es ausgerechnet Louise, die ihr die Scheuklappen abnahm?

»Oh, das Gute an der Sinnlichkeit ist, dass sie unendlich und vielseitig ist und man sie ständig neu entdecken kann.« Louise hob die Augenbrauen. »Was ist mit deiner Sinnlichkeit? Kennst du sie?«

»Natürlich!« Emma stockte. Sicher war sie sich nicht. Bis vor kurzem hatte sie sich nicht einmal Gedanken darüber gemacht. Jetzt schien das Thema sie zu verfolgen.

»Du weißt also, was dir gefällt, so dass du es Carl zeigen kannst?«

Schon wieder kamen ihr die Wörter aus dem Ratgeber in den Sinn. *Das Weib verhält sich bei der Begattung mehr leidend als handelnd ...* Aber würde ihr das gefallen? *Auf dem Rücken liegend, entferne sie die Oberschenkel voneinander und ziehe dieselben gegen den Unterleib hinauf ...* Nein, das gefiel ihr ganz und gar nicht. »Aber ist es denn wirklich wichtig, was mir gefällt?«, flüsterte sie. »Bei der Nichtbeachtung natürlicher Regeln bei der ... also ... Begattung ... können doch bedenkliche Nachteile entstehen. Oder nicht?«

Louise runzelte die Stirn. »Was?«

»Nun ja. Die richtige Lage der Frau ist entscheidend. Waagerecht, auf dem Rücken liegend. Sonst kann der Mann großen Schaden davontragen.«

»Der da wäre?«

»Die Verhärtung der Hoden?«

Louise prustete. »Also, was die Begattung angeht, haben Antoine und ich so einiges ausprobiert. Und ich kann dir versichern, seinen Hoden ging es ausgezeichnet.« Sie lachte immer noch. Emma hatte Louise noch nie so lachen gehört. Gelöst und voller Innbrunst, quiekend und keuchend und manchmal grunzend wie ein kleines Schweinchen.

Es war so ansteckend, dass Emma mitzukichern begann.

Und plötzlich gab es kein Halten mehr.

Metz, 1917

CARL

Es dämmerte bereits, als er das Fabrikgelände verlassen hatte. Die Siebmaschine machte schon wieder Schwierigkeiten, die erhöhte Belastung wegen des Militärvertrags tat ihr nicht gut. Doch der Vertrag war wichtig. Der nächste Kriegswinter würde kommen, daran gab es keine Zweifel. Und schon jetzt legte er das Geld beiseite, um die Belegschaft so gut es ging durch eine erneute Hungersnot zu bringen. Also musste Primadonna durchhalten, koste es, was es wolle. Zum Glück kannte er das Gerät in- und auswendig. Wenn es notwendig wäre, würde er die alte Mimose im Schlaf auseinanderbauen und wieder zusammensetzen. Doch irgendwann würden seine Fähigkeiten nicht mehr ausreichen. Und dann? Was machte er dann? Er wollte nicht schwarzsehen, aber diese Frage bereitete ihm schon seit langem Kopfzerbrechen.

Im Gehen schaute Carl auf seine Taschenuhr. Es war zu spät, um noch zur Villa zu fahren. Auch wenn er nach der erneuten Auseinandersetzung mit Primadonna Emma gern umarmen würde. Nicht mehr lang, tröstete er sich insgeheim, dann könnte er es tatsächlich jeden Abend tun. Dann würden sie beieinander sein, ohne dass irgendwelche Konventionen sie noch zu trennen vermochten.

Der Abend war mild, also nutzte er die Gelegenheit, zu Fuß zu seiner Wohnung zu laufen. In Gedanken ging er immer wieder die Einzelteile von Primadonna durch, ihre Zusammensetzung und Beschaffenheit. Ob er ihre Funktionalität irgendwie verbessern konnte? Mehrere Male hatte er schon einiges angepasst, aber er spürte, dass er sich ruhig mehr trauen sollte. Vielleicht musste er Primadonna so richtig auf den Kopf stellen. Womöglich sogar einige Teile neu entwerfen und an seine eigene Vision anpassen. Andererseits waren die meisten Betriebe auf die Frontproduktion umgestellt worden. Es würde schwierig bis unmöglich sein, jemanden zu finden, der die notwendigen Maschinenteile nach seinen Vorstellungen anfertigen würde.

Plötzlich hörte er hoch im Himmel ein Brummen. Ein Blick reichte, um seine Vermutung zu bestätigen: Aeroplane. Wie schwarze Punkte zogen sie heran. Meistens waren der Bahnhof oder die Kasernen das Ziel der Luftangriffe, ab und zu verirrte sich die eine oder andere abgeworfene Bombe auf die friedlichen Straßen, riss Gebäude und Menschen in Stücke. Wie eine kalte Hand packte ihn die Angst im Nacken. Carl zwang sich weiterzugehen, die Geräusche der Flugzeuge zu ignorieren.

Die Stadt lag im Halbdunkel. Keine Laternen beleuchteten die Straßen, kein unnötiges Licht schimmerte in den Fenstern – sonst konnten die feindlichen Maschinen angelockt werden. Dennoch fanden sie unbeirrt den Weg zur Stadt und versetzten die Menschen in Angst und Schrecken.

Die Flugzeuge gruppierten sich zu einem neuen Angriff, die Kanone am Bahnhof antwortete ihnen. Also doch. Auch dieses Mal lag dort das Ziel. Froh darum, das Gefecht nicht weiter verfolgen zu müssen, tauchte er in sein Treppenhaus ein. Auch wenn er sich schämte, so feige zu sein.

Unzählige Männer hatten ihr Leben fürs Vaterland gelassen. Antoine kämpfte irgendwo an der Ostfront. Und er – er versteckte sich hinter seinem Herzfehler, um dem Krieg fernzubleiben.

Stufe um Stufe erklomm er die Treppe. Sein Atem ging schwerer als sonst und zeigte deutlich, warum er nicht für die Front geschaffen war.

Endlich in der Wohnung zog er die Schuhe aus und warf sein Jackett achtlos beiseite. Merkwürdig, dass Gusti gar nicht herauskam, um ihn zu begrüßen. Er schaute in jedem Raum nach, doch weder Émile noch die Katze waren da. Obwohl beide inzwischen sehr selten die Wohnung verließen. Der Stubentiger mochte die lauten Kriegsgeräusche nicht, die Metz plagten. Meistens suchte das Tier dann Schutz bei Émile, um sich wie ein Kleinkind trösten zu lassen. Und Émile ging ab und zu heraus, um etwas frische Luft zu schnappen, blieb aber nie lange weg, was Carl meistens traurig stimmte. Diese Wände waren zu einem Gefängnis für den alten Mann geworden. Wo war Émile bloß?

Carl schnappte sich zwei Scheiben Brot, bestrich sie mit Senf und holte seine Skizzen, die er für die Verbesserungen an Primadonna angefertigt hatte. Es wurmte ihn, dass er es nicht fertigbrachte, Primadonna zuverlässiger zu gestalten. Ihre Produktivität zu steigern.

Kaum hatte er sich hingesetzt, da klopfte es. Irritiert runzelte Carl die Stirn. Émile? Eigentlich hatte der alte Mann seinen eigenen Schlüssel. Und Gusti klopfte prinzipiell nicht. Er schob die Skizzen beiseite und öffnete die Tür.

Auf der Schwelle stand seine Vermieterin. Sie trug ein einfaches dunkelblaues Kleid – früher hatte sie sich oft etwas Modisches gegönnt. Heute musste alles einfach und zweckmäßig sein, um im tristen Alltag zu bestehen. In der Hand hielt sie eine Petroleumlampe, deren Licht ihr eingefallenes Gesicht kränklich gelb zeichnete. »Herr Seidel«, wisperte sie. »Gut, dass Sie da sind. Ich muss mit Ihnen reden.«

Seit ihr Sohn von der Front zurückgekehrt war, sprach sie

nie laut. Manchmal musste er sich anstrengen, um sie überhaupt zu verstehen.

»Frau Weitenberg. Guten Abend. Worum geht es denn?«

Sie zögerte. Alles an ihrem Gesicht wirkte auf einmal völlig verkniffen. Die Lippen bildeten einen schmalen, beinahe unscheinbaren Strich. Die dünnen Brauen waren zusammengezogen. Die Augen – schmal, so dass Carl den Eindruck hatte, der stechende Blick würde sich in einem Faltennetz verfangen.

Sie machte eine undeutliche Handbewegung. »Kommen Sie mit.«

Mitkommen? Wohin denn?

Sie schritt bereits zur Treppe und stieg die Stufen hinunter. Rasch zog er die Schuhe an, um ihr zu folgen. Noch mehr verwunderte ihn die Tatsache, dass sie ihn zu ihrer Wohnung führte. Normalerweise ließ sie niemanden auch nur in die Nähe der Schwelle. Ihr Sohn brauchte Ruhe. Viel Ruhe.

»Sind Sie sich sicher …«

»Kommen Sie schon!«, unterbrach sie ihn ungeduldig und tauchte in die Dunkelheit ihrer Wohnung ein. Nur der einsame Schein der Petroleumlampe deutete ihm den Weg. Zögerlich trat er herein. Es roch nach Steckrübenklößen. Ein allgegenwärtiger Duft in diesem unsäglichen Jahr. Die Steckrüben landeten auch auf seinem Teller so oft, dass er sie kaum noch riechen konnte.

Die Weitenbergs bewohnten eine kleine Wohnung, seine Vermieterin beteuerte oft, sie brauche nicht viel. Ihr Mann war vor zwei Jahren an Influenza verstorben. Nur ihr Sohn war ihr geblieben, ihr Ein und Alles, wie sie stets wiederholte, wenn die Sprache auf ihn kam. Manchmal klang es wie einstudiert.

Carl folgte dem Licht in eine spärlich eingerichtete Stube. Schnörkellose Möbel standen an den Wänden, kantig wie einfach zusammengezimmerte Kisten zeichneten sich im Halbdunkel ab. Eine Kommode, zwei Stühle, ein Tisch.

Wumm, wumm, wumm – etwas schlug gegen eine Wand, rhythmisch wie ein merkwürdiger Marschtakt.

Carl schaute in die Richtung des Geräuschs. Nur schwer machten seine Augen in der Ecke eine menschliche Silhouette aus, die sich vor und zurück bewegte. Vor und zurück. Und dabei regelmäßig mit dem Hinterkopf gegen die Wand schlug.

Frau Weitenberg hob die Lampe etwas höher, und Carl verschlug es den Atem. Das musste wohl ihr Sohn sein. Carl erinnerte sich daran, wie sie ihn 1914 in den Krieg verabschiedet hatte. Wie sie geweint und ihn an sich gedrückt hatte. Und er ihr zuflüsterte: *Ach Mutter, froh musst du sein, dass dein Sohn den Sieg nach Hause bringen wird.*

Nicht viel war von dem strammen Burschen von damals übrig geblieben. Der fehlende rechte Arm war nicht einmal das Schlimmste, was der Krieg ihm genommen hatte. Dort, wo seine Nase, der Kiefer, und der Mund gewesen waren, schien bloß ein Krater zu sein. Das halbe Gesicht – einfach weg. Die Haut bedeckte notdürftig das Loch und die zerschmetterten, schlecht zusammengewachsenen Knochen. Ein Antlitz wie eine zerpflügte Erde.

Verstört blickte Carl zu Frau Weitenberg. Warum war er hier? Sollte er etwas sagen? Ihr sein Bedauern ausdrücken?

»Er braucht viel Ruhe, mein lieber Gregor«, flüsterte sie in ihrer üblichen, ganz leisen Manier. »Am liebsten Stille. Vollkommene Stille. Aber das ist nicht so einfach in unserer Stadt.«

Wumm, wumm, wumm, knallte der junge Mann seinen Kopf gegen die Wand. Mit jedem Schlag spürte Carl Gänsehaut, die sich immer und immer wieder über seinen Körper ausbreitete.

»Kampfgeräusche regen ihn auf.« Sie hielt inne und schaute gen Decke. Ihr Blick schien die Dielen zu durchbrechen und zum Himmel zu fliegen. Dort, wo die Aeroplane flogen. Noch immer hörte man das unheimliche Brummen, das sie von sich gaben.

Wumm, wumm, wumm – es wurde schneller und schneller. Bestürzt sah Carl zu dem jungen Mann. Zusammengekauert umklammerte er die Knie mit dem einen, ihm übrig gebliebenen Arm, einer Hand ohne Finger. Ein Stöhnen drang durch den Krater, der einmal sein Mund gewesen sein musste. Die weitaufgerissenen Augen starrten ins Leere.

»Ja, sehen Sie nur hin«, wisperte Frau Weitenberg halb erstickt. »Das ist alles, was mir von meinem Gregor übrig geblieben ist. Und wissen Sie, wo der Rest von ihm ist? Wer meinen Sohn zu diesem Häufchen Elend gemacht hat?« Sie hielt die Lampe Carl ins Gesicht. »Die Franzosen waren es! Diese verdammten Franzosen!« Ihr Atem ging schneller. Wutverzerrt starrte sie ihn an. Bebte am ganzen Körper. Ihre Hand zitterte, und Carl fragte sich, wie lange sie noch imstande sein würde, die Lampe zu halten. »Und dann muss ich erfahren, dass dieser *Onkel*, der bei Ihnen schon so lange wohnt, einer von ihnen ist. Einer, der meinem Jungen das hier angetan hat!« Anklagend deutete sie auf ihren Sohn. Der nur noch mehr zu wimmern begann. Mit der Hand, die ihm geblieben war, kratzte er sich über das Gesicht, als wollte er auch den Rest abreißen, der noch da war.

Carl schluckte. Dass die Wahrheit über Émile früher oder später herauskommen würde, war ihm natürlich klar. Es wunderte ihn sogar, dass er es so lange hatte geheim halten können. Dass niemand infrage gestellt hatte, woher dieser Onkel gekommen war, der kaum auffiel, nie redete und Begegnungen mied.

Langsam wandte er den Blick von dem jungen Mann in der Ecke und schaute Frau Weitenberg fest in die Augen.

»Émile hat ganz sicher niemandem etwas angetan«, versuchte er zu beschwichtigen. »Er ist der friedlichste Mensch, den ich kenne. An den Verletzungen Ihres Sohnes ist er nicht schuld. Der Krieg dagegen schon.«

»Der Krieg hat viele Gesichter. Eins davon ist Ihr *Onkel*. Er ist ein verfluchter Franzose. Und wenn ich nur daran denke, dass er die ganze Zeit in diesem Haus gelebt hat, wird mir ganz schlecht.«

»Er wohnt schon sein halbes Leben in Lothringen. Er war Lehrer am hiesigen Lyceum. Er ist ein Bürger dieser Stadt, genauso wie ich oder Sie oder ...«

»Wagen Sie es nicht, meinen Sohn in einem Satz mit diesem Abschaum zu nennen!«, zischte die Weitenberg. Ihre Nasenflügel bebten. »Dass Sie mich so hintergehen! Das hätte ich niemals gedacht. Der einzige Grund, warum ich Sie noch hier dulde, ist, dass Sie wirklich nett sind und immer pünktlich Ihre Miete zahlen. Das ist keine Selbstverständlichkeit in der heutigen Zeit! Aber wehe, der verdammte Franzose setzt auch noch einmal einen Fuß in dieses Haus! Dann ... dann werde ich erzählen, dass Sie einen Spion beherbergen.«

Ruhig. Ganz ruhig. Am besten, er ging auf das Gerede der Frau erst gar nicht ein. »Wo ist Émile jetzt?«, stieß er hervor. So ganz gelang es ihm nicht, seinen Ärger, nein, vielmehr die Sorge zu unterdrücken.

»Leise«, zischte die Frau. »Sie regen meinen Jungen auf.«

Wumm, wumm, wumm – inzwischen wusste Carl nicht, was es war. Das Trommeln seines Herzens oder das Schlagen des Kopfes gegen die Wand. Ein langgezogenes Stöhnen drang aus der Ecke, fuhr eiskalt durch sein Inneres. Doch Carl schüttelte das Unbehagen weg.

»Wo. Ist. Émile?«, wiederholte er mit Nachdruck.

»Ich weiß es nicht und will es auch nicht wissen! Hoffentlich weit weg von mir und meinem Sohn. Er hat sich seine Katze geschnappt und ist verschwunden, sonst hätte ich die Militärpolizei gerufen, ich schwöre es! Wehe, ich sehe ihn oder seinesgleichen auch nur in der Nähe! Dann …«

»Seien Sie unbesorgt«, presste Carl hervor. »Sie sehen weder ihn noch mich je wieder. Ich fürchte, ab jetzt müssen Sie einen anderen Mieter suchen, der pünktlich sein Geld zahlt.«

Ihre Gesichtszüge entgleisten. Aber ihrer Entrüstung wollte er nicht weiter zusehen, seine Entscheidung stand fest. Immerhin war er nicht mehr der Mann, der jeden Gedanken ewig lange mit sich herumtrug, bis es nicht weiterging.

Vielleicht war es etwas übereilt.

Aber in der Wohnung zu bleiben, in der Émile unerwünscht war, konnte er sich nicht vorstellen.

Entschlossen wandte er sich ab.

Wumm, wumm, wumm – es folgte ihm bis ins Treppenhaus. Sogar als er draußen stand, glaubte er das Schlagen gegen die Wand zu hören. Einen Augenblick hielt er inne und streckte sein Gesicht der abendlichen Brise entgegen. Die Kühle legte sich wohltuend über sein Gemüt. Irgendwo hoch über ihm waren noch die Flugzeuge, er konnte das Brummen hören. Doch es war ihm egal.

Wo war Émile? Wo würde er hingehen?

Mit Schrecken wurde ihm bewusst, dass er keine Ahnung hatte, ob der alte Mann noch Freunde in der Stadt hatte, zu denen er gehen könnte, oder wie er sich die Zeit vertrieb, wenn Carl in der Fabrik weilte. Meistens hatte er Émile lesend angetroffen. Die Bücher schienen eine Art Zufluchtsort zu sein, die ihn von der Realität ablenkten. Aber Bücher konnten ihm kein Dach über dem Kopf geben. Ihn nicht vor der Kälte schützen.

Kehrte man nicht an bekannte Orte zurück, wenn man nicht weiterwusste?

Carl dachte an die Buchhandlung. Einen Versuch war es wert, zumal es nicht weit weg lag. Danach würde er zur Villa gehen und mit Emma reden. Entweder war Émile dort. Oder … sie würden zusammen überlegen, wo sie nach dem alten Mann suchen sollten. Noch wollte er sie nicht unnötig beunruhigen.

Er beschleunigte die Schritte, weit musste er nicht gehen. Zwanzig Minuten später entdeckte er die ehemalige Buchhandlung. Ein trauriger Anblick. Nichts deutete mehr darauf hin, dass hier einst die Liebe zum gedruckten Wort zu Hause gewesen war. Das Schaufenster war mit Brettern vernagelt, die Tür hing schief. Man könnte glauben, eine in der Nähe eingeschlagene Bombe hätte den Laden zerstört. Doch Carl wusste es besser. Dafür waren seine Landsleute verantwortlich, und diese Tatsache beschämte ihn zutiefst. Vor dem Krieg hätte er niemals vermutet, wie viel Hass es in den Herzen der Menschen gab. Inzwischen wunderte ihn nichts mehr. Die Zeitungen überboten sich, die Schreckensgeschichten des Krieges zum Besten zu geben. Um die Wette schrieben sie davon, wie die französische Bevölkerung siedendes Wasser auf deutsche Soldaten goss, wie Nonnen sich auf die Männer stürzten, um ihnen die Kehlen aufzuschlitzen, wie irgendwo in Russland Kinder darauf abgerichtet wurden, aus einem Hinterhalt auf die vorbeiziehenden Truppen zu schießen. Der Feind war ohne jegliche Ehre, hieß es, und wenn man der gängigen Meinung glaubte, sollte man ihm das tausendfach zurückzahlen. Vermutlich erzählte man in Frankreich Ähnliches über die Deutschen. Und es gab auf der Welt nichts mehr außer gegenseitigen Hass.

Carl trat näher an die Buchhandlung heran, versuchte, zwischen den Brettern in die Dunkelheit zu spähen. Ohne Licht ein unmögliches Unterfangen. Vorsichtig schob er die Tür ein Stück auf. Nicht zugenagelt. Drinnen roch es muffig und staubig, so dass es ihm bei jedem Atemzug in der Kehle kratzte. Blindlings tastete er sich ein paar Schritte voran. »Émile?«, rief er leise. »Bist du hier?« Er lauschte. Nichts zu hören. Sollte er gehen und mit einer Lampe zurückkehren?

Etwas streifte seine Beine. Er keuchte, sprang beiseite und stolperte über einen weichen Körper. Es miaute. Im letzten Augenblick hielt er das Gleichgewicht. »Gusti?«

Noch immer nichts zu sehen oder zu hören.

Dann vernahm er ein halb unterdrücktes Niesen.

Ein Stein fiel ihm vom Herzen. Diesen Nieser würde er überall erkennen. Katzenhaare setzten dem alten Mann unglaublich zu, dennoch wurde er nie müde, mit seinem Stubentiger zu schmusen.

»Émile! Was machst du nur hier?«

Stille.

»Émile, ich weiß, dass du hier bist. Ich kann Gusti schnurren hören, vermutlich hältst du sie gerade im Arm und kraulst ihren Kopf. Ohne dich und die Katze gehe ich nicht weg! Also Schluss mit dem Versteckspiel.«

»Wo soll isch denn sonst 'in?«, kam es zögerlich aus der Dunkelheit. »Deine Vermieterin …«

»Ich habe mit ihr gesprochen. Ich fürchte, im Moment sind wir beide ohne ein Dach über dem Kopf. Aber es ist kein Grund, sich hier zu verkriechen – wir werden schon eine Lösung finden.«

»Oh nein. Sie 'at mir versprochen, dir nischt das Leben schwer zu machen, wenn isch auf der Stelle verschwinde.«

»Es ist nicht deine Schuld, Émile. Wenn du nicht dortbleiben kannst, bleibe ich genauso wenig.«

»Das ist dumm.«

»Danke, Émile. Ich wusste schon immer, dass ich nicht der Schlauste unter deinen Schülern war, aber das ist in Ordnung. Von dir habe ich allerdings mehr erwartet. Wie dumm war es denn, einfach so wegzugehen? Ohne eine Nachricht für mich zu hinterlassen! Ich habe mir schreckliche Sorgen um dich gemacht.«

»Misch zu be'erbergen, kann dich und Emma in Schwierigkeiten bringen. Es ist für alle besser, wenn isch gehe. Und lange Abschiede machen die Sache nischt leischter.«

Carl presste die Zähne zusammen. Dieser Mann war so stur! Gleichzeitig verstand er Émile – zuerst ein leidenschaftlicher Lehrer, dann ein leidenschaftlicher Buchhändler. Und nun – jeglicher Leidenschaft beraubt, musste er sein Dasein in einer fremden Wohnung fristen. Würde das nicht jeden mürbe machen?

Carl seufzte. »Ich kann mir nicht im Geringsten vorstellen, wie du dich fühlst. Wie es dir geht. Aber wir sind für dich da, wir werden alles tun ...«

»'ör auf.« Es schnaubte aus der Dunkelheit. »Niemand kann 'ier irgendetwas tun. Früher oder später werden wir alle unter die Räder dieses Krieges kommen! Geh bloß. Lass misch in Ruhe.«

»Das könnte dir so passen!«

»Das 'abe isch auch gesagt. Das passt mir gut.«

»Vergiss es.«

»Wie bitte?«

»Wir sind nicht im Lyceum. Du kannst mich nicht mehr auf meinen Platz zurückschicken. Und wenn es nötig ist, werde ich dich eigenhändig aus diesem Laden nach Hause zerren.«

»Isch dachte, wir beide 'aben im Moment kein Zu'ause.«

»Und ich sagte, dass wir für alles eine Lösung finden. Komm jetzt. Es wird langsam kalt hier.«

Ein Geräusch ertönte in der Dunkelheit. Etwas zwischen pft und hmpf.

Carl seufzte. Vielleicht war es langsam an der Zeit, den ultimativen Trumpf auszuspielen. Was richtig ätzend war, aber er sah diese Unterhaltung wie eine Geschäftsverhandlung. Die er einfach gewinnen musste. »Denk doch an Emma. Ihre Eltern sind ohne ein Wort aus ihrem Leben verschwunden. Willst du es ihnen wirklich gleichtun?«

Der alte Mann schwieg. Immerhin kein Widerspruch mehr.

»Emma braucht dich, Émile. Manchmal fällt es ihr schwer, es zu zeigen, aber sie braucht dich wirklich.«

Keine Antwort.

Noch ein paar Herzschläge lang wartete er, dann ging er zum Ausgang.

Und nun? Draußen war es still. So still, dass er nicht anders konnte, als die Augen zu schließen und diese Ruhe zu genießen. Nicht sofort war ihm aufgefallen, dass die Flugzeuge verschwunden waren. Und einen Augenblick lang war Metz einfach nur eine Stadt in der Abenddämmerung.

Schon wieder streifte etwas sein Bein. Carl zuckte zusammen, blickte hinunter und erspähte die Katze zu seinen Füßen. Das riesige Tier war ihm nach wie vor etwas unheimlich. Auch wenn er alles versuchte, um es nicht zu zeigen. Immerhin nahm Gusti es ihm nicht sonderlich krumm und schenkte ihm bereitwillig ihre schnurrende Aufmerksamkeit.

Die Tür quietschte. Carl musste sich nicht umdrehen, um zu wissen, dass es Émile war. Leise trat der alte Mann an ihn heran und hob die Katze auf die Arme. Wie ein Kind schmiegte sich das Tier an seine Schulter.

»Nun gut.« Émile räusperte sich. »Wo'in jetzt?«

Carl schmunzelte. »Ach, es ist nie zu spät für ein Abendessen bei meinen Eltern. Dann sehen wir weiter.«

Für Freunde standen die Türen der Villa immer offen. Für die Familie sowieso. Und Émile war definitiv beides.

Metz, 1917

EMMA

Sie hatte das Standesamt als Fräulein Bergmann betreten, und kaum sah sie sich um, trug sie einen ganz anderen Namen. *Seinen* Namen. Damit war es endlich passiert! Immer wieder schaute sie zu Carl und konnte es kaum fassen, wie viel Glück sie hatte, ihn zu haben. Ein Glück, das kostbar und so unglaublich zerbrechlich in der heutigen Zeit schien.

Kaum traten sie nach draußen, wurden sie von fröhlichen Gesichtern, Glückwünschen und unzähligen Kügelchen empfangen, die ihnen zugeworfen wurden. Der Jubel der Gäste stieg ihr zu Kopf wie das Prickeln vom Champagner. Erst im nächsten Augenblick begriff Emma, dass es Senfkörner waren, die auf sie herabrieselten. Einem Impuls folgend, beugte sie sich hinunter und sammelte mehrere Kügelchen auf, um diese aufzuteilen und die Hälfte in Carls Handfläche zu legen.

Sein Blick senkte sich bis auf den Grund ihrer Seele, als er seine schmalen Finger um die Saat schloss. Sie wünschte sich, er würde sie küssen. Heute konnte sie einfach nicht genug davon haben. Der Kuss im Standesamt war ihr so steif und choreographiert vorgekommen, dass alles in ihr nach einem neuen Versuch verlangte. Gleichzeitig spürte sie alle Blicke auf sich gerichtet und sehnte sich danach, Carl und seinen Kuss endlich ganz für sich allein zu haben. Ihm schien es ähnlich zu gehen. Kurz rang er mit sich, dann legte er ihre Hand in seine Armbeuge und führte sie brav zur mit Blumen und Bändern geschmückten Kutsche, die sie zur Villa bringen sollte.

Die Hochzeitsgesellschaft verteilte sich im Park, einige Grüppchen versammelten sich an den festlich geschmückten Tischen. Die Bediensteten huschten herum, um den Feiernden jeden Wunsch von den Lippen abzulesen.

In der Eingangshalle wartete der Fotograf mit seinem Apparat. Er hatte seine Utensilien vor der Treppe aufgebaut und schritt dahinter hin und her wie ein Hund an einer Kette, der seinen Schatz bewachte.

»Zuerst das Brautpaar«, grummelte er in seinen beeindruckenden Bart.

Emma war es nicht gewohnt, so im Mittelpunkt zu sein. Hoffentlich konnte sie vor lauter Aufregung lange genug still stehen, damit die Aufnahmen nicht verwaschen wurden. Sondern ihr Glück für die Ewigkeit festhalten konnten. Louise begann, am Kleid zu zupfen, um die Falten perfekt zu legen, und steckte Emmas widerspenstige Strähnen wieder in die Frisur.

Wilhelmine richtete den Brautstrauß – ein beeindruckendes Gebinde aus Myrte, Efeu und Kräutern, die Carls Mutter in ihrem Beet zusammengesucht hatte. Carl stellte sich auf die Treppenstufen zu Emma. An ihm begann Louise nicht weniger eifrig zu zupfen.

»Es muss perfekt sein!«, flötete Wilhelmine und versuchte unentwegt, einen unsichtbaren Fussel von seinem Smoking zu entfernen.

»Mama, ich denke, es ist perfekt genug.« Carl nahm Emmas Hand.

Minutenlang verharrten sie in der Position. Emma spürte seinen Blick und fragte sich nervös, was das für Fotografien werden würden, wenn er gar nicht gedachte, zum Apparat zu blicken. Auch sie schaffte es nicht, eine würdevolle Miene zu wahren. Das Lächeln zupfte immer wieder an ihren Mundwinkeln, machte sich selbständig, wie ein Sonnenstrahl, der durch Wolken brach.

Dann stellten sich Carls Eltern dazu. Ehrhard an Emmas Seite und Wilhelmine zu Carl, und spätestens da, als Ehrhard einen Arm um sie gelegt hatte, fühlte sich Emma endgültig in dieser Familie aufgenommen. Schließlich kam Louise dazu, Frederick in seinem feinen Bleyle-Matrosenanzug setzte sich auf die Stufen, die Seidels schafften es sogar, Émile dazu zu überreden, sich zu ihnen zu gesellen. Der alte Mann hatte Bedenken gehabt, mit seiner Anwesenheit für Komplikationen zu sorgen. Daraufhin hatten die Seidels einige Altlothringer eingeladen, von denen sie wussten, dass sie nur französisch sprachen, damit Émile sich unter den Gästen wohlfühlte. Bei der Aufnahme hakte sich Emma bei ihm unter. Carl legte ihm eine Hand auf die Schulter. Und so warteten sie alle, während der Fotograf mit dem Auslöser hantierte.

Ein Bediensteter brachte Champagnergläser auf einem Tablett, mit denen sie anstießen. An Carls Seite trat Emma hinaus in den Park zu den anderen Gästen, die sich in gemischten Grüppchen miteinander unterhielten. Zufrieden sah sie, dass die Bankiersfamilie von Rothhausen sich nicht zu fein war, mit einer Arbeiterin der Fabrik zu reden – bei den Seidels bedurfte es gar keiner Überredungskünste, damit neben hoch angesehenen Familien von Metz auch die Belegschaft der Fabrik eingeladen worden war. Obwohl Belanglosigkeiten noch nie Emmas Stärke waren, fühlte sie sich leicht und ungezwungen, mit den Gästen zu plaudern. Es war schön, um sich herum fröhliche Gesichter zu sehen, die dem Schrecken des Alltags wenigstens für diese Stunden entkommen konnten.

Ihr Blick schweifte durch den Park. Fröhliche Gesichter? Nicht überall. Etwas abseits entdeckte sie Albert, der anscheinend in eine Auseinandersetzung mit einem anderen Fabrikangestellten verwickelt worden war. Sie schaute zu Carl. Dieser hatte noch nichts vom Streit mitbekommen und war voll und ganz in ein Gespräch mit Hagen von Rothhausen vertieft. Sie entschuldigte sich kurz und steuerte die beiden an. Worum es auch ging – dieser Tag sollte keinen Platz für Konflikte haben. Nicht einmal Kanonendonner war in der Ferne zu hören. Heute gönnten sich sogar die Kämpfe eine Pause.

Schon von weitem hörte sie aufgeregte Wortfetzen.

»Du hattest Hans von Anfang an auf dem Kieker, gib es zu!«, zischte der Blonde, der sich vor Albert aufgebaut hatte. Hans? Der Name stach wie ein Eiszapfen in Emmas Herz. So lange hatte sie nicht an den Mann denken müssen. Sofort stiegen die Erinnerungen an den Überfall in ihr hoch, doch sie drängte die verblassten Bilder zurück. Nicht jetzt, nicht heute – sie wollte dem Schrecken nicht erlauben, ihre Seele zu übermannen.

»Natürlich. Jetzt bin ich schuld an seinem Schicksal? Er hat seine Strafe verdient!«, wehrte sich Albert, wild gestikulierend.

Emma machte einen kleinen Bogen, um seinen Widersacher besser zu sehen. Joseph. Hans' Vetter. Der nie müde wurde, die Unschuld des Mannes zu beteuern, auch wenn es in den letzten Jahren ruhiger um das Thema geworden war.

»Niemand hat so etwas verdient!«, knurrte Joseph und schubste Albert direkt auf Emma zu. Albert taumelte und verlor das Gleichgewicht. Sie lief die letzten paar Schritte, um ihn zu stützen.

»Joseph! Was fällt Ihnen ein!«, rief sie entsetzt.

Der Mann verharrte, als würde er erst jetzt wahrnehmen,

wo er war und was er tat. Seine Fahne bezeugte, dass es ihm bereits gelungen war, sich mit Alkohol ordentlich anzuheizen.

»Verzeihung«, brummte er. Sein Gesicht war gerötet. Immer wieder ballte er die Hände. Nur mit Mühe gelang es ihm wohl, seine Gefühle unter Kontrolle zu halten.

»Ihr seid doch alle gleich in eurer Sippe«, krächzte Albert kopfschüttelnd. Dann wandte er sich an Emma, als würde Joseph nicht mehr existieren. »Ich bitte um Entschuldigung. Das ist mir jetzt wirklich unglaublich unangenehm.«

Joseph schnaubte. »Was bist du nur für eine fiese Ratte.« Seine Nasenflügel bebten.

Emma trat vor. »Joseph, bitte. Wie wäre es, wenn wir die Angelegenheit gleich am Montag in der Fabrik besprechen? Dann können Sie mir alles sagen, was Ihnen auf der Seele brennt.«

»Was mir auf der Seele brennt? Nichts wäre passiert, wenn dieser Hundsfott nicht versucht hätte, Hans herauszuekeln.«

»Ach, es liegt also an mir, dass er in der Fabrik randaliert und Herrn Seidel bedroht hat?« Alberts Stimme überschlug sich beinahe vor Empörung. »Von diesem furchtbaren Überfall ganz zu schweigen!«

»Mit dem Überfall hat er nichts zu tun!«

Emma sah deutlich, wie sich Josephs Adamsapfel hoch- und herunterbewegte.

Albert verdrehte die Augen. »Wieder die alte Leier, ja?«

»Seine Komplizen hat er nie verraten! Egal wie lange man ihn verhört hatte, wie sehr man auf ihn einprügelte. Grün und blau haben sie ihn geschlagen, aber niemand hat etwas Nützliches aus ihm herausbekommen.« Josephs Blick traf Emma. »Wissen Sie, dass Hans zu zehn Jahren Zuchthaus verurteilt wurde? Dass er letzte Woche in Haft gestorben ist?«

Nein. Das hatte sie tatsächlich nicht gewusst. Seit langem schon hatte sie das Kapitel Hans für abgeschlossen betrachtet. Jetzt wallten Schuldgefühle in ihr auf. Obwohl sie wusste, dass sie keinen Grund hatte, so zu empfinden.

»Jetzt lass Frau Seidel in Ruhe!« Albert stellte sich vor sie.

»Seine Mittäter wurden nie gefasst, weil er keine hatte!« Joseph redete sich in Rage. »Er war es nicht! Wer auch immer es Ihnen angetan hat, Frau Seidel, der da hat meinen Vetter für sein Verbrechen büßen lassen! Spielt das für Sie eine Rolle zu wissen, dass ein Unschuldiger im Zuchthaus elendig verreckt ist? Dass Kinder ohne ihren Vater aufwachsen müssen?«

Unwillkürlich wich Emma einen Schritt zurück. Joseph verzog das Gesicht, drehte sich um und stampfte davon. Verwirrt starrte sie ihm hinterher. Spielte es eine Rolle? Natürlich!

Nur war Hans Neuböck nicht unschuldig gewesen. Dessen war sie sich sicher. Etwas anderes durfte sie nicht einmal denken.

»Frau Seidel?« Albert richtete seine Kleidung. Er trug einen festlichen Anzug, der an ihm irgendwie schief saß und nach dem Zusammenstoß mit Joseph gänzlich ramponiert wirkte. »Ist alles in Ordnung bei Ihnen? Bitte entschuldigen Sie, manche wissen sich eben nicht zu benehmen.«

Sie nickte. »Gehen wir ein Stück?« Nachdenklich drehte Emma an ihrem Ring. Neuböck hatte seine gerechte Strafe bekommen, wiederholte sie immer und immer wieder in ihren Gedanken. Auch wenn sein Tod nicht dazugehörte. Trotzdem durfte sie sich von Josephs Worten nicht verunsichern lassen. Morgen würde er nüchtern sein und die Welt mit anderen Augen sehen. Auf die Bekundungen von Neuböcks Unschuld war sie schon einmal reingefallen. Das würde ihr nicht noch einmal passieren.

»Lassen Sie sich vom Gerede eines Betrunkenen nicht in

die Irre führen«, brummte Albert gutmütig, als hätte er ihre Gedanken erraten. Vielleicht aber brauchte auch er etwas Zuspruch, um mit dieser Begegnung fertigzuwerden. »Die Polizei hat die Angelegenheit umfassend untersucht, das Gericht hat ihn verurteilt. Mehr gibt es dazu nicht zu sagen.«

»Aber was ist mit seinen Komplizen? Sie wurden nie gefasst.«

Albert winkte ab. »Wenn er irgendwelche Halunken in der nächstbesten Gasse angeheuert hatte, ist es nicht verwunderlich, dass er ihre Namen nicht kannte. Lassen Sie es gut sein.«

Er hatte recht. Natürlich hatte er recht. Es gut sein zu lassen, war das einzig Vernünftige, was sie tun konnte.

»Ich danke Ihnen, Albert.« Sie schaute auf, gerade rechtzeitig, um aus dem Augenwinkel zu bemerken, wie Frederick und ein paar andere Kinder hinter das Haus schlichen. Offensichtlich des Versteck- und Fangspiels überdrüssig. Normalerweise hätte es sie nicht weiter beunruhigt, aber Frederick hatte diesen schelmischen Blick aufgesetzt, bei dem Emma sich ziemlich sicher war, dass er etwas ausheckte.

»Bitte entschuldigen Sie mich.« Sie eilte den Rabauken nach. Zu spät. Scherben klirrten unter dem kämpferischen Grölen der Kinder. Mit Stöcken schlug die kleine Schar auf das alte Geschirr ein, das dort aufgestapelt worden war, und haute alles in Stücke. Offensichtlich hatten Frederick und seine Freunde den Polterabend vorgezogen.

»Was ist das für ein Lärm?«, donnerte Wilhelmines Stimme. Völlig außer Atem lief Carls Mutter um die Ecke und blieb wie angewurzelt stehen. »Diese Bengel! Denen werde ich die Ohren lang ziehen!«

Die Kinder kicherten, ließen die Stöcke fallen und rannten davon, als wäre ihnen der Leibhaftige auf den Fersen.

Beruhigend strich Emma Wilhelmine über den Rücken.

»Denk daran: Es wurde endlich geheiratet. Alles andere ist doch nebensächlich.«

»Das stimmt. Außer Champagner. Angesichts der Umstände ist genug Champagner niemals nebensächlich!«

Zum Abend hin verlegte sich die Feier in die Villa. Ein Streichquartett unterhielt die Gäste mit Musik. Von unzähligen Stimmen der Gäste im Festsaal und dem Prickeln des Champagners schwirrte Emma der Kopf. Inzwischen sehnte sie sich nur noch nach etwas Ruhe, um den Tag gemütlich ausklingen zu lassen. Stattdessen galt die ganze Aufmerksamkeit der Anwesenden nach wie vor ihr – keine Möglichkeit, sich unbemerkt zurückzuziehen.

»Darf ich Sie um einen Tanz bitten, Frau Seidel?«, erklang Carls Stimme an ihrem Ohr. Gleichzeitig stimmten die Musiker die ersten Töne eines Walzers an, Carls Hand legte sich um ihre Taille, und Emma bemerkte, dass sie beide ganz allein in der Mitte des Saals standen.

»Du weißt schon, dass ich nicht gut tanzen kann?«, stammelte sie, während sie sich umsah. Die Gäste waren zurückgetreten und warteten gespannt auf die Darbietung des Ehepaares.

»Ich tu dann mal so, als würde ich führen.« Er zwinkerte ihr zu und neigte den Kopf zu ihr. »Ein Schritt zur Seite. Ein Schritt zurück. Achtung – Drehung. Und von vorn …«

Ganz sanft schob seine Hand sie in die richtige Richtung. Emma wiegte sich zum Takt der Musik, bis sie verwundert feststellen musste, dass sie tatsächlich tanzten. »Sie haben heimlich geübt, Herr Seidel!«, entfuhr es ihr. »Hat Ihre Schwester Sie in die Geheimnisse dieser … Kunst eingeweiht?«

»Meine Mutter«, flüsterte er ihr zu. »Und sie hat wirklich ihre liebe Mühe mit mir gehabt, Gott segne sie für ihre Geduld.« Schon wieder wirbelte er sie herum, dann hob er sie hoch, und ihr Kopf drehte sich noch mehr von Glückseligkeit. Ein Schritt, noch ein Schritt, ein Innehalten – und eine Drehung.

»Emma?«

Sie spürte seine Hand, die sich noch ein kleines Stück fester um ihre Taille legte. Jede Bewegung, jeder Laut verursachte ihr eine Gänsehaut. Sie schaute zu ihm auf und merkte, wie ernst der Blick seiner grünen Augen war.

»Lieben und Ehren in guten und in schlechten Tagen. Das haben wir uns heute versprochen.« Seine Finger wanderten ihren Rücken herab. Sie schloss die Augen. Um nur noch seine Berührung wahrzunehmen, sich von seiner Stimme vollkommen einhüllen zu lassen. »Doch dich zu lieben und zu ehren ist nichts, was ich versprechen muss, solange mein Herz schlägt, weil etwas anderes mir einfach nicht möglich ist.«

Sie spürte, wie ihr Herz einen Satz machte, und zusammen mit ihrem verrückten Herz kam sie selbst aus dem Takt. »Du …«, begann sie unsicher.

Sein Griff wurde etwas fester. »Lass mich bitte ausreden. Sonst komme ich ganz durcheinander.«

Sie hielt inne, ohne ihren Blick von ihm abzuwenden.

»Es gibt nämlich noch viel mehr, was ich dir sagen muss und im Standesamt nicht geschafft habe. Ich möchte dir versprechen, nicht nur dein Ehemann zu sein, sondern auch dein Freund, dein Geschäftspartner, dein … Zuhause, wo du immer willkommen bist, egal wo wir sind. Ich möchte, dass du weißt, dass du bei mir immer du selbst sein kannst. Auch wenn andere – und manchmal vielleicht auch ich – etwas anderes von dir erwarten.« Er zögerte. Seine Worte schienen zusammen mit der Musik um sie herum zu schweben und in ihr widerzuhallen. »Ich weiß, dass du eine starke Frau bist, die ihren Weg gehen muss, aber den musst du nicht allein gehen. Ich werde bei dir sein.«

Er wirbelte sie über das Parkett, so dass ihr Herz umso schneller zu schlagen begann. »Ich … Ich muss dir auch etwas sagen …« Sie hatte keine schöne Rede vorberietet, und doch drängte sich so viel auf ihre Lippen, dass sie glaubte, gleich zu zerbersten, wenn sie noch länger schweigen würde. »Ich liebe dich!«, stieß sie atemlos hervor. »Ich liebe dich.«

Noch nie hatte sie jemanden so sehr geliebt. Noch nie hatte sie es je jemandem gesagt.

Plötzlich merkte Emma, dass sie aufgehört hatten zu tanzen. Carl hielt sie im Arm, und sie hatte das Gefühl, sich in seinem Blick vollkommen aufzulösen. Sie brauchte nicht mehr zu sagen.

Der Walzer verklang. Dann setzten die Musiker zu einem neuen Stück an. Aus dem Augenwinkel bemerkte sie Wilhelmine und Ehrhard, die auf die Tanzfläche dazukamen. Und Louise mit Frederick, der mit einem Mal wie ein kleiner Mann wirkte, der seinen Vater gebührend vertreten musste.

Erst spät in der Nacht zogen sie sich zurück.

Die Musik klang noch in ihr nach, als sie endlich in ihrem Zimmer standen. Von unten tönten noch die Stimmen der Gäste und die Darbietungen des Quartetts. Carl trat heran und begann, das Kleid aufzumachen. Ganz langsam machte er die Ösen auf. Emma spürte jede Bewegung seiner Finger, wie sie nach und nach zu ihrem Po-Ansatz glitten. Plötzlich war die Unsicherheit da. Sie konnte sich zu gut vorstellen, was jetzt kommen sollte. Wie würde es sich anfühlen?

Mit einem Mal wirbelten unzählige Passagen aus *Die eheliche Pflicht* in ihrem Kopf herum. Fast glaubte sie, Doktor Weißbrodt stünde persönlich neben ihr und wiese sie in die

Kunst des vollkommenen Beischlafs ein. Im nächsten Augenblick erschien neben dem imaginären Weißbrodt auch die imaginäre Louise. Splitterfasernackt und selig lächelnd, versuchte sie Emma zu vermitteln, dass die ganze Angelegenheit sowieso zum Scheitern verurteilt war, weil Emma ihre eigene Weiblichkeit noch nicht einmal im Ansatz entdeckt hatte.

Carl legte eine Hand auf ihre Taille und zog sie noch ein Stück zu sich. »Wir müssen es nicht heute tun.« Seine Lippen waren so nah an ihrem Hals, dass sie die Worte buchstäblich auf ihrer Haut spürte.

»Aber wir sind verheiratet.«

»Das werden wir morgen immer noch sein. Und auch dann müssen wir rein gar nichts tun, was wir nicht wollen.« Seine Hand lag immer noch auf ihrer Taille und gab ihr Halt. Sie konnte ihm vertrauen. Bedingungslos. »Ehrlich gesagt … Ich weiß nicht, was ich will.« Sie sie schaute zu ihm auf. »Außer dich.«

»Mich kannst du haben.« Mit einem Mal hob er sie auf die Arme.

»Carl!«, protestierte sie. »Dein Herz …«

»Ich denke, es hält dich aus.« Er trug sie ins Bett, schlüpfte unter die Bettdecke und drehte sich zu ihr.

Emma hob die Hand und strich seine rotblonden Locken über den blassen Strich der Narbe auf seiner Schläfe. Es gab schon so vieles, was sie zusammen hatten überwinden können! Manch eine Narbe erinnerte daran. »Und was machen wir jetzt?«

Er hob die Augenbrauen. »Ist es schon zu spät für eine Partie Schach?«

Emma lachte, wälzte sich auf ihn und drückte ihn mit beiden Händen tiefer in die Matratze. »Sie sind albern und frech, Herr Seidel.«

»Meine wahre Natur kommt eben erst nach der Heirat zum

Tragen, Frau Seidel. Aber Sie könnten mich küssen, wenn Sie möchten. Dann rede ich wenigstens nicht weiter.«

Sie küsste ihn. Sie küsste ihn immer wieder, davon konnte sie nicht genug bekommen. Irgendwann streifte sie ihre Scheu ab und befreite seine Schultern aus dem Hemd. Gierig erkundeten ihre Fingerspitzen seinen Körper. Er ließ sie gewähren, und es kam ihr vor, als würde sie gleichzeitig auch sich selbst umso eindringlicher wahrnehmen. Eine noch nie da gewesene Erregung prickelte unter ihrer Haut und konzentrierte sich in ihrem Schoß. Sie spürte sein hartes Glied unter sich und hielt inne, völlig überrumpelt von ihrem Verlangen, sich fester mit ihrer Scham daranzudrücken. Jetzt wusste sie nicht, was sie tun sollte.

Vorsichtig drehte Carl sie auf die Seite. Sie ließ sich auf den Rücken fallen. Unbehagen stieg in ihr auf, als Carl ein Stück auf sie rückte. Wie erstarrt lag sie da. Wartete darauf, dass sie es endlich hinter sich brachten. Doch es war nicht sein Glied, das sie spürte. Seine Hand berührte die Innenseite ihres Oberschenkels und wanderte ganz langsam hoch. Sie keuchte, als seine Finger sich auf ihren Schoß legten, doch er verschloss ihren Mund mit seinen Lippen. Seine Zunge tastete sich zu der ihren. Während seine Finger die empfindliche Stelle an ihrem Körper umkreisten. Ein Kloß steckte in ihrem Hals. Tief in ihr schämte sie sich dafür, wie sehr sie wollte, dass er weitermachte. Dass er auf keinen Fall aufhörte, diesen sanften Druck auszuüben. Ihr Becken bog sich ihm entgegen, sie stöhnte – unvorstellbar, es länger auszuhalten, ohne dass jede Faser ihres Körpers erzitterte. Dann spürte sie, wie sein Glied in sie hineinglitt.

Erschrocken hielt sie den Atem an. Jetzt war wieder diese Angst da. Eine furchtbare Angst, die alle andere Gefühle auslöschte.

Sanft bewegte sich Carl in ihr. Es war so seltsam, etwas in sich zu spüren, was nicht da sein sollte. Aber es gab keinen Schmerz. Zumindest nicht so, wie sie es sich vorgestellt hatte. Viel eher fühlte es sich an, als hätte etwas über eine Schürfwunde gestreift. Unangenehm. Aber nicht weiter schlimm. Das musste sie aushalten.

Ein paarmal glitt er in ihr vor und zurück. Dann zog er sich zurück und schmiegte sich an ihre Seite. Noch immer spürte sie sein steifes Glied, das sich an ihren Oberschenkel drückte.

Sie wartete. Aber er hielt sie bloß im Arm.

Verwirrt wandte sie ihr Gesicht ihm zu. »War es das?« Ihre Stimme klang ganz fremd und brüchig.

Er sah sie ernst an. »So schlimm?«

»Nein.« Endlich gelang es ihr, den Kloß in ihrem Hals hinunterzuschlucken. »Ich glaube nicht.«

»Das reicht mir vollkommen.«

»Und jetzt?«

»Jetzt?« Er küsste sie auf die Schläfe. »Ich weiß nicht, was du vorhast, aber für eine Partie Schach bin ich eindeutig zu müde.«

»Dann ... tun wir nichts mehr?«

Er legte seinen Kopf zu ihr auf das Kissen. »Heute nicht.«

Erleichtert atmete sie auf. Dann biss sie sich auf die Lippe. Hatte er es gehört?

Behutsam strich er ihr über die Wange. »Du brauchst keine Angst zu haben. Nicht vor mir. Und niemals davor, was ich mache, wenn wir allein sind.«

Bewegungslos lag sie da und starrte sie in die Decke. Hatte es ihr gefallen? Würde sie es je mögen? Sie lauschte in sich hinein. Es war ... seltsam gewesen. Befremdlich.

Aber er hielt sie im Arm, sein ruhiger Atem strich über

ihre Wange, und sie wusste, dass sie tatsächlich keine Angst zu haben brauchte – ganz egal, was sie machten, wenn sie ein Bett miteinander teilten.

* * *

Sie wachte sehr spät auf, zumindest fühlte es sich so an. Sofort türmten sich die Eindrücke des gestrigen Tages in ihr auf, so viele, dass es kaum noch Platz für etwas anderes gab. Sie drehte sich auf die Seite und sah zu Carl, der neben ihr schlief. Sein friedliches Gesicht zu betrachten, schenkte ihr einen unfassbaren Frieden. Niemals hätte sie sich ausmalen können, wie wunderbar es war aufzuwachen und ihn neben sich zu sehen. Die Nacht mit ihm war definitiv anders, als sie erwartet hatte. Sie fühlte sich noch immer sehr unsicher und verletzlich. Doch die Angst war nicht mehr da. Vielleicht hatte Louise recht. Sie musste mehr entdecken – von sich selbst, von ihm, von diesem neuen Wir.

An der Tür klopfte es zaghaft. »Die Hausherrin lässt den Herrschaften ausrichten, dass es bald an der Zeit ist, in die Kirche zu fahren«, ertönte eine schüchterne Stimme aus dem Flur.

»Mh«, stöhnte Carl, und die Antwort war anscheinend gut genug artikuliert, damit sich die Schritte entfernten. Seine Lider flatterten. Noch schöner, als ihm beim Schlummern zuzusehen, war es, ihn beim Wachwerden zu beobachten. Endlich schlug er die Augen auf und sah sie mit einem schlaftrunkenen Blick an. Sie konnte nicht anders, als ihn zu küssen.

»Daran könnte ich mich gewöhnen«, stöhnte er.

»Oh, gewöhne dich nicht zu sehr. Ich habe gehört, wir müssen in die Kirche.«

»Äußerst schade, aber die Geduld meiner Mutter sollten wir nicht zu sehr strapazieren.«

Sie hätte ihn schon wieder küssen können. Aber dann müsste sie damit rechnen, dass statt des Dienstmädchens seine Mutter an ihre Tür klopfen würde. Und so weit wollte sie es doch nicht treiben.

Überraschenderweise verliefen die Vorbereitungen für die kirchliche Trauung deutlich entspannter als gestern für den Termin im Standesamt. Nicht nur Emma war weniger nervös, auch Wilhelmine wirkte ruhig und vollkommen zufrieden, als die Seidels mit Carl zur Kirche aufgebrochen waren.

Émile half ihr in die Kutsche, dann kletterte auch er auf den Sitz. Der Kutscher straffte die Schultern, schnalzte mit der Zunge und brachte die Pferde in Bewegung. Sanft holperte das Gefährt die Straße entlang. Immer wieder richtete Émile seine Fliege, die absolut perfekt saß. Dabei war an seiner Aufmachung überhaupt nichts auszusetzen. Abgesehen von Gustis Haaren, die an seiner Schulter hafteten.

»Das wird großartig.« Liebevoll zupfte sie ihm die Katzenhaare vom Smoking. »Ich freue mich wirklich, dass wir dich doch noch überreden konnten, mich zum Altar zu führen.«

»Isch 'alte das für keine gute Idee.«

»Ich halte das für eine großartige Idee. Wer, wenn nicht du?« Auch auf die Gefahr hin, dass seine Fliege tatsächlich verrutschte, schloss Emma ihn in die Arme.

Erst nach einer Ewigkeit ließen sie voneinander. Dann wandte sich der alte Mann ab und wischte sich verstohlen über die Augen.

»Du wirst doch nicht weinen«, neckte sie ihn. »Dafür gibt es heute überhaupt keinen Grund!«

»Nein. Isch 'ab nur was im Auge.« Schon wieder füllten sich seine Augen mit Tränen, dieses Mal versuchte er nicht einmal, sie zu verbergen. »Ach Emma! Danke, dass du mir gezeigt 'ast, wie schön es ist, irgendwo 'inzugeʼören. Wurzeln zu 'aben. Du … Du und Carl … und Gusti natürlich … Ihr seid mehr Familie, als isch sie je in meinem Leben 'atte.«

Nun musste auch sie mit Tränen kämpfen. Dabei sollte sie doch nicht verheult in der Kirche auftauchen! Zum Glück gab es den Schleier.

Die Kutsche machte eine Ehrenrunde über den Theaterplatz und blieb vor dem Eingang der neuen evangelischen Kirche stehen. Emma sah hoch. Der Kaiser höchstpersönlich hatte das Bauprojekt vorangetrieben und bei den architektonischen Entwürfen mitgewirkt. Es hieß, er wollte dem Antlitz des Gotteshauses den Stil der Rheinromantik verleihen, um den deutschen Geist in dieser Stadt zu festigen. Nach seinem Wunsch war der dominante Vierungsturm entstanden und die zwei Flankentürme. Er sollte sogar eigenhändig die ursprünglichen Pyramidenhelme in die rheinischen Rhombenhelme umgewandelt haben. Dass die Trauung tatsächlich hier stattfinden würde, statt in der Garnisonskirche, die die Seidels regelmäßig besuchten, konnte Emma nur damit erklären, dass ihre Schwiegereltern ihr ein Stück Heimat schenken wollten. Tatsächlich konnte sie fast glauben, man stünde am Rheinufer, wenn man den Bau von der anderen Seite betrachtete, der – von Bäumen umgeben – die Spitze der Moselinsel zierte.

Émile reichte Emma die Hand, und sie ergriff seine Finger, die vor Aufregung leicht bebten.

»Danke«, flüsterte sie gerührt. »Danke, dass du für mich da bist.«

»Isch werde immer für disch da sein«, wisperte er ihr mit belegter Stimme zu. »Für disch und für Carl. Darauf kannst du disch verlassen.«

Sie legte ihre Hand in seine Armbeuge. Dann gingen sie den Eingangstüren entgegen, die sich ihnen öffneten. Leise raschelte ihr Kleid. Sie hatte sich nie viel aus Mode gemacht, aber dieses Kleid, das Wilhelmine für sie ausgesucht hatte, war perfekt. Nicht, weil es atemberaubend schön aussah, sondern weil sie sich unglaublich wohl darin fühlte. Weil es nur das Wichtigste betonte: dass sie eine glückliche Braut war, die gleich mit Carl vor dem Altar stehen würde.

Schon traten sie in den Gang. Die Gäste erhoben sich. Kurz wurde ihr schwindelig. Die unzähligen Gesichter um sie herum kamen Emma vor wie Pinselstriche auf einem Impressionismusgemälde. Die hohen, kühlen Mauern bescherten ihr Gänsehaut. Die Klänge der Orgel ließen ihr Inneres vibrieren, brachten ihr Herz zum Flattern. Schritt für Schritt näherten sie sich dem Altar. Sie konnte vorn Carls Gesicht sehen, leuchtend vor Glück wie im Standesamt, als könnte er es kaum erwarten, sie erneut zur Frau zu nehmen.

Wie von selbst begann auch in ihr alles zu strahlen. Sie musste sich zügeln, um ihre Schritte nicht zu beschleunigen, um endlich bei ihm zu sein.

»Was für eine Schmach«, zischte eine eisige Stimme hinter ihr und verwandelte ihre Seele in Stein. Wie von selbst glitt ihre Hand aus Émiles Armbeuge. Ganz steif drehte sich um und blickte ins Gesicht von Käthe Bergmann, die in der Gästeschar direkt am Rand stand.

Die Musik spielte weiter, doch sie konnte keinen Schritt mehr tun.

Ihre Mutter hatte sich kaum verändert. Dasselbe ausdruckslose Antlitz, der Mund – eine harte Linie, braune Augen, die so viel Leere und Kälte ausstrahlten, dass Emma sich klein und unbedeutend fühlte. Das Einzige, was an dem vertrauten Anblick fehlte, war das dunkelbraune Wollkleid.

Stattdessen steckte sie in der blauen Kriegskrinoline aus Leinen, so wie die deutsche Mode es vorschrieb, um der ausländischen Seide und Spitze den Kampf anzusagen.

»Mama …« Neben ihr entdeckte Emma ihren Vater, dem es sichtlich schwerfiel, sich aufrecht zu halten. Das Gesicht wirkte abgemagert und vom ständigen Schmerz gezeichnet.

Mit einem knappen Wink deutete Käthe Bergmann zu Émile. »Lässt dich von einem Feind zum Altar führen.«

Emma spürte die Blicke, die auf sie gerichtet waren. Wie Eiszapfen bohrten sie sich in sie hinein. Die Orgel verklang.

»Er ist kein Feind.« Sie wunderte sich selbst, wie fest ihre Stimme klang. Dann wandte sie sich zu Émile, der mit einem aschfahlen Gesicht neben ihr stand. »Er ist wie ein Vater für mich.«

»So weit ist es also gekommen.« Kraftlos ließ sich der alte Bergmann auf die Bank sinken. »Wir hätten niemals hierherkommen dürfen.«

»Käthe!« Emma blinzelte überrascht, als sie Wilhelmine neben sich entdeckte. Wie beiläufig tätschelte Carls Mutter Émiles Schulter. »Geht weiter. Zum Plaudern werden wir später noch genug Zeit haben. Nicht wahr, Käthe? Was für eine Überraschung!« Sie drängte die Frau ein Stück weiter in die Reihe und schirmte sie mit ihrer voluminösen Statur vollkommen ab.

Emma bekam nur noch mit, wie Émile sie weiter den Gang entlangzog. Erst nach mehreren Schritten setzte die Orgel wieder ein. Wie betäubt trat Emma auf Carl zu, immer wieder bestrebt, nach hinten zu sehen.

Die schöne Zeremonie drang kaum an sie heran. Sie wusste nicht einmal, wie diese endete, wie sie an Carls Seite aus der Kirche ging – über ein Blütenmeer, das die Blumenmädchen auf den Boden streuten.

Draußen glitt ihr Blick unruhig umher auf der Suche nach ihren Eltern, doch sie waren nicht unter den Gästen, die ihr und Carl gratulierten. Die fröhlichen Menschen drängten sich an sie heran und überschütteten sie mit lieben Worten, die in ihren Ohren ganz hohl klangen. Noch immer schaute sie umher, konnte die Bergmanns aber nirgends entdecken.

Bis Ehrhard Seidel an sie herantrat und sich zu ihrem Ohr beugte. »Sie sind gegangen.«

»Wohin?« Nur schwer widerstand sie dem Impuls, ihren Rock zu raffen und sich auf die Suche zu machen.

»Sie werden nicht zurückkommen.«

»Aber …« Sie beendete den Satz nicht. Natürlich würden sie nicht zurückkommen. Das wusste sie auch selbst längst.

»Emma«, redete Ehrhard auf sie ein. »Was auch immer sie gewollt haben, eine Versöhnung, so wie du sie gebraucht hättest, war es definitiv nicht.«

Warum waren sie dann gekommen? Um die Wunde aufzureißen, die langsam zu heilen begonnen hatte? Nun war es endgültig vorbei. Sie würde ihre Eltern nie wiedersehen.

»Du hast so viel ohne sie erreicht«, fuhr Ehrhard fort. »Und das kann dir niemand nehmen. Nicht einmal deine Eltern.«

»Wer hat auch Lust auf eine Torte?«, mischte sich Wilhelmine ein. »Carl? Wir sehen uns in der Villa. Diese Feier wird uns niemand verderben können!«

Carl ließ es sich nicht zweimal sagen. Entschlossen führte er Emma zur Kutsche, die darauf wartete, das junge Ehepaar zurückzubringen. Noch immer völlig durcheinander nahm Emma Platz. Noch immer drückte etwas auf ihre Brust, als würde eine Faust ihre Seele zusammenpressen. Das Gefährt setzte sich in Bewegung und fuhr über die Felsenbrücke. Emmas Blick glitt über das Wasser und über die Gebäude, die sich an den Kanal drängten, hoch zur Kathedrale, deren

Türme alles überragten. Sie hoffte, die Fahrt würde ihre trüben Gedanken wegdrängen. Doch sie sah immer wieder das Gesicht ihrer Mutter vor sich, diesen missbilligenden Ausdruck, der ihr deutlich machte, dass sie ein Nichts war. Ganz egal, wen sie heiratete. Die Stille um sie herum wurde immer bedrohlicher und schien ihren Geist endgültig zu betäuben.

»Möchtest du darüber reden?«, hörte sie Carls tiefe, ruhige Stimme. Doch ihre Seele blieb wie versteinert. Was sollte sie schon sagen? Außer dass es schrecklich weh tat. Völlig abgestumpft starrte sie auf die Häuser ringsherum.

Plötzlich beugte sich Carl vor und tippte dem Kutscher auf die Schulter. »Bitte kurz anhalten.«

Der Mann brachte die beiden Schimmel zum Stehen und drehte sich verwirrt um. »Ist alles zu Ihrer Zufriedenheit?« In seiner kratzigen Stimme schwang ehrliche Sorge.

»Selbstverständlich«, beruhigte Carl ihn. »Aber könnten wir die Plätze tauschen?«

»Wie bitte?«

»Sie setzen sich in die Kutsche, und wir kommen nach vorn.«

Dieses Mal reichte es bei dem armen Mann nicht einmal für ein wohl ausformuliertes »Wie bitte?«, sondern nur für ein »Hä?«.

»Wir würden gerne die Kutsche selbst ein Stück fahren. Wenn Sie natürlich so gnädig wären, uns Ihre Pferde anzuvertrauen. Dafür kriegen Sie das Doppelte von dem, was Sie für die Fahrt bekommen haben.«

Das überzeugte den Mann sofort. Er zuckte die Schultern und kletterte vom Kutschbock – für seine korpulente Statur erstaunlich geschwind – und deutete mit einer ausladenden Geste auf seinen Platz. »Bitte schön, die Herrschaften.«

Carl reichte Emma eine Hand. »Komm.«

Sie starrte ihn an, ohne sich zu bewegen. Was führte er im Schilde?

»Na komm schon, vertraue deinem Gatten.«

Unsicher verließ Emma ihren Platz. Galant zog er sie auf den Kutschbock, der definitiv nicht für ihr Kleid gemacht war. Sie brauchte ein bisschen, bis sie den Stoff sortiert und den Schleier geordnet hatte.

Carl wartete geduldig, dann sammelte er die Zügel und legte sie ihr in die Hände.

»Was soll ich damit?«, fragte Emma verwirrt.

»Dich daran erinnern, was es heißt, die Zügel in der Hand zu behalten.«

Unsicher blickte Emma sich über die Schulter. Der Kutscher machte einen recht unbehaglichen Eindruck. Verständlich. Seit ihrer Begegnung mit Moritz und Carl hatten sich ihre Künste, ein Pferd zu lenken, nicht signifikant verbessert. Geschweige denn zwei. Doch Carl ließ nicht mit sich reden, und Emma – sie versuchte es einfach. Die Kutsche rollte. Langsam, aber immerhin vorwärts. Wie gut, dass Carl da war, um einzugreifen, wenn das Gespann dabei war, die eine oder andere Straßenlaterne mitzunehmen. Immerhin fühlte sich die Stille nicht mehr so erdrückend an, wenn Emma sich darauf konzentrieren musste, die Pferde zu lenken.

Nach einer kleinen Ewigkeit kamen sie am Tor der Villa an. Erleichtert brachte Emma das Gespann zum Stehen.

»Weiter gehen wir lieber zu Fuß«, beschloss sie. Insgeheim war sie dankbar dafür, dass Carl sie von ihrer Trübsal abgelenkt hatte.

Er sprang vom Kutschbock hinunter und half ihr auf den Boden. Dann strich er den beiden Pferden über die Nüstern. »Das habt ihr gut gemacht.«

Eines der Pferde öffnete es das Maul und streckte den Hals, um an das Gesteck am Revers seines Smokings zu kommen.

Carl schmunzelte, zupfte das Gesteck ab und reichte es dem Leckermäulchen. »Wildkräuter meiner Mutter. Wer würde denn nicht daran naschen wollen?«

Emma lachte.

»Wunderbar.« Die Grübchen auf seinen Wangen wurden eine Spur tiefer. »Genau das wollte ich hören.«

Neckisch hob sie die Augenbrauen. »Was denn?«

»Das Lachen meiner Ehefrau.« Er reichte ihr seinen Arm. »Und jetzt müssen wir uns beeilen. Die anderen warten schon auf uns.«

Zusammen gingen sie die Allee entlang. Erstaunlich, wie viel leichter es sich nach dieser kleinen Auszeit atmete. Schon wurden sie von den Gästen umringt, offensichtlich gab es bereits unzählige Spekulationen, welchen Umständen die Unterbrechung in der Kirche zu verdanken war, doch Emma lächelte über alle Nachfragen und Mutmaßungen hinweg.

Eine kurze Zeit später wurde auch die Torte präsentiert, deren Anblick Emma die Sprache verschlug. Wie der Messingring an ihrem Finger war der untere Boden mit zwei ineinander verschlungenen Zweigen verziert worden. Die Spitze schmückten zwei Senfblüten, die so präzise ausgearbeitet waren, dass man glauben konnte, sie wären echt. Feierlich überreichte Ehrhard seinen Degen, mit dem er im letzten Krieg in der Infanterie gekämpft hatte, an Carl, der den Schaft Emma entgegenhielt. Auch wenn es Emma nicht behagte, mit Waffen zu hantieren, zog sie die Klinge heraus. Der Degen lag so gut in der Hand, dass es zum Glück keine besonderen Fertigkeiten erforderte, die messerscharfe Schneide in die weiche Tortenmasse zu senken. Die Gäste jubelten, als sie ein Stück herausgelöst hatte. Doch wonach es schmeckte, sollte sie nicht erfahren.

»Herr Seidel, Herr Seidel!« Ein Laufbursche schlängelte sich zwischen den Umherstehenden hervor. Das Gesicht verschwitzt und leuchtend rot. »Primadonna ist tot!«

Carl runzelte die Stirn. »Wie – tot?«

»Nun ja.« Kurz musste er durchschnaufen. »Sie hat Geräusche gemacht. Und gequietscht. Und geröchelt. Und dann war sie … ganz tot.«

Ein Raunen ging durch die Menge, doch Carl hob beschwichtigend die Hände. »Es geht um eine Siebmaschine«, erklärte er, bevor die Stimmung gänzlich kippte.

»Wir sollten das prüfen.« Emma stellte den Teller mit der Torte beiseite. Um den Vertrag mit dem Militär zu erfüllen, mussten sie alle Kapazitäten der Fabrik ausnutzen. Einen Ausfall konnten sie sich nicht leisten, auch wenn sie noch etwas Zeit hatten, um die Produktion auf den erhöhten Bedarf umzustellen.

Wilhelmine schien der Ohnmacht nahe. »Ihr habt doch nicht wirklich vor, jetzt in die Fabrik zu fahren?«

Sogleich war Ehrhard bei ihr, um ihr zum Trost sein Stück Torte zu reichen, damit ein paar Bissen Süßes sie mit dem Gedanken versöhnten.

Die Hochzeitskutsche mit dem hungrigen Pferd war bereits weg, aber Carl fand schnell eine Droschke, die sie im Handumdrehen zur Fabrik brachte.

Der Laufbursche hatte nicht übertrieben. Wie in einem Trauerkreis hatten sich einige Arbeiter um Primadonna versammelt. Wie wichtig die Maschine war, konnten sie sich nur zu gut vorstellen. Während Carl seinen Smoking auszog, um sich Primadonna zu widmen, löste Albert die Versammlung auf und verteilte die Aufgaben, damit der Rest der Arbeit reibungslos verlief. Eine Weile beobachtete Emma, wie Carl an der Maschine hantierte. Helfen konnte sie ihm nicht wirklich. Ihr Metier waren Papiere und Verträge. Mit den Einzelteilen von Siebmaschinen kannte sie sich nicht aus.

Um wenigstens etwas Sinnvolles zu tun, beschloss sie, sich mit Carls Skizzen zu beschäftigen, die er für die Maschine angefertigt hatte. Schon lange wollte er Verbesserungen an Primadonna vornehmen. Schade, dass er das Projekt noch nicht in Angriff hatte nehmen können. Seine Zeichnungen und Notizen beeindruckten sie sehr, doch schlauer wurde sie daraus nicht.

Die Zeit verstrich. Irgendwann entließ sie die Mitarbeiter in den wohlverdienten Feierabend, während Carl noch immer an Primadonna tüftelte. Albert ging ihm zur Hand. Es war spät am Abend, als Emma darauf bestand, dass auch Albert nach Hause ging – Carl einen Schraubenschlüssel zu reichen, würde sie schon irgendwie schaffen. So blieben sie zu zweit in der Fabrik. Es hatte etwas Schicksalsvolles an sich, dass sie ausgerechnet an ihrem Hochzeitstag hier gelandet waren, wo ihre Liebe zueinander ihren Anlauf genommen hatte.

Pünktlich um Mitternacht schleuderte Carl den Schraubenschlüsse quer durch die Halle. »Sie ist wirklich und wahrhaftig tot. Ruhe in Frieden, wie man es so schön sagt.«

Er schnaufte und hockte sich neben der ausgeweideten Maschine auf den Boden.

Emma ließ ihm Zeit, den Frust zu verdauen. Auch in ihr schlugen die Sorgen hohe Wellen. Doch sie mühte sich, diese niederzukämpfen. »Was haben wir für Möglichkeiten?«

Mit beiden Händen rieb er sich über das Gesicht. »Entweder brauchen wir Ersatzteile. Oder eine neue Siebmaschine. Für beides müssten wir nach Frankreich, was im Angesicht der aktuellen Situation etwas … ungünstig ist.«

»Was ist mit deinen Skizzen?«

Er winkte ab. »Das ist nur eine Gedankenspielerei.«

»Sie funktionieren also nicht?«

»Vielleicht. Ich weiß es nicht. Ich bin doch kein Ingenieur.«

Sie stupste ihn an. »Seit gestern bist du mein Ehemann. Ich denke, wenn du das sein kannst, dann kannst du auch ein Ingenieur sein.«

Er lachte, was aber nicht einmal halb so fröhlich klang wie am Nachmittag, als er sein Blumengesteck dem Schimmel verfüttert hatte.

»Ich meine das ernst«, setzte sie nach. »Was bräuchten wir, um die Skizzen zu verwirklichen?«

»Wir bräuchten exklusiv angefertigte Teile. Und viel Glück, dass es auch wirklich funktioniert.«

»Aber nichts aus Frankreich.«

»Theoretisch nicht.«

»Wunderbar.« Sie setzte sich zu ihm. Wie von selbst fuhren ihre Finger durch sein Haar. »Dann sind unsere Möglichkeiten gar nicht so beschränkt.«

Er nahm ihre Hand zurück. »So sehr mich dein Glaube in meine Fähigkeiten auch ehrt, wir sollten lieber über einen anderen Plan nachdenken.«

»Und der wäre?«

»Die Ersatzteile. Albert kennt jede Menge Leute. Vielleicht kann jemand uns sie doch noch beschaffen. Oder …«

Sie merkte, wie er sich auf die Lippe biss. »Oder?«

»Oder womöglich weiß Henri einen Weg.«

Sie merkte, wie sehr sich ihr Körper anspannte. Das konnte er doch nicht ernst meinen! »Einen Weg nach Frankreich?«

»Ist er nicht ganz in der Nähe der Grenze tätig? Es gibt Schmuggler. Immer wieder schreiben die Zeitungen über entsprechende Prozesse. Vielleicht …«

»Vergiss dieses Vielleicht.« Fest drückte sie seine Finger. Hoffentlich schlug er sich diesen aberwitzigen Plan aus dem Kopf. Frankreich! Mitten im Krieg. In den erwähnten Prozessen wurden nicht umsonst schreckliche Strafen verhängt. »Ich baue lieber auf deine Fähigkeiten. Wir lassen die benötigten Teile herstellen und bauen die Maschine nach deinen Skizzen. Bis dahin versuchen wir, die Engpässe zu überbrücken. Wenn wir kleinere Verträge kündigen, können wir unseren Verpflichtungen dem Militär gegenüber nachkommen. Für eine Weile werden die Kapazitäten reichen.«

Nachdenklich zog er die Augenbrauen zusammen, doch sie strich mit dem Daumen die Falten glatt. »Deine Skizzen werden funktionieren! Ich glaube daran. Und du solltest es auch.«

Er lächelte ihr zu, und sein Lächeln erhellte ihr Herz, auch wenn es zu dieser Uhrzeit unglaublich müde wirkte. »Wie gut, dass du hier bist, um mich daran zu erinnern.«

»Ich werde immer an deiner Seite sein.«

Und mehr sollte er nicht reden, nicht denken, nicht zweifeln. Sie rückte an ihn heran und drückte ihre Lippen auf seinen Mund.

Russland, 1917

ANTOINE

… nur ein Drittel der Einheit übrig geblieben. Es herrschte Chaos. Keine Befehle, keine Offiziere – nur Beschuss von allen Seiten. Die Russen – dreimal so stark wie wir. Keine Spur von der Kavallerie, die wir unterstützen sollten. Ehrlich gesagt weiß ich gar nicht, ob es den Befehl zum Rückzug wirklich gegeben hat. Es gab niemanden mehr, den ich fragen konnte, als ich meine Stellung aufgegeben habe. Und da kein Offizier den Kampf überlebt hat, hat es später auch niemand hinterfragt.

Vom Schlachtfeld in den Sumpf, dann, mitten in der Nacht, habe ich irgendwie doch noch unsere Truppen erreicht. Eigentlich ein Wunder. Irrwitzig, wie viel Glück ich habe – irgendwann wird es wohl aufgebraucht sein.

Am nächsten Tag gab es den Befehl zurückzuschlagen. Dieses Mal haben wir die Russen zurückgedrängt. 50 Gefangene, 20 Maschinengewehre und zehn Geschütze wurden erbeutet. Hurra, hurra. Falk freut sich wie ein Kind, wenn er Erfolge der deutschen Truppen nach Hause melden kann. Nun ja. Er ist ja auch noch ein Kind. Zwei Tage später marschierten wir auch schon los, keine Ahnung, wohin, das sagt uns ja niemand. Manchmal hören wir vom Stellungskrieg im Westen – hier ist es anders. Es ist eine Weite – das kannst du dir nicht vorstellen. Ständige Märsche, vor und zurück, kreuz und quer. In zerschlissenen Stiefeln, mit wunden Füßen. Das macht einen ganz stumpf.

*Früher wollte ich mich hier nützlich machen, irgendwas
Sinnvolles tun. Ab und zu darf ich einen Lastwagen reparieren, der liegenbleibt. Ansonsten sind die Befehlshaber
der Meinung, dass meine Kernkompetenzen sich auf das
Töten der feindlichen Soldaten beschränken sollten.*

*Aber genug gejammert. Wir werden angehalten, die
Stimmung in der Heimat nicht zu sehr zu drücken, also:
Hurra, hurra. Wir siegen. Bestimmt.*

Es geht mir gut.

Ich lebe noch.

Mit meinem Glück auch noch ein wenig länger.

Antoine

Eine Weile starrte er auf die Zeilen, die er vor Monaten hin-
gekritzelt hatte. Auch diesen Brief würde er nie abschicken,
aber das Schreiben half ihm, die Ereignisse zu verarbeiten.
Wenn die trüben Gedanken ihn zu sehr plagten, packte er
das Geschriebene aus, las die Zeilen noch einmal durch – um
die Blätter wieder sorgfältig zusammenzufalten und wegzu-
stecken. Ein kleines Ritual gegen die Albträume. Es half, das
Erlebte von sich fernzuhalten und eine Weile nicht mehr darüber nachzudenken. Am besten – gar nicht nachdenken. Schießen und Marschieren. Das reichte, um die Tage zu füllen.

»*Antoine?*«, ertönte eine spöttische Stimme hinter ihm.
»Bist du ein Franzmann oder was?«

Er warf einen Blick über die Schulter. Hinter ihm stand
ein junger Kerl in voller Montur und glotzte auf den Brief.
Sicherlich war er direkt vom Ausbildungsplatz hierher-
gebracht worden. Frischlinge erkannte man meistens an den
Stiefeln, die keine Löcher aufwiesen und deren Sohlen noch
nicht abgetreten waren.

»He, ich spreche mit dir!«

Antoine spürte einen Stoß in den Rücken. Ganz langsam stand er auf und drehte sich um. »Wenn du nicht meine deutsche Faust in deiner deutschen Fresse spüren willst, lässt du mich lieber in Ruhe. Außer, du brennst darauf, deine nächsten Sätze zu lispeln, nachdem du deine Zähne auf den Boden gespuckt hast.«

Der Typ rückte einen Schritt auf ihn zu. »Für einen Froschfresser hast du eine ganz schön große Klappe.«

»Ey, was ist los?« Neben ihm tauchte Falk auf. »Lass ihn in Ruhe, Mann. Toni hat mir das Leben gerettet. Ich sag's dir. Da draußen wirst du noch froh sein, wenn er in deiner Nähe ist.«

Falk grinste schief. Im Nahkampf und im Schützengraben war der Junge keine große Hilfe. Aber außerhalb der Kämpfe erfreute er sich einer großen Beliebtheit, da er fast wöchentlich Pakete aus der Heimat bekam mit Kaffee, Brühwürfeln, Schnaps und Speck, die er gern unter den Kameraden aufteilte. Das hatte sogar der Frischling bereits mitbekommen. Er schnaubte etwas Unverständliches und trollte sich davon.

»Alles klar?« Falk klopfte Antoine auf den Rücken.

»Sicher.« Seit er an der Front war, achtete er darauf, Toni genannt zu werden. *Antoine* war den meisten Kerlen hier zu französisch. Wenn er sich bedeckt hielt, beschränkten sich die Anfeindungen nur auf ein paar verächtliche Kommentare. Sich zu beschweren, auch nur in Gedanken, hatte er sich abgewöhnt. Spätestens als er mitbekam, wie schlimm es andere hatten. Anfeindungen gegen die jüdischen Soldaten waren um ein Vielfaches heftiger – offen oder hinterrücks. Die im letzten Jahr angeordnete Judenzählung an der Front war wie ein Schlag ins Gesicht. Sie alle waren doch Kameraden. Sie alle kämpften für den Kaiser und das Vaterland. Leider sahen das viele wohl anders. Der Hass der Menschen änderte sich nicht, auch nicht, wenn man auf der gleichen Seite stand.

»Wird sich aus den paar Schüssen noch was Spannendes entwickeln?«, redete Falk weiter. Seine Wangen waren gerötet, deren Pummeligkeit nicht einmal der spärliche Fraß der Frontküche etwas anhaben konnte. »Was denkst du? Ich hoffe, wir kriegen morgen endlich was zu tun!«

Antoine schüttelte den Kopf. Als hätte der Junge völlig vergessen, was für ein Glück er hatte, die letzte Schlacht überlebt zu haben. Vom Weg durch den Sumpf ganz zu schweigen.

»Ich gehe dann mal, eine Karte für meinen Sohn zu besorgen«, brummte er und stiefelte davon. Wenn es in den Schützengräben ruhiger war, vertrieben sich die Soldaten die Zeit mit dem Schreiben nach Hause, so dass Postkarten und Briefpapier zur Mangelware wurden. Hoffentlich bekam er noch was ab. Er hatte schon zu lange kein Lebenszeichen mehr nach Hause geschickt. Dabei hatte Frederick ihm letztes Mal ein Bild gemalt und eigenhändig *Für Papa* in die Ecke gekrakelt. Anfangs hatte auch Louise ihm geschrieben, aber ihre Briefe ließ er unbeantwortet. Und irgendwann hörte sie auf, das Papier zu verschwenden.

»Du bist irgendwie ganz komisch drauf.« Seit der Sache mit dem Sumpf lief Falk ihm wie ein kleiner Hund überall hinterher. »Hat dich der Blödmann etwa eingeschüchtert?«

»Lass mich.« Heute war Antoine noch weniger zu einem Plausch aufgelegt als sonst. Seit Tagen fühlte sich sein Kopf schwer an, der Körper wirkte merkwürdig träge – jede Bewegung zu viel. Die Gelenke schmerzten wie die eines alten Mannes. Hoffentlich nur Influenza. Er wollte gar nicht wissen, wie viele bereits in Lazaretten an Typhus, Cholera und Fleckfieber verreckt waren.

Verdammt. Postkarten gab es keine mehr. Dann nächstes Mal.

In seiner Unterkunft legte er sich auf das alte Stroh, mit

dem der Boden bestreut war. Es handelte sich dabei um einen Geräteschuppen, durch dessen Wände nachts der eisige Wind pfiff. Aber bei so vielen Menschenleibern, die sich eng an eng aneinanderquetschten, war es meistens auszuhalten. Er hatte schon im Schlamm übernachtet – kein Grund, sich zu beschweren.

Einige seiner Kameraden hatten Päckchen aus der Heimat bekommen, eine Flasche Rum wurde herumgereicht. Es war schwer, nichts zu trinken, wenn alle tranken. Und vor allem, wenn zu trinken die einzige Möglichkeit schien, Frieden zu finden. In solchen Momenten hatte sich Antoine angewöhnt, an Emma zu denken. Wenn er die Augen schloss, konnte er ihr Gesicht sehen, die feinen Züge, die kleine Stupsnase. Die Augen – mit so viel Ausdruck darin, dass er glaubte, die ganze Welt läge darin. Und ihr Duft – ihr Duft verfolgte ihn überall. Wie eine Rettung an den besonders schlimmen Tagen … ihr Duft nach sommerwarmen Äpfeln …

Die Rumflasche war alle. Später wurden Lieder gegrölt. Und irgendwann döste Antoine ein.

Um sechs Uhr morgens endete die Nachtruhe. Aufstehen. Packen. Ein Marschbefehl. Wenn sie die Ortschaften verließen, konnte man glauben, eine Heuschreckenplage hätte gewütet, so verwüstet sah alles aus. Aber zurück blickte schon lange niemand mehr. Voran, immer voran fürs Vaterland – stumpf marschierte er davon. Sein Atem rasselte in der klirrend kalten Luft. Der Kopf fühlte sich an wie von einem Nebel umhüllt, und der dumpfe Schleier um ihn herum wurde mit jeder Stunde dichter. So dass er bald glaubte, keine Menschen, sondern nur schemenhafte, graue Gestalten um sich herum wahrzunehmen, die nur entfernt an seine Kameraden erinnerten.

Er registrierte kaum, wie seine Kolonne in irgendeinem

abgelegenen Ort angekommen war. Unterkunft fanden sie in einer Bauernstube, einem Raum von zwanzig Quadratmetern, in den sie zu zehnt mit drei Unteroffizieren hineingequetscht waren – beinahe ein Luxus. In einer Ecke stand ein halb zerfallener Ofen. Das wurde mit einer besonderen Freude quittiert. Antoine machte sich sofort dran, ihn in Gang zu bringen. Die Kälte saß ihm tief in den Knochen. Er schlug ein kleines Fenster aus, durch das es sowieso unheimlich zog, und bastelte am Rohr, das den Rauch nach draußen leiten sollte. Das erforderte all seine Konzentration, sein Kopf fühlte sich an wie in Watte gepackt. Ein paar andere suchten in der Gegend nach Brennbarem. Dafür eigneten sich auch Zäune, Türen – sogar eine schiefe Scheune im Hof musste die Bretter hergeben.

Endlich strömte Wärme in die Bude. Antoine spürte, wie ihm der Schweiß auf die Stirn trat, obwohl er noch immer vor Kälte schlotterte. Irgendwie ging es ihm wirklich nicht gut.

»Hoch mit dir, wir erkunden die Gegend!«, schlug Falk mit einer jugendlichen Begeisterung vor, die nur er bei dem ganzen Elend umher an den Tag legen konnte.

»Vergiss es.«

»Komm schon. Ich spendiere dir ein paar Zigaretten. Die guten aus der Heimat. Nicht das schimmlige Zeug, das du dir sonst bei den Einheimischen eintauschst.«

Zigaretten klangen gut. Er hatte kaum noch welche. Außerdem war es nie verkehrt, die Gegend zu kennen, in der man sich aufhielt.

Das Dorf sah verlassen aus. Beinahe. Erst nach einer Weile entdeckte er hier und da die blassen, verängstigten Gesichter der Dagebliebenen. Hauptsächlich Frauen und Kinder, drei Greise wie klapprige Knochengestelle, die den Eindruck erweckten, beim nächsten Windstoß auseinanderzufallen.

Kleine, schiefe Häuser versanken in der Erde am Straßenrand.

Ein gottvergessener Ort am Rande der Welt. Immerhin dröhnte nirgends Kanonenlärm, aber das konnte sich jede Minute ändern.

Nach einer Runde durch das Dorf verfinsterte sich Falks Miene. »Was ist das nur für ein Loch«, schimpfte er. »Überhaupt nichts zu holen.«

Weil vermutlich schon zu viel geholt wurde. Sie waren sicherlich nicht die Ersten, die hier haltmachten und über die kargen Lebensmittelvorräte der Bewohner herfielen. Was essbar war, wurde sofort für die Feldküche beschlagnahmt. Und wenn Antoine in die abgemagerten Gesichter der Einheimischen blickte, bezweifelte er, dass sie den kommenden Winter überleben würden. Schon jetzt schienen sie nichts außer Hunger zu kennen. Hunger und Not, wohin der Blick reichte. Und der Winter war noch ganz am Anfang.

Plötzlich zupfte Falk an Antoines Ärmel. »Da! Da gehen wir hinein.«

Der Ärger war aus seiner Stimme gewichen. Mit einem Mal war er wieder ganz der fröhliche Falk, der jeden Tag auskostete, was auch immer dieser ihm brachte. Vor allem, wenn der feindliche Beschuss so weit weg wie hier zu sein schien.

Sie gingen auf eine Hütte zu. War da jemand gerade hineingehuscht? Mit schnellen Schritten steuerte Falk auf den Eingang an – kaum aufzuhalten, der Kleine. Sie traten in die Stube, ohne anzuklopfen. Drinnen war es dämmrig, so dass Antoine sich an die neuen Lichtverhältnisse erst gewöhnen musste. Aber vielleicht war es nur der Nebel in seinem Kopf, der sich immer mehr verdichtete und seine Sinne abstumpfte.

Am Tisch saß eine Frau mittleren Alters, ihre Tochter, noch ein Kind, neben ihr. Verschreckt starrten sie die Eindringlinge an. Antoine hob die Hände. »Schon gut, schon gut. Wir tun euch nichts.«

Falk setzte sich zu den beiden an den Tisch und verlangte nach Tee. Sie waren ganz sicher nicht die ersten Deutschen, mit denen man im Dorf Bekanntschaft gemacht hatte. Die Frau verstand. In abgehackten, kehligen Lauten trug sie ihrer Tochter etwas auf. Schon stürmte das Mädchen davon, um Tee herzurichten.

Keine schlechte Idee, dachte Antoine. Obwohl draußen Minusgrade herrschten, fühlte sich alles in ihm klamm an. Er zitterte, obwohl er alles tat, um es zu verbergen.

Das Mädchen brachte den Tee. In unmittelbarer Nähe wirkte ihr ausgezehrtes Gesicht älter. Hunger und Leid vermochten alle Grenzen zu verwischen. Die Kleidung – nur Lumpen, mit denen ihr Leib umwickelt worden war. Sie wirkte so zerbrechlich darin, als würde nur der Stoff sie zusammenhalten.

Der Tee schmeckte schal. Aber heiß war er, und das genügte Antoine vollkommen. Gleich würde es ihm besser gehen.

»Was ist das denn für eine Brühe?« Falk stieß den Aluminiumbecher von sich. Der Behälter kippte, und der Inhalt spülte über die Tischoberfläche, tropfte durch die Ritze auf die Dielen. Die Tochter sprang auf und begannen, mit einem schmutzigen Lappen die Sauerei aufzuwischen. Die Mutter redete beschwichtigend, beinahe flehend auf Falk ein. Doch der Junge verzog nur den Mund. »Was quakst du mich an? Halt den Mund, ich verstehe eh kein Wort. Bring mir Schnaps.«

Die Frau huschte weg, dann kehrte sie mit einer Flasche zurück und schenkte großzügig ein.

»Wo sind deine Zigaretten?«, brummte Antoine. »Ich gehe nach draußen eine rauchen.«

Hier drin war es zwar gemütlicher als in der Kälte, aber Falks Gehabe war kaum auszuhalten. Sollte er den großen Eroberer allein spielen. Die beiden Frauen waren Publikum genug.

Falk reichte ihm eine Packung. »Verkühle dich nicht.« Er grinste. »Komm gleich zurück, dann machen wir es uns hier noch etwas lauschiger.«

Schweigend nahm Antoine das Päckchen an sich und ging hinaus. Vor der Hütte steckte er sich eine Zigarette an und nahm ein paar tiefe Züge. Mit einem Mal schüttelte ein Hustenanfall seinen Körper. Beinahe glaubte er, gleich seine Lunge herauszuwürgen. Endlich verebbte der Krampf. Wieder zog er am Stängel und musste erneut husten. Er drückte die Zigarette im Schnee aus und packte sie wieder ein. Mit zitternden Fingern wischte er sich über die Stirn. Verdammt, was war nur mit ihm los? Vielleicht sollte er sich im Lazarett melden.

Eine Weile blieb er an der frischen Luft, unschlüssig, ob er Falk hierlassen und allein in die Unterkunft zurückgehen sollte. Andererseits – würde dem Jungen etwas passieren, würde er es sich nicht verzeihen. Auch wenn die Einheimischen entkräftet und alles andere als gefährlich wirkten – überall konnte ein Hinterhalt lauern. Manch einer hatte schon eine solche Unachtsamkeit mit seinem Leben bezahlen müssen.

Plötzlich lärmte es in der Hütte. Eine hohe Stimme schrie etwas, ein Wimmern ertönte. Antoine fluchte. Wo er doch gerade an einen Hinterhalt gedacht hatte! Er trat die Tür ein und kniff die Lider zusammen. Schon wieder musste er sich an das Halbdunkel in der Stube gewöhnen.

Falk stand vor dem Tisch und drückte das Mädchen bäuchlings auf die Platte. Seine Hose baumelte ihm um die Knöchel, sein entblößtes Glied ragte in die Höhe.

»Was soll das?«, stieß Antoine atemlos hervor. Sein Atem rasselte, vor seinen Augen tanzten weiße Punkte. Doch er kämpfte gegen den Schwindelanfall an.

Falk drehte nicht einmal den Kopf zu ihm. »Du kannst die Alte haben.«

»Spinnst du?« Noch bevor er Falk vom Mädchen wegzerren konnte, stürmte die Frau aus der Ecke auf sie beide zu. Das Gesicht – wutverzerrt und entschlossen. Die Augen funkelten wie im Wahnfieber. Sie hielt einen Topf in den Händen und schüttete das Wasser, mit dem ihre Tochter vorhin wohl den Tee zubereitet hatte, Falk entgegen. Sein Gesicht erwischte sie nicht, nur die graue Felduniform. Ein kleiner Schwall des kochend heißen Wassers traf Antoine am Arm.

In seinem Kopf drehte sich alles.

Falk brüllte auf, taumelte zurück, beinahe wäre er über seine eigene Hose gestolpert. Dann riss er seine Pistole heraus und schoss der Frau mitten ins Gesicht. Die nächste Kugel traf den Kopf des Mädchens.

»Dreckiges Pack«, zischte er, steckte die Pistole wieder weg und begann, seine Hose zuzumachen. »Aber der Schnaps ist gut.«

Metz, 1917/18

EMMA

AUFGEREGT STÜRMTE WILHELMINE in den Salon und wedelte mit Zeitungsblättern in der Luft. »Es gibt Frieden! Es gibt tatsächlich Frieden!« Völlig entkräftet ließ sie sich neben Ehrhard auf das Sofa fallen, auf dem er vor dem Kamin gedöst hatte. Die Erschütterung des Polsters bekam ihm nicht gut. Schmerzhaft verzog er das Gesicht und hob den Kopf. »Frieden?«

Auch Emma konnte es nicht wirklich glauben. Erst heute Mittag hatte sie wieder Aeroplane über Metz gehört. Ein Kampf, der ihr buchstäblich das Blut in den Adern gefrieren ließ. Auch wenn das nicht selten vorkam – die Gefahr direkt über dem Kopf zu wissen, daran hatte sie sich auch nach all den Jahren des Krieges nicht gewöhnt. Die Kanonen auf den Schlachtfeldern kümmerten sie dagegen wenig. Die Geschosse erreichten die Stadt nicht.

»Wo soll es denn diesen Frieden geben?«, murmelte sie skeptisch.

»An der Ostfront«, stieß Wilhelmine aufgeregt hervor.

Louise richtete sich in ihrem Sessel auf. Sogar Frederick, der wie so oft auf dem Boden zu ihren Füßen malte, horchte auf.

»Ach, die Ostfront«, brummte Ehrhard und nahm seiner Frau die Zeitungsblätter aus der Hand. »Das ist ja unendlich weit weg.«

»Mit unendlich weit weg hat dieser Krieg angefangen«,

wandte Emma ein. Zu gern würde sie an den Frieden glauben, egal wie fern dieser auch sein mochte. Doch inzwischen glaubte sie herzlich wenig, was in den Zeitungen stand. Sie alle schrieben, als würden sie im gleichen Kaffeesatz lesen. Zu viel Hoffnung konnte sie sich nicht mehr leisten.

Ehrhard grummelte etwas und las die Überschriften. Solch wichtige Ankündigungen musste er mit eigenen Augen prüfen. Ein Veteran durch und durch: Ob man in diesem Haus den Zeitungen glaubte oder nicht, bestimmte immer noch er selbst.

»Ach guck. Es ist auch gar kein Frieden«, fügte er gewichtig hinzu. »Sondern erst einmal nur eine Waffenruhe.«

»Aber das ist doch schon ein gutes Zeichen, oder nicht?« Wilhelmine kam wieder auf die Beine und ging umher.

»Bis wir hier aufatmen können, wird es noch eine ganze Weile dauern.« Geräuschvoll legte Ehrhard die Zeitung zusammen und strich sich nachdenklich über die Brust. »Aber ja. Ein gutes Zeichen.«

Abrupt blieb Wilhelmine steht, die Hände wie zu einem Gebet zusammengelegt. »Wenn der Krieg im Osten zu Ende ist, dann kommt vielleicht Antoine nach Hause!«

Emmas Blick schnellte zu Louise. Ihr entging nicht, wie sehr sich die junge Frau bei diesen Worten versteift hatte. Emmas Herz zog sich zusammen. Nur schwer widerstand sie dem Bestreben, Louise in die Arme zu schließen. Was würde das wirklich bedeuten, sollte Antoine wieder da sein? Würde er die Scheidung wollen? Bestimmt. Nach dem Vorfall mit Dasbach gab es in den Augen der Gesellschaft nur eine Schuldige: Louise. Ganz egal, wie die Umstände waren. Ganz egal, wie oft Emma auf sie einredete, dass nichts davon ihre Schuld war. Dass sie sich wehren sollte. Dass sie …

… dass sie alle in Wirklichkeit machtlos waren.

»Papa kommt nach Hause?«, tönte Fredericks hohe, unsichere Stimme. »Wirklich?«

Wilhelmine verharrte mitten im Schritt. Dass der Junge zuhörte, war ihr anscheinend nicht bewusst gewesen. Ihre Züge entgleisten, vom schlechten Gewissen geplagt, dem Kind womöglich falsche Hoffnungen gemacht zu haben. Rasch wechselte sie das Thema, doch ihre Bemühungen um ein ungezwungenes Gespräch brachten keinen Erfolg. Die gedrückte Stimmung im Salon war mehr nicht zu vertreiben. Zu lange hatten sie nichts mehr von Antoine gehört.

Emma war froh, als kurz darauf Carl in die Villa kam – seit der Hochzeit waren sie hier eingezogen. Das Haus war groß genug, so dass dem jungen Paar mehrere Zimmer zur Verfügung gestellt werden konnten, was besonders Louise zu freuen schien: Die Familie war wieder unter einem Dach vereint. Émile hätte auf dem Anwesen ebenfalls Platz gefunden, doch er weigerte sich, mit seiner Anwesenheit die Seidels womöglich in Gefahr zu bringen. Also schlug Carl vor, ihn in der Fabrik einzuquartieren. Das winzige Appartement unter dem Dach, wo er während der Betriebsentstehung gehaust hatte, war immer noch bewohnbar. Émile schien die Unterkunft zu genügen. Nur auf Gusti musste er verzichten – der Trubel in der Fabrik bekam ihr nicht gut. Also machte der Stubentiger die Villa unsicher und herrschte über den gesamten Park. Besonders Frederick hatte die Katze ins Herz geschlossen. Auch wenn er ihr manchmal zu wild war, hatte sie das Fensterbrett in seinem Zimmer schnell zu ihrem Lieblingsplatz erklärt.

Als Emma zu Carl ins Zimmer schlüpfte, war er gerade dabei, sich für das Abendessen umzuziehen.

»Warst du erfolgreich?«, fragte sie und beobachtete, wie seine schlanken Finger über die Knopfleiste glitten. Merkwürdig, wie sehr diese unschuldige Bewegung ihren Körper zum Kribbeln brachte. Dabei glitten seine Fingerkuppen nicht über ihre Haut, sondern nur über den Stoff. Trotzdem schien alles in ihr zu flattern, wenn sie sich vorstellte, er würde sein Hemd wieder ausziehen, zu ihr treten und mit den Fingern über ihren Hals streichen.

»Nein.« Er verzog das Gesicht. »Ich fürchte, wir brauchen einen Notfallplan.«

Schwungvoll drehte er sich um und sah sie eindringlich an. Sie mochte diesen Blick nicht, weil sie zu gut wusste, worauf Carl hinauswollte. Ihr Vorhaben, die Maschine nach seinen Plänen zu bauen, gestaltete sich schwierig. Kaum jemand hatte Kapazitäten, die Teile herzustellen oder sich an die Herstellung heranzutrauen – zu ungewöhnlich schien der Auftrag. Doch so einfach wollte sie nicht aufgeben!

»Wir brauchen keinen Notfallplan!«, beschwor sie ihn. »Sondern einen Betrieb, der unseren Auftrag annimmt. Und den werden wir finden. Ich weiß, dass deine Visionen praktikabel sind.«

»Meinen Visionen hinterherzujagen, dauert zu lange.«

Sie presste die Lippen zusammen. In den letzten Tagen war es immer wieder zum Streitthema geworden. Ihr Beharren auf den Skizzen. Und sein Bestreben, einen anderen Weg zu suchen, die notwendigen Teile für die Siebmaschine zu besorgen. Albert hatte versucht, unter der Hand etwas aufzutreiben, doch seine Bemühungen waren erfolglos geblieben. Die Teile waren zu speziell, als dass man sie auf dem Schwarzmarkt oder bei Schmugglern besorgen konnte. Es blieb nur eine Möglichkeit – selbst nach Frankreich zu fahren. Und diese Möglichkeit bereitete ihr Bauchschmerzen. Sie wusste, Carl würde nicht zögern. Für die Fabrik würde er sein Leben geben.

»Manchmal zahlt sich die Beharrlichkeit aus«, hielt sie

dagegen. Dabei merkte sie selbst, wie schwach ihre Worte klangen.

»Manchmal ist Beharrlichkeit nichts als eine Sackgasse.« Er kam auf sie zu und zog sie an sich. Einen Moment lang genoss sie die Geborgenheit seiner Nähe. Zumindest bis er weitersprach: »Du weiß genauso gut wie ich: Allzu lange können wir Primadonnas Ausfall nicht auffangen.«

Am liebsten hätte sie ihre Hand an seine Lippen gelegt, damit er schwieg. Damit sie diesen Frieden in sich noch einen Moment länger spüren konnte. Aber das war ihr nicht vergönnt.

Er hauchte einen Kuss auf ihre Wange und ließ sie los. »Schreib bitte Henri. Vielleicht weiß er einen Rat. Wenn Primadonna erst einmal flott ist, können wir immer noch an der Verwirklichung der Skizzen tüfteln. Die Pläne laufen uns nicht weg.«

Ihre Beine fühlten sich weich an. Noch nie hatte er es so deutlich ausgesprochen, sie so eindringlich darum gebeten, Henri zu kontaktieren. Wie entkräftet ließ sie sich auf das Sofa nieder. Frankreich. So nah – und doch so unendlich weit weg. Unerreichbar. Warum endete dieser Krieg bloß nicht! Manchmal war sie so verzweifelt, dass sie die Wände hätte anschreien können.

Doch schreien brachte sie nicht weiter.

Vielleicht wusste Henri tatsächlich einen Rat. Vielleicht aber würde er nicht einmal antworten wie auf ihre Einladung zur Hochzeit. Sie hatte so lange nichts von ihm gehört! Warum sollte er jetzt reagieren?

»Emma?« Carl trat an das Sofa und legte eine Hand auf ihre Schulter. »Bitte. Wir müssen es einfach versuchen!«

Schwer lastete seine Hand auf ihr.

»Bald ist Weihnachten«, murmelte sie. »Im nächsten Jahr.

In Ordnung? Bis dahin versuchen wir weiter, jemanden zu finden, der deine Ideen verwirklichen kann.«

Die Skizzen waren die Lösung! Das wusste sie einfach. Wenn Carl nur genauso fest daran glauben würde wie sie! Doch er sagte nichts. Kurz zögerte er, dann ging er aus dem Zimmer.

Die Tage vergingen. Die Waffenruhe im Osten brachte immer noch keinen Frieden, hielt allerdings an. Davon bemerkte man in Metz wenig. Fast täglich hörten sie die Schüsse von den Schlachtfeldern, oder die Flugstaffeln kreisten wie Geier über der Stadt.

Trotz bedrückender Stimmung versuchte Wilhelmine nach Kräften, ein schönes Weihnachtsfest auszurichten. In der Eingangshalle wurde ein Tannenbaum aufgestellt, noch prächtiger als in den Jahren vor dem Krieg, als sollte das Grün von dem Schrecken in der Welt ablenken. Wie es in der Villa Tradition war, schmückte man den Baum und das Haus gemeinsam, egal, ob jung oder alt – zusammen mit der Dienerschaft. Als wären sie alle eine große Familie, die an diesen Tagen noch ein bisschen enger zusammenrückte als sonst. Das Festessen fiel mager aus. Kein Wunder – die Lebensmittel waren knapp, und auch die Seidels versuchten zu sparen, wo es nur ging.

Umso schwerer war es, am Silvesterabend optimistisch ins neue Jahr zu blicken. Sie alle waren mehr als erschöpft von leeren Versprechungen, die man tagtäglich in den Zeitungen las, und von Erfolgsmeldungen der deutschen Truppen, die jeden Abend vom Balkon des Stadthauses verkündet wurden. Um Mitternacht stießen sie an und lauschten nicht dem Jubel auf den Straßen, sondern dem Kanonendonner. So heftig, dass man glaubte, das Parkett unter ihren Füßen würde beben.

Gleich in der ersten Woche schrieb Emma an Henri. Die Tage vergingen, doch sie bekam keine Antwort. Ein wenig war sie froh drum. Andererseits schmerzte es ihr in der Seele, zusehen zu müssen, wie Carl zunehmend schweigsamer wurde. Die Sorgen um die Fabrik schienen ihn zu zermürben. Um den Ausfall von Primadonna aufzufangen, hatten sie kleinere Verträge gekündigt. Trotzdem würde es nicht lange reichen – und wenn sie den Forderungen des Militärs nicht nachkamen, konnte es den Betrieb ruinieren.

Ende Januar schöpfte Emma neue Hoffnungen. Rößler hieß der Inhaber eines Handwerksunternehmens, das sich mit Metallarbeiten jeder Art auszukennen schien. Der Firmeninhaber war ein kräftiger Typ, der nur darauf zu brennen schien, neue Herausforderungen zu meistern. Als Emma ihm die Skizzen zeigte, leuchteten seine kleinen grauen Augen auf. »Das habe ich noch nie gesehen! Faszinierend.«

»Aber Sie können die Teile herstellen, oder nicht?«

Der Mann drehte die Zeichnungen in den Händen, grummelte etwas vor sich hin, runzelte die Stirn. Ab und zu hob er die Augenbrauen – offensichtlich völlig gefesselt von dem, was er sah.

»Herr Rößler?«

»Oh, entschuldigen Sie bitte. Ja. Ich denke schon, dass ich das herstellen könnte.«

Geräuschvoll atmete Emma aus. Endlich. Nun brauchte sie Henris Antwort gar nicht – die von Rößler genügte vollkommen. »Ich wusste, dass Ihr Betrieb der richtige für diese Aufgabe ist!«

»Die Teile sind schon sehr speziell. Ich bin wirklich beeindruckt – keine einfache Aufgabe, das kann ich Ihnen sagen. Das wird ein Weilchen dauern.«

Emma hob eine Augenbraue. »Wie lange?«

»Für das alles?« Er schlug mit dem Handrücken gegen das Papier. »Ein Jahr. Ja, das kommt gut hin, mit einem Jahr müssen Sie schon rechnen, gnädige Frau.«

Ein Jahr! Sie rieb sich über den Nasenrücken. »Das ist nicht akzeptabel. Wir brauchen die Teile schnell.«

Der Mann zuckte die Schultern. »Wir sind ein kleiner Betrieb. Und Sie wissen doch genauso gut wie ich, wie angespannt die Lage ist. Alles für die Front. Das Material wird knapp – schon jetzt bekommt man kaum Kupfer, Aluminium, Zinn. Wir arbeiten auf Hochtouren. Die Entwürfe sind spannend, aber zaubern können wir nicht. Da müssen Sie jemand anderen suchen, so leid es mir tut.«

Kurz schloss Emma die Augen. Sie dachte an die kaputten Primadonna-Teile. Vielleicht erst einmal nur sie ersetzen? »Wie lange würde es dauern, wenn man nur zwei, vielleicht drei Teile anfertigt?«

»Wenn ich ehrlich bin – kleinere Aufträge lohnen sich für uns kaum. Auf die einzelnen Kundenwünsche können wir im Moment nicht reagieren.«

»Ich verstehe. Ich muss darüber nachdenken.« Tief atmete Emma durch, sammelte die Skizzen und packte sie in ihre Tasche.

Rößler stand auf, um sie zu verabschieden. »Überlegen Sie es sich doch ganz in Ruhe. Gut Ding will Weile haben.«

»Selbstverständlich. Ich melde mich bei Ihnen.«

»Ich würde mich freuen.« Er begleitete sie nach draußen.

Der Winter war feucht und kalt. Das beste Wetter für Influenza – an manchen Tagen schien die Krankheit in der Luft zu lauern, um über die ausgemergelten Menschen auf den Straßen herzufallen. Einige protestierten gegen den Krieg, der Unmut wurde stets lauter. Man tuschelte, die Bolschewiki hätten in Russland dem Volk »Brot und Frieden« versprochen und anscheinend das Wort gehalten – noch immer keine Kämpfe an der Ostfront. Und was versprach der Kaiser? Den schnellen Sieg, wie vor Jahren?

Emma fröstelte. Wenn es wenigstens Frühling wäre! Sobald die Sonne schien, war die Welt etwas besser zu ertragen. Sogar bei den trüben Aussichten. Sie nahm eine Droschke, um in die Villa zurückzufahren. Carl wartete bereits auf sie. Normalerweise blieb er länger in der Fabrik, aber vielleicht brauchte auch er eine kleine Pause.

Sie trat zu ihm an den Kamin und sah ins Feuer. Die Wärme drang durch ihre Kleidung und vertrieb die klamme Kälte von draußen. Die Hitze tanzte auf ihren Wangen.

»Kein Glück?« Auch er schaute den Flammen zu. Das Spiel aus Licht und Schatten auf seinem Gesicht machte ihr bewusst, wie eingefallen seine Züge wirkten, wie scharf seine Wangenknochen hervortraten.

»Rößler würde ein Jahr brauchen für die Pläne.«

Carl seufzte und wandte sich vom Kamin ab. »So lange können wir nicht warten.« Er hielt ihr etwas entgegen. Einen Umschlag. »Ist für dich angekommen.«

»Von Henri?« Ihre Stimme brach.

Carl antwortete nicht sofort. Als wüsste er, dass sie einen Moment brauchte, um ihre Gefühle zu sortieren. »Ich weiß, wie wenig es dir behagt, deshalb wollte ich warten, bis du eine Antwort von Rößler hast.«

Nur zögerlich nahm sie den Brief aus seinen Fingern und schaute auf den Absender. Campen. Henris Adjutant.

»Mach ihn auf. Ich fürchte, er ist unsere letzte Hoffnung.«

Das sei er nicht, wollte sie protestieren, wusste aber, dass es sinnlos war. Sie gab sich einen Ruck, schlitzte den Umschlag mit einem Brieföffner auf und holte eine Karte hervor.

»Und?«, wollte Carl wissen. Natürlich hätte er einfach mitlesen können. Aber das tat er nicht. Stattdessen starrte er wieder ins Feuer.

»Eine Adresse mit einer Uhrzeit und einer Bitte um ein Treffen.« Ihr Magen zog sich zusammen. Irgendetwas war da faul. Oder bildete sie es sich nur ein? Mit steifen Fingern steckte sie die Karte zurück in den Umschlag. »Nun gut. Ich gehe hin und höre mir an, was Henri zu sagen hat.« Mit aller Kraft versuchte sie, das Unbehagen zurückzudrängen, das sich immer mehr in ihr ausbreitete.

Die Tage bis zum Treffen vergingen wie im Flug, und sie konnte nichts tun, um sie aufzuhalten. Dann war es so weit. Um ihre Nervosität etwas abzubauen, nahm sie ihr Fahrrad, um zu der Adresse zu fahren. Dort angelangt, blickte Emma überrascht auf eine kleine Stadtvilla. Von außen wirkte das Haus beinahe idyllisch. Weißer Putz, große Fenster und ein Erker vermittelten einen gemütlichen Eindruck. Ein gepflasterter Weg zwischen üppigen, zu dieser Jahreszeit kahlen Büschen führte zur großen Eingangstür aus Eiche, die mit aufwendigen Schnitzereien verziert war.

Emma klingelte. Geöffnet wurde von einer Frau mittleren Alters mit einer strengen Knotenfrisur und einem noch strengeren Gesicht. Vermutlich die Haushälterin. Emma schaffte es nicht einmal zu grüßen, da bedeutete die Frau ihr zu folgen. »Sie werden erwartet.«

Emma wurde in einen Salon geführt, der groß und hell eingerichtet war. Nur wenige Möbelstücke zierten ihn, waren allerdings genauso schnörkelhaft verziert wie die Eingangstür. Das dunkle Holz setzte kontrastreiche Akzente zu cremefarbenen Gardinen und Stofftapeten. Ein großer Kamin mit einem Sims aus hellem Marmor zog die Blicke auf sich. Die Bilder an den Wänden verrieten die Vorliebe der Bewohner für Stillleben und Birnen, zumindest waren die Früchte auf jedem Gemälde zu sehen.

Neben einem der beiden Fenster entdeckte Emma Henris Adjutanten und einen älteren Herrn, der mit auf den Rücken gelegten Händen Emma aufmerksam musterte. Ihr wurde mulmig zumute. Wo war Henri? Mit wildfremden Menschen konfrontiert zu werden, behagte ihr nicht.

»Robert Campen«, stellte sich der Adjutant vor und schritt auf sie zu, um galant ihre Hand zu küssen. »Sie erinnern sich vermutlich nicht an mich …«

»Doch, doch«, versicherte Emma. Sie war froh, dass die jahrelange Übung bei Verhandlungen ihre Unsicherheit gut im Zaum hielt. »Sie haben uns zusammen mit Henri Wolff besucht. Wo ist er denn? Ich habe gehofft, ihn in einer privaten Angelegenheit sprechen zu können.«

»Über Ihre Angelegenheit sind wir informiert«, erwiderte Campen und warf einen Blick zum Herrn am Fenster. Schweigend trat er vor. Die Farbe seiner Augen erinnerte Emma an welkes Gras, das Grün war blass und verwaschen. Und doch lag ein scharfer Ausdruck darin wie eine Messerschneide, die mühelos in die Seele seines Gegenübers schnitt.

»Darf ich vorstellen?«, fuhr Campen fort. »Generalmajor Benjamin von Baer.«

Generalmajor. Könnte es Henris Schwiegervater sein? Bestimmt, denn warum sollte sich ein anderer Generalmajor mit ihr abgeben?

Der Mann lächelte. Im Gegensatz zu seinem Blick, der Emma nach wie vor unangenehm stechend vorkam, hatte er ein schönes und ehrliches Lächeln, das eine Reihe schneeweißer Zähne zeigte. Trotz dieses Lächelns behagte die Situation ihr immer weniger, auch als der Mann zum Sofa deutete. »Setzen wir uns. Kann ich Ihnen einen Tee anbieten?«

Ihr Mund fühlte sich ganz trocken an. Wobei sie etwas Stärkeres vermutlich mehr gebrauchen könnte, um die strapazierten Nerven zu beruhigen. »Ein Tee wäre reizend.«

Ein Kopfnicken – und der Adjutant eilte aus dem Raum.

Von Baer nahm Emma gegenüber auf dem Sessel Platz. Er schien ein Mann zu sein, der mit seiner Präsenz gern den Raum dominierte. Solche Menschen nahmen Frauen nur selten ernst. Umso mehr überraschte es Emma, dass in seiner Mimik nichts Abfälliges war.

Campen kam wieder und servierte ihr und dem General den Tee, dazu gab es kleine Törtchen. Er stellte alles auf einem seitlichen Tisch ab und verschwand wieder. Die inoffizielle Unterredung war offensichtlich nicht für seine Ohren bestimmt. Emma nahm Zucker und rührte mit dem Löffel in der Tasse, während sie immer wieder verhaltene Blicke zum Generalmajor warf. Dieser nahm ein paar Schlucke vom ungesüßten Tee. »Uns beiden ist sicherlich klar, dass diese Unterredung inoffizieller Natur ist«, fing er an.

Emma nickte. Immerhin war sie noch nicht verhaftet worden, obwohl der Mann den Inhalt ihres Briefes an Henri anscheinend bestens kannte. Sein wacher Blick wich nicht von ihr ab. Sie hatte das Gefühl, nichts würde ihm verborgen bleiben. Ihre Ängste, ihre Zweifel, ihre Hoffnungen – alles lag vor diesem Mann blank.

»Wenn ich richtig informiert bin, versuchen Sie, Ersatzteile zu beschaffen, die nur in Frankreich zu finden sind?«

»So ist es.« Ihre Alarmglöckchen läuteten ohrenbetäubend: Was führte dieser Mann im Schilde?

Er nippte wieder an seiner Tasse. »Nehmen wir an, ich hätte eine Möglichkeit, Ihnen beim Überqueren der Grenze behilflich zu sein. Natürlich nur hypothetisch gesehen. Was würden Sie sagen?«

Sie stellte ihre Tasse beiseite. »Dann würde ich als Erstes fragen, warum Sie das tun würden.«

»Ganz uneigennützig wäre das natürlich nicht.«

»Ich höre.«

Auch er stellte seine Tasse ab und legte die Hände vor dem Bauch zusammen. »Ich denke da an eine Mission, die mir sehr wichtig ist. Sie kann nicht über offizielle Wege erfolgen, ich brauche – wie soll ich sagen? – einen Freiwilligen, der für mich in Frankreich etwas erledigen würde.« Sein Blick wurde noch eine Spur eindringlicher. So sehr, dass ein Schauder Emmas Rücken hinunterlief.

»Es klingt gefährlich.«

»Wir sind im Krieg, Frau Seidel. Selbstverständlich ist das gefährlich. Allein für dieses Gespräch könnten wir beide in große Schwierigkeiten geraten.«

Ihr entging nicht, dass er sie Frau Seidel nannte und nicht »meine Liebe« oder »Teuerste« wie die meisten Herren seines Schlages. Offensichtlich war die Mission so wichtig, dass er ihre Unterstützung genau so sehr brauchte wie sie die seine.

»Was ist es für eine Mission, die in Frankreich erledigt werden muss?«

»Die Angelegenheit ist äußerst delikat. Die Anweisungen erfolgen von meinem Verbindungsmann am Zielort in Frankreich.«

Emma unterdrückte ein Seufzen. Fest sah sie dem Mann in die Augen. »Ihre Informationen sind viel zu dürftig, um eine Entscheidung zu treffen.«

»Das verstehe ich gut, aber mehr kann und werde ich Ihnen nicht anbieten. Unsere Kooperation würde uns beiden von Nutzen sein. Das wissen Sie.«

»Reden wir doch Klartext. Sie brauchen einen Freiwilligen, der bereit ist, ganz allein das Risiko zu tragen, wenn etwas schiefgeht. Fällt er in feindliche Hände, werden Sie nicht den kleinsten Finger rühren, um ihm zu helfen. Habe ich recht?«

»Das haben Sie.« Seine Direktheit war wie ein Schlag in die Magengrube. Und doch rechnete sie ihm hoch an, dass er nicht versuchte, etwas schönzureden.

»Was werden die Franzosen mit einem Spion machen, wenn sie ihn erwischen? Hinrichten?«

»Möglich.« Er holte sich ein Törtchen und biss genussvoll hinein. Unvorstellbar, dass er ausgerechnet bei diesem Thema essen konnte! »Aber warum denn vom schlimmsten Fall ausgehen? Sie haben mein Wort, dass ich alles in meiner Macht Stehende tun werde, damit das Passieren der Grenze ohne jegliche Komplikationen verläuft. Helfen wir einander. Eine bessere Möglichkeit werden Sie nicht bekommen.«

Das war ihr klar. So wie ihm klar sein musste, dass sie keine Wahl hatte. Vielleicht deshalb genoss er so ausgelassen sein Törtchen, wohl wissend, dass sie nicht ablehnen würde. »Wann soll denn die ganze Unternehmung stattfinden?«

»Es bedarf ein paar Vorbereitungen. Aber spätestens in ein, zwei Wochen könnte es losgehen. Ich denke, eine schnelle Abwicklung ist auch in Ihrem Sinne. Ich erwarte Sie morgen zur gleichen Uhrzeit mit einer hoffentlich positiven Antwort.«

Emma verschlug es den Atem. Morgen schon? Nein, nein, nein … Sie sollte nicht bis morgen warten, sie musste ihm absagen. Jetzt, sofort!

Und doch sagte sie nichts.

Er lächelte zufrieden und wandte seinen eindringlichen Blick endlich von ihr ab.

Schweigend trank Emma ihren Tee zu Ende, bevor sie sich erhob. Erst draußen merkte sie, wie übel es ihr war. Um die Gedanken zu ordnen, schob sie das Fahrrad eine Weile die

Straßen entlang. Sie wusste, dass sie mit Carl darüber reden musste. Seine Antwort war ihr sonnenklar.

Ihr Magen rebellierte, als wäre ihm unmöglich, den Tee des Generalmajors in sich zu behalten. Genauso wie sein Angebot. Das ganze Unternehmen war ein reiner Selbstmord! Von Baer hatte nicht einmal versucht, es vor ihr zu verheimlichen. Offensichtlich brauchte er jemanden, der entbehrlich war.

Verflucht, wo war bloß Henri? Sie wünschte sich, sie könnte mit ihm darüber reden.

Irgendwann stieg sie doch auf das Fahrrad und trat in die Pedale. In Gedanken versunken, radelte sie die Straßen entlang, bis sie in der Fabrik angekommen war. Besser ging es ihr dennoch nicht.

Carl war im Büro.

Sobald sie über die Schwelle trat, legte er die Papiere beiseite und ging auf sie zu. Kaum eine Armlänge von ihr entfernt blieb er stehen. Besorgt musterte er ihr Gesicht. »So schlimm? Was hat Henri gesagt?«

Sie musste sich hinsetzen. Auf den Beinen würde sie diese Unterhaltung nicht überstehen, so sehr zitterten ihre Knie. »Henri war nicht da. Dafür durfte ich einen gewissen Generalmajor Benjamin von Baer kennenlernen. Vermutlich seinen Schwiegervater, der mir ein Angebot unterbreitet hat.« Es fiel ihr schwer, gegen die innere Stimme anzukämpfen, die ihr eindringlich riet, den Mund zu halten. »Von Baer würde einen Übergang nach Frankreich und zurück möglich machen. Im Gegenzug wartet in Frankreich eine … Mission, die dann zu erledigen wäre.«

Carl verschränkte die Arme und lehnte sich gegen den Tisch. »Das verstehe ich nicht. Was für eine Mission?«

»Das würde man erst in Frankreich erfahren.«

Ein Schatten huschte über sein Gesicht. Immerhin schwieg er und ließ nicht alles stehen und liegen, um nach Frankreich zu gehen. Hoffnung flammte in ihr auf. »Wir dürfen uns auf keinen Fall darauf einlassen! Das Risiko ist unkalkulierbar!«

Er mied sichtlich ihren Blick. »Was wäre denn die Alternative?«

Ihr Magen rumorte. Er würde es tun. Egal was sie sagte, egal wie sehr sie ihn anflehte, nichts würde ihn davon abbringen, über die Grenze zu gehen. Jedes Risiko auf sich zu nehmen.

Sie holte tief Luft. »*Ich* gehe nach Frankreich. Das ist die Alternative.«

»Wie bitte?« Scharf schnitt seine Stimme in ihre Seele.

Einatmen. Ausatmen. Sie hatte gute Argumente. Das musste reichen.

»Entweder du oder ich.« Sie redete langsam und bedacht. »Jemand anderen mit der Mission zu beauftragen, würde bedeuten, ihn in Gefahr zu bringen. Von uns beiden spreche ich Französisch am besten. Außerdem fällt eine Frau weniger auf als ein Mann. Eine Spionin? Das wird doch niemand auf dieser Welt glauben!«

»Oh, auch Frauen haben noch lange keinen Unbedenklichkeitsschein.« Sein Mund verzog sich zu einer scharfen, abweisenden Linie. »Denke nur an die Erschießung von Mata Hari letztes Jahr. Oder der Fall von Louise de Bettignies! Du gehst nirgendwohin.«

Sie ballte die Hände. »Aber du, nicht wahr?«

»Ich werde das tun, was ich tun muss, um diesen Betrieb zu retten.«

»Weil du ein Mann bist?«

»Weil ich mir niemals verzeihen werde, wenn dir etwas passiert!«

Ihre vernarbte Haut spannte. Wie alles in ihrem Innern. Sie hatte das Gefühl, er würde ihr entgleiten. Und dass sie nichts, absolut nichts tun konnte, um ihn zu beschützen. »Inwiefern ist es besser, wenn *dir* etwas passiert? Du kannst nicht einmal vernünftig die Sprache! *Ill arriwa khö lö fills du Reu* – schon vergessen?«

Er presste die Zähne zusammen. »Keine Sorge.« Seine Stimme klang eiskalt. »Ich habe nicht vor, den Franzosen aus Märchen vorzulesen.«

»Nein, denn du hast vor, Selbstmord zu begehen!« Tränen schossen ihr in die Augen. Plötzlich gab es kein Halten mehr. Sie stürmte auf ihn zu, schlang ihre Arme um seinen Hals und drückte Carl an sich. Mit ihrem ganzen Leib spürte sie, wie schnell sein Herz schlug. »Tu das nicht«, flüsterte sie wie im Wahn. »Bitte! Tu das nicht.«

Er legte seine Hände um ihre Taille, schmiegte sich mit der Wange an ihre Schulter und schwieg.

Er würde es tun. Egal was sie sagte. Das hatte sie doch gewusst.

An der Tür raschelte es. »Isch werde gehen.«

Erschrocken fuhr Emma herum. »Émile? Was machst du hier?«

Keine sinnvolle Frage – schließlich wohnte er im kleinen Appartement unter dem Dach. Allerdings so zurückgezogen, dass man seine Anwesenheit in der Fabrik kaum bemerkte.

»Eigentlisch wollte isch mir nur die Beine vertreten.« Leise machte er die Tür zu und lehnte sich mit dem Rücken dagegen. Tadelnd ruhte sein Blick auf Emma und Carl. »Isch wollte nischt lauschen. Aber Kinder, von uns allen spreche isch Französisch immer noch am besten, nischt wahr?«

»Kommt nicht infrage!«, rief sie unisono mit Carl – zumindest da waren sie einer Meinung.

»Warum denn nischt?« Seelenruhig nahm er seine Brille ab, putzte die Gläser und setzte das Gestell wieder auf.

Das fragte er noch? Entsetzt sah Emma zu Carl. Sag du doch etwas, flehte sie ihn stumm an. Er verstand sofort.

»Émile, nichts für ungut, aber in deinem Alter ...«

»Taratata!« Er unterbrach ihn mit einer ungeduldigen Geste. »Isch bin zu alt, Emma ist zu Frau und du bist zu Mann, um dir 'elfen zu lassen?«

»Das hat doch damit nichts zu tun!«, brauste Carl auf. Beruhigend legte Emma eine Hand auf seinen Arm. Sie brauchten Argumente. Auch wenn sie die von Émile am liebsten mit einem einfachen »Du bist ja nicht ganz bei Trost« abgeschmettert hätte.

Émile neigte den Kopf und sah sie beide über den Rand seiner Brille an. »Womit dann, wenn isch fragen darf?«

Emma spürte, wie Carl genauso um Fassung rang wie sie vorhin. »Weil du dich nicht mit Primadonna auskennst«, antwortete er bewundernswert geduldig. »Ich bin der Einzige hier, der weiß, was wir brauchen. Es reicht nicht, die alten Teile mitzunehmen, um dann welche zurückzubringen, die genauso störanfällig sind.«

»Dann ...«, setzte Émile an.

Carl schnaubte und warf frustriert die Hände in die Höhe. »Ich verstehe nicht, worüber wir hier überhaupt diskutieren! Dass ich nach Frankreich gehen muss, steht außer Frage!«

Emma wollte protestieren, doch er fuhr ihr ins Wort: »Und dich brauche ich hier, damit du die Fabrik weiter am Laufen hältst!« Er zögerte. Seine Brust hob und senkte sich schnell, dann beruhigte sich sein Atem nach und nach. »Vertraue mir.« Er sah ihr tief in die Augen. »Schaffst du es? Fest genug an mich zu glauben? Dich darauf zu verlassen, dass ich die Teile für Primadonna besorgen kann?«

Ihre Kehle war so eng! Sie schaffte es nicht, auch nur einen einzigen Laut hervorzubringen.

»Ich kriege das hin«, versprach er fest.

»Und isch passe auf ihn auf.« Émile trat an seine Seite und sah zu Carl hoch. »Wenn das funktionieren soll, muss isch dabei sein und das Sprechen für disch übernehmen. Wir geben disch für meinen stummen Neffen aus. Zu zweit kriegen wir das 'in.«

Gegen sie beide hatte sie keine Chance. Das war Emma klar. Die Entscheidung lag bereits im Raum.

Nur mit Mühe schluckte sie den Kloß in ihrem Hals hinunter. Die fiesen Gedanken zu verdrängen, gelang ihr allerdings nicht.

Was ist, wenn sie beide nicht zu dir zurückkommen?

Wenn du sie beide verlierst?

* * *

War sie eine starke Frau? Sie hatte mit ihren Eltern gebrochen, weil sie sich für einen Mann entschieden hatte, den diese nicht wollten. Sie hatte Tage und Nächte über Büchern verbracht, um für die Abiturprüfungen zu lernen. Sie hatte ein Studium abgeschlossen, in dem sie sich gegen ihre Kommilitonen und Professoren behaupten musste. Noch vor wenigen Tagen hätte sie gesagt: Ja. Ich bin eine starke Frau. Eine, die in der Lage ist, alle Widrigkeiten des Schicksals zu meistern.

Sie hatte keine Ahnung gehabt.

Erst vier Tage vor dem geplanten Aufbruch hatte Generalmajor von Baer ihnen die genauen Abläufe mitgeteilt. Der Übergang sollte über Belgien stattfinden. Der Treffpunkt war in einem kleinen Dorf in der Nähe der Grenze.

Ein Schleuser namens Gustav würde Carl und Émile in der Nacht über Schleichwege nach Frankreich bringen. Er wisse, wie man unbeschadet über die verminte Landschaft komme und wann die Militärpatrouillen ihre Kontrollgänge machten, um nicht in die Arme der Feldpolizei zu laufen. »Das macht er nicht zum ersten und auch nicht zum letzten Mal«, versicherte von Baer. »Wenn Sie sich an seine Anweisungen halten, wird nichts schiefgehen.«

Doch Emma schaffte es, sich tausend Möglichkeiten auszumalen, was dabei schiefgehen konnte. Sie wünschte sich, sie könnte die Zeit einfach anhalten. Damit der Tag, an dem sie Carl gehen lassen musste, niemals kommen würde. Aber dieser Tag raste unbarmherzig auf sie zu. Wie eine Sturmflut, der sie nichts entgegenzusetzen hatte.

In der Nacht vor seinem Aufbruch kauerte Emma ganz still am Bettrand. Sie konnte nicht schlafen, sie konnte nicht einmal wirklich atmen. Die Daunendecke drückte tonnenschwer auf sie. Bange starrte sie in die Dunkelheit.

Sie wusste nicht, wie spät es war, als sie ein Geräusch vernahm. Emma horchte auf, ohne sich zu bewegen. Carl. Er schlüpfte aus dem Zimmer. Hätte sie geschlafen, hätte sie nichts bemerkt, so leise war er.

Eine Weile wartete sie, doch er kam nicht zurück. Die Dunkelheit und die Stille um sie herum wurden noch undurchdringlicher. Kalter Schweiß trat auf ihre Haut. Sie setzte sich auf die Bettkante, mit ein paar tiefen Atemzügen versuchte sie, ihr dummes Herz zu beruhigen.

Carl brauchte sie. Seine Emma. Eine starke Frau, auf die er sich verlassen konnte. Kein Häufchen Elend, das starr auf der Bettkante kauerte.

Entschlossen warf sie sich ein Morgenkleid über und schlich in den Flur. Kurz fragte sie sich, wo Carl sein mochte.

Für eine nächtliche Runde durch den Park war es definitiv zu kalt. Wie ein Räuber schlich sie durch das Haus. Erst nach einer Weile entdeckte sie ihn in der Küche. Carl saß an dem langen Tisch, an dem sich die Bediensteten zu gemeinsamen Mahlzeiten versammelten. Vor ihm stand eine dampfende Tasse, und der Duft nach frisch aufgebrühter Kamille breitete sich im kühlen Raum aus.

Geräuschlos setzte sie sich zu ihm auf die Bank. »Kannst du auch nicht schlafen?«

Er hob nicht einmal den Blick. Fest umklammerte er die Teetasse. »Geh ins Bett«, murmelte er. »Ich wollte dich nicht wecken.«

»Hast du nicht. Ist … ist alles gut bei dir?«

Er öffnete die Lippen. Vermutlich, um Ja zu sagen. »Nein«, stieß er plötzlich hervor. »Nein. Nichts ist gut.« Er schluckte. »Ich habe eine furchtbare Angst, Emma. Dass etwas schiefgeht. Dass Émile etwas passiert. Dass ich versage.«

Sie nahm seine Hand, verflocht ihre Finger mit den seinen und fuhr mit den Fingerkuppen über seine Sehnen und Knöchel.

»Du versagst nicht.« Ihre eigene Angst schnürte ihr die Kehle zu. Aber das durfte sie keinesfalls zeigen. Sie musste stark sein.

Er löste seine Hand aus ihrem Griff, drehte sich zur Tasse und nippte an der heißen Flüssigkeit. Ob Émile gerade auch nicht schlafen konnte und Kamillentee trank? So ganz allein in der gespenstisch stillen Fabrik? Sie ärgerte sich, nicht darauf bestanden zu haben, dass er die Nacht vor der Abreise in der Villa verbrachte.

Die Chance, ihm Beistand zu leisten, hatte sie verpasst.

Bei Carl aber nicht.

Vorsichtig erhob sie sich, legte ein Schneidebrett auf den

Tisch und einen Laib Brot dazu, zögerte, weil es ihr doch ein bisschen albern vorkam – und holte dann aus den Tiefen eines Schränkchens ein Senftöpfchen heraus. Seit Carl ihr das Grundrezept gezeigt hatte, versuchte sie immer wieder eine neue Sorte zu kreieren und mit dem Geschmack zu experimentieren. Verlegen schob sie das Töpfchen Carl unter die Nase.

Überrascht hob er den Kopf. »Was willst du damit?«

Sie setzte sich auf die Tischplatte und schmunzelte. »Was kann man damit schon wollen? Essen natürlich.«

»Du willst mitten in der Nacht Senf essen?«

Sie wünschte sich, sie könnte diesen seinen Blick auf einer Fotografie festhalten. Völlig perplex, aber gleichzeitig neugierig: Schließlich ging es ja um Senf! Und wenn es um Senf ging, war keine Uhrzeit zu spät, keine Gelegenheit unpassend.

»Hast du etwas Besseres vor? Schlafen vielleicht?«

»Eigentlich nicht.« Er drehte das Senftöpfchen in der Hand. »Deine Kreation?«

»Kreation ist vielleicht etwas zu hoch gegriffen. Ein Versuch.« Sie schnitt eine Scheibe Brot ab und strich eine dünne Schicht der Paste darauf. Unentwegt beobachtete sie dabei sein Gesicht, die kleinste Regung seiner Mimik. Wie er die Stirn runzelte, als er den Geruch vernahm. Leicht die Augenbrauen bei der Konsistenz und der Farbe hob. Sie schwenkte das Stückchen Brot vor seiner Nase hin und her. »Probiere es. Trau dich.«

Er öffnete die Lippen und ließ es zu, dass sie ihm den Bissen in den Mund schob. Sofort zuckten seine Gesichtszüge zu einer Grimasse. Dennoch kaute er tapfer, so dass sie unwillkürlich grinsen musste. Sein Gaumen war so fein auf die Aromen abgestimmt, dass ihm natürlich keine Nuance entging.

Vermutlich auch nicht die Tatsache, dass hier nichts zusammenpasste. Sie hatte es nach der Phase der Reifung nicht so scharf gefunden und war auf die glorreiche Idee gekommen, mit Pfeffer und Chili nachzuwürzen. Was sich schnell als ein Fehler herausgestellt hatte. Sie musste nicht Carls Gaumen besitzen, um zu wissen, dass der Geschmack einfach nicht harmonierte und der Senf an sich weiterhin fade schmeckte.

Tapfer schluckte Carl den Bissen hinunter. Damit er sich nicht weiter quälte, reichte sie ihm seinen Tee. Erleichtert spülte er nach und räusperte sich. »Was war das?«

Sie beugte sich zu ihm und strich ihm mit dem Daumen einen winzigen Krümel aus dem Mundwinkel. »Der Grund, warum du zurückkommen wirst. Ich kenne mich mit Verträgen aus. Aber ohne dich kann ich keinen Senf machen. Wenn dir also irgendetwas an deiner geliebten Paste liegt, wirst du zurückkommen. Hast du verstanden?«

Er stand auf und umarmte sie. »Natürlich liegt mir sehr viel an meiner geliebten Paste. Aber an dir liegt es mir noch viel mehr. Glaub mir, ich habe mehr als genug Gründe zurückzukommen.«

»Tatsächlich? Ich musste dich also nicht daran erinnern?«

»Überhaupt nicht.« Er küsste sie auf die Nase. »Das hier. Das ist auch ein Grund.« Der nächste Kuss berührte den Rand ihres Ohrs. »Und das hier, das ist ein weiterer Grund.« Sie machte die Augen zu, und er küsste ihre Lider. »Und noch zwei Gründe.«

Sie umschloss seine Wangen, küsste ihn zurück. Ein Ohr, die Nase, die Augenlider und schließlich die Lippen. Als ihre Zunge in seinen Mund eindrang, schmeckte sie Kamillentee und ihr fürchterliches Senfgemisch. Zum Glück nicht mehr so eindringlich wie bei diesem einen Mal, als sie ihre Künste in der Senfherstellung selbst testen wollte. Und alles andere als fad. Vielleicht lag es nur an dem Chilipulver, dass sie es so scharf wahrnahm. Ihre Sinne begannen zu prickeln. Sie kostete jede Bewegung seiner Lippen, jede Berührung seiner Zunge. Obwohl er dutzendmal versichert hatte, dass er niemals etwas tun würde, was sie nicht wollte – fühlte sie sich immer noch schrecklich hölzern, wenn sein Glied den Zugang zu ihr suchte. Jetzt aber verlangte ihr Körper nach mehr Nähe, nach mehr Berührungen. Rasch schnürte sie ihr Morgenkleid auf und das Nachtgewand. Ihre Finger verhedderten sich in den Rüschen. Er half ihr, und einen Augenblick später legten sich seine Hände auf ihre nackte Haut. Sie stöhnte, öffnete die Beine und umschlang seine Hüften, versuchte, sein Hemd zu öffnen, und riss es auf. Das Geräusch der abspringenden Knöpfe ließ sie kurz zusammenschrecken. Sie sah Carl an. Das Gesicht, an dem alles so vertraut war. Das Gesicht, das sie in nur wenigen Stunden vielleicht zum letzten Mal sehen würde. Plötzlich gab es keinen Halt. Keine Grenzen. Keine Gedanken. Niemals durfte sie vergessen, wie sich sein Atem auf ihrer Haut anfühlte, wie seine Lippen schmeckten, wie viel Verlangen seine Hände in ihr weckten.

Sie ließ sich fallen, genoss seine Leidenschaft, seine Zärtlichkeit, seine Sehnsucht. Alles in ihr, um sie herum und überall – da war er. Sie liebte ihn, sie liebte ihn mit allen Sinnen. Das Wummern ihres Herzens machte sie schwindelig. Und doch wollte sie mehr. Sie wollte nicht, dass es aufhörte. Dieses Kribbeln. Dieses Beben, das sie erschütterte. Ihr Schoß, der zu pulsieren schien. Ihre Haut war wie elektrisiert. Ihr Kopf – vollkommen leer.

Sie blinzelte. Erst jetzt nahm sie wahr, dass sie auf dem Tisch lag. Dass die Tür offen stand und jeder, der von ihren Geräuschen womöglich aufgewacht war, hereinsehen konnte. Dass Carl sich noch in ihr bewegte und sie es weiterhin genoss. Zwar nicht mit dieser erschreckenden Intensität wie vor wenigen Augenblicken – dennoch empfand sie es als angenehm vertraut. Willkommen. Dann spürte sie, wie er sich anspannte. Wie ein Beben durch seinen Körper ging, und sie fragte sich, ob er gerade genau das Gleiche empfand, was sie vorhin empfunden hatte.

Emma schloss die Augen.

Sie fühlte sich vollkommen.

Wie seltsam, dass sie ihre eigene Scham früher als etwas Fremdes wahrgenommen hatte. Und sich erst jetzt erlaubt hatte, alles zu fühlen, was sie fühlen lassen wollte.

Wie wunderschön es war! Sie hatte keine Ahnung gehabt.

Carl beugte sich zu ihr und küsste sie auf die Schläfe. »Ich glaube, das waren gerade Myriaden Gründe zurückzukommen«, flüsterte er ihr zu.

»Mindestens.« Ihre Stimme war leise und rau.

Er richtete seine Kleidung, hüllte Emma in ihr Morgenkleid und hob sie auf die Arme. Müde lehnte sie ihren Kopf an seine Brust, während er sie ins Bett trug. Unter der Decke eng aneinandergekuschelt, schliefen sie ein.

Aufgeweckt wurden sie noch vor Morgengrauen.

Sofort legte sich die Schwere auf Emmas Brust, als sie sich der Realität bewusst wurde. Nun musste er gehen. Und sie – sie musste ihn gehen lassen.

Später standen sie draußen vor dem Eingang der Villa. Das Automobil, das ihn wegbringen sollte, war bereits da.

Carl drehte sich zu ihr um. »Ich bin bald wieder zurück«, versprach er.

»Ich weiß.« Sie legte eine Hand auf seine Brust. »Pass auf dein Herz auf.«

Er lächelte schwach. »Mein Herz wird bei dir bleiben. Es kann ihm überhaupt nichts passieren.«

Dann wandte er sich ab und ging.

Die Kälte ließ Emma erzittern. Sie schlang die Arme um ihren Körper, rubbelte sich, um nicht so entsetzlich zu zittern. Doch gegen die Kälte in ihr drin konnte sie nichts ausrichten.

Sie blieb draußen, bis das Automobil nicht mehr zu sehen war.

Und noch eine ganze Weile danach.

Frankreich, 1918

CARL

BEINAHE GESPENSTISCH lag das Dorf in der Dämmerung – nur ganz wenige Häuser, alle dunkel. Man könnte glauben, hier lebte schon lange niemand mehr. Der Abend war kalt und nass, auf der Fahrt hierher hatte es Schneeregen gegeben, die Feuchtigkeit tränkte noch immer die Luft. Unter Carls Stiefeln schmatzte der aufgeweichte Boden. Er fragte sich, wie es wohl auf den Schleichwegen aussah. Aktuell hatte das Ganze mit schleichen wenig zu tun, eher mit schlittern. Der Gedanke war noch nicht vorübergezogen, da rutschte Émile an einem Abhang aus. Carl reagierte nicht schnell genug. Seine Hand griff ins Leere, während der alte Mann unsanft auf der Hüfte aufkam.

Das fing ja schon gut an. Er half Émile hoch. »Geht es?« Noch war es nicht zu spät zurückzukehren. Dass er diesen Menschen, der Emma so viel bedeutete, in Gefahr brachte, behagte ihm nicht. Besorgt schaute er Émile von allen Seiten an und erntete einen erbosten Blick.

»Isch bin nischt so zerbreschlisch, wie du denkst.« Mit zwei Fingern zupfte der alte Mann an seiner Hose. »Ist nur Matsch.«

Noch war es bloß Matsch, der die größte Bedrohung darstellte. Bald würden sich Minen und Patrouillen der Feldpolizei dazugesellen. Am liebsten würde er darauf bestehen, den alten Mann zurück nach Metz zu bringen. Nur hatte er ohne Émile nicht die geringste Chance. Ein *Oh mong djöö!* – und die Mission wäre gescheitert.

Schweigend stapften sie auf das Dorf zu. In Gedanken ging Carl noch einmal von Baers Anweisungen durch. Sobald sie die Siedlung betraten, würde ihnen nichts anderes übrig bleiben, als sich auf Gustavs Schmugglerfähigkeiten zu verlassen und zu hoffen, dass der Mann wusste, was er tat. In Frankreich angelangt, würde Carl sich als Erstes auf die Suche nach den Ersatzteilen machen. Sobald diese besorgt waren, würde er sich um den geheimnisvollen Auftrag kümmern müssen. Bis zuletzt hatte sich der Generalmajor geweigert, ihm die Einzelheiten zu nennen. Dafür musste er eine Adresse auswendig lernen, wo er nach einem Stück *Camembert de la Normandie* fragen sollte.

Während der Fahrt malte seine Phantasie ihm die schrecklichsten Szenarien aus. Wäre er imstande, einen Sabotageakt durchzuführen? Oder gar ein Attentat? Etwas sagte ihm, dass er aus Frankreich nicht wie der Carl zurückkommen würde, der er heute war. Dass er für Primadonna einen Teil seiner selbst hergeben musste. Die Frage lautete nur, was für ein Teil das sein würde. Und ob er danach noch den Menschen ins Gesicht blicken konnte, die er liebte.

Es bestand keine große Herausforderung darin, das Haus von Gustav zu finden. Carl zögerte. Émile dagegen nicht. Er klopfte: dreimal kurz, zweimal lang.

Die Tür quietschte, und ein hagerer Mann erschien im Spalt.

Er hatte ein ausgeprägtes Kinn, das leicht hervorstand, und eine hohe Stirn, die von dunklen Haarfransen bedeckt wurde. Mit seinen kleinen Augen, die etwas von einem Vogel hatten, maß er Carl und Émile von Kopf bis Fuß. Dann trat er beiseite und ließ sie hinein.

Die Stube war klein und so aufgeheizt, dass man kaum atmen konnte. Eine einzige Öllampe erhellte den Raum, dessen

Fenster mit Decken verhängt worden waren, um kein Licht nach draußen zu lassen.

»Macht es euch gemütlich. Bald geht es los«, brummte Gustav und deutete auf einen kleinen Tisch, an dem ein Mann mittleren Alters saß und unentwegt an einem Glas nippte, in dem nicht bloß Wasser zu schwappen schien.

Breitbeinig setzte sich Gustav auf eine Bank, die am Tisch stand. »Zum ersten Mal bei so einem Ausflug?«

Émile machte eine undeutliche Bewegung mit dem Kopf, weder Ja noch Nein. Carl entschied sich, lieber gar nichts zu sagen.

»Nur nicht so nervös, Kameraden!« Gustav lachte. »Das wird ein Spaziergang.«

Er schien gern zu reden, auch wenn ihm niemand antwortete, und erzählte bereitwillig, dass manche fast täglich hin und her wechselten. Ab und zu brachte er sogar ganze Familien hinüber oder wieder zurück. Einige hätten Passierscheine, viele davon wären gefälscht. Und auch die echten konnten jederzeit für ungültig erklärt werden. Auf seine Schleichwege war dagegen Verlass. Er kannte unzählige. In- und auswendig.

Dann verstummte Gustav.

Eine Weile saßen sie still da. Nur der Mann am Tisch schlürfte weiter. Ein paar Minuten später ging es los.

Gustav war wie ausgewechselt. Das Gesicht – ganz ernst und verschlossen. »Dicht bei mir bleiben. Nicht einmal ein Abstecher zum Pinkeln, wenn ihr keine Mine erwischen wollt. Ruhe bewahren und zusammenbleiben.«

Sie stiefelten los wie bei einem Marschbefehl, alle in einer Reihe. Nur das Schmatzen der aufgeweichten Erde unter ihren Füßen war zu hören, ab und zu das Schnaufen des Mannes mit der Alkoholfahne, der Carl direkt in den Nacken röchelte. Das Dorf blieb dunkel und menschenleer hinter ihnen. Man könnte glauben, sie wären die einzigen Lebenden, die durch diese Gegend wanderten. Ein Weg ins Nichts. Ringsherum nur die Dunkelheit, abgesehen von einer Handlaterne, die schwach den Weg beleuchtete.

Nach einer Weile hielten sie an.

»Bald kommt ein elektrischer Zaun. Wir müssen ein paar Vorbereitungen treffen.«

Sie gingen langsamer. Immer wieder sah sich Gustav um, vermutlich hielt er nach einer Patrouille Ausschau. Aber es war alles ruhig. Dichte Büsche boten genug Deckung. Gustav reichte die Handlaterne Émile, blickte noch einmal umher, dann schlich er gebückt zu einem der Strauch. Dort wuselte er herum, schob einige Zweige beiseite, bis er ein Fass hervorrollte. Beide Böden waren herausgeschlagen und die Außenseite mit einem Gummi umwickelt worden. Gustav ächzte und wuchtete sich das Fass auf den Rücken.

Gebückt watete er durch das welke Gras. Ein paar Minuten später zeigte sich der Zaun. Fünf Drähte waren zwischen Holzpfosten gespannt, die in regelmäßigen Abständen aufgestellt worden waren. Mit wenigen Griffen schob Gustav das Fass unter den untersten Draht, so dass dieser über dem Fass und dem Gummibezug verlief. Ohne die Böden bildete sich ein enger, aber sicherer Durchgang.

»Los.«

Carl dachte nicht weiter darüber nach, wie sicher die Konstruktion sein mochte. Als Erster quetschte er sich durch das Fass. Émile reichte ihm ihre beiden Tornister, dann legte sich der alte Mann flach auf den Bauch und robbte durch die Öffnung. Carl packte ihn an den Handgelenken und zog ihn heraus. Je mehr Kräfte sich der alte Mann sparte, desto besser. Schließlich half er dem alkoholisierten Kerl und Gustav, der sich mit einem Nicken bedankte, das Fass unter dem Draht löste und es ein Stück mitnahm. Wie auf der anderen Seite versteckte er es schließlich im Gebüsch.

»Was ist, wenn die Patrouille das Ding entdeckt?«, fragte Carl, mit einer Mischung aus Faszination und Unbehagen.

»Passiert.« Er zuckte die Schultern. »Wir wechseln die Übergangsstellen und Methoden. Manchmal graben wir eine Kuhle drunter. Zwei Leitern funktionieren auch, dann klettern wir drüber. Weiter jetzt.« Er nahm die Handlaterne und winkte.

Die Landschaft veränderte sich, und Carls Unbehagen wuchs. Obwohl von der Dunkelheit verborgen, konnte er im Lichtkegel erahnen, wie sehr hier der Krieg gewütet hatte. Und vermutlich noch wütete. In Metz setzten ihm die fernen Kanonenschüsse zu, er verfluchte die Stadt, die nachts abgedunkelt werden musste. Die Bürgerwehren, die Bahren mit Toten und Verletzten, die durch die Straßen zogen. Doch hier zeigte der Schrecken seine wahre Fratze, und er konnte nur noch dankbar an das Leben in Metz denken, das fern von alldem lag, was sich ihm offenbarte.

Früher musste hier ein Wald gewesen sein. Jetzt war alles zerfurcht und umgegraben wie von einem überdimensionierten Pflug. Entwurzelte Bäume bedeckten den Boden. Die aufrecht gebliebenen Stämme ragten wie Mahnfinger in die Luft, vollkommen verkrüppelt und ihrer Würde beraubt. Jahrzehntelang konnten sie dem Himmel entgegenwachsen, trotzten den heftigsten Stürmen, bis der Krieg kam – denn dem Hass der Menschen aufeinander konnten auch die stärksten von ihnen nichts entgegensetzen. Die Landschaft war gezeichnet von Kratern und Gräben, und Carl fragte sich, wie viele Jahrzehnte vergehen mochten, bis die Natur diesen Ort zurückerobern würde.

Er beschleunigte die Schritte, um hinter Gustav herzukommen. Dieser bewegte sich beinahe katzenhaft. Kein Ast knackste unter seinen Stiefeln. Ab und zu tauchte der Halbmond hinter dem Wolkenschleier auf, um sein fahles Licht auf die Gegend zu werfen.

Gustav blieb stehen. Beunruhigt trat Carl zu ihm, doch der Mann hob beschwichtigend die Hand. »Einen Augenblick warten. Wir wollen ja nicht der Feldpolizei in die Arme laufen. Keine Sorge, ich kenne die Routen.«

Sie warteten schweigend. Der Mann mit der Alkoholfahne nahm immer wieder seine Mütze ab, um sich damit übers Gesicht zu wischen. Der säuerliche Schweißgeruch mischte sich zu seinem unappetitlichen Odeur hinzu.

Plötzlich horchte Gustav auf. »Scheiße.«

»Ist etwas?«, wisperte der alkoholisierte Kerl halb erstickt.

Gustav machte seine Handlaterne aus. In die Dunkelheit versunken, wurden die Geräusche ringsherum noch intensiver. Da hörte Carl es. Schritte von mehreren Männern. Kurze, abgehackte Worte, ab und zu ein Räuspern. Eine Patrouille. Mit Sicherheit. Manchmal änderten sich die Routen wohl.

»Da rein«, zischte Gustav und schubste Émile und Carl einem Krater entgegen, über dem ein entwurzelter Baum lag.

Carl warf einen Blick über die Schulter. Ihr Mitstreiter taumelte einen Schritt zurück, keuchte und knetete seine Mütze in den Händen. »Nein, nein, nein«, flüsterte er erstickt. »Das sollte doch nicht passieren. Hast du nicht gesagt, du kennst alle Zeiten, in denen sie kommen?«

»Noch passiert ja nichts«, raunte Carl und machte einen Schritt auf ihn zu, um den Kerl in den Krater zu ziehen.

»Zum Teufel, nein.« Der Mann rannte los. Ohne Licht wankte seine Gestalt hilflos durch die Dunkelheit und verschwand nach wenigen Augenblicken. Man hörte nur noch das Knacksen der Äste, sein Stolpern über den unebenen Boden, das Rasseln seines Atems.

Gustav schubste Carl in den Rücken. Zusammen rutschten sie in den Krater und drückten sich fest an den matschigen Boden. Carl wandte seinen Kopf zu Émile, um ihm etwas Aufmunterndes zu sagen, doch offensichtlich war es nicht nötig. Es wunderte ihn, wie ruhig der alte Mann neben ihm blieb. Das Gesicht, so nah – und so ausdruckslos. Als weilte Émile außerhalb vom Hier und Jetzt.

Die Schritte kamen näher. Noch fester drückte sich Carl gegen Kraterwand und bemühte sich, nicht allzu sehr darüber nachzudenken, was passieren würde, sollten die Männer einen Blick hineinwerfen. Die Sekunden sickerten wie zähes Baumharz. Endlich ging die Patrouille vorüber.

Einen Herzschlag später dröhnte eine Explosion.

Die Bodenerschütterung ging Carl bis in die Knochen, Erdklümpchen rieselten den Abhang herab. Alarmierte Rufe hallten durch die Nacht. Die Patrouille schwärmte aus, von überall hörte man die Männer. Nach und nach entfernten sich die Stimmen, anscheinend in Richtung der Explosion, um den Grund zu überprüfen.

Gustav machte ein Zeichen. »Weg hier. Bevor sie zurückkommen.«

Vorsichtig hob Carl den Kopf. »War das …« Den Satz zu Ende zu bringen, schaffte er nicht.

Der Schmuggler nickte. »Der Wimmerling ist vermutlich auf eine Mine getreten. Schnell jetzt.«

Kurz schloss Carl die Augen. So unwirklich, das alles. Gerade noch war ein Mensch da, mit seiner Alkoholfahne und dem Schweißgeruch. Und im nächsten Augenblick – in Stücke gerissen. Konnte es wirklich sein?

Émile zog an seinem Jackenärmel. Carl nickte nur. Natürlich. Sie mussten los. Er kletterte aus dem Krater, was bei der aufgeweichten Erde alles andere als leicht war. Vor allem für Émile. Der Dreck klebte überall an ihnen, die kleinen Partikel knirschten zwischen den Zähnen und juckten in den Ohren. Einen Moment brauchte Émile, um durchzuschnaufen.

Carl beugte sich zu ihm. »Geht es?«

Ein Nicken folgte. »Los. Verschwinden wir von 'ier.«

Besorgt sah sich Carl um – von Gustav keine Spur. Émile tippte ihn auf die Schulter und deutete in eine Richtung. Sollten sie es wirklich riskieren und einfach aufs Geratewohl losgehen? Die Wucht der Explosion bebte noch immer in ihm nach. Ein unvorsichtiger Schritt, und das Gleiche könnte ihnen beiden auch passieren. Gerade noch da – und im nächsten Sekundenbruchteil in tausend Stücke gerissen. Doch herumzustehen und darauf zu warten, entdeckt zu werden, machte genauso wenig Sinn.

»Hier lang«, ertönte Gustavs Stimme leise aus der Dunkelheit. »Wir haben es fast geschafft.«

Gott sei Dank. Der Mann wartete noch auf sie. Vorsichtig tastete sich Carl voran, wo die raue Stimme herkam. Der Mond tauchte erneut hinter den Wolken hervor und warf einen schwachen grauen Schein auf die Gegend. Immerhin konnte Carl etwas auf dem Weg erkennen.

Doch weit kam er nicht.

»*Arrêtez!*«, brüllte jemand hinter ihm.

Die Patrouille! Carl fuhr herum, entdeckte Émiles Silhouette etwas abseits – konnte der alte Mann noch unbemerkt untertauchen? Hinter einen Baumstamm schlüpfen oder sich auf den Boden drücken?

Zwei Männer kamen ein Stück näher, die Waffen im Anschlag. Der eine hielt eine Handlaterne hoch. Der schwache Schein beleuchtete ihre jungen Gesichter.

Langsam nahm Carl die Hände hoch.

Hoffentlich schaffte Émile, sich irgendwie zu verstecken, pochte es in seinem Kopf.

Doch der alte Mann dachte nicht einmal daran. Polternd stolperte er auf die Soldaten zu und deutete vollkommen aufgebracht in Carls Richtung. *»Je suis d'ici. J'ai suivi un espion allemand. Fouillez-le! Il a une double dentition sous laquelle se trouve un rouleau avec des informations sécrètes. Dépêchez-vous avant qu'il ne les détruise.«*

Er redete so schnell, dass Carl die Worte kaum auseinanderhalten konnte. Das Einzige, was er verstand, war, dass Émile behauptete, Carl wäre ein deutscher Spion.

»Dépêchez-vous!«, drängte Émile atemlos zur Eile. *»Dépêchez-vous!«*

Die Soldaten wechselten die Blicke.

Die allerletzten Blicke.

Nur am Rande realisierte Carl, wie Émile mit einem Ruck seine Hand hob. Eine Pistole? Woher …

Zwei Schüsse zerrissen die Nacht.

Zwei Leiber sackten zu Boden.

»Los«, rief Émile in die Stille, die nach den Schüssen umso betäubender wirkte. Er steckte die Pistole in seinen Hosenbund, hob die Handlaterne der toten Soldaten auf und eilte auf Carl zu.

Carl stand da wie betäubt.

Er dachte, er würde Blut riechen. Stattdessen wehte der Geruch nach Ausscheidungen zu ihm herüber, welche von den toten Körpern nicht mehr zurückgehalten werden konnten. Übelkeit stieg in ihm hoch. Er musste hart schlucken, um sich nicht an Ort und Stelle zu übergeben.

»Los jetzt!«, zischte Émile.

Carl sagte nichts. Stellte keine Fragen. Er setzte sich in Bewegung, machte einfach weiter.

Er musste nach Frankreich gelangen.

Das war das Einzige, was zählte.

* * *

Aufmerksam betrachtete Carl die Teile, die vor ihm lagen, während er sich tief in seinem Herzen zurück nach Metz in seine Fabrik sehnte. Wenn er die Augen schloss, konnte er den würzigen Geruch der Maische wahrnehmen, der ihm bis hierher gefolgt war. Er erschnupperte die unterschiedlichsten Nuancen, die eine Verbindung aus den ätherischen Ölen einer aufgeweichten Saat eingingen. Der Duft machte ihn ganz schwermütig. Es hatte ihm nie viel ausgemacht zu reisen. Früher hatte er es geliebt, die vielen Möglichkeiten zu entdecken, die ein Streifzug durch Frankreich ihm bot. Doch dieses Mal fühlte sich jeder Schritt bedrückend an, und er selbst war wie ein Fremdkörper in einem Land, das ihn nicht haben wollte. Das von seiner Anwesenheit nicht einmal etwas erfahren durfte. Die Menschen, die Umgebung – egal wohin er blickte –, alles mahnte ihn zu Vorsicht.

Émile dagegen wirkte wie verwandelt. Als hätte er alle Sorgen von sich abgestreift, wanderte er mit hocherhobenem Kopf durch die Straßen. Seine Augen glänzten beinahe fiebrig, wenn er den Blick durch die Umgebung streifen ließ. Euphorisch hatte der alte Mann sich in die Suche nach einem Händler gestürzt, der Ersatzteile für Primadonna besorgen konnte. Weder sich noch Carl gönnte er auch nur eine Minute Ruhe, plauderte mit den Menschen, blätterte in den Zeitungen, eilte zu Terminen – bloß nicht innehalten. Nur in der Nacht, wenn sie in ihren Betten lagen und Carl so tat, als würde er schlafen, hörte er den alten Mann weinen.

Jetzt unterhielt sich Émile ausgelassen mit Monsieur Bernard wie mit seinem besten Freund aus alten Tagen. Carl hörte nur mit einem halben Ohr zu, bekam aber mit, dass es um die schwierigen Zeiten ging, in denen sich die Geschäftsbeziehungen kaum entfalten konnten. Und um die Zuversicht, dass die Mittelmächte bald bezwungen sein würden. Zumindest wenn es gelang, Deutschland von den Ölvorkommen in Russland fernzuhalten. Dass die Bolschewiki der Entente so übel mitgespielt hatten, sei unzumutbar, echauffierte sich Monsieur Bernard und erhielt von Émile eifrige Zustimmung.

Carl versuchte, sich wieder auf die Teile zu konzentrieren. Er achtete auf jede Einzelheit und nahm besonders den Motor unter die Lupe. Vielleicht lohnte es sich, gleich mehrere davon mitzunehmen. In der Herstellung des Senfes nach Dijon-Art nahm die Siebmaschine eine wichtige Stellung ein. Die Maische aus der nicht entölten Braunsaat wurde durch sie hindurchgeleitet, damit die aufgerissenen Schalen des Korns entfernt werden konnten. Diese Technik verhalf dem Endprodukt zu besonders kräftigen Aromen. Spezielle, rotierende Gummiwalzen drückten dafür das Saatmark durch das Sieb, der Rest blieb zurück. Auch hier war es unabdinglich, eine Überhitzung zu vermeiden. Inzwischen faszinierte Carl nicht nur die Wandlung der Körnchen zu einem vollmundigen Erzeugnis, das den Gaumen jedes Liebhabers erfreute. Sondern auch die einzelnen Schritte im Herstellungsprozess, die das Korn während seiner Wandlung durchlief, die Bestandteile der Maschinen, die ineinandergriffen. Carl wurde nie müde, sie zu hinterfragen, um nach Möglichkeiten zu suchen, die eine oder andere Verbesserung vorzunehmen.

An den Ersatzteilen von Monsieur Bernard hatte er jedenfalls nichts auszusetzen. Nur an seiner Art, so unglaublich laut zu sein und jede Erwiderung Émiles mit einem keuchenden Lachanfall zu erwidern.

»*C'est merveilleux, n'est-ce pas?*« Mit Schwung drehte sich Émile zu Carl und boxte ihm freundschaftlich in den Arm, vermutlich etwas angeheitert vom vorzüglichen Calvados, den Monsieur Bernard anbot.

Der Motor, den Carl gerade betrachte, fiel ihm aus der Hand – direkt auf seinen Fuß.

»Scheiße!«, presste er leise durch die zusammengebissenen Zähne hervor und beugte sich hinunter, um das Ding aufzuheben. Die Stille, die den Raum daraufhin füllte, ließ ihn für einen Herzschlag erstarren. Hatte er gerade wirklich geflucht? Auf Deutsch? Er spürte, wie das Blut ihm aus dem Gesicht wich. Scheiße, scheiße, scheiße! Dieses Mal biss er sich auf die Lippe, um keinen weiteren Ton von sich zu geben.

»Chansons«, wandte Émile ein und versuchte wortreich zu erklären, Carl wäre ein großer Liebhaber und könne es kaum erwarten, heute Abend welchen zu lauschen. Bernard lachte nicht. Sein Tonfall war trocken, als er fragte, was mit dem Geschäft nun sei und ob sie zu einer Übereinkunft kommen würden.

Das würden sie.

So schnell wie möglich.

Sie sollten bezahlen, sich die Teile schnappen und von hier verschwinden. Bevor Bernard es sich anders überlegte.

Die nächsten Minuten erinnerten Carl an die Nacht des Grenzübergangs. An die bange Zeit im Krater, an das Lauschen, das blanke Funktionieren, um die Gefahr zu überstehen. Reichte ein hervorgemurmeltes »Scheiße« aus, um beim

Verlassen des Gebäudes verhaftet zu werden? Er wusste es nicht. Seine Finger zitterten leicht, während er die Ersatzteile in seinen Tornister packte und Émile sich verabschiedete.

Schweigend gingen sie nach draußen.

Jeder Schritt fühlte sich steif und fremd an. Wie bei dem letzten Stück, nachdem sie den toten Soldaten den Rücken gekehrt hatten. Manchmal fragte sich Carl, ob das wirklich passiert war. Ob er mit Émile darüber reden sollte. Oder weiterhin so tun, als wäre das Geschehene nur ein Albtraum, der ihnen beiden nachhing.

Der Tag draußen empfing sie mit Nieselregen. Aber immerhin nicht mit Uniformierten, die sie abführen wollten. Ohne sich umzudrehen, gingen sie weiter. Bloß nicht zu viel Aufmerksamkeit erregen. Zwei Männer, die dem miesen Wetter so schnell wie möglich entkommen wollten – mehr sollten die wenigen Passanten nicht sehen. Dennoch konnte Carl nicht das unangenehme Gefühl abstreifen, wie auf einem Präsentierteller zu sein. Von überall missbilligende Blicke zu spüren. Nur schwer widerstand er dem Bestreben, sich zu ducken, den Kragen seines Mantels hochzuschlagen und am liebsten gänzlich zu verschwinden. Émile dagegen schien sich wenig zu sorgen. Er machte sogar an einem Kiosk halt, um sich eine Zeitung zu kaufen und ein paar Belanglosigkeiten über das Wetter mit dem Verkäufer auszutauschen. In Metz war alles Französischsprachige längst verboten. Verständlich, dass der alte Mann die Freiheit genoss, die er hier hatte. Während Carl sich umso beklommener fühlte.

Carls Blick glitt über die Titelseiten der Zeitungen und die Motive der Postkarten. Auf einem Bild würgte ein französischer Soldat einen Adler, der offensichtlich für Deutschland stand. Auf einem anderen bedrohte ein fetter Mann in einer Pickelhaube Frankreich in einer allegorischen Darstellung einer Frau – sein Revolver zielte auf ihre Brust –, während er mit einem Fuß eine am Boden liegende Frauengestalt niederdrückte, die die Unterschrift *Luxemburg* trug. *L'Honneur ou la vie*, stand drunter, aber Carl brauchte keine Übersetzungskünste Émiles, um zu verstehen, worum es da ging. Deutschland – ein Kriegsverbrecher und Aggressor. *So sehen sie uns*, dachte er. Niemals hätte er gedacht, es könnte so sehr schmerzen, ein Deutscher zu sein. Es kam ihm vor, als würde man ihn persönlich für die Schandtaten verantwortlich machen, die auf der Welt geschahen.

Auch in ihrer Unterkunft schaffte es Carl nicht, sein Unbehagen abzustreifen. Mit einem schalen Beigeschmack beobachtete er Émile, der am Tisch ausgelassen in seiner Zeitung blätterte. Was ging ihm durch den Kopf? Wie fühlte er sich, nach alldem, was passiert war?

Sie mussten darüber sprechen! Auch wenn Carl zweifelte, ob er dazu imstande war. Von Émile ganz zu schweigen.

»Hast du zum ersten Mal getötet?« Carl wusste nicht, wie er es geschafft hatte, die Frage über die Lippen zu bringen.

Émile schaute ihn über den Rand der Zeitung an, wachsam, als würden sie beide auf einer Tretmine stehen, die jeden Moment losgehen könnte. Sein faltiges Gesicht wirkte verschlossen und abweisend. »Isch 'abe Emma versprochen, auf disch aufzupassen. Das 'abe isch getan.«

»Das hast du.«

Natürlich musste er es tun. Immer wieder wiederholte Carl dies. Sie waren hier und hatten endlich die Ersatzteile beschafft, und alles nur, weil der alte Mann im richtigen Moment abgedrückt hatte. Und doch schaffte er es nicht, die erstarrten Gesichter der beiden Soldaten zu verdrängen. Noch nie hatte er den Tod so nahe gesehen.

»Woher hattest du die Waffe?«

Émile zuckte die Schultern. »In unserer Zeit bekommt man fast alles. Isch dachte, es wäre ... eine kleine Absischerung.«

Das war sie definitiv gewesen.

Aus den Tiefen seiner Erinnerungen tauchte ein Bild auf: Wie Émile Perrin vor der Tafel stand und mit der Klasse leidenschaftlich unregelmäßige Verben übte. Ein magerer Mann mit grauen Haaren, die ständig etwas abstanden, und einer Brille, die leicht schief saß. Dieser Mann hatte zwei jungen Soldaten in den Kopf geschossen. Wie ging man damit um? Wie ging *Émile* damit um? Wie lange würde er so wie jetzt weitermachen können, bevor die Lawine ihn überrollen würde?

»Carl ...« Die Zeitung raschelte, als Émile sie zusammenlegte und beiseitepackte.

Stille.

Sie sahen einfach nur einander an.

Eine Ewigkeit lang.

»Entweder du oder die beiden.« Émiles Stimme kippte. »Also 'abe isch einfach geschossen. 'ätte isch auch nur eine Sekunde nachgedacht – isch ... isch 'ätte es nischt tun können.«

»Was ist, wenn sie dir nicht geglaubt hätten? Wenn sie dich ins Visier genommen hätten? Wenn du nicht schnell genug gewesen wärst?« Wie knapp es wirklich gewesen war, wurde Carl erst jetzt bewusst.

Mit beiden Händen rieb sich Émile über die Stirn. »Sie 'aben einen fast siebzigjährigen Mann gesehen. Einem alten Mann glaubt man leischt. Alles andere war Glück.«

Schweigen.

Was sollte er sagen?

Eine merkwürdige Taubheit hatte sich über Carls Seele gelegt und erstickte jede Empfindung. Die Soldaten waren tot. Er lebte. Um zu Emma zurückzukehren.

Manchmal war es eine Gnade, nicht zu fühlen.

»Lass uns schlafen gehen«, beschloss er. »Morgen erfahren wir hoffentlich, was wir tun müssen, um nach Hause zu kommen.«

Emile nickte.

Im Bett starrte Carl noch lange vor sich hin, ohne in der Lage zu sein, auch nur ein Auge zuzumachen. Die Dunkelheit schien auf ihn zu lauern und ihm tief in die Seele zu kriechen, während er es kaum wagte, sich zu bewegen.

»Isch … isch 'abe zum ersten Mal getötet.« Ein Flüstern. Mehr nicht.

Carl schluckte. »Du hattest keine Wahl.«

Im Morgengrauen standen sie auf, jeder in seiner Routine versunken, als wäre nichts gewesen. Gleich nachdem sie gegessen hatten, machten sie sich auf den Weg. An der angegebenen Adresse fanden sie eine kleine Patisserie. Beinahe unscheinbar quetschte sie sich zwischen die weißen, mit verschnörkeltem Stuck verzierten Fassaden. Macarons leuchteten farbenfroh im Schaufenster. Carl verharrte vor der Auslage. Beinahe gierig glitt sein Blick über das kleine Gebäck, das seine Sinne lockte und ihnen einen süßen Genuss versprach. Aber deshalb waren sie ja nicht hier.

Sondern um nach einem Stück Käse zu fragen. Hier, in diesem Laden? Carl sah sich um, dann schaute er zu Émile. »Ist die Adresse richtig?«

»Natürlisch.«

Noch einmal warf er einen Blick zu den bunten Macarons. Was auch immer da drin auf ihn wartete, er sollte es schnell hinter sich bringen.

Verführerischer Duft unzähliger Köstlichkeiten wehte Carl

entgegen, sobald er die Tür öffnete. Unwillkürlich streckte er die Nase höher. Orange, Vanille, Schokolade betörten seine Sinne, dass ihm das Wasser im Munde zusammenlief.

Eine rüstige Verkäuferin wartete hinter dem Tresen.

Mit einem charmanten Lächeln trat Émile vor. »*Bonjour, Madame. Je prendrais volontiers un morceau de camembert de Normandie.*« Er sagte die Worte mit so einer Überzeugung, als wäre es das Normalste der Welt, zwischen all den Macarons ein Stück Camembert zu bestellen.

Die Frau lehnte sich leicht an die Theke. Im ersten Moment dachte Carl, sie würde gleich losschimpfen, was ihnen einfiele, sie zum Narren zu halten. Stattdessen deutete sie auf einen Durchgang seitlich im Raum. Ein buntes Tuch verdeckte die Öffnung. Entschlossen machte Émile einen Schritt dorthin, doch Carl hielt ihn zurück. »Warte hier«, formte Carl lautlos mit den Lippen. »Als Rückendeckung.«

Zögernd blieb Émile zurück.

Carl schob das Tuch beiseite und spähte in den schmalen Gang dahinter. Auch hier roch es süß. In der Luft erschnupperte er die feinen Nuancen von Lavendel und Rosenwasser. Offensichtlich wurde hier gern mit Geschmack und Düften experimentiert.

Carl ging geradeaus bis in einen fensterlosen Raum. Regale an den Wänden beinhalteten Utensilien, die man wohl für die Herstellung der Backwaren brauchte. So genau widmete Carl ihnen seine Aufmerksamkeit nicht, sondern betrachtete einen etwa vierzigjährigen Mann, der herumging und etwas in ein Notizbuch kritzelte.

»Setzen Sie sich«, sagte er im besten Deutsch und deutete mit einem Kopfwinken zum Tisch, der seitlich stand. Offensichtlich musste er nicht raten, weswegen sein Besuch hier war.

Carl nahm Platz, darauf bedacht, nicht zu sehr zu zeigen,

wie unwohl es ihm in der Situation war. Kurz darauf steckte der Mann das Notizbuch in seine Hosentasche und setzte sich ihm gegenüber. Eine Weile musterte er Carl. »Sie sind es also«, sagte er leicht gedehnt. Seine dunklen, leicht hervorstehenden Augen verrieten keinerlei Gefühl.

»Um es gleich klarzustellen: Ich habe wenig Bedarf an einem Stück Camembert«, sagte Carl kühl.

»Aber Sie haben sicherlich Bedarf an einem Geleit über die Grenze, nehme ich an.«

Wunderbar. Sie kamen also gleich zum Wesentlichen.

»Was muss ich dafür tun?«

Der Mann lehnte sich zurück, während seine breiten, fleischigen Hände über die Tischoberfläche strichen. »Einen Kriegsgefangenen über die Grenze bringen.«

Carl hob die Augenbrauen. »Und wie stelle ich es an?«

»Ah, Sie gefallen mir.« Der Mann lachte. Es war ein tiefer, melodischer Ton, der den kleinen Raum vollkommen auszufüllen schien. »Nicht lange fackeln, gleich zur Sache kommen – Sie sind aus dem richtigen Holz geschnitzt!«

Oder verzweifelt genug, um sich auf diese Unternehmung einzulassen.

»Dann wollen wir mal.« Der Mann stemmte sich hoch und ging zu einem der Regale. Er schob ein paar Behälter zur Seite, um aus den Tiefen zusammengefaltete Papiere zu holen und auf dem Tisch auszulegen. Es waren Pläne mehrerer Gebäude, wie Carl auf den schnellen Blick erkannte, eine Landkarte, ein paar Zeichnungen. »Passen Sie auf: Hier liegt eine Fabrik, die aus Kohle Briketts herstellt. Sie hat immer Bedarf an Arbeitskräften, also werden dorthin regelmäßig Gefangene hingeschickt. Einer der Waggons, mit denen die Briketts transportiert werden, ist präpariert.« Er holte eine der Zeichnungen. »Hier an der Seite wird eine speziell für die

Flucht gebaute Kiste eingelassen sein. Oben ist ein Deckel, der von großen Kohlebriketts offen gehalten wird, so dass ein Spalt entsteht, durch den Sie und die Zielperson in die Kiste klettern können. Sind Sie erst einmal drin, entfernen Sie die Briketts. Der Deckel klappt zu und die Kohle, die über die Kiste geschüttet ist, verdeckt das Versteck vor neugierigen Blicken. In der Kiste geht es zuerst in die Schweiz, wo Sie weitere Informationen erhalten. Aber denken Sie nicht daran, ohne die Zielperson die Flucht in der Kiste zu wagen.« Der Kerl schnalzte mit der Zunge. »Kommen Sie in der Schweiz ohne unseren Mann an, geht es für Sie nicht weiter.«

Immerhin musste er niemanden umbringen, dachte Carl bitter. Doch die Erleichterung wollte sich nicht einstellen. »Wie groß ist die Kiste?«

»Knapp zwei Meter lang, einen Meter breit und etwa fünfzig Zentimeter hoch.«

Wie ein Gemeinschaftssarg. Und da rein würden sie sich zu dritt quetschen müssen? Für eine stundenlange Überfahrt in die Schweiz? Kaum vorstellbar.

Der Mann redete weiter: »Hier sehen Sie die Pläne der Fabrik. Die Schichtwechsel, die Arbeiter. Sie werden sich für einen von ihnen ausgeben. Dafür ist genau an dieser Stelle«, er deutete auf die Karte, »die richtige Kleidung deponiert. Der weitere Plan ist geradezu lächerlich einfach: Sie passen einen günstigen Zeitpunkt ab und verstecken sich mit der Zielperson im Kohlewaggon, der genau hier abgestellt wird.« Der Mann tippte mit einem Zeigefinger auf den Plan. »Und schon sind Sie im Nu zu Hause. Was sagen Sie?«

Lächerlich einfach. Wie wahr. Was könnte da schon schiefgehen? Aber er hatte Emma versprochen, zu ihr zurückzukommen. Und sein Versprechen würde er halten. Koste es, was es wolle.

»Wie erkenne ich die Zielperson?«

Wortlos schob der Mann ihm eine Hochzeitsfotografie entgegen. Die Braut – eine zierliche Frau in einem weißen Kleid mit vielen Rüschen – hielt in der gesenkten Hand einen Brautstrauß aus Rosen. Mit einem melancholischen Blick schaute sie in die Kamera. Neben ihr stand der Bräutigam in Offiziersuniform. Der wulstige Finger zeigte darauf. »Prägen Sie sich seine Gesichtszüge gut ein.«

Brauchte er nicht.

Ungläubig starrte Carl auf die Fotografie.

Es war Henri!

Es war tatsächlich Henri!

Seine Gedanken überschlugen sich. Das veränderte alles! Henri konnte er nicht im Stich lassen. Was auch immer passieren sollte: Er würde Henri nach Hause bringen, das schwor er sich.

»Meinen Sie, Sie kriegen das hin?« Sein Gesprächspartner hatte seine Bestürzung bemerkt. Unangenehm forschend bohrte sich der dunkle Blick des Mannes durch Carl hindurch.

Kurz musste sich Carl sammeln, um zu antworten. »Natürlich.«

»Wunderbar.« Der Kerl steckte die Fotografie ein, räumte die Pläne und die Zeichnungen weg. Dafür reichte er Carl einen dicken Umschlag. »Hier sind die Anweisungen und Papiere, die Sie benötigen werden. In drei Tagen steht der Kohlenwaggon bereit. Dann müssen Sie vor Ort sein.«

»Werde ich. Keine Sorge.« Carl steckte den Umschlag ein und trat in den Gang.

Émile wartete im Verkaufsraum und genoss ein Macaron. Der Duftnote nach zu urteilen, war es Orange mit Armagnac. Sein Gesicht strahlte pure Seligkeit aus, während er den Bissen auf seiner Zunge zergehen ließ. Die Verkäuferin lächelte wissend.

Zusammen traten sie nach draußen. Doch nach ein paar Schritten musste Carl stehen bleiben und durchatmen. In seinem Kopf wirbelten die Versatzstücke aus Plänen, den Erklärungen des Mannes – und ganz diffus über alldem sah er Henris Gesicht. Den Blick, der von der Fotografie in Carl hineinglitt und alles in seinem Innern aufwühlte.

Seine Brust fühlte sich an wie eingequetscht. Ruhig, ganz ruhig, redete er auf sich ein. Der kleine, fensterlose Raum schien ihn immer noch zu umgeben, mit jedem Atemzug rückten die Wände ein Stück mehr auf ihn zu. Wie würde es erst sein, im engen Versteck auszuharren?

Er schaute zu Émile, der aus einer Serviette ein leuchtend rotes Macaron auswickelte. Wortlos schob der alte Mann das Stück Carl unter die Nase, doch Carl schüttelte den Kopf. Unmöglich, auch nur einen Bissen hinunterzubekommen.

»Du 'ast keine Ahnung, was dir entgeht. Und jetzt erzähl. Wie gelangen wir nach Metz zurück?«

Noch einmal atmete Carl durch. Die kühle Luft machte seinen Kopf etwas leichter, erfrischte sein Gesicht, auf dem sich ein dünner Schweißfilm gebildet hatte. »Nicht hier.«

Er war froh um jede Minute, die sie bis zu ihrer Unterkunft brauchen würden. Wenn schon ihm der Gedanke an den Kohlenwaggon unheimlich war, wie sollte Émile die Fahrt überstehen? Nicht zu vergessen die Tatsache, dass Henris Befreiung zusätzliche Gefahren barg, die er noch nicht abschätzen konnte. Von wegen ein »geradezu lächerlicher Plan«! Seine Finger bebten leicht, als er sich durch das Haar fuhr – und er konnte nichts dagegen machen. Hoffentlich merkte Émile nichts.

Immer wieder schaute er zu dem alten Mann herüber. Was

durfte er ihm zumuten? Würde er damit leben können, sollte Émile etwas passieren?

In der Unterkunft angelangt, warf sich Carl auf das Bett. Seine Gedanken ratterten. Ein Sarg unter einem Haufen Kohle. Knapp zwei Meter lang, einen Meter breit und etwa fünfzig Zentimeter hoch. Keine Möglichkeit, sich zu bewegen. Die Vorstellung reichte, damit sein Herz zu rasen begann und ihm schon wieder den Schweiß auf die Stirn trieb.

Für ihn selbst gab es keine andere Option.

Für Émile schon.

Frankreich war nach wie vor seine Heimat. Sie hatten genug Geld mitgebracht, damit eine Person für eine Weile auskommen würde. Danach fand Émile bestimmt eine Möglichkeit, sich durchzuschlagen.

Alles war sicherer als die riskante Flucht, die es zu überstehen galt.

Was sollte er nur tun? Zum Glück fragte der alte Mann nicht nach.

Erst beim Abendbrot sprach Émile das Thema wieder ein: »Und, werde ich in den Plan eingeweiht?«

Carl schob seinen Teller von sich. Schon vorher hatte er sich eher aus Not einen Bissen nach dem anderen genommen, jetzt war sein Appetit endgültig weggeblasen.

»In drei Tagen geht es los.« Müde rieb sich Carl über das Gesicht. »Lass uns die Einzelheiten morgen besprechen.«

Émiles Hand mit einem Stück Baguette verharrte in der Luft. »Was ist los?«

»Nichts. Wirklich nichts. Heute kriege ich einfach keinen klaren Gedanken zusammen.«

Der alte Mann runzelte die Stirn, sagte aber nichts. Carl mied es, ihn anzusehen. Ob Émile Verdacht schöpfte?

Dieser Mann würde alles riskieren, um zu helfen, ohne auch nur einen Gedanken an das eigene Leben zu verschwenden. Und wenn etwas schiefging …

Schmerzhaft krampfte sich sein Herz zusammen.

Wenn etwas schiefging, würde er es sich niemals verzeihen.

Immer wieder schielte er zu Émile. Hatte Émile nicht schon genug für ihn getan? Es lag jetzt an ihm, diesen Mann zu beschützen. Und die schwierigste Entscheidung zu treffen, die er je hatte.

Sie gingen früh schlafen. Schon bald hörte Carl Émiles leises Schnarchen, das ihn an seinen Vater erinnerte. Es hatte etwas Vertrautes und unsagbar Beruhigendes, diesem Geräusch zuzuhören. *Du bist ein Kämpfer*, tönte Ehrhards Stimme in seinen Ohren. Das hatte er ihm in Kindertagen eingeschärft, wenn Carl mit ihm Soldaten spielte. *Und ich mache einen wahren Helden aus dir.*

Ein Held war er nie geworden.

Aber dennoch jemand, der wusste, dass er Menschen beschützen musste, die ihm am Herzen lagen. So lange, wie sein Herz eben für sie schlug.

Manchmal hatte man keine Wahl. Und manchmal war es besser, jemand anderem keine zu lassen. Er musste Émile in Sicherheit wissen! Diesem Mann durfte nichts zustoßen. Wie sonst würde er Emma in die Augen schauen können? Der Grenzübertritt hatte mehr als deutlich gezeigt, wie gefährlich dieses ganze Unterfangen war. Was konnte erst bei der Befreiung eines Gefangenen und ihrer Flucht passieren?

Noch einmal lauschte er dem Schnarchen, dann schlüpfte Carl aus dem Bett und zog sich an. Leise packte er seine Sachen und holte ein Stück Papier. Er konnte noch nie gut mit Worten umgehen. Jetzt fiel es ihm umso schwerer. Was schrieb man einem Mann, den man zurückließ? Wie erklärte man all das, was dazu geführt hatte? Wie bat man um Verzeihung für so eine Entscheidung?

Es ist besser so.
Carl.

Nein, so definitiv nicht. Frustriert zerknüllte er den Zettel, schleuderte ihn in eine Ecke des Raumes und setzte neu an. Nach ein paar weiteren Versuchen wusste er, dass da niemals die richtigen Worte kommen würden. Weil es keine gab.

Er schulterte den Tornister und schlich aus dem Zimmer.

Eine Weile schlenderte er durch die einsamen Straßen, ohne konkretes Ziel. Er brauchte eine Weile, um die Endgültigkeit seiner Entscheidung wirklich zu verinnerlichen. Es war ein Verrat. Ein Vertrauensbruch. Aber womöglich einer, der dem alten Mann das Leben rettete. Doch sein Herz weigerte sich, es zu akzeptieren. Also hörte er nicht auf sein Herz.

In einer Gasse, in die noch genügend Licht von der nahen Straßenlaterne fiel, setzte er sich auf den Boden und studierte die Informationen, die der Mann aus der Konditorei ihm gegeben hatte. Schon bald kannte er sie auswendig. Drei Tage Zeit waren mehr als genug, um zu dieser Fabrik zu kommen.

In der gleichen Nacht verließ Carl die Stadt und marschierte so lange, bis er eine einsam stehende Scheune am Rande eines Dorfes entdeckt hatte. Dort beschloss er zu übernachten. Am nächsten Tag gelang es ihm sogar, ein Fahrrad zu stehlen, was das Vorankommen um einiges erleichterte. So schlug er sich durch, bis er völlig erschöpft, aber rechtzeitig in der Fabrik angekommen war.

Im vereinbarten Versteck entdeckte er Kleidung. Die Ersatzteile für Primadonna band er sich um den Körper, um sie sicher bei sich zu wissen. Einen Moment bedauerte er, keine Waffe dabeizuhaben. Und dass er nicht daran gedacht hatte, Émiles Pistole mitzunehmen. Andererseits – wie hoch standen die Chancen, dass er sich den Weg freischießen konnte?

In der Nähe der Fabrik wartete er auf einen Schichtwechsel und reihte sich in den Strom der Arbeiter ein, die auf das Gelände pilgerten. Stumpf richtete Carl seinen Blick nach vorn, um nicht aufzufallen.

Die erste Hürde war geschafft. Er kam auf das Gelände, ohne dass die Wache ihn aufgehalten oder seine Papiere geprüft hätte. Kurz sah er sich um. Rauchende Schornsteine ragten in den Himmel empor. Unzählige Bauten säumten das Gelände, oft mit Kettenbandverbindungen untereinander. Gleise zum Rangieren der Güterwagen erinnerten an einen Knotenbahnhof. Und genug Versteckmöglichkeiten: Kleinere Schuppen, Schutthaufen, Stapel mit Holzstämmen, wobei Carl sich wunderte, wozu sie ausgerechnet in einer Fabrik notwendig waren, die voll mit Kohle war.

Ein Vorarbeiter schien etwas zu erklären, dann teilten sich die Männer auf, jeder schien zu wissen, was zu tun war. Carl beschloss, sich sechs anderen anzuschließen, die nicht eines der Gebäude ansteuerten. Dank der Pläne kannte er das Gelände gut und nutzte die nächstbeste Gelegenheit, nach dem Kohlenwaggon zu sehen. Alles wie besprochen. Jetzt musste er nur noch Henri finden.

Carl entdeckte Gefangene, die mit Hacken auf ein Gemäuer einschlugen und große Steinbrocken abtransportierten. Offensichtlich sollte ein Anbau abgerissen werden. Aus einem Versteck in der Nähe beobachtete er den Vorgang. Zwei bewaffnete Soldaten beaufsichtigten die Arbeit. Einen weiteren entdeckte Carl bei dem Weg, den die Gefangenen mit ihren Karren nahmen, um die Steine wegzubringen.

Wo war Henri?

Aufmerksam beobachtete Carl die Männer, die mit dem Schutt hantierten, studierte die abgemagerten, stumpfen Gesichter, ihre gebrochenen Gestalten und die mühsamen Bewegungen. Tief in seinem Herzen hoffte er, Henri wäre nicht unter ihnen. Dass es sich dabei um eine schreckliche Verwechslung handelte.

Da!

Sein Atem stockte.

Hätte er Henri nicht so gut gekannt, hätte er gedacht, es wäre ein Fremder. Von dem stolzen Offizier auf dem Hochzeitsfoto war nichts übrig geblieben. In einer Kleidung, die als solche kaum eine Bezeichnung verdiente und an ihm wie ein Lumpen hing, schob er einen Karren über den holprigen Boden. Sein Gesicht wirkte kantig und eingefallen. Die Knochen traten deutlich unter der Haut hervor. Die Nase war schief, offensichtlich gebrochen und schlecht verheilt.

Immerhin hatte er noch ein Gesicht, dachte Carl. Und alle Gliedmaßen. Wumm, wumm, wumm, pochte es in seinen Schläfen, als er an den Sohn seiner früheren Vermieterin dachte. Wumm, wumm, wumm – waren es noch die Erinnerungen oder das Hacken der Zwangsarbeiter? Er schüttelte den Kopf.

Schluss damit. Zeit zu handeln.

Der Soldat, der den Weg der Gefangenen beaufsichtigte, wandte sich ab und blickte nachdenklich zu den Schornsteinen. In langsamen Zügen rauchte er seine Zigarette und schien völlig in Gedanken versunken zu sein, während Henri seine leere Karre zurückschob. Perfekt. Jetzt musste es schnell gehen.

Carl tauchte hinter dem Schutthaufen hervor, schlich auf Henri zu und packte ihm am Arm. Henris Kopf ruckte herum. Carl sah in die weitaufgerissenen Augen und legte sich rasch einen Zeigefinger auf die Lippen. Schließlich deutete er zum Schutthaufen und zog die Karre dahinter. Ohne Henri loszulassen, lief Carl zum nächstgelegenen Schuppen, sah sich um. Der Weg war frei. Kein Alarm. Nichts wie weg hier.

Hinter einer weiteren Baracke machte er eine kurze Pause und drehte sich zu Henri um. »Keine Zeit für Erklärungen. Ich bin hier, um dich nach Hause zu bringen.«

»Hast du eine Ahnung, wie gefährlich das ist, was du hier tust?«, zischte Henri halb erstickt. Sein Atem ging schwer. Mit einer Schulter lehnte er sich gegen die Wand.

»Erzähle mir das später. Bald werden wir stundenlang kuscheln und plaudern können.«

»Witzig. Zum Kuscheln bist du nicht mein Typ.«

Carl verzog den Mund. Im Nachhinein gesehen, hatten seine Worte mehr als zweideutig geklungen. Hoffentlich nahm Henri das wirklich mit Humor. Aber auch das sollten sie lieber in der Kiste des Kohlenwaggons ausdiskutieren. Jetzt galt es, so schnell wie möglich dahinzukommen.

Im Zickzack liefen sie von einer Deckung zur nächsten, dann folgten sie den Gleisen. Immer wieder sah sich Carl um – ohne Sichtschutz fühlte er sich ausgeliefert. Aber zu sehr durfte er darüber nicht nachdenken. Noch war alles ruhig, sie hatten Glück. Schon tauchte er zwischen den ersten Güterwagen unter, die vor einer Halle abgestellt worden waren.

»Es ist nicht mehr weit.« Carl drehte sich nach Henri um und deutete zu einem Lagerschuppen mit einem Bahnsteig. Dort stand der präparierte Kohlenwaggon.

Erschöpft lehnte Henri sich gegen die Metallwand eines Güterwagens. Unter all dem Schmutz an seinem Gesicht sah er auffallend blass aus. Besorgt schaute Carl ihn an. So entkräftet, wie Henri aussah, zweifelte er, ob dieser Mann die Flucht überstehen würde. In der Kiste würde es weder Trinken noch Essen geben. Und vermutlich nicht viel frische Luft.

»Bald haben wir es geschafft.« Carl schob seine Zweifel beiseite. »Weiter geht's.«

Henri nickte, stieß sich von der Wand ab und taumelte ihm hinterher.

Plötzlich hallten von überallher alarmierte Rufe. Henris Fehlen war entdeckt worden, und man suchte bereits nach dem Flüchtigen.

Carl fluchte.

Rasch schob er Henri zwischen zwei Waggons, schlüpfte hinterher und spähte heraus. Es dauerte nicht lange, bis er mehrere Männer entdeckte, die in ihre Richtung ausschwärmten. Mindestens einer von ihnen war ein bewaffneter Soldat, die anderen vielleicht nur Arbeiter zur Verstärkung. Carl versuchte, die Entfernung zum Kohlenwaggon abzuschätzen. Würden sie es schaffen, hineinzuklettern und in der Kiste zu verschwinden, bevor man sie entdeckte? Unwahrscheinlich.

Carl drehte sich zu Henri. »Gib mir deine Sachen. Ich lenke sie ab, während du dich im Kohlenwaggon versteckst.« Rasch erklärte er ihm den Plan ihrer Flucht.

Henris Gesicht wurde noch eine Spur blasser. »Das kannst du nicht machen! Sie werden dich fassen.«

»Sie fassen uns beide, wenn wir weiterdiskutieren. Vertraue mir. Ich kenne das Gelände.«

Zumindest den Lageplan. Damit hatte er bessere Chancen als Henri, der sich wohl kaum zwischen all den Anlagen zurechtfinden würde und viel zu wackelig auf den Beinen war.

Henri knurrte und begann, seine zerschlissene Kleidung abzustreifen. »Gib zu, du willst mich nur halb nackt sehen. Dabei habe ich doch gesagt, dass du nicht mein Typ bist.«

»Ich gucke nicht hin, versprochen.« Carl grinste. Henris Galgenhumor gefiel ihm. Seltsam, dass er sich bei solchen Witzen nie befremdlich fühlte. Dass sie so entspannt miteinander umgehen konnten, obwohl der Rest der Welt behauptete, mit Männern wie Henri stimmte etwas nicht.

Einen Augenblick später drückte Henri ihm die Kleidung in die Hände. »Zufrieden?«

Automatisch schaute Carl zu ihm. Er trug zwar ein Unterhemd, trotzdem sah Carl mehr, als ihm lieb war. Henris abgemagerter Körper war mit blauen Flecken übersät. Einige ganz frisch, die anderen schon gelblich angehaucht. Darüber Striemen von Peitschenhieben.

Dieses Mal machte Henri keine Witze. »Genug gesehen?«

Carl schluckte. Mit unsicheren Händen holte er die Ersatzteile für Primadonna hervor, die er bei sich trug, und übergab sie Henri. »Egal was passiert: Du musst dieses Zeug zu Emma bringen. Versprich es mir.«

»Vergiss es. Die bringst du ihr gefälligst selbst!«

»Ja, bestimmt. Pass auf die Dinger auf, so lange ich weg bin, ja?« Er stülpte sich die stinkenden Lumpen über, die sich an allen Nähten auflösten. Sofort verfluchte er sich für seine feine Nase, die es gewohnt war, alle Duftnuancen wahrzunehmen. An das Ungeziefer im Stoff wollte er erst gar nicht denken.

»Bis gleich«, warf er Henri zu und lief los. Er überquerte die freie Fläche bis zur nächsten Baracke. Im Rücken hörte er Rufe – der Suchtrupp hatte ihn entdeckt und setzte ihm nach. Er schlug Haken, tauchte immer wieder hinter Bauten unter. Sein Ziel lag am Turbinenhaus, dort würde er Henris Kleidung loswerden. Wenn er weiter Richtung Westen hielt, käme er zur Arbeitersiedlung, wo er untertauchen konnte, um dann zurück zum Kohlenwaggon zu gelangen, sobald die Luft rein war.

Also rannte er los. Hart und heftig schlug sein Herz gegen seine Rippen, pumpte Blut und Adrenalin durch seine Adern. Er dachte nicht mehr nach, beachtete keine Rufe hinter ihm – er musste nur funktionieren. Das war alles. Fest nahm er sich vor, dass sein Herz das schon aushalten würde. Zumindest bis zum Turbinenhaus. Dort würde es viele Ecken geben, wo er sich verstecken und zu Atem kommen konnte.

»*Arrête ou je tire!*«, bellte es hinter ihm.

Carl lief schneller. Stehen bleiben würde er auf keinen Fall. Nur noch wenige Meter, dann bog er um die Ecke. Jetzt bloß … Zwei Männer mit Gewehren rannten ihm entgegen. Was sie brüllten, verstand er nicht. Er schaute zu einem Schutthaufen. Das würde er schaffen!

Ein Schuss ertönte, dann gleich der zweite.

Ein Stoß in die Schulter brachte ihn zum Taumeln, er versuchte, das Gleichgewicht zu halten, doch seine Beine gaben nach. Etwas Warmes, Zähes tränkte seine Kleidung, während sein Herz immer noch wild und unermüdlich in seiner Brust trommelte. Dafür breitete sich eine seltsame Taubheit über seinen Körper aus.

Zwei Schüsse. Mit geweiteten Augen starrte er in den wolkenverhangenen Himmel und sah die Gesichter der toten Soldaten an der Grenze, als würden sie ihn willkommen heißen. Wenigstens ist Émile in Sicherheit, war sein letzter Gedanke, während alles andere langsam, aber unaufhörlich im Nebel versank.

Metz, 1918

EMMA

JEDER TAG BEGANN auf die gleiche Weise. Die sich wiederholenden Abläufe halfen Emma, die Ungewissheit zu ertragen. Solange sie zu tun hatte, schleppte sie sich durch den Tag. Umso schlimmer lauerten die Nächte auf sie, wenn sie einsam im Bett lag und in die Dunkelheit starrte. Sie vermisste Carls Nähe, seine Berührungen, die Wärme seines Körpers, wenn er sich an sie schmiegte, und das Gefühl, geborgen zu sein. Sollte er nicht längst zurück sein? Egal was in Frankreich von ihm verlangt wurde, um das Geleit zurück nach Deutschland zu bekommen – waren fünf Wochen nicht mehr als genug dafür? An jedem weiteren Tag, der verstrich, verstummte ihre Seele ein bisschen mehr.

Das Ende des Kriegs schien nahe. Noch vor kurzem hatten die Zeitungen die große Offensive an der Ostfront gefeiert, der die Russen nichts entgegenzusetzen wussten. Nun war der Friedensvertrag unterschrieben. Kaum jemand durfte anzweifeln, dass auch im Westen bald eine Entscheidung erzwungen werden konnte – man schrieb von der großen Kaiserschlacht, die siegreich enden würde. Schon jetzt besang man sie in kleinen patriotischen Versen.

Und doch stimmte Emma das alles nicht gerade zuversichtlich. In Anzeigen und Plakaten forderte man die Bevölkerung auf, wertvolle Metalle abzugeben: *Einrichtungsgegenstände aus Aluminium, Kupfer, Messing, Nickel, Zinn sind enteignet – liefert sie ab!* Unwillkürlich klammerte sich Emma an ihren Messingring. Wie schlimm stand es ums Kaiserreich wirklich? Rößlers Behauptung, es mangele an Rohstoffen, war ihr damals wie eine Ausrede vorgekommen. Jetzt wusste sie: Er hatte recht. Der Krieg verschlang nicht nur Menschenleben. Sondern auch das Material. Und ohne Menschen und Material wurde noch nie ein Krieg gewonnen.

Sie machte sich fertig, um in die Fabrik zu fahren, als sie plötzlich ein lautes Lachen hörte, das alle Wände zu durchdringen schien. Wann hatte sie zuletzt jemanden lachen gehört? Der Klang stimmte sie befremdlich. Beinahe wütend. Weil sie nichts, aber wirklich nichts zu lachen hatten!

Einem unüberwindbaren Impuls folgend, lief sie in den Flur und stampfte in die Richtung, woher das Lachen kam.

Louises Räumlichkeiten.

Vor einer angelehnten Tür blieb Emma stehen. Die Vergangenheit hatte sie gelehrt, vorsichtiger zu sein, bevor sie bei Louise hereinplatzte. Aber da sich zu Louises Lachen auch Fredericks hohe Stimme mischte, war die Wahrscheinlichkeit gering, Carls Schwester erneut im Evakostüm zu ertappen. Auch wenn etwas in ihr Louise für diesen Mut bewunderte, den eigenen Körper im Gips zu verewigen. Oder der Weiblichkeit die Form einer Blume zu verleihen.

Sie schaute in den Raum. Louise und Frederick hockten auf dem Boden, einander zugewandt. Vor ihnen lagen die Aquarellfarben und jeder hielt einen Pinsel in der Hand. Womit sie allerdings nicht auf dem Papier malten, sondern in die Gesichter voneinander. Die feinen Pinselhaare schienen auf der Haut zu kitzeln. Und so glucksten, kicherten und lachten die beiden ununterbrochen. Die beiden zu beobachten, erfüllte Emma mit Wehmut. Was, wenn Carl nicht zurückkam? Wenn sie niemals so einen innigen Mutter-Kind-Augenblick erleben würde? Wenn sie niemals erführe, was es hieße, Mutter zu sein und bedingungslos zu lieben? Rasch presste sie sich eine Hand auf den Mund, um nicht aufzuschluchzen. Doch Frederick hob den Kopf und sah sie mit seinen strahlend blauen Augen an.

Ertappt taumelte sie zurück, um schnell wegzugehen. Da umschloss eine kleine Hand ihre Finger und zog sie in den Raum. »Tante Emma! Komm mit!«

»Nein, nein. Habt ruhig Spaß. Ich habe so viel zu tun.« Sie wollte seine Finger lösen, und konnte es doch nicht. Erstaunt betrachtete sie den Schmetterling, den Louise in sein Gesicht gemalt hatte. Die lila und blauen Töne betonten perfekt seine Augen. Die schwarzen, verschlungenen Ränder der filigranen Flügel verliehen seinen dunklen Wimpern noch mehr Kontrast. Die Fühler, die an der Nasenwurzel begannen, sorgten für einen frechen Touch. Süß. Dabei dachte sie stets, dass nur Clowns sich die Gesichter bemalen würden, und Clowns hatte sie noch nie süß gefunden.

Aus dem Augenwinkel nahm sie eine Bewegung wahr. Auf Louises Gesicht prangten braune, gelbe und orangefarbene Striche, die Nasenspitze war schwarz bemalt, die Oberlippe zierte eine weiße Schnauze.

»Katze?«, riet Emma.

»Frederick meint, ich bin eher wie ein Luchs.« Louise grinste und machte eine Bewegung mit einer Pfote, bei der die Finger die Krallen waren. »Aber keine Angst. Ich schnurre gerne auch mit Gusti um die Wette.«

Emma konnte nicht anders und grinste ebenfalls, während Frederick sie an der Hand ins Zimmer zog. Sie wehrte sich nicht und setzte sich auf den Boden. Fredericks Augen leuchteten auf, als er sich den Pinsel schnappte und die dunkelbraune Farbe befeuchtete.

»Moment, Moment!«, protestierte Emma. »Zuerst sagst du mir, was das werden soll!«

»Biber!« Schon setzte er den ersten Strich an ihrer Stirn.

»Biber?« Emma hob eine Augenbraue. »Habe ich denn so große Zähne?«

»Ein bisschen«, erwiderte der Kleine ungeniert. »Und du beißt dich durch.«

»Na warte!« Emma zog die Oberlippe hoch und tat so, als würde sie knabbern. Gleichzeitig beugte sie sich vor und kitzelte Frederick durch. Er lachte los und wand sich unter ihren Fingern. Der Pinsel fiel ihm aus der Hand und kullerte weg.

»Still sitzen!«, ordnete Louise an, und Emma drückte den Rücken gerade. »Sehr wohl, Madame!«

Louise gab Frederick den verlorenen Pinsel, und nun machten sich Mutter und Sohn gemeinsam ans Werk. Emma schloss die Augen und genoss das kühle, feuchte Kitzeln der Pinsel auf ihrer Haut und das verhaltene Kichern der beiden. Hoffentlich malten sie tatsächlich einen Biber und nichts Fragwürdiges. Orchideen zum Beispiel. Sie schmunzelte und dachte an den Sommer des ersten Kriegsjahres zurück. Wie steif da Frederick im Umgang mit seiner Mutter gewirkt hatte. Jetzt schienen die beiden gefunden zu haben, was sie miteinander verband. Und lebten es in vollen Zügen aus.

»Fertig!«, verkündete Frederick und brachte einen Handspiegel.

Emma drehte das Gesicht hin und her und betrachtete das Kunstwerk von allen Seiten. »Wunderschön« hauchte sie. »Aber leider kann ich so auf keinen Fall in die Fabrik fahren!« Fast bedauerte sie, die Farbe gleich abwaschen zu müssen.

Louise holte auch schon einen feuchten Lappen. »Das geht ganz schnell ab.«

Emma wollte danach greifen, doch Louise begann, vollkommen ungeniert Emmas Gesicht abzurubbeln. »Das haben wir gleich!«

Emma verharrte. Die Verbundenheit, die diese neue Nähe mit sich brachte, fühlte sich so ungewohnt, so filigran an. War es doch noch möglich, die Vergangenheit hinter sich zu lassen? Nach vorn zu blicken und neue Wege zueinander zu finden? Noch nie war ihr so bewusst gewesen, wie sehr sie eine Freundin vermisst hatte. Sollten Frauen nicht ohnehin mehr zusammenhalten? Frauenstärke zeigen. Miteinander statt gegeneinander sein.

»Geschafft.« Louise senkte die Hand mit dem Lappen.

Emma rührte sich nicht. Wäre es sehr merkwürdig, die junge Frau jetzt zu umarmen? Vermutlich. Sie sollte nichts überstürzen. Ihnen beiden etwas Zeit lassen, diesen Weg zueinander zu erkunden.

»Danke dir.« Sie drehte sich rasch zu Frederick und verwuschelte sein Haar. »Und dir natürlich auch. Vielleicht … vielleicht können wir einmal alle zusammen etwas unternehmen? Auch wenn ich von Kunst nicht viel verstehe.«

»Das wäre wunderbar«, antwortete Louise zaghaft, und es klang unglaublich ehrlich.

Emma lächelte ihr zu. So sehr es ihr gerade auch widerstrebte, jetzt musste sie ihren Geschäften nachgehen. Die Fabrik wartete auf sie. »Bis heute Abend irgendwann.«

In der Eingangshalle setzte sie ihren Hut auf und befestigte ihn ordentlich mit der Hutnadel, da trat Anni an sie heran.

»Ein Brief für Sie, gnädige Frau«, sagte das Dienstmädchen steif.

Emma nahm den Umschlag vom Tablett und schaute auf den Absender. Die Feldpost.

Abgesehen von Postkarten, die Antoine an Frederick schickte, bekamen sie keine Briefe von der Front. Unruhe stieg in ihr auf. Kurz überlegte sie, wann die letzte Postkarte von Antoine gekommen war.

Voriges Jahr!

Unwillkürlich schnappte sie nach Luft. Selbstverständlich war die Feldpost mehr als unzuverlässig. Manchmal bekam Frederick zwei Karten am gleichen Tag. Aber dass er so lange auf ein Lebenszeichen von seinem Vater warten musste, war bis jetzt noch nie vorgekommen. Nur warum sollte Antoine an sie schreiben und nicht an seinen Sohn?

Rasch riss sie den Umschlag auf, zog die Blätter heraus und faltete sie auseinander.

Es war nicht Antoines Handschrift.

Die Unruhe schlug in Angst über. Eine andere Handschrift verhieß nie etwas Gutes. Meistens bekamen die Angehörigen auf diese Weise die Todesnachrichten über ihre Männer an der Front. Sie zwang sich, den Blick auf die Wörter zu richten.

Emma,
Wenn Du das liest, bin ich vermutlich tot.

Sie schnappte nach Luft. Einen Augenblick blieb ihr Herz stehen.

»Braucht die gnädige Frau noch irgendetwas?«, hörte Emma Annis angespannte Stimme.

»Nein, nein. Du kannst gehen«, stammelte Emma, ohne vom Brief aufzusehen. Die Zeilen begannen, vor ihrem Blick hin und her zu schwanken. Sie suchte das Ende des Schreibens. *i. A. von Antoine Dupont, Frl. Wagner* stand darunter. Ihr Magen zog sich zusammen, als sie wieder zum Anfang schaute.

Emma,
Wenn Du das liest, bin ich vermutlich tot.
Eigentlich dachte ich, mich würde irgendeine Mine oder

ein Geschoss erwischen. Und dass es schnell gehen würde. Aber nein. Ich werde wohl ein weniger rühmliches Ende finden.

Ich sterbe an einer Erkältung. Zumindest ging es mit einer Erkältung los. Jetzt ist es eine Lungenentzündung.

Also verzeih mir, dass ich mich kurz fassen muss. Ich hoffe, ich kriege genug Luft, um dieses Schreiben zu Ende zu diktieren.

Dies ist nicht der erste Brief an dich.

Vielleicht bekommst Du weitere, wenn sie meine Sachen nach Hause schicken. Ignoriere sie einfach. Sie sind nicht wichtig.

Wichtig ist nur eins: Ich möchte, dass Du glücklich bist. Ich habe unzählige Male gesehen, wie Du von purem Glück durchströmt wirst, wenn Du Carl anschaust. Doch dann zieht eine dunkle Wolke über Dein Gesicht. Und solange diese Wolke da ist, wirst Du nie vollkommen frei sein, um Dein Leben mit Carl zu genießen.

Also sage ich Dir, was Du wissen musst, um endlich eine Gewissheit zu haben und Deinen Frieden zu finden: Ich war es, der den Brand in der Fabrik verursacht hast.

Nun ist es raus. Tief in deinem Herzen hast Du es schon immer gewusst.

Sag Carl, dass es mir leidtut, wie alles gekommen ist. Wenn ich könnte, würde ich die Zeit zurückdrehen und vieles ungeschehen machen. Aber ich kann es nicht. Zeit ist das, was ich nicht mehr habe.

Mir ist klar, dass Du mich jetzt hassen wirst. Hasse mich, so sehr Du nur kannst. Es ist in Ordnung. Aber lass die Vergangenheit los.

Gib Frederick einen Gutenachtkuss von mir.

Sag Louise, ich hätte nie der Ehemann werden können,
den sie gebraucht hätte.
Das alles tut mir unendlich leid.
Antoine.

Ihre Hände zitterten. So stark, dass sie kaum noch imstande war, das Papier zu halten. Konnte es wahr sein? Konnte es wirklich wahr sein? Ihr wurde schwindelig. Sie beugte sich vornüber, hielt sich an einer Kommode mit einer imposanten antiken Vase darauf fest und hatte ein unbändiges Bedürfnis, die Vase hinunterzufegen. Jetzt zitterten nicht nur ihre Hände – ihr ganzer Körper krampfte.

Er ist tot, pochte es dumpf in ihrem Kopf. Tot. Und nun hatte sie die Bestätigung, endlich wusste sie, wer für den Brand verantwortlich war! Aber eine Erleichterung darüber wollte sich nicht einstellen. Antoine. Wie oft hatte er sie mit seiner selbstgefälligen Art zur Weißglut gebracht. Wie sehr hatte sie ihn gehasst für seine Arroganz. Und jetzt war kein Hass mehr da, sondern nur ein tiefer Schmerz, der ihre Seele zerriss.

»Emma?«, holte Louises Stimme sie ein.

Plötzlich gab es keine Gedanken, keine Gefühle mehr. Sie musste funktionieren. Diese Familie beschützen. Niemand, absolut niemand durfte von diesem Brief erfahren! Sie sollten um Antoine trauern, den sie geliebt hatten. Einen wundervollen Vater. Einen verlässlichen Schwiegersohn. So sollte das Bild sein, an das sie sich erinnerten.

»Emma? Was ist los?«

Rasch stopfte Emma den Brief in eine Schublade. Ihr Herz klopfte wie wild. Sobald sie wieder allein war, würde sie den Brief herausholen und ihn verstecken. Vielleicht sogar vernichten.

Langsam drehte sie sich um und schaute Louise fest ins

Gesicht. Nur ein paar gelbe, verwischte Striche erinnerten an das Luchs-Bild und den Spaß, den sie mit ihrem Sohn gehabt hatte. In Emmas Ohren hallte dieses fröhliche, ausgelassene Lachen von Mutter und Sohn nach, das ihr jetzt die Kehle zuschnürte. Noch wussten sie es nicht. Dass der Mensch, den sie liebten, nicht mehr da war.

»Du bist so blass!« Louise kam näher. »Geht es dir nicht gut?«

Emma schluckte und glaubte, an ihren eigenen Worten zu ersticken. »Alles bestens. Ich … ich muss in die Fabrik.«

Louise zögerte. Dann spürte Emma eine zaghafte Umarmung. »Er wird zurückkehren.« Das feine Jasminparfum kitzelte Emmas Nase. »Ewas anderes dürfen wir gar nicht denken.«

»Antoine?«

Er wird nicht zurückkommen! Er wird nie mehr zurückkommen.

Zögerlich senkte Louise die Hände. »Antoine? Wie kommst du jetzt auf Antoine? Ich meinte Carl. Ach, du bist so durcheinander. Was ist nur los?«

»Du … du hast recht, ich bin heute schrecklich durcheinander«, stammelte Emma. »Carl wird zurückkommen. Er wird … Er wird bald wieder da sein.«

Sie realisierte kaum noch, wie sie sich umdrehte und aus der Tür ging, wie sie die Allee entlanglief und plötzlich auf der Straße stand. Die kühle Luft ordnete ihre Gedanken, erfrischte den Verstand.

Das Fahrrad hatte sie in der Villa gelassen, also nahm sie sich eine Droschke, um zur Fabrik zu gelangen. Vielleicht hätte sie lieber laufen sollen. Ihre Hände zitterten immer noch, als sie ausstieg. Reiß dich zusammen, befahl sie sich. Tief atmete sie durch, bevor sie die Produktionshalle betrat.

»Frau Seidel? Frau Seidel!«

Sie unterdrückte ein Stöhnen. Albert. Was wollte er jetzt schon? An manchen Tagen war ihr das alles einfach zu viel. Es fühlte sich an wie ein Seiltanz ohne Sicherheitsnetz. Ohne Rückendeckung. Ohne Carl.

Ja, sie hatten keine Ersatzteile für Primadonna. Ja, die Produktion war schrecklich im Rückstand. Ja, das Militär war nicht zufrieden, nur drei Viertel der vereinbarten Menge bekommen zu haben.

Was glaubte Albert, was sie machen sollte, wenn er es ihr noch einmal sagte? Jeden Tag aufs Neue?

»Frau Seidel!«

Sie schalt sich für ihren Unmut. Was konnte er schon dafür? Er wollte nur seine Arbeit gut machen. »Ja?«

»Schlechte Nachrichten.«

Noch mehr? Kaum vorstellbar.

»Also … Die Glashütte, die uns die Gläschen für die den Senf liefert …« Nervös wischte er sich die Handflächen an seinem Kittel ab. »Sie muss schließen. Der Inhaber bittet um ein Gespräch, damit die Einzelheiten geklärt werden können.«

»Sie müssen schließen? Warum um alles in der Welt müssen sie schließen?«

»Das hat der Laufbursche nicht gesagt. Ich denke, das wird dann in der Unterredung erklärt. Was soll ich antworten? Wann haben Sie Zeit?«

»Ich weiß es nicht. Irgendwann.«

Ihr wurde schwindelig. Warum war es hier so unglaublich stickig? Überall nur Senfgeruch. Überall Carl. Nur nicht bei ihr. Wie sollte sie das nur schaffen?

»Und wenn die Glashütte uns nicht mehr mit Gläschen beliefert, wo sollen wir neue hernehmen?«

Sie schloss die Augen. »Keine Ahnung.«

»Frau Seidel, Sie sollten so schnell wie möglich mit dem Inhaber reden. Heute Nachmittag vielleicht?«

»Heute nicht. Auf keinen Fall heute.«

»Aber es ist wichtig! Je früher wir Klarheit haben, desto besser. Sie müssen eine Entscheidung treffen. Wie soll es jetzt weitergehen?«

»Ich werde rein gar nichts tun!«, rief sie. Plötzlich war sie nicht mehr imstande, ihre Gefühle zurückzuhalten. Es würde sie zerreißen. In tausend Stücke zerreißen, wenn sie auch nur eine Minute länger still blieb. »Ich werde keine Entscheidungen ohne Carl treffen! Verstehen Sie das, Albert? Ich werde das nicht tun! Der Inhaber muss warten, bis Herr Seidel zurück ist! Punkt!«

Albert zuckte zusammen. Es entging ihr nicht, mit was für einem Blick er sie bedachte. Zuerst wie vor den Kopf gestoßen, dann deutlich reserviert. Natürlich. Eine Frau hielt dem Druck nicht stand und wurde hysterisch. War das nicht von Anfang an klar gewesen? Was hatte eine Frau nur in einer Fabrik zu suchen?

Nichts.

Rein gar nichts.

Sie fuhr herum. Endlich im Büro, lehnte sie sich gegen eine Wand und sank zu Boden. Fest schlang sie ihre Arme um sich.

Sie konnte nicht mehr.

Sie konnte einfach nicht mehr.

* * *

Es war spät, als sie in die Villa zurückkehrte. In der Fabrik hatte sie eine ganze Weile gebraucht, um wieder zu sich zu kommen. Natürlich hatte Albert recht. Sie musste mit dem

Inhaber der Glashütte reden, um die Frage nach den Gläschen zu klären. Das würde sie in den nächsten Tagen tun. Zum Glück war Albert so diskret, ihren emotionalen Ausfall nicht weiter zu kommentieren. Auch die anderen Arbeiter erwähnten mit keinem Wort den Vorfall. Sie machten einfach weiter. Die Fabrik musste laufen, koste es, was es wolle.

In der Villa angelangt, fühlte sie sich unendlich leer. Aber vielleicht war es auch gut so. Besser, nichts zu spüren, als in der Verzweiflung zu ertrinken. Ihre Gefühle sollten da bleiben, wo sie waren: gut weggesperrt. Unerreichbar.

Innerlich gewappnet, ging sie zur Kommode, um den Brief wegzubringen. Sie öffnete die Schublade und erstarrte. Er war weg. Mit unsicheren Fingern durchwühlte sie den Inhalt. Nichts zu sehen. Eine eisige Hand griff nach ihrem Magen und presste ihn zusammen.

Sie hatte den Brief regelrecht reingestopft. Vielleicht hatte eines der Dienstmädchen ein zerknülltes Stück Papier gefunden und es einfach weggeworfen? Warum war sie nur nicht auf den Gedanken gekommen, den Brief mitzunehmen? Aber im Durcheinander ihrer Gefühle war wohl kein Platz für Gedanken gewesen. Manchmal machte man Dinge aus einem Impuls heraus. Und danach wünschte man sich, die Zeit zurückdrehen zu können. Einige Tage lang wartete Emma, dass jemand sie auf den Brief ansprechen würde. Aber das passierte nicht. Das Leben ging einfach weiter. Ob am Esstisch, bei einer Zusammenkunft in einem Salon oder in der Fabrik.

Viel schwieriger dagegen war es, die Gläschen zu ersetzen. Der Inhaber war gesundheitlich nicht mehr in der Lage, die Glashütte weiterzuführen. Seine beiden Söhne waren im Krieg gefallen. Und einen Käufer für einen gebeutelten Betrieb zu finden, war in den unsicheren Kriegszeiten so gut wie unmöglich. Nichts zu machen.

Genauso unmöglich schien es, die Gläschenherstellung einer anderen Firma zu übertragen. Bis jetzt war Emma nie so bewusst gewesen, wie viele Unternehmen die Kriegsjahre nicht überstanden hatten, und wie glücklich sie sich schätzen konnte, die Senffabrik noch am Laufen zu halten. Doch wie lange noch? Für Betriebe, die sich die Glasproduktion noch leisten konnten, waren kleinere Kunden uninteressant. Alles für die Front. Nur für die Front.

Emma saß gerade im Büro, als Albert anklopfte und Wilhelmines Besuch ankündigte.

Wilhelmine?

Wieso suchte Carls Mutter sie in der Fabrik auf? Sie sahen sich doch oft genug in der Villa.

Überrascht schaute sie auf. Carls Mutter kam herein, grüßte und nahm Platz auf dem Besucherstuhl. Ihr Blick glitt begeistert umher. Aufmerksam betrachtete sie die Bücher und Mappen. »So langsam wird mir klar, warum Carl und du hier so viel Zeit verbringt. Ich hätte schon viel früher hierherkommen sollen. Es ist unglaublich, was ihr auf die Beine gestellt habt!«

»Carl. Er hat es auf die Beine gestellt.« Ihre Stimme brach. Sofort war sie bestrebt, ihre Nase in die Papiere zu stecken, Wilhelmine zu sagen, sie wäre zu beschäftigt für einen Plausch. Nicht zu wissen, wo Carl war und wie es ihm ging, überstieg ihre Kräfte. Und sie wollte nicht schon wieder in der Fabrik zusammenbrechen.

»Du hast viel zu tun, nicht wahr?«, fuhr Wilhelmine fort.

Emma hatte nur ein entschuldigendes Lächeln übrig. Ja, viel zu tun. Sie hatte sich so sehr gewünscht, dieses Unternehmen zu führen, unverzichtbar zu sein – nun war sie es.

Und würde ihre Wünsche am liebsten ungeschehen machen. Vielleicht stimmte es. Sie war als Frau dafür einfach nicht stark genug.

»Ich sehe, wie viel du leistest. Wie sehr du dich in diese Fabrik einbringst. In den letzten Kriegsjahren hat dieser Betrieb uns alle über Wasser gehalten, wer weiß, wie lange er das noch tun muss. Ich wollte fragen, ob ich dir irgendwie helfen kann. Ich ertrage es nicht zuzusehen, wie du dich kaputtmachst.«

»Ich glaube nicht, dass du etwas tun kannst.«

»Vielleicht doch? Ich habe Erhard sehr oft im Fuhrunternehmen geholfen. Er würde sich auch einbringen, glaube mir, nur lässt seine Gesundheit es nicht zu. Aber auf mich kannst du zählen.«

»Das ist wirklich sehr lieb von dir.«

»Was beschäftigt dich in den letzten Tagen so sehr?«

Dass Antoine in irgendeinem Feldlazarett an einer Lungenentzündung gestorben war? Dass Carl wie verschollen schien und sie bangte, er würde nicht mehr zurückkommen? Das konnte sie unmöglich sagen.

Emma seufzte. »Die Glashütte, die für uns die Senfgläschen produziert, stellt den Betrieb ein. Und ich habe keinen Ersatz. Wir brauchen zu viele, als dass unser Auftrag irgendwo dazwischengeschoben werden kann. Und zu wenige, damit es sich lohnt, für uns andere Kunden abzuweisen.«

»Du bist der kreativste Kopf, den ich kenne. Ich bin mir sicher, du findest eine Lösung. Atme durch, betrachte das Problem aus einem anderen Blickwinkel. So wie du es immer tust.«

»Das Problem hat keinen anderen Blickwinkel. Wir brauchen die Gläschen.« Am meisten setzte ihr zu, dass sie die Entscheidung ohne Carl treffen musste. Ganz egal, wie diese ausfiel.

Wilhelmine betrachtete sie eine Weile. »Warum machst du es nicht wie das Kaiserreich?«

Emma runzelte die Stirn. »Einen Krieg anfangen?«

»Dem Kaiserreich fehlt Metall. Sie nehmen alles, was sie bekommen können. Von einem Zinnbecher bis zum Kronleuchter. Dir fehlen die Gläschen für den Senf. Was ist, wenn du den Senf in andere Behältnisse füllst? In die, die du bekommen kannst?«

»Zum Beispiel?«

»Erinnerst du dich noch, wie wir die Senfhochzeit geplant haben, als du nach Metz zurückgekommen bist? Du hast vorgeschlagen, beim Festessen den Gästen Senf in Champagnergläsern zu servieren.«

Hatte sie das? Nur dunkel erinnerte sie sich an die vielen Gespräche über den Blumenschmuck und die Tischdekoration, aber Senf in Champagnergläsern? Das hatte sie bestimmt nicht ernst gemeint!

Wilhelmine meinte es aber ernst. »Nimm das, was du bekommen kannst. Gläser, Bierkrüge, Becher, Schnapsgläser. Verschließen lassen sie sich mit Wachstuch.«

Emma seufzte und lehnte sich zurück. Es war nett, dass Wilhelmine helfen wollte. Aber die Idee war absurd. »Die Gläschen haben einen hohen Erkennungswert. Wir waren eine der wenigen Fabriken, die Gläschen verwendet hat. Darauf zu verzichten, würde unseren Senf gesichtslos machen.«

»Euer Senf spricht für sich. Vertraue darauf. Die Fabrik ist in der Umgebung bekannt, die Qualität wird hoch geschätzt.« Wilhelmine beugte sich ein Stück vor. »Egal, in was für ein Gefäß du den Senf füllst. Du kannst alles als Neuerung vermarkten. Von deiner Notlage braucht ja niemand etwas zu wissen.«

Emma hob eine Augenbraue. Natürlich hatte Wilhelmine recht. Man konnte alles als Neuerung verkaufen, wenn man es geschickt anstellte. Aber … Senf in Bierkrügen? Das war unvorstellbar!

Und vielleicht gerade deswegen genial?

Sie musste nachdenken. Sie musste wirklich darüber nachdenken.

Wilhelmine erhob sich. »Bitte entschuldige, dass ich dich so überfallen habe. Was ich meine: Du kannst immer mit mir reden, egal worum es geht. Denn die Seidels passen aufeinander auf.«

»Danke. Das bedeutet mir wirklich viel!«

Hoffentlich klang es nicht wie eine Floskel. Auch wenn es ihr noch immer schwerfiel, sich zu öffnen, schätzte sie diesen Rückhalt sehr.

Sie begleitete Wilhelmine nach draußen. Viel sprachen sie nicht, das war auch nicht notwendig. In Emmas Kopf wirbelte der Gedanke über die anderen Behältnisse umher. Sie musste die Idee nur richtig verkaufen. Aus der Not ein Werbespektakel machen. Die Menschen überraschen, sie begeistern – den Rest würde Carls Qualitätssenf erledigen. Egal in welcher Form. Vielleicht konnte sie es schon nächste Woche ausprobieren und mit einer exklusiven Partie für die ganz besonderen Kunden anfangen? Schwungvoll drehte sie sich zu Wilhelmine um. »Wie viele Gläser könnte ich aus deinem Haushalt für einen Testlauf bekommen?«

Carls Mutter schmunzelte. »Für die Fabrik kannst du sie alle haben. Wenn es dir hilft, dann trinken wir meinetwegen aus den Schüsseln!«

Sie spürte, wie der Funke übersprang. Wie sehr ihr Tatendrang in ihr brannte. »Weißt du, was? Am besten fahre ich mit dir zurück und schaue mir an, was wir haben!«

»So mag ich dich sehen!« Wilhelmine schloss sie in eine Umarmung. Dankbar erwiderte Emma sie.

Sie war nicht allein.

Sie musste nur die Hilfe annehmen, die ihr schon immer geboten wurde.

Zusammen mit Wilhelmine fuhr sie in die Villa und wies die Dienstmädchen ein, Gläser in Kisten zu packen, die sie später zur Fabrik schaffen würde. Für den Testlauf brauchte sie keine großen Mengen. Exklusivität war das beste Verkaufsargument. Die Anordnung rief bei der Dienerschaft sichtlich Verwirrung hervor. Doch weder Wilhelmine, die tatkräftig anpackte, noch Emma ließen sich irritieren. Es ging auf den späten Nachmittag zu, sie waren mitten im Sortierfieber, als Anni an sie herantrat.

»Frau Seidel?« Dem kühlen Ton nach zu urteilen, war wohl Emma gemeint gewesen. »Ein gewisser Henri Wolff bittet darum, empfangen zu werden.«

Henri? Überrascht, aber beschwingt Emma zupfte ihr Kleid zurecht, an dem Holzwolle von der Polsterung in den Kisten klebte. »Ich bin gleich da. Bitte ihn in den Salon und lass schon einmal Kamillentee aufsetzen.«

Ein bisschen wurmte sie es schon, dass er sich eine Ewigkeit lang nicht gemeldet hatte und nun mit einem Mal der Meinung war, hier einfach so auftauchen zu können. Andererseits freute sie sich, ihn zu sehen.

Sie wies an, einen Laufburschen zu Albert zu schicken, damit er die ersten Kisten gleich morgen früh abholen ließ. Dann begab sie sich in den Salon. Henri stand neben dem Fenster. Den Kopf gesenkt, starrte er zu seinen Füßen. Es verwunderte Emma, ihn nicht in seiner schmucken Offiziersuniform zu sehen. Zivilkleidung war in dieser Stadt schon lange eine Seltenheit. Bei Henri glich es einem Frevel.

»Schön, dich zu sehen«, grüßte sie.

Vom Klang ihrer Worte zuckte er zusammen und fuhr herum. Emma verharrte. Wie gut, dass neben ihr eine Blumensäule stand, an der sie sich festhalten konnte. Er sah nicht mehr wie Henri aus. Nicht einmal wie ein Schatten seiner selbst. Sondern nur wie eine Hülle, die früher ein Mensch gewesen war.

»Was ist mit dir geschehen?«, stammelte sie unwillkürlich, verschluckte sich an ihren eigenen Worten und wusste nicht, was sie sagen sollte. Vielleicht musste sie erst einmal aufhören, ihn so anzustarren. Und doch schaffte sie es kaum, ihren Blick von ihm abzuwenden.

Es kam ihr vor, als wüsste auch er nicht so recht, warum er hier war. Sie deutete auf die Polstergruppe um den Kaffeetisch. »Wollen wir uns hinsetzen?«

»Ja. Das ist …« Seine Stimme hörte sich brüchig an. »Das ist eine gute Idee.« Unsicher nahm er Platz auf einem Sessel.

Sie schwieg.

»Hübsch anzusehen bin ich nicht mehr, was?«, murmelte er.

»Entschuldige.« Sie zwang sich, den Blick auf die feinen Porzellantassen, auf die Etagere mit ein paar Keksen und den blitzblank polierten Tisch aus Kirschholz zu richten. »Ich habe ein paarmal versucht, dich zu erreichen.« Zaghaft drehte sie an ihrem Ehering. »Carl und ich haben es endlich geschafft zu heiraten.«

Die Stille fühlte sich ohrenbetäubend an. Nicht einmal Glückwünsche kamen über seine Lippen.

Warum war er hier? Sie würde ihm helfen, alles für ihn tun, was er brauchte – nur musste er es ihr sagen!

»Schade, dass Carl nicht da ist. Er hätte dich gern gesehen.« Der Versuch, dieses elende Schweigen zu brechen, hörte sich in ihren eigenen Ohren ungelenk an.

Scharf saugte Henri die Luft zwischen den zusammengebissenen Zähnen ein. Dann beugte er sich zu seiner Tasche, die er neben dem Sessel abgestellt hatte, und holte Maschinenteile heraus.

Fein säuberlich legte er diese zwischen den Porzellantassen aus.

Emma brauchte einen Moment, um zu erkennen, dass es die Ersatzteile für Primadonna waren. Sie brauchte nichts zu fragen. Etwas in ihr gefror zu Eis. Die Kälte machte ihren Körper ganz starr und die Glieder unbeweglich.

»Wo ist Carl?«, fragte sie kalt. Sie wusste nicht einmal, ob sie es wirklich ausgesprochen hatte oder weiterhin stumm die klobigen Metalldinger anstarrte, von denen ihr angst und bange wurde.

Henri stützte seine Ellbogen auf die Oberschenkel und drückte sich die Finger an die Lider. »Ich bin kein Verwaltungsoffizier von Briey. Ich bin als Hauptmann in der mobilen Abteilung III b tätig. Nachrichtendienst.«

»Wo ist Carl?«, wiederholte sie mit Nachdruck.

Er sah sie nicht einmal an. »Eine Operation ist schiefgelaufen, und ich bin in die Hände der Franzosen gefallen. Sie dachten, ich wäre ein einfacher Soldat. Das hieß wohl: Kriegsgefangenschaft statt Erschießungskommando. Ich Glückspilz.«

»Henri …«

»Nein, sag nichts! Sag nichts. Mein Schwiegervater hat alle Hebel in Bewegung gesetzt, um mich da rauszuholen. Aber ich war nicht wichtig genug, damit eine offizielle Rettungsmission bewilligt werden konnte. Informationen, die ich bei mir hatte, hatte ich kurz vor meiner Ergreifung weitergegeben. Und Menschen sind entbehrlich. Ich war ein Jahr dort. Fest davon überzeugt, dass niemand kommen würde, um mich zu retten. Und dann war Carl da.« Er drückte noch fester auf seine Lider und begann, sich vor und zurück zu wiegen. »Dieser selbstlose Trottel. Warum? Warum ausgerechnet er?«

In ihren Ohren rauschte das Blut. Das war also die Aufgabe, die Carl in Frankreich für den Generalmajor erledigen musste. Henri zu befreien.

Henri.

Das Herz schlug ihr bis zum Hals. Ein lebendiger Klumpen, das pulsierte, während alles andere in ihr tot zu sein schien.

»Was ist passiert?« Die eigenen Worte klangen ganz fremd in ihren Ohren. Als wäre sie es gar nicht, die fragte. Denn etwas in ihr wusste, dass sie die Antwort nicht hören wollte.

»Unsere Flucht wurde entdeckt. Er wollte für eine Ablenkung sorgen, damit ich in den Kohlenwaggon klettern konnte, in dem wir über die Grenze kommen sollten. Ich war kaum drin, dann hörte ich …« Seine Hände krampften sich zu Fäusten. Fest kniff er die Augen zusammen.

»Was? Was hast du gehört?« Am liebsten hätte sie ihn geschüttelt.

»Schüsse.«

Er zuckte zusammen, als hätten die Kugeln gerade seinen eigenen Körper getroffen.

Sie nahm ihn kaum noch war. Wie in einem Strudel zogen ihre Gedanken sie an den Rand einer Ohnmacht. Schüsse! Schüsse konnten alles bedeuten. Vielleicht waren es nur Warnschüsse. Vielleicht war nichts Schlimmes passiert.

»Irgendwann setzte sich der Waggon in Bewegung und brachte mich weg.«

Fest krallten sich ihre Finger in die Sofalehne. »Du hast Carl zurückgelassen?«

Er sagte nichts. Also ja. Es konnte nur ja bedeuten. Carl war noch irgendwo in Frankreich.

»Und Émile?«, stammelte sie. »Was ist mit Émile?«

Ganz langsam hob Henri den Kopf. Sein Blick wirkte leer. Während er sichtlich versuchte, ihre Frage zu realisieren. »Émile war auch dabei?«

»Ja!« Sie sprang auf, ging hin und her, doch es wurde nicht besser. In ihr brodelte es, und sie schaffte es kaum noch, ihre Empfindungen zu kontrollieren, ihnen nicht erlauben, sie zu übermannen. »Sie sind zusammen nach Frankreich gegangen, um die Teile zu besorgen!«

»Émile habe ich nicht gesehen.«

Was bedeutete das? Dass ihm bereits auf dem Hinweg etwas widerfahren war? Ihre Beine gaben nach, und sie ließ sich zurück auf das Sofa fallen. Carl. Schüsse. Émile. Die Gedanken wirbelten immer schneller in ihrem Kopf. Was konnte sie tun? Irgendetwas musste sie ja tun! Konzentrier dich, befahl sie sich. »Du bist beim Militär. Beim Nachrichtendienst. Du musst herausfinden, wo Carl ist.«

»Das ist nicht so einfach.« Seine Stimme – nur noch ein haltloses Flüstern.

»Ich weiß, dass es nicht einfach ist! Aber er hat sein Leben für dich riskiert! Du schuldest es ihm!«

»Emma …«

Sie hörte ihn nicht. »Wenn nicht du, dann soll dieser von Baer etwas tun! Sag ihm, dass er Carl und Émile finden muss! Sag ihm, dass ihnen nichts passieren darf!«

»Emma. Nicht. Bitte. Ich …«

»Nicht? Was soll ich nicht?«, schrie sie. Plötzlich wusste sie nicht, wohin mit sich. Wohin mit all ihrer Wut und Verzweiflung. Etwas bäumte sich in ihr auf. Etwas Mächtiges und Hässliches. Sie schrie noch einmal, brüllte, ohne zu wissen was, sah Henris erschrockenen Blick, als sie die Tischkante packte und das ganze Möbelstück samt Tassen, Keksetagere und Primadonnateilen umschmiss. Der Tisch prallte auf den Boden. Ein Geräusch, das Emma zusammenzucken ließ. Und Henri – er war nicht bloß zusammengezuckt. Er sprang auf, taumelte zurück und sah sie so voller Panik in den Augen an, dass sie sich fragte, was gerade passiert war.

Was hatte sie getan?

Ihr Blick schweifte über den umgekippten Tisch. Dann huschte er zu Henri. Sie hatte ihn noch nie zittern sehen. Seine Finger zuckten unkoordiniert. Sein Körper schien jeden Augenblick zusammenzubrechen.

Was auch immer er in der Kriegsgefangenschaft erlebt hatte – es war noch in ihm drin. Er hatte es hierher mitgebracht. Und schaffte es nicht, es loszulassen.

»Henri«, rief sie sanft. »Es tut mir leid. Es tut mir so furchtbar leid! Du bist in Sicherheit. Alles ist gut.«

Seine Finger zuckten immer noch unkontrolliert. Dann schien er langsam zu sich zu kommen. Blinzelte. Ballte die Hände, um sie ganz langsam wieder zu öffnen.

»Ich konnte nichts für ihn tun. Ich konnte nichts für ihn tun«, stammelte er unentwegt. »Carl ist …«

»Carl ist nicht tot!«, unterbrach sie ihn. Doch er stammelte weiterhin seine Litanei, und sie hatte keine Ahnung, was sie machen sollte.

Von der Tür her vernahm sie ein Geräusch. Emma fuhr herum. »Ehrhard!«

Kraftlos lehnte sich der alte Veteran gegen den Rahmen. Das Gesicht – leichenblass. Emma lief zu ihm, stützte ihn, ganz behutsam führte sie ihn zum Sofa. Wie viel hatte er mitgehört?

»Ich … ich wusste, dass diese Fabrik ihn irgendwann umbringen wird.« Seine Beine versagten. Völlig erschlafft sackte er auf dem Sofa zusammen. »Ich wusste es einfach.«

Offensichtlich hatte er mehr als genug gehört. Kurz darauf war Wilhelmine da, vermutlich von dem ganzen Tumult aufgeschreckt. Sie ließ sich neben Ehrhard nieder und sprach auf ihn ein. Der alte Mann kauerte sich in ihren Armen zusammen und weinte. »Wir können ihn nicht einmal ordentlich beisetzen. Jetzt liegt er irgendwo bei den Franzen, verscharrt in einem Massengrab.«

Er ist nicht tot, wollte Emma protestieren, doch kein Laut wollte durch ihre zugeschnürte Kehle pressen. Unentwegt wanderte ihr Blick über den umgekippten Tisch, die Ersatzteile, die zerbrochene Etagere. Ohne wirklich etwas zu sehen.

Als sie wieder zu sich kam, stellte sie fest, dass Henri gegangen war. Das hatte sie nicht einmal bemerkt. Ehrhard schmiegte sich an Wilhelmine, beinahe wie ein kleines Kind. Ein Dienstmädchen brachte ihm Medizin.

Emmas Blick glitt über die Szenerie, ohne dass sie etwas wirklich realisierte. Alles wirkte so fern. Als wäre sie nur eine Statistin in einem makabren Theaterstück, als würde nichts davon sie wirklich betreffen.

Wie betäubt ging sie hinaus. Eine Weile streifte sie ruhelos durch die Villa, darauf bedacht, niemandem über den Weg zu laufen. Sie wollte keinen sehen, mit keinem reden. Solange sie für sich blieb, konnte sie sich einreden, dass nichts passiert war. Dass sie nur warten musste, bis Carl durch die Tür kommen würde.

Doch nach und nach verging die Taubheit. Die Stille dieses Hauses, plötzlich in Trauer versunken, drückte auf sie, als wäre sie darin eingemauert worden. Sie kämpfte mit den Tränen und wusste nicht mehr, wohin mit sich, wie viel Zeit vergangen war.

Draußen war es bereits dunkel.

Vom Ende des Flures beobachtete sie, wie Louise auf Zehenspitzen aus Fredericks Zimmer trat und davonschlich. Die beiden hatten ein Ritual vor dem Schlafengehen. Sie nannten es »Traumbilder malen«: Schöne Erinnerungen des Tages, denen sie eine Art gedankliches Kunstwerk setzten, während sie im Bett nebeneinander kuschelten. Eine süße Idee. Nur hatte der heutige Tag wenig Schönes zu bieten.

Gib Frederick einen Gutenachtkuss von mir. Plötzlich waren es nicht bloß Zeilen. Emma fröstelte und schlang die Arme um sich. Er ist nicht tot, er konnte einfach nicht tot sein! Weder Carl noch Antoine. Sie bemerkte selbst nicht, wie sie vor der Tür stand und leise die Klinke hinunterdrückte. Ihre Beine bewegten sich beinahe ohne ihr Zutun. Geräuschlos schlich sie an das riesige Himmelbett. In den ganzen Kissen und Decken sah Frederick regelrecht winzig aus. Dicht an ihn schmiegte sich Gusti, als würde die riesige Katze das Kind wie einen Schatz bewachen. Dafür hatte er vertraulich einen Arm um das Tier gelegt.

Emma beugte sich zu ihm. Die dunklen, verwuschelten Strähnen seines Haars fielen ihm in die Stirn. Ganz wie bei Antoine. Sie erinnerte sich an sein Gesicht. An das dunkle Haar, die blauen Augen und das Grübchen an seinem Kinn. An sein Parfum, zu dem sich stets der Zigarettengeruch mischte.

Aber seine Stimme war verstummt.

Würde es auch bei Carl so sein? Wann würde sie anfangen, ihn zu vergessen? Noch klang seine Stimme in ihr. So sanft und lebendig: *Mein Herz wird bei dir bleiben. Es kann ihm überhaupt nichts passieren.*

Aber wie lange noch? Verflucht, wie lange?

Sie presste sich eine Hand auf den Mund, um nicht zu schluchzen. Weg, einfach nur weg. Emma stürmte aus dem Zimmer – und stieß gegen Louise, die im Flur auf sie zu warten schien.

»Was wolltest du da drin?« Die Stimme der jungen Frau kam wie aus weiter Ferne, seltsam leise und hohl.

»Nach Frederick sehen. Ich dachte … ich dachte, ich hätte etwas gehört.« Sie wusste gar nicht, was sie da eigentlich redete. Bloß nicht schluchzen! Sonst würde sie damit gar nicht aufhören.

»Tatsächlich? Nur nach ihm sehen? Und nicht … ihm einen Gutenachtkuss von seinem Vater geben?«

Die Zeit blieb stehen. Fassungslos starrte Emma Louise an. Bis ihr bewusst wurde, was ihre Schwägerin gesagt – nein, gemeint! – hatte.

»Wusste ich es doch!« Louise stapfte davon. Wütend klackerten ihre Absätze auf dem Parkett.

Emma setzte ihr nach. »Warte!«

Doch Louise wartete nicht. Schnurstracks marschierte sie in ihr Zimmer, zerrte eine Schublade auf und streckte Emma Antoines Brief vor die Nase. »Wann wolltest du mir davon erzählen? Verflucht, Emma! Wann?«

»Du … du hast ihn gefunden.« Sie hatte das Gefühl, den Boden unter den Füßen zu verlieren.

»Es war nicht besonders schwer. Ich habe mir Sorgen um dich gemacht. Wollte wissen, was dich so verstört hat. Was glaubst du, wie ich mich gefühlt habe, als ich das hier in meinen Händen hielt?«

»Louise. Es tut mir leid. Ich habe das nicht gewollt!«

»Es tut dir leid … Kannst du auch etwas anderes sagen, außer, dass es dir leidtut? Es tut dir immer etwas leid!« Sie taumelte zurück und ließ sich auf das Bett fallen, den Brief an die Brust gepresst.

»Louise …«

»Jetzt brauchst du auch nichts mehr zu sagen.« Emma sah, wie Louise Tränen aus den Augenwinkeln traten und die Schläfen herabliefen. Ganz still lag die junge Frau da und starrte bewegungslos an die Decke. »Ich habe die ganze Zeit darauf gewartet, dass du zu mir kommst. Dass du mir vom Brief erzählst. Dass wir darüber sprechen! Aber daran, wie es anderen in dieser Familie geht, denkst du nicht. Es geht dir immer nur um dich selbst.«

»Nein, das stimmt nicht!« Emma verstummte. Doch. Das stimmte sehr wohl. An diese Familie dachte sie viel zu wenig. Dabei hatten diese Menschen alles für sie getan, um sie hier gut aufzunehmen. Sogar Louise. Ja. Sogar sie. »Wissen deine Eltern schon, dass Antoine …?«

Langsam richtete sich Louise auf. Das Gesicht – tränennass und regungslos. »Nein. So müssen sie es nicht erfahren. Und alles andere brauchen sie auch nicht zu wissen.«

Emma verstand. »Wir bleiben bei der Version eines Unfalls?«

»Geh jetzt. Bitte.« Louise schlug die Hände vors Gesicht. Ihre Worte waren so leise, dass Emma kaum noch einen Laut verstand. »Antoine ist tot. Mein Bruder ist tot. Was für eine Rolle spielt es noch, was bei diesem Brand passiert ist?«

Vermutlich gar keine.

Geräuschlos drehte sich Emma um.

In ihrem Zimmer legte sie sich ins Bett, ohne sich auszuziehen. Sie kauerte zusammen, zog sich die Decke bis zum Kinn und begann zu weinen.

* * *

Carl blieb fort.

Emma hatte alles versucht, um den Generalmajor von Baer zu überzeugen, Gewissheit über Carls Schicksal zu erlangen. Aber er konnte nicht viel tun oder interessierte sich nicht sonderlich dafür. Eine kurze Zeit später hieß es, die Wolffs und von Baer wären zu einer Kur an der Ostsee abgereist – Henri brauchte Erholung – und würden nicht so bald zurückkommen.

Immerhin gelang es Albert, Primadonna zu reparieren und die Produktion auf das Maximum anzukurbeln. Auch Wilhelmines außergewöhnliche Idee mit den Behältnissen fand überraschend Anklang. Die exklusiven Lieferungen hatten sich schnell herumgesprochen. Vielleicht war die Idee einfach zum richtigen Augenblick gekommen, und die Menschen sehnten sich nach etwas Ausgefallenem, was sie vom tristen Alltag ablenkte.

Dennoch ging es bergab, unaufhaltsam: Die große Offensive an der Westfront, die von den Zeitungen als die letzte Anstrengung vor dem Sieg besungen wurde, konnte die Verteidigung der Entente nicht durchbrechen. Spätestens Ende des Sommers wurde jedem klar, dass der Krieg nicht zu gewinnen war. Egal was die Zeitungen behaupteten. Egal wie verbissen die Kämpfe waren. Ende September flüsterte man sich verhalten das Wort »Aufgeben« zu. Noch nicht zu laut, doch immer eindringlicher. Die deutsche Frontlinie würde dem Angriff der US-amerikanischen Truppen nicht lange standhalten, hieß es hinter vorgehaltener Hand.

Im November fiel das Wort »Waffenstillstand«. Hoffnung, Misstrauen, Freude, Unbehagen – die unterschiedlichsten Gefühle fluteten die Straßen, wühlten die Menschen auf und trieben sie nach draußen. In Metz endete der Krieg so, wie er begonnen hatte: mit einem Aufruhr. Alles, was sich irgendwie fortbewegen konnte, strömte nach draußen, verharrte vor den Depeschen und wartete auf die Neuigkeiten.

Emma versuchte, sich vor der ganzen Aufregung so gut es ging abzuschotten. Es gab Wichtigeres zu tun. Um den Ausfall von Primadonna aufzufangen und das Militär beliefern zu können, hatten Carl und sie viele kleinere Verträge gekündigt. Zu viele? Würde die Fabrik den Zusammenbruch der Frontlinien überstehen? Sie verbrachte Tage mit den Berechnungen, um den Betrieb so gut wie möglich auf das Ende des Krieges vorzubereiten. Nicht weniger Kraft erforderte es, die Belegschaft zu beruhigen, ihnen etwas Sicherheit zu geben.

»Gönn dir doch eine Pause«, beschwichtigte Wilhelmine, als Emma wieder einmal durch die Villa huschte, um sich umzuziehen und zu einem Kunden zu fahren – die Zukunftssorgen zwangen viele, die Geschäftsbeziehungen herunterzufahren. »Setz dich doch einen Moment zu uns. Atme durch, bevor du sogleich losstürmst.«

Durchatmen war vermutlich gar nicht so verkehrt. Manchmal wusste sie gar nicht, wann sie sich das letzte Mal ausgeruht oder anständig gegessen hatte.

Louise hob kurz den Kopf. Mit einer Hand kraulte sie Gusti in ihrem Schoß, mit der anderen blätterte sie im Buch *Kunstgeschichtliche Grundbegriffe* von Wölfflin, das Emma ihr vor kurzem geschenkt hatte. Sicherlich zu wenig für ein Friedensangebot nach dem Vorfall mit dem Brief. Aber immerhin ein kleiner Anfang.

Sie hatte sich kaum hingesetzt, als es klopfte. Hedda, die Hausdame der Seidels, trat herein. »Der Laufbursche ist aus der Stadt zurück«, verkündete sie.

Wilhelmine horchte auf. »Gibt es Neuigkeiten?«

Unwillkürlich hielt auch Emma inne. Dabei konnten doch alle Neuigkeiten über das Ende des Krieges nur eine positive Wendung sein. Hatten sie sich nicht all die Jahre gewünscht, endlich wieder in die Normalität zurückzukehren?

»Der Vertrag für den Waffenstillstand wurde unterzeichnet«, rezitierte Hedda wie bei einer offiziellen Ankündigung.

»Gott sei Dank«, entfuhr es Louise.

»Eine der Bedingungen lautet«, fuhr Hedda unbeirrt fort, und ihre Stimme leierte ein wenig vor unterdrückten Emotionen, »der Abzug der deutschen Truppen aus Elsass-Lothringen.«

Wilhelmine keuchte. Emma versuchte noch, diese Information zu verarbeiten, ihre Tragweite zu begreifen, doch Louise war schneller: »Sie lassen uns im Stich!«, rief sie, ließ das Buch fallen und drückte Gusti an sich.

Hedda stand wie angewurzelt da. Sie versuchte nicht einmal, die Situation zu beschönigen.

Ja. Man würde sie im Stich lassen. Das war die Voraussetzung für die Kapitulation.

»Danke sehr, Sie können gehen«, murmelte Wilhelmine und bemühte sich nach Kräften, ihre Entrüstung nicht zu offensichtlich zu zeigen.

Doch die Hausdame blieb. Emma merkte, wie der Frau die Unterlippe zitterte. »Verzeihung, gnädige Frau … Aber was wird jetzt aus uns?« Hoffnung schwebte in der Luft. Hoffnung darauf, dass die Herrin des Hauses eine Lösung fand und ihnen allen Zuversicht spendete.

Wilhelmine antwortete nichts.

Hedda verstand. Lautlos verließ sie den Raum und machte die Tür hinter sich zu.

Sie alle saßen da wie in einer Schockstarre.

»Ja, was wird dann aus uns?«, wiederholte Louise tonlos. Aber eine vernünftige Antwort darauf hatte wohl niemand parat. Was auch immer sie erwartete – dem konnten sie nichts entgegenstellen.

Bereits am nächsten Tag brachen in der Stadt Unruhen aus. So wie am Anfang des Krieges der Wegzug der französischsprachigen Lothringer einem Exodus glich, so säumten die

Umzugswagen der Altdeutschen nun die Straßen. Wer konnte, nahm sein Hab und Gut mit, um aus dem Land zu verschwinden. Die Stimmung der Altlothringer dagegen glich einem Freudentaumel, einem Rausch, einem Triumph. Aus den Fenstern und von den Balkonen hingen die Tricoloren, um die Befreiungsarmee willkommen zu heißen.

Am 19. November war es so weit. Die französischen Soldaten zogen in die Stadt ein. Bereits Stunden später, schien es, mussten die deutschen Regierungsbeamten ihre Tätigkeit einstellen. Ob die Verwaltung, die Post oder die Eisenbahn – überall sah man französische Offiziere, hörte man die französische Sprache. Ein Land – wie ausgewechselt.

»Eine Schande ist das«, schimpfte Ehrhard. »Dass diese Lumpen meinen, hierherkommen und uns herumkommandieren zu können!«

Das Leben in der Villa schien zerbrechlich, aber noch unversehrt zu sein. Allerdings hörte man vielerorts Schauergeschichten davon, wie Franzosen in die Häuser eindrangen, randalierten und sich nahmen, was ihnen gefiel.

Den Siegern gehörte alles, so einfach war das.

»Keinen Tag länger will ich in diesem verfluchten Land bleiben«, zeterte Ehrhard. Immerhin verkroch er sich nicht mehr in seinem Zimmer wie nach seinem Zusammenbruch, als würde seine männliche Präsenz dieses Haus beschützen können, sollten die Soldaten über die Villa herfallen.

Mit einer liebevollen Handbewegung brachte Wilhelmine ihn zum Schweigen. Die Frage, was sie tun sollten, kam immer eindringlicher auf. Auch gehen, wie unzählige andere Altdeutsche? Oder bleiben und auf das Beste hoffen?

»Wie ist die Lage in der Fabrik?« Sie schaute Emma an.

Ja, noch länger durften sie die Frage nicht aufschieben. Eine Entscheidung musste her.

»Ich versuche, den Betrieb am Laufen zu halten. Der Belegschaft einen sicheren Ort zu geben, wo sie hingehen können, um die vertrauten Abläufe vorzufinden.« Sie seufzte. »Aber einige sind bereits weg. Und ich frage mich, wie viele wohl gehen werden.«

»Wir sollten auch weg!«, donnerte Ehrhard. »Worauf warten wir noch? Alles mitnehmen, was wir mitnehmen können – und weg von hier!«

»Wohin denn?«, entgegnete Wilhelmine besonnen.

»Was weiß ich, wohin! Wir werden schon etwas finden. Wir haben genug Mittel, um uns woanders eine Existenz aufzubauen. Dieser eine Laster, den ihr da habt«, er winkte in Emmas Richtung. »Wir sollten alles da reinpacken und von hier verschwinden!«

»Aber wir können nicht einfach verschwinden!«, rief Emma entsetzt aus.

Ehrhard krächzte. »Und was hält uns hier, bitte schön?«

»Carls Fabrik hält uns hier! Sie ist sein Traum. Sein Leben!«

Ehrhard schnaubte bitter. »Sie war sein Traum. Und letztendlich hat sie ihn sein Leben gekostet.«

»Nein, hat sie nicht!« Emma hörte selbst, wie verzweifelt sie klang. »Ich kann nicht gehen! Ich kann sie nicht verlieren!«

Denn das würde bedeuten, Carl zu verlieren.

Endgültig.

Ihr Blick glitt über die blassen, verschlossenen Gesichter. Was war, wenn die Seidels sich entschieden, Metz zu verlassen? Würde sie hierbleiben? Allein weiterkämpfen? Die Vorstellung machte sie ganz schwindelig.

»Wir können nicht gehen«, hörte Emma plötzlich Louises gefasste Stimme und blickte überrascht auf. Noch nie hatte sie die junge Frau so kämpferisch erlebt. »Wir werden weder Fabrik noch Carl aufgeben. Der Krieg ist vorbei. Unzählige Menschen kehren in die Heimat zurück. Was ist, wenn Carl noch lebt? Wenn er unter ihnen sein wird? Wo soll er uns suchen?«

Stille.

Emma hatte so oft die Stille gefürchtet, die plötzlich auftrat und bei der niemand mehr etwas zu sagen hatte. Die alles erstickte, was da war: Worte, Gefühle, das Leben selbst.

Doch diese Stille hatte etwas Friedfertiges an sich. Diese Stille fühlte sich willkommen an.

»Du hast recht«, erklang schließlich Wilhelmines Stimme. »Wir bleiben. Und warten. Warten so lange, wie es nötig ist.«

Ein Stein fiel Emma vom Herzen. Sie glaubte beinahe, den Rums zu hören, den er verursacht hatte. Aber vielleicht war es nur Gusti, die etwas ungünstig von Louises Schoß sprang und sich aufmachte, um Ehrhard zu trösten. Auch wenn der alte Mann die riesige Katze immer noch sehr reserviert betrachtete, wenn diese sich ihm näherte, kraulte er das Tier dennoch, wenn es sich an ihn schmiegte. Kurz spürte Emma, wie sich Wärme in ihrem Inneren ausbreitete. Diesen Argwohn einem Stubentiger gegenüber hatte Carl wohl von seinem Vater geerbt. Und plötzlich schien es, als wäre Carl bei ihnen. Unsichtbar in diesem Raum. Um sie zu einen und ihnen Mut zuzusprechen.

Wilhelmine schenkte Ehrhard einen liebevollen Blick. »Vielleicht ist es besser so. Du bist nicht bei bester Gesundheit. Ermüdende Reisen ins Ungewisse sind doch nichts für dich.«

»Da hast du auch wieder recht«, willigte er endgültig ein. »Aber Französisch lerne ich nicht!«

Eine Weile genoss Emma das Gefühl der Erleichterung, das sich in ihr ausbreitete. Sie war nicht allein. Sie musste nicht zurückbleiben. Diese Familie stand ihr bei.

»Dann sollte ich in die Fabrik.« Emma stand auf. »Die Mitarbeiter beruhigen und zusehen, dass wir die Produktion am Laufen halten. Immerhin machen wir einen vorzüglichen Senf nach Dijon-Art. Das wird doch den Franzosen etwas wert sein, nicht wahr?« Sie schaute zu Louise und stellte überrascht fest, dass ihre Schwägerin den Blick erwiderte. Danke, formte Emma stumm mit den Lippen. Louise lächelte. Und das war Antwort genug.

»Hoffen wir das Beste.« Wilhelmine erhob sich ebenfalls. »Aber so kannst du nicht das Haus verlassen.« Sie deutete auf Emmas Nachmittagskleid.

»Warum nicht?« Verwundert betrachtete Emma den dunkelblauen Stoff, auf dem sich ein blumiges Stickmuster hervorhob. Der Gürtel mit einer großen, runden Schnalle bildete dabei einen goldglänzenden Blickfang. Nichts Ausgefallenes und bequem.

»Komm mit.« Energisch führte Wilhelmine Emma aus dem Salon. »Ich möchte dich nicht beunruhigen, aber den Siegern gehört nun einmal die Stadt. Damit auch die Frauen. Vor allem die deutschen.« Sie stockte. »Ehrhard denkt, ich hätte damals nichts mitbekommen, außer der Siegesfeier, als die deutschen Truppen die französischen Gebiete erobert haben. Aber die Schreie der französischen Frauen hallen mir noch immer in den Ohren. Ich habe ein Mädchen aus dem Fenster springen sehen. Später erfuhr ich, dass zwei Soldaten in ihre Wohnung eingedrungen waren und sich an ihr vergehen wollten. Vor den Augen ihres Vaters. Sie konnte sich losreißen, aber es gab keinen anderen Ausweg. Offiziell hieß es: Die Vorfälle wären frei erfunden, um die deutsche Macht zu destabilisieren. Um die tapferen Soldaten zu verunglimpfen. Aber ich habe es gesehen, Emma. Und ich möchte nicht, dass dir etwas passiert.«

Ein Schauer lief ihr über den Rücken. Fast vier Jahre Krieg, Gewalt und Verbrechen. Und nun die Möglichkeit, sich am Feind zu rächen.

Beschwichtigend legte Wilhelmine Emma die Hände auf die Schultern. »Ich weiß, die Fabrik braucht dich. Wir holen dir eine Droschke, die dich hoffentlich sicher hinbringt. Außerdem sollte Ehrhard dich begleiten. Vor einem alten Mann hat man manchmal doch noch etwas Respekt. Sprich kein Deutsch auf der Straße. Halte den Blick gesenkt. Manchmal kann schon die kleinste Regung provozieren.«

Nicht reden, nicht aufschauen, nicht *provozieren*? Durfte sie überhaupt noch atmen? Übelkeit stieg in ihr auf. Im ersten Moment wollte sie sich nur noch verkriechen, um nichts mehr von der Welt mitzubekommen, die um sie herum wütete.

»Und jetzt kümmern wir uns um dein Aussehen.« Wilhelmine zog sie mit sich. »Wir müssen dich unattraktiv für Eroberungen aller Art machen.«

Kaum eine Stunde später erkannte Emma sich selbst kaum. Wilhelmine hatte für sie ein schwarzes Baumwollkleid von einem der Dienstmädchen aufgetrieben. Viel zu weit, so dass es an ihr schlabberte wie ein unförmiger Sack und vor allem ihre weiblichen Rundungen verbarg. Dazu gab es einen alten Mantel vom Dachboden, der staubig und muffig roch und an den Nähten auseinanderging. Über den Kopf band sich Emma ein Tuch, während Wilhelmine ihr Asche aus dem Kamin auf das Gesicht schmierte. Noch nie hatte sich Emma so unwohl gefühlt. Nicht bloß in dieser Kleidung, sondern in ihrem eigenen Körper. Wie konnte es sein, dass sie dreckig und verwahrlost aussehen musste, damit sie niemand gegen ihren Willen anfasste?

»Es wird ja nicht ewig so sein«, versuchte Wilhelmine, sie zu beruhigen. »Pass nur auf dich auf.«

»Nicht provozieren. Schon verstanden.«

Es tat ihr leid, sehen zu müssen, wie Ehrhard sich vom Sofa hochquälte und in seinen Mantel schlüpfte. Seite an Seite traten sie vor die Tür. Draußen war es windig, die grauen Wolken verkündeten Regen. Während der Fahrt sprachen sie nicht – draußen war es laut genug. Jubelschreie, Verzweiflungsschreie – hauptsächlich: Schreie, die in der Marseillaise untergingen, gesungen aus unzähligen Kehlen. Die Droschke kam nur langsam voran, weil trotz des ungemütlichen Wetters unvorstellbare Menschenmassen die Straßen fluteten. Manchmal mussten sie anhalten, und Emma befürchtete, jemand würde die Gelegenheit nutzen, um sie nach draußen zerren. Doch zum Glück passierte nichts desgleichen. Unbehelligt waren sie an der Fabrik angekommen.

Emma half Ehrhard auszusteigen und führte ihn zum Büro. Bevor sie mit den Arbeitern über die Zukunft der Fabrik sprach, musste sie sich etwas präsentabler herrichten. Sie führte Ehrhard zum gepolsterten Stuhl hinter dem Tisch – hoffentlich war er bequem genug für den alten Mann. Dann schlüpfte sie aus ihrem Mantel, band das Tuch ab, richtete ihre Frisur und wischte sich über das Gesicht. Am Kleid musste sie deutlich länger fummeln, damit es halbwegs saß. Da war sie schon fast dankbar für das Tuch, das sie wie einen Gürtel um die Taille geschlungen hatte.

Es klopfte hastig.

Noch bevor sie antworten konnte, stürmte Albert herein. »Frau Seidel! Frau Seidel …« Weiter kam er nicht.

Von draußen polterten regelmäßige Schritte, und ihre

Seele gefror zu Eis. So ging nur das Militär. Schon drängten ein Offizier und zwei Soldaten in das Büro. Der Offizier kam auf Ehrhard zu. Emma sammelte sich, wollte dem Franzosen entgegentreten, etwas sagen – doch der Soldat neben ihr stieß sie beiseite, so dass sie mit dem Rücken gegen ein Regal prallte.

Der Befehlshaber bedachte Ehrhard mit einem geringschätzigen Blick. »*Parles-tu français?*«

»Nein«, knurrte Ehrhard und kniff die Augen zusammen, noch bevor Emma etwas erwidern konnte.

Der Offizier schnaubte verächtlich.

Emma richtete ihr Kleid, das beim Stoß verrutscht war, und kam zu Ehrhard hinter den Tisch. »*Je parle français.*«

»Nischt nötisch.« Der Mann warf Ehrhard ein Schreiben hin, machte den Soldaten ein Zeichen, die daraufhin begannen, die Bücher aus den Regalen zu räumen und durchzusehen. Dann deutete er zum Tresor. »Aufmachön!«

»Wie bitte?«, stammelte Emma.

»Los!«, brüllte er Ehrhard an, ohne sie zu beachten.

»Schon gut, schon gut.« Eilig holte Emma die Schlüssel, machte den Sicherheitsschrank auf und musste zusehen, wie der Offizier hineinlangte und den Inhalt ausräumte. Dokumente, Geld, Carls Skizzen für die verbesserte Siebmaschine. Er warf nur einen kurzen Blick darauf, dann ging er auf Emma zu und riss ihr die Schlüssel aus der Hand.

»Carl Seidel?« Anscheinend hielt er Ehrhard für den Inhaber. »Verlassön Sie sofort die Fabrik.«

»Was ist denn hier los?«, rief Emma aus, doch einer der Soldaten hatte Ehrhard schon am Arm gepackt und schleifte ihn zur Tür, weil der alte Mann dem Befehl nicht schnell genug Folge leistete. Emma schaffte es gerade noch so, das Schreiben auf dem Tisch in die Finger zu bekommen, wollte auch zu Carls Skizzen greifen – dann traf sie eine Ohrfeige.

»*Ne touche pas!*«

In ihrem Kopf drehte sich alles. Schwer atmend hielt sie sich am Tischrand fest. Ihre Knie zitterten.

»Jetzt reicht es aber!« Aus dem Augenwinkel sah sie, wie Ehrhard sich losriss und zu ihr taumelte. »Was für Barbaren! Kein Funke Anstand.«

»*Je vais te montrer ce que veut dire être civilisé, sale boche!*« Mit einem Schlag ins Gesicht wurde der alte Mann von den Beinen gerissen. Sofort begann einer der Soldaten, ihn mit den Stiefeln zu treten, während Ehrhard sich auf dem Boden krümmte.

»Hören Sie auf! Sie bringen ihn noch um!«, schrie Emma. Sie stürmte zu Ehrhard, doch Hände rissen sie zurück. Schmerzhaft gruben sich die Finger in ihre Haut. Ehrhard lag am Boden und bewegte sich nicht. Die Militärstiefel trafen seinen Bauch, seine Brust, sein Gesicht.

Tränen verschleierten ihre Sicht, als die Tür aufsprang und jemand hereintrat. Der Neuankömmling war anscheinend höhergestellt, denn die anderen schienen Respekt vor ihm zu haben. Immerhin brachte sein Auftreten den Soldaten davon ab, Ehrhard weiterzuquälen.

Emma blinzelte, um klarer zu sehen. Stutzte. Etwas an den Zügen des Neuen kam ihr bekannt vor. Bis die Erkenntnis sie wie ein Blitz traf. »Pierre? Pierre Lefèvre?«

Sein Kopf ruckte zu ihr. Sicherlich hatte er keine Ahnung, wer sie war. Emma dagegen erinnerte sich noch gut an die Begegnung mit ihm auf der Esplanade. Sah es buchstäblich vor ihrem inneren Auge, wie ein hübscher junger Mann freudestrahlend auf Henri zulief und sich kaum zügeln konnte, ihn nicht zu umarmen. Mit der Zeit hatte seine Haut wohl diesen goldenen, sonnengebräunten Teint verloren und in seinen Zügen war nichts Freudestrahlendes mehr. Streng und unnahbar blickten seine Augen.

Pierre Lefèvre sagte etwas, und Emma wurde losgelassen. Sie taumelte auf Ehrhard zu und hockte sich vor ihn. Sein Gesicht war übel zugerichtet. Aber er atmete noch. Hoffentlich waren die Verletzungen nur oberflächlich. Er brauchte einen Arzt! Auf dem Boden kauernd, ergriff sie Ehrhards Hand und schaute auf. »Bitte, helfen Sie mir.«

Erst jetzt bemerkte Emma, dass sie mit Pierre allein im Raum war.

»Ich habe bereits veranlasst, nach einem Arzt zu schicken.« Seine Stimme klang weich, beinahe melodisch. Kein Vergleich zu den Sätzen, die er seinen Untergebenen vorhin ins Gesicht gebellt hatte. »Keine Sorge, es wird alles gut.«

Sie schluckte. Alles gut? Wie konnte nur alles gut werden? Wenn sie nicht einmal begriff, was gerade passierte, woher diese Soldaten kamen und was sie in ihrer Fabrik wollten. Sie hatte doch nichts getan!

Aus dem Augenwinkel bemerkte sie eine Bewegung. Pierre hob das Schreiben, das der andere Offizier vorhin Ehrhard auf den Tisch geknallt hatte, und warf einen Blick darauf. »Sie müssen keine Angst haben. Gleich kommt der Arzt. Und ich persönlich sorge dafür, dass Sie und Ihr … Vater? …«

»Schwiegervater.«

»… sicher nach Hause kommen. Was passiert ist, tut mir leid. Die Gemüter sind erhitzt, und manche Menschen …«

»Menschen?«, stammelte sie. Schon wieder schossen ihr die Tränen in die Augen. »Menschen tun so etwas nicht!«

Seine Züge verhärteten sich. »Im Krieg habe ich vieles gesehen, was Menschen taten. In Belgien und Luxemburg zum Beispiel. Die ganzen Ortschaften niedergebrannt. Die

Zivilisten – hingerichtet. Es ist keine Entschuldigung für das, was hier geschehen ist. In unser aller Herzen gibt es noch viel Wut. Und manchmal sucht diese Wut einen Ableiter.«

Emma wandte ihren Blick ab. Vergeltung. Wenn die Menschen Vergeltung wollten, passierten die hässlichsten Dinge auf dieser Welt.

»Ich weiß, wer Sie sind«, sagte Pierre leise. »Emma Bergmann.«

»Seidel«, korrigierte sie ihn schwach.

»Sie haben geheiratet, natürlich. Ich erinnere mich übrigens an die Einladung. Es war … eine sehr großzügige Geste.« Noch einmal schaute er auf das Schreiben in seiner Hand. »Verstehen Sie, was hier steht?«

»Ja … nein. Nein, ich glaube nicht.«

»Alle Betriebe, die von Deutschen geführt werden, unterstehen ab sofort der französischen Kontrolle. Sie gehen mit sämtlichen Vermögenswerten an die neue Regierung über.«

»Sie nehmen mir die Fabrik?« Sie fühlte sich ohnmächtig. Losgerissen aus dem Hier und Jetzt.

Ehrhards Stöhnen fuhr ihr durchs Mark. Sie beugte sich zu ihm, rief seinen Namen. Seine Lider flatterten, langsam kam er zu sich. Die Augen offen zu halten, gelang ihm allerdings nicht, kein Wunder – das eine begann bereits anzuschwellen. »Die Hilfe kommt gleich«, versprach sie. »Halte durch.«

Er öffnete die aufgeplatzten Lippen, doch heraus kam nur ein halb ersticktes Gurgeln. Tränen liefen ihr über das Gesicht. Wie lange brauchte der Arzt?

»Keine Sorge«, hörte sie Pierre auf sie einreden. »Wir kümmern uns um Ihren Schwiegervater. Und dann … dann schaue ich, was ich für Sie und die Fabrik tun kann. Ich weiß, unter den gegebenen Umständen ist es sehr schwer …« Er zögerte. »Aber wenn Sie bereit sind, für Frankreich zu

optieren, werden Sie den Betrieb eventuell behalten können.«

Sie nickte halbherzig. Das Wichtigste war doch, dass Ehrhard wieder auf die Beine kam. Bitte halte durch, flehte sie in
Gedanken. Nichts anderes war in ihrem Kopf.

Bitte halte durch!

Es verging eine halbe Ewigkeit, bis endlich ein Arzt kam.

***

Leise klopfte Emma an Ehrhards Tür, um ihn nicht aufzuwecken, sollte er schlafen. Ein kaum wahrnehmbares Stöhnen
war die Antwort. Emma drückte auf die Klinke und schlüpfte
hinein. Immer noch zuckte sie leicht zusammen, wenn sie
Ehrhards geschundene Züge betrachtete. Seine Nase und
Kiefer waren gebrochen, mehrere Zähne ausgeschlagen. Die
Augen – nur noch schmale Einschnitte im verquollenen Gesicht.

Sie stellte die Schüssel mit der Brühe auf dem Nachttisch
ab und prüfte seine Verbände. Heute ging es ihm deutlich
besser. Er war bei Bewusstsein und reagierte auf Ansprache.
Auch wenn die Kommunikation nur auf ein Stöhnen oder
ganz zaghafte Kopfbewegungen hinauslief. Emma setzte sie
sich zu ihm ans Bett. Einen Augenblick lang lauschte sie
seinem rasselnden Atem. Die Geräusche aus seiner Brust
gefielen ihr nicht. Ob der Arzt ihn wirklich gut untersucht
hatte? Nein, nicht daran denken. Sie sollte lernen, zuversichtlicher zu sein, wenn sie diese schreckliche Zeit überstehen wollte.

Sie nahm die Schüssel, steckte einen Trinkhalm aus Mani-
lapapier hinein und führte das andere Ende an seine Lippen.
Er nahm nur ein paar schwache Schlucke, mehr schaffte er

nicht. Deshalb kam Emma fast stündlich zu ihm mit der warmen Brühe, damit er sich stärken konnte. Die Beschäftigung half ihr, nicht an die Welt zu denken, die da draußen tobte. Die Stimmung gegen die deutschsprachigen Bürger heizte sich immer mehr auf. Auch in der Villa hatten bereits Soldaten randaliert, bis Louise hervortrat und sich als Madame Dupont auswies. Die Ehefrau eines Altlothringers ließen die Männer in Ruhe und zogen von dannen. Doch Emma fragte sich, ob sie auch das nächste Mal so viel Glück haben würden.

Eine Weile saß sie an Ehrhards Bett und redete mit ihm. Sie ging erst weg, als er eingeschlafen war.

Es vergingen mehrere Tage, bis sie wieder von Pierre Lefèvre hörte. Er kam höchstpersönlich in der Villa vorbei. Der Besuch eines französischen Offiziers ließ die Dienstmädchen sich in den Hinterzimmern verstecken – zu frisch war die Erinnerung an die randalierenden Soldaten. Emma öffnete selbst die Tür. Bei seinem Anblick schimmerte die Hoffnung in ihr wieder auf: Vielleicht würde der Albtraum bald vorüber sein. Vielleicht würde es ihnen endlich gelingen, einen Platz in der neuen Welt zu finden. Aus den Trümmern eine neue Existenz aufzubauen – wenn auch zu fremdbestimmten Konditionen.

Sie bat Pierre in den Salon. Zur Verköstigung gab das Haus nicht viel her, bei den anhaltenden Unruhen in der Stadt war es schwer, etwas zu beschaffen. Doch Wilhelmine ordnete an, als Tee getrocknete Kräuter von ihrem Beet aufzubrühen. Hoffentlich mochte Pierre die Mischung aus Melisse, Brombeerblättern, Rosenblüten – und natürlich etwas Kamille. Es duftete jedenfalls vorzüglich.

Doch Pierre wollte keinen Tee. Er setzte sich nicht einmal an den improvisierten Kaffeetisch, sondern blieb am Fenster stehen, als wollte er Distanz wahren.

»Wie geht es Ihrem Schwiegervater?«, erkundigte er sich. Zumindest in seiner Stimme lag aufrichtige Anteilnahme.

»Er ist ein Kämpfer.«

Pierres Haltung versteifte sich. »Das habe ich leider auch schon gehört. Der Krieg 70/71, nicht wahr?«

»Das ist schon lange her.« Emma verflocht ihre Finger ineinander. Es half, um nicht nervös an ihrem Rock zu zupfen.

»Nicht in diesem Land.«

Nur schwer widerstand sie dem Drang, Ehrhard zu verteidigen. Sie musste vorsichtig sein. Pierre war nicht gegen sie, aber das hieß noch lange nicht, dass er auf ihrer Seite stand.

»Wissen Sie … wissen Sie, wie es Henri geht?« Der Name reichte aus, um in Pierres Blick etwas aufflackern zu lassen, was Emma an den jungen Mann von der Esplanade erinnerte. Hatte er wirklich ein kleines Stück Liebe von damals in sich bewahrt? Und was sollte sie antworten? Mit »gut« konnte sie ihn definitiv nicht abspeisen.

»Henri war in Kriegsgefangenschaft.« Sie brauchte nicht viel zu erklären. Pierres Gesicht verzog sich vor so viel innerlichem Schmerz, dass Emma ihn beinahe selbst spürte. Sicherlich konnte er sich gut vorstellen, was es bedeutete, in die Hände des Feindes zu geraten, gequält und erniedrigt zu werden. »Es wird noch einige Zeit brauchen. Aber er ist stark.« Sie kam auf ihn zu. »Vermissen Sie ihn sehr?«

Sein flackernder Blick flog zu ihr. Sie spürte seine Furcht, etwas Falsches zu sagen. Das kannte sie von Henri. Immer auf der Hut. Nie wirklich frei. Während andere das Privileg genossen, ihre Gefühle zeigen zu können.

»Mit mir können Sie offen darüber sprechen. Wenn Sie möchten, natürlich.«

»Sie wissen ja Bescheid.« Seine Stimme klang belegt.

»So ist es.«

»Ja. Ja, ich vermisse ihn.« Er wandte sich ab und lehnte seine Stirn ans Fensterglas. »Hätte man mir früher gesagt, dass es Menschen im Leben gibt, über die man nie hinwegkommt, hätte ich gelacht. So sentimental bin ich nicht. Aber Henri … er ist eben Henri. Wussten Sie, dass alles mit einem riesigen Streit begonnen hat? Wir waren kurz davor, aufeinander loszugehen, und alles nur, weil ich ein Eselsohr in sein Schulbuch gemacht habe. Aus dem Streit wurde Freundschaft, und aus der Freundschaft – so viel mehr als das, was ich mir vorstellen konnte. Mit ihm ist es leicht, an die wahre Liebe zu glauben. Nicht stets hinterfragen, warum man so ist, wie man ist. Ein bisschen freier atmen zu können. Für die Menschen, die ihm wichtig sind, würde er alles, absolut alles tun.« Eine Weile blickte Pierre in den Park, dann stieß er sich vom Fenstersims ab und wandte sich Emma zu. »Ich bin wohl nicht wie Henri. Ich fürchte, ich habe Ihnen falsche Hoffnungen gemacht.« Aus der Innentasche seiner Uniform holte er ein Dokument heraus.

Emma wagte es nicht, sich zu rühren oder das Papier auch nur anzufassen. »Wie schlimm ist es?«

»Sie dürfen die Fabrik nicht mehr betreten. Außerdem …« Er verstummte plötzlich.

Was? Was noch? Am liebsten hätte sie ihn angeschrien.

»Sie und Ihre Familie müssen Metz innerhalb von vierundzwanzig Stunden verlassen«, brachte er endlich hervor.

Sie starrte ihn ungläubig an. Das konnte er unmöglich ernst meinen!

Warum? Um alles in der Welt: Warum, brüllte alles in ihr. Doch sie brachte keinen Ton heraus.

»Ein Informant hat berichtet, dass Ihr Bleiben in unserem Land untragbar ist. Es liegt nicht nur an der Tatsache, dass Ihr Schwiegervater im Krieg 70/71 auf der feindlichen Seite gekämpft oder dass Ihre Fabrik die deutsche Armee mit Senflieferungen unterstützt hat … Ihr Ehemann soll in einer Spionagetätigkeit nach Frankreich eingeschleust worden sein.«

»Spionagetätigkeit?« Jetzt konnte sie sich nicht mehr zurückhalten. Blanke Wut kochte in ihr auf. »Mein Ehemann wurde nach Frankreich eingeschleust, um Henri zu retten! Carl war da, um ihn zu befreien!«

Pierre erblasste. Emma entging nicht, wie sehr es in seiner Seele kämpfte. So sehr, dass er es nicht mehr schaffte, ihr in die Augen zu sehen. »Das tut nichts zur Sache. Die aufgeführten Aspekte reichen, um auf die schwarze Liste gesetzt zu werden. Ihnen und Ihrer Familie wird die Frist von vierundzwanzig Stunden eingeräumt, um das Land zu verlassen. Andernfalls droht eine Verhaftung.«

Nein! Das alles musste doch ein schrecklicher Irrtum sein!

»Jeder Erwachsene darf ein Handgepäck mitnehmen«, führte Pierre weiter aus. »Außerdem ist es gestattet, pro Familie höchstens zweitausend Mark mitzunehmen. Alles andere, sämtliche Vermögenswerte und Besitztümer, wird von der französischen Regierung konfisziert.« Er legte das Dokument auf den Fenstersims. »Der Beschluss ist seit drei Stunden in Kraft.«

Emma hörte ihm zu und fühlte nichts. Nicht einmal ihren eigenen Körper. Nur eine unendliche Leere, die sich in ihr ausbreitete.

Irgendwann ging Pierre Lefèvre. Seine Schritte verhallten im Flur, und eine unendliche Stille umfing sie. Stille, die dabei war, sie endgültig zu vernichten.

Diese Stille durfte nicht sein.

Also schrie sie dagegen an. Vor Wut, vor Verzweiflung, vor Schmerz.

Alles war umsonst gewesen! Hätte sie das gewusst, hätte Carl nicht nach Frankreich gehen müssen! Es wäre egal, ob sie dem Vertrag mit dem Militär nicht nachgekommen wären, egal, ob die Fabrik bankrott gegangen wäre!

Ein paar Monate später war nun sowieso alles verloren.

»Aber Carl würde leben, Carl würde noch leben!«, schrie sie die Wände an.

Sie schrie, bis sie heiser wurde, bis die Beine sie nicht mehr trugen und sie auf dem Boden zusammensackte.

Erst dann merkte Emma, dass sie nicht mehr allein war. Neben ihr standen Wilhelmine und Louise. In der wieder eingetretenen Stille nahm Louise das Dokument vom Fenstersims und übersetzte es Wilhelmine.

»Was sollen wir nur tun.« Emma vergrub ihr Gesicht in den Händen. »Was sollen wir jetzt nur tun.«

Die beiden Frauen setzten sich direkt zu ihr auf den Boden.

»Bleiben können wir hier nicht mehr.« Emma wunderte sich, wie gefasst Wilhelmine klang. »Wir müssen Metz verlassen. Die Frage lautet: wie?«

»Immerhin ist es uns gestattet, die Bahn zu nutzen.« Louise schnaubte verächtlich.

»Dein Vater kann nicht mit der Bahn transportiert werden. Wir brauchen ein Automobil.«

Erschöpft lehnte Emma ihren Kopf gegen die Wand hinter ihr. »Was bringt uns ein Automobil, wenn keine von uns es fahren kann?«

»Ich kann es«, sagte Louise, als wäre es eine Alltäglichkeit.

Ungläubig starrte Emma ihre Schwägerin an. »Du?«

Louise zuckte nur mit den Schultern. »Antoine war …« Sie stockte und warf einen alarmierten Blick zu ihrer Mutter, die den Versprecher offensichtlich nicht bemerkte. »Antoine ist so ein Automobilnarr. Ich dachte, wenn ich seine Leidenschaft teile, würde es uns zusammenbringen. Ich war ständig bei ihm im Geschäft. Wenn man ihn ließ, redete er ununterbrochen über seinen Fuhrpark und zeigte die neusten Errungenschaften. Oft ließ er mich ein paar Runden drehen – seine Begeisterung für die Dinger war grenzenlos. Geübt bin ich nicht. Aber es reicht, um vorwärtszukommen.«

Wilhelmine schien keine Zeit verschwenden zu wollen, um sich weiter über die geheimen Fertigkeiten ihrer Tochter zu wundern. »Gut. Wo bekommen wir einen Wagen her? Er muss groß genug sein, damit Ehrhard darin bequem liegen kann.«

»Die Laster in der Fabrik!«, schlug Emma vor. »Die Wagen, mit denen wir die Senfauslieferungen gemacht haben.«

»Dann nehmen wir den Furznickel«, beschloss Louise.

»Wen?«, riefen Emma und Wilhelmine beinahe gleichzeitig aus.

»Den Wagen, der die Reise ins Rheinland mitgemacht hat. Damit habe ich geübt. Er hat Schwierigkeiten beim Anlassen, aber ich kenne seine Macken. Nur: Er steht in der Fabrik. Wie kommen wir da jetzt ran?«

»Die Schlüssel für die Lieferwagen liegen im Büro«, sagte Emma. »Die Soldaten haben mir zwar alles abgenommen, aber ich habe noch …« Sie stockte kurz. »Ich habe noch Carls Ersatzbund. Wir können also hineingelangen, vorausgesetzt, die Schlösser wurden noch nicht ausgewechselt.«

»Und dass die Lieferwagen noch da sind«, wandte Louise ein.

»Richtig.« Emma seufzte und rieb sich die Stirn. »Ich habe keine Ahnung, wie es um die Fabrik steht. Aber Albert weiß vielleicht, wie die Lage ist. Er ist der Vorarbeiter. Die Fabrik liegt ihm sehr am Herzen, er ist immer sehr gut über alle Vorgänge informiert.«

»Kannst du ihm vertrauen?«, fragte Louise skeptisch.

Emma sah ihr fest in die Augen. »Absolut. Jede Information, die wir bekommen können, wäre nützlich.«

Wilhelmine nickte. »Gut. Aber auch wenn wir den Lastwagen haben – wo sollen wir hin?«

»Zu meinem Onkel nach Speyer vielleicht?«, schlug Emma vor. Hoffentlich würde er ihnen Unterschlupf gewähren. Zumindest bis sie wussten, wie es weiterginge.

Eine Weile schwiegen sie. War es ein Plan? Würde er funktionieren?

»Emma.« Wilhelmines Stimme klang entschlossen. »Du gehst zu diesem Albert. Dann sehen wir weiter. Louise und ich werden packen. Von der Bank können wir nichts holen, aber etwas Geld ist noch im Haus. Louise – wir werden unsere Wertsachen und Schmuck in die Kleider einnähen. Ich weiß, es ist riskant. Aber wir wissen nicht, was uns auf der Flucht erwartet. Und Gusti – wie nehmen wir Gusti mit? In einer Kiste vielleicht?«

Einen Moment wurde Emma warm ums Herz. Wilhelmine dachte sogar an Émiles Katze. Sie würden den Stubentiger nicht im Stich lassen.

»Sie wird vollkommen verängstigt sein«, meinte Louise. »Wenn nicht sogar panisch.«

»Wir werden uns etwas überlegen müssen. Versuche, Frederick zu beruhigen und ihm alles zu erklären. Und ich gehe jetzt zu Ehrhard und bringe es ihm bei.« Sie stand auf. »Beten wir, dass alles funktionieren wird.«

Emma erhob sich ebenfalls. Ihre Beine fühlten sich unsicher an, die Angst saß tief, und sie malte sich schon jetzt die hässlichsten Szenarien aus, was passieren würde, wenn man sie erwischte. Aber was für eine Wahl blieb ihnen denn?

Sie schaute in die ernsten Gesichter der beiden Frauen. Ja,

sie alle hatten furchtbare Angst. Aber solange sie zusammenhielten, würden sie jede Krise zusammen überstehen. Das spürte sie.

»Pass auf dich auf, wenn du nach draußen gehst«, meinte Louise.

Emma nickte. Sie wusste, was zu tun war. Ein Tuch umbinden, in einen ausgeleierten Mantel schlüpfen, das Haar zerzausen.

Hoffentlich war Albert zu Hause. Ein wenig mulmig war ihr schon zumute, einen Mann allein aufzusuchen. Aber was sollte sie tun? Entschlossen machte sie sich auf den Weg.

Albert wohnte in einer ruhigen Straße in einem Haus mit einem gepflegten Innenhof. Die meisten Fenster waren zu – der zu dieser Jahreszeit übliche Regen setzte ein. Eine saubere Treppe führte Emma nach oben. Sie stieg zum dritten Stockwerk auf, klopfte an Alberts Tür, lauschte. Mit großer Erleichterung vernahm sie seine Schritte.

»Wer ist da?«, tönte seine hohe, alarmierte Stimme. Natürlich, er hatte niemanden erwartet – und aktuell verhieß unangemeldeter Besuch kaum etwas Gutes.

»Frau Seidel. Albert, hätten Sie einen Augenblick Zeit?«, beeilte sie sich zu erklären.

Er öffnete die Tür einen Spaltbreit, musterte sie mit einem perplexen Blick von Kopf bis Fuß.

»Dürfte ich eintreten?«, fragte sie vorsichtig. »Ich würde ungern mit ihnen hier draußen sprechen.«

»Ja, natürlich, bitte entschuldigen Sie.« Er ließ sie hinein und sperrte sorgfältig die Tür hinter ihr zu. »Möchten Sie einen Tee?«

Sie zögerte, wollte ihm nicht zur Last fallen. Andererseits war es nicht verkehrt, sich etwas aufzuwärmen. »Ein Tee wäre ausgezeichnet.«

»Kommen Sie am besten in die Küche.«

Sie verließen den winzigen Flur, in dem man Schwierigkeiten hatte, sich zu zweit zu bewegen. Rasch durchquerte Albert das Wohnzimmer. Emma beeilte sich, ihm nachzukommen, so dass sie die Frauengestalt, die in einem Sessel am Fenster saß, fast übersah.

»Guten Tag«, grüßte Emma. Sie hatte ja keine Ahnung gehabt, dass er mit jemandem zusammenlebte.

Die Frau antwortete nicht.

»Meine Schwester«, erklärte Albert. Er ging näher an den Sessel heran. »Ida? Wir haben Besuch.« Er sprach laut und sehr langsam. »Möchtest du nachher auch einen Tee?«

Die Frau sagte etwas, was nur entfernt an ein gedehntes Ja erinnerte.

Schließlich drehte er sich zu Emma um. »Ida hat eine Behinderung.«

»Was ist passiert?«, entfuhr es ihr. Sogleich biss sie sich auf die Lippe. Durfte sie das fragen? Es kam ihr vor, als würde sie mit der Tür ins Haus fallen. Dabei waren weder Ida noch Albert ihr irgendeine Erklärung schuldig.

»Gehen wir am besten in die Küche«, schlug Albert vor und führte sie von Ida weg. »Es gab Komplikationen bei der Geburt.« Er begann, mit dem Wasserkocher zu hantieren. Emma setzte sich auf den einzigen Stuhl dort und hörte zu. »Sie hat Schwierigkeiten mit dem Hören und Sprechen. Manchmal muss man ihr die einfachsten Sachen immer und immer wieder erklären – wie man einen Löffel hält oder sich anzieht. Aber das Wichtigste ist, dass sie bei mir ist. Dass ich mich um sie kümmern kann. Sie brauchen weder mich noch sie zu bedauern. Wir führen ein gutes Leben hier.«

So viele Fragen drängten sich ihr in den Sinn: Wer kümmerte sich um Ida, wenn Albert in der Fabrik war? Kam er wirklich zurecht? Hätte sie ihn irgendwie unterstützen sollen? Doch sie zügelte sich.

»Dass ich nichts davon wusste, tut mir leid.«

»Davon erzählt man auch nicht mal nebenbei zwischen der Prüfung der Lieferscheine. Aber ich denke, Sie sind nicht hier, um über meine Lebensumstände zu sprechen, nicht wahr?«

»Nein. Es … es geht um die Fabrik.« Sie überlegte, wie sie es angehen sollte. Auf keinen Fall wollte sie ihn in Schwierigkeiten bringen, sollte man ihn womöglich befragen.

»Wie kann ich helfen?«

Sie lächelte. So war er, der Albert, den sie kannte: immer offen, immer bereit zu helfen. »Waren Sie in den letzten Tagen in der Fabrik? Wissen Sie, wie die Lage dort im Moment aussieht?«

Er senkte den Kopf. »Nicht gut. Der Betrieb ist eingestellt, bis entschieden wird, wie es damit weitergeht. Sie haben … Sie haben sogar die Inschrift von der Fassade genommen. Alles geht den Bach runter, und wir müssen zusehen.«

Erste Lothringische Senffabrik C. Seidel.
Gegründet 1909

Sie sah die Buchstaben vor sich. Jedes Mal, wenn sie die Fabrik betreten hatte, hatte sie zur Inschrift aufgeblickt. Die Vorstellung von der kahlen Fassade tat ihr im Herzen weh. Damit würde nichts, überhaupt nichts von Carl in dieser Stadt bleiben.

»Frau Seidel?«

Sie fuhr aus den Gedanken hoch und merkte, wie er ihr eine dampfende Tasse reichte. Sie roch Pfefferminze, Hagenbutte und sogar die Blätter von Johannisbeeren. Früher hätte sie es niemals geschafft, die einzelnen Nuancen zu bestimmen. Aber die Arbeit in der Fabrik hatte ihre Sinne geschärft.

»Das heißt, die Fabrik steht still?«

»Niemand darf rein. Zwei Soldaten schützen das Gebäude vor Plünderungen, das ist alles.«

»Immerhin scheint es noch etwas zum Plündern zu geben«, murmelte sie und nippte an dem Tee. Die Wärme beruhigte ihr aufgewühltes Gemüt.

»Ich schätze, die Franzosen werden die Fabrik irgendwann in Betrieb nehmen. Vermutlich an jemanden verkaufen, der sie unter seine Fittiche nimmt.« Er lehnte sich gegen eine Kommode und führte seine Tasse zum Mund. »Sie … sie werden die Fabrik nicht weiterführen können, wenn sich alles stabilisiert hat, nicht wahr?«

»Ich fürchte nein.«

»Das tut mir leid.«

»Muss es nicht. Es ist, wie es ist. Wir sollten nach vorn blicken. Ich hoffe nur, dass Sie bald eine andere Arbeit finden, um sich und Ihre Schwester zu versorgen.«

»Ich versuche, nicht an das Negative zu denken. Immerhin dürfen Ida und ich hierbleiben, wo alles vertraut ist. Ich bete, dass Sie und Ihre Familie irgendwo neu Fuß fassen können. Möge der Allmächtige Sie auf dem Weg beschützen. Ich mag mir gar nicht vorstellen, wie es ist, plötzlich aus der Stadt vertrieben zu werden, wo … wo …« Er stockte. Verlegen trank er noch ein paar Schlucke.

Emma lächelte bitter. »Das hat sich schnell herumgesprochen, dass wir die Stadt verlassen müssen.«

Er schaute weg. »Solche Neuigkeiten verbreiten sich wie Feuer.«

Offensichtlich. Noch schneller lief ihr die Zeit davon. Also sollte sie hier nicht länger seine Gastfreundschaft strapazieren, sondern zusehen, dass sie den Laster aus der Fabrik holte.

»Ich danke Ihnen für dieses Gespräch. Das letzte, wie es aussieht. Sie trank ihren Tee aus. »Darf ich mich von Ida verabschieden? Es käme mir seltsam vor zu gehen, ohne etwas zu sagen.«

»Natürlich.« Er machte eine Geste zum Wohnzimmer. »Das würde sie freuen. Nicht viele Menschen achten auf Höflichkeiten Ida gegenüber.«

Emma ging ins Wohnzimmer. Dieses Mal trat sie ganz um den Sessel herum, damit Ida sie direkt ansehen konnte. »Ich muss jetzt gehen. Danke für die Gastfreundschaft. Ich wünsche Ihnen einen schönen Nachmittag, Ida.«

Ida verzog den Mund, und Emma erkannte darin ein Lächeln. In den grauen Augen, die ganz klein in ihrem schmalen Gesicht wirkten, flammte eine freundliche Erwiderung auf. Beinahe verspielt fuhren Idas lange, dünne Finger über eine dünne Perlenkette, die ihr um den Hals lag – und Emma erstarrte.

Barockperlen.

Keine so wie die andere.

Deren Form sie auch nach all den Jahren erkannte.

Ganz langsam hob Emma den Blick und schaute in Alberts Gesicht. Er musste nichts sagen. In seinem erschrockenen Ausdruck las sie es – es war ihre Kette, die ihr beim Überfall gestohlen worden war.

Einen furchtbar langen Moment starrten sie einander an.

»Warum?«, krächzte Emma. Ihre Stimmbänder gehorchten ihr nicht. Sie musste die Finger ineinander verflechten, um nichts Unbedachtes zu machen. Die Lippen aufeinanderpressen, um Albert nicht anzuschreien. Denn da war noch Ida – und sie wollte die junge Frau nicht mit ihrem Gefühlsausbruch verstören.

Alberts Kiefer mahlten.

»Warum?«, wiederholte Emma tonlos. War er einer von Neuböcks Komplizen gewesen? Oder hatte Joseph recht – und sein Vetter war unschuldig im Zuchthaus gestorben, während Albert putzmunter vor ihr stand und nach Worten rang.

»Ich bin kein schlechter Mensch, Frau Seidel. Das müssen Sie mir glauben.«

»Ich weiß nicht, was ich glauben soll.«

Er rührte sich nicht. Eine Weile dachte sie, er würde gar nichts sagen. Sie ewig so stehen lassen.

»Sie haben keine Vorstellung davon, was es heißt, sich um Ida zu kümmern. Was für Bedürfnisse sie hat. Was man leisten muss, damit es ihr an nichts fehlt. Damit sie sicher und umsorgt ist. Das alles … kostet sehr viel Geld. Mehr, als ich in der Fabrik verdienen kann.«

»Und deshalb ein Raubüberfall? Ich hatte doch kaum etwas bei mir gehabt!«

Ida drehte den Kopf zu ihm. Wimmerte. In ihren Augen flackerte Angst auf.

Albert kam auf seine Schwester zu und kniete sich vor sie. »Alles ist gut«, versuchte er, sie zu beruhigen. »Du brauchst dir keine Sorgen zu machen. Frau Seidel und ich müssen nur etwas besprechen.«

Obwohl Emma sich mit allen Sinnen dagegen wehrte, rührte es sie zutiefst, wie liebevoll Albert mit Ida umging.

Schließlich hob er den Blick zu Emma auf. »Jetzt kann ich es ihnen ja sagen. Die Fabrik ist Geschichte. Es spielt keine Rolle mehr. Der Überfall sollte Ihnen nur Angst einjagen, Sie davon abhalten, sich in die Fabrikangelegenheiten einzumischen.«

»Warum?« Sie wollte es wissen. Nein, sie musste es wissen. Denn natürlich hatte er recht: Nichts spielte eine Rolle mehr.

Der Überfall interessierte die französische Regierung nicht, und in wenigen Stunden musste sie diese Stadt sowieso verlassen.

»Ich habe Lieferscheine manipuliert, die Ware abgezweigt und sie selbst veräußert«, fuhr er fort. »Ich brauchte das Geld. Ich brauchte es wirklich. Herr Seidel hatte nichts gemerkt, aber als ich erfahren habe, dass Sie die Buchführung übernehmen und womöglich die ganze Inventur umstellen möchten, habe ich Panik bekommen. Ich dachte: Wenn Sie etwas entdecken, wird sofort klar sein, wer dahintersteckt. Dann verliere ich meine Arbeit. Dann landen Ida und ich auf der Straße. Also heuerte ich ein paar Kerle an, Sie zu beobachten, Ihnen ein bisschen Angst einzujagen … und plötzlich lief alles aus dem Ruder. Dass Sie verletzt wurden, habe ich wirklich nicht gewollt.«

»Und Hans Neuböck?«

»Er hatte nichts damit zu tun. Aber als die Polizei zu schnüffeln begann, musste ich etwas tun. Plötzlich war die perfekte Gelegenheit da: Als Herr Seidel mit ihm reden wollte, konnte ich das Armband in Hans' Tasche stecken, und alles nahm seinen Lauf.«

»Er ist im Zuchthaus gestorben!«, entfuhr es ihr. Ihre Gedanken überschlugen sich. »Dann hatte seine Frau recht, er war bei ihr gewesen. Sie hatte nicht gelogen. *Das* hat sie nicht gelogen!«

Albert nickte.

Er nickte einfach nur.

Als würde das Leben eines Unschuldigen nur ein Nicken wert sein.

Ida wimmerte wieder. Albert ergriff die Hand seiner Schwester und streichelte sie sanft. »Es ist alles gut. Frau Seidel geht gleich.«

»Dann hat Ihr Plan also wunderbar funktioniert«, flüsterte Emma, plötzlich völlig entkräftet. »Ich hatte keine Gelegenheit, die Papiere durchzusehen. Und dann begann auch schon der Krieg, so dass wir ganz andere Sorgen hatten als alte Lieferscheine. Warum sind Sie die Kette nicht einfach losgeworden?«

Sie merkte, wie Idas Finger zu den Perlen zuckten.

»Ida hat die Kette gesehen und sich irgendwie in das Ding verliebt. Ich konnte sie ihr nicht wegnehmen. Und heute habe ich nicht einmal mehr an die Kette gedacht. Aber was spielt das alles schon für eine Rolle? Was passiert ist, tut mir wirklich leid. Sie sind ein guter Mensch, Frau Seidel. Sie haben das alles sicher nicht verdient. Aber ich muss mich um meine Schwester kümmern, und das werde ich immer tun.«

Sie fröstelte. Pierres Worte über einen Informanten kamen ihr in den Sinn. Nicht viele waren in Carls Plan, nach Frankreich zu gehen, eingeweiht worden. Albert war einer der wenigen, der wusste, woher die Ersatzteile für Primadonna gekommen waren. »Haben sich die Neuigkeiten über die bevorstehende Flucht wirklich so schnell verbreitet, oder hatten Sie auch da Ihre Finger im Spiel?«

Er fasste Idas Hand eine Spur fester. »Ich musste mich mit den Franzosen gutstellen. Das verstehen Sie, oder? Ida braucht ihre vertraute Umgebung. Sie kann Metz nicht verlassen.«

»Ich habe Ihnen vertraut, Albert!«

»Ich weiß.«

Mehr sagte er nicht.

Emma wandte sich ab. Sie spürte kaum noch ihre Beine, als sie die Treppe hinunterlief und nach draußen stürzte, raus aus dem Innenhof. Der Wind brachte sie zum Taumeln. Der Regen war stärker geworden und peitschte ihr in den Rücken. Doch sie spürte ihn kaum. Die Arme um die Schultern geschlungen, rannte sie die Straße entlang.

* * *

Völlig durchnässt und bis zu den Knochen durchgefroren, kam Emma in der Villa an. Sie zog sich um, nahm eine Tasche und begann, ihre Sachen zu packen. Robuste, warme Kleidung. Sie legte einen Kamm dazu, Seife, ein paar Haarbänder, um einen schlichten Zopf zusammenknoten zu können. Aus dem Schrank holte sie bequeme Schuhe, die hoffentlich die kommenden Strapazen gut überstehen würden. Was würde sie auf der Flucht noch brauchen? Sie hatte keine Ahnung. Der Tatendrang verflog. Die Schuhe entglitten ihren Fingern und plumpsten auf den Boden. Sie starrte vor sich hin, ohne etwas zu sehen. Stattdessen tauchten Bilder in ihrem Kopf auf, alles, was sie mit dieser Stadt verband, was sie an Metz liebte – und überall: Carl.

Was hatte sie nur getan, dass das Schicksal sie so bestrafen musste? Dass ihr nicht einmal vergönnt war, da zu bleiben, wo die Erinnerungen an ihn lebendig waren?

Am liebsten hätte sie geweint. Aber sie hatte keine Tränen mehr.

Sie wusste nicht, wieso sie da stand, als es klopfte.

Emma murmelte etwas, was sie selbst nicht so richtig einordnen konnte. Die Tür öffnete sich, und Louise kam herein. Die junge Frau setzte sich zu ihr auf das Bett und beäugte die geöffnete Tasche. »Stopfe nicht zu viel rein. Wir müssen noch Lebensmittel mitnehmen. Etwas, was nicht so schnell verdirbt.«

»Senf«, murmelte sie.

»Hm?«

»Senf schützt Lebensmittel vorm Verderben. Hat … hat Carl einmal erzählt.« Sie hörte sich selbst kaum, so leise sprach sie.

»Irgendwann … irgendwann kommt die Zeit, um zu trauern. Um loszulassen. Aber jetzt müssen wir einfach durchhalten.«

»Ich will aber nicht trauern. Und schon gar nicht Carl loslassen. Ich will …« Sie ließ sich auf das Bett sinken und vergrub das Gesicht in den Händen.

Louise legte ihr eine Hand auf die Schulter. »Komm mit.«

»Wohin? Nein! Ich muss noch die Lebensmittel packen.«

»Später.« Louise griff nach Emmas Arm, zog sie mit sich und blieb erst vor ihrem Atelier stehen. Darin angelangt, begann Louise seelenruhig, Gips anzumischen.

»Was tust du da?«, hauchte Emma. »Es ist nicht die richtige Zeit für die Kunst.«

»Sei nicht so spießig. Es ist immer die richtige Zeit für die Kunst. Weil Kunst einfach überall ist.«

»Das ist doch …«

»… seltsam? Vollkommen abwegig? Einfach nur bizarr? Ja! Und wer genau soll uns noch vorschreiben, was wir hier tun oder lassen sollen? Die Welt da draußen kümmert sich nicht um uns. Was kümmert uns die Welt?« Sie tauchte ihre Fingerspitzen in die Masse und spritzte Emma an.

»Ey! Was soll das werden?« Mit einem Ärmel wischte sich Emma die feuchten Tupfen ab.

»Was das werden soll? Was auch immer wir wollen!« Louise gluckste, schöpfte etwas von der recht flüssigen Masse und warf sie Emma entgegen. Der Klecks blieb an der Bluse kleben und nässte bis zur Haut durch.

»Ich habe das gerade frisch angezogen!«, protestierte Emma und tauchte ihre Hand in den Eimer. »Na warte!«

Ihr Herz hämmerte gegen die Rippen, als wollte es heraus. Etwas in ihr wollte raus, unbedingt! Emma wusste kaum, wie ihr geschah. Plötzlich rannte sie mit Louise umher, während sie sich gegenseitig mit der Masse bewarfen und schließlich zusammen die Wände und die Fenster bombardierten. Als sie beide irgendwann erschöpft auf den Boden sanken, musste Emma zugeben, dass es befreiend war, etwas zu tun, was unvorstellbar schien.

Louise lächelte, drehte ihr Gesicht zu Emma und machte eine weit ausschweifende Geste auf die bekleckerten Wände. »Siehst du? Das ist Kunst. Und weißt du, was daran das Beste ist?«

»Was denn?«

»Wir müssen die Sauerei nicht aufräumen!« Sie richtete sich auf den Ellbogen auf. »Und jetzt lass uns ein Bad nehmen. Wer weiß, wann wir das nächste Mal Gelegenheit dazu bekommen.«

Emma betrachtete Louises Gesicht. Wie sehr es sich doch verändert hatte. Die Züge waren markanter geworden. Der Blick – reifer. Ihr ganzes Wesen strahlte ein Selbstbewusstsein aus, um das Emma sie ein wenig beneidete. Nach der Kunstschlacht fühlte sich Emma ein Stück befreiter, aber Louise – Louise war es wirklich. Befreit und einfach sie selbst. Als hätte diese Frau alle Ketten abgestreift.

»Wie …« Emmas Stimme stockte. »Wie geht es dir mit Antoines Tod?«

Louise lehnte den Kopf in den Nacken und sah zur Decke hinauf. »Es ist noch so unwirklich. Dabei weiß ich, dass ich ihn schon viel früher verloren habe. Nur nicht so endgültig. Ich habe bloß keine Ahnung, wie ich es meinen Eltern sagen soll. Oder wie ich das Frederick beibringe. Ob es irgendwann den richtigen Zeitpunkt dafür geben wird.«

»Sag mir, wenn ich etwas für dich tun kann.«

»Mache ich.«

Nur widerwillig verließen sie das Atelier, aber zu lange durften sie sich nicht aufhalten. Es gab viel zu tun.

Das Bad tat gut. Emma schrubbte die Gipsreste von ihrer Haut, ließ die Wärme nicht nur an ihre Haut, sondern auch in ihre Seele eindringen. In frische Kleider gehüllt, suchte sie nach Wilhelmine. Diese verschenkte gerade Silberbesteck an die Dienerschaft. Schließlich bedankte sie sich für die langen Jahre der Treue und verabschiedete sich von jedem einzeln mit ein paar persönlichen Worten. Obwohl der Anlass alles andere als fröhlich war, versprühte ihr Wesen so viel Zuversicht, dass die drückende Stimmung gar keine Chance hatte, sich auszubreiten. Als wäre ein Wiedersehen nur eine Frage der Zeit.

Eine kurze Zeit später verließ die Dienerschaft das Haus. Wilhelmine nahm Platz am Tisch, Emma und Louise setzten sich ihr gegenüber. Frederick beschäftigte sich mit Gusti im Zimmer nebenan. Die Katze war kein spielfreudiges Wesen, aber wenn Frederick seine Hand unter einer Decke bewegte, tat sie ihm den Gefallen – und jagte das Monster, das sich da so frech regte. Oft fragte sich Emma, wer da wen gerade bespaßte. Aber so war der Junge eine Weile abgelenkt – man hörte sein glucksendes Lachen durch die Wand. Untermalt vom Trommeln des Regens, der gegen die Fenster peitschte. Ansonsten war die Villa noch nie so leer, so verlassen erschienen. Als wären sie alle schon längst nicht mehr hier.

»Wie hat Papa es verkraftet, dass wir wegmüssen?«, fragte Louise.

»Ich weiß nicht, ob er wirklich verstanden hat, was auf uns zukommt. Er ist heute so entsetzlich müde. Irgendwie wird es schon gehen. Zumindest wenn wir den Lastwagen auftreiben können. Ansonsten weiß ich nicht, was wir tun sollen.«

»Wir werden den Laster auftreiben!«, versicherte Emma. Von Alberts Verrat würde sie nichts erzählen. Aber wenigstens wusste sie, dass der Wagen vermutlich noch an seinem Platz war. »Die Fabrik wird von zwei Soldaten bewacht, das macht die Sache schwieriger, aber nicht unmöglich. Die Schlüssel für das Automobil werden im Büro aufbewahrt. Früher jedenfalls – hoffen wir, dass sie da sind. Louise und ich werden in der Nacht zur Fabrik aufbrechen. Es gibt einen Seiteneingang, über den wir unbemerkt in die Fabrik gelangen können.«

Eine Windböe warf einen Regenschwall gegen das Fenster. Wilhelmine schüttelte den Kopf. »Und bei diesem Wetter müsst ihr raus!«

»Das Wetter spielt uns in die Karten!«, entgegnete Emma. Zu gut erinnerte sie sich an Generalmajor von Baer, der den Plan des Grenzübergangs erläuterte. Nacht, Sturm und Regen waren die besten Begleiter für solche Unternehmungen. »Bei diesem Wetter werden die beiden Soldaten sicherlich weniger Bereitschaft zeigen, durch die Gegend zu patrouillieren. Sobald ich die Schlüssel hole, gehen wir zum Laster und hoffen, dass wir schnell genug von dort wegkommen.«

Wilhelmine sagte nichts. Emma konnte sich gut vorstellen, was ihr durch den Kopf geisterte. Wie viel dabei schieflaufen konnte. Aber was sollten sie schon tun? Carl war gegangen, um die Fabrik zu retten. Sie würde gehen, um dieser Familie zu helfen. Und hoffen, dass sie nicht versagte.

Sie warteten bis weit nach Mitternacht. Auf den Straßen – niemand da. Nur Wind und Regen. Emma war froh, nicht allein durch die Stadt zu gehen, die wie ausgestorben wirkte.

Nach einer Weile gelangen sie vor die Fabrik. Das Gebäude, das Emma so vertraut war, zeichnete sich in der Dunkelheit beinahe bedrohlich ab. Sie kniff die Augen zusammen, um die Fassade zu sehen. Aber die Nacht und der Regen verschlangen alle Konturen. Vielleicht war es auch gut so, dass sie den kahlen Putz ohne die Inschrift nicht in Erinnerung behalten würde. Jetzt musste sie konzentriert bleiben. Sich auf ihre Aufgabe fokussieren.

»Ich schaue mal, wo die Soldaten sind«, flüsterte sie. »Bleib hier.«

Louise nickte.

Es war gut, mit jemandem ohne viele Worte gemeinsame Sache zu machen. Emma beäugte die Umgebung, dann traute sie sich näher heran. Niemand zu sehen. Sie lugte in den Hof. Beide Soldaten lümmelten sich vor dem Eingang, durch das Vordach vor der Witterung halbwegs geschützt. Der Regen dämpfte die Stimmen, aber sie schienen sich zu unterhalten. Beide rauchten eine Zigarette, zwei Enden glommen immer wieder in der Dunkelheit auf. Sie wusste nicht, wie viel Zeit ihr blieb, aber im strömenden Regen würden sie nicht herumgehen und es riskieren, dass ihre Zigaretten erloschen. Der Seiteneingang war unbewacht. Sie musste ihre Chance nutzen.

Emma eilte zurück zu Louise und holte die Handlampe, die sie mitgebracht hatten. »Ich geh jetzt los. Warte hier, bis ich die Schlüssel geholt habe.«

»Sollte ich nicht lieber mitkommen und dir Rückendeckung geben?«

»Ich glaube nicht, dass du etwas ausrichten kannst. Sie sind bewaffnet. Wenn ich in Schwierigkeiten stecke, lauf nach Hause. Dein Sohn braucht dich.«

Louise seufzte. »Pass auf dich auf.«

»Ich bin im Nu wieder da.« Hoffentlich mit dem Schlüssel. Sie wollte nicht daran denken, was sie machen sollten, wenn der Schlüssel vom Automobil nicht an seinem Platz zu finden war.

Noch einmal schaute sie umher, dann machte sie sich auf den Weg. Schon im Gehen holte sie den Schlüsselbund, und als sie an der schmalen Metalltür angelangt war, dauerte es nur wenige Augenblicke, bis sie hineinschlüpfen konnte. Für alle Fälle steckte sie ein Stück Stoff zwischen die Tür und den Rahmen, damit das Schloss nicht wieder zuschnappte. Ein schmaler Gang führte weiter zum Keller. Seitlich ging es zur Produktionshalle. Sie huschte hindurch. Obwohl die Maschinen schon seit einer Weile stillstanden, hing in der Luft der Geruch des Senfes. Auch wenn ihm die scharfe Frische fehlte, die stets Emmas Nase gekitzelt hatte, wenn sie die Fabrik betrat.

Die Stille drückte auf ihr Gemüt, doch sie ließ sich davon nicht abschrecken. Diese Stille war ihre Vertraute. Diese Stille bedeutete, dass niemand sie entdeckt hatte.

So wie der Senfduft nur noch schwach in der Luft schwebte, so verblasst schien jede Erinnerung an Carl in diesen Wänden zu sein. Sie ging umher, beleuchtete die Maschinen, die ihr im gespenstischen Licht der Lampe wie Gerippe vorkamen. Seltsam, wie fremd sie sich in diesen Räumen fühlte, in denen sie so viel Zeit verbracht hatte. Fremd und unerwünscht.

Aber der Trübsinn brachte sie nicht weiter. Sie gab sich einen Ruck und steuerte das Kontor an, bevor einer der Soldaten noch das herumspukende Licht in den Fenstern bemerkte. Mit unsicheren Bewegungen sperrte sie die Tür auf und musste sich zwingen, über die Schwelle zu treten. Die Franzosen hatten den Raum durchsucht. Wollten sie Hinweise auf Spionagetätigkeit finden? Wer wusste das schon. Aber sie hatten ganze Arbeit geleistet und sogar die Regale von den

Wänden gelöst, um womöglich die Wände nach Geheimfächern abzuklopfen.

Emma schnaubte. Lächerlich! Um nicht noch mehr Zeit zu verlieren, trat sie zum Tisch und machte eine der Schubladen auf. Die Schlüssel lagen ganz oben.

Nichts wie weg hier.

Doch sie zögerte.

Ihr Blick schweifte zum Tresor.

Alles, was Carl aufgebaut hatte, musste sie aufgeben. Dieses Gebäude trug nicht einmal mehr seinen Namen! Doch da, im Tresor, könnten die Pläne für neue Maschinen liegen, in die er so viel Zeit und Herzblut investiert hatte.

Jeder Strich war von ihm gesetzt worden.

Jeder Millimeter des Papiers fühlte sich nach ihm an.

Sie würde nicht ohne die Pläne gehen.

Emma stellte die Lampe auf dem Tisch ab und trat zum Tresor. Ihre Hände bebten, als sie den Schlüssel hineinsteckte. Das Schloss klemmte leicht, dann ging die schwere Tür auf. Sie wühlte herum. Wo waren sie? Bitte, flehte sie zu allen höheren Mächten, bitte lass die Skizzen noch da sein!

Endlich. Zufrieden holte sie die Pläne hervor. Das Papier war zerknüllt und an einigen Stellen angerissen – offensichtlich hatten die Zeichnungen nicht viel Wert für die Soldaten gehabt. Für sie dagegen umso mehr. Vorsichtig faltete sie die Blätter zusammen.

»*Les mains en l'air!*«, blaffte eine männliche Stimme hinter ihr.

Emma fuhr herum.

Im Türrahmen stand einer der Soldaten und zielte auf sie mit seinem Gewehr. Offensichtlich hatte er das Licht der Handlaterne bemerkt.

»*Mettez ça loin!*« Er deutete auf die Papiere.

Sie wollte etwas sagen, aber ihr kam nicht ein einziger Satz in den Sinn. Egal ob auf Deutsch oder Französisch. Ihre Finger krampften sich nur noch fester in die Papiere.

Plötzlich tauchte eine Gestalt hinter dem Mann auf. Der zweite Soldat? Unwillkürlich keuchte Emma auf, als sie sah, wie die Silhouette ausholte – der Soldat hatte ihren Blick bemerkt, wollte sich umdrehen, da zerschellte bereits etwas auf seinem Kopf.

Der Mann taumelte.

Hinter ihm trat Louise hervor, griff mit beiden Händen nach einem der von den Wänden abgerückten Regale und kippte das Gestell auf den Soldaten.

Der Mann ging zu Boden. Rührte sich nicht. Emma – genauso wenig. Erst jetzt merkte sie, wie hektisch ihr Atem ging. Der Geruch nach Senf füllte den Raum. Anscheinend hatte Louise sich auf dem Weg hierher mit einem der Gefäße bewaffnet, in das neuerdings Senf abgefüllt worden war. Den Resten nach zu urteilen ein Bierstiefel. Doch es kam Emma vor, als wäre es nicht der Senf, den sie da roch, sondern Rauch, der in ihre Kehle eindrang und sie zum Würgen brachte.

»Emma! Komm jetzt!«, rief Louise ihr zu wie aus weiter Ferne.

Aber sie konnte sich nicht bewegen. Vollkommen starr stand sie da und sah auf den Körper, der unter dem Regal lag. Einen Augenblick glaubte sie, es wäre Carl. Die Bilder des Brandes stürzten auf sie ein und raubten ihr den Verstand.

»Emma!« Louise stieg zu ihr über die Bretter. »Hast du den Schlüssel vom Lastwagen?«

»Ja … Grundgütiger … Was hast du gemacht?«

»Dir Rückendeckung gegeben.« Sie packte Emma und zerrte sie mit sich. »Verschwinden wir von hier.«

»Aber der Soldat …« Sie konnte ihren Blick nicht von dem

regungslosen Mann abwenden, während sie an ihm vorbei zur Tür stolperte.

»Ihm fehlt bestimmt nichts. Los jetzt, bevor der zweite auftaucht.«

Beinahe willenlos ließ Emma sich den Flur entlangschleifen. Am Ende des Korridors blieb Louise stehen. »Wie kommen wir zum Lastwagen?«

Emma deutete zu einem Seitengang. »Führt direkt zum Vorbau, unter dem das Automobil steht.«

»Los.«

Emma schob alle Gedanken und Gefühle beiseite. Versuchte das Bild des regungslosen Körpers unter dem Regal zu verdrängen. Sie eilte voraus, Louise war dicht hinter ihr. Am Ende des Ganges angelangt, sperrte Emma die Tür auf, und sie traten unter den Vorbau. Laut prasselte der Regen auf das Dach. Die kalte Luft ließ Emma erzittern, sie hatte gar nicht bemerkt, wie verschwitzt sie war.

Louise spähte um die Ecke herum in den Hof. »Niemand zu sehen. Vielleicht sucht der andere nach seinem Kameraden. Oder ruft Verstärkung. Machen wir, dass wir wegkommen.« Sie streckte ihren Arm aus. »Schlüssel.«

Emma legte das kleine Metallding auf ihre offene Handfläche. Verrückt. Zwei Frauen, die einen Lastwagen klauten. Sie bewunderte Louise, die souverän hinter das Steuer kletterte und mit einem raschen Blick die Beschaffenheit der Kabine betrachtete. »Dann wollen wir mal.«

Sie startete den Motor. Er hustete und würgte. Dann begann er zu arbeiten. Emma sah gar nicht so genau hin, was ihre Schwägerin da machte. Sie hoffte nur, dass sie hier wegkamen, bevor der andere Soldat sie entdeckte und zu schießen begann.

Der Wagen ruckte.

Einen Moment glaubte Emma, der Motor würde gleich ausgehen. Oder das Automobil nur stockend ein paar Meter weit kommen und dann liegenbleiben.

Doch es klappte. Der Lastwagen setzte sich in Bewegung. Louise ließ es auf den Hof rollen, beschleunigte. Emma sah, wie von der Seite eine Gestalt auf sie zulief, und kniff die Augen zusammen. Rufe tönten. Schüsse. Doch der Laster fuhr weiter und weiter, ratschte mit der einen Seite am Tor und preschte auf die Straße.

»Alles gut«, stammelte Louise nach einer Weile. »Wir haben es geschafft.«

Emma öffnete die Lider. Das Automobil rollte durch die Straßen, der Regen strömte gegen die Scheibe, so stark, dass man die Umgebung wie hinter einem Schleier sah, aber sie lebten noch. Sie lebten noch! Nach und nach fiel die Anspannung ab, und Emma lehnte sich erschöpft in ihrem Sitz zurück. »Ich hätte nicht gedacht, dass wir es hinbekommen.«

Auch Louise lockerte ihre Hände, die sich um das Steuer klammerten. »Ich auch nicht. Aber Antoine war … Er war ein guter Lehrer, wenn es um seine große Leidenschaft ging.«

»Musst du oft an ihn denken?«

Louise schluckte. »Jeden Augenblick, wenn Frederick bei mir ist.«

Unwillkürlich spürte Emma einen Stich im Herzen. Fest drückte sie sich Carls Zeichnungen an den Bauch. Es war nicht viel, was ihr von Carl geblieben war. Sie lächelte bitter. Vielleicht hätten sie doch lieber auf die Vermeidung eines stumpfen Winkels achten sollen. Dann würde sie heute nicht bloß seine Skizzen im Arm halten.

Bald erreichten sie das Anwesen. Langsam rollte der Lastwagen die Allee entlang. Direkt vor der Eingangstreppe brachte Louise ihn zum Stehen. Der Regen wurde schwächer, während der Wind weiterhin an den laublosen Baumkronen zerrte und um das Haus fegte. Sie mussten nicht klingeln, die Tür war nicht abgeschlossen. Wilhelmine saß auf der Treppe der Eingangshalle, nach vorn gebeugt und das Gesicht in den Händen vergraben. Ihre Gestalt wirkte wie gebrochen. Als hätte etwas die letzten Funken Stärke aus ihr herausgesaugt.

»Mama?« Louise verharrte. »Ist alles in Ordnung?«

Wilhelmine senkte die Hände und kam auf die Beine. Ganz langsam. »Habt ihr den Wagen?«

»Ja.«

»Dann lass uns die Sachen hinbringen. Frederick werden wir als Letztes wecken, er wird seine Kräfte brauchen.«

»Und Papa?«

Mit einer Hand packte Wilhelmine das Treppengeländer. »Dein Vater … ist vor einer Stunde gestorben.«

Louise wimmerte auf und presste sich die Finger auf den Mund. Emma umarmte sie. Aus dem Augenwinkel bemerkte sie, wie Wilhelmine schwankend auf sie beide zukam und sie zwei in die Arme schloss. So verharrten sie zu dritt eine kleine Ewigkeit, in der es nichts gab als diese unendliche Traurigkeit, die ihre Herzen erdrückte.

»Was machen wir jetzt?«, wisperte Louise halb erstickt von den Tränen, die anscheinend nicht kommen wollten. »Wir können ihn doch nicht einfach zurücklassen.«

»Er würde wollen, dass wir unbeschadet von hier wegkommen«, erwiderte Wilhelmine tonlos. »Also lasst uns die Sachen in den Laster bringen.«

Emma spürte, wie ein Schauder Louise überlief. »Nein. Nein, ich kann das nicht.«

Fest packte Wilhelmine ihre Tochter an den Schultern. »Du kannst. Und du wirst. Du bist nicht nur eine liebende Tochter, die ihren Vater verloren hat. Du bist eine Mutter, die ihren Sohn in Sicherheit bringen wird. Also wirst du es schaffen! Hast du mich verstanden?«

Louise nickte schwach.

»Gut.« Wilhelmine ließ sie los.

Louise senkte die Hände, wandte sich ab und vergrub ihr Gesicht an Emmas Schulter. Emma legte einen Arm um sie und strich ihr über den Rücken. Sie hatte keine tröstenden Worte mehr. Keine Stimme. Sie fühlte sich vollkommen leer.

»Lasst uns weitermachen«, sagte Wilhelmine. Und es war nichts Lebendiges mehr in ihrer Stimme. Als hätte der Tod auch sie eingeholt, und nur ihr Körper hätte nichts davon gemerkt. Weil er wie sie alle einfach nur weitermachen musste.

Das Gepäck, das sie mitnehmen konnten, war mehr als übersichtlich. Sie luden die Taschen in den Wagen und holten Frederick. Der Junge hatte bereits angezogen geschlafen. Unsicher tappte er durch die Halle und drückte verängstigt Gusti an sich. Auch die Katze schien sich an ihn zu klammern, völlig verstört, und so gaben sie sich gegenseitig Kraft.

Der Regen hatte deutlich nachgelassen und sprühte nur noch in feinen Tropfen vom Himmel. Erschöpft lehnte sich Emma an den Lastwagen. Nur kurz durchatmen. Dann würde es schon irgendwie weitergehen.

Louise trat neben sie. »Es ist Zeit. Wir wollen uns noch von Vater verabschieden, und dann …« Sie stockte.

Emma hob den Kopf und sah angestrengt in die Dunkelheit. Eine Bewegung! Trügten ihre Augen, oder ging da tatsächlich jemand die Allee entlang?

Ihr Herz setzte einen Schlag aus, um dann umso heftiger zu schlagen. Offensichtlich hatten sie ihr Glück ausgeschöpft. Die Soldaten waren nicht dumm, sie wussten wohl, wo der entwendete Laster zu finden war. Gleich würden andere aus der Dunkelheit kommen und sie alle abführen.

Doch die Gestalt blieb allein. Schwankend bewegte sie sich durch die Nacht. Etwas an ihrer Haltung wirkte so vertraut. Und gleichzeitig unglaublich fremd.

Louise taumelte und tastete verzweifelt nach Emmas Hand. Fest drückte Emma Louises kalte Finger, während sie mit rasendem Herzen beobachtete, wie die Silhouette immer näher kam. War es … War es …

»Antoine?«, keuchte Louise.

Er blieb eine Armlänge von ihnen entfernt stehen. Kein Mensch – ein Gespenst. Und doch aus Fleisch und Blut.

Sein Blick streifte Louise. Dann blieb er an Emma hängen. »Ich bin wohl tatsächlich wie Unkraut. Nicht auszutreiben.«

Nachwort
und der historische Hintergrund

Wie im ersten Band *Zeit für Träume* lagen auch für *Wege des Schicksals* reale Personen und Ereignisse zugrunde. Nach wie vor hatte die Geschichte des Unternehmens »Löwensenf« einen großen Einfluss auf die Handlung, auch wenn ich dieses Mal etwas mehr abgewandelt habe. So war Otto Frenzel, der Gründer der Firma, während des Ersten Weltkrieges Stadtkommandant und Verwaltungsoffizier von Briey, während Frieda Frenzel die Fabrik allein durch die Kriegszeit führte. Dennoch gibt es viele kleine Begebenheiten, die tatsächlich auf wahren Fakten basieren. So gehörten unterschiedliche Behältnisse wie Bierstiefel zum Markenzeichen der Firma. Dass aus der Senfsaat Öl gewonnen wurde, um es an die Angestellten zu verteilen, ist ebenfalls belegt – allerdings im Zweiten Weltkrieg. Ich habe diese Begebenheit nur vorgezogen. Auch die Pläne für die Maschinen, die Emma am Ende des Buches rettet, hat Frieda Frenzel ebenfalls im Handgepäck mitgenommen, als die Familie Frenzel auf die Schwarze Liste gelangte und Metz – wie die Seidels im Roman – innerhalb von vierundzwanzig Stunden verlassen musste.

Der Vertrag mit dem Militär ist auch nicht aus der Luft gegriffen. Der Senf war an der Front sehr beliebt, wie archäologische Ausgrabungen auf Schlachtfeldern in Elsass-Lothringen gezeigt haben.

Diese Stadt war vom Krieg unmittelbar betroffen. Zwar konnten die Geschosse während der Schlachten an der Westfront Metz nicht erreichen, doch Kanonendonner und Fliegerstaffeln gehörten zum Alltag aller Metzer. In ihrem halb autobiographischen Roman *Die Katrin wird Soldat* beschreibt die Autorin Adrienne Thomas sehr eindringlich die damalige Lage, die Verzweiflung der Menschen und die tiefe Spaltung der Bevölkerung: *Freitag, 31. Juli 1914. Wir erwarten stündlich Rußlands Kriegserklärung. Nur noch eine vage Hoffnung ist da: Rußland scheint Japans Eingreifen zu befürchten. Metz hat den Verstand verloren. Viele Familien reisen fluchtartig ab. Wer bleibt, kauft planlos alles zusammen, was nur aufzutreiben ist.*

In den ganzen Unruhen waren besonders Frauen sehr gefährdet: *»Katrin! Aber du gehörst doch jetzt nicht auf die Straße! In einer Stadt, in der Tausende von Fremden sind, Soldaten, kann es jederzeit zu Ausschreitungen gegen Frauen kommen.«* Was schon am Anfang eine große Gefahr darstellte, war während des Krieges an der Tagesordnung: Der Stärkere nahm sich das, was ihm beliebte. So schreibt ein gewisser Gustav Gaß an einen Freund am 19. 03. 1915: *Denn du kannst dir doch denken, daß viele von uns, die schon lange keine Frau oder ein Mädchen in den Armen gehabt haben, wieder einmal diese Freuden genießen möchten. So geht es mir gerade. Nicht daß ich geschlechtlich mit einer verkehren möchte, nein, dazu ist mir meine Gesundheit zu schade, aber so ein rassiges und feuriges Polenmädchen in den Armen zu haben, ist was Herrliches.«* Die Museumsstiftung Post und Telekommunikation hat seinen Brief in ihrer Sammlung, an deren Material auch andere Erlebnisse Antoines an der Front angelehnt sind.

Am Ende des Krieges richtete sich der Frust, die angestaute Wut und der Wunsch nach Vergeltung gegen die Zivilbevölkerung. Besonders stark waren Frauen betroffen, was leider nicht nur für diesen Krieg auszeichnend ist. Susan Brownmiller schreibt in *Gegen unseren Willen*: *Vergewaltigt wird in Kriegszeiten immer und überall, unabhängig von der Nationalität und geografischen Lage.* So versuchten viele Frauen sich zu schützen, indem sie sich hässlich und unansehnlich machten.

Auch Bürgerwehren gehörten während des Krieges zum alltäglichen Bild. Bewaffnete Männer aus der Bevölkerung schlossen sich zusammen, um militärisch wichtige Ziele wie Brücken, große Straßen und Bahngleise zu bewachen. Die Durchsuchung von Kraftfahrzeugen, die die Sperrung passieren wollten, war keine Seltenheit.

Auch das Leid der Kriegsgefangenen ist dokumentiert, zum Beispiel im Archiv der *Frankfurter Allgemeinen Zeitung*.

Spionage und Schmuggel im Ersten Weltkrieg

Ein großes Kapitel dieses Krieges betrifft die Spionage. In der Bevölkerung war während dieser Zeit eine regelrechte »Spionagehysterie« (ein sehr oft verwendetes Wort über die damaligen Zustände) zu beobachten. Überall befürchtete man fremdländische Spione, so dass oft »Verdächtige« direkt auf der Straße hingerichtet wurden. Eine im Rechtsmagazin *Legal Tribune Online* dokumentierte Anklage wegen Landesverrats bei der Kartoffelvernichtung auf dem Feld eines Bauern scheint auf den ersten Blick vollkommen kurios zu klingen, zeigt aber deutlich, wie weit die Angst ging.

Mata Hari ist sicherlich jedem ein Begriff. Aber auch das Netzwerk »Alice« und Louise de Bettignies waren berühmte

Belege für die Spionagetätigkeit dieser Zeit. Historisch belegt ist auch der häufige Schmuggel von Gütern und Personen über die Grenze: *Personen bei der Grenzüberquerung in Feindesland zu helfen, ist Landesverrat*, bestimmte ein Gesetz.

Carls Reise nach Frankreich unter Kriegsbedingungen basiert auf wahren Begebenheiten. Sowohl der Grenzübergang mit dem Fass als auch die Flucht im Kohlewaggon sind von tatsächlichen Ereignissen inspiriert. In Wolfgang Foersters Buch *Kämpfer an vergessenen Fronten* ist beides sehr ausführlich dokumentiert.

Historische Persönlichkeiten

Auch in diesem Roman treten einige historische Persönlichkeiten auf. Paul Laband (24. 5. 1838–23. 3. 1918) haben viele Leser*innen bereits im ersten Band kennengelernt. In *Wege des Schicksals* gibt es nun ein kurzes Wiedersehen mit ihm.

Gottlieb Ferdinand Albert Alexis Graf von Haeseler (19. 1. 1836–25. 10. 1919) ist ebenfalls eine belegte historische Persönlichkeit. Sein Auftritt in Metz wird auch in *Die Katrin wird Soldat* beschrieben.

Roger Joseph Foret (1. 10. 1870–8. 1. 1943) war während des Krieges der Bürgermeister von Metz. Seine allabendlichen Auftritte auf dem Balkon des Rathauses, um Erfolge der deutschen Truppen zu verkünden, sind in mehreren Quellen zu finden.

Danksagung

Bei diesem Roman haben mich ganz viele wundervolle Menschen begleitet und unterstützt, ohne die ich das Buch vielleicht niemals fertiggebracht hätte.

Als Erstes: Vielen Dank an das gesamte Team des S. Fischer Verlags, das aus dem Manuskript ein so wundervolles Buch gemacht hat.

Als Nächstes möchte ich meiner Agentin Eva Semitzidou danken, die immer ein offenes Ohr für mich hat und stets die richtigen Worte findet, wenn ich mal wieder in Panik zu verfallen drohe.

Ohne die großartige Unterstützung meines Mannes wäre es nicht möglich gewesen, die Deadlines zu halten. Es ist so schön, mit jemandem durch das Leben zu gehen, der einem immer und überall den Rücken stärkt.

Vielen Dank an meine wundervolle Testleserin Monja, die nie müde war, die Szenen auch zum »drölften« Mal zu lesen, um mir auf die Sprünge zu helfen.

Auch Inken B. Weiss hat mich sehr mit ihren Sprachfertigkeiten unterstützt.

Ein virtueller »Writing Room« ist besonders in Lockdownzeiten sehr wertvoll. Wie schön, dass ich dort immer auf meine Autorenkolleginnen Julia Schmuck und Julianna Grohe treffen konnte.

Lily S. Morgan (@lilys.wortwelt auf Instagram) könnte ich schon fast als meine »Krisenmanagerin« bezeichnen. Wie oft hat sie mich angerufen, nachdem ich bei ihr einen Hilferuf abgesetzt habe!

Danke an Jana (Instagram: @lovereading_jana), Kathi (Instagram: @_leseliebe) und Lisa (Instagram: @buchwinter_) fürs Zuhören und Unterstützen in so vielen Belangen! Ihr seid wundervoll, Mädels!

Wer einen guten Senf sucht, sollte unbedingt bei der Senfmanufaktur Senf Pauli vorbeischauen. Vieles, was ich über den Senf weiß, habe ich von der Gründerin Eva Osterholz.

Nun möchte ich noch einen großen Dank an meine Leser*innen aussprechen. Ich hoffe sehr, ihr freut euch schon auf das große Finale im dritten Band!

Senfrezept

Wer die Szene mit der Senfherstellung nachspielen möchte, kann gern dieses Rezept benutzen, um die Magie bei der Senfzubereitung selbst zu spüren. Und auch wenn es – wie bei Emma – nicht sofort klappt: Übung macht den Meister!

Grundrezept für 1 kg mittelscharfen Senf,
der nach eigenen Wünschen verwandelt werden kann.
Von Eva Osterholz, Senf Pauli Manufaktur.

Man benötigt weiße (auch »gelb« genannt) und schwarze Senfsaat, um einen mittelscharfen Senf herzustellen. Die weiße Saat ist mild, die schwarze scharf. Je nachdem, wie man die Saat mischt, entsteht ein milder, ein mittelscharfer oder auch ein scharfer Senf. Wer keine schwarze Senfsaat bekommen hat, kann auch reinweiße Saat nehmen und mit Pfeffer oder Chili schärfen. Man benötigt eine Rührschüssel, ein Gefäß (nicht aus Metall) mit Deckel, einen Kochlöffel oder eine Küchenmaschine, Kaffeemühle oder Mörser, eine Waage, Gläser mit Deckeln für den fertigen Senf.

Zutaten:
Weiße Senfsaat: 144 g
Schwarze Senfsaat: 100 g
Wasser: 500 ml

Essig mit maximal 6 % Säure: 225 ml
Zucker: 17 g
Salz: 22 g
Gewürze: nach Belieben, z. B. 1 Prise Curcuma
für eine schöne gelbliche Farbe

Zubereitung:
Für einen cremigen Senf die Senfsaat mit einer Kaffeemühle fein mahlen oder grob mit dem Mörser zerstoßen, wenn der Senf eher einen Vollkorncharakter haben soll. Dabei darauf achten, dass die Saat nicht warm wird, da die wertvollen Senföle durch Wärme zerstört werden. (Man kann auch Senfpulver verwenden, das jedoch meist teil- bis stark entölt ist, so dass die aromatischen und gesunden Senföle reduziert sind. Besser schmeckt und ist frisch gemahlener Senf.)
Die Saat in eine Schüssel mit Wasser und Essig geben und sorgfältig verrühren, so dass eine cremige Masse, die Maische, entsteht. Essig, Zucker, Salz und Wunschgewürze dazugeben, alles sorgfältig verrühren. Nun die Senfmaische in ein Gefäß mit Deckel geben, verschließen und bei Zimmertemperatur zehn bis 14 Tage reifen lassen.
Für einen lieblicheren Senf den Zuckeranteil erhöhen oder auch Honig dazugeben. Wer mag, kann auch seine Lieblingsfrüchte oder Kräuter oder beides zusammen in die Maische geben. Erlaubt ist, was gefällt! Nach der Reifezeit den Senf kräftig durchrühren, so dass er cremig ist, und in Gläser abfüllen. Ist der Senf zu fest, vor dem Abfüllen etwas Wasser untergeben. Der Senf muss nicht gekühlt werden, aber je kühler er gelagert wird, desto länger hält er seine Schärfe.

SUSANNE POPP

Die Teehändlerin

Die Ronnefeldt-Saga

Dieser Ozean ist so entsetzlich groß

Frankfurt, 16. April 1838

Friederike stand vor ihrem Laden in der Neuen Kräme und betrachtete die Schaufensterauslage. Auf einem blauen Seidenstoff waren einige hübsche Lackdosen, auf denen chinesische Schriftzeichen zu sehen waren, zu einer Pyramide aufgestapelt. Daneben standen eine zierliche Teekanne, zwei Löwenfiguren aus Porzellan sowie einige Schälchen und Bastkörbe mit den unterschiedlichsten Teesorten. Es gab Behältnisse mit krümeligem schwarzem Pulver und andere mit wesentlich größeren gerollten Teeblättern, denen man noch deutlich ihren pflanzlichen Ursprung ansah. Auf Papierschildchen waren die dazugehörigen Namen zu lesen: *Boui-Tee, Camphu-Tee, Hansan-Tee, Tee von dreifachem Geschmack* und in Klammern darunter die chinesischen Bezeichnungen: *Muni-tscha, Congfou-tscha, Phi-tscha* und *Sanout-tscha*. Ein kolorierter Stich zeigte eine Pflanze. *Chinesischer Tee in der Blüte*, lautete die Beschriftung. Die ehemals schwarze Tinte war nun allerdings braun und verblichen. Ein großer geöffneter Fächer diente als weiterer Blickfang. Die ihn zierende hübsche Malerei, eine chinesische Landschaft mit Felsen und Pflanzen, in der zwei Männer saßen und Tee tranken, hatte ebenfalls unter dem Tageslicht gelitten. Die gesamte Auslage wirkte blass und verstaubt.

Ganz so, als wäre sie eine neugierige Passantin und nicht

die Ehefrau des Ladeninhabers, spähte Friederike nun durch die Schaufensterscheibe, auf der halbkreisförmig in goldenen Buchstaben der Schriftzug *Johann Tobias Ronnefeldt – Ostindische Tee- und Manufakturwaren* geschrieben stand, hinein in den Laden. In den letzten Jahren hatte Tobias nichts mehr unternommen, um mit der Zeit zu gehen. Die Ausstattung war schlicht, die Theke schmucklos, ohne jede Zier. Auffällig waren nur die hübschen Porzellantässchen und Dosen mit Lackmalereien, die in der darin eingelassenen Vitrine standen. Hinter der Theke ragten raumhohe offene Schränke auf, in denen große braune Gläser mit weißen Etiketten standen. Tobias kaufte sie bei einer Glasbläserei in Böhmen, die dafür garantierte, dass der darin aufbewahrte Inhalt seinen vollen Geschmack behielt. Ob dies so war oder nicht, die Gläser waren jedenfalls teuer und schwer.

Im unteren Teil des Schranks, etwa bis zur Höhe des oberen Rands der Theke, befanden sich reihenweise kleinere und größere Schubladen mit abgenutzten Metallgriffen. Darin wurden, neben Zigarren und Tabak, ein paar Zigarrenspitzen, Holz- und Porzellanpfeifen, Sanduhren, Korkenzieher und ein gutes Dutzend silberne Zuckerzangen aufbewahrt – kurzum allerlei Kleinkram, der aus den unterschiedlichsten Gründen im Sortiment gelandet war und über den niemand so recht einen Überblick hatte. Vier Schränke mit kassettierten Türen, die zu beiden Seiten der Theke standen, boten Platz für die zum Teil sehr exklusiven Seiden-, Kaschmir-, Leinen-, Woll- und Batiststoffe. Es gab Foulards und Schals, seidene Taschentücher und karierte Halstücher, die über England aus Ostindien importiert wurden, oder direkt aus England kamen.

Friederike musste an die Parisreise denken, die sie und Tobias vor vier Jahren gemacht hatten. Paris! Wie außergewöhnlich war ihr die französische Hauptstadt erschienen. Insbesondere hatten sie die breiten Boulevards beeindruckt mit ihren gravitätischen Bäumen, den herrschaftlichen Stadtpalästen und – vor allem – den eleganten Läden. Einer vornehmer als der andere! Kein Vergleich mit der Innenstadt von Frankfurt, wo sich die alten Fachwerkhäuser schief und krumm aneinanderschmiegten und die Geschäfte oftmals eng und dunkel waren. Sie hatte ihre geliebte Geburtsstadt mit den ungepflasterten Gassen und den buckligen Plätzen danach mit anderen Augen gesehen. Ein paar Tage nach ihrer Rückkehr aus Paris war sie auf den Turm des Bartholomäus-Doms gestiegen und hatte ihren Blick über die schiefergrauen Frankfurter Dächer wandern lassen, in Richtung Westen, wo der Römer lag mit dem aus rohen Giebelhäusern zusammengeschmiedeten Rathaus, und in Richtung Osten, wo man die Judengasse sehen konnte, eine schwarze Gräte zwischen weißen Häusern.

Aber es war ungerecht, Frankfurt mit Paris zu vergleichen. Ihre Heimat besaß vielleicht nicht die Eleganz der französischen Hauptstadt, doch sie hatte immerhin eine Vergangenheit als Krönungsstadt. Und sie war ebenfalls sehr lebendig, nicht nur während der beiden Messen im Frühjahr und im Herbst. Im Hafen, wo die schwerbeladenen Lastkähne ankamen, oder im Posthof des Roten Hauses, wo im Stundentakt die Kutschen aus allen Himmelsrichtungen eintrafen, konnte man das ganze Jahr über den Duft der weiten Welt riechen. Unten am Mainufer an der Schönen Aussicht und im angrenzenden Fischerfeldviertel waren nach der Jahrhundertwende wunderschöne neue Bürgervillen entstanden. Direkt dahinter lag die alte Brücke mit den beiden Mühlen und Sachsenhausen am anderen Ufer. Sie hatte das silberne Band des Mains gesehen, in dem das Kielwasser der Schiffe im

Licht der tiefstehenden Sonne golden funkelte, hatte bis nach Offenbach geblickt und sogar bis Hanau hinüber und auf der gegenüberliegenden Seite bis nach Mainz. Sie hatte erkennen können, wo mittelalterliche Festungsmauern breiten Alleen und Parks gewichen waren, und sie hatte einen dichten Gürtel von Bäumen und auf den ansteigenden Hängen ein paar Weinberge, braune Äcker und schließlich die blaugrauen Hügel des Taunus gesehen.

Friederike stand immer noch vor dem Schaufenster, den Kopf voller Bilder und Erinnerungen, während sich die Neue Kräme mit Menschen füllte. Die Mittagspause war vorüber, und das nervöse Bimmeln der Türglocke des benachbarten Tabakladens holte sie in die Gegenwart zurück. Sie hörte die Stimmen der Mägde, die vor dem Laden der Witwe Adler standen und tratschten, einen Losverkäufer der Stadtlotterie, der lautstark mit dem immer näher rückenden Annahmeschluss drohte, das Rattern von Kutschenrädern und das Poltern eines mit Leder beladenen zweirädrigen Handkarrens. Die braun, schwarz und grün gefärbten Häute waren vermutlich für das Geschäft von Herrn Funk in der Schnurgasse gedacht, ein Nachbar ihrer Eltern, der wunderschöne Taschen und exklusives Schuhwerk fertigte. Der Gehilfe von Herrn Amstutz, der im Laden schräg gegenüber Daunenfedern, Rosshaar und andere Füllmaterialien verkaufte, trat mit einem riesigen, in braunes Packpapier gewickelten Paket im Arm aus der Tür und wäre beinahe über einen kleinen Hund gestürzt, der mit fliegenden Ohren um die Ecke geschossen kam. Ein Strang Würstchen, den der Frechdachs vermutlich bei den Fleischschirnen auf dem Markt stibitzt hatte, baumelte ihm aus dem Maul. Dann sah Friederike Frau Storch mit ihren typischen Trippelschritten und ihrer heute besonders spitzen Nase die Straße entlangkommen. Wenn sie sich jetzt nichts einfallen ließe, würde die frommeifrige Pfarrersfrau sie in eines ihrer nervtötenden Gespräche über ihren Mildtätigkeitsverein verwickeln. Rasch beugte sie sich über Minchens Kinderwagen und hoffte, dass die kurzsichtige Wohltäterin sie nicht erkannte.

Minchen war just im richtigen Moment aufgewacht und gluckste und strahlte ihr entgegen. Mit ihren beinahe anderthalb Jahren passte die Kleine gerade noch so in den Wagen, der, wie sie vorhin festgestellt hatte, bedenklich quietschte und knarrte. Erstaunlich war das nicht, denn er hatte schon viel aushalten müssen. Minchen war nach ihrer Ältesten, der sechsjährigen Elise, dem fünfjährigen Carlchen und dem dreijährigen Wilhelm nun schon das vierte Kind, das Friederike darin übers holprige Frankfurter Pflaster schob. Sie brauchte den Wagen noch, sie musste unbedingt ihren Schwager Nicolaus bitten, nach der Federung zu sehen, bevor sie brach. Friederike hob Minchen heraus und sah in diesem Moment die Gattin des preußischen Gesandten aus der anderen Richtung näher kommen. Sie steuerte unverkennbar direkt auf sie und die Ladentür zu.

»Guten Tag, Frau Doktor«, begrüßte Friederike die elegant, wenn auch unordentlich gekleidete Dame.

»Frau Ronnefeldt. Sehe ich Sie auch mal wieder, wie schön«, sagte Frau von Mahlsdorf. Ihr *Ich* klang wie *Ick*. Sie war eine Bürgerliche und versuchte gar nicht erst, das zu verbergen. Ungehemmt sprach sie den Dialekt, den sie von zu Hause mitgebracht hatte. Sie war durch die Heirat mit Herrn von Mahlsdorf, einem studierten Juristen – wie überhaupt die meisten Gesandten Adlige und Juristen waren –, an das Von gekommen. Man sah Frau von Mahlsdorf oft beim Einkaufen, obwohl sie wahrscheinlich zwei oder drei Dienstmädchen und ganz gewiss eine Köchin hatte. Eingebildet war sie jedenfalls nicht und auch nicht eitel. Heute beispielsweise hing ihr Kragen schief, und von ihrem etwas unförmigen grünen Hut hatte sich eine Stoffblume gelöst und baumelte an einem einzelnen Fädchen herunter.

»Die süße Kleine, was für ein Herzelchen. Gesund und munter und der Frau Mama wie aus dem Gesicht geschnitten.« Frau von Mahlsdorf tätschelte Minchen den nackten Arm und drückte dann schwungvoll die Ladentür auf.

Dingdong.

Die neue glänzende Türglocke, ein Geschenk ihres Schwagers, mit dem er sie zu Ostern überrascht hatte, läutete in einem runden, satten Ton. Friederike registrierte es zufrieden. Der Klang gefiel ihr wesentlich besser als das hektische Gebimmel drüben im Tabakgeschäft. Aus dem hinteren Teil des Ladens kam mit langen Schritten der Lehrling Peter Krebs herbeigeeilt, der bei ihrem Anblick vom Hals aufwärts rot anlief, so dass sein Kopf über dem weißen Kragen leuchtete wie eine Tomate. Das passierte ihm ständig, dabei war er schon achtzehn und bereits seit zwei Jahren bei ihnen angestellt. Friederike hatte noch nicht herausfinden können, ob es an ihr lag oder ob er womöglich auf alle Frauen so reagierte? Tobias hatte keine Idee dazu. Im Gegenteil. Er hatte diese merkwürdige Eigenheit seines Lehrlings nicht einmal bemerkt, bis sie ihn darauf aufmerksam gemacht hatte. Glücklicherweise waren seine Neigung, feuerrot zu werden, und das etwas unbeholfene Auftreten, das auf seine Körpergröße zurückzuführen war – der Lehrling maß mehr als sechs Fuß und überragte, dürre wie er war, die meisten um sich herum um eine Kopflänge –, die einzigen Mängel des jungen Herrn Krebs. Als Lehrling machte er sich ausgezeichnet. Er war pünktlich, verrechnete sich nie, hatte ein hervorragendes

Gedächtnis für Namen und Gesichter und vergaß auch nicht, sich nach dem Wohlergehen der Kundschaft zu erkundigen. Vor allem jedoch hatte er ein ausgezeichnetes Gespür für Tee. Friederike konnte ihn guten Gewissens mit Frau von Mahlsdorf alleine lassen.

Sie verabschiedete sich und ging mit dem genügsam vor sich hin brabbelnden Minchen auf der Hüfte in den hinteren Raum des Ladens, wo sich das Kontor befand. Die Fenster des langen, schmalen Raums gingen auf den Innenhof hinaus und lagen direkt hinter der Außentreppe, weswegen es hier auch bei Tag immer ein bisschen dämmrig war. Tobias war allein. Er stand mit dem Rücken zu ihr, hatte einen großen Papierbogen auf dem Tisch vor sich liegen und schrieb etwas in sein Notizbuch. Sie kannte dieses Buch, in dem er ständig blätterte und in das er ständig etwas notierte. Ihr Mann war offensichtlich nicht mit seiner Buchhaltung oder der Korrespondenz beschäftigt, er war in seine Reisevorbereitungen vertieft. Und wie immer gab dieser Anblick Friederike einen Stich.

»Tobias?«, sagte sie zu seinem Rücken, denn er hatte ihr Kommen trotz des vernehmlichen Klackerns ihrer Absätze auf dem Steinfußboden nicht bemerkt. Er drehte sich zu ihr herum und lächelte sie zerstreut an. Er trug seinen braunen Arbeitsrock. Die weiße Halsbinde saß locker und er hatte etwas Tinte auf der Stirn, da er die Angewohnheit hatte, sich, ohne die Schreibfeder abzulegen, an der Schläfe zu kratzen.

Er sieht gut aus, dachte Friederike wie so oft. Sie wusste von ihren Freundinnen, dass es keineswegs der Regel entsprach, wenn ihr dies nach beinahe sieben Ehejahren überhaupt noch auffiel. Allerdings hatten auch die wenigsten von ihnen, anders als sie, aus Liebe geheiratet. Sie betrachtete sein schmales Gesicht mit der hohen klugen Stirn und dem ausgeprägten Grübchen über der Oberlippe. Als er von einer Reise einmal mit einem Schnauzer zurückgekehrt war, hatte Friederike ihn gebeten, den Bart wieder abzunehmen, so sehr hatte sie sein Grübchen vermisst.

»Friederike! Was für eine Überraschung.« Tobias gab ihr einen Kuss auf die Wange, nahm ihr Minchen ab, die sofort die kleinen Arme nach ihm ausgestreckt hatte, und liebkoste sie.

Friederike betrachtete den großen Papierbogen, der die gesamte Tischplatte bedeckte und bei dem es sich um einen feingezeichneten, kolorierten Kupferstich handelte. Es war eine Weltkarte. So etwas hatte sie zuvor noch nie gesehen.

»So detailliert! Die muss ja ein Vermögen wert sein«, sagte sie.

»Erstaunlich, nicht wahr? Das ist eine Mercatorkarte, wie sie auch für die Navigation verwendet wird. Ein Vereinskollege hat sie mir geliehen.«

»Aber du wirst doch hoffentlich nicht selbst navigieren müssen«, erwiderte Friederike bemüht scherzhaft, obwohl ihr ganz und gar nicht nach Scherzen zumute war.

»Natürlich nicht. Trotzdem ist es immer gut, vorbereitet zu sein, nicht wahr? Ich habe mir unsere Route noch einmal angesehen. Wir werden an der Westküste Brasiliens vorbeisegeln, siehst du, hier.« Er fuhr die Route mit dem Zeigefinger nach.

»Aber China liegt doch im Osten. Ist das nicht ein Umweg?«

»Nein, oder doch, oder sagen wir, es ist viel komplizierter. Die Strömungen und die Winde sind günstiger auf diesem Weg. Außerdem werden in Brasilien Nahrungsmittel und Wasser aufgenommen. Zuvor geht es über Lissabon und die Kapverden. Siehst du, hier. Auf dem Rückweg werden wir näher an der Küste Afrikas vorbeisegeln.« Tobias Zeigefinger strich über das Meer.

»Frankfurt muss wohl ungefähr hier sein?« Friederike wies auf einen Punkt mitten in Europa, das sich im Vergleich zu den anderen Kontinenten winzig ausnahm.

»Genau. Und das ist China.«

»Ich hätte Angst. Dieser Ozean ist so entsetzlich groß.«

»Aber Liebes. Das haben wir doch tausendfach besprochen.«

»Ich *habe* schreckliche Angst. Um dich.« Friederike nahm das Kind wieder an sich und barg ihre Nase in dem weichen Haarschopf. »Wenn ich das hier sehe«, sie deutete in Richtung Karte, »nur noch mehr.«

»Ich komme heil zurück, das habe ich dir doch versprochen. So, und jetzt lass uns von etwas anderem reden.« Er fing an, die Karte zusammenzurollen, und sprach dabei über die Schulter hinweg weiter: »Mir fällt nämlich ein, wir sind nächste Woche Mittwoch bei den Senftlebens zum Tee eingeladen.«

»Wir? Du meinst, ich soll mitkommen?«

»Aber ja. Es ist keine Herrenrunde. Herr von Senftleben betonte ausdrücklich *mit Damen*.«

»Am Mittwoch wollte ich ja eigentlich endlich mal wieder zum Lesezirkel gehen.«

»Ach stimmt, das hatte ich ganz vergessen. Verzeih. Nun habe ich schon für uns beide zugesagt.«

»Aber sagtest du nicht erst neulich, dass du Herrn von Senftleben nicht sonderlich magst?«

»Sagte ich das? Nun, so arg ist es nicht. Eigentlich ist er sogar sehr nett und im Übrigen äußerst interessiert an meiner Reise. Die Weltkarte gehört ihm«, erwiderte Tobias, schob die Karte in ihre Metallhülse und legte sie beiseite. »Nun schau nicht so, mein Liebes.« Er machte einen Schritt auf sie zu und umfasste ihre Taille. Minchen in ihrer Mitte gluckste, erfreut darüber, beide Eltern so dicht bei sich zu haben. »Bitte, tu mir den Gefallen und komm mit.«

Friederike nickte. »Natürlich. Wenn es wirklich so wichtig für dich ist.«

»Das ist es. Du verstehst schon.«

Friederike verstand. Herr von Senftleben, dessen Gesellschaft Tobias üblicherweise mied, hatte gewiss versprochen, einen größeren Betrag für die Reise zu spenden. Tobias allein brachte höchstens ein Drittel der Reisekosten auf, er war auf seine Gönner und Geldgeber angewiesen. Im Gegenzug würde er mit dem Sammeln von Schmetterlingen und exotischen Pflanzen und mit anschließenden Vorträgen den Ruhm der Senckenbergischen naturforschenden Gesellschaft mehren. Die wenigsten ihrer Mitglieder waren schließlich so abenteuerlustig wie ihr Mann. Sie hörten lieber andere über ferne Länder reden, als dass sie selbst verreisten. Doch, auch wenn sie Tobias keinen Wunsch abschlagen mochte, glücklich war sie nicht über seine Pläne, weder über jene, die in der nahen Zukunft lagen, noch über die anderen, die seine Reise betrafen. Sie blickte in sein lächelndes Gesicht, befeuchtete ihren Daumen mit ein wenig Spucke und wischte ihm die Tinte von der Stirn. Dann wandte sie sich von ihm ab, trat zum Fenster und sah hinaus. »Ist Herr Weinschenk gar nicht da?«, fragte sie, als könnte der sich im Hof versteckt halten.

Wilhelm Weinschenk arbeitete seit einem halben Jahr als Prokurist bei Tobias. Sein Lohn stellte einen erheblichen Posten bei ihren monatlichen Ausgaben dar. Seitdem Tobias jeden Kreuzer für seine Chinareise auf die Seite legte, war es finanziell eng geworden im Hause Ronnefeldt. Doch Herr Weinschenk war unentbehrlich. Während der Zeit von Tobias' Abwesenheit, also für die nächsten ein oder sogar anderthalb Jahre, würde er das Geschäft führen.

»Er musste nach Mainz, ein paar Dinge erledigen. Er wird morgen zurück sein.«

»Schön«, sagte Friederike. Während ihr Mann ein großes Journal hervorholte und auf dem Pult aufschlug, blieb sie, das friedlich am Daumen nuckelnde Baby auf dem Arm, unschlüssig ans Fensterbrett gelehnt stehen. Sie hatte über etwas Wichtiges mit Tobias reden wollen, doch wegen der unerwarteten Einladung hatte sie den richtigen Moment irgendwie verpasst. Es fiel ihr schwer, darüber zu sprechen. Sie wünschte sich so sehr, dass Tobias seine Pläne aufgeben würde, sobald sie ihm von ihrer nun schon beinahe zur Gewissheit gewordenen Ahnung erzählte, und hatte Angst, dass es nicht so sein könnte.

»Geht es dir eigentlich besser?«, unterbrach Tobias ihre Gedanken. »Du sagtest doch heute früh, dir sei nicht ganz wohl.«

»Doktor Gravius war bei mir.«

»Du hast den Arzt gerufen? Dann ist es etwas Ernstes!«

»Nein, ich bin nicht krank, das heißt …«

In diesem Moment kam Peter Krebs mit großen Schritten und rotem Kopf ins Kontor, um einen Quittungsblock zu holen und Tobias eine Frage zu stellen. Die beiden Männer sprachen eine Weile miteinander. Friederike sah zu, wie ein paar Sonnenstrahlen, die den Weg durch eine Lücke zwischen den Giebeldächern in den Hof gefunden hatten, sich bis zum Fensterbrett und langsam ins Zimmer vorarbeiteten.

»Entschuldige«, sagte Tobias, als sie endlich wieder allein waren. »Du bist wirklich blass. Was hat Doktor Gravius gesagt?«

»Er hat gesagt, dass ich…«, begann Friederike, unterbrach sich jedoch wieder. Sie brachte es nicht über die Lippen. »Nein, nicht jetzt. Wir wollen lieber heute Abend in Ruhe darüber reden.«

»Aber nein. Ich sehe doch, dass dich etwas beschäftigt. Was ist es denn, Liebes? Sag es mir doch einfach jetzt.« Er trat zu ihr.

Friederike sah in die liebevollen braunen Augen ihres Mannes und wusste, dass sie der Aussprache nicht mehr würde ausweichen können. Plötzlich war das Kind auf ihrem Arm doppelt so schwer und das Mieder zu eng geschnürt.

Und dann fasste sie sich endlich ein Herz.

Aus:
Susanne Popp
DIE TEEHÄNDLERIN
Die Ronnefeldt-Saga
© 2021 S. Fischer Verlag GmbH,
Hedderichstr. 114, D-60596 Frankfurt am Main
ISBN 978-3-596-70603-7

Clara Langenbach
Die Senfblütensaga - Zeit für Träume
Roman

Der Geschmack von Freiheit, die Sehnsucht nach Liebe, eine junge Frau zwischen Pflicht und Gefühl
Metz, Elsaß-Lothringen, 1908: Emma möchte mehr im Leben erreichen, als Ehefrau und Mutter zu sein. Am liebsten würde sie in Straßburg studieren. Stattdessen soll sie mit dem Sohn des Fuhrunternehmers Seidel verkuppelt werden. Emma und Carl sind einander – zu ihrer eigenen Überraschung – sofort sympathisch. Emma ist von Carls Leidenschaft für Aromen und Düfte begeistert und ermutigt ihn, seine eigene Senffabrik zu gründen. Und auch Emmas Unternehmerinnengeist ist geweckt.
Aber was ist mit ihren eigenen Träumen?

528 Seiten, Klappenbroschur

Weitere Informationen finden Sie auf
www.fischerverlage.de

AZ 596-70083/1

Eva Neiss
Lotte Lenya und das Lied des Lebens
Die Frau, die Kurt Weill und Bertolt Brecht ihre Stimme
schenkte

Ein Roman über die einzigartige Schauspielerin und Sänge-
rin Lotte Lenya – die Frau, die Kurt Weill und Bertolt
Brecht ihre Stimme schenkte.

Inmitten der 1920er Jahre lernt die noch unbekannte Schauspielerin Lotte Lenya ihren zukünftigen Ehemann Kurt
Weill kennen – sie rudert ihn über einen See und beide ver-
lieben sich unsterblich ineinander. An Weills Seite gelingt
ihr einige Jahre später der Durchbruch, sie lernt Bertolt
Brecht kennen und spielt die Seeräuber Jenny in der Drei-
groschenoper. Doch die Liebe des Künstlerpaars ist Höhen
und Tiefen ausgesetzt …

336 Seiten, broschiert

Weitere Informationen finden Sie auf
www.fischerverlage.de

AZ 596-00062/1